Duchesse d'automne

DE LA MÊME AUTEURE

« Avec mon lorgnon et ma plume, je pars dans ma chaise à porteurs – le 18ᵉ siècle est vraiment génial ! »

QUAND JE NE me balade pas dans le Londres du 18ᵉ siècle dans ma chaise à porteurs où que je ne suis pas en train d'échanger des ragots avec des nobles parfumés et bien mis dans les salons dorés de Versailles, j'écris des romances historiques georgiennes primées et des romans à suspense (avec une bonne dose de romance).

Mes livres se déroulent dans l'Angleterre georgienne des années 1700, avec quelques voyages éventuels sur le continent européen. Je m'arrête à la Révolution française durant laquelle je suis morte dans une vie antérieure, guillotinée pour mon mode de vie terriblement hédoniste en tant qu'aristocrate oisive !

lucindabrant@gmail.com	lucindabrant.com
pinterest.com/lucindabrant	twitter.com/lucindabrant
facebook.com/lucindabrantbooks	youtube.com/lucindabrantauthor

MARION GABILLARD

J'ai adoré découvrir, en travaillant sur ces livres,
le monde de l'aristocratie du xviiie siècle, ses codes,
ses coutumes et ses personnages hauts en couleur.
J'espère que vous prendrez autant de plaisir que
moi à vous plonger dans cette histoire.

marion.gabillard@gmail.com

Duchesse d'automne

UNE ROMANCE HISTORIQUE GEORGIENNE

Saga de la famille Roxton, Livre 2

Lucinda Brant

TRADUIT PAR MARION GABILLARD

Un livre des éditions Sprigleaf
Publié par Sprigleaf Pty Ltd

Duchesse d'automne : Une romance historique georgienne.
Copyright © 2022 Lucinda Brant, tous droits réservés.
Traduction : Marion Gabillard.
Édition : Gaelle Ty R So.
Photographie, visuel et conception : Sprigleaf et GM Studios.
Modèles de couverture : Alissa Bourne et Todd Trofimuk.
Bijoux sur mesure : Kimberly Walters, Sign of the Gray Horse, reproduction de bijoux et créations d'inspiration historique.
Le fleuron de l'éléphant de Jonathon a été conçu par Sprigleaf.

Mis en page avec Adobe Garamond Pro.

Également disponible en livres numériques et autres langues.

ISBN 978-1-925614-68-8

10 9 8 7 6 5 4 3 2 1   Studio Art édition de poche   (i) I

Pour

Amaya
&
Melissa

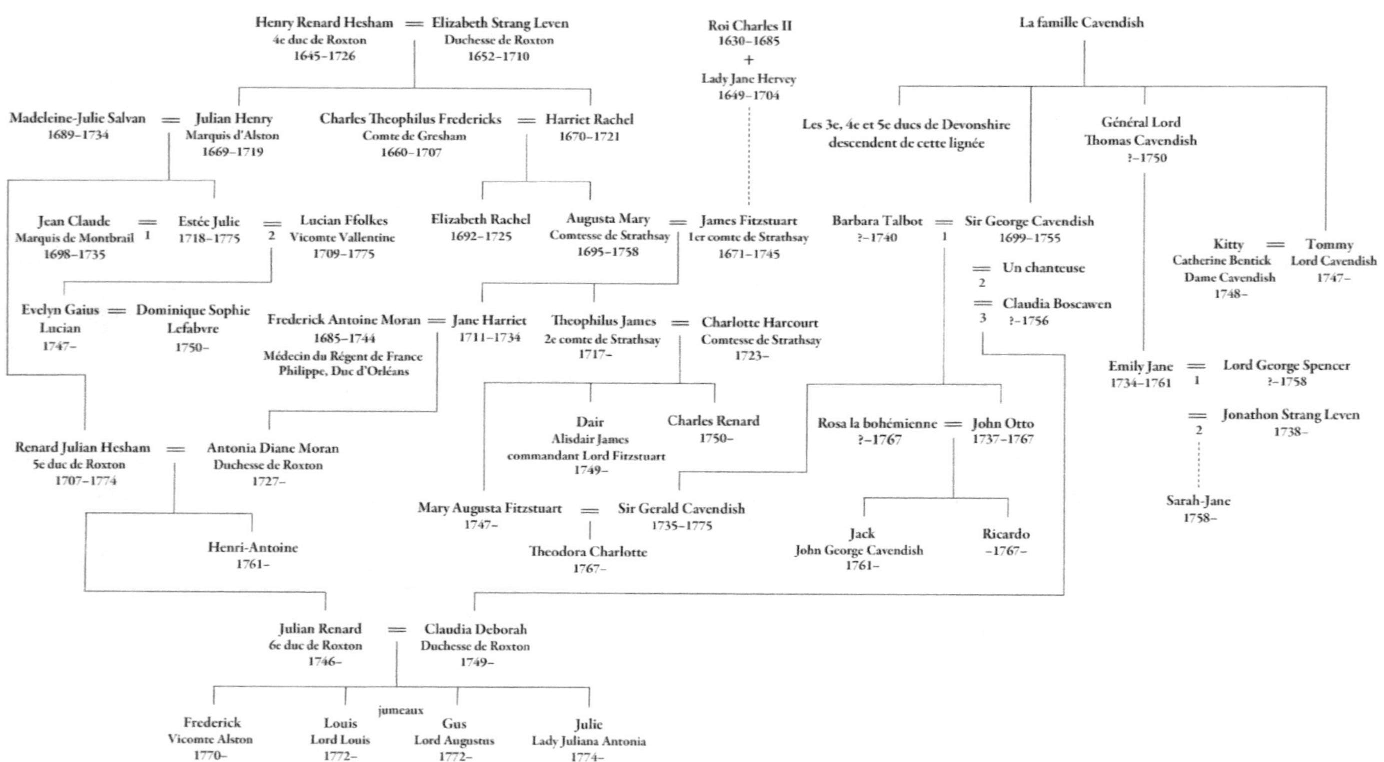

Henry Renard Hesham
4e duc de Roxton
1645–1726
=
Elizabeth Strang Leven
Duchesse de Roxton
1652–1710

Roi Charles II
1630–1685
+
Lady Jane Hervey
1649–1704

La famille Cavendish

Madeleine-Julie Salvan
1689–1734
=
Julian Henry
Marquis d'Alston
1669–1719

Charles Theophilus Fredericks
Comte de Gresham
1660–1707
=
Harriet Rachel
1670–1721

Les 3e, 4e et 5e ducs de Devonshire
descendent de cette lignée

Général Lord
Thomas Cavendish
?–1750

Jean Claude
Marquis de Montbrail
1698–1735
=
1
Estée Julie
1718–1775
=
2
Lucian Ffolkes
Vicomte Vallentine
1709–1775

Elizabeth Rachel
1692–1725

Augusta Mary
Comtesse de Strathsay
1695–1758
=
James Fitzstuart
1er comte de Strathsay
1671–1745

Barbara Talbot
?–1740
1
=
Sir George Cavendish
1699–1755

Kitty
Catherine Bentick
Dame Cavendish
1748–
=
Tommy
Lord Cavendish
1747–

=
2
Un chanteuse

=
3
Claudia Boscawen
?–1756

Evelyn Gaius
Lucian
1747–
=
Dominique Sophie
Lefabvre
1750–

Frederick Antoine Moran
1685–1744
Médecin du Régent de France
Philippe, Duc d'Orléans
=
Jane Harriet
1711–1734

Theophilus James
2e comte de Strathsay
1717–
=
Charlotte Harcourt
Comtesse de Strathsay
1723–

Emily Jane
1734–1761
=
1
Lord George Spencer
?–1758

=
2
Jonathon Strang Leven
1738–

Dair
Alisdair James
commandant Lord Fitzstuart
1749–

Charles Renard
1750–

Rosa la bohémienne
?–1767
=
John Otto
1737–1767

Renard Julian Hesham
5e duc de Roxton
1707–1774
=
Antonia Diane Moran
Duchesse de Roxton
1727–

Sarah-Jane
1758–

Mary Augusta Fitzstuart
1747–
=
Sir Gerald Cavendish
1735–1775

Jack
John George Cavendish
1761–

Ricardo
–1767–

Henri-Antoine
1761–

Theodora Charlotte
1767–

Julian Renard
6e duc de Roxton
1746–
=
Claudia Deborah
Duchesse de Roxton
1749–

Frederick
Vicomte Alston
1770–

Louis
Lord Louis
1772–

jumeaux

Gus
Lord Augustus
1772–

Julie
Lady Juliana Antonia
1774–

UN

TREAT, FOYER ANCESTRAL DES DUCS DE ROXTON, PRINTEMPS 1777

Il l'aperçut de l'autre côté de la salle de bal.

Une femme d'une beauté saisissante le dévisageait.

Jonathon fut coupé dans son élan et la dévisagea en retour.

Il ne put s'en empêcher.

Il pouvait compter sur quelques doigts seulement le nombre de fois où son chemin avait croisé celui d'une femme à la beauté si exquise qu'il en avait eu le souffle coupé – deux fois sur le sous-continent indien et une fois dans les Indes orientales. Et à cet instant précis, dans cette salle de bal, sur cette île verdoyante et humide. Il s'octroya donc naturellement le droit de se délecter de sa beauté. Son regard admirateur, d'abord posé sur ses cheveux blonds qui retombaient en lourdes boucles définies sur l'une de ses épaules dénudées, descendit ensuite sur la peau de porcelaine que son décolleté laissait entrevoir, une peau parfaite et éclatante qui contrastait avec le noir d'ébène de sa robe. Il ne se serait pas considéré comme un homme si son regard ne s'était pas attardé sur sa poitrine généreuse, que son corsage au col carré contenait à peine. Il essaya de trouver le moindre défaut à son visage en forme de cœur, son court nez droit, son menton obstiné et ses yeux exceptionnellement obliques – mais que pouvait-il trouver à redire ?

Il esquissa un sourire pour lui-même ; tout ce qu'il voyait lui plaisait. Tout ce qu'il ne voyait pas, il en était persuadé, était tout aussi séduisant.

Il se demanda quel âge elle avait. Ce qui n'avait d'ailleurs aucune importance. Il s'agissait d'un jeu auquel il se livrait pour passer le temps lors de ce genre d'évènement social. Elle était vêtue tout de noir et ne portait aucun bijou autour de sa gorge gracile et de ses poignets tout aussi délicats ; il en conclut qu'elle était veuve, et donc pas de première jeunesse.

Que faisait une veuve ici ?

Sa fascination n'en fut que décuplée.

Malgré son expérience limitée de la vie sociale londonienne, Jonathon savait très bien que les veuves ne participaient pas à ce genre de rassemblement social, et surtout pas à un évènement d'aussi grande renommée, à l'apogée de la Saison. Sa période de deuil touchait peut-être à sa fin et elle chaperonnait l'une des jeunes filles de la soirée ? Elle ne pouvait tout de même pas être assez âgée pour avoir une fille à marier ? Jonathon fit la grimace. Pour une raison incompréhensible, il n'aimait pas penser qu'elle avait été mariée alors qu'elle n'était encore qu'une enfant.

Pourquoi le fixait-elle ?

Elle se tenait totalement immobile, ses mains jointes devant elle, telle une statue sculptée dans l'albâtre et drapée de tissu noir ; un orne-ment de la salle de bal au même titre qu'un chandelier flamboyant ou que l'immense tapisserie aux riches broderies qui était accrochée derrière elle. Cette impression se renforça quand les danseurs commen-cèrent à se rassembler par deux et passèrent devant elle comme si, en effet, elle faisait partie des meubles. Pourquoi donc ? Peut-être la connaissait-on tellement bien dans la société que l'on prenait sa beauté pour acquise. Dans une salle de bal remplie de belles jeunes filles parées de soies crème, roses et bleues aux tons pastel, elle avait pourtant de quoi faire tourner les têtes.

Jonathon ne pouvait s'empêcher de la dévisager.

Il observa quelques convives qui faisaient même un immense effort pour ne pas la regarder ; certains effectuaient un grand détour pour l'éviter, d'autres regardaient droit devant eux ou gardaient les yeux baissés sur le plancher. Les quelques jeunes filles qui osèrent lancer un regard curieux et furtif en direction de la magnifique femme reçurent immédiatement des réprimandes furieuses à voix basse de la part de leurs parents ou tuteurs, et détournèrent rapidement le regard, la tête baissée comme si elles venaient de commettre un grave péché dont elles avaient honte.

Pourquoi l'évitait-on de manière aussi délibérée ?

Pourquoi est-ce que personne ne faisait attention à elle ?

Pourquoi est-ce que personne ne s'arrêtait pour lui parler ?

Pourquoi la négligeait-on autant ?

Il bouillonnait de la voir seule et abandonnée.

Il paraissait peu probable que cette beauté ait un passé sordide ou vive ouvertement en tant que maîtresse d'un noble chanceux ; elle n'aurait alors pas été invitée à se joindre à ce peuple auguste. Le duc de Roxton était un prude incorruptible, dévoué à sa famille, un oiseau rare parmi ses pairs pomponnés. Le roi encensait sans cesse l'exemple du duc. C'était un compliment dont on ricanait tellement dans les salons de la société que même Jonathon, qui n'était arrivé dans la capitale que six mois plus tôt, en avait entendu parler à de nombreuses reprises. Peu importe la raison pour laquelle elle subissait un tel ostracisme social, il n'y accordait aucune importance. Il était déterminé à faire sa connaissance – la curiosité et l'attrait l'y contraignaient.

Un éclat de rire survolté le tira de sa rêverie. Tommy connaîtrait sans aucun doute l'identité de cette beauté ainsi que son histoire. Il était toujours au courant des derniers ragots. Le deuxième passe-temps préféré de Tommy Cavendish – juste après la dégustation de divers plats – consistait à faire collection des menus détails sociaux que les familles tentaient désespérément de censurer. Ainsi, sans prêter attention aux deux douairières enturbannées qui satisfaisaient l'appétit insatiable de Lord Cavendish pour les scandales en le nourrissant des dernières miettes les plus sensationnelles, Jonathon agrippa les basques épaisses de la redingote du noble et le tira sans ménagement vers l'arrière, pour l'attirer à son côté.

— Tommy ! Tommy, aidez-moi ! exigea-t-il sans quitter la nymphe du regard. Elle porte une tenue de veuve et personne ne fait attention à elle. Pourquoi ? Que fait-elle ici ?

— Parbleu, ne me dites pas qu'un membre du sexe faible a enfin piqué votre curiosité ? Bravo ! Qui donc, mon vieux ? s'enquit Sa Seigneurie.

Tommy Cavendish agita son mouchoir bordé de dentelle en direction des douairières qui s'éloignaient à une allure théâtrale, exprimant leur dégoût d'être ainsi interrompues par un colosse basané à l'importance sociale indéterminée. Puis il plaça rapidement son lorgnon sur l'un de ses yeux humides et balaya d'un regard enthousiaste la salle de bal où se dansait le premier menuet de la soirée. Son regard descendit ensuite sur les grands pieds de Jonathon et remonta sur ses cheveux épais qui lui descendaient jusqu'aux épaules.

— Faites-vous réellement un mètre quatre-vingt-*treize* ?

Jonathon retira le lorgnon des doigts dodus de Lord Cavendish et le laissa pendre au bout de son cordon.

— Cessez de faire des manières stupides, Tommy. Et cette hideuse

mouche noire, si c'est de cela qu'il s'agit, est elle aussi vraiment exagérée. Une verrue, dans le meilleur des cas.

— Brute, répondit Lord Cavendish sans indignation, en tapotant
le coin de sa bouche de son auriculaire potelé pour s'assurer que sa
mouche en forme de cœur y était toujours. Quand on ne peut pas être
un Samson, on trouve d'autres moyens de s'attirer une Dalila.

— La mouche et le maquillage ne vous siéent pas, Tommy. Croyez-
moi. Que dirait Kitty ?

Lord Cavendish haussa les épaules et tapota son ventre replet, très
serré dans son gilet ajusté en soie de style chinois.

— Ma femme ? Elle m'a dit de porter une demi-lune plutôt qu'un
cœur, et sur la tempe plutôt que près de la bouche. Mais qu'est-ce que
cette très chère Kitty pourrait savoir sur les mouches et le maquillage ?
Et je ne suis pas celui qui a besoin d'une femme…

— Tommy, ne commencez pas.

Lord Cavendish feignit l'ignorance et, d'un grand geste de son bras
recouvert de soie, désigna la foule regroupée autour de la piste de
danse.

— Commencer ? Mon cher ami, la campagne maritale a sérieusement commencé il y des mois de cela, si vous n'aviez pas remarqué.
Quel meilleur endroit pour trouver une bonne petite épouse que
pendant cette soirée de renom ? Elles ont été cueillies directement sur
la vigne, celles-là. Aucun parent avec un rang inférieur à celui de
vicomte, et ce n'est pas comme si vous deviez vous marier pour l'argent. Il y a quelques petites poulettes qui ont une ascendance aussi
longue que *votre* bras et leur capital est inégalé. Kitty pense…

— Non, Tommy ! *Non.*

— … que vous avez le choix entre au moins cinq délicieux desserts
– elles ont toutes une petite vingtaine et participent à leur deuxième
Saison. Cependant, je ne mettrais pas la jolie Porter-Lewisham de côté,
même si elle a dix-huit ans.

— *Dix-huit ans ?*

Jonathon était révolté. Sa fille venait d'avoir dix-neuf ans. Il poussa
l'épaule de son ami corpulent en direction de la piste de danse.

— Alors, Tommy ! La belle là-bas. De qui s'agit-il ?

Lord Cavendish chercha son lorgnon à tâtons.

— Où se trouve donc cette vision de rêve, ce succulent éclair au
chocolat qui a ouvert votre appétit masculin ?

— Pas par-*là*. Par *ici*, le corrigea impatiemment Jonathon. À ma
gauche. La tapisserie. Elle me fixe du regard.

Lord Cavendish balaya une nouvelle fois la salle de bal de son œil agrandi, veillant à ne pas s'attarder sur un beau visage pendant plus de quelques secondes, mais s'il se trouvait une magnifique jeune fille à marier dans cette foule de jupons soyeux et d'éventails agités, il ne parvint pas à l'apercevoir ; ces femmes étaient belles, certes, mais aucune n'avait une beauté saisissante au point de causer des bouffées de chaleur à son grand ami, à moins que... Non ! Son sourire ne disparut pas, mais il fronça les sourcils. Il leva les yeux vers Jonathon et suivit son regard fixe... *Oh, Seigneur. Non.* Il prit une grande inspiration mentalement et laissa retomber son lorgnon. Il arborait un demi-sourire et marmonna quelque chose d'inintelligible.

Il lui fallut un moment pour retrouver sa voix, ce qui laissa assez de temps à Jonathon pour apercevoir deux créatures renfrognées, toutes deux vêtues de soie gris tourterelle et ayant autant de charisme que des geôliers aux bras puissants, s'approcher de la nymphe par derrière et s'arrêter à deux pas de chaque côté d'elle. Elles lui faisaient penser à deux gargouilles. La magnifique femme contracta ses épaules blanches comme la neige de façon presque imperceptible ; Jonathon comprit qu'elle sentait la présence des deux femmes, qui représentaient vraisemblablement une intrusion déplacée. Mais elle ne prit pas la parole et ne leur adressa aucun regard.

Son estimation du rôle de ces femmes fut confirmée quand un gentleman portant deux verres de champagne sortit en titubant de la pièce dédiée aux rafraichissements, longea la piste de danse cernée de spectateurs et se dirigea droit sur la nymphe. Il leva haut ses deux verres en virevoltant d'un côté puis de l'autre, afin d'éviter de renverser une précieuse goutte de champagne, et se retrouva face à face avec l'une des gargouilles dépourvues d'humour, qui s'avança et l'arrêta avant qu'il ne puisse s'approcher à moins de trois mètres de leur maîtresse. Il fut calmement pris en main par deux valets de pied en uniforme qui apparurent de nulle part au milieu de la foule et fut emmené, l'avant de sa redingote jaune canari trempé de champagne.

— Alors ? demanda Jonathon à Lord Cavendish tandis que la comtesse de Strathsay exécutait une révérence exagérée devant la belle avant de se relever pour lui adresser quelques mots. De qui s'agit-il, pour qu'une moralisatrice aussi à cheval sur l'éducation et le rang que Lady Strathsay s'incline devant elle au point que son nez vienne érafler le plancher ?

La bouche de Tommy Cavendish essaya encore de former des mots avant de se figer en un sourire pincé. Il tapota le bras de Jonathon du bout de son lorgnon.

— Strang ! Espèce de tourte retors ! Je vous ai cru pendant un moment. Vous ne pouvez pas m'embobiner aussi facilement.

— Je ne vous embobine pas. C'est la première fois que je la vois et je veux savoir de qui il s'agit, afin de ne pas me ridiculiser quand on nous présentera. Votre aide serait fortement appréciée, mais je me débrouillerai sans s'il le faut.

L'habituelle bonhomie de Lord Cavendish se volatilisa. Il aurait aimé que Kitty soit avec lui. Sa femme saurait bien mieux que lui comment expliquer les choses.

— Ah… Oui… J'aurais dû m'en douter. Elle ne sort plus en société. C'est sacrément dommage, si vous voulez mon avis. Sacré gâchis d'une magnifique femme.

— Alors ? répéta brutalement Jonathon.

Il observa Lady Strathsay prendre congé : elle fit quelques pas traînants vers l'arrière avant de se retourner et d'abandonner la nymphe à la surveillance des deux gargouilles.

— Allons, Tommy. Si elle vit en marge de la société, elle pourrait choisir de quitter cette petite fête suffocante à tout moment. Crachez donc le morceau avant que je ne perde patience et que je ne saute le pas en allant l'inviter à danser sans votre aide.

Lord Cavendish secoua sa tête poudrée.

— Non, Strang. Vous ne voulez pas y aller. Les conséquences seraient terribles si vous vous exécutiez. Croyez-moi, si vous allez la voir, vous passerez pour un imbécile. On fera de vous du mouton bouilli avant même que vous ne puissiez être émincé pour un steak tartare.

Jonathon souffla d'incrédulité. Sa Seigneurie soupira, abaissa son lorgnon et reprit sans artifice :

— Strang. Faites-moi confiance sur ce coup. Deb Roxton a fait une grande faveur à votre très chère Sarah-Jane en lui offrant son parrainage. La duchesse ne favorise pas ainsi tous ses parents de la famille Cavendish. Il ne faut pas mépriser une bienfaisance aussi noble. Si votre fille veut épouser au minimum un baronnet, vous devez à tout prix éviter de vous attirer la désapprobation du duc. Croyez-moi, comme nous autres hommes sanguins, vous devez admirer cette beauté de loin.

Jonathon resta indifférent. Il balaya du regard les nobles têtes perruquées et poudrées qui étaient rassemblées dans la vaste salle de bal et aperçut l'aristocrate dont ils étaient justement en train de discuter. Il observa le duc se frayer un chemin dans la foule et rejoindre la nymphe. Elle dépassait à peine l'épaule de Sa Grâce, et ce, Jonathon le soupçonnait, alors qu'elle portait des chaussures à talon. Le duc inclina la tête, sortit sa tabatière et prononça quelques mots auxquels la beauté ne répondit pas. Enfin, elle leva le menton vers lui, le gratifia d'une réponse et ouvrit son éventail de plumes noires d'un geste rapide et fébrile. Après un échange qui dura quelques minutes, elle osa se détourner du duc, lui exposant son épaule dénudée. Sa Grâce resta à son côté, observant les danseurs avec un sourire énigmatique. À en juger par l'inclination de sa tête, il continuait à lui parler à voix basse, bien qu'elle l'ignorât délibérément. Jonathon se dit qu'il aurait fallu être aveugle pour ne pas remarquer l'infranchissable mur de briques glacées qui séparait ces deux-là.

— Si l'homme qui demandera la main de Sarah-Jane est assez faible pour placer la bonne opinion que Sa Grâce de Roxton a de lui avant l'amour de ma fille, alors je ne souhaite pas qu'elle soit ainsi privilégiée.

De défaite, Lord Cavendish leva une main entourée d'une ruche de dentelle vers le ciel.

— Vous avez toujours été un romantique éhonté, soupira-t-il. Et la famille s'est demandé pourquoi Emily s'était enfuie avec le cadet sans le sou d'un cadet, travaillant pour la Compagnie des Indes. Ah !

— Le nom de la beauté qui se tient à côté de Roxton, Tommy.

— Qu'en est-il de votre quête pour que l'on vous rende l'héritage des Strang Leven ? Si vous vous mettez le duc à dos, vous pourrez jeter la vieille fortune héréditaire et les perspectives de mariage de Sarah-Jane avec le reste de la marmite !

Jonathon grogna, agacé. Il n'avait pas pris son mal en patience pendant vingt ans à se faire une fortune sur le sous-continent pour que ses projets lui échappent maintenant, avant qu'il n'ait eu le temps de persuader entièrement le duc qu'il avait une obligation morale de rendre aux Strang Leven ce qui leur appartenait de droit. Il n'allait donc pas prendre à la légère le risque d'offenser le duc et de ruiner ainsi les chances de sa fille de se trouver un noble mari.

— Sarah-Jane peut se trouver un mari titré à Édimbourg aussi facilement qu'en glissant sur ce noble plancher dans ses mules de soie.

— Strang ! s'écria Lord Cavendish, outré. Un *Écossais* ? Cela reviendrait à dire « Macbeth » à un acteur !

— Cessez ces théâtralités de cuisinière française, Tommy, et dites-moi comment s'appelle cette femme.

Lord Cavendish évita la question.

— Kitty est une femme remarquable, dit-il en remontant ses

lunettes sur son nez d'un air entendu. Elle a l'oreille de la duchesse. Mais cela reste entre vous, moi et la casserole, mon vieux.

Jonathon haussa un sourcil.

— À vrai dire, *mon vieux*, la casserole en sait plus que moi. Crachez le morceau !

— Vous devriez être heureux d'apprendre que Roxton est assez partagé quant à votre héritage perdu depuis longtemps, en particulier la résidence d'Hanover Square. Il a acheté une maison plus grande et palatiale en bordure d'Hyde Park, qui convient mieux à sa descendance grandissante et, selon les cyniques, met plus de distance entre le duché et l'infâme passé des précédents tenants du titre. En ce qui concerne Crecy Hall… On dit qu'il est en plein dilemme sur cette horreur élisabéthaine aux nombreuses tourelles – ce sont ses paroles, pas les miennes. Comme vous le savez, le domaine avait été laissé en ruine et il était impossible d'y habiter, ce qui a changé il y a cinq ans quand l'ancien duc, dans son dernier souffle, a décidé que Crecy devait retrouver sa gloire d'antan.

Jonathon fut assez surpris pour détourner le regard de la nymphe et baisser les yeux sur Tommy Cavendish.

— Pour l'amour du ciel, pourquoi ?

— Accrochez-vous à la crème de votre éclair, ordonna Lord Cavendish avant de continuer à voix basse : Le duc de Roxton se considère comme un noble très droit moralement. Ainsi, quand la vraie nature de l'acquisition de l'héritage des Strang Leven lui a été révélée par vos avocats, il a considéré que ce n'était pas en accord avec ses hauts principes que de conserver Hanover Square et le manoir élisabéthain.

— Vraiment ? Les nuages s'écartent de nouveau et le soleil brille. Et ? Vous n'avez pas tout dit. Vos lèvres peintes frémissent.

Lord Cavendish se balança sur ses talons.

— Mais les sentiments et opinions du duc n'ont aucune importance pour votre cause, j'en ai peur. C'est la mère française du duc qui causera votre perte, car c'est pour elle que son prédécesseur a fait rénover Crecy, en tant que douaire pour son veuvage. Elle s'est installée là-bas quand il est mort il y a trois ans. C'est donc *Antonia*, duchesse de Roxton, que vous devrez non seulement convaincre que Crecy doit revenir aux Strang Leven, mais que vous devrez aussi *expulser*.

— La *mère* de Roxton ? Une vieille veuve revêche à affronter, une Française par-dessus le marché ! maugréa Jonathon en levant les yeux au ciel. Fabuleux. Un malheur n'arrive jamais seul ! Déjà qu'il fait toujours froid dans ce pays, le temps est maintenant glacial.

Il soupira, redressa les épaules et donna un petit coup à Tommy

Cavendish tout en reposant son regard sur la belle femme. Elle disait quelque chose au duc par-dessus son épaule dénudée, ce qui poussa le noble à serrer le poing sur sa tabatière, sa bouche ne formant plus qu'une mince ligne. Il n'aurait pas été plus évident qu'ils étaient en pleine dispute s'ils s'étaient hurlé des insultes à travers la salle de bal.

— Qui est-elle donc, Tommy, pour que Roxton ose s'énerver en public ?

Un bruit s'éleva de la gorge de Lord Cavendish, ressemblant fortement à celui que pourrait faire un faisan effrayé. Il toussa poliment dans son poing pour retrouver sa voix.

— La... hum... beauté qui a attisé votre désir fait partie de la famille du duc. C'est sa... Seigneur ! Je n'arrive pas à *croire* que la première femme qui fasse augmenter votre rythme cardiaque depuis votre retour en Angleterre soit sa...

— ... cousine ? Sœur, cousine éloignée, parente pauvre...

— Antonia, duchesse de Roxton. La vieille veuve revêche comme vous l'avez si drôlement dit.

Jonathon déglutit avec difficulté.

— Je suis maudit, grommela-t-il dans l'incrédulité la plus totale.

— Vous le serez assurément si vous vous approchez d'elle.

Jonathon râcla sa gorge sèche.

— Elle n'est pas assez âgée, Tommy. Roxton doit avoir au moins le même âge que moi.

— Nous étions à Eton ensemble. Il vient d'avoir trente ans. Il a des mèches grisonnantes et sa mère donne l'impression d'être bien plus jeune que son âge, ce qui brouille les pistes.

Jonathon fronça les sourcils de dégoût.

— Mariée dans son enfance ?

— Vous en doutez ? On l'a arrachée de la salle de classe. Le cinquième duc était un débauché tristement célèbre qui s'est réformé pour elle. Ils sont restés dévoués l'un à l'autre jusqu'à sa mort. C'est tout ce que je dirai.

Lord Cavendish fit un geste pour saluer un gentleman qui se trouvait à l'autre bout de la salle de bal et faisait des mouvements exagérés de la tête en direction de la pièce où étaient servies les boissons.

— Il est temps de passer à autre chose, Strang. Jeux de cartes, conversation et dragées nous attendent derrière ces arches et, personnellement, je compte bien profiter de l'offre.

Jonathon resta immobile, les yeux toujours rivés sur la duchesse.

— Dites-moi que vous cherchez à m'embobiner, Tommy. Dites-moi la vérité. Dites-moi qu'une femme à la beauté aussi extraordinaire n'a aucun lien avec les Roxton. Dites-le-moi, Tommy.

Lord Cavendish poussa un profond soupir.

— J'aimerais pouvoir vous le dire. C'est impossible.

— Alors dites-moi ce que vous savez.

— Arrêtez donc de la dévisager aussi ouvertement ! siffla Lord Cavendish en tirant sur la manche en velours de Jonathon. Roxton a déjà regardé dans notre direction par deux fois, ce qui n'est pas étonnant, vos yeux sont avidement braqués sur sa mère. Il est sacrément protecteur envers elle, et qui peut le lui reprocher ? La mort du précédent duc a signé l'ouverture de la chasse sur sa femme bien plus jeune. Son incroyable beauté n'est égalée que par sa richesse personnelle, un héritage que lui a laissé son mari le duc et dont elle peut faire ce qu'elle veut – l'héritage des Strang Leven fait partie de ces richesses, mon vieux. Roxton a les mains liées tant qu'elle est en vie. Vous comprenez donc pourquoi il la garde dans une cage dorée. Enfin, c'est ce qui se dit...

— Et la version non autorisée ?

Quand il ne reçut aucune réponse, Jonathon se força à détourner le regard de la duchesse pour observer l'air renfrogné de Lord Cavendish.

— Oh, allez, Tommy ! Dites-le-moi et vous serez ensuite libre de vous empiffrer au buffet avec abandon.

— Vous avez une ténacité à toute épreuve, soupira Sa Seigneurie.

Il reprit son lorgnon et feignit de s'intéresser à la danse, car non seulement le duc les observait sous ses épais sourcils, mais ceux qui circulaient autour de la piste de danse commençaient aussi à tourner la tête dans leur direction et à murmurer derrière leurs éventails agités et leurs mouchoirs parfumés bordés de dentelle.

— Cela fait presque trois ans que le vieux duc est mort. Il avait soixante-sept ans et était malade depuis quelques années ; sa mort n'était donc pas inattendue. Sauf, bien sûr, pour la duchesse. Elle pleure encore sa disparition comme si elle avait eu lieu hier. C'est une créature divinement belle et douce, pour laquelle nous devons avoir de la compassion. Selon les rumeurs, le chagrin l'aurait déstabilisée. Sir Titus Foley, un médecin raffiné qui s'est fait un nom dans l'étude et le traitement de la mélancolie féminine, a été convoqué à Treat par le duc, pour la deuxième fois en autant d'années. Ce qui nous pousse à nous poser des questions sur l'équilibre mental de Sa Grâce, non ? Et ne dites pas que vous avez appris cela de moi, mon vieux, sinon Kitty me ferait ligoter et rôtir à la broche.

Jonathon grimaça de dégoût.

— Cette pauvre femme a perdu son mari, l'amour de sa vie, sa maison et sa haute position dans la société, et son fils la met derrière les barreaux ? Est-ce si étonnant qu'elle souffre de mélancolie ? Elle n'a pas de vie. Elle est brimée, harcelée et incomprise, voilà ce que je pense. Elle n'a pas besoin des égards étranges d'un charlatan hautain. Ce dont elle a besoin, c'est de quelqu'un à qui parler, une épaule compatissante sur laquelle pleurer.

L'éclat de rire aigu et incrédule de Lord Cavendish résonna dans toute la salle de bal.

— *P-P-Parler ?* Oh, *S-S-Strang* ! Vous êtes tel un bol de bouillon de poulet ; tellement nécessaire à mon confort. Votre solution ? Irrésistiblement simple, au point de m'avoir presque convaincu. Je crois comprendre que vous allez agir comme un homme et offrir à Antonia Roxton votre forte épaule sur laquelle pleurer ?

Il essuya son œil humide avec la ruche en dentelle qui recouvrait le dos de sa main tremblante.

— Elle sera éternellement reconnaissante de vos efforts et non seulement elle vous cédera l'héritage des Strang Leven, mais en plus elle quittera Crecy Hall sur-le-champ et vous laissera y faire ce que vous voulez, c'est bien cela ? continua-t-il en secouant sa tête poudrée, incrédule. J'aimerais bien voir cela !

Jonathon se fendit d'un grand sourire.

— Je vous laisse observer.

DEUX

LLE DUC, DEBOUT À CÔTÉ D'ANTONIA, DUCHESSE DE ROXTON,
sortit sa tabatière en or. Il en tapota le couvercle émaillé sans pour
autant l'ouvrir. Il s'agissait d'un geste délibéré qui lui permettait de
s'octroyer un instant pour maîtriser sa frustration et son agacement. Il
parvint à maintenir une expression détendue sur son beau visage et à
sourire, comme s'il passait une bonne soirée. Ses invités n'auraient
jamais soupçonné qu'il avait souhaité voir le bal prendre fin avant
même qu'il ait commencé quand sa mère était arrivée toute de noir
vêtue – même son éventail et ses chaussures à talon étaient noirs. Ses
cheveux étaient coiffés sans aucune parure, pas même un ruban. Elle ne
portait pas de maquillage, et ses poignets et son cou étaient dénués de
bijoux. Cette apparence austère faisait d'elle la femme la plus captivante de la salle et témoignait de son mépris obstiné pour les efforts
déployés par son fils et sa belle-fille afin d'organiser un événement
social à Treat qui ne susciterait pas de commérages indésirables.

Il aurait dû se garder d'espérer que cette fois elle tiendrait compte
de ses conseils et ne porterait pas le deuil. Il aurait aimé savoir
comment s'y prendre avec elle. Avec les autres membres de sa famille
proche ou éloignée, ses domestiques, employés et métayers, sa parole
faisait loi et était rarement remise en question. Il aimait à croire qu'il
était un chef de famille bienveillant, rarement dictatorial. Mais il se
sentait complètement impuissant dès qu'il était question de sa mère. Il
ne savait absolument pas ce qu'il pouvait faire ou dire de plus pour la
sortir de l'océan de chagrin et d'apitoiement dans lequel elle se noyait
peu à peu.

Qu'était-il arrivé à la créature autrefois animée et heureuse qui traversait la vie telle une toupie colorée, un magnifique petit tourbillon qui portait de jolis jupons en soie et un doux parfum, aux poignets ornés de bracelets d'or et de diamants, que son père couvrait de tant de pierres précieuses qu'elle portait rarement les mêmes bijoux deux fois ? Elle avait été l'ingrédient nécessaire qui faisait d'eux une famille pleine de bonheur, de chaleur et d'amour. Même la maladie de son mari n'avait pas affaibli son énergie. Elle s'était montrée si courageuse, gentille et forte que Julian avait fini par se convaincre qu'elle avait accepté l'inévitabilité du décès de son mari. Elle le pleurerait pendant un temps, mais étant bien plus jeune que lui, elle poursuivrait sa vie en acceptant que l'ancien duc avait mené une longue existence bien remplie et que son heure était venue.

Mais quand son père était passé de vie à trépas, elle semblait avoir subi le même sort.

Il avait l'impression d'avoir perdu ses deux parents ce jour-là, ce qui l'attristait excessivement. La santé mentale de sa mère, maintenant fragile, était une préoccupation incessante. Il souhaitait pouvoir la rendre heureuse, lui montrer que la vie valait encore la peine d'être vécue. Il avait essayé de l'en persuader en douceur pendant trois ans, ce qui s'était soldé par un échec. Le temps était venu d'essayer une approche différente, qu'il répugnait à employer, mais l'éminent médecin Sir Titus Foley lui avait assuré qu'il s'agissait de la seule solution pour que sa mère retrouve la raison.

Il inspira profondément et feignit de s'intéresser aux couples qui s'assemblaient pour les contredanses.

— Je pensais que nous nous étions mis d'accord pour que vous arrêtiez de porter du noir après Pâques, commença Julian en français, la langue maternelle de sa mère.

— Non. C'est ce que *vous* vouliez, Julian.

— Trois années se sont écoulées, mère. N'est-il pas temps ?

Antonia haussa une épaule dénudée, le regard fixé sur les portes d'entrée.

— Temps ? Qu'est-ce que le temps ? Sans monseigneur, le temps n'a plus aucune importance.

Le duc pinça les lèvres et compta silencieusement jusqu'à cinq.

— Votre douleur ne s'amoindrira pas si vous cessez de porter le deuil, mais…

— … mon fils et sa femme se sentiraient plus à leur aise si je ne faisais pas mon deuil en public, hein ?

— Vous savez que ce n'est pas ce que je voulais dire ! répliqua-t-il en serrant les dents, sa tabatière écrasée dans son poing.

— Mais c'est ce que vous ressentez, non ? Vous préféreriez que votre mère fasse son deuil en privé. Ce serait plus… *convenable*, non ?

— Je préfèrerais que vous ne soyez pas en deuil du tout !

Antonia leva ses yeux vert émeraude, traversés d'un éclair de colère, vers le duc.

— Comment osez-vous suggérer une telle chose ! Mon fils préfère-rait peut-être que monseigneur et moi ne soyons jamais tombés amou-reux ? Vous préféreriez que votre mère s'arrache le cœur pour ne pas avoir à endurer l'indignité de son chagrin ?

Sur ces dernières paroles, le duc se tourna vers elle et l'observa d'un regard empli de colère, d'embarras et d'indignation. Il en oublia momentanément qu'à la lueur de mille bougies deux cents paires d'yeux les observaient de derrière leurs éventails agités et leurs lorgnons, ou par-dessus leurs coupes de champagne, guettant le dénouement de cette conversation glaciale entre mère et fils.

— Je suis offensé, madame, que vous osiez suggérer quelque chose d'aussi grotesque, articula-t-il froidement. Par ailleurs, vous savez très bien à quel point Deborah et moi nous efforçons d'égaler en tout point la vie conjugale que vous et père partagiez. Des remarques aussi absurdes prouvent une fois encore que votre état instable ne vous permet pas de prendre des décisions rationnelles.

Il s'étira le cou, comme si la cravate en dentelle d'un blanc imma-culé minutieusement nouée autour de sa gorge le gênait soudain, et reporta son attention sur la salle de bal.

— J'ai décidé de faire revenir Sir Titus…

— *Quoi ?* répondit Antonia avec un geste bref et saccadé de son poignet gracile pour ouvrir son éventail, tout en réprimant un frisson de répugnance. Vous voulez me forcer à subir les soins d'un-un char-latan dégoûtant et négligent ? Incroyable.

— Vous avez donc cessé de passer des heures à parler toute seule sur la colline ?

— Je ne parle pas toute seule, déclara Antonia d'un ton neutre, bien que l'embarras d'avoir été prise sur le fait colore ses joues de porcelaine. Je parle à votre père.

Le duc leva ses yeux verts en direction du plafond orné de dorures puis les baissa sur la boucle en diamant qui décorait la languette de sa chaussure gauche.

— Je vois… Vous pensez qu'il est acceptable pour une duchesse de passer des heures vaines dans le mausolée familial…

— Tout aussi acceptable que le fait qu'un duc autorise ses domestiques à espionner sa mère !

— ... à converser avec un portrait de marbre ? conclut platement le duc.

Antonia tourna ses grands yeux innocents vers le duc.

— Julian, vous pensez que je discute avec des statues ? C'est absurde.

De nouveau, le duc compta jusqu'à cinq dans sa tête, bien que son soupir d'impatience ait été audible. Il essaya de se montrer conciliant une dernière fois.

— Madame, si vous acceptez de ranger votre tenue de deuil et d'admettre que la réalité ne correspond plus à ce que vous avez connu et aimeriez retrouver, je me passerai volontiers des services de Sir Titus Foley. Il m'assure cependant qu'il peut vous guérir de cette mélancolie excessive et déraisonnable.

Un frisson parcourut la colonne vertébrale d'Antonia quand elle entendit ces paroles, et elle se raidit visiblement. *La guérir ?* De quoi Julian pouvait-il bien parler ? Comme si le chagrin causé par la perte de l'amour de sa vie n'était rien de plus qu'une petite grippe qui impliquait seulement de garder le lit et d'ingérer le remontant infâme d'un médecin. Elle balaya la salle de bal du regard ; l'agitation, les couleurs, les rires et la lumière se brouillaient en un méli-mélo sans importance. Elle ne pouvait pas supporter l'idée de rester une minute de plus dans cette maison qui était autrefois son foyer.

— Faites venir mon carrosse, Julian. Immédiatement !

— Cessez de porter du noir, mère, et les enfants pourront continuer à vous rendre visite à Crecy.

Antonia prit une soudaine inspiration.

— Vous empêcheriez les enfants de venir me voir ?

— Frederick s'interroge sur... sur le comportement étrange de sa grand-mère.

Antonia leva les yeux vers lui, plongée dans une incrédulité silencieuse. Le duc se racla la gorge, gêné sous son regard appuyé. Cet entretien impromptu menaçait de se transformer en un affrontement public, une situation qu'il voulait éviter à tout prix. Il s'étira le cou derechef, sa cravate plus serrée que jamais.

— Vous savez tout aussi bien que moi que les domestiques ont tendance à évoquer les commérages devant les enfants, persuadés qu'ils sont trop jeunes pour comprendre. Mais Frederick a presque sept ans... et il est très mature... Il a pris les commérages à cœur. Il s'inquiète pour vous, se fait du souci. Il a questionné sa mère. Heureusement, les jumeaux sont trop jeunes, tout comme Juliana, mais il ne faudra pas longtemps avant... En bref, mère, si vous continuez à porter le deuil, si vous poursuivez vos visites quotidiennes au caveau familial, vous ne me laisserez d'autre choix que de limiter votre temps passé avec les enfants aux occasions publiques.

Lentement, Antonia referma son éventail et souleva ses jupons diaphanes d'une main. Faisant appel à son quart de siècle d'expérience en tant que duchesse sous le regard du public, elle tendit mécaniquement son autre main à son fils en signe d'adieu. Un simple regard par-dessus son épaule suffit pour que ses dames d'honneur s'approchent d'elle.

— Mon carrosse, Julian.

— Serait-ce trop vous demander, dit-il d'un ton qu'il voulait persuasif en portant sa main à ses lèvres, de cesser de porter le deuil et de vous conformer à l'usage ?

Le visage d'Antonia resta figé en un masque d'indifférence. À l'intérieur, elle s'effondrait.

Se conformer ? Ce mot ne faisait pas partie de son vocabulaire. Quand lui avait-on jamais demandé de se conformer à l'usage ? Elle s'était toujours contentée d'être elle-même. Quand elle était devenue duchesse de Roxton deux mois après son dix-huitième anniversaire, on ne l'avait pas contrainte à suivre les préceptes de la société et elle n'en avait jamais ressenti le besoin. Son mari ne le lui avait jamais demandé. Sa spontanéité et son exubérance faisaient partie de ce que monseigneur chérissait le plus chez elle. Pourquoi son fils s'attendait-il, maintenant qu'elle était veuve, à ce qu'elle se plie aux règles ? C'était inconcevable. Guérison et conformité. Elle était totalement désorientée face à de telles absurdités.

Elle retira sa main.

— Deborah souhaite-t-elle la même chose ?

Le duc ne la regarda pas dans les yeux, préférant se concentrer sur sa chevelure blonde.

— Deb est enceinte de quatre mois, je ne ferai rien qui pourrait la contrarier.

Antonia sentit les larmes monter. Il fallait absolument qu'elle les empêche de déborder en ce lieu.

Son fils ne se rendait-il pas compte que ses petits-enfants représentaient tout pour elle ? Ils lui rendaient visite deux fois par semaine dans la maison au bord du lac où elle résidait depuis qu'elle était veuve, et ils étaient les seuls rayons de soleil dans son existence autrement terne et solitaire. Sans eux, elle sombrerait à coup sûr. Ce qui serait peut-être pour le mieux. Cela pourrait tout régler. Elle savait qu'elle représentait un immense fardeau pour son fils et sa femme, et que Julian faisait uniquement ce qu'il pensait être juste – ce que, selon lui, son père aurait voulu qu'il fasse en tant que duc. Antonia ne pouvait pas lui en vouloir sur ce point. Elle était bien consciente qu'avec le statut de duc de Roxton, son fils avait hérité d'un lourd fardeau de responsabilités. Il prenait son rôle de chef de famille très au sérieux – trop au sérieux, selon elle. Mais son avis n'avait aucune importance. Julian était un mari et un père aimant, ainsi qu'un maître bienveillant, et c'était tout ce qui comptait réellement.

— Vous ne lui avez rien dit.

Le duc ne répondit pas. Il indiqua aux dames d'honneur de sa mère qu'elles pouvaient s'avancer.

— Sa Grâce retourne à Crecy.

Antonia se détourna pour partir, les yeux baissés. Elle avait le cœur si lourd, son esprit et son corps étaient tellement vides d'énergie qu'elle avait l'impression de patauger dans la mélasse. Quelque chose, elle ne savait pas quoi exactement – peut-être le crescendo des conversations autour d'elle, ou l'agitation colorée des danseurs qui se dispersaient et de leur public qui s'écartait –, la poussa toutefois à s'arrêter et à lever les yeux. Ils s'écarquillèrent de surprise quand elle aperçut une espèce de géant à la peau bronzée s'approcher d'elle à grands pas lestes et décidés.

Il portait une redingote en velours foncé sans artifices aux manches resserrées, et des chaussures à petits talons ornées d'une simple boucle argentée. Entre cette tenue et ses épais cheveux bruns, au naturel, qui retombaient en vagues sur ses épaules et dans ses yeux de façon peu soignée, Antonia se demanda s'il ne pourrait pas s'agir d'un ecclésiastique – un ecclésiastique très grand et séduisant, cela dit. Il avait cependant fait un choix vestimentaire qui réfutait cette supposition : un somptueux gilet en satin bleu saphir brodé de couleurs vives et orné de boutons recouverts du même tissu. Les ecclésiastiques ne portaient pas de vêtements aussi exquis et bien taillés. Et pourtant, le gilet paraissait tellement incongru par rapport à l'austérité du reste de sa tenue qu'elle battit des paupières, comme pour s'assurer qu'elle n'était pas victime d'une vision.

Il était peut-être soûl. Un excès d'alcool expliquerait l'expression assurée et décontractée qu'arborait cet étranger agile au milieu de l'élite de la société. Par ailleurs, seul un ivrogne oserait la fixer de façon aussi insistante. Il regardait droit devant lui en longeant la piste de danse, forçant le contingent de spectateurs à reculer précipitamment sur son passage. Le chambardement ainsi causé poussa l'orchestre à interrompre son morceau, ce qui ne sembla pas le perturber. Dans le silence soudain, danseurs et spectateurs se rassemblèrent, les yeux rivés sur l'étranger à la peau cuivrée qui osait s'approcher de la duchesse douairière de Roxton avec tant d'audace.

Comme pour s'assurer de la destination du gentleman, elle jeta un coup d'œil par-dessus son épaule, à gauche puis à droite. À l'exception de son fils et des deux dames d'honneur qui ne la perdaient jamais de vue, personne d'autre ne se tenait assez près pour être considéré comme étant dans la ligne de mire de l'étranger.

Elle reporta son attention sur cet inconnu qui fendait la foule, ses talons de cinq centimètres vissés au parquet, son éventail à plumes se balançant au bout du cordon de soie qui entourait son poignet. Elle se demandait ce qu'il pouvait bien vouloir. Puis son fils s'avança devant elle et lui bloqua la vue.

— Sa Grâce ne danse pas, déclara le duc d'une voix plate et traînante.

Jonathon resta imperturbable face à l'accueil glacial de son hôte. Il soutint le regard fixe du duc et esquissa un sourire.

— Vraiment, monsieur le duc ? demanda-t-il avec désinvolture.

Il fit un pas sur la gauche pour qu'Antonia se retrouve de nouveau dans sa ligne de mire. Il découvrit avec plaisir que ses yeux légèrement obliques s'apparentaient à deux émeraudes éclatantes. Sa beauté était encore plus exquise de près, ce qui renforça sa détermination à danser avec elle.

— Et si vous laissiez votre mère me dire ceci elle-même ? reprit-il avec une franche et amicale familiarité qui choqua autant le duc que s'il avait été frappé en plein visage.

Les membres de la foule qui étaient assez proches pour entendre cette déclaration grossière furent interloqués de voir que l'on s'adressait à un membre notable de leur société de façon aussi informelle et scandaleuse ; de plus, on considérait l'homme qui avait pris la parole comme un parvenu, un marchand des Indes orientales de surcroît ! Ils poussèrent un sifflement collectif bruyant pour marquer leur incrédulité horrifiée, et tous retinrent leur souffle en attendant la réponse du duc.

— Vous n'avez peut-être pas entendu, articula Roxton d'une voix glaciale.

Il n'était tellement pas habitué à ce qu'on s'adresse à lui de façon aussi vulgaire que ses joues prirent une teinte rouge brique terne et diffuse, comme s'il avait bel et bien reçu une gifle réprobatrice.

— La duchesse ne danse pas. Elle rentre immédiatement. Si vous voulez bien l'excuser.

Aucun des deux hommes ne cédait. Ils continuaient de se fixer, les yeux dans les yeux. La foule retint sa respiration derechef. Les bonnes manières et les convenances exigeaient que l'invité se soumette à la demande polie de son hôte. Mais Jonathon n'était pas homme à renoncer facilement, pas sans une bonne raison. Il n'allait certainement pas céder simplement parce que des principes tacites et collectifs l'exigeaient. Il n'avait aucune raison de fléchir, à moins qu'*elle* le souhaite.

Il fit donc le contraire de ce que la société attendait. Il ne s'excusa pas. Il ne se montra pas repentant. Il n'exécuta aucune courbette et ne recula pas jusqu'à être avalé par la foule. Il décida plutôt de commettre un impair social impardonnable, dont il ne se relèverait jamais aux dires des matrones de la société. Il ferait aussi bien de plier bagage et de partir au beau milieu de la nuit pour retourner dans le coin perdu d'où il venait.

Jonathon cessa de prêter attention au duc.

Il s'avança, son épaule effleurant celle du duc comme si son hôte illustre n'était qu'un domestique qui ne méritait pas qu'on le remarque, et s'adressa directement à Antonia :

— Sa Grâce me ferait-elle l'honneur d'accorder une danse à un homme avec deux pieds gauches et l'élégance d'un phasme faisant du surplace ?

Tout le monde guettait la réaction de la duchesse à ce petit drame qui se déroulait au-dessus de sa tête entre ces deux beaux hommes bien bâtis, aux extrémités opposées de l'échelle sociale. Tout le monde s'attendait à ce qu'elle décline l'invitation. Outre l'affront qu'elle ferait à son fils, personne ne l'avait vue danser depuis que l'affection qui avait coûté la vie à son mari, l'ancien duc de Roxton, avait commencé à toucher ses poumons.

Antonia songea immédiatement à refuser, à prétexter une migraine et à se dépêcher de partir afin de ne pas embarrasser davantage son fils. Mais elle n'avait jamais fourni une piètre excuse de toute sa vie et n'était pas non plus sujette aux migraines. Par ailleurs, elle voulait absolument éviter à ce gentleman, qui lui offrait un sourire confiant comme s'il était persuadé qu'elle accepterait, l'humiliation d'un refus. Il s'était déjà attiré le courroux silencieux de son fils – elle savait pertinemment qu'il avait horreur de se donner en spectacle. Il punirait indubitablement cet inconnu pour ses mauvaises manières en l'ignorant à chaque événement qui suivrait. Semblable à un troupeau de moutons, le reste de ses pairs suivrait l'exemple donné par le duc et l'étranger serait mis au ban de la société.

Elle refusait d'être responsable de l'exil social de ce gentleman.

Elle répondit ouvertement au sourire du bel étranger. Malgré les profondes rides qui entouraient ses yeux d'un brun foncé et parcouraient ses joues, malgré son teint basané, résultat sans aucun doute d'années de navigation en haute mer ou d'une vie passée dans les colonies baignées de soleil, elle estima qu'il n'était pas beaucoup plus vieux que son fils – une demi-douzaine d'années tout au plus. Quel mal pouvait-il y avoir à lui accorder une danse si cela pouvait lui éviter d'être dès lors banni par ses pairs ?

Décidée, elle contourna le duc et tendit sa main gracile en guise de salutation.

— Si vous pouvez être indulgent envers mon manque d'entraînement, monsieur, alors je serai indulgente envers vos deux pieds gauches.

Le sourire éclatant de Jonathon s'élargit, mais contrairement à ce que les spectateurs supposèrent, il ne s'agissait pas d'un signe de triomphe parce qu'Antonia avait accepté son invitation audacieuse en dépit de l'opposition du duc. Il était agréablement surpris qu'elle lui ait répondu dans un français délicat, sans envisager la possibilité que lui-même ne maîtrise pas cette langue. Il était doté d'une bonne oreille pour l'apprentissage des langues et en parlait plusieurs couramment, mais ces détails pouvaient attendre. À cet instant, il se réjouissait seulement d'avoir Antonia à son bras.

Sans un autre regard pour le duc, il la mena au centre de la piste de danse sous le flamboiement des trois lustres, plein d'assurance, comme s'il était tout à fait banal qu'elle accepte de danser avec lui.

La question de savoir si d'autres couples devaient les rejoindre afin d'atteindre le nombre de personnes requis pour un cotillon provoqua l'indécision générale, mais Deborah Roxton rejoignit alors son mari et déclara à voix haute qu'il lui avait promis cette danse. Le duc ne souleva aucune objection, malgré le regard désapprobateur qu'il lança à sa femme, et plusieurs autres couples se formèrent rapidement pour suivre l'exemple de leur hôte. En quelques minutes, la nouvelle se répandit dans la salle des boissons et autour des tables de jeu, et tous désertèrent ces lieux afin d'assister à la première danse d'Antonia, duchesse de Roxton, depuis sept ans.

Lord Cavendish, admiratif de l'effronterie de Jonathon, resta en retrait pour les observer. À en juger par les regards envieux qu'au moins une demi-douzaine de belles à marier lancèrent à Strang tandis qu'il menait Antonia dans un cotillon, Sa Seigneurie était de l'opinion réfléchie que, loin de ternir sa convenance en tant que compagnon potentiel, cet épisode avait décuplé les perspectives qu'avait son beau-frère à la langue bien pendue de séduire une héritière titrée. Il avait hâte d'en discuter avec sa femme.

JONATHON ALIMENTAIT UNE CONVERSATION ANODINE AFIN DE distraire Antonia du fait que tous les invités du bal d'avril des Roxton les observaient. Plus tard, il essaya de se souvenir de ses divagations, mais fut incapable d'en retrouver la nature précise. Il se rappelait seulement son désir profond de la mettre à son aise.

Il se révéla très bon danseur dès que l'orchestre entama son morceau et guida Antonia dans chaque pas du cotillon avec toute la maîtrise d'un professeur de danse. Quand elle lui lança, sourcils froncés, un regard interrogateur et suspicieux, il lui adressa un clin d'œil et un sourire conspirateur. Elle détourna rapidement les yeux. Inexplicablement, elle avait l'impression que sa gorge était en feu. Elle redevint elle-même quand leurs mains se retrouvèrent, seulement jusqu'à ce qu'il ait l'impudence d'exercer une légère pression sur ses doigts et de déclarer en secouant tristement la tête :

— J'aimerais vraiment que vous vous concentriez, madame la duchesse. Il m'est déjà assez difficile de faire en sorte que mes deux pieds gauches aillent dans la même direction sans que les pensées de ma partenaire de danse s'éloignent du moment présent.

Antonia le dévisagea, bouche bée.

— Je vous demande pardon, monsieur…

— Strang. Jonathon Strang.

— Je vous demande pardon, monsieur Strang…

— Mais quand nous nous connaîtrons mieux, vous m'appellerez seulement Strang.

Antonia se redressa de tout son mètre cinquante-sept.

— Monsieur Strang, je ne crois pas…

Sa phrase resta en suspens quand il rejoignit les autres hommes au centre avant de revenir auprès d'elle. Il pencha la tête, s'approcha de son oreille et déclara d'un ton complice :

— Mais je n'attends que le jour où vous m'appellerez Jonathon.

Antonia n'était plus seulement agacée, mais offensée.

— Monsieur ! Je vous trouve infiniment effronté, et jamais je ne vous appellerai autrement que monsieur Strang.

Il s'esclaffa, dévoilant ses dents blanches.

— Très bien, c'est un début, dit-il avec bonhomie.

Il resta silencieux jusqu'à la fin de la danse, au grand soulagement d'Antonia, mais ses yeux restèrent rivés sur elle, ce qu'elle trouvait déconcertant. Elle n'était pas vaniteuse, mais pas sotte non plus. Elle était bien consciente de l'admiration que sa beauté provoquait chez les hommes, mais ils gardaient toujours une distance respectueuse, ne l'affichaient jamais de si près ni de façon aussi franche, au point de la faire rougir. Elle se demanda une fois de plus si cet inconnu était soûl, mais quand il s'était penché pour lui murmurer quelques mots à l'oreille, elle n'avait pas été accablée par une odeur de spiritueux. Peut-être souffrait-il d'un trouble nerveux qui le poussait à se comporter de façon excessivement amicale ?

Qu'importe ce dont il souffrait, Antonia souhaitait simplement que la danse touche à sa fin. Elle n'appréciait pas l'attention qu'elle recevait en dansant avec cet étranger, pas plus que le fait que son partenaire se réjouissait de cette nouvelle notoriété. Quand elle se risqua à lever les yeux vers lui, il lui adressa un nouveau clin d'œil qui n'avait rien de lubrique, mais suggérait qu'il était en pleine possession de ses moyens. Elle eut d'ailleurs l'impression, en observant l'intensité de son regard et son expression quand il ne souriait pas, que sous son attitude amicale se cachait une détermination inébranlable, et que lorsqu'il se fixait un objectif, il avait la capacité de le poursuivre avec obstination jusqu'à ce qu'il l'atteigne, peu importe le prix.

La musique s'arrêta et les danseurs commencèrent à se disperser. Les soupçons d'Antonia furent alors confirmés ; Jonathon ne la raccompagna pas auprès de ses dames d'honneur qui l'attendaient consciencieusement. Il prit son bras qu'il plaça fermement autour du sien et l'emmena rapidement en direction de la salle des boissons. Avant qu'elle n'ait le temps de protester, Jonathon plaça une coupe de champagne dans sa main et la conduisit vers un coin tranquille près d'une longue fenêtre qui donnait sur le jardin d'agrément éclairé par des lanternes. Il tourna son large dos à la foule grandissante et se plaça entre un pilier en marbre et la fenêtre, protégeant efficacement Antonia des regards curieux grâce à sa haute silhouette.

Il but son champagne avec délectation.

— N'êtes-vous pas stupéfaite de constater que nous nous entendons à merveille, madame la duchesse ? Vous parlez le français de Louis et je vous réponds dans l'anglais du roi. Enfin, je peux dire cela maintenant, car ce George-là parle effectivement anglais. Les deux George précédents étaient allemands et ne maîtrisaient pas vraiment notre langue, n'est-ce pas ? Ils devaient s'entretenir avec leurs ministres anglais en français, car leur maîtrise, ou plutôt *manque de maîtrise*, de la langue anglaise était catastrophique, continua-t-il en lui souriant. Ces deux George auraient très facilement pu bavarder avec vous. J'imagine que George II appréciait par-dessus tout de converser avec vous en français ?

— Oui. Oui, Sa Majesté était un grand bavard, monsieur, répondit-elle d'un air distrait.

Elle essayait d'observer, derrière lui, la foule qui déferlait vers les tables chargées de nourriture et de vin, à la recherche de son fils. Son partenaire de danse lui bloquait la vue avec tant d'efficacité qu'elle n'eut d'autre choix que de diriger son regard sur son visage, sous peine d'être impolie.

— Monseigneur dit qu'il valait mieux que les George allemands parlent une langue civilisée au lieu de se lancer dans les énonciations gutturales de leur langue maternelle, sans quoi il aurait été obligé de soutenir la revendication au trône du Jeune Prétendant.

— Vraiment ? répondit Jonathon, intéressé. Je parie que ce cher Bonnie Prince Charlie était lui aussi plus à l'aise en français qu'en anglais pour faire la conversation.

— Tout à fait, approuva Antonia avant de boire une gorgée de champagne en regardant dans le vide, un souvenir creusant une fossette sur sa joue. Monseigneur appréciait les manières impeccables de Charles Stuart ainsi que son habilité à nouer une cravate à la perfection, mais il ne pouvait tolérer ses opinions politiques.

— Monseigneur a le sens des priorités, voilà qui est certain, commenta Jonathon le plus nonchalamment possible, son cœur s'étant emballé à la vue de cette fossette.

Il lui avait tiré un sourire, parce qu'elle repensait à son précieux monseigneur, certes, mais un sourire tout de même. Déterminé à en profiter pendant que cette fossette était encore visible, il bredouilla. Il fut surpris et embarrassé de découvrir la quantité de balivernes qu'il pouvait enchaîner tel un jeune homme gauche.

— L'apparence d'un gentleman en dit beaucoup sur lui et sur sa vision du monde. Il y a une différence capitale entre un homme nonchalamment habillé et un homme qui s'habille avec nonchalance. Je vais me risquer à supposer que monseigneur assurerait que de beaux habits ne peuvent en aucun cas compenser de mauvaises manières, non ?

Les yeux verts d'Antonia s'illuminèrent.

— Cela aussi est tout à fait vrai, monsieur, répondit-elle avec assentiment. Monseigneur pardonnera à un noble une tenue dépenaillée, mais rien n'excuse un manque de courtoisie, hein ?

— Précisément ! Un gentleman peut connaître des temps difficiles et ne pas avoir les moyens de profiter des services d'un tailleur, mais s'il est riche de bonnes manières, alors il sera le bienvenu partout.

— Exactement, approuva Antonia. Il est préférable, n'est-ce pas, de recevoir le pasteur du village coiffé de son tricorne usé, mais qui ne met pas du tabac à priser partout sur ses revers pour le renifler, plutôt que le cardinal dans sa nouvelle cape, avec ses manières de porc et ses crachats dans le pot de chambre commun. Vous riez, mais je vous l'assure, monsieur, monseigneur ne supporte pas les cardinaux.

— Dans ce cas, je suis ravi de constater que monseigneur et moi sommes d'accord, répondit-il avec satisfaction tout en récupérant le verre vide qu'Antonia tenait pour le déposer sur le plateau d'un valet de pied qui passait, sans détourner les yeux de son visage levé. Je suis moi-même incapable de supporter les prêcheurs hautains, en particulier les cracheurs. Je suis persuadé que monseigneur et moi serions d'accord sur de nombreux sujets. Quel dommage que je ne puisse pas rencontrer ce grand homme…

Ces mots à peine prononcés, il sut qu'il venait de commettre une erreur stratégique. Il aurait pu se frapper pour son manque de réflexion. Son commentaire banal effaça le sourire de la belle bouche d'Antonia et la fit baisser les paupières sur ses yeux verts. Ses doigts tremblaient violemment sur le manche de son éventail à plumes.

Il aurait dû être plus prudent. Il aurait dû comprendre que monsieur le duc de Roxton, *son monseigneur*, restait on ne peut plus vivant à ses yeux. Elle évoquait constamment son cher duc défunt au présent. Mais il avait été tellement concentré sur son triomphe d'avoir fait sourire cette femme magnifique à la candeur si rafraîchissante qu'un moment d'inattention l'avait poussé à parler sans réfléchir. Et qui pouvait l'en blâmer ?

Cette proximité confirma tout ce qu'il avait d'abord admiré de loin chez elle, et plus encore. Elle ne semblait certainement pas assez vieille pour être la mère de Roxton. Elle était définitivement la plus magnifique créature sur laquelle il avait jamais posé les yeux. De sa peau lumineuse au profond décolleté de sa poitrine blanche, en passant par son agréable parfum subtil et son français qu'elle parlait d'une voix douce, la duchesse douairière de Roxton était, de la tête aux pieds, délicieusement féminine et séduisante.

Seigneur, quel imbécile irréfléchi. Il avait laissé son orgueil prendre le dessus sur sa raison. Après tout, le sourire qui avait provoqué cette fossette ne lui était pas destiné, il était pour monseigneur.

— Il vous faut un autre verre, déclara-t-il.

Aucun des deux n'esquissa le moindre geste.

Antonia fixait d'un air absent le gilet à motifs floraux et aux boutons recouverts de tissu qu'il portait. Il s'agissait d'une parure exquise, délicatement brodée de fleurs et de fruits exotiques du sous-continent indien sur fond de satin bleu saphir d'une intense richesse. Elle était persuadée que maintes femmes seraient incapables de résister à l'envie de faire glisser leur main sur le tissu, pour vérifier qu'il était aussi soyeux qu'il en avait l'air. Elle se demanda s'il possédait d'autres gilets aussi exquis, et combien. Peut-être en avait-il un pour chaque jour de la semaine ? Les Indiens étaient d'excellents tisserands, qui réalisaient des broderies complexes et magistrales. Elle possédait au moins deux douzaines de jupons en soie indienne raffinée. Elle se demanda où ils étaient, si Michelle prenait bien soin des robes et des corsages qu'elle avait portés par le passé…

C'était ainsi qu'elle faisait face, qu'elle évitait l'instant présent ; elle se concentrait sur autre chose, n'importe quoi, tant que son esprit n'était plus tourné vers le vide insoutenable dans son cœur. Il fallait à tout prix qu'elle évite de s'effondrer en public. Julian en serait mortifié. Il ne la pardonnerait jamais si elle se donnait en spectacle sous son toit, au milieu de ses pairs. Il voyait d'un mauvais œil les démonstrations d'émotions en public. Mais il n'avait pas un cœur de pierre. En vérité, il était extrêmement timide. Elle avait fait cette découverte surprenante concernant son aîné seulement quand il avait épousé Deborah. Pourquoi ne l'avait-elle pas su avant ?

Elle s'était toujours montrée très démonstrative avec son mari.

Étrange…

Dieu soit loué, Julian pouvait compter sur Deborah, belle, gentille, raisonnable et aimante. Sa belle-fille faisait une merveilleuse duchesse de Roxton. C'était exactement le genre de femme dont Julian avait besoin, et une mère parfaite pour ses enfants. Ils formaient un couple parfait, tellement heureux…

Pourquoi était-elle venue à ce bal ? Pourquoi n'était-elle pas restée à la maison avec ses souvenirs, entourée de *leurs* livres et *leurs* biens, tellement nécessaires et apaisants pour sa santé mentale ? Elle priait pour que son fils apparaisse et l'escorte à son carrosse afin qu'elle puisse emprunter le chemin qui longeait le lac pour rejoindre le refuge de sa maison douairière.

Où étaient passés ses deux chiens de garde ?

Il fallait qu'elle rentre, *immédiatement*.

Avec un suprême effort de volonté, elle reporta son attention sur le présent et se força à se focaliser sur le gilet travaillé de son partenaire de danse. Ce satin bleu saphir était réellement apaisant. Un océan de saphir… La distraction fut suffisante pour qu'après un court instant, elle puisse respirer profondément, certaine qu'elle n'allait pas s'effondrer, pas en ce lieu, pas à la vue de tous, pas ce soir-là.

— C'est de la broderie indienne, déclara Jonathon à voix basse.

Elle sursauta et leva le regard vers lui en clignant des yeux, ce qui le fit sourire. Mais face à ses yeux brillants comme baignés de larmes et ses joues délicatement teintées de rose, son sourire se transforma en une moue inquiète. En revanche, il ne put s'empêcher d'ajouter un commentaire impertinent, dans l'espoir que cela la sortirait de sa triste rêverie :

— N'hésitez pas à le toucher si vous le souhaitez, proposa-t-il avec un sourire en coin.

— Monsieur, vous êtes absurde ! répondit Antonia d'un air dédaigneux.

Malgré tout, son commentaire espiègle eut l'effet escompté : immédiatement agacée, elle souleva ses jupons à pleines mains, signe qu'il devait se décaler pour la laisser passer. Mais quand il resta planté là, lui bloquant le passage, elle hésita, ne sachant quoi faire. Après tout, les convenances lui dictaient de la laisser passer. Quand il refusa de s'exécuter, elle le fusilla du regard, incapable de comprendre ses intentions.

Il l'éclaira sur la question :

— Je suis bien conscient qu'il serait tout à fait impoli de ma part de vous rendre visite à Crecy Hall sans y être invité, déclara-t-il nonchalamment. Mais il serait tout aussi impoli de votre part de refuser de me recevoir une fois que je serai à votre porte. J'ai l'intention de venir sans invitation pour le thé demain. Si vous ne souhaitez pas être impolie, je vous suggère d'être *physiquement* absente. Je n'accepterai pas l'une de ces formules de rejet du genre « madame la duchesse n'est présente pour personne » de la part d'un majordome hautain.

Il fit un pas en arrière pour la laisser passer et s'inclina :

— À demain.

Ce fut au tour d'Antonia de rester plantée sur place, tant elle était décontenancée face à tant d'arrogance. Elle garda les yeux rivés sur le sourire éclatant de Jonathon, incrédule et énervée, et remarqua à peine que ses dames d'honneur l'avaient enfin retrouvée.

Avec une révérence, la plus petite des deux l'informa que le carrosse avait été avancé devant le portique.

Juste à côté, deux nobles perruqués buvaient du champagne et ingurgitaient des huîtres en riant à une blague grivoise. Deux de leurs semblables, suivis de près par leurs femmes, leur indiquèrent de se taire d'un petit coup de coude, et tous devinrent spectateurs de ce petit drame – ils n'étaient pas les seuls à montrer leur intérêt pour ce grand gentleman à la peau foncée qui avait eu l'effronterie de danser avec la duchesse douairière de Roxton.

Si Jonathon ne s'y méprenait pas, un calme général avait envahi la salle des boissons. Maintenant que les deux gargouilles étaient apparues de nulle part, il valait mieux ne pas traîner s'il ne voulait pas apporter de l'eau au moulin des spectateurs. Ainsi, avant qu'Antonia n'ait le temps d'esquisser un pas ou de répondre à son invitation scandaleuse pour le thé, Jonathon tourna les talons et s'éloigna d'un pas tranquille. Quand il eut atteint le centre bondé de la pièce, il tomba sur sa fille accompagnée de ses deux amies aux fins cheveux blonds, les jumelles Aubrey. Un coup d'œil par-dessus son épaule lui confirma qu'il était encore observé ; son sourire devint suffisant.

Il avait réussi, au moins pendant quelques secondes, à détourner les pensées de la duchesse de feu son duc bien-aimé. Il était sûr de pouvoir étirer ces quelques secondes de diversion en minutes, voire jusqu'à une heure. Le vrai défi serait de capter toute son attention pendant une journée entière. Mais il était plus que disposé à s'exercer. Il était déterminé à mettre Antonia au centre de ses préoccupations, à la sortir de sa mélancolie et à lui offrir la distraction dont elle avait besoin pour surmonter son obsession pour le défunt. Puis, quand il aurait gagné sa confiance, il pourrait la convaincre que la restitution de l'héritage volé à son ancêtre Edmund Strang Leven plus d'un siècle plus tôt était une question de vertu et de moralité.

Il passerait chaque minute de son séjour à Treat à poursuivre cet objectif déterminé.

Bien sûr, il était tout à fait prêt à accepter l'éventualité que cette entreprise lui offre en prime la chance de profiter de la compagnie d'une femme exceptionnellement belle qui n'avait aucune intention de l'épouser ou de le marier à l'une de ses filles. En faisant la cour à la duchesse douairière de Roxton, excluant toutes les autres femmes qui se jetaient en travers de son chemin, il prouverait à Kitty et Sarah-Jane, ainsi qu'aux mères sournoises de la société, à quel point il était sérieux quand il affirmait qu'il n'était pas le moins du monde intéressé par le mariage.

Soudain, la soirée des Roxton perdit son statut de énième événement social insipide qu'il devait endurer pour satisfaire les aspirations maritales de sa fille ; Antonia Roxton venait de lui donner un but et un sens.

TROIS

Antonia avait l'habitude que tout le monde, à l'exception de son mari et de sa famille proche, fasse preuve d'une déférence frôlant la servilité à son égard. La rencontre avec un gentleman franc qui ne restait pas bouche bée devant sa beauté ou sa noblesse – quel genre d'étranger s'adressait à une duchesse de façon aussi désinvolte ? – la déroutait complètement. Jonathon aurait été satisfait et très surpris d'apprendre qu'il occupait les pensées de la duchesse douairière de Roxton pendant son trajet pour contourner le lac et rejoindre Crecy Hall.

Le regard fixé sur le velours capitonné entre les épaules de ses deux dames d'honneur, elle jugea que seul un fou, ou une vipère, aurait trouvé le courage de l'inviter à danser et de défier le refus tacite de son fils. Pendant les trois années de maladie du duc et les trois autres années suivant sa mort, aucun gentleman n'avait osé faire ni l'un ni l'autre. Et soudain, un lunatique prétentieux et hâlé avait l'insolence de s'inviter à prendre le thé chez elle ! Le soleil n'avait pas endommagé que sa peau. Elle avait entendu dire qu'il n'était pas rare que des hommes deviennent fous après avoir supporté le climat colonial pendant trop d'années, le soleil brillant si fort qu'il provoquait des cloques.

Il avait déjà fait preuve d'une présomption excessive en ayant l'audace de s'inviter lui-même chez elle, mais le fait qu'il prenne congé de son pas traînant et se laisse capturer par trois magnifiques jeunes filles avant de se retourner pour lui lancer, à *elle*, un sourire suffisant, comme si elle accordait la moindre importance aux femmes qui le trouvaient attirant, lui confirma que Jonathon Strang n'était pas seulement fou, mais aussi arrogant. Elle se demanda s'il n'avait pas dansé avec elle pour remporter un pari. C'était totalement le genre d'idée ridicule que pouvaient avoir les hommes orgueilleux qui plaçaient leur propre valeur en haute estime. Les trois belles jeunes filles l'y avaient probablement poussé.

Elle se félicitait d'avoir eu la présence d'esprit de passer rapidement près de lui la tête haute et sans lui accorder le moindre regard. Elle avait été satisfaite de voir, du coin de l'œil, que les trois belles qui gloussaient en s'accrochant de manière possessive aux bras du lunatique avaient eu le réflexe de se pencher en une révérence respectueuse avec le reste des dames et messieurs qui s'étaient inclinés devant elle quand elle les avait dépassés, suivie par ses dames d'honneur. Jonathon, lui aussi, avait exécuté une révérence formelle.

Elle descendit du carrosse sans prêter attention au valet de pied qui abaissa les marches, ni à son majordome, ni au portier qui tenait un flambeau afin d'éclairer le chemin qu'elle devait parcourir pour rejoindre la chaleur du hall d'entrée lambrissé de son manoir élisabéthain.

Il aurait dû se montrer reconnaissant d'avoir seulement la chance de danser avec elle. Elle l'avait sauvé du désastre social et c'est avec un sourire suffisant qu'il l'avait remerciée. *Il vaut mieux remettre les hommes de son genre à leur place*, se dit-elle tandis qu'on l'aidait à se débarrasser de ses jupons, de son corsage et de son corset. Puis elle enfila une fine chemise de nuit en coton avec l'aide de sa femme de chambre. Le lendemain après-midi, elle ferait une très longue promenade. S'il osait réellement se présenter à sa porte, que personne n'était là pour l'accueillir et qu'il patientait seul pendant des heures, il comprendrait le message et ne reviendrait pas. Dans deux semaines, son sourire éclatant et ses yeux brun foncé seraient de retour à Londres, ou sous la chaleur de l'avant-poste impérial d'où il venait, quel qu'il soit, et elle n'aurait plus jamais à le revoir.

Elle aurait dû être plus avisée.

Il était aussi têtu qu'arrogant.

Le lendemain, quand elle rentra de sa longue promenade, ses deux fidèles chiens de chasse trottant près de ses épais jupons, elle trouva le lunatique brûlé par le soleil assis sur la plus haute marche de son pavillon d'été, près du lac. Il était confortablement appuyé contre une colonne palladienne, ses longues jambes étendues devant lui, chevilles croisées. Il portait une simple chemise et un gilet sans manches, avait retiré sa redingote et semblait parfaitement à son aise, admirant la vue sur la vaste pelouse verdoyante qui descendait vers une jetée et les paisibles eaux bleues du lac. Il fumait un cheroot et envoyait des ronds de fumée vers le ciel dégagé.

— Une habitude répugnante, commenta Jonathon en retirant le cigare d'entre ses dents alignées quand Antonia s'arrêta brusquement en bas des marches en marbre lustré du pavillon et le fixa intensément.

Il posa le cheroot en équilibre sur le couvercle minutieusement ouvragé de sa propre petite boîte à amadou et se leva ; il déplia ses longues jambes minces de manière alanguie, comme s'il était assis sur la large marche depuis longtemps.

Il s'inclina rapidement devant elle.

— J'ai découvert les merveilles de la feuille roulée quand je travaillais pour la Compagnie à Hyderabad. Cela éloigne les insectes volants. J'utilise un narguilé chez moi – bien plus relaxant –, mais quand je suis en déplacement je préfère la feuille à la poudre du tabac à priser qui me fait éternuer. Et le mâcher pourrit les dents. Ce serait dommage de gâcher un sourire aussi éclatant. Ici, peu de mes congénères fument ; le tabac à priser est plus en vogue. Malgré tout, j'ai investi dans plusieurs plantations de tabac dans les Amériques, au cas où la prochaine mode serait de fumer.

Puisqu'Antonia restait immobile, il descendit les larges marches avec légèreté et lui offrit son bras.

— Je ne suis pas infirme, monsieur !

Elle ignora son bras courbé, monta les marches vers le pavillon et retira son bonnet de paille à bord large et son châle à franges dans la fraîcheur du dôme que formait le haut plafond peint. Elle passa une main sur ses cheveux ébouriffés pour les recoiffer ; plusieurs mèches dorées avaient échappé à la multitude d'épingles et retombaient sur ses joues empourprées par la marche. Puis elle resta plantée là, perdue.

Elle voulait désespérément retirer ses bottes de marche en cuir de chevreau et se servir un verre d'eau citronnée de la carafe en cristal qui était toujours préparée pour son retour et placée sur la table basse. Elle aurait ensuite reposé ses pieds vêtus de bas sur les coussins rayés de la méridienne installée près du porche voûté sculpté donnant sur la jetée, d'où elle pourrait profiter d'une brise fraîche en provenance du lac. Puis elle aurait lu pendant une heure ou deux avant le dîner. Elle relisait l'un de ses historiens romains préférés, Tacite, et avait aussi commencé à se plonger dans un pamphlet intitulé *Le Sens commun,*

écrit par un Anglais qui soutenait la cause des révolutionnaires américains – son cousin Charles le lui avait donné. Les deux ouvrages l'attendaient sur la table basse, avec plusieurs lettres encore cachetées.

Elle devait d'abord se débarrasser de cet intrus dérangé.

Elle n'avait jamais marché aussi loin et ne s'était arrêtée que pour
passer un moment dans le mausolée familial qui dominait la plus haute
colline du domaine et offrait la meilleure vue du comté. Son fils possédait toutes les terres visibles. Peu importe où elle marchait et à quelle
vitesse, elle ne sortait jamais vraiment de chez elle. Elle apercevait
toujours le magnifique mausolée de marbre, un monument symbolique
qui proclamait fièrement la noblesse ancestrale de la famille aux yeux
du monde – la dernière demeure des ducs de Roxton et de leur plus
proche famille.

Mais elle s'arrêtait rarement pour admirer la vue sur les collines
ondoyantes et luxuriantes, les terres agricoles, l'ancienne forêt et, plus
près de sa maison, le paysage transformé par le lac, les jardins d'agrément et les arbres plantés de manière stratégique par des paysagistes.
Elle passait son temps à l'intérieur du vaste mausolée, dans la fraîche
quiétude de la lumière tamisée qui pénétrait par l'énorme oculus
ouvert dans le dôme, loin au-dessus de sa tête. Elle pouvait alors s'asseoir avec les ancêtres des Roxton, décédés depuis longtemps, et la
famille qui lui avait été arrachée : monseigneur, son mari, la sœur de
celui-ci, Lady Estée, ainsi que son mari et meilleur ami de monseigneur, Lucian, Lord Vallentine. En l'espace de douze mois, ses trois
êtres parmi les plus chers à son cœur lui avaient été arrachés.

Sir Titus Foley, ce médecin aux grosses mains baladeuses, soutenu
par son fils en plus de cela, affirmait que ses visites au caveau des
Roxton prouvaient qu'elle avait une obsession morbide pour la mort.
Mais ce n'était pas la mort qui la consumait quand elle se retrouvait
entre ces murs ; c'était la vie. Sa vie avait été prodigieusement heureuse
et épanouissante du vivant de son mari, de sa belle-sœur et de son
beau-frère. Quand elle les avait perdus, elle avait tout bonnement
perdu une partie d'elle-même ; était-ce si compliqué à comprendre ?
Elle voulait simplement qu'on la laisse tranquille pour qu'elle puisse se
remémorer cette vie en paix.

Où était donc Michelle ? Elle avait besoin d'elle pour délacer ses
bottines.

— Je l'éteindrai si vous préférez, déclara Jonathon pour la sortir de
son état soucieux, son cheroot au coin de la bouche.

Il versa de l'eau citronnée dans un verre et le lui tendit.

— Buvez. Du thé frais arrive et…

— Monsieur, peu m'importe que vous fumiez ou non, mais il est hors de question que vous restiez ici ! Ce n'est… ce n'est pas…

— Les assiettes de petits gâteaux et de pain beurré sont reparties avec la théière, continua-t-il sur le ton de la conversation. Ils devaient être rassis.

Il l'observait attentivement, mais elle ne l'écoutait pas. Son regard papillonna jusqu'au fond du pavillon, où une longue table basse en acajou aux pieds fléchis entourée de coussins tissés qui servaient d'assises avait été dressée pour le goûter. Elle fixait les six assiettes en jolie porcelaine et les couverts en argent, adaptés aux enfants, mais qui imitaient ceux des grands. Elle avait commandé de la porcelaine de Sèvres exprès pour ses petits-enfants, une version miniature du service des Roxton qui se trouvait dans la maison principale. Deux fois par semaine, les enfants passaient la fin de matinée avec elle dans son pavillon d'été. Elle demandait toujours que la table soit dressée avec des bols en cristal remplis de fleurs, de fruits et de quelques friandises, et que les petits gobelets soient remplis de sirop. La table était exactement dans le même état que quand elle était partie se promener.

Elle avait patienté pendant plus d'une heure, puis comme les enfants n'étaient pas venus, elle avait envoyé un valet de pied s'enquérir de ce qui les avait retenus. Avant que son domestique ne se mette en route, un valet de pied en uniforme était arrivé de la maison principale avec un mot du duc. La missive ducale confirmait ce qu'il avait décrété la veille. Les visites des enfants ne reprendraient que quand elle arrêterait de porter le deuil. Elle avait emporté la note avec elle au mausolée, l'avait partagée, pleine de colère, avec ses êtres chers, et s'était sentie mieux. Mais en revenant au pavillon et en découvrant la table intacte, le douloureux sentiment de perte lié au moment présent refit surface.

Sans s'en rendre compte, elle prit le verre d'eau citronnée que Jonathon lui tendait. Elle avait tellement soif. Et pourtant, elle ne but pas.

— Ai-je manqué la fête ? ajouta Jonathon d'un ton léger, même s'il était évident que le petit goûter n'avait jamais eu lieu. Dommage. Je préfère me prélasser sur quelques coussins quand je prends le thé. On y est bien plus à l'aise qu'assis, le visage crispé, sur une chaise au dossier raide et dont les pieds sont à peine assez solides pour supporter un paon, et encore moins une matrone enturbannée. Je me souviens d'une fois où, à la Résidence britannique d'Hyderabad, une douairière ventripotente du nom de Mrs. Mastive est venue prendre le thé. Alors que nous étions tous installés sur des coussins, elle a insisté pour qu'on lui apporte une chaise. « Nous, les Anglais, sommes civilisés », chouina-t-il d'une voix aiguë, imitant le ton de la matrone au turban.

« Nous ne nous accroupissons pas comme des indigènes. » Enfin ! continua-t-il en reprenant sa voix grave. Nous l'appelions Mrs. *Massive* pour des raisons évidentes. Pas devant elle, bien sûr. Mais elle était vraiment massive. Son derrière faisait la même taille qu'un éléphant et elle avait trois doubles mentons ! Vous imaginez ce qu'il est arrivé à la chaise. Les laquais ont utilisé les morceaux pour en faire du petit bois. Ne vous inquiétez pas, Mrs. Massive n'a rien senti quand elle a atterri sur le carrelage. Mais on peut dire qu'elle a fini par s'accroupir.

— Est-ce que vous parlez toujours autant ? se plaignit Antonia d'un air renfrogné.

Elle ne réagit pas à son imitation, mais son bavardage la tira de sa rêverie.

Jonathon s'esclaffa et secoua la tête.

— Non. C'est une affliction très récente, je vous l'assure, et qui est entièrement votre faute, madame la duchesse.

— Ma faute ? répéta Antonia, surprise. Je ne vois pas en quoi ce pourrait être ma faute.

Elle but enfin le verre d'eau citronnée, ayant trop soif pour attendre encore et espérant que la boisson calmerait ses nerfs. La façon qu'il avait de la fixer en inhalant la fumée de son cheroot la déconcertait. Cela faisait tellement longtemps qu'elle ne s'était pas retrouvée seule en compagnie d'un étranger – en particulier un homme – qu'elle se sentait mal à l'aise et gauche, ce qui était ridicule à son âge, surtout avec un gentleman qui devait avoir une décennie de moins qu'elle.

Elle choisit sur la méridienne l'endroit le plus éloigné de lui et s'assit, le dos raide comme un piquet, la soie noire de sa robe et ses nombreux sous-jupons blancs gonflant autour d'elle. Elle joignit délicatement ses mains sur ses genoux, releva le menton et haussa un fin sourcil pour montrer sa désapprobation hautaine et, elle l'espérait, masquer sa nervosité.

— Je ne comprends pas du tout pourquoi vous êtes ici au lieu d'être à la maison principale, à votre place avec le reste des invités.

— Je préfère être ici avec vous.

Antonia ne savait pas où regarder.

— Vous êtes de nouveau absurde, monsieur.

— Ce qui est encore votre faute, répondit franchement Jonathon avant de s'asseoir sous le porche voûté, sans qu'on le lui ait proposé, au plus près de la méridienne. Je pensais que le comportement stupide des hommes qui se retrouvent face à une grande beauté féminine se limitait à la jeunesse novice et disparaissait avec l'âge. Comme je me trompais !

— Vous ne devriez pas me dire de pareilles choses, exigea Antonia, la gêne prenant le pas sur la nervosité.

Elle avait pris l'habitude de répondre aux compliments sur sa beauté par des remerciements taquins, mais seulement quand son mari était encore vivant. Mais avec ce gentleman, elle était étrangement incapable de se montrer désinvolte. La franche honnêteté dont il faisait preuve ne l'aidait pas. Sa déclaration suivante lui fit monter le rouge aux joues :

— Pourquoi ? N'aimez-vous pas les compliments ?

— Je... je... Ce n'est... ce n'est pas... bafouilla-t-elle, levant les bras au ciel avec agacement quand il se mit à rire. Je ne vois pas ce qui vous amuse, je ne succombe pas à votre admiration pour ma beauté, c'est tout. Je sais très bien que ma beauté est au-dessus de la moyenne ! Je ne suis pas aveugle, je le vois chaque soir quand Michelle me brosse les cheveux devant le miroir. Pensez-vous que je sois sotte ? poursuivit-elle en se redressant. Je vous l'assure, monsieur, vous allez être déçu si vous pensez que je suis une de ces femmes qui bat des cils et prend un faux air timide dès qu'un bel inconnu ose dire ce qui est évident. Et qu'est-ce qui vous fait sourire comme un idiot cette fois-ci ?

— Vous avez dit me trouver beau. Me voilà tout timide.

La mâchoire d'Antonia se décrocha et, malgré elle, elle se mit à rire.

— Vous n'êtes pas aveugle non plus, monsieur.

— Non, pas aveugle, répéta-t-il en se disant qu'elle avait un très joli rire. Alors, qu'est-ce qui a bien pu retarder les marmots Roxton ? demanda-t-il nonchalamment, appuyé contre la colonne.

Il tendit ses longs doigts bronzés vers les deux whippets d'Antonia, qui avaient monté les marches en sautillant quelques instants auparavant ; ils n'avaient pas fait attention à l'étranger parmi eux, trop concentrés qu'ils étaient sur leur soif après la longue promenade et sur l'eau fraîche dans leurs gamelles en porcelaine. Cette fois-ci, ils reniflèrent avec hésitation ses ongles blancs limés. Ils léchèrent sa main en signe de bienvenue et Jonathon récompensa leurs bonnes manières en les grattant derrière les oreilles. Puis ils s'éloignèrent à petits pas rapides et s'allongèrent, heureux et satisfaits, sur leurs coussins respectifs près de la méridienne.

— Je suppose que c'est pour eux que les petits gâteaux nappés ont été préparés ? Ils ne sont pas tombés malades, j'imagine ? ajouta-t-il face à l'absence de réponse d'Antonia.

Elle secoua la tête, la gorge serrée, incapable de parler. Puis, dans un geste sur lequel elle s'interrogerait par la suite, elle sortit le mot du duc de sa poche et le lui tendit.

Jonathon ouvrit le parchemin d'une main, parcourut le court paragraphe des yeux, le replia et le rendit à Antonia sans même hausser un sourcil. Mais son ton désinvolte était en contradiction avec les battements accélérés de son cœur à l'idée qu'elle se confie à lui aussi rapidement. Il restait cependant assez avisé pour comprendre que ses agissements trahissaient plus la détérioration de sa relation avec son fils que son envie de se confier à lui. Quant aux agissements du duc... il les trouvait méprisables.

— Alors, madame la duchesse ? Céderez-vous au chantage de Roxton ? Cela dit, si je peux y mettre mon grain de sel, je trouve que le noir rend les peaux pâles absolument charmantes.

— Je ne m'habille pas en noir pour mettre ma peau en valeur ! répliqua Antonia avec indignation.

Elle était énervée par son ton cavalier et le grand sourire qui l'accompagnait, mais aussi par le fait d'être assez faible d'esprit pour confier ses soucis familiaux à un illustre inconnu ; qu'est-ce qui lui prenait ?

— Je ne comprends vraiment pas la raison de votre présence ici ! se dépêcha-t-elle d'ajouter avec embarras quand il continua à fumer son cigare avec un sourire en coin.

— Je vous l'ai dit. Je préfère être ici avec vous. Vous avez bien vu ces trois gamines incontrôlables me sauter dessus hier soir, non ? demanda-t-il. Si vous étiez restée un peu plus longtemps, vous les auriez vues me traîner jusqu'à la salle de bal, où elles m'ont forcé à danser avec chaque belle jeune fille de la pièce, sans quoi j'aurais eu droit à une sévère remontrance de la part de ma fille pour mon manque de manières évident, soupira-t-il avec un petit sourire. L'idée d'une autre journée de caquetage social avec des filles plus jeunes que Sarah-Jane a suffi à me pousser jusqu'au lac pour prendre le premier rafiot disponible et me mettre à ramer.

Antonia cligna des paupières.

— Vous êtes venu *à la rame ?*

— Comment aurais-je pu venir autrement ? J'ai profité d'une sortie matinale avec le duc et ses consorts pour battre l'estrade. Cette belle petite maison en briques est entourée de ha-has sur trois côtés, afin d'éviter que les moutons se dispersent, m'a-t-on dit. Et la route mène à un portail, qui est par ailleurs gardé par deux sentinelles aux yeux exorbités qui ont l'air de sortir tout droit d'un taudis pugiliste et d'en avoir apprécié l'expérience. Je n'avais d'autre choix que l'invasion par bateau.

Les épaules d'Antonia se détendirent et elle se pencha en avant.

— Qui est Sarah-Jane ?

— Ma fille ; la jolie blonde vénitienne qui m'a attrapé le bras. Les deux autres étaient les jumelles Aubrey. Deux petites dindes écervelées.

— La blonde vénitienne est votre *fille* ? Elle est très jolie.

Pour une raison inexplicable, Antonia se sentit soulagée.

— Oui. À dix-neuf ans, elle est déterminée à épouser un baronnet, au minimum.

— Mais… vous… vous ne semblez pas assez vieux pour être son père ! Vous ne devez pas être beaucoup plus âgé que mon fils, si ?

— J'ai huit ans de plus que lui, lui révéla-t-il. Je prends votre stupéfaction pour un compliment. Tout comme vous, je suis devenu parent dans mon adolescence. Le soleil de plomb du sous-continent indien m'a donné une telle bonne mine bronzée qu'on dit souvent de moi que je suis une *beauté brute*.

Antonia ne releva pas son impertinence.

— Et votre fille veut épouser un baronnet ? Je vous prie de bien vouloir m'expliquer ceci.

— Un baronnet, *au minimum*, la corrigea Jonathon.

Il replaça son cheroot en équilibre sur le couvercle de sa boîte à amadou et songea à sa réponse.

— Sa famille côté Cavendish lui a inculqué l'importance de se marier pour les *bonnes raisons* – les relations, le titre *et* la richesse.

— Je ne comprends pas du tout en quoi ces raisons sont bonnes, remarqua Antonia, déroutée.

Jonathon éclata de rire. Ses réponses franches quoique naïves étaient délicieusement rafraîchissantes.

— C'est facile à dire pour vous, madame la duchesse. Vous êtes une duchesse. Vous avez épousé l'un des aristocrates les plus riches et puissants du royaume.

— Mais cela n'avait aucune importance, déclara Antonia avec dédain. Je n'ai épousé monseigneur pour aucune autre raison que l'amour. Notre mariage était le fruit du destin.

Jonathon haussa un sourcil en la regardant.

— Le fruit du destin ? Admettez-le ! La noblesse et la richesse de monseigneur vous ont aidée à tomber amoureuse.

— Je n'admettrai rien de la sorte ! s'exclama Antonia, scandalisée. Vous êtes insultant et cynique. Bon nombre d'aristocrates fortunés voulaient m'épouser, en France et ici, mais je ne voulais que monseigneur.

— Oui, et je suis sûr qu'ils faisaient tous la queue à l'entrée de votre boudoir, murmura-t-il, oubliant momentanément ses bonnes manières et laissant son regard admirateur descendre de son visage empourpré à sa poitrine ferme et généreuse, à peine dissimulée sous un fichu en soie très fine. Monseigneur devait être un homme remarquable pour avoir capturé votre cœur...

Les doigts d'Antonia se précipitèrent sur les plis de son fichu et il détourna immédiatement les yeux, prenant conscience de sa négligence. Il laissa son regard vagabonder sur la pelouse parfaitement entretenue qui descendait jusqu'à la jetée. Un cygne entra dans son champ de vision, sortant des hauts joncs qui entouraient une petite île, et pataugea dans l'eau calme du lac pour rejoindre son compagnon.

— Sarah-Jane ne croit pas au destin, reprit-il d'un ton neutre. Pour quelqu'un de si jeune, elle est très pragmatique par rapport à son avenir. Elle n'a nul besoin de se marier pour l'argent ; j'ai fait fortune dans le commerce. Mais certaines épreuves de sa jeunesse en Inde et le fait d'avoir un père avec un penchant pour les affaires lui ont appris la valeur de l'argent et du travail acharné... Le crétin qui a déclaré que l'argent du commerce ne permet pas d'entrer chez les nobles par la grande porte a un pois chiche à la place du cerveau ! Sarah-Jane parviendra à se trouver un mari titré. Les lords aux abois sollicitant mon franc-parler pour faire prospérer leurs domaines sont trop nombreux pour qu'elle soit oubliée.

Il plongea son regard dans les yeux verts d'Antonia avec un sourire en coin.

— Mais je reste convaincu que, le moment venu, Sarah-Jane sera guidée par mon opinion du jeune homme qu'elle aura choisi comme mari, peu importe ses titres ou ses domaines.

— Et votre femme ? Que pense-t-elle du fait que votre fille veut épouser un baronnet, *au minimum ?*

Jonathon fit repasser ses longues jambes par-dessus la balustrade ornementée et, les coudes posés sur ses genoux, fit pleinement face à la duchesse et planta son regard dans ses yeux magnifiques, sans ciller.

— Ma femme Emily est morte en accouchant de notre fils. Le garçon est parti avec elle. Sarah-Jane ne garde aucun souvenir de sa mère, ce qui est vraiment triste et aussi très dur pour moi, car elle lui ressemble beaucoup... Elle n'avait même pas trois ans quand sa mère est morte.

— Vous étiez très jeune pour vous occuper d'un enfant en bas âge sans sa mère.

— Oui. J'avais à peine vingt-deux ans.

— Parlez-moi de votre femme.

— Quand nous nous sommes rencontrés, Emily avait vingt-trois ans et était mariée. J'étudiais les lettres classiques à Oxford et elle rendait visite à un cousin qui travaillait au Magdalen College. Nous sommes littéralement tombés l'un sur l'autre dans la rue. Je venais d'avoir dix-huit ans et, pour la neuvième affreuse année…

— Affreuse ?

— Je n'étais pas rentré chez moi, à Hyderabad, depuis mon enfance. Quand mon grand frère, James, est mort, la famille que j'ai ici a persuadé mon père que je devais bénéficier de l'éducation d'un gentleman anglais, puisque j'étais le seul héritier vivant. J'ai donc passé six années atroces à Harrow…

— Pourquoi ? Vous dites que c'était atroce. Pour quelle raison ?

Il détourna le regard pour remettre de l'ordre dans ses pensées et Antonia patienta.

— Quand on est jeune, on veut simplement être comme tout le monde, expliqua-t-il, les yeux de nouveau rivés dans ceux d'Antonia. Et quand on découvre qu'on est différent de ses camarades, on est mortifié, car on a l'impression que tout est notre faute. Quant à eux — les camarades parmi lesquels on se retrouve jeté à l'école et qui se ressemblent tous —, ils soulignent cette différence sans pitié à chaque occasion.

— À cause de votre peau couleur caramel ?

Cette question le fit rire.

— Couleur caramel ! Cela me plaît ! Mais non, dit-il en secouant tristement la tête. Elle n'avait pas cette couleur à l'époque. C'est arrivé plus tard, quand je suis retourné en Inde.

— Dans ce cas, je ne comprends pas du tout pourquoi ces garçons vous maltraitaient, commenta-t-elle d'un ton condescendant. À cet âge-là, rien ne vous différenciait, si ?

— Si, j'étais différent et je le suis encore, déclara-t-il à voix basse. Un jour vous comprendrez pourquoi. Mais pas aujourd'hui…

— Et Emily ? l'encouragea Antonia quand il fit une pause, ses pensées apparemment à des kilomètres de là, sans doute concentrées sur ces années de solitude loin de sa famille. Vous disiez qu'Emily était *mariée ?*

— Oui ! Oui, mariée, répondit-il avec une grimace. Elle avait été mariée à un homme bien plus vieux quand elle avait dix-sept ans. Heureusement, il est mort sept ans plus tard…

— *Heureusement ?* Pourquoi utilisez-vous ce mot ? Ce n'est pas parce que son mari était bien plus vieux qu'ils ne pouvaient pas être…

— Excusez-moi, madame la duchesse, mais quand je dis « heureusement », je n'emploie pas ce mot à la légère, vous pouvez me croire. Ce n'était pas un bon mari. Il n'a pas épousé Emily parce qu'il l'aimait.

Il l'a épousée parce que c'était une héritière Cavendish. En seulement six ans de mariage, il a réussi à dilapider la fortune de sa femme et à ruiner sa réputation en mourant dans les bras d'une catin. Si vous aviez eu la chance de la rencontrer, vous auriez été d'accord pour dire qu'Emily était une créature douce et timide qui ne méritait pas une telle maltraitance. L'âge qu'il avait n'y était pour rien.

Antonia sembla plutôt contrite.

— Je vous prie de m'excuser, monsieur. Je... J'ai eu tort de faire des suppositions...

Jonathon inclina la tête, dégagea ses cheveux de ses yeux et continua :

— Pour résumer, nous nous sommes enfuis pour nous marier en secret. Les conséquences de cet acte profondément romantique... ? Son père, ses amis et toutes ses connaissances l'ont immédiatement reniée. Mais qui pouvait en vouloir au général ? Le mari d'Emily était peut-être une brute titrée doublée d'un joueur incorrigible, mais c'était un Spencer. Quant à moi, on supposait que je n'étais personne et que je ne possédais rien.

— Mais elle vous aimait.

— Oui, elle m'aimait et je l'aimais, répondit-il avec un sourire. Nous sommes montés à bord du premier bateau qui partait pour l'Inde et nous nous sommes enfin mariés à Hyderabad, chez mon père...

Il soupira et écrasa son cigare.

— Elle a survécu à ces quelques semaines à bord, à la traversée des mers déchaînées, aux tempêtes, à la naissance de Sarah-Jane dans un port africain perdu, à la chaleur tropicale et aux insectes redoutés sans jamais se plaindre. Et en moins de trois ans, on me l'a arrachée, avant que je n'aie pu me constituer une fortune, avant... avant qu'elle n'ait eu la moindre idée que je deviendrais celui que je suis maintenant...

Le sourire de Jonathon avait disparu et les traits fins de son visage étaient crispés. Soudain, il reporta son regard sur Antonia et ajouta en français :

— Madame la duchesse, je suis un homme d'honneur. Je ne ferai ou ne dirai jamais quoi que ce soit dans l'intention d'abuser de vous ou de-de vous *blesser*. Je vous en donne ma parole.

Antonia soutint son regard. Elle le croyait. La sincérité de sa voix grave lui révélait qu'il avait beaucoup aimé sa femme. Elle n'aurait pas dû être surprise qu'il prononce ces dernières phrases dans un français impeccable, mais ce fut le cas. Elle ne s'était pas rendu compte qu'il parlait sa langue maternelle, ce qui était ridicule puisqu'il comprenait tout ce qu'elle disait, et que, de surcroît, il lui répondait en anglais avec une telle rapidité qu'il devait obligatoirement traduire d'une langue à l'autre simultanément.

Elle remarqua alors qu'il ne portait pas de redingote, mais juste un gilet sans manches sur sa chemise blanche. Ce gilet n'était pas le même que celui de la veille, mais il était tout aussi exquis. Celui-ci était d'un vert d'eau foncé, décoré de broderies similaires, bien qu'il s'agisse d'éléphants cette fois-ci. Il avait retroussé les manches bouffantes de sa chemise jusqu'aux coudes, de façon lâche, sûrement une conséquence de sa traversée du lac à la rame pour rejoindre sa maison.

La distance à parcourir sur le lac artificiel entre le monolithe de pierre qu'était le palais familial et son pittoresque manoir élisabéthain aux nombreuses gargouilles sur les cheminées était trompeuse. Elle ne paraissait pas si grande, surtout depuis le côté ouest du lac, où la colline accueillant le mausolée familial offrait une vue dégagée sur les deux maisons. Mais la largeur du lac et ses méandres pouvaient induire en erreur ; il fallait bien négocier les nombreuses îles et les ponts pour espérer rejoindre Crecy Hall en venant du palais et découvrir son pavillon d'été et le petit jardin à la française à l'abri des regards dans un large virage. Chacune des deux maisons était cachée à la vue de l'autre.

La demeure de Crecy Hall avait été laissée à l'abandon et en ruines pendant une centaine d'années, jusqu'à ce que le cinquième duc, monseigneur, la remette en état et la rénove en prévision du veuvage de sa femme. Quant à Antonia, ces considérations si scrupuleuses lui avaient semblé très lointaines et elle ne s'était jamais autorisée à s'appesantir sur le fait inéluctable qu'elle vivrait bien plus longtemps que son mari. Elle se retrouvait maintenant veuve, habitant la bâtisse élisabéthaine aux jardins odorants, avec un pavillon d'été en bord de lac pareil à un gâteau nappé qui offrait une magnifique vue sur les eaux bleues et tranquilles regorgeant de poissons, et sur lesquelles glissaient des familles de cygnes et de canards. Et pourtant, à ses yeux, il s'agissait plus d'une prison que d'une maison.

Il devait avoir soif après avoir tant ramé.

Antonia esquissa un geste pour verser l'eau citronnée de la carafe en cristal dans un deuxième verre, mais il s'empressa de la devancer. Quand il lui tendit le verre plein, elle le lui proposa. Il l'accepta avec un sourire timide et avala avec gratitude le liquide frais et acidulé.

— Je suis vraiment désolée pour la mère de Sarah-Jane, dit-elle doucement en levant les yeux vers lui. Elle vous manque encore beaucoup.

— Merci. Oui, en effet.

Il reposa le verre vide sur le plateau en argent, mais resta debout puisqu'Antonia ne s'était pas rassise.

— Elle ne disparaît pas, vous savez – la tristesse. Même après toutes ces années. On apprend juste à vivre avec et à avancer. J'imagine que c'est pareil pour vous. La perte de monseigneur, bien qu'elle remonte à trois ans, vous semble encore récente comme si elle était survenue hier. Vous n'arrivez toujours pas à y croire, n'est-ce pas ? Je l'ai compris en vous observant hier soir. Je pensais que vous me regardiez, ajouta-t-il en secouant légèrement la tête. Quel coup porté à mon estime quand j'ai réalisé plus tard que ce n'est pas du tout moi que vous regardiez, mais les portes d'entrée par-dessus mon épaule. Vous vous remémor...

Antonia blêmit et déglutit avec difficulté.

— Arrêtez !

— ... remémoriez toutes ces fois où monseigneur avait passé ces portes, continua-t-il de sa voix grave et assurée. Vous tentiez ardemment de vous convaincre que, peut-être, il pourrait de nouveau entrer. Je le sais. Je faisais la même chose avec mon Emily. J'espérais qu'elle apparaîtrait comme par magie dans l'embrasure d'une porte pendant une soirée, ou dans n'importe quelle pièce de notre maison, et j'aurais alors su que tout cela n'avait été qu'un mauvais rêve. Mais elle n'est jamais venue. Je savais que cela n'arriverait pas, mais je ne pouvais pas m'empêcher de me dire que peut-être, si je le souhaitais assez fort...

— Cela suffit ! Je vous ai dit d'arrêter ! Assez ! Assez ! supplia Antonia.

Elle appuya ses mains contre ses joues brûlantes et passa ses doigts tremblants dans ses cheveux en s'éloignant vers le coin le plus éloigné du pavillon désuet dans un bruissement de jupons.

— Co-comment *osez-vous* venir ici pour-pour *troubler* ma-ma *tranquillité*.

Si seulement elle pouvait retirer ces maudites bottes...

Si elle parvenait à défaire les lacets pour enlever ses bottes et allonger ses jambes sur la méridienne, elle se sentirait bien mieux. Elle avait mal aux pieds, ce qui n'était rien comparé à l'abattement qui pesait sur ses épaules et sur son cœur.

Où était donc passée Michelle, sa femme de chambre ? Qu'est-ce qui la retenait ? Il aurait fallu qu'elle soit avec elle à ce moment-là, pour lui éviter de se retrouver seule avec cet inconnu qui troublait sa tranquillité d'esprit.

Elle refusait d'évoquer monseigneur avec ce gentleman. Elle en était incapable. Ce n'était pas approprié. Mais ce qu'il avait dit – tout ce qu'il avait dit – était vrai. Personne, ni ses fils, ni sa belle-fille, ni les autres membres de sa famille, personne ne savait à quel point elle priait désespérément pour que la vie qu'elle menait à présent, une vie sans monseigneur, ne soit qu'un cauchemar. Elle se réveillerait bientôt et il entrerait en effet par la porte d'un pas léger, viendrait directement vers elle, déposerait un baiser sur son front et prononcerait son nom d'une voix basse et traînante, avec ce sourire qu'il lui réservait. Mais comment cet imposant gentleman bronzé pouvait-il le savoir ? Comment pouvait-il connaître son souhait le plus cher ? Une minuscule voix intérieure, calme et raisonnée, lui souffla la réponse : *lui aussi a perdu l'amour de sa vie. Bien sûr qu'il sait.* Il avait vécu ce même cauchemar. Il avait espéré et prié tout comme elle espérait et priait, mais rien ni personne ne pouvait modifier la véracité immuable de la mort.

Mais elle avait perdu tellement plus que ce qu'il pouvait imaginer...

Non ! C'est injuste.

Il avait aimé sa femme. Elle était morte en couches, sa jeune vie et leur mariage prenant fin de manière tragique. Monseigneur avait vécu une longue vie bien remplie. Elle aurait dû être reconnaissante pour les vingt-sept années qu'ils avaient partagées. C'était ce que tout le monde lui disait, encore et encore et encore. Elle en était reconnaissante, mais rien ne l'avait préparée, rien ne pouvait altérer le profond sentiment de perte, la douloureuse solitude et le désespoir qu'elle ressentait en étant sa veuve. Aucun homme ne pourrait remplacer monseigneur. Aucun homme ne pourrait l'aimer comme il l'avait aimée. Aucun homme ne pourrait vouloir d'elle de cette façon, autant qu'il avait voulu d'elle... Et personne n'était capable de lui dire ce qu'elle devait faire de sa vie à présent, sans lui.

Inconsciemment, elle retourna vers la méridienne et se réprimanda mentalement de s'être apitoyée sur son sort au détriment de Jonathon. Elle l'observa : il était grand, sa bonne mine rendait ses yeux marron d'autant plus intenses et ses dents plus blanches que blanches. Elle se demanda pourquoi, à trente-huit ans, il restait veuf. Il avait très bien dansé, ses mouvements étaient gracieux et nonchalants pour quelqu'un d'une telle carrure. Elle n'avait aucun mal à imaginer qu'il soit sollicité aux bals et aux raouts. Il n'avait peut-être pas rencontré la femme qu'il lui fallait ? Il la rencontrerait peut-être ici, à Treat ? Sa belle-fille semblait avoir invité toutes les belles jeunes femmes à marier à leur fête. Il était trop robuste, beau et viril pour ne pas vouloir se remarier et fonder une deuxième famille. Et puis les hommes pouvaient se marier à n'importe quel âge. Monseigneur était plus vieux que ce gentleman quand elle était devenue sa duchesse. Elle espérait qu'il trouverait une femme digne de ce nom à épouser ; jeune, pleine d'entrain, vivante...

Elle le ferait elle-même ! Elle n'avait pas besoin de sa femme de chambre pour accomplir une tâche aussi simple. Sa solitude devait la rendre paresseuse. Elle allait défaire les lacets de ses bottes elle-même. Quand elle les aurait enlevées, elle se sentirait bien mieux. Elle avait mal aux pieds. Ce qui devait être la raison pour laquelle elle faisait preuve d'un nombrilisme lamentable encore plus accentué que d'habitude.

Le thé arriverait sans doute bientôt ?

Antonia ne se rendait pas compte que des larmes roulaient sur ses joues.

QUATRE

Jonathon attendait patiemment et regardait Antonia arpenter le pavillon.

Il savait qu'elle se réprimandait. Elle semblait accablée de tristesse. Quand elle cacha son visage dans ses mains, il lui offrit son mouchoir blanc immaculé et elle le prit sans même s'en rendre compte. Il aurait aimé pouvoir dire ou faire quelque chose pour la réconforter, mais il en avait dit plus qu'assez pour le moment. Il soupçonnait la famille d'Antonia de ne pas connaître son désir secret et voilà que lui, un étranger, le lui jetait brutalement au visage. Mais ce devait être dit. Il savait qu'il était futile d'espérer quand il n'y avait plus d'espoir. Après la mort d'Emily, il avait vécu sa vie ainsi pendant quelques années.

Quand elle cessa enfin de faire les cent pas, revint vers la méridienne, posa sa bottine sur le coussin à rayures bleues et se pencha vers l'avant pour tenter d'en saisir les lacets, il sauta sur l'opportunité de se rendre utile. Il lui proposa de l'aider à enlever ses bottes. Antonia rejeta sa proposition, lui assurant qu'elle était tout à fait capable de prendre soin d'elle-même.

Il fit un pas en arrière et l'observa se débattre avec le nœud des lacets. Elle empoigna le nœud deux fois, reposa son pied sur le sol en pierre avant de le replacer sur le coussin et de tirer en vain sur la fine cordelette en cuir.

Quand elle reposa sa bottine sur le sol en pierre une troisième fois, se maudissant d'être aussi faible, il ne le supporta plus. Il l'attrapa par la taille sans cérémonie, la souleva, fit demi-tour et la déposa sur les coussins de la méridienne, comme si Antonia n'était qu'une marionnette plus légère que du papier mâché.

Stupéfaite de ce traitement cavalier, il fallut plusieurs secondes à Antonia pour réagir et, avant qu'elle ne puisse protester face à un tel abus de pouvoir, il attrapa son pied droit qu'il posa sur son genou fléchi et se mit à tirer sur le premier nœud des lacets. Elle essaya de se libérer, mais il agrippa fermement sa cheville.

— Restez tranquille ! la réprimanda-t-il.

— Je ne vous ai pas demandé votre aide ! riposta Antonia d'un ton furibond.

Elle tenta de retrouver son sang-froid et sa dignité en lissant ses jupons froissés pour qu'ils retombent au moins sur ses genoux.

— Ma domestique s'occupe de ce genre de tâche et elle…

— … n'est pas là. Alors ne soyez pas ridicule.

Il attendit qu'elle s'immobilise pour relâcher sa cheville. Quand elle s'exécuta, il reporta son attention sur sa tâche. Il dénoua le nœud avec doigté et écarta délicatement les lacets.

— Comme si vous pouviez vous pencher pour défaire ces lacets ridiculement longs avec votre corset ! Je parie que vous n'avez jamais eu à essayer avant aujourd'hui.

— Vous me croyez incapable de prendre soin de moi-même ? répliqua-t-elle d'un ton hautain, la colère prenant le pas sur son apitoiement.

Il s'interrompit et leva la tête vers elle, sceptique.

— Je crois qu'une armée de domestiques veille à ce que votre confort matériel soit toujours satisfaisant, madame la duchesse. Cela dit… je suis étonné de vous trouver ici toute seule. Où sont les gargouilles ?

Antonia, qui se tamponnait le visage avec un mouchoir blanc qu'elle fut surprise de trouver chiffonné dans sa main, marqua une pause, déconcertée.

— Les gargouilles, monsieur ?

Il fit délicatement glisser son pied habillé d'un bas blanc hors de la bottine souple en cuir de chevreau tanné, puis déposa la chaussure sur le côté.

— Le morne binôme qui vous suit partout.

— Oh !

Antonia afficha un sourire, remua les orteils et se sentit plus à l'aise. La fossette fit son apparition. Sa description l'amusa.

— Il est vrai que Spencer et Willis ressemblent à des gargouilles. Ce qui convient parfaitement à ma maison, non ?

— Très adéquat, approuva-t-il, son pouce massant délicatement le dessous de son petit pied. Pourquoi ne les renvoyez-vous pas à leur place, au-dessus des cheminées ?

— Si seulement c'était possible, soupira Antonia, soudain plus apaisée, sans savoir pourquoi. Je ne veux *pas* de leur présence. Je n'en ai pas *besoin*, mais Julian pense me rendre service, et à elles aussi. Elles sont arrivées peu de temps avant que mons... il y a plus de trois ans, je n'ai donc pas le courage de les congédier. Et si je le faisais, où iraient-elles ? Elles n'ont nulle part où aller. Elles sont maintenant chez elles à Treat.

— Des parentes éloignées qui vivent dans la pauvreté ?

Antonia acquiesça.

— Des sœurs. Willis est célibataire et le mari de Spencer était un vrai panier percé. Il a dilapidé leur maigre fortune en jouant avant de se suicider par balle. C'est très triste pour elles. Julian les a donc accueillies et les a mises à ma disposition. Parbleu ! Que suis-je censée faire de deux sœurs que je ne connais pas ? Et que sont-elles censées faire de moi ? Parfois je me demande comment fonctionne le cerveau de mon fils. Pour quelqu'un qui a épousé une femme d'une intelligence aussi aiguë, Julian peut parfois être un véritable imbécile quand il s'agit de sa mère. Est-ce qu'il s'imagine que, parce que nous sommes toutes les trois des femmes, nous nous entendrons forcément à merveille ? Comme si cela suffisait à avoir des points communs ! Willis parle un français d'écolière et Spencer prétend ne pas comprendre certaines choses que je dis pour ne pas avoir à les répéter à Willis. Je pense qu'elle est choquée par ce que je dis. Ne me demandez pas quoi en particulier, je ne m'en souviens pas ! Par ailleurs, je suis incapable de coudre le moindre point, ce qui fait de moi une mauvaise brodeuse ; elles pensent donc que je représente un échec pour la gent féminine ! Et je ne tiens pas non plus à entendre parler des bonnes actions de Mr. Wesley ou du dernier sermon de notre révérend Beak. C'est tout ce dont elles discutent en buvant des centaines de tasses de thé, une boisson que j'abhorre.

Jonathon gloussa et secoua la tête ; elle redressa les épaules et fut prise d'un léger frémissement.

— Comprenez-vous la situation impossible dans laquelle m'a mise mon fils ?

— Oui ! Je comprends ! Mais je suis persuadé que vous avez trouvé une solution satisfaisante.

Antonia ne put empêcher la fossette d'apparaître.

— Naturellement, répondit-elle.

Elle ne fit pas attention à sa voix intérieure qui se demandait pourquoi elle partageait des confidences familiales avec cet illustre inconnu et ajouta fièrement :

— Nous avons trouvé un arrangement qui nous convient parfaitement et que Julian n'a pas à connaître. À présent, Spencer et Willis vivent dans le Gatehouse Lodge…

— Le pavillon d'entrée près du pont qui mène de ce côté du lac ?

— Oui. Monseigneur l'a fait construire pour compléter Crecy Hall, c'est donc aussi un bâtiment à l'architecture sophistiquée, avec ses tourelles et ses contreforts semblables à ceux de Strawberry Hill. La maison reste fonctionnelle et convient très bien aux deux sœurs. Elles y vivent très confortablement, et moi je vis ici, et nous ne nous importunons pas du tout, hormis…

— … quand vous visitez la maison principale, où elles doivent vous accompagner. C'est ainsi qu'elles gagnent le gîte et le couvert, en vous suivant comme une ombre ?

— Exactement ! Je trouve qu'elles font de très bonnes ombres. Trop bonnes parfois, ce qui me met de mauvaise humeur et me donne envie de m'énerver contre elles, ce que je ne peux pas faire, car ce serait grossier. Me suivre aux dîners, aux bals et tout le reste, c'est leur seule chance de remercier Julian pour la grande gentillesse dont il a fait preuve en les prenant sous son aile. Cela leur donne l'occasion de porter leurs plus belles robes en soie, de se sentir importantes et de regarder de haut avec leur air désapprobateur le comportement de ceux qui ont eu plus de chance qu'elles. De tels événements alimentent des semaines de discours sans fin pour elles ! Ce serait tellement cruel de les priver du peu de distractions qu'elles ont dans leur vie.

— Je suis surpris que vous ne les ayez pas présentées à Lady Strathsay, répondit-il d'un ton désinvolte, ajoutant avec un sourire en coin quand Antonia eut l'air de ne pas comprendre : La comtesse n'est-elle pas fidèle aux mêmes principes puritains que les sœurs Gargouilles ? Ces trois-là pourraient partir dans des envolées lyriques pendant des heures sur les excès, réels ou imaginés, de leurs nobles cousins. Par ailleurs, leurs opinions pourraient, sans aucun doute, accroître la suffisance de madame la comtesse – non qu'elle en ait besoin, croyez-moi. Mais Willis et Spencer auraient certainement l'air à leur place en cette compagnie austère.

Antonia posa vivement ses mains sur ses joues, comme horrifiée. Jonathon se dépêcha d'ajouter :

— La comtesse est votre tante, si je vous ai offensée…

— Non ! Non ! C'est le stratagème parfait, monsieur ! Parfait ! Je ne sais pas pourquoi je n'y ai pas pensé, lui assura Antonia, ses yeux verts brillant d'espièglerie. Charlotte se prendra aussi d'affection pour elles, ne serait-ce que parce qu'elles m'appartiennent. Elle pourrait même leur proposer de lui rendre visite, et je pourrais alors aller et venir comme je l'entends, sans que personne me surveille ! Julian ne pourra pas refuser, car Charlotte insistera jusqu'à l'ennuyer suffisamment pour qu'il accepte qu'elles lui rendent visite dans le Buckingham-shire. Elle est devenue très fière et difficile à supporter avec l'âge, et peu de gens font attention à elle. Elle me fait un peu de peine. Son mari, mon oncle, vit ouvertement avec sa maîtresse et leurs deux enfants dans les Indes occidentales. Cette situation révolte Charlotte au-delà de l'imaginable. Mais qui peut s'opposer au bonheur de mon oncle ? De l'avis général, sa maîtresse le satisfait à tout point de vue. Ce n'est pas le cas de Charlotte. C'est le genre à être incapable d'aimer qui que ce soit physiquement – elle a un tempérament très froid, continua-t-elle avec une grimace. Elle a partagé... Non ! *Partagé* n'est pas le bon mot... Elle a *enduré* le lit de son mari seulement jusqu'à ce qu'elle lui donne un héritier, puis un second fils, et ensuite... (Antonia claqua des doigts.) plus rien.

Elle se pencha en avant, comme si elle ne voulait pas être entendue, et approcha son visage de celui de Jonathon, qui avait toujours un genou à terre devant la méridienne. Elle reprit sur le ton de la confidence, ses yeux verts écarquillés d'incrédulité :

— Vous imaginez, ne pas apprécier faire l'amour ? C'est incroyable, non ? Mais je vous assure que Charlotte fait partie de ces gens-là.

Jonathon essaya de contenir son sourire après ces révélations innocentes et spontanées, et il se dit qu'il n'avait jamais rencontré de créature aussi divertissante. Pas étonnant que les sœurs Gargouilles et leur mentalité puritaine défaillent face à de telles déclarations. De plus, quand elle s'avança vers lui au point qu'il put compter les longs cils noirs qui encadraient ses beaux yeux, elle lui offrit involontairement une vue splendide sur sa magnifique poitrine qui semblait vouloir s'échapper de son corsage serré et de son léger fichu béant. Il n'osait pas détourner les yeux de son visage.

— Pourquoi vous promenez-vous à pied plutôt qu'à cheval ? demanda-t-il brusquement afin de masquer un frisson de désir.

Il lui indiqua de placer sa bottine gauche sur son genou, ce qu'elle fit sans protester, accorda toute son attention aux lacets noués et reprit :

— Il me semblait que la marche était réservée aux villageoises et aux filles des pauvres gentilshommes. Sarah-Jane me dit que les femmes de noble ascendance ne se baladent avec rien de moins qu'un bel étalon et un palefrenier ou deux dans leur sillage.

— Mais moi, j'aime marcher, répondit Antonia avec entêtement. Je me promène à pied, comme vous dites, depuis que monseigneur a quitté…

Une fois encore, elle ne put se résoudre à le dire, mais ce fut la première fois depuis que Jonathon était entré dans le pavillon qu'elle se rapprocha autant de l'évocation de la mort de son mari bien-aimé. Elle ajouta rapidement :

— Cela ne regarde personne, que je me déplace à pied ou à cheval !

— Je suis bien d'accord. Mais s'il y a bien une chose que j'ai apprise sur la haute société depuis mon retour en Angleterre, continua-t-il d'un ton neutre, sans prêter attention à son lapsus et levant les yeux des lacets qu'il dénouait, c'est que l'élite n'apprécie pas que l'un des leurs, une duchesse par-dessus le marché, ne se conforme pas à leurs codes. J'imagine qu'il n'est pas très *acceptable* que vous crapahutiez par monts et par vaux dans vos ravissantes bottines.

Antonia claqua des doigts.

— Voilà l'importance que j'accorde aux préceptes de la société. Se conformer ? *Peuh !* Monseigneur était au-dessus de toutes ces inepties.

Jonathon explosa de rire.

— Tant mieux pour lui ! répondit-il, pensant que monseigneur avait dû être un noble sacrément arrogant, ce qu'il appréciait. Et bravo à vous. Vous ne devriez jamais cesser d'être vous-même, madame la duchesse, déclara-t-il.

Il admirait la détermination d'Antonia et se dit que, quand elle s'animait, elle avait une peau d'autant plus lumineuse et un regard d'autant plus brillant.

— Je suis peut-être une duchesse, mais cela ne m'empêche pas d'avoir deux bonnes jambes qui me permettent de me déplacer comme n'importe quelle jouvencelle du village, n'est-ce pas, monsieur ? J'ai dit ceci à Julian des centaines de fois, mais mon fils ne m'écoute pas.

— Oh, je suis persuadé que vos jambes feraient de l'ombre à celles de la plupart des jouvencelles du village, murmura-t-il, baissant immédiatement la tête pour enlever la bottine du pied d'Antonia, toujours posé sur son genou fléchi. Vous devez demander à votre femme de chambre de moins serrer vos lacets à l'avenir, professa-t-il. Elle a sans doute fait la même chose pour votre corset. Si je me fie aux marques sur le dessus de votre pied, je m'étonne que vous soyez capable de respirer.

— Qu'est-ce qui fait de vous un expert en corseterie féminine, monsieur ? s'enquit Antonia d'un ton hautain.

Elle s'installa plus confortablement sur la méridienne et remua inconsciemment les orteils avant de coincer son pied droit sous ses jupons fluides. Son pied gauche resta dans la main chaude de Jonathon.

— Non, ne répondez pas ! ajouta-t-elle précipitamment quand il se fendit d'un grand sourire en détournant le regard. Je n'aime pas porter des corsets très raides et monseigneur était d'accord pour que j'évite d'en mettre quand nous étions à la maison, continua-t-elle avec sa franchise naturelle. Les baleines et le coutil sont bien trop étouffants. Chez moi, je porte toujours un *corselet*.

— Un *corselet*, madame la duchesse ? Je n'ai jamais entendu parler d'un tel sous-vêtement féminin. Cela dit, il faut un certain temps à la mode féminine occidentale pour atteindre le sous-continent indien. Je vous prie de bien vouloir éclairer ma lanterne.

— Je ne sais pas si les Anglaises portent des corselets, mais en France elles sont toutes folles de ce déshabillé. Mes corselets sont fabriqués à Paris par un expert corsetier. Ils ressemblent aux corsets, mais leur confection est différente. Ils n'ont rien de rigide, mais sont composés de plusieurs couches de rembourrage moelleux en coton, ce qui les rend très confortables. J'ai l'impression de ne rien porter sous ma robe. Ils s'ouvrent ici, sur le devant. Je vais vous montrer, déclara-t-elle d'un ton détaché, comme si elle évoquait un objet tout à fait banal, et non quelque chose d'intimement lié à sa personne.

Quand il leva la tête, elle laissa retomber son fichu sur ses épaules dénudées et baissa les yeux pour examiner sa poitrine.

— Vous voyez, je le ferme par l'avant en nouant ces rubans, expliqua-t-elle en pointant du doigt une rangée d'élégants nœuds en satin qui parcouraient le corselet sur ses seins. Puisque les rubans sont sur le devant et non à l'arrière comme les lacets des corsets, je peux facilement les défaire et l'enlever moi-même. Regardez, ajouta-t-elle du même ton détaché.

Elle tira sur le bout du nœud en satin le plus haut, sans se rendre compte de l'effet que pouvait avoir cette démonstration sur un public masculin. Le nœud se détacha et le corselet s'ouvrit largement, révélant sous son plus beau jour un décolleté profond, à peine contenu par une fine chemise blanche ornée d'une jolie bordure en dentelle. Elle releva les yeux avec un sourire satisfait.

— Vous voyez, je n'ai pas toujours besoin que Michelle m'aide à me déshabiller. Les corselets sont très pratiques, non ?

Jonathon acquiesça silencieusement. Pratique ? Seigneur, pas étonnant que le duc ait préféré qu'elle porte un *corselet*. Quel homme n'apprécierait pas de tirer sur ces nœuds ? Il aurait parié une bonne petite somme que monseigneur était devenu un expert pour la libérer de ce corselet en un temps record. Il se sentait aussi étourdi qu'un écolier et sentit sa bouche s'assécher rien que d'y penser, stupéfait qu'elle agisse sans aucune malice et soit complètement inconsciente de son pouvoir de séduction. Il n'était pas surprenant que le duc ait engagé deux gargouilles pour la suivre comme une ombre !

Il détacha enfin son regard de cette scène captivante quand Antonia renoua les rubans de satin et replaça son fichu sur ses épaules et sa poitrine. Il se racla la gorge et déclara d'une voix qui, il l'espérait, n'était pas marquée par le désir :

— Et moi qui pensais, à tort visiblement, que vous aviez besoin de coutil et de baleines pour que tout reste en place.

— Je vous demande pardon, monsieur ? Quelle place ?

— Eh bien, hum, les femmes plantureuses ne portent-elles pas généralement des corsets à baleines pour maintenir leur poitrine ?

Antonia le regardait bouche bée, ses yeux verts écarquillés, incrédule qu'il ait eu la témérité de faire une telle suggestion.

— Vous pensez que *moi* je dois utiliser des baleines pour *maintenir* ma poitrine ?

Il esquissa un sourire honteux, mais ne manqua pas de remarquer qu'elle semblait plus choquée par la suggestion que par la question en elle-même. Ainsi, le deuil ne lui avait pas ôté son orgueil. Bien.

— D'après mon expérience, madame la duchesse, une poitrine généreuse a tendance à tomber si...

— Comment ? Tomber ? *Tomber ?* Comment cela *tomber ?*

Antonia était horrifiée. Sa fierté teintée de colère la poussa à lui donner une réponse scandaleusement sincère et indiscrète. Mais elle avait toujours exprimé le fond de sa pensée ; il s'agissait pour elle d'une seconde nature.

— Monseigneur dit que j'ai les plus beaux seins du monde parce qu'ils sont *fermes*, *généreux* et *perchés* tels des fruits mûrs toujours dans l'arbre. Ils ne *tombent* pas.

Jonathon serra les lèvres et garda la tête baissée, concentré sur le massage délicat qu'il donnait au coup-de-pied douloureux d'Antonia. Il était incapable d'imaginer son Emily, ou n'importe quelle autre Anglaise de noble ascendance, parler de façon aussi franche et ouvertement orgueilleuse, encore moins sur un sujet aussi intime que la poitrine féminine, que ce soit la leur ou celle de quelqu'un d'autre. La duchesse douairière était d'une honnêteté exquise. Il se dit cependant

qu'il s'agissait peut-être d'une question d'interprétation, car elle s'expri-
mait exclusivement en français ; elle ne serait peut-être pas aussi directe
si elle parlait en anglais. Mais, selon lui, cela n'avait rien à voir avec la
traduction et tout à voir avec la personne qu'elle était. Ce qu'il appréciait. Beaucoup.

— Un fruit mûr, madame la duchesse, parvint-il à dire d'une voix
mesurée après s'être de nouveau raclé la gorge. Il est évident que
monseigneur a un très bon sens de la formule. Je le crois sur parole.

— Vous n'avez pas le choix. Si vous voulez bien lâcher mon pied,
notre thé est arrivé.

À travers une arche ornementale, Antonia avait aperçu son majordome descendre le chemin sinueux qui reliait le pavillon d'été à sa
maison, une lourde théière en argent dans les mains et suivi par une
petite armée de valets de pied qui serpentaient derrière lui avec le reste
du nécessaire pour le thé.

Notre thé. Cela aussi plaisait à Jonathon.

— Merci, ajouta-t-elle d'une petite voix, ce qui le poussa à relever
les yeux de son pied pour les poser sur son visage, se demandant pourquoi elle hésitait à le regarder dans les yeux. Mes pieds vont bien mieux
après vos soins.

— Tout le plaisir fut pour moi, madame la duchesse.

Il s'apprêtait à se relever quand une jeune voix de genre indéter-
miné s'éleva dans son dos et demanda en français, d'un ton inquiet :

— Mema ? Mema ! Vous avez tordu votre cheville ? Vous ne vous
êtes pas fait mal, Mema, si ?

Puis une autre voix, plus grave et appartenant définitivement à un
homme, ajouta avec la même inquiétude :

— Devrais-je envoyer le valet de pied chercher votre femme de
chambre, madame la duchesse ?

Jonathon se redressa de tout son mètre quatre-vingt-treize et se
retourna. En baissant la tête, il découvrit un mince petit garçon aux
boucles noires serrées et aux yeux marron interrogateurs qui l'observait
en fronçant les sourcils. Il lui rappelait quelqu'un. À son côté se tenait
un jeune homme trapu qui avait une crinière de cheveux roux et des
yeux de la même couleur que ceux de la duchesse et de son fils le duc.

— Je ne suis pas très regardant quant au métier que vous voulez
m'attribuer, jeune homme, répondit placidement Jonathon en direction du roux. Mais je ne suis pas un *valet de pied*.

Le sourire aux lèvres, il tendit la main pour saluer le jeune garçon :

— Monsieur Jonathon Strang. Et, non, Mema ne s'est pas tordu la
cheville.

CINQ

— Je suis Frederick, monsieur, répondit poliment le garçon en levant les yeux vers le grand gentleman qui lui serrait la main. Lord Alston, mais tout le monde m'appelle Frederick. Vous pouvez aussi m'appeler ainsi. Vous êtes un ami de Mema ?

— Oui, je…

Avant que Jonathon ne puisse ajouter quoi que ce soit, Antonia sauta de la méridienne, avec toujours seulement ses bas aux pieds, et se mit à genoux pour étreindre chaleureusement son petit-fils. Elle le relâcha, embrassa ses joues empourprées et s'adressa à lui dans un français rapide :

— Tu arrives juste à temps pour le thé, mon petit chou. Viens t'asseoir auprès de moi et dis-moi tout sur les préparations pour la course nautique. Elle aura lieu demain, c'est bien cela ? Qui sera ton rameur ? Est-ce que Louis et Gus auront leur propre bateau cette année, comme ton père leur a promis ? Qu'en dit ta maman ?

Avec un bras autour des épaules du petit garçon, elle adressa un sourire chaleureux au jeune roux trapu et lui tendit la main pour qu'il l'embrasse.

— Merci de m'avoir emmené Frederick, Charles, dit-elle doucement.

À la grande surprise de Jonathon, le jeune homme s'empourpra et afficha une expression pudique. Il se contenta d'incliner la tête avant de se tourner vers Jonathon et de se pencher en une brève révérence.

— Je suis désolé de vous avoir confondu avec un valet de pied, monsieur. J'aurais dû être plus observateur et remarquer votre gilet indien. Je suis Charles, ajouta-t-il. Charles Fitzstuart. Le benjamin de Lady Strathsay.

— Ce dont on ne vous tient pas rigueur, lança Antonia malicieusement en menant son petit-fils vers la méridienne.

Quand ils furent confortablement assis ensemble, elle continua à lui poser tout un tas de questions sur la régate. Les deux hommes se retirèrent sous le porche voûté ; Jonathon rangea sa boîte à amadou dans une poche de la redingote qu'il avait retirée, et Charles déboutonna sa redingote d'équitation. C'était une journée chaude et il avait fallu faire un long détour pour éviter de traverser le pont, ce qui aurait alerté les dames de Gatehouse Lodge, qui auraient ensuite informé le duc de l'intrusion de son fils.

Jonathon et Charles firent en sorte de ne pas gêner le majordome et les domestiques qui s'affairaient pour installer le thé sur la table basse entourée de coussins. Les tasses en porcelaine délicate avec leurs soucoupes, les petits présentoirs à gâteaux décoratifs et les couverts en argent dont ils n'avaient plus besoin furent débarrassés, et les quatre assiettes restantes furent rassemblées à un bout de la table. Ils arrangèrent l'argenterie, le sucrier, le pot de crème, ainsi qu'un plat de gâteaux tout frais et un bol de confiseries entre les vases de fleurs et les saladiers de fruits jusqu'à ce que le majordome soit satisfait. Tous les valets de pied furent congédiés et retournèrent à la maison, sauf un. Le majordome prit place derrière la théière sur son support en argent et attendit le signal de la duchesse pour commencer à verser la boisson. Quant au valet de pied, il se tenait prêt à proposer son aide en cas de besoin.

Mais l'attention d'Antonia était entièrement centrée sur les bavardages de son petit-fils.

Jonathon admirait son talent pour soutirer des informations au garçon. En quelques minutes seulement, Frederick, qui faisait preuve d'une réserve naturelle pour quelqu'un de si jeune, oublia sa timidité face à un inconnu et expliqua à Antonia toute l'organisation qu'il avait fallu pour construire le radeau dont il se servirait pour la course de printemps annuelle autour de la plus grande île du lac. Chaque détail était assez important pour qu'Antonia lui témoigne son immense intérêt, et elle exprima un tel enthousiasme pour les plans de son petit-fils que Jonathon s'émerveilla du changement qui s'était opéré chez cette femme qui pleurait dans son mouchoir à peine une demi-heure plus tôt. Ses yeux pétillaient. Elle partit d'un joli rire, cachée derrière son éventail. En la voyant aussi animée, Jonathon sut qu'elle était ainsi avant la mort de monseigneur et qu'elle devait retrouver cette joie de vivre.

Il se contentait de rester spectateur, mais quand Frederick exprima son désir d'avoir un verre d'eau citronnée et une part de gâteau, Antonia se rappela son devoir d'hôtesse et indiqua à son majordome qu'il pouvait les servir. Elle mena Frederick vers la table basse et dit à Jonathon :

— Il faut m'excuser, ma théière est en fait pleine de café. Je ne bois pas de thé, n'est-ce pas, Charles ? Je trouve cette boisson insipide. Mais j'ai du thé à la maison, si vous préférez.

— Je prendrai du café dans ce cas. Mais vous seriez convertie au thé si je vous en préparais, madame la duchesse.

— Vous pensez ? Et pourquoi donc, monsieur ?

— Parce que je le prépare de la bonne façon : mélangé à des épices indiennes que l'on incorpore à de la mousse de lait, ce qui lui donne beaucoup de saveur. Un jour, vous goûterez à mon excellent thé Chai. Mais pour aujourd'hui, le café conviendra parfaitement, répondit-il.

Il la suivit jusqu'à la table basse et la couleur lui monta aux joues quand il se rendit compte qu'il avait été tellement absorbé par la conversation d'Antonia avec son petit-fils qu'il s'était montré impoli et n'avait pas prêté attention à Charles Fitzstuart, qui l'observait maintenant avec un sourire contenu. Afin de dissimuler son embarras d'être ainsi examiné, Jonathon s'empara du livre et du pamphlet posés sur le guéridon près de la méridienne et, tout en feuilletant l'exemplaire écorné des *Annales* de Tacite qui avaient vraisemblablement été lues à de nombreuses reprises, dit d'un ton amical :

— Buvez-vous du thé, Fitzstuart ?

— Appelez-moi Charles, monsieur. Le duc et la duchesse préfèrent que l'on utilise les prénoms avec les plus jeunes membres de la famille, et en particulier en présence de leurs enfants. Nous n'utilisons pas de titres et nous ne faisons surtout pas de manières. Tout cela fait partie de la philosophie éducative de Rousseau, expliqua-t-il, comme si tout le monde connaissait les idées de ce Français sur l'éducation des enfants. Je bois toujours du café quand je rends visite à madame la duchesse, ajouta-t-il en jetant un coup d'œil à Antonia.

— Puisque vous buvez *toujours* du café avec madame la duchesse, je suppose que vous devez parler français couramment ?

— Je le parle relativement bien, monsieur. J'ai obtenu mon diplôme de langues avec mention honorable à Cambridge.

— Vraiment ? répondit Jonathon d'un air songeur.

Il étudia le jeune homme, en particulier ses yeux verts, avant de détourner le regard vers Antonia et de reprendre :

— Je constate que les yeux verts ne sont pas la seule caractéristique que les membres de cette illustre famille partagent. Vos capacités linguistiques s'étendent-elles à l'appréciation des historiens romains ?

— Oui, monsieur. J'ai découvert Suétone, Tacite et Cicéron grâce à madame la duchesse, quand j'étais à peine plus vieux que Frederick. J'ai une préférence pour la prose de Cicéron, mais madame la duchesse soutiendrait qu'il est excessivement imbu de sa personne.

— Charles, vous savez bien que c'est vrai ! le taquina Antonia en tapotant les coussins à pampilles sur sa gauche. Venez donc vous asseoir avant que le café ne refroidisse. L'orgueil et la grandiloquence de Marcus Tullius transparaissent dans ses écrits et je ne peux donc pas l'apprécier, bien que sa prose soit très bien construite. Tacite est plus désinvolte dans ses commentaires. Ses observations sur la domesticité des empereurs Julio-Claudiens sont bien plus divertissantes, notamment parce qu'il est partial, et en particulier en ce qui concerne la femme d'Auguste. Il déteste Livia au point qu'elle l'obsède, ce qui rend la lecture délectable, mais en fait une historiographie indigne.

Elle adressa un sourire à Jonathon par-dessus le bord de sa tasse en porcelaine ; ce dernier ne savait pas comment s'installer à une table prévue pour des enfants.

— Mais peut-être devrions-nous revenir à des sujets plus généraux, Charles, et éviter d'ennuyer monsieur Strang avec nos disputes taquines sur les historiens romains ?

— *Où ils ont fait un désert...*

— *... ils disent qu'ils ont fait la paix*, compléta Antonia, terminant la citation en chœur avec Jonathon, son visage s'éclairant d'approbation. Oui ! Ainsi vous connaissez bel et bien Tacite, monsieur.

— Je n'ai pas seulement perdu mon temps quand j'étais à Oxford, la taquina Jonathon, son pouls s'accélérant de la voir sourire.

Il tendit la main pour accepter la tasse de café qu'Antonia lui offrait.

— Il s'agit de l'une de vos citations préférées de Tacite, n'est-ce pas, Charles ? Vous l'avez utilisée pas plus tard que l'autre jour quand vous m'avez demandé de lire le pamphlet de cet Anglais. Je suis désolée, Charles, je ne l'ai pas encore lu. Mais comme vous pouvez le voir, je l'ai dans mon pavillon, à portée de main.

— J'ai lu ce pamphlet plusieurs fois, madame la duchesse, vous pouvez donc prendre votre temps avant de me le rendre, répondit

Charles avant d'essayer de changer de sujet : Miss Strang me disait que vous êtes né sur le sous-continent indien, monsieur ?

Jonathon versa une cuillère de sucre dans sa tasse et mélangea lentement, les yeux rivés sur le jeune homme. Il jeta un coup d'œil au pamphlet posé près de son assiette et déclara d'un ton neutre :

— J'en conclus qu'en offrant les écrits rebelles de cet Anglais inconnu à madame la duchesse, vous espérez faire d'elle une républicaine ?

— Vous avez lu *Le sens commun*, monsieur ? s'enquit Charles sérieusement, sa réticence laissant place à son admiration pour les choix de lecture de Jonathon. Que pensez-vous des sentiments *rebelles* qu'il exprime, si je puis me permettre ?

Jonathon n'eut pas l'occasion de partager son opinion d'une façon ou d'une autre, car Frederick, qui avait enfin terminé sa deuxième part de gâteau aux graines et bu toute l'eau citronnée de son gobelet, interrompit la conversation en s'exclamant :

— Mema ! Mema ! Ils parlent anglais à votre table alors que c'est interdit ! Dites-leur, Mema !

Antonia observa son petit-fils avec des yeux écarquillés et se tourna vers ses deux invités, ahurie.

— C'est vrai, mon petit chou. Merci de m'avoir fait remarquer cet écart de conduite. Comme ils sont impolis. Je me demandais ce qu'ils bredouillaient, mais j'étais trop polie pour leur demander.

Les oreilles de Charles Fitzstuart devinrent écarlates, il renâcla et commença à balbutier une réponse quand Jonathon, qui avait haussé un sourcil face à la performance théâtrale d'Antonia sans relever le nez de sa tasse de café, l'interrompit en français :

— Excusez-moi, madame la duchesse. Nous avons eu un moment d'inattention linguistique. Nous vous promettons que cela ne se reproduira pas.

— Vous devez faire un aller-retour d'ici à la jetée en courant ! Ce sont les règles, annonça Frederick avec un sourire impertinent.

Toute sa timidité s'était évaporée et il se sentait très malin d'avoir pris ces deux adultes sur le fait. Il était impatient de les voir courir jusqu'au lac.

— Mema ! Dites à Charles et à monsieur qu'ils ont enfreint les règles ! Dites-leur qu'ils doivent faire un aller-retour d'ici à la jetée en courant !

— Mais qui connaîtrait les règles si elles n'étaient pas transgressées de temps en temps, mon chou ? Ce ne serait pas juste, puisqu'il s'agit de la première visite de monsieur Strang à Crecy Hall. Il ne connaît donc pas mes règles. Quant à Charles, il se montrait simplement poli envers notre invité. Nous devrions peut-être faire preuve d'indulgence et les gracier cette fois-ci. Mais cela n'arrivera plus, d'accord, Frederick ?

Il y eut un long moment de silence pendant que le petit garçon délibérait. Enfin, il acquiesça.

— Juste cette fois-ci, approuva-t-il en échangeant un sourire avec Antonia.

Il regarda Jonathon, qui était confortablement étalé sur plusieurs coussins au bout de la table et donnait du gâteau aux deux whippets, et dit d'un ton très sérieux qui poussa son audience à contenir un sourire indulgent :

— Mema est française et ne comprend que sa langue maternelle. Ainsi, nous parlons *toujours* français chez elle. Parfois, si Louis et Gus se disputent, ils en oublient de parler français et doivent courir jusqu'à la jetée. Mema dit que faire la course leur donne le temps d'oublier la raison pour laquelle ils se battaient dans l'herbe ! Mais Julie ne court pas du tout parce qu'elle vient juste d'avoir trois ans. Son nom *convenable* c'est Lady Juliana Antonia et c'est une vraie casse-pieds.

— Frederick, tu n'es pas très indulgent.

— Mais… *Mema*, c'est vrai ! Julie elle est *tout le temps* pénible. Père n'a plus aucune patience avec elle, parce qu'elle passe son *temps* à babiller en français, même si on lui a *expressément* demandé de parler anglais quand on n'est pas en classe, parce que sinon les domestiques ne comprennent pas. Mère dit que c'est impoli de ne pas parler anglais, continua-t-il en acceptant le verre d'eau citronnée qu'on lui tendait. Elle dit que Julie pourrait faire n'importe quoi en toute im-impunité parce qu'elle sera la grande beauté de la famille, ajouta-t-il pour Jonathon en grommelant. Je ne connais même pas le mot « impunité ».

— Elle doit ressembler à votre Mema, déclara Jonathon en tendant un long bras au-dessus de la table pour attraper une deuxième part de gâteau aux amandes, sans regarder en direction d'Antonia.

— Oui, c'est vrai qu'il y a une ressemblance, maintenant que j'y pense, approuva Charles Fitzstuart placidement.

— *Tout le monde* dit ça ! répliqua Frederick en levant les yeux au ciel.

— Qui sera ton rameur, mon chou ? demanda Antonia pour changer de sujet. Ce sera vous, Charles ?

Le compliment sous-entendu dans la remarque de Jonathon l'avait excessivement agacée, mais l'appréciation franche de son cousin la laissait de marbre, ce qui la troublait plus qu'elle n'osait y penser.

— Il *devait* ramer pour moi, répondit Frederick en lançant un regard noir à Charles, mais il va ramer pour l'ennemi !

— L'ennemi ?

— Les colonies américaines, madame la duchesse, expliqua Charles d'un ton neutre.

— C'est bien ce que je dis ! *L'ennemi.*

— Tous les colons américains ne sont pas en guerre contre nous, Frederick, répondit Antonia à voix basse.

— Dair dit que *tous* les Américains sont des sales traîtres et que les Français veulent se battre à leurs côtés, et alors on devra aussi détester les Français ! Mais je veux pas détester les Français ! s'exclama Frederick, les yeux soudain baignés de larmes, la lèvre tremblotante. Mema, murmura-t-il, je veux pas détester les Français. *Je refuse.*

Antonia sourit et fit signe à Frederick d'approcher ; il se précipita volontiers sur ses genoux. Elle embrassa le haut de sa tête bouclée et le serra dans une étreinte réconfortante.

— Nous n'en arriverons pas là, mon beau petit-fils, l'apaisa-t-elle. Ton père fera en sorte que cela n'arrive jamais. D'accord ?

Frederick acquiesça et, satisfait, resta pelotonné dans les bras d'Antonia, qui expliqua à Jonathon :

— Alisdair – Dair – est le grand frère de Charles.

— Le héros de la campagne de Long Island ? commenta Jonathon avec surprise, se disant que les deux frères n'auraient pas pu être plus différents, que ce soit en apparence ou dans leur tempérament.

Sarah-Jane lui avait raconté les aventures de ce commandant récemment revenu de la guerre coloniale en Amérique ; il en avait d'ailleurs bien trop entendu parler à son goût. Il trouvait que cet homme était égoïste et rasoir, mais apparemment les jeunes femmes de l'âge de sa fille tombaient en pâmoison devant sa beauté, et on le considérait comme un bon parti en tant qu'héritier d'un comté et cousin d'une maison ducale. À l'évidence, son pedigree et sa beauté contrebalançaient son statut de rustre coureur de jupons ; mais qu'est-ce qu'il en savait ? Sarah-Jane avait fait la moue quand il lui avait fait part de son opinion. Il n'était pas au courant de tout, manifestement…

— Charles, dites-nous pour qui vous allez ramer demain, je vous prie.

— Dair a proposé de ramer pour Miss Strang, expliqua Charles, ses joues parsemées de taches de rousseur ayant la même couleur que sa chevelure. Mais il a dû se désister parce qu'il avait d'abord promis à Sa Grâce qu'il participerait pour les Stuart et que Juliana porterait sa cornette ; il ne peut donc pas aller au bout de son engagement auprès de Miss Strang.

— Charles ici présent va ramer pour ma fille Sarah-Jane, déclara Jonathon sans détour à Antonia. Pour les colons américains, ajouta-t-il en haussant un sourcil avant de mordre dans une tartelette à la fraise.

— Oui. Oui. J'ai proposé mes services, monsieur. C'était la meilleure chose à faire.

— Pour Sarah-Jane ou pour les Américains ? Peu importe ! Peu importe ! déclara Jonathon avec dédain, sans une once de sympathie pour le jeune homme aux joues de plus en plus rouges. Je suis certain que Sarah-Jane est folle de joie à l'idée que vous ramiez sur son bateau, en dépit de votre soutien envers ces traîtres d'Américains.

Charles contracta fermement la mâchoire.

— Vous pensez que la cause des patriotes américains est perfide, monsieur ? Que je suis moi-même un traître parce que je crois en des élections libres et équitables, que les hommes devraient être jugés sur ce qu'ils font et non sur ce qu'ils sont ?

Jonathon le fixa comme si c'était d'une évidence aveuglante.

— Un traître ? Peu importent vos tendances politiques, mon garçon. Savez-vous ramer ?

— Eh bien, oui, je sais ramer.

— Dans ce cas, vous gagnerez et cela lui fera plaisir. Ma fille adore gagner, Charles.

— C'est vrai, monsieur ? Réellement ?

Lorsque Charles déglutit péniblement, Antonia lança un regard appuyé à Jonathon qui semblait dire : *Arrêtez de taquiner ce garçon !* En guise de réponse, il lui adressa un clin d'œil. Elle décida de ne pas faire attention à lui et demanda à son petit-fils avec une innocence étudiée :

— Alors, qui va ramer sur ton bateau, mon chou ? Ton père ?

— C'est à son tour de ramer pour Gus et Louis, pour la maison de Hanovre.

— Qu'en est-il de Gregory ou de son frère ?

Frederick descendit des genoux d'Antonia, reprit sa place à côté d'elle et s'empara d'une nouvelle part de gâteau.

— *Gregory ?* répondit Frederick, répugné par l'idée. Gregory n'aime pas les bateaux. Et il a toujours la tête dans un buisson !

— Tu as tout à fait raison, gloussa Antonia. Pauvre Gregory. C'est l'aîné de notre jardinier en chef et il rêve de devenir botaniste, dit-elle à Jonathon. Il est sujet à de grandes absences. Et son frère ? Il a ramé pour Louis et Gus durant la régate de l'an dernier. Il a presque passé la ligne d'arrivée avant toi et ton père, non ? Comment s'appelle-t-il déjà, Frederick ?

Le visage de Frederick s'illumina.

— Vous parlez de Lawrence, Mema ! Oui, j'avais aussi pensé à lui. Mais vous ne vous rappelez pas ? Il est tombé de son cheval et s'est cassé le bras. L'os sortait de…

— Oui, merci, Frederick, l'interrompit Antonia. Je m'en souviens maintenant.

— Ce n'était pas une belle fracture bien nette ? s'enquit Jonathon, les yeux écarquillés pour encourager le jeune garçon – lui aussi pouvait jouer au petit jeu de la duchesse.

— Non, monsieur. La fracture elle a été *terrible*, répondit Frederick avec délectation. Lawrence a volé de son cheval, mais on ne s'est pas trop inquiétés parce que c'est un expert du saut d'obstacles. Mais vous ne devinerez jamais ce qu'il lui est arrivé ! Son bras était tout tordu dans son dos. Il s'est brisé à *deux* endroits. Et quand le médecin lui a remis en place, il a *tellement* hurlé que père a dit qu'il était sûr de réveiller les morts. On l'a entendu *depuis la nursery*.

— Le pauvre bras fracturé de Lawrence ne résout pas ton problème, Frederick, déclara Antonia.

Incapable de résister, elle lança un regard espiègle à Jonathon. Elle avait eu une idée malicieuse et, souriant pour elle-même, dit d'un ton sérieux à son petit-fils :

— Mon chou, je ne sais pas si tu le savais, mais monsieur Strang est venu jusqu'ici à la rame aujourd'hui. Oui, de ta maison… Tout seul. Incroyable, non ? Sacrée distance ! Je pense que c'est un très bon rameur. N'est-ce pas, monsieur ?

— Vous avez fait ça, monsieur ? *Vraiment ?* demanda Frederick avec enthousiasme, sans laisser à Jonathon l'occasion de répondre. Père dit que la distance entre les deux jetées est *deux fois plus grande* que celle qu'il faut parcourir pour faire le tour de Swan Island deux fois. Pour la course de demain, on fera le tour de l'île seulement une fois, parce que Louis et Gus ont seulement cinq ans. Père dit que l'année prochaine, on pourra faire la course en entier.

Il regarda Antonia, qui arborait un sourire encourageant, puis Jonathon.

— Vous… vous voudriez bien être mon rameur, monsieur ? Je vous en serais *éternellement* reconnaissant. Je ne veux pas de Gregory. Il sait pas nager. Vous savez nager, monsieur ? Alors ?

— Oui, je nage très bien. Et je serais honoré d'être votre rameur, Frederick, répondit Jonathon en regardant Antonia avec un sourire discret et des sourcils haussés lui indiquant qu'il s'occuperait d'elle plus tard. Mais je le ferai à une seule condition : si nous gagnons la course, madame la duchesse devra nous inviter à dîner avec elle ici, à Crecy Hall.

Frederick lança un regard plein d'espoir à Antonia.

— Vous le ferez, Mema ? Vous nous inviterez ?

— Comment pourrais-je te dire non ?

Cependant, quand Antonia se tourna vers Jonathon, elle leva ses sourcils arqués d'un air impérieux.

— Je vous offre le thé et maintenant vous voulez que je vous invite à dîner. Vous voudriez peut-être que je vous convie également au petit-déjeuner, pour avoir fait le tour de tous les repas importants de la journée ?

Jonathon s'esclaffa.

— Oh, j'espère bien que quand ce jour-là arrivera, je n'aurai pas besoin d'une invitation !

La bouche d'Antonia s'entrouvrit de stupéfaction face à son assurance si impertinente. Elle ne savait pas trop si elle devait être furieuse, embarrassée ou flattée ; impossible de se tromper sur ses intentions. Elle ne savait pas où poser les yeux et déplaçait inutilement les objets posés sur la table. Il était hors de question qu'elle réagisse à une suggestion aussi scandaleuse. Le soleil du sous-continent indien lui avait bel et bien bouilli le cerveau.

Malheureusement, Charles mit l'accent sur cette suggestion sous-entendue : alors qu'il buvait une gorgée de café, il réagit à l'effarante remarque de Jonathon en inspirant brusquement tandis qu'il avalait, ce qui déclencha chez lui une quinte de toux avec une volée de postillons. Ayant du mal à reprendre sa respiration, il se releva difficilement de la table. Jonathon l'imita et lui donna une tape dans le dos. Le major-dome n'était pas loin derrière, un gobelet d'eau citronnée à la main. Quand il revint s'asseoir après que sa respiration fut redevenue normale, Antonia avait retrouvé son calme. Elle ne pouvait se résoudre à regarder Jonathon, préférant demander à son petit-fils d'un ton léger :

— Tu as donné un nom à ton bateau, mon chou ?

Frederick acquiesça, mais il fronça les sourcils.

— Je l'ai appelé *La duchesse émeraude*, pour vous, Mema.

— Quel honneur, Frederick ! Cela me rend très heureuse. Mais... quelque chose te perturbe, non ?

— Moi je voulais l'appeler *La duchesse noire*, mais père n'est pas d'accord. Il dit que la tradition veut que tous les bateaux aient une cornette colorée et que le noir n'est pas une couleur. Rien ni personne ne peut le faire changer d'avis. N'est-ce pas, Charles ?

— J'ai bien peur que ce soit vrai, madame la duchesse. Sa Grâce est catégorique.

— Quelle sera votre couleur, Charles ?

— Le bleu.

— Quelle chance ! C'est la couleur préférée de Sarah-Jane. Elle sera vraiment contente.

Charles lança un coup d'œil à cet homme plus vieux que lui, avec la forte impression que l'on se moquait de lui.

— Oui, monsieur, elle était contente.

Face à l'air toujours morose de son petit-fils, Antonia lui caressa la joue et lui dit d'une voix pleine de tendresse :

— *La duchesse émeraude* est un très joli nom pour ton bateau. Tu vois, mes yeux ont la même couleur que les émeraudes. C'est ce que monseigneur disait toujours.

— Mais si elle s'appelle *La duchesse émeraude*, je devrai faire flotter une cornette verte, mais vous ne portez pas de couleurs donc je ne veux pas faire flotter du vert, je veux faire flotter du noir. J'ai bien essayé de dire à père que si mon bateau s'appelait *La duchesse noire*, je pourrais hisser une cornette noire, parce que vous êtes *toujours* habillée en noir. Mais lui il a dit que ce n'était pas à *moi* de prendre cette décision, mais à *vous*.

— Frederick, je suis désolée, mais je me sens un peu idiote aujourd'hui. Je ne comprends pas du tout pourquoi ton père dit que c'est à moi de prendre cette décision.

Frederick baissa la tête et passa rapidement une main sur ses yeux humides.

— Vous pouvez porter du noir. Moi, ça me dérange pas. Ça devrait pas déranger père. C'est pas juste ! ajouta-t-il précipitamment d'un ton houleux. *Père* n'est pas juste. Il est horriblement grognon et...

— Frederick ! Cela suffit, mon petit, insista Antonia, d'une voix douce mais ferme. Tu ne dois pas parler de ton père ainsi. Il ne fait que ce qu'il croit être juste...

— Mais ce n'est *pas* juste, s'obstina Frederick. Vous portez *toujours* du noir. Moi je trouve que ça vous va bien. Père ne devrait pas vous forcer à choisir.

Antonia était secrètement d'accord avec lui et en voulait à son fils plus qu'elle n'aurait pu l'exprimer. Mais tant qu'elle ne l'avait pas confronté, elle comptait bien garder pour elle son opinion des méthodes de persuasion sournoises qu'il employait, comme son utilisation perverse de son fils de six ans et l'interdiction qu'avaient ses enfants de lui rendre visite afin qu'elle se plie à sa volonté. Elle avait décidé de ne pas se rendre au dîner et au récital à la maison principale ce soir-là, mais elle changea d'avis face au désarroi de son petit-fils, en plus du fait que son fils avait interdit à ses enfants de venir la voir.

— Personne n'a de choix à faire, mon chou, reprit Antonia en parvenant à adopter un ton joyeux. Puisque tu m'as fait l'honneur de t'inspirer de moi pour nommer ton bateau, le moins que je puisse faire, c'est de porter la couleur de ta cornette. Je porterai la couleur que tu veux, que ce soit du vert émeraude, du bleu saphir ou du rouge rubis. Je suis très contente que tu aies choisi le vert émeraude, car c'est la pierre précieuse préférée de monseigneur. L'émeraude qu'il portait au doigt appartenait à son grand-père et un jour... un jour elle t'appartiendra parce que... parce que...

— Parce que quoi, Mema ? s'enquit Frederick.

Pendant le long silence embarrassant qui suivit, Charles baissa les yeux en voyant que la duchesse était au bord des larmes et plaça plusieurs lettres retenues par un même ruban à côté de sa tasse vide. Jonathon adressa un sourire encourageant au petit garçon, et Frederick répéta sa question :

— *Mema*, parce que... ? Parce que *quoi ?*

Antonia s'efforça de sortir de sa rêverie et adressa un sourire à son petit-fils, clignant rapidement des yeux pour faire disparaître les larmes. Elle se remémorait le moment où monsieur le duc lui avait donné cette bague ornée d'une émeraude pour qu'elle veille dessus. Ils étaient seuls dans leur chambre caverneuse, une circonstance rare dans les dernières semaines de sa vie. Il était appuyé contre des oreillers afin de respirer sans difficulté et elle était assise face à lui, au milieu des couvertures, avec une robe de chambre en soie par-dessus sa chemise de nuit. Le jour se levait à peine et le brouillard enveloppait la cime des arbres qu'ils voyaient de la fenêtre de la chambre, qui offrait une large vue sur les jardins d'agrément. Les médecins, leurs valets de chambre et le cortège de domestiques qui œuvraient à offrir tout le confort possible au duc pendant ses derniers jours avaient tous été congédiés par un geste alangui de la main ducale frêle et blanche – celle qui portait l'émeraude.

Ils ne parlaient pas, se contentant simplement de se tenir les mains et de se regarder. Quant à l'inévitable, ils ne l'évoquaient pas. Inutile d'en parler à voix haute.

Enfin, il avait fait glisser l'imposante émeraude carrée de son doigt, avait placé la bague dans la main de sa femme, refermé ses doigts sur l'héritage familial et déposé un délicat baiser sur son poignet. Il avait porté l'émeraude des Roxton chaque jour depuis qu'il était devenu le cinquième duc de Roxton à dix-neuf ans, quand son grand-père la lui avait donnée quelques heures avant sa mort. Il était temps de se séparer de la bague ducale pour la lui confier. Il lui avait tenu la main et lui avait fait répéter la promesse à voix haute. Elle s'était entendue déclarer ces mots d'une voix claire et rassurante ; à l'intérieur, elle s'écroulait, car cela signifiait que ce n'était plus qu'une question d'heures avant leur séparation sur cette terre. Elle s'était presque évanouie de chagrin...

— Pourquoi ? Oh, parce que monseigneur m'a fait promettre de te donner cette bague pour ton vingt-et-unième anniversaire, dit-elle gentiment à son petit-fils d'un ton jovial forcé. En attendant, je la garde à l'abri. Mais elle est à toi, mon chou. Donc si tu veux la voir avant ce jour, parce que ce sera dans très longtemps, tu n'as qu'à me le demander. Je t'en prie, tu n'as plus à t'inquiéter, d'accord ? Pour toi, je ne porterai pas de noir à la régate.

Frederick se leva précipitamment de ses coussins et se jeta au cou d'Antonia. Elle déposa un baiser sur sa joue et ajouta :

— Et tu ne dois pas en vouloir à ton père. Il fait ce qu'il considère être le mieux pour toi parce qu'il t'aime très fort. Il a déjà beaucoup de soucis, on ne voudrait pas lui en rajouter, hein ?

Frederick secoua la tête.

— Mère dit que vous êtes le plus gros souci de père.

— Pourquoi ?

— Mère l'a dit à la cousine Charlotte. N'est-ce pas, Charles ?

— Un commentaire désinvolte qui ne voulait rien dire, madame la duchesse.

— Ce n'est pas votre genre de me rouler dans la farine, Charles. Ma belle-fille n'est pas encline aux commentaires désinvoltes.

— Bien sûr que non, madame la duchesse. Pardonnez-moi. Je voulais simplement...

— Pourquoi est-ce que père se fait du souci pour vous, Mema ? insista Frederick. Ça ne devrait pas être à vous de vous inquiéter pour lui, puisque vous êtes sa maman ?

— La vérité sort de la bouche des enfants, murmura Antonia. Ne t'inquiète pas pour ta Mema, ajouta-t-elle avec une gaieté forcée. Ton père s'inquiète assez pour tout le monde.

Elle tendit la main pour attraper les lettres empilées près de la tasse de son cousin, et ce dernier s'empressa de les lui donner.

— Je dois les envoyer à l'Hôtel Roxton avec mon prochain courrier, c'est bien cela ? s'enquit-elle, désireuse de changer de sujet.

Elle essaya de mettre l'observation de sa belle-fille dans un coin de sa tête, car celle-ci l'avait piquée au vif. Si elle était tout à fait honnête, c'était parce qu'elle n'avait pas tout à fait tort. Mais cela ne rendait pas sa remarque moins blessante. Elle risqua un regard de l'autre côté de la table et s'aperçut que Jonathon l'observait avec un air qui lui confirma qu'il voyait clair dans son jeu, qu'il savait très bien qu'elle arborait son masque public pour son cousin Charles et son petit-fils. Ce qui agaçait aussi Antonia, mais elle n'aurait pas su dire pourquoi. Elle détourna le regard et s'apprêtait à suggérer qu'ils aillent jusqu'à la jetée pour donner les miettes de gâteau aux cygnes quand Charles déclara de sa douce voix :

— Puisque nous sommes d'accord pour ne pas nous rouler dans la farine, madame la duchesse, je me dois de vous dire que Sa Grâce attend Sir Titus Foley dès demain.

— Mais quand père verra que Mema ne porte pas de noir, il pourra congédier Sir Titus, n'est-ce pas, Charles ?

— Je ne pense pas, Frederick, répondit Charles d'un ton grave.

Jonathon aurait pu lui asséner un coup de pied tant il aurait préféré qu'il *roule ce petit garçon dans la farine*, selon les termes surannés de la duchesse pour parler de supercherie ; n'importe quelle personne dotée d'oreilles aurait pu entendre l'anxiété de Frederick.

— Qui est ce Titus, Frederick ? demanda Jonathon d'un ton enthousiaste, en jetant un coup d'œil à Antonia qui refusait de croiser son regard. Ce n'est pas le… hum… *guérisseur* qui a soigné le bras de ce pauvre Lawrence, si ?

Frederick secoua la tête avec une moue.

— Sir Titus Foley est un médecin maniéré qui s'occupe des membres de la noblesse, expliqua Charles avec une note de sarcasme à peine dissimulée. Il s'est fait un nom en soignant la jeune baronne Hartfield et la jeune mariée Lady Fife de la *mélancolie*.

— *Mélancolie* ? souffla Jonathon avec incrédulité. Cet homme m'a tout l'air d'être un *charlatan* maniéré !

Frederick peina à se contenir et finit par s'exclamer :

— C'est-c'est qu'un… c'est qu'un-un gros *blaireau*.

Antonia gloussa malgré elle.

— Tu as raison, mon chou, mais c'est déplacé de le dire à voix haute.

— C'est comme ça que Porter l'appelle, Mema. Porter est mon tuteur, annonça Frederick à Jonathon. Il est *amoucraché* de…

— Amou*raché*, le corrigea gentiment Antonia.

— … *amouraché* de Mema. Je ne connais même pas ce mot.

— Frederick ! s'exclama Antonia. Tu ne peux pas dire ce genre de choses sur Porter ! Il n'est même pas là pour se défendre et, si c'était le cas, il assurerait que tu as tort de penser qu'il...

— Mais, Mema, ce n'est pas un mensonge. Je ne sais même pas ce que ça veut dire amoucraché... euh... amou*raché*.

Jonathon éclata de rire ; même Charles ne put réprimer un large sourire.

— Porter devient tout rouge quand vous lui parlez, Mema, soutint Frederick avec une grimace de dégoût. Il a l'air tout barbouillé et malade, et il sait plus parler...

— Très bien, Frederick, ce sera suffisant. Merci.

— Pauvre Porter ! commenta Jonathon sans une once de sympathie en secouant tristement la tête, tout en suivant l'exemple de son hôtesse en se levant de table à son tour. Nausée, rougeur et bégaiement. Avec ces symptômes, je dirais qu'il l'a dans la peau. Pas vous, Charles ?

— Oui, monsieur, en effet, approuva Charles en esquissant un sourire penaud quand la duchesse lui lança un regard noir. Excusez-moi, madame la duchesse, mais c'est vous qui m'avez demandé de ne pas vous *rouler dans la farine*.

— Brave gars ! déclara Jonathon en lui donnant une tape dans le dos.

Antonia ouvrit la bouche pour leur dire le fond de sa pensée à tous les deux, mais sa femme de chambre choisit ce moment pour faire irruption dans le pavillon, une paire de mules en maroquin rouge à la main. Elle articula des excuses silencieuses pour son retard en exécutant une révérence exagérée avant de lisser ses jupons.

— Michelle ! Je n'ai aucune envie de vous entendre parler de cheminées fumantes et de tapis ruinés. Vos excuses m'ennuient beaucoup, l'interrompit Antonia d'un ton impérieux.

Elle tendit son petit pied toujours seulement recouvert de bas pour que la fille se mette à genou et lui enfile ses mules, puis reprit :

— Maintenant, retournez à la maison pour préparer mon bain. J'ai décidé d'assister au dîner des Roxton finalement. Oui. J'ai changé d'avis. Vous n'avez pas à vous poser de questions sur le sujet. Ma robe à la française en soie noire et mes jupons en tissu argenté conviendront.

— Bien, madame la duchesse, répondit docilement Michelle en se relevant pour exécuter une nouvelle révérence.

Elle n'osa pas risquer un deuxième regard vers les trois silhouettes qui se tenaient près de la table basse sur laquelle s'étalaient les restes du thé de l'après-midi, mais elle jeta un coup d'œil à Matthews, le major-dome au visage de marbre. Il lui raconterait tout plus tard. Il ne pouvait pas s'en empêcher avec elle ; après tout, ils étaient secrètement fiancés.

— Devrais-je faire parvenir un message à mesdames Willis et Spencer pour leur dire de se préparer, madame la duchesse ?

— Naturellement. Je veux qu'elles se mettent en valeur ce soir.

Jonathon haussa un sourcil dans sa direction et Antonia ne put s'empêcher de lui lancer un sourire complice avant d'ajouter :

— Qu'elles ne portent pas du gris mais du noir.

— Noir. Bien, madame la duchesse.

Antonia lui jeta le paquet de lettres dans les mains.

— Et prenez les lettres de monsieur Fitzstuart. J'y inscrirai les adresses plus tard et vous pourrez ensuite les mettre sur la table du hall avec les lettres que j'ai laissées là hier. Pas avec celles qui vont à Londres, mais avec celles qui vont à Paris, pour la comtesse de Charmond.

— À l'Hôtel Roxton, madame la duchesse ?

— Est-ce que j'ai une autre maison à Paris, Michelle ? Non, ne me répondez pas !

Michelle était soulagée qu'aucune réponse ne soit attendue d'elle. Elle ne s'était jamais rendue à l'Hôtel Roxton et sa maîtresse n'y était jamais allée depuis qu'elle était devenue sa femme de chambre cinq ans plus tôt ; ils avaient cessé de s'y rendre quand l'ancien duc était devenu trop malade pour voyager. Mais si elle savait bien quelque chose, c'était que la comtesse de Charmond ne résidait plus à l'Hôtel Roxton depuis au moins six mois. Quand la duchesse écrivait des lettres à la comtesse, Matthews avait pour instruction de les transmettre à l'intendant du duc. La comtesse était une correspondante régulière de la duchesse ; Michelle se demandait comment cette dernière pouvait encore ignorer que sa cousine vieillissante n'avait plus d'appartement dans son hôtel particulier tentaculaire de Paris.

— Et quand je serai partie pour le dîner, vous en profiterez pour trouver ma robe en soie verte avec un motif de vigne en broderie et des jupons dorés. Il doit aussi y avoir un corsage, des chaussures et un éventail assortis à la robe. C'est ce que je porterai pour la régate de demain. Ne me regardez pas comme si j'étais ivre ! Vous m'avez très bien entendue. Oh, et la parure composée du ras-de-cou et des brace-lets en émeraude. Je n'aurai pas besoin des rubans verts pour mes cheveux, mettez-les dans un réticule pour que je puisse les donner à mon petit-fils ce soir, continua-t-elle en adressant un sourire à Frede-rick. Ils lui serviront pour son gilet de navigation.

— Merci, Mema.

Antonia tendit la main vers Charles pour lui dire au revoir, s'attendant à ce que sa femme de chambre lui obéisse sans faire de commentaire. Quand la jeune fille resta immobile, bouche bée, Antonia haussa les sourcils.

— Vous vous souvenez de l'endroit où sont rangés mes vêtements et mes bijoux, non ?

— Oui, madame la duchesse. Bien sûr. C'est juste que vous…

— Bien. Vous pouvez partir maintenant. Et, Michelle, faites comme si vous n'aviez rien vu, d'accord ? Lord Alston ainsi que messieurs Fitzstuart et Strang n'ont jamais mis les pieds dans mon pavillon. Willis et Spencer ne doivent pas le découvrir, insista-t-elle en lançant un regard noir au majordome inexpressif, au valet de pied puis à sa femme de chambre. Est-ce bien clair ?

Michelle se pencha en une nouvelle révérence. Le majordome inclina la tête et le valet de pied n'osa même pas cligner des yeux. L'intrusion du fils héritier du duc, du cousin roux recouvert de taches de rousseur de leur maîtresse et d'un bel et grand inconnu à la peau bronzée n'avait rien d'exceptionnelle comparée au fait que la duchesse douairière de Roxton allait enfin cesser de porter sa tenue de deuil. Il s'agissait là d'une nouvelle que Michelle avait hâte de lancer au visage de ces deux matrones rigides, Spencer et Willis. Sans un autre mot, elle s'éloigna avec empressement, suivie par le majordome et le valet de pied qui avaient débarrassé le reste du nécessaire pour le thé et étaient tout aussi impatients de rejoindre les cuisines pour répandre la nouvelle parmi le contingent de domestiques de la duchesse.

Antonia prit Frederick dans ses bras, déposa un baiser sur sa joue et lissa doucement sa tignasse de boucles noires vers l'arrière.

— Il faut maintenant que tu retournes à la maison avec Charles avant que ton père ne s'aperçoive de ton absence et que le pauvre Porter soit renvoyé pour t'avoir autorisé à venir me voir ici. Je serai là pour le dîner et je te donnerai les rubans dans la galerie, d'accord ? Tu me promets de ne plus t'inquiéter ?

— Je vous le promets, Mema, répondit Frederick, rayonnant.

Il recula d'un pas, effectua une révérence respectueuse devant elle et se tourna vers Jonathon avec enthousiasme.

— Merci, monsieur, de bien vouloir être mon rameur. Vous avez assez de rubans pour en donner aussi à monsieur Strang ? demanda-t-il à sa grand-mère.

— Oui, oui bien sûr, répondit Antonia comme si l'idée ne lui avait pas traversé l'esprit.

Ils observèrent Frederick se précipiter sur le chemin qui montait jusqu'à la maison devant Charles Fitzstuart, les whippets sautillant sur ses talons. Il se retourna lorsqu'il atteignit le premier virage du chemin, attendit que Charles le rattrape et fit un signe de la main à sa grand-mère.

Antonia et Jonathon lui répondirent de la même manière.

— C'est un petit garçon très vif d'esprit.

— Oui.

— Mais il a l'air de trop penser pour son jeune âge.

— Oui. Il tient cela de son père.

— Il est très attaché à vous.

— Et moi à lui...

Antonia se détourna avec un léger soupir quand son petit-fils et son cousin disparurent de son champ de vision. Jonathon baissa la tête vers elle avec un froncement de sourcils préoccupé.

— Vous n'avez pas à abandonner votre tenue de deuil simplement parce que Roxton le souhaite.

— Je ne le fais pas pour contenter mon fils, mais pour Frederick, parce que c'est un petit garçon très inquiet, répondit Antonia en se demandant ce qui le rendait soudain aussi bourru. Il ne devrait pas s'inquiéter. Il devrait profiter de la vie. Il n'y a rien qui devrait l'inquiéter avant plusieurs années. Monseigneur serait d'accord avec moi. Il voudrait que je fasse ce qu'il y a de mieux pour Frederick et tous nos petits-enfants.

— Roxton interdit-il régulièrement à ses enfants de vous rendre visite afin que vous vous pliiez à sa volonté ?

Antonia secoua la tête.

— Non... C'était la première fois...

— Et Sir Titus Foley ? Est-ce que Roxton a menacé de vous imposer les soins de ce charlatan ?

— Menacé ?

Déconcertée par ce mot, elle se détourna, le cœur soudain très lourd.

— Il... Mon fils... Il fait ce qui lui paraît être le mieux.

Jonathon leva les sourcils, sceptique et énervé.

— Mieux ? Pour qui ? Il utilise son jeune fils pour vous manipuler et obtenir ce qu'il veut de vous ; interdit à ses enfants de vous rendre visite ; vous menace avec des charlatans et leurs non-sens... Tout cela dans *votre* intérêt ?

Antonia lui lança un regard noir.

— Julian ne causerait jamais de désarroi à ses enfants intention-nellement.

— Pas intentionnellement, non.

— Il aime énormément sa femme et ses enfants, c'est un bon mari et un bon père…

— … mais il pourrait être plus compréhensif en tant que fils.

Antonia aurait aimé pouvoir réfuter cette déclaration. Mais elle refusait de mentir et de parler de sa famille avec un gentleman qu'elle avait rencontré pour la première fois la veille. Peu importe qu'il lui prête une oreille attentive et compatissante, qu'il ait l'air réellement inquiet pour son bien-être ou qu'elle ait désespérément besoin d'un confident. Le fait de déverser ses problèmes sur un étranger n'était pas seulement inconvenant, c'était aussi déloyal envers sa famille. Elle avait déjà fait preuve d'un grand manque de discrétion en montrant la note de Roxton à ce gentleman. Elle ne devait plus faiblir. Comme toujours, il fallait qu'elle soit forte et qu'elle néglige ses propres envies et besoins. Son fils, sa famille – en particulier Frederick – et l'intérêt du duché de Roxton devaient toujours être prioritaires. Elle le devait à monseigneur.

— Que faites-vous ici ? demanda-t-elle en levant le menton, dissimulant sa tristesse et une profonde impression de solitude sous une façade condescendante de supériorité noble. Que me voulez-vous ?

La veille, avant leur rencontre, Jonathon aurait pu lui répondre aisément. Il voulait que l'actuel duc de Roxton reconnaisse que ses ancêtres avaient dérobé l'héritage des Strang Leven. Il voulait qu'on le lui rende à lui, l'héritier légitime, et avait besoin que la mère veuve de Roxton le lui cède légalement. À présent, il se retrouvait face à une complication supplémentaire : la duchesse douairière de Roxton était en fait la femme la plus envoûtante qu'il avait jamais rencontrée. Quand il l'avait observée avec son petit-fils, il avait aperçu la créature dynamique et sensuelle qui se cachait juste sous le chagrin pour son duc bien-aimé. Il en était stupéfait et agacé, mais il voulait être celui qui lui ferait redécouvrir les joies de la vie. Mais comment pouvait-il, en toute conscience, la prendre dans ses bras, l'embrasser et la faire rire si, en récupérant ce qui lui était dû, il la poussait à quitter la maison et les terres que monseigneur avait soigneusement restaurées pour elle ?

Il baissa les yeux sur son magnifique visage levé vers lui, abasourdi et silencieux. Il s'en voulait d'avoir été si facilement piégé, tout en sachant qu'il était entré dans ses filets de son plein gré, qu'elle ne l'avait nullement séduit. Il voulait répondre par une remarque désinvolte, mais s'en trouva incapable sous l'examen de ses yeux verts lumineux. Il avait promis de ne pas mentir et se demanda donc quelle était la meilleure réponse à lui donner pour ne pas paraître hypocrite et futile.

Antonia prit son silence pour de l'insolence cavalière et se redressa, chaque centimètre de sa petite silhouette marqué par sa noblesse.

— Monsieur, je ne sais pas comment on se comporte dans la bonne société indienne, mais ici vous n'avez pas à commenter des affaires qui ne vous regardent pas. Et vous n'avez certainement pas le droit de critiquer mon fils, monsieur le duc de Roxton. Je ne parlerai pas de ma famille et de nos problèmes, en particulier avec un invité de monsieur le duc. Ce n'est pas à vous de vous inquiéter de mon sort. Je ne veux ni de votre opinion, ni de votre préoccupation. Je n'ai pas non plus réclamé votre compagnie. Veuillez maintenant me laisser en paix, retourner à la maison principale où est votre place et ne plus jamais revenir ici ! C'est tout ce que j'ai à dire. Bonne journée. Vous pouvez partir.

Elle s'attendait pleinement à ce que Jonathon acquiesce immédiatement, s'écarte avec une révérence respectueuse et la laisse passer. Après tout, elle était habituée à une obéissance inconditionnelle. Depuis le jour de son mariage, sa noble prééminence parmi les domestiques, les employés, les métayers, sa famille, ses amis et ses pairs n'avait jamais été remise en question. Ainsi, quand Jonathon resta immobile et silencieux, elle soupira d'agacement, souffla à voix basse qu'il était sourd en plus d'être obstinément impoli, souleva ses jupons à pleines mains et le dépassa en le frôlant, sans le regarder.

Ce qu'il fit ensuite était inédit.

Il l'attrapa par le bras, les doigts serrés sur sa manche en soie, la fit tourner et la plaqua violemment contre lui. Il plaça une main dans le creux de son dos ; elle ne pouvait plus bouger, sa poitrine était appuyée contre son torse et ses jupons étaient froissés et pliés en accordéon contre ses jambes.

Elle leva le regard vers lui en clignant des yeux. La stupéfaction l'avait rendue muette. Elle rougissait furieusement, scandalisée qu'il ait osé la toucher sans sa permission, et pour la deuxième fois. L'étranger amical et doux de leur première rencontre avait disparu. Ses yeux bruns avaient une intensité énigmatique et sa bouche formait une ligne mince perturbante, mais elle eut du mal à respirer et sentit la couleur lui monter aux joues pour une autre raison : son cœur battait soudain à tout rompre et une sensation très semblable à des fourmillements la parcourait de la tête aux pieds. Quelque part au plus profond d'elle-même, une étincelle s'embrasa. Cette sensation était tellement inattendue qu'elle fut choquée au point de ne pas y croire.

— Je ne suis pas contre l'idée de me jeter à vos pieds, déclara-t-il en réprimant ses sentiments. Mais quand je me prosternerai devant vous, ce ne sera pas parce que vous êtes Sa Grâce la très noble duchesse douairière de Roxton, mais parce que j'aurai décidé que c'est là que je veux être. Vous êtes en premier lieu exceptionnellement intéressante, ce qui suffit à vous rendre digne de mon attention. Mais je ne suis pas aveugle. Vous êtes sans aucun doute la plus belle femme sur laquelle j'ai jamais posé les yeux. Et je ne suis pas immunisé. Je vous trouve extrêmement désirable. Plus vite vous me verrez comme un homme au sang chaud digne de votre attention et de votre considération, et non comme un fonctionnaire émasculé et sans cervelle, mieux ce sera pour nous deux.

Sur ce, il la relâcha, s'inclina légèrement, lui adressa un bref signe de tête en guise d'adieu et s'engagea sur la pelouse pour rejoindre la jetée à grandes enjambées.

Il ne se retourna pas.

Antonia le regarda disparaître derrière une montée du terrain vallonné.

SIX

Il était terriblement arrogant. Dominateur. *Dangereux.*

Il fallait qu'elle garde ses distances. Qu'elle soit froide. Qu'elle oublie qu'il avait mis les pieds dans son pavillon. Encore mieux, elle ne ferait pas attention à lui – elle agirait comme s'il ne lui avait jamais adressé la parole.

Et pourtant, la déclaration stupéfiante de Jonathon occupait encore les pensées d'Antonia quand, quelques heures plus tard, elle rejoignit les quelque quatre-vingt-dix convives qui dînaient dans la salle de banquet d'une incroyable splendeur de Treat, réservée aux grandes occasions. Les nombreuses tables vernies en acajou, disposées sur plusieurs rangées, craquaient sous le poids de l'argent, de la porcelaine, des énormes compositions florales, des saladiers de fruits, et des surtouts en or et en argent. Le service de table était en porcelaine de Sèvres et les couverts en argent poli à l'extrême. Derrière chaque chaise en acajou de style Chippendale se tenait un valet de pied en livrée au visage de marbre. Trois services, chacun composé de vingt à vingt-cinq plats, furent dégustés avec enthousiasme, rires et conversations. Les accords mélodiques joués par un orchestre à cordes dans la galerie supérieure facilitaient la digestion. Quand les dames se retirèrent enfin dans la longue galerie pour le café et les sucreries, les hommes restèrent à table où ils purent déboutonner leurs gilets de soie, se mettre à l'aise, boire des spiritueux et parler politique et chevaux pendant une heure ou deux avant de rejoindre les femmes pour une partie de whist décontractée.

Antonia connaissait tout par cœur, du service de table à l'argenterie, en passant par l'ordre dans lequel les plats étaient servis. Le premier service était composé de soupes, de ragoûts, d'un assortiment de légumes en sauces, de poisson bouilli et de viandes diverses, le tout disposé autour de la table dans un arrangement précis qui permettait aux invités de se servir eux-mêmes à l'aide de louches. Puis des plats furent placés à chaque bout de la table – ce soir-là, des sangliers assaisonnés et farcis qui alimentaient les conversations pendant que le deuxième service arrivait. D'autres légumes avec des sauces différentes, plus de viande et de poisson, et une pléthore de tourtes exotiques à la pâte succulente enrobant toutes sortes de préparations à base de gibiers à plumes, de volailles, ou d'un mélange des deux. Puis arrivait pour finir un choix encore plus élaboré et alléchant de gâteaux, gelées, sucreries, fruits confits, glaces et crèmes qui représentaient un total de vingt-cinq plats rien que pour le dessert. Le chef pâtissier français et le confiseur proposaient aux convives des sculptures sucrées et des pâtisseries délicates d'une telle douceur et d'une telle onctuosité que les Roxton suscitaient la jalousie de leurs nobles amis.

Il y avait ensuite le rituel du départ des dames qui, guidées par leur hôtesse la duchesse, rejoignaient la galerie où du café et des sucreries les attendaient. Installées ici et là, elles s'éventaient de manière alanguie, grignotaient d'autres confiseries et s'échangeaient les derniers potins.

La grande demeure aux meubles dorés, la cohorte de domestiques aux pas feutrés, les habitudes ritualisées du foyer, la routine quotidienne de chaque parent, invité, domestique de haut statut et petit personnel – dans la maison ou à l'extérieur –, garçon d'écurie, jardinier, métayer, artisan et apprenti, villageois, pasteur, commerçant et marchand de cet immense domaine rural, des premières lueurs du jour quand les feux étaient rallumés à l'obscurité du ciel de minuit parsemé d'étoiles lumineuses quand les bougies des chambres s'éteignaient, tout restait parfaitement identique à ce qu'était la maison quand Antonia en était à la tête, depuis son mariage au cinquième duc de Roxton, deux mois après son dix-huitième anniversaire.

Elle aurait dû être flattée que sa belle-fille, qui avait adopté son rôle de sixième duchesse avec toute l'assurance de quelqu'un né avec une position élevée et un titre, n'ait pas ressenti le besoin de modifier les pratiques qu'elle avait mises en place avec minutie pour assurer le bon fonctionnement d'une maison aussi grande et complexe. Mais Antonia se demandait si Deborah suivait sa routine non parce qu'elle lui convenait, mais parce qu'elle et le duc estimaient que ce rythme de vie devait être maintenu tant que sa belle-mère demeurerait ici – que le moindre changement, même s'il était minuscule et insignifiant, bouleverserait la duchesse douairière de Roxton.

Il avait dit l'avoir trouvée exceptionnellement intéressante. Monseigneur, lui, l'avait déclarée incomparable.

Quand elle était arrivée pour le dîner avec Spencer et Willis dans son sillage, sa présence avait visiblement été une surprise embarrassante. À l'autre bout du salon bondé, sa belle-fille avait échangé avec le duc un regard qui semblait dire : *Vous ne m'aviez pas dit que votre mère viendrait.* Il lui avait répondu par un haussement de sourcils et un sourire qu'il lui réservait exclusivement et qui disait : *Je comprends votre frustration, mon amour, mais je suis persuadé que vous maîtriserez admirablement cette situation.*

Antonia aimait beaucoup Deborah, sa belle-fille. Elle avait bon cœur et aimait le duc et ses enfants d'un amour inconditionnel. Deborah faisait ressortir ce qu'il y avait de meilleur chez son mari et accomplissait ses devoirs de duchesse avec aplomb. De plus, elle était loin d'être sotte. Elle était franche, avait des avis sur tout et, quand il le fallait, savait faire preuve d'une franchise implacable. Mais Antonia savait bien qu'elle impressionnait Deborah ; de ce fait, il était compliqué pour les deux femmes d'être aussi proches qu'Antonia l'aurait voulu. Même depuis qu'elle était devenue duchesse — et qu'elle avait eu quatre enfants en bonne santé, dont trois garçons, et donc une profusion d'héritiers pour le duché de Roxton —, Deborah demeurait incapable de se débarrasser de sa timidité et de son appréhension dès qu'elle était en présence d'Antonia.

… Je ne suis pas aveugle. Vous êtes sans aucun doute la plus belle femme sur laquelle j'ai jamais posé les yeux.

Beaucoup d'hommes lui avaient dit la même chose au fil des ans, et elle acceptait toujours ces compliments verbeux avec une prudence de rigueur. Elle se savait belle. Ce n'était pas de la prétention vaniteuse ; c'était un fait. Pourquoi donc était-elle gênée que *lui* le dise ? Elle s'efforça de reprendre ses esprits et se résolut à ne plus penser à lui.

Au milieu des autres femmes confortablement installées dans la galerie, Antonia sirotait son café en laissant son regard vagabonder par les portes-fenêtres qui donnaient sur la terrasse carrelée et la vaste étendue de pelouse ondoyante. Un paon entra dans son champ de vision de sa démarche fière, faisant la roue de tout son plumage aux couleurs éclatantes pour plaire à sa partenaire. La paonne ne prit même pas la peine de relever la tête, même quand le paon poussa un long cri bruyant.

Plusieurs dames sursautèrent d'effroi en entendant l'appel tapageur de l'oiseau.

Antonia entendit leurs exclamations de surprise et les rires qui s'ensuivirent, mais ne put voir leurs expressions stupéfaites, car elle s'installait toujours à la place la plus éloignée du chariot à thé, et donc la plus éloignée de sa belle-fille, et détournait légèrement son fauteuil bergère du groupe. Elle prétextait vouloir admirer la vue. La vérité était plus complexe. En s'asseyant sur la chaise la plus éloignée et en restant à l'écart, Antonia espérait que sa belle-fille serait plus à l'aise pour satisfaire à ses obligations de duchesse. Après tout, il devait être compliqué pour Deborah d'endosser son rôle d'hôtesse quand sa belle-mère, qui avait supervisé la gestion de cette maison pendant plus d'un quart de siècle, observait le moindre de ses gestes.

Mais Antonia n'était pas de ces femmes qui, après avoir perdu leur position dans la société et dans un foyer qui leur avait autrefois appartenu, essayaient de mettre le doigt sur les défauts de leur successeur afin d'entretenir leur importance. L'attachement d'Antonia aux attributs de son noble statut, aux rituels et aux responsabilités qui lui incombaient en tant que duchesse, et au confort matériel associé à son union au duc le plus riche d'Angleterre, était sans importance si elle ne pouvait pas partager cela avec l'homme qu'elle avait aimé de toutes les fibres de son être.

Elle se contentait donc de rester assise, solitaire et silencieuse, et d'assister à la performance de ce paon empli de fierté.

Je vous trouve extrêmement désirable... Monseigneur disait la trouver absolument enivrante...

Sa respiration se bloqua. Elle reposa la tasse en fine porcelaine sur sa soucoupe et cligna rapidement des yeux en prenant conscience de la vraie signification de ses paroles. Il la désirait. C'était bien sûr ce qu'il avait dit, mais elle venait juste de comprendre ce que cela impliquait. Mais il devait avoir dix ans de moins qu'elle. Certes, elle semblait plus jeune qu'elle ne l'était et restait plus active physiquement que beaucoup de femmes qui avaient la moitié de son âge, mais les hommes ne s'intéressaient qu'aux femmes plus jeunes qu'eux. Monseigneur était en effet plus âgé que Jonathon Strang l'était maintenant lorsqu'ils s'étaient mariés. Leur différence d'âge n'avait fait tiquer personne. Mais qu'un jeune homme fasse la cour à une femme plus âgée n'était pas seulement vu d'un mauvais œil, c'était aussi le genre d'événement propice aux scandales.

Antonia esquissa un sourire ironique pour elle-même. *Il n'a que faire de te courtiser, espèce d'imbécile ! Il te veut dans son lit.* En plus d'être un charmeur scandaleux, cet homme était totalement présomptueux.

Ce n'était certainement qu'une question de minutes avant que les enfants ne soient amenés par les nourrices pour dire bonne nuit aux parents et aux invités. Elle se demandait s'ils avaient reçu une explication, et si oui, de quelle nature, pour l'annulation de leur visite habituelle à son pavillon, et si l'absence de Frederick avait été découverte. Les rubans verts étaient dans l'une de ses poches, elle pourrait donc facilement les lui donner.

Sans avoir besoin de se retourner ou de relever la tête, elle leva sa soucoupe avec sa tasse en porcelaine vide, sachant que ses dames d'honneur, qui observaient ses moindres faits et gestes, l'en débarrasseraient. Spencer lui demanda si elle voulait un peu plus de café. Antonia secoua la tête sans cesser de s'éventer. Ses pensées semblaient être à des kilomètres de là.

Mais elle n'était pas égocentrique au point d'avoir oublié que Spencer avait des ampoules à cause d'une nouvelle paire de bottines de marche qu'Antonia avait offertes à chacune des deux sœurs pour Pâques ; c'était pour cette raison qu'elle était montée dans le carrosse avec difficulté telle une estropiée. Antonia lui avait même suggéré de ne pas venir pour pouvoir faire un bain de pieds et soigner ses ampoules. Mais Spencer avait refusé de changer d'avis et Willis était d'accord avec sa sœur : il était de leur devoir de s'occuper d'elle. Antonia avait abandonné l'idée de leur faire entendre raison.

— Ménagez vos pauvres pieds, Sally, trouvez un endroit où vous asseoir. Ne faites pas du surplace.

— Mais, madame la duchesse, je vous assure que…

Antonia tourna légèrement la tête, le menton relevé, et lui lança un regard désapprobateur qui suffit à faire taire Spencer. Quand Willis se replaça de l'autre côté du fauteuil bergère d'Antonia, Spencer n'eut qu'à prononcer un mot accompagné d'un regard vers sa sœur pour que les deux se replient vers une région éloignée de la galerie.

Antonia sourit pour elle-même. Ses gargouilles. Elle aimait beaucoup ce surnom que leur avait trouvé Jonathon. Pendant le long et pénible dîner, elle avait eu le temps et l'opportunité de mettre en branle l'idée qu'il avait eue d'accorder à ses gardiennes austères de petites vacances avec la comtesse de Strathsay.

Par chance – même si elle soupçonnait que les actions de son fils étaient délibérées –, elle s'était retrouvée à côté de la comtesse pendant le dîner, ce qui lui avait offert l'occasion parfaite pour souffler à sa tante l'idée qu'elle avait besoin d'être accompagnée d'une ou deux personnes pour retourner dans le Buckinghamshire. D'un ton enjoué, elle avait demandé conseil à Charlotte afin de choisir une destination convenable pour Willis et Spencer ; les sœurs méritaient de passer quelques semaines loin de Treat, idéalement avec d'autres femmes qui partageaient les mêmes valeurs.

Willis lui avait prêté un texte très ancien et intrigant sur le piétisme, un héritage qui se transmettait dans sa famille. Le texte s'appelait *Pia Desideria* et avait été écrit par un auteur allemand du nom de Spener. Charlotte en avait-elle entendu parler ? Non ? Willis pourrait peut-être lui prêter ? Encore mieux, les sœurs avaient une version anglaise du texte que leurs ancêtres allemands avaient soigneusement traduit pour leurs parents anglais. Les écrits de Spener avaient apparemment beaucoup influencé les Moraves.

Ainsi, Antonia avait passé une heure à écouter Charlotte parler encore et encore de son engagement philanthropique préféré – le soutien des Frères moraves – et avait su qu'elle n'avait pas perdu son temps quand la comtesse avait demandé à Antonia, d'un ton mal assuré, comment elle s'en sortirait sans l'aide des deux sœurs. Antonia avait feint un air résigné et contrit, répondant qu'elle devrait faire de son mieux avec sa dame d'honneur et ses trois femmes de chambre ; après tout, les sœurs seraient absentes pendant seulement quelques semaines et non quelques mois.

Plus vite vous me verrez comme un homme au sang chaud digne de votre attention et de votre considération, et non comme un fonctionnaire émasculé et sans cervelle, mieux ce sera pour nous deux.

Fonctionnaire ? Émasculé ? Sans cervelle ? Certainement pas ! La pensait-il sénile ? Il avait été furieux qu'elle le congédie de façon aussi cavalière, ce qu'elle pouvait plus ou moins excuser. À l'évidence, il avait l'habitude de recevoir l'attention de femmes qui le flattaient servilement en battant des cils et qui tombaient en pâmoison devant tant de virilité bronzée. Même quand elle s'était renfermée sur elle-même, malheureuse, souhaitant l'impossible – voir apparaître monseigneur au bal –, elle avait été suffisamment distraite pour se demander pourquoi ce bel inconnu la fixait du regard. Et après cinq minutes en sa compagnie, après qu'il lui eut proposé de danser avec lui, plein d'assurance, elle avait compris qu'il était sûr de lui et qu'il était habitué à obtenir ce qu'il voulait.

Mais rien n'excusait qu'il la malmène. Il n'aurait jamais dû la toucher, peu importe qu'il ait été énervé ou agacé par son rejet cavalier. Elle était certaine qu'un bleu était apparu sur son bras, là où il l'avait attrapée. Il était allé encore plus loin quand il avait osé la serrer contre lui de façon aussi intime…

Était-il vraiment si étonnant qu'elle ait rougi – que son cœur se soit mis à battre à vive allure ? Ces deux réactions étaient très naturelles dans une situation bouleversante. Cependant, rien n'expliquait la troisième sensation, totalement inattendue et surprenante, cette petite palpitation au plus profond d'elle-même qui à cet instant encore, à la simple pensée de sa proximité, de son étreinte, lui échauffait la gorge et faisait fourmiller le bout de ses doigts. Elle bondit hors de son fauteuil, empourprée par la honte, au moment où deux convives passaient devant elle dans un bruissement de soie.

Puisqu'Antonia s'était levée, les dames marquèrent une pause pour effectuer une révérence et se reculèrent pour se blottir sur un sofa en crin. Elles s'étaient un peu éloignées du groupe principal composé de femmes qui discutaient confortablement sur plusieurs sofas regroupés, mais restèrent assez près pour ne pas être considérées comme impolies. Il leur était égal que la duchesse douairière puisse entendre chaque mot de leur tête-à-tête.

En tant que matriarche de la famille Roxton, elle devait être considérée comme sourde, aveugle et quelque peu sénile, se dit Antonia. Elle se laissa retomber sur le fauteuil bergère, droite comme un *i*, et recommença à s'éventer, prétendant avoir perdu l'audition. Si elle était indulgente, elle pouvait concevoir que ces deux-là ne savaient pas qu'elle parlait et comprenait l'anglais, puisqu'elle communiquait exclusivement en français avec sa famille. Il s'agissait d'une erreur courante, qu'elle n'avait jamais pris la peine de corriger.

※ ※ ※

— Seigneur, non ! Qu'est-ce qui vous a donné cette idée ? Strang a des intérêts passagers, mais il ne s'attache jamais, très chère Hettie, disait Kitty Cavendish. Il a une sensibilité plutôt modérée en matière de femmes. Ce n'est pas un moine, mais on ne pourrait pas non plus le qualifier de triste débauché. Le mot « discernement » me vient à l'esprit. Il ne se contente pas de n'importe quelle femme. Mais pourquoi vous dis-je tout cela, ma chère ? Vous le savez déjà très bien.

— Je le savais, Kitty. *Savais*, soupira Lady Hibbert-Baker, la voix teintée de regret. J'avais espéré… À son retour en Angleterre… Kitty, pourquoi est-il revenu ?

— Pour les affaires, et pour trouver un mari à Sarah-Jane. Voilà

déjà deux raisons qui me viennent, répondit Kitty Cavendish d'un ton
léger. Pourquoi ne voudrait-il pas rentrer chez lui après avoir passé des
années parmi les païens sur le sous-continent ?

— Mais il n'a jamais été chez lui en Angleterre. Il est né à l'étranger, le cadet d'un cadet. Selon Kenny, Strang est pratiquement un
païen lui-même. Il dit que l'installation de Strang en Angleterre revient
à mettre un-un rhinocéros au milieu d'un champ de cerfs, pour ce qu'il
a en commun avec nous. Kenny dit qu'il ne doit pas être seulement
rentré pour marier sa fille, qu'il doit y avoir une autre raison.

— N'importe quoi, Hettie ! Il a étudié à Harrow et Oxford, et sa
femme était une Cavendish. Il ne pourrait pas faire plus partie de nos
semblables. Et quand il se remariera, il sera définitivement l'un des
nôtres. D'ailleurs, c'est de cela que je voulais vous parler. Tommy et
moi avons décidé que nous devons trouver une épouse à Strang. Il
pouvait très bien rester veuf tant qu'il était chez les Indiens, mais avec
son héritage…

— Héritage ?

— Inutile de lui trouver une héritière, il a assez d'argent pour tout
le monde, mais elle doit être jeune, docile et…

— … *stupide ?* Quel héritage, Kitty ? Vous avez parlé d'un héritage.
C'est pour cette raison qu'il est revenu à ses racines, non ?

— Non. Pas stupide, mais *influençable.*

— Oui. Oui. Oui. Une jeune épouse stupide. Très bien, mais
parlez-moi de *l'héritage* de Strang, Kitty !

— Ai-je parlé d'un héritage ? C'était très bête de ma part. Veuillez
m'excuser, je ne peux pas vous en parler. Et même si je le pouvais, j'en
serais incapable, car je ne suis au courant de rien. Tommy l'a seulement
évoqué devant moi sans développer, ce qui est très frustrant.

— Vous refusez de me mettre dans la confidence, mais vous voulez
que je vous aide à trouver une femme pour Strang ? se plaignit son
interlocutrice. Il va falloir faire mieux que cela, très chère Kitty, si vous
voulez mon aide. Par ailleurs, pourquoi vous aiderais-je alors qu'une
épouse interférerait avec mes projets de raviver l'intérêt de Strang pour
moi ?

Kitty Cavendish essaya de satisfaire son amie avec une réponse
légère :

— Hettie, vous savez comment sont les maris. Si Tommy me dit
qu'il ne peut pas m'en parler, c'est qu'il ne peut pas, pour des raisons
qui lui sont personnelles. Kenny doit bien avoir des secrets qu'il ne
partage pas avec vous, en tant que second en charge du service d'espionnage pour l'Angleterre.

— Il s'agit des *Services Secrets*, répondit Hettie Hibbert-Baker avec arrogance. Kenny n'en est pas seulement l'adjoint ; depuis notre retour de New York, il est à la tête de quelque chose qui s'appelle le *Comité de la Révolution américaine*.

— Comme c'est impressionnant, Hettie, que vous vous souveniez du nom d'un comité aussi important mais tellement vain !

— Rien d'étonnant, Kenny n'arrête pas d'en parler pendant des heures jusqu'à ce que je n'en puisse plus ! J'essaye de paraître intéressée parce qu'il m'assure qu'il s'agit d'un comité très important, chargé de ces affreux colons qui refusent de faire ce qu'on leur dit et qui veulent quelque chose qu'ils appellent *indépendance*. Kenny a l'impolitesse de bougonner à propos de ce comité jusque dans mon lit. Et je me suis rendu compte que si je ne gonfle pas son estime en l'écoutant – comme si cela m'intéressait *infiniment* de savoir qui espionne pour *nous* et qui est un traître qui espionne pour *eux*, et qui fournit des informations *pour nous et pour eux* –, alors il y a autre chose qui ne gonfle pas ! Peu importe les efforts que je déploie à genoux ou d'une autre manière, je finis tellement insatisfaite que j'ai envie d'exploser !

Les deux dames furent prises d'un fou rire.

Quand elle put reprendre la parole, Hettie Hibbert-Baker arrangea sa haute coiffure élaborée décorée de rubans et de rangées de perles – son coiffeur lui avait assuré que c'était à la pointe de la mode parisienne – et reprit :

— Ce n'est pas étonnant, n'est-ce pas, ma très chère Kitty, que je préfère les hommes au sang chaud tels que Strang, qui viennent dans le boudoir d'une lady sans rien d'autre en tête que ses préférences pour l'acte.

D'autres gloussements s'élevèrent, puis elles agitèrent intensément leurs éventails sur leurs poitrines haletantes et tamponnèrent soigneusement leurs yeux humides. Enfin, Kitty Cavendish articula, malgré son toussotement :

— Vous savez, Hettie, je trouve toutes ces histoires d'espionnage délicieusement intrigantes. Ne pas savoir qui est l'un des nôtres, se demander si ce partenaire de whist est l'un des leurs, ou si le gentleman aux yeux incroyablement foncés au balcon d'à côté à l'opéra, avec son lorgnon rivé sur mon décolleté, pourrait être l'un des nôtres *et* l'un des leurs ! J'aimerais rencontrer l'un de ces espions qui empruntent des escaliers cachés et se tapissent dans l'ombre ! Vous pensez que Kenny pourrait me rendre ce service ?

Elle tressaillit, comme si une idée soudaine l'avait frappée, et tapota le volant en dentelle de son amie avec son éventail.

— Vous ! Hettie ! s'exclama-t-elle avec un sourire étudié. *Vous* pouvez me dire s'il y a un espion parmi nous ! Kenny a dû vous le dire ?

— Non, Kitty ! De la même manière que vous ne pouvez pas me parler de l'héritage de Strang parce que Tommy refuse de vous en dire plus, je serais bien incapable de vous dire ce que je ne sais pas, ce que Kenny m'a dit que je ne savais pas !

Kitty Cavendish fit la moue et réfléchit, les yeux rivés sur les branches d'ivoire de son éventail peint en dentelle. Elle déclara, en lançant un regard en coin à son amie :

— Quel dommage que nous devions agir en bonnes épouses obéissantes en gardant pour nous les bêtes petits secrets de nos maris, surtout que ces secrets n'ont pas la moindre espèce d'importance à nos yeux. Bien sûr, puisque nous sommes de *très bonnes amies*, je sais que nous pourrions avoir une conversation que nous oublierions dès que nous nous lèverons de ce canapé...

Hettie Hibbert-Baker réagit à coup de « mmmh » et « aahh » et répondit en haussant les épaules :

— J'ai une très mauvaise mémoire, et parfois je ne comprends vraiment rien à ce que Kenny me dit ; même si je vous en parlais, cela ne signifierait pas que je vous dirais quoi que ce soit ayant une quelconque importance.

— Exactement ! se réjouit Kitty Cavendish. Et je pourrais mentionner, juste en passant, ce que Tommy a mentionné juste en passant à propos de Strang. Ce serait alors un simple commentaire en passant. Ce n'est pas comme si je vous le disais directement.

— Cela me semble excessivement équitable.

— Oui, n'est-ce pas ?

— Et pas du tout déloyal.

— Pas du tout.

— Devrais-je commencer ?

— Comme c'est aimable de votre part, très chère Hettie. Je vous en prie.

— Très bien. La raison pour laquelle autant de membres du gouvernement séjournent à Treat avec leurs femmes, c'est parce qu'il doit y avoir, ici même, une réunion du Comité de la Révolution américaine pour traiter de la question française : les Français vont-ils ouvertement soutenir les rebelles américains dans leur guerre ou non ? Si c'est le cas, cela tombe sous le sens que l'Angleterre devrait déclarer la guerre à la France pour s'être alliée aux traîtres rebelles. Mais les Français veulent à tout prix éviter une guerre contre nous. Vous souvenez-vous de leur échec pendant la guerre de la Conquête et des territoires qu'ils ont perdus après ce désastre ? Ce qui ne veut pas dire que les Français ne soutiennent pas déjà les rebelles, mais ils le font en secret. Nous savons – je veux dire, le Comité de la Révolution américaine sait – pertinemment cela grâce à nos espions qui sont partout, en particulier à Paris.

— Des espions ! Merveilleux ! roucoula Kitty Cavendish.

— Beaucoup de membres du comité sont très favorables à l'envoi d'une délégation à Versailles, qu'elle soit secrète ou non, pour découvrir directement la position de la France auprès des ministres français et du roi Louis. Kenny pense que toute proposition aux Français devrait être faite dans le plus grand des secrets et penche donc plutôt pour une délégation secrète, tout cela pour faire bonne figure si les Français décidaient de nous doubler et de se rallier aux colons rebelles, même s'ils ont sincèrement assuré le contraire et affirmé leur neutralité. Cette éventualité est très probable selon Kenny, puisque les Français nous exècrent au plus haut point. Ce qui est compréhensible, puisque nous les vainquons toujours. Mais il y a une pierre d'achoppement, et c'est pour cela que nous avons tous été conviés par le duc.

Un long silence s'ensuivit, pendant lequel Antonia était très tentée de tourner la tête pour observer les deux femmes ; elle était persuadée que la mâchoire de Kitty Cavendish, tout comme la sienne, s'était décrochée face au résumé limpide d'Hettie Hibbert-Baker. La bonne société considérait que le penchant de cette femme pour les dernières coiffures hautes en vogue contrastait fortement avec la taille de son cerveau, pas plus gros qu'une noix.

Kitty Cavendish, abasourdie, voyait son amie d'un nouvel œil. Elle ferma rapidement la bouche et détourna les yeux, laissant son regard vagabonder en direction de la grande terrasse en marbre derrière les portes-fenêtres, où quelques dames se promenaient en se tenant par le bras après avoir fini de s'abreuver en thé et en ragots près de la cheminée.

— Une-une pierre d'achoppement, très chère Hettie ? s'enquit Kitty Cavendish en faisant son possible pour prendre un ton léger et désintéressé.

— Roxton. C'est lui, la pierre d'achoppement. Sa Grâce refuse de concevoir la possibilité d'une délégation secrète. Le duc veut entretenir un dialogue ouvert avec les Français. Kenny dit que c'est exactement le genre d'attitude austère à laquelle il s'attendait de la part du duc. Et comment peut-on faire totalement confiance aux motivations de Roxton, alors que son père, le cinquième duc, s'autoproclamait « monsieur le duc » à la française et que sa mère est française jusqu'au bout des ongles ? Peu importe que Sa Grâce ait pris plusieurs décisions depuis qu'il a hérité du duché pour être vu avant tout comme un Anglais, en prenant de la distance avec sa famille française d'un *geste grandiose*. Quant au genre de *geste grandiose* dont il est question, je n'en ai pas la moindre idée, car Kenny ne m'a pas dit *cela*. Cependant, il a insisté sur son caractère *extraordinaire*. Je vais encore vous décevoir, Kitty, mais je suis réellement incapable de nommer l'espion parmi nous. Kenny ne me l'a pas révélé non plus. Cela dit, il ne le sait peut-être pas. *Pas encore*. Et naturellement, cela va sans dire, il ne m'a rien dit du tout, comme nous en avions convenu. J'ai déjà tout oublié !

— Mais il y en a un ? Un espion. Ici ? À *Treat* ?

Hettie Hibbert-Baker acquiesça.

— C'est maintenant à votre tour de me révéler ce que Tommy ne vous a pas dit sur Strang. Vous devez vous presser, on est en train d'installer les tables pour le whist et j'ai promis de jouer avec Charlotte Strathsay. Oh, et voilà notre trésor qui arrive !

— Tout ce que je sais, confia Kitty Cavendish, c'est que l'héritage de Strang a un rapport très étroit avec le décès d'un parent éloigné mais titré, qui possède un large domaine dans un coin perdu au nord de la frontière et qui rend l'âme depuis un an. Tournez donc votre attention sur ce qui nous préoccupe : faire en sorte que Strang se marie. Que pensez-vous des jumelles Aubrey ? Aucune des deux ne s'attendrait à une union fidèle, si ?

— *C'est tout ?* Êtes-vous réellement en train de me dire que c'est tout ce que vous savez ? demanda Hettie Hibbert-Baker, tellement incrédule que sa voix monta dans les aigus au point d'attirer l'attention de quelques dames qui revenaient de la terrasse pour se joindre aux joueurs de whist. Après *tout* ce que je ne vous ai pas dit ?

— Oui. Strang a besoin d'une femme assez jeune pour lui donner des fils. Martha et Maria Aubrey ont l'âge parfait et sont le choix parfait, notamment parce que ce sont mes nièces. Et elles sont pauvres. Une nièce nécessiteuse et ignorante qui est éternellement redevable à sa tante Kitty pour lui avoir trouvé un mari fortuné, c'est tout à fait ce dont Tommy et moi avons besoin pour assurer nos vieux jours... Hettie ? Hettie ! Concentrez-vous. Donnez-moi votre avis sur mon plan.

Hettie Hibbert-Baker se remettait à peine de sa déception après cet échange d'informations inégal et répondit d'un ton grognon :

— Puisque Tommy n'est pas aussi conciliant que Kenny, j'imagine que vous comptez sur moi pour flatter Strang jusqu'à ce qu'il me révèle tout ce qu'il y a à savoir sur ce mystérieux parent qui est sur le point de mourir, et sur son héritage tout aussi mystérieux ?

— Le feriez-vous ? C'est exactement ce que j'espérais, très chère Hettie. Qui mieux que vous pour découvrir ce qu'il y a à découvrir ? Vous feriez une excellente espionne, et si Kenny se doutait que sous le capitonnage et les fioritures de votre belle petite tête se cache un cerveau qui fonctionne, il vous engagerait immédiatement !

Légèrement amadouée, Hettie Hibbert-Baker se fendit d'un sourire et demanda d'un ton malicieux :

— Est-ce que vous me *demandez* de finir dans le lit de Strang ? Qu'en est-il de vos nièces ?

— Oh, je compte sur vous pour distraire Strang assez longtemps pour garantir que, d'ici la fin de la fête, mes nièces soient les seules beautés à marier méritant l'intérêt de Strang. De plus, si Tommy et moi défendons leur cause sur un front et que vous le mettez discrètement sur leur piste dans l'intimité, Strang finira par capituler. Il n'a d'autre choix que de se remarier. Maintenant qu'il a été convoqué ici, il ne peut plus ignorer son destin. C'est inévitable.

— Capituler. Convoqué. Destin. Ces mots-là ne sont habituellement pas associés à Jonathon Strang. Celui que j'ai connu à Hyderabad était un non-conformiste peu conventionnel à l'esprit affranchi. Kenny m'avait mise en garde contre lui, mais… (Hettie Hibbert-Baker soupira à ce souvenir et posa son éventail sur son décolleté révélateur.) Vous me connaissez, Kitty, je ne peux pas résister à un morceau de premier choix. J'ai failli briser le pauvre petit cœur de Kenny. Mais il *fallait* que je le fréquente, Kitty. Ce n'est pas tous les jours qu'on a l'occasion de goûter à l'incroyablement exotique. Il est évident que je n'en ferais rien ici, mais en Inde… Ce devait être à cause de la chaleur, se justifia-t-elle en haussant les épaules.

— Incroyablement exotique ? Ma très chère Kitty, que voulez-vous dire ?

Le silence s'éternisait et Antonia se pencha inconsciemment vers le canapé ; les deux amies commères avaient baissé la voix et parlaient derrière leurs éventails immobiles. Un soudain éclat de rire rauque coïncida avec un nouveau cri du paon, ce qui la fit bondir de surprise hors de son fauteuil bergère. Elle lissa ses jupons, mortifiée d'avoir espionné une conversation privée, et se réprimanda mentalement pour avoir adopté un comportement aussi vulgaire. Elle était bel et bien en train de devenir sénile finalement. Elle ne put éviter d'entendre le reste de la conversation, ponctuée de gloussements et d'exclamations de surprise.

— Hettie. Non ! *Vraiment ?*

— Vous êtes superbe quand vous rougissez, très chère. Si ! *Vraiment.*

— Je savais que le père de Strang était un excentrique, commenta Kitty, émerveillée. C'est vrai qu'il a passé sa vie entière sur le sous-continent, mais je n'aurais jamais *osé* imaginer qu'il impose une pratique aussi sauvage à ses jeunes fils. C'est barbare !

— Pourquoi ? Après tout, père et fils devaient rester en Inde. Les femmes de là-bas ne conçoivent même pas de forniquer avec un homme sans qu'il se soit plié à cette condition.

— Extraordinaire ! Mais… pourquoi prendre une indigène comme maîtresse ? Il y a des Anglaises sur le sous-continent.

Hettie Hibbert-Baker laissa échapper un petit rire.

— Oh, Kitty ! Vous êtes *divinement* naïve. Les *firangi* comme Strang n'ont pas une maîtresse, ils ont tout un harem d'indigènes. C'est ainsi que cela fonctionne là-bas. Et croyez-moi, Kitty, Jonathon Strang n'était jamais à court de femmes indigènes qui faisaient la queue devant sa véranda dans l'espoir de découvrir son étalon sous toutes les coutures, et je ne parle pas des courses de Newmarket !

— Alors, ma tartelette aigre-douce, est-ce que vous et Hettie êtes prêtes à partager vos tuyaux pour Newmarket ?

— Tom-my ! déclara Kitty Cavendish, essoufflée, essuyant ses yeux mouillés à l'aide de son mouchoir.

Elle se leva et jeta un coup d'œil par-dessus l'épaule vêtue de soie de son mari, ce qui lui confirma que les hommes avaient enfin délaissé leur porto pour se joindre aux dames.

— C'est totalement injuste de votre part de nous surprendre ainsi !

— Vous ne parliez donc pas du tout de viande chevaline, répondit Lord Cavendish d'un ton doucereux, son monocle dirigé vers Lady Hibbert-Baker dont les yeux gris papillonnaient juste au-dessus du bord plissé de l'éventail décoré à la gouache qu'elle agitait. Avez-vous ajouté une cuillérée d'« héritage » et de « convocation » à la tasse de votre conversation, mon bol de crème ? demanda-t-il à sa femme à voix basse.

— Sans que ma langue fourche.

— Excellent.

— Excellent ? dit Kitty Cavendish avec une moue devant la cravate de son mari, tout en feignant d'enlever des peluches sur son épaule. Vous ne m'avez même pas révélé, à moi votre très chère femme, l'identité de ce parent écossais qui a *convoqué* Strang, mais vous comptez sur moi pour saupoudrer ma conversation de vos ragots sucrés.

— J'ai donné ma parole à Strang, ma dragée, s'excusa Lord Cavendish dans un murmure. Mais si vous faites ce que je vous demande, vous verrez mon soufflé monter à la perfection. Strang sera alors obligé de ravaler son arrogance et le monde entier se réjouira, en particulier notre chère nièce.

Kitty Cavendish n'avait aucune idée de ce que son mari voulait dire avec ses métaphores culinaires, mais elle se concentra sur ce dernier mot et demanda avec curiosité :

— Sarah-Jane ne sait pas non plus ce que vous savez à propos de son père ?

— Pas un seul grain de sel. Il dit que son immense fortune est assez sucrée pour les faux-bourdons qui veulent épouser son abeille de fille, continua Lord Cavendish en lançant un nouveau coup d'œil vers Hettie Hibbert-Baker. Avez-vous tiré quelque chose d'utile d'entre les oreilles de cette barbe à papa ?

Lord Cavendish haussa les sourcils en voyant le sourire satisfait de sa femme.

— Ne la sous-estimez plus jamais, Tommy. Vous êtes prévenu.

— Vraiment ? Intéressant. Merci pour cette mise en garde, mon amour. Qu'en est-il du postulat que j'ai émis sur les thés coloniaux et le lorgnon espion ?

— Nos chers amis se sont en effet rassemblés pour discuter des Français autour du thé. Quant au propriétaire du lorgnon espion, le mystère reste entier.

Lord Cavendish s'éloigna de sa femme et toussa, comme s'il avait besoin de s'éclaircir la voix. Il leva son lorgnon et dit pour Jonathon qui venait de le rejoindre d'un pas nonchalant :

— Il me semble que j'ai surpris ma tartelette douce-amère et ce chou à la crème d'Hettie avec les mains dans la pâte à choux du chef. Et je suis persuadé que vous en êtes l'ingrédient principal.

Aucun commentaire ne vint ; il tapota malicieusement sur la manche en soie du marchand avec le bord de son lorgnon.

— Oh, faites-moi au moins le plaisir de réagir à mon trait d'esprit culinaire, Strang ! Strang ?

Mais Jonathon ne l'écoutait pas. Il dépassa Lord Cavendish sans faire de commentaire, ne fit attention ni à Kitty Cavendish ni à Lady Hibbert-Baker, qui lui souriait de manière engageante, et s'approcha à grandes enjambées d'une porte-fenêtre sans rideau, où il ramassa l'éventail d'une lady qui était tombé sur le parquet lustré.

SEPT

ANTONIA EN AVAIT ENTENDU BIEN PLUS QU'ELLE L'AURAIT souhaité, mais pas assez pour la convaincre que la conversation qu'elle avait surprise ne devait pas être prise en considération. Bien qu'elle ait été une épouse et une mère dévouée, elle avait toujours été consciente du libertinage et de l'immoralité dont elle avait été entourée en tant que duchesse de Roxton, ce qu'elle n'avait d'ailleurs jamais jugé. Elle n'était donc pas surprise d'apprendre que Jonathon Strang avait eu, selon toute vraisemblance, un harem sur le sous-continent, ou que lui et Henrietta Hibbert-Baker avaient été amants. Il n'était pas non plus surprenant que cette Lady Hibbert-Baker ait envie de raviver une aventure passée. Son amant était grand, très beau dans son style mince et musclé et, de ce qu'elle avait entendu, il était très convoité. Par ailleurs, cette femme ne cachait nullement son mode de vie laxiste, et son mariage arrangé était dénué d'amour, contrairement à celui qu'Antonia avait connu. Mais elle n'aimait pas savoir que Jonathon avait pu choisir une telle prédatrice comme maîtresse.

Quant aux confidences grossières d'Henrietta Hibbert-Baker sur les attributs personnels de cet homme, apparemment divinement exotiques et considérablement au-dessus de la moyenne, les joues d'Antonia s'en étaient enflammées d'embarras, telles celles d'une vieille tante célibataire pas habituée aux conversations grivoises. Elle se demanda immédiatement si son veuvage était en train de la transformer en l'une de ces créatures tristes, pathétiques et frigides qui dissimulaient leur existence solitaire sous une attitude morale exemplaire en public en ce qui concernait les questions sexuelles, tout en ayant une tendance secrète à écouter aux portes lorsque des conversations sordides avaient lieu afin de combler une vie amoureuse inexistante. Il s'agissait de quelque chose que Charlotte Strathsay faisait avec une régularité épuisante.

L'idée de devenir comme Charlotte, d'une droiture glaciale et totalement moralisatrice, effraya Antonia. La couleur disparut de ses joues brûlantes et elle eut l'impression que tous ses doigts s'étaient transformés en pouces tandis qu'elle essayait de refermer les branches délicates de son éventail en ivoire sculpté.

L'éventail tomba sur le sol avec fracas et, involontairement, elle le poussa de la pointe de sa chaussure damassée ; il glissa sur le parquet ciré et s'arrêta de l'autre côté de la pièce, près d'une porte-fenêtre sans rideau. Les dames d'honneur d'Antonia, qui étaient venues se placer derrière le fauteuil bergère en voyant que leur maîtresse s'était levée, se précipitèrent pour récupérer l'éventail, cavalant derrière tels des chats après une souris. Le gentleman qui occupait les pensées d'Antonia atteignit l'éventail avant les deux sœurs.

Quand Lady Hibbert-Baker s'aperçut que la duchesse douairière de Roxton s'était levée et qu'elle les fixait avec un air de réprobation tacite, son sourire niais disparut. Elle et Kitty Cavendish se baissèrent en une révérence respectueuse et gardèrent les yeux rivés sur le sol. Lord Cavendish se pencha amplement vers l'avant, montrant à Antonia le dessus de sa perruque poudrée. Elle les dépassa sans leur accorder un regard et ils se demandèrent tous s'il était possible qu'après toutes ces années passées en Angleterre la duchesse douairière de Roxton comprenne suffisamment leur langue pour les écouter discrètement.

— Ah, je constate que vous m'en voulez encore, madame la duchesse, déclara Jonathon en français, bloquant le passage à Antonia.

Il lui tendit son éventail, qu'elle ne récupéra pas immédiatement.

Antonia gardait les yeux rivés sur les boutons recouverts de tissu de son gilet en soie rouge brodé de fils dorés.

— Monsieur, vous avez pris l'habitude de vous mettre en travers de mon chemin. Il faut que cela cesse.

— Je comprends la raison pour laquelle vous êtes en colère contre moi, et je vous demande pardon, déclara-t-il d'un ton neutre, sa haute silhouette préservant Antonia des regards curieux des Cavendish qui s'étaient rassemblés pour écouter ce qu'il se disait. Je n'aurais jamais dû vous toucher sans votre permission, et surtout pas de cette façon. Ce comportement indigne d'un gentleman me ronge depuis que je vous ai quittée. Si cela représente le moindre réconfort, ajouta-t-il avec un sourire qu'il ne put contenir, j'ai très peu mangé au dîner tant j'étais accablé par la honte. Et vous ne m'avez pas regardé une seule fois au cours du service de ces soixante-dix-huit plats.

Antonia leva son regard vert émeraude qu'elle planta dans ses yeux foncés.

— La perplexité dans vos beaux yeux m'indique que vous ne saviez pas du tout que nous étions assis l'un en face de l'autre au dîner. Encore un coup porté à mon estime personnelle ! Mais ce que je refuse, ajouta-t-il sérieusement, c'est de retirer ce que je vous ai dit dans le pavillon.

— Monsieur ! Non ! Arrêtez ! Je n'écouterai pas...

— Après tout, de bons amis sont censés pouvoir dire ce qu'ils pensent sans faire de manières. Je vous ai dit que je ne vous mentirais pas et je m'y tiendrai. Les amis se disent la vérité.

— Amis ? demanda-t-elle, curieuse.

Inconsciemment, elle récupéra son éventail par sa pampille en fils dorés d'entre ses longs doigts bruns et glissa la cordelette tressée autour de son poignet.

— De bons amis, madame la duchesse, répondit Jonathon avec un sourire, satisfait de constater que sa tactique avait l'effet escompté : la déstabiliser.

Il lui offrit le creux de son bras.

— Enfin, si madame la duchesse de Roxton veut bien autoriser un marchand des Indes orientales à la peau bronzée, qui ne possède pas un gramme de savoir-faire social et n'a rien d'attrayant, à être son ami... ?

— Vous êtes toujours aussi absurde, monsieur, répondit Antonia d'un ton brusque.

Elle était immensément soulagée qu'il ne lui demande que son amitié, mais restait méfiante quant à ses intentions.

— Pourquoi voulez-vous que nous soyons amis ?

Jonathon se mit à sourire en entendant la légère note d'hésitation dans sa voix. Elle représentait un changement tellement rafraîchissant par rapport aux femmes habituelles de son statut, impétueuses et trop sûres d'elles.

— Je serais ravi d'évoquer mes raisons avec vous. Nous pourrions en profiter pour nous promener le long de cette galerie grandiose, répondit-il, sa manche en velours toujours levée vers elle. Mais j'aimerais ne pas avoir de public...

Antonia sut immédiatement qu'il faisait référence à Spencer et

Willis, qui rôdaient dans les parages. Elle tourna légèrement la tête et leur indiqua par-dessus son épaule dénudée qu'elles devaient l'attendre près de son fauteuil bergère. Spencer ouvrit la bouche pour protester, mais Antonia leur lança un regard noir ; les deux sœurs firent la révérence avant de battre en retraite.

— Je suis heureux de vous apprendre que Frederick et moi sommes devenus de proches amis, annonça-t-il. Il m'a montré son esquif. Il en est très fier. Et il a raison. Il me disait qu'il avait appartenu à son oncle Henri... Il s'agit de votre fils cadet, qui est à Oxford... ?

— Oui. Le bateau était à Henri-Antoine quand il était petit, répondit Antonia en prenant enfin le bras de Jonathon d'une main légère. Julian aussi avait son propre bateau, mais quand son petit frère est devenu assez vieux pour participer aux courses, il était trop abîmé pour pouvoir naviguer.

— Saviez-vous que Frederick a aussi fait peindre ses rames en vert, en votre honneur ?

— Oh ! Merveilleux ! Je veux vraiment que Frederick gagne, cela lui tient tellement à cœur, répondit Antonia joyeusement tout en avançant le long de cette galerie qu'elle connaissait si bien, avec ses murs recouverts d'une collection d'immenses tableaux représentant les ancêtres de la famille Roxton à travers les âges et réalisés par de grands peintres. Mais je ne sais pas s'il a une chance de gagner contre son père et ses frères. Julian est un très bon rameur, voyez-vous, et il est hors de question qu'il perturbe la course uniquement pour laisser Frederick gagner. Mon fils pense qu'une victoire n'est méritée que si elle s'obtient avec beaucoup d'efforts, ce qui est valable même pour son héritier.

— Je salue les principes du duc, qui reflètent les miens. Mais c'est sans compter sur mon immense désir de voir *La Duchesse émeraude* passer la ligne d'arrivée en premier. Si nous gagnons, Frederick et moi serons récompensés par un dîner et le plaisir de votre compagnie à Crecy Hall. C'est une motivation suffisante pour battre le duc, ce que j'ai d'ailleurs annoncé haut et fort pendant que nous buvions le porto.

Antonia poussa un petit cri de surprise, mais ses yeux s'illuminèrent. Elle lui serra le bras.

— Vous n'avez tout de même pas fait cela !

— Bien sûr que si. Il n'y a aucun mal à stimuler l'esprit compétitif des hommes, madame la duchesse.

— Quelle a été la réponse de mon fils à votre défi ?

— Quel homme digne de ce nom ne relèverait pas le défi ? répondit Jonathon avec un grand sourire.

— Il est peut-être beau joueur, mais il n'apprécie pas pour autant d'être vaincu.

— Bien dit. Naturellement, il a accepté le défi dans l'esprit voulu. Oh, et plusieurs paris importants ont immédiatement été ouverts. J'ai bien peur que les pronostics soient plutôt en faveur de Roxton.

— Bien évidemment, déclara Antonia de façon détachée. Julian est un très bon rameur.

— Voilà qui est direct, commenta Jonathon avec bonhomie. Qu'est-ce qui vous dit que je ne suis pas aussi bon rameur que Roxton, voire meilleur ?

— Je n'en sais rien, reconnut-elle avec un sourire. Mais je connais mon fils, et vous pouvez me croire quand je vous dis qu'il vous faudra être très bon rameur pour espérer le battre.

— Mais je compte bien le battre ; la récompense qui m'attend me motive beaucoup.

Il se risqua alors à lever les yeux sur le mur lambrissé, où un immense tableau exposé dans un cadre ornementé et qui représentait un portrait de famille refroidit son humeur.

La peinture avait été commandée pour célébrer les quarante ans du couronnement ducal de monseigneur. Sa magnifique duchesse était toujours incroyablement jeune ; un enfant aux joues rouges qui ne devait pas avoir plus de cinq ans était assis sur ses genoux, sur ses lourds jupons damassés. Le fils héritier, un jeune homme grand et beau, portait de la soie moirée bleu pâle. Mais Jonathon se concentra sur le gentleman à la tenue éblouissante. Le duc était assis sur une chaise dorée, couronne sur la tête. Il portait sa robe ducale, une redingote en soie noire, un haut-de-chausses assorti et des bas blancs qui mettaient en valeur ses mollets musclés. Sa crinière de cheveux blancs avait été coiffée vers l'arrière de façon stricte, pour dégager son très beau visage vieillissant, son nez proéminent, ses fines lèvres figées en une expression de mépris et ses yeux noirs qui regardaient le monde avec arrogance, comme s'il en possédait chaque hectare.

— Un tel homme peut avoir toutes les femmes qu'il veut, et c'était sûrement le cas jusqu'à votre arrivée, songea-t-il avant de détacher son regard du tableau pour le baisser vers Antonia avec un sourire en coin. Je parie qu'il vous a dérobée à la salle de classe par peur qu'un autre fripon s'empare de vous dès votre présentation à la société.

— Il n'a rien fait de la sorte ! protesta Antonia avec véhémence. Je n'ai jamais fréquenté la salle de classe, expliqua-t-elle avec dédain quand Jonathon croisa les bras sur son torse et l'observa d'un air scepti-tique. Mon père était un médecin excentrique de la Cour et m'a élevée comme un fils parce qu'il n'en avait pas. J'ai reçu une éducation ouverte d'esprit et on m'a appris à dire ce que je pensais. C'est ce qui a attiré monseigneur.

— C'est exactement ce que j'allais dire, la sermonna Jonathon, bien que ses yeux foncés soient rieurs. Monseigneur appréciait votre honnêteté. Je parie que peu d'hommes ou de femmes avaient le courage de lui parler franchement, n'est-ce pas ? Je connais bien ce genre d'individus, continua-t-il en jetant un nouveau coup d'œil vers le portrait. Le genre à ne tolérer ni les imbéciles ni les flagorneurs, et fier au possible.

Antonia cligna des yeux, l'air contrit.

— Oh. J'ai cru...

— Vous avez cru que j'allais donner une réponse typiquement masculine en évoquant votre beauté incomparable, vos jolis orteils et votre magnifique poitrine.

— Monsieur !

— Il ressentait évidemment du désir pour vous, puisque c'était un homme, mais ce n'était pas le facteur décisif dans la capitulation de monseigneur.

— Monsieur, vous devriez vous abstenir de me faire des remarques aussi scandaleuses, répliqua-t-elle d'un ton sec, bien que sa voix soit cette fois-ci dénuée d'animosité.

— Mon discours franc ne vous offense pas, ne faites pas semblant, pas avec moi, répondit-il sans ménagement. J'aime que vous soyez totalement dénuée d'artifices – que nous puissions nous parler honnêtement. Que nous puissions être amis, ajouta-t-il en la fixant avec un sourire.

Antonia referma son éventail d'un coup sec.

— Monsieur, c'est mon tour de parier avec *vous*. Cinquante guinées que vous dites cela à toutes les belles femmes que vous rencontrez.

— Vous me faites encore passer pour un aliéné de Bedlam. Madame la duchesse, dit-il en levant trois longs doigts, il y a seulement trois femmes dans ce palais qui n'ont pas d'arrière-pensée en m'offrant leur amitié.

Antonia haussa les sourcils, mais ne put cacher la fossette qui apparut sur sa joue gauche.

— Ces trois femmes, qui peuvent-elles bien être ?

— Ma fille chérie, votre belle-fille la très chère duchesse, et vous. Ma fille est jeune, a ses propres amis et ne veut certainement pas que son vieux père bourru la suive comme son ombre. La duchesse de

Roxton est aussi belle que charmante, mais, et ce serait normal, le duc y trouverait quelque chose à redire si je commençais à la poursuivre afin de lui faire la conversation. Il est amoureux de sa femme, c'est absolument évident. Il ne reste plus que vous, madame la duchesse. Je suis persuadé de pouvoir jouir de votre compagnie et de votre amitié sans avoir peur que vous m'attiriez dans le piège cadenassé du mariage.

— Je vous promets, monsieur, qu'il n'y a pas le moindre danger que cela arrive, dit Antonia avant de se tourner dans un bruissement de jupons quand elle entendit qu'au bout de la longue galerie, deux valets de pied en livrée ouvraient en grand la double porte par laquelle entrèrent les quatre enfants Roxton et leur groupe de nurses et de tuteurs.

Si la comtesse de Strathsay n'avait pas interpellé le duc alors qu'il reposait sa tasse de café sur le chariot à thé, il aurait affronté sa mère et lui aurait demandé de rejoindre la duchesse. Sa manie de tourner sa chaise vers l'extérieur pour s'éloigner de Deborah qui jouait son rôle d'hôtesse ne cessait de l'agacer. Même si Deborah lui assurait qu'elle n'était pas gênée du tout que sa belle-mère ne lui prête pas attention pendant qu'elle servait le thé et qu'il valait mieux la laisser tranquille, Roxton savait que l'affront fait à sa femme la blessait réellement.

La transition n'avait pas été facile pour Deborah ; elle avait endossé le rôle de duchesse de Roxton après sa belle-mère, qui avait été duchesse pendant toute sa vie adulte et avait laissé une marque indélébile sur cette noble position et sur tout ce qu'elle impliquait. Selon Roxton, sa mère aurait grandement pu aider sa belle-fille à s'acquitter de ce rôle si elle n'était pas plongée dans un état perpétuel d'apitoiement – un apitoiement susceptible d'échapper à tout contrôle, ce qui était arrivé un an plus tôt.

Le jour suivant marquerait le troisième anniversaire de la mort de son père, et il ne laisserait pas sa mère reproduire sa performance lugubre de l'année précédente. Le duc était certain que la fausse couche de sa duchesse, qui attendait leur cinquième enfant lors du deuxième anniversaire de la mort de son père, était une conséquence directe de la démonstration de chagrin mélodramatique, pitoyable et tout à fait inutile de sa mère à cette occasion. Deborah était maintenant au début du deuxième semestre de sa cinquième grossesse et, pour protéger sa femme et leur enfant à naître, Roxton était persuadé que la présence de Sir Titus Foley était nécessaire pour aider sa mère à surmonter ce nouvel anniversaire. L'éminent médecin était attendu à Treat d'un instant à l'autre, et il était temps qu'il arrive.

Sa mère portait encore le deuil, contrairement à sa demande, et était en pleine conversation avec un homme qui se pavanait en société avec son statut de marchand des Indes orientales alors qu'il n'était qu'un homme ordinaire sans famille, ce qui animait les conversations de ses invités et ne servait qu'à irriter davantage le duc. Pourquoi se montrait-elle plaisante avec cet inconnu alors qu'elle prêtait à peine attention à ses amis et à sa famille ? Cet homme avait eu l'arrogance et la grossièreté de l'inviter à danser et avait ensuite fait preuve d'une insolence extrême envers son hôte quand il s'était rendu à Crecy Hall sans y avoir été invité, alors que tous les domestiques et les convives savaient que la maison de sa mère était interdite d'accès à tous, même aux membres de la famille du duc, tant qu'ils n'avaient pas reçu l'autorisation formelle de s'y rendre.

Gardant un œil sur sa mère et se répétant mentalement ce qu'il comptait dire à Mr. Jonathon Strang, il entendait seulement un mot sur cinq des bavardages de Lady Strathsay. Elle parlait de quelque chose dont la duchesse douairière n'avait pas besoin, et que Lady Strathsay aurait bien réquisitionné pendant quelques semaines, peut-être un mois. Si Sa Grâce avait l'obligeance de les lui confier, elle s'assurerait de leur faire passer de bonnes petites vacances, à sa charge bien sûr. Ainsi, leur service serait encore plus qualitatif à leur retour auprès de la duchesse. En fin de compte, madame la duchesse pouvait s'en passer sans que cela diminue son confort. Si Sa Grâce voulait bien lui donner son assentiment…

— Si madame la duchesse a donné son accord, alors je n'ai pas à exprimer mon objection, madame, répondit Roxton d'un ton sec, agacé que sa mère lui ait envoyé leur cousine, comme s'il n'avait pas d'affaires plus importantes à l'esprit que la mise à disposition de quelques chevaux, comme si elle avait besoin de sa permission pour cela. Je vous les laisse sans problème, Charlotte, ajouta-t-il.

Il prit congé avant que Lady Strathsay ne puisse le retenir plus longtemps.

Il avait presque rejoint Antonia quand les portes à l'autre bout de la galerie s'ouvrirent sur ses quatre enfants. Leurs petits visages ne manquaient jamais de le faire sourire et de le rendre plus charitable envers le reste du monde. Il les observa marcher ou se faire porter dans la galerie, se tenant tous très bien au milieu des nombreux invités. Enfin, jusqu'à ce qu'ils voient leur grand-mère.

Avec sa spontanéité habituelle, Antonia se précipita à la rencontre des enfants, bras tendus. Chacun des trois garçons accéléra le pas sur le parquet lustré pour être le premier à la rejoindre. Ils affichaient de grands sourires et leurs yeux pétillaient de bonne humeur. Quand Antonia se mit à genoux pour être à leur hauteur, ce qui fit gonfler ses jupons, ils se jetèrent à son cou pour recevoir son étreinte et ses baisers. Elle prit Julie des bras de sa nurse et la blottit sur ses genoux, tout en écoutant les jumeaux parler avec enthousiasme de leur père qui serait leur rameur pour la régate du lendemain.

Rapidement, les quatre enfants du duc se mirent à piétiner l'exquise soie noire et les jupons en tissu argenté d'Antonia ; chacun voulait absolument s'asseoir près d'elle pour qu'elle entende leur jeune voix. Ils riaient, gloussaient et parlaient français tous en même temps. Les heures passées dans la nursery à leur inculquer qu'ils devaient avoir un comportement exemplaire devant les invités de leurs parents s'évaporèrent en un instant. Gus, d'un air sérieux, fit inspecter son doigt bandé à sa grand-mère et lança un regard noir à son frère. Louis répliqua que ce n'était pas sa faute si le doigt de son frère s'était retrouvé sur le chemin du marteau. Antonia les crut tous les deux. Frederick, en vrai conspirateur, glissa rapidement tout au fond de sa poche le ruban vert qu'Antonia venait de lui donner ; il le ressortirait plus tard pour que l'une des nourrices en fasse une cocarde qu'il mettrait sur son chapeau de navigateur.

Puis Julie se lança dans une danse improvisée ; Antonia l'observa et l'applaudit comme s'il n'y avait qu'elle dans la pièce et reconnut qu'elle n'avait jamais vu une fée aussi jolie. Quand la petite fille crapahuta sur ses genoux et se mit à jouer avec les petits nœuds en soie de son corsage, cela ne dérangea pas du tout Antonia. Elle ne fut pas non plus gênée que les jumeaux de cinq ans tirent sur la dentelle qui tombait en cascade de son coude pour détourner son attention de leur petite sœur excessivement coquette.

Les nurses et tuteurs restèrent à une distance respectueuse et les observèrent comme s'il était tout à fait ordinaire que la duchesse douairière de Roxton folâtre avec leurs nobles protégés à même le sol lustré. Les invités du duc se tinrent aussi à l'écart et les regardèrent sans un bruit. Ils affichaient pour la plupart un sourire indulgent ; il fallait avoir un cœur de pierre ou ne pas avoir de cœur du tout pour ne pas être touché par l'amour inconditionnel que la duchesse douairière déversait sur cette nichée de joyeux enfants, et vice versa.

Cependant, ceux au regard plus cynique restaient concentrés sur le duc. Ils attendaient de voir comment il réagirait à l'attitude de sa mère, qui était assise dans la poussière et laissait ses enfants abîmer ses magnifiques jupons avec leurs facéties. Mais si Roxton était importuné de constater que le comportement spontané d'Antonia faisait hausser plusieurs paires de sourcils, il n'en montra rien. Il observa ses enfants avec un sourire indulgent et, quand la duchesse glissa sa main dans la sienne, il lui chuchota quelque chose qui la fit acquiescer et sourire à son tour.

Mais tous ne restèrent pas silencieux. Lady Strathsay exprima à Kitty Cavendish ce que les membres plus âgés et pompeux de la noblesse pensaient tout bas :

— Il est évident qu'ils sont pourris gâtés, déclara froidement la comtesse, ses narines frémissant de jalousie en voyant Antonia assise par terre avec les quatre plus beaux enfants qu'elle avait jamais vus. Madame la duchesse a toujours encouragé leur indiscipline, et Roxton ne fait rien pour réfréner le comportement scandaleux de sa mère parce qu'il craint que cela affecte son mental fragile. Personne ne veut revivre son effondrement émotionnel de l'année dernière, à la vue de tous. C'était tellement embarrassant pour le reste de la famille. Naturellement, je blâme monseigneur pour les maux passés et présents d'Antonia. Il l'a bien trop gâtée, comme seuls le font les maris plus âgés follement épris de leur jeune épouse, continua-t-elle avec une moue de dégoût. Est-il donc surprenant qu'elle gâte ses petits-enfants de la même manière ?

Kitty Cavendish s'apprêtait à répondre, mais comprit qu'il s'agissait d'une question rhétorique quand Lady Strathsay se contenta d'une brève inspiration avant de continuer à répandre son vitriol :

— Je n'arrive pas à comprendre pourquoi Roxton pense qu'il peut inculquer des manières à ses enfants, alors qu'il suffit à sa mère d'une visite à la nursery pour piétiner toutes les règles mises en place. Quant à cette chère duchesse, bien sûr… On ne peut qu'avoir de la compassion pour sa situation inextricable. Deborah fait de son mieux, je le sais, mais comment peut-elle espérer fournir un bon exemple à ses enfants si Roxton n'arrête pas de la mettre enceinte et de la cantonner ainsi à l'enfantement ? Dieu merci, monseigneur était trop vieux pour mettre Antonia enceinte plus de deux fois. Son fils cadet est un jeune homme pourri gâté et arrogant, et quand Roxton était jeune, il était tout aussi pourri gâté et indiscipliné – tout est la faute de sa mère. Cela dit, il nous a tous surpris quand, en grandissant, il est devenu un jeune homme tout à fait stoïque et flegmatique. C'est peut-être parce qu'il a été envoyé sur le Grand Tour quand il était encore jeune. Il a ainsi définitivement coupé le cordon avec sa mère, et on peut au moins saluer monseigneur pour avoir été sensé en ce qui concernait son héritier. Oui, Kitty, je suis d'accord avec vous. Il faut prévoir l'avenir. Il y a encore de l'espoir pour le duché des Roxton avec Frederick. Enfin, si l'influence débridée d'Antonia ne le gâche pas de façon irrémédiable. Mais maintenant que lui, ses frères et sa sœur n'ont plus le droit de se rendre à Crecy Hall, je suppose qu'ils vont enfin devenir de bons enfants obéissants.

Kitty ouvrit la bouche derechef, bien décidée à répliquer que, selon sa bonne amie Deborah Roxton, sa belle-mère était la créature la plus douce qui soit et la meilleure grand-mère que ses enfants auraient pu espérer avoir. Mais les mots moururent dans sa bouche quand elle se rendit compte qu'un aristocrate approchait derrière elles, qu'il s'agissait du duc et qu'il arborait une expression de colère contenue.

— Le soutien que vous apportez à ma famille est très gratifiant, madame, dit-il d'un ton caustique à Lady Strathsay, tout en lançant un regard réprobateur à Kitty, comme si son silence voulait dire qu'elle était d'accord avec les opinions venimeuses de la vipère en velours. Tellement gratifiant, d'ailleurs, que nous pourrons je pense nous dispenser de vos paroles malavisées et, si j'ose dire, *malveillantes*, dans un avenir proche.

Lady Strathsay s'apprêtait à protester, mais le silence de Roxton la mit au défi de le braver. Elle se pencha en une révérence respectueuse qui marqua son accord, puis il adressa un bref signe de tête à Kitty et leur tourna le dos pour aller saluer ses enfants avec un sourire accueillant.

— Oh, Seigneur, déclara Kitty quand Jonathon s'approcha d'elle d'un pas nonchalant. J'ai bien peur de devoir passer toute la journée de demain à m'expliquer auprès de cette chère duchesse.

— Vraiment ? demanda Jonathon sans écouter, les yeux toujours rivés sur le rassemblement de la famille Roxton.

Il observa le duc passer un bras autour de sa femme tout en embrassant ses fils pour leur dire bonne nuit pendant que la petite Lady Juliana, qui empoisonnait tant la vie de Frederick, tirait sur la dentelle de la manche d'Antonia pour s'assurer que sa grand-mère la regardait virevolter telle une fée.

— Ne trouvez-vous pas que la ressemblance est remarquable, Kitty – entre cette enfant et la duchesse douairière ?

Kitty referma l'éventail qu'elle agitait d'un geste rapide et le laissa retomber au bout de la cordelette en soie qui entourait son poignet.

— Strang ! Tommy m'a parlé de vos intentions concernant la duchesse et je ne pense pas…

Jonathon détacha son regard d'Antonia.

— Je vous demande pardon, Kitty, mais vous ne connaissez pas du tout mes intentions.

— Vous pouvez obtenir l'acte de propriété pour cette motte de terre qui a appartenu à votre famille il y a longtemps d'une autre manière, sans avoir à courtiser la mère de Roxton.

— Oui. Vous avez raison. Mais il est vrai que j'aime beaucoup courtiser les jolies femmes.

— Alors faites la cour à n'importe quelle autre belle femme bien plus jeune, il y en a une bonne douzaine ici cette semaine. Martha et Maria Aubrey font partie des plus belles jeunes filles que vous pourriez espérer rencontrer…

— Ce ne sont que des enfants.

— Elles ne sont rien de la sorte, et si vous passiez un peu de temps en leur compagnie, vous verriez rapidement qu'elles comprennent parfaitement les réalités d'un mariage moderne. En tant qu'épouse, aucune d'elle ne chercherait à se mêler de votre vie.

La bouche de Jonathon tressauta.

— Très chère Kitty, un borgne avec un demi-cerveau saurait à quoi vous jouez. Je vous ai vue converser avec Hettie. Elle essayait d'obtenir votre soutien, non ?

Kitty se racla la gorge et tenta de rester vague.

— Je ne vois pas de quoi vous voulez parler. Hettie est une très bonne amie et…

— Lors d'une chaude nuit d'été à Hyderabad, j'ai bêtement baissé ma garde et je me suis aventuré sous la moustiquaire avec elle, l'inter-rompit-il d'un ton neutre.

L'aspect terne de ses yeux habituellement chaleureux alerta Kitty sur la constatation déprimante que son amie n'avait aucune chance de raviver l'intérêt de Jonathon.

— Sans vouloir offenser Lady Hibbert-Baker, il s'agit d'un événe-ment que je ne souhaite pas revivre dans la fraîcheur verdoyante de l'Angleterre.

— Sans même parler d'Hettie, si vous avez la moindre inquiétude qu'une union avec Martha ou Maria puisse interférer avec vos passe-temps féminins, je peux vous assurer que ce sont des filles totalement modernes.

— Que c'est gratifiant.

— Oh, Strang ! Ne pouvez-vous pas au moins *envisager* de vous remarier ?

Il secoua la tête face à tant d'insistance.

— Quand abandonnerez-vous l'idée de me trouver une femme, Kitty ?

— Quand vous en aurez trouvé une.

— Dans ce cas, nous aurons encore cette conversation quand nous serons voûtés et aurons perdu toutes nos dents. Je compte bien rester libre jusqu'à la tombe.

Elle le vit tourner de nouveau son regard vers la duchesse douairière de Roxton, qui accompagnait les enfants au bout de la galerie, leurs adieux terminés pour la soirée. Elle afficha une grimace de désapprobation. Kitty n'avait pas prévu que son beau-frère fasse la cour à Antonia Roxton. C'était une chose de s'accoupler avec Henrietta Hibbert-Baker – ce qui ne ferait pas hausser tous les sourcils de la société –, mais s'il courait après la mère veuve du duc de Roxton, âgée d'une décennie de plus que lui, la société ne hausserait pas seulement les sourcils, elle s'en décrocherait aussi la mâchoire, et les espoirs qu'entretenait Sarah-Jane d'épouser Dair Fitzstuart, héritier du comté de Strathsay, seraient sérieusement compromis.

Dair Fitzstuart accordait de l'importance à l'opinion de sa mère, et Charlotte Strathsay à celle de la société. Les espoirs et les rêves qu'entretenait la pauvre Sarah-Jane de se trouver un mari titré s'écrouleraient tel le château de cartes du proverbe si le moindre scandale était rattaché à son nom ou à celui de son père. Avant de pouvoir s'en empêcher, Kitty déclara avec un rire peu enthousiaste :

— Vous ne pouvez pas sérieusement courir après Antonia Roxton. C'est une idée ridicule. Vous avez pratiquement le même âge que son fils, pour l'amour du ciel !

Jonathon resta silencieux, les yeux toujours rivés sur la duchesse. Elle pesta contre lui de derrière l'éventail qu'elle agitait :

— Ne vous ridiculisez pas, Strang ! Pas auprès d'Antonia Roxton. Il y a un véritable bataillon de magnifiques femmes présentes cette semaine qui...

— Vous l'avez déjà dit. Si seulement elles possédaient ne serait-ce que la moitié de son charme.

— Elle est hors de portée !

— Mais j'ai le bras tellement long, Kitty.

— Soyez sérieux ! Elle était entièrement dévouée à l'ancien duc, même quand il était malade et mourant. Elle est encore en deuil. Vous n'aurez jamais son cœur.

— Ce n'est pas son cœur que je veux, Kitty.

— Strang ! s'écria-t-elle, bouche bée.

— Elle est la seule à pouvoir céder les actes de propriété qui ont été enlevés à mes ancêtres, et je tiens à ce qu'elle voit le mérite que représente leur restitution à ma famille. Oh, vous ne vous trompez pas, ajouta-t-il avec un sourire quand Kitty cacha rapidement sa mâchoire décrochée derrière son éventail en papier doré. Cela aussi, je le veux. Énormément.

Kitty le regarda d'un air malicieux.

— Plongeons-nous dans le royaume de la fantaisie pour le moment et admettons que vous arriviez à séduire Antonia Roxton... Que se passera-t-il quand vous serez rassasié ? Vous pensez qu'elle fondra comme une bougie et vous cédera les actes de propriété en un claquement de doigts ?

— Ce que je pense, Kitty, c'est que j'obtiendrai ce que je mérite par le travail. Mais elle finira bien par signer.

Kitty, à son tour, eut le regard terne.

— Pourquoi ne pas vous dispenser de la séduction ? Pourquoi ne pas jouer cartes sur table ? Une créature aussi douce verra forcément que votre demande est honorable et vous cédera l'héritage des Strang Leven sans argumenter.

— Et gâcher tout le plaisir ? Je ne suis pas un scélérat, ma chère, pas complètement. Je compte bien faire en sorte qu'elle prenne autant de plaisir que moi. Et ensuite – lorsqu'elle aura fondu –, elle signera. Si vous voulez bien m'excuser, déclara-t-il en se penchant vers l'avant pour prendre congé. Tel un papillon de nuit attiré par une flamme, je dois rejoindre ma bougie.

Mais avant que Jonathon n'ait pu faire plus de deux pas vers Antonia, un valet de pied l'interrompit : il était attendu ailleurs. Le duc voulait s'entretenir en privé avec lui, sur la terrasse.

HUIT

Quelques invités s'attardaient dans la galerie ; certains jouaient aux cartes, d'autres se prélassaient sur les canapés et les fauteuils disposés pour l'occasion en discutant de la régate du lendemain ou des activités prévues sur les pelouses, mais tous observaient discrètement la conversation entre le duc et son invité le marchand sur la terrasse. Deux valets de pied postés près de la double porte arrêtaient ceux qui voulaient prendre l'air pour que la discussion reste ininterrompue et privée.

Antonia se demandait de quoi son fils pouvait bien discuter avec Jonathon Strang. Sa belle-fille avait repris sa place près du chariot à thé, où le majordome et une poignée de valets de pied remplissaient la théière, la cafetière et les plats à gâteaux. Elle invita Antonia à les rejoindre, elle et les quelques femmes qui ne s'étaient pas retirées pour une sieste avant le récital du soir. Antonia obéit et s'assit, non pas sur le fauteuil bergère tapissé qui tournait le dos aux portes-fenêtres et que la duchesse lui avait désigné, mais sur le canapé en crin qui faisait face à la terrasse. Ses dames d'honneur omniprésentes restaient à proximité.

La duchesse proposa une tasse de café à sa belle-mère qui secoua la tête sans rien dire. Elle salua respectueusement les dames du cercle en leur adressant un sourire et un signe de tête, mais son interaction avec elles s'arrêta là. Toutes guettaient la duchesse du coin de l'œil ; elle ne renouvela pas son offre. Elle discutait avec Kitty Cavendish d'un incident quelconque qui s'était produit au théâtre de Drury Lane la dernière fois qu'elle et le duc s'y étaient rendus. Kitty suivit le mouvement et les dames se mirent à bavarder des nouvelles pièces du moment. Cependant, toutes restaient parfaitement conscientes de la présence de la duchesse douairière parmi elles ; elle agitait mécaniquement son éventail, la tête ailleurs. Personne ne pouvait être à l'aise, et encore moins Deborah, qui fit cependant bonne figure et tenta courageusement de prétendre que le comportement distrait de sa belle-mère n'avait rien d'inhabituel.

Antonia était trop préoccupée par ses propres pensées pour se joindre à une conversation sur une pièce qu'elle n'avait pas vue, avec des proches de son fils et de sa femme qui n'étaient pour elle que de simples connaissances. Elle voulait parler à son fils, mais dès que la double porte s'était refermée sur ses petits-enfants, le duc avait réussi à s'éclipser et se trouvait maintenant sur la terrasse avec Jonathon Strang.

Pourquoi, se demandait-elle, Roxton avait-il choisi un endroit aussi public que la terrasse pour avoir une conversation privée avec Jonathon Strang ? Pourquoi ne pas s'entretenir avec lui dans l'intimité de sa bibliothèque, où personne ne pourrait les voir et s'interroger sur la teneur de leur conversation ?

Elle avait observé le valet de pied escorter Jonathon Strang à travers la galerie et avait souri quand, au lieu de suivre le domestique sur la terrasse, il s'était approché de la deuxième cheminée où les invités les plus jeunes jouaient aux mimes, menés par Dair Fitzstuart. Son frère Charles et quelques autres jeunes gens essayaient tant bien que mal de deviner la scène qu'on leur jouait. Antonia la reconnut presque immédiatement. Dair était bon acteur et l'une des jumelles Aubrey l'assistait de manière compétente. Elle fut surprise de constater qu'ils avaient choisi une pièce aussi vieille ; peut-être avait-elle eu droit à une nouvelle représentation au théâtre, comme c'était souvent le cas pour les pièces de Fielding, peu importe leur ancienneté. La scène était tirée de *The Mock Doctor* ; Dair jouait le rôle de Gregory et Martha Aubrey celui de Charlotte, la fille qui prétendait être muette.

Antonia adorait jouer aux mimes. Elle avait souvent taquiné son beau-frère Vallentine sans pitié. Avec Estée et monseigneur, ils riaient beaucoup de voir Vallentine tout sourire, satisfait de se dire qu'il avait correctement deviné ce qu'on lui mimait, pour au final découvrir qu'il était loin du compte. Ils avaient formé un petit groupe tellement heureux… Elle avait perdu ses trois meilleurs amis en l'espace de douze mois – en commençant par monseigneur. Huit mois plus tard, la grippe avait emporté sa sœur Estée, et quelques semaines après sa mort, son mari Vallentine s'était éteint. La perte de monseigneur l'avait tellement engourdie que le fait qu'Estée et Vallentine meurent si peu de temps après l'avait laissée dans l'incompréhension la plus totale. À présent, quand elle y repensait, elle se rendait compte que le chagrin accablant qui avait suivi la perte de l'amour de sa vie avait éclipsé tout le reste. Sa peine avait peut-être été trop dure à supporter pour eux...

Rires et applaudissements éclatèrent quand la partie de mimes fut remportée ; la bonne supposition ne venait pas des plus jeunes, mais de Jonathon Strang. Il exécuta une révérence exagérée pour remercier le groupe de ses acclamations, et les applaudissements s'amplifièrent. Il leva une main, visiblement pour leur signaler qu'il ne se joindrait pas à eux. Sa jolie fille à la chevelure blonde déposa un rapide baiser sur sa joue, et Charles Fitzstuart appela la jeune femme afin qu'ils se concertent avant d'affronter le groupe plein d'entrain – c'était à eux de jouer une scène. Le mime commença et Jonathon les observa depuis la cheminée, où il coinça un cheroot entre ses dents, remit la petite boîte en argent dans sa poche et, attrapant un fagot d'entre les flammes, se pencha pour allumer son cigare. Il salua les efforts de sa fille en applaudissant au-dessus de sa tête et, maintenant que le cheroot se consumait à sa convenance, il s'éloigna d'un pas nonchalant, indiquant d'un geste bref au valet de pied qui l'attendait qu'il pouvait le conduire à la terrasse.

Le duc patientait le dos tourné à la galerie, les mains écartées sur la balustrade. Il se retourna quand Jonathon approcha, tabatière à la main. Jonathon refusa d'en prendre une pincée, lui montrant le cigare entre ses doigts, et quand le duc lui indiqua la terrasse, les deux hommes se mirent à l'arpenter à une allure tranquille. Quand ils revinrent se placer près des portes-fenêtres, Antonia se redressa légèrement. Son fils souriait.

Quand Roxton souriait, il révélait rarement ses dents blanches, sauf s'il était très amusé ou embarrassé et en colère. Antonia le connaissait par cœur. Il lui paraissait peu probable que lui et Jonathon Strang s'échangent des on-dit. Mais qu'avait bien pu dire Jonathon Strang pour mettre son fils mal à l'aise ? Elle se renfrogna intérieurement, bien que son visage soit dénué d'expression.

À son tour, Jonathon Strang afficha un sourire tout aussi large, son cheroot calé au coin de la bouche tandis qu'il secouait la tête avec une expression d'incrédulité moqueuse sur son beau visage. Il reprit le cheroot, souffla de la fumée et éclata de rire comme s'il venait d'entendre une bonne blague.

Le sourire du duc s'élargit et il tourna le dos aux portes-fenêtres, montrant son beau profil à Jonathon Strang qui était perché sur le linteau de marbre, ses longues jambes étendues devant lui, chevilles croisées. Il faisait face à la galerie, mais restait concentré sur le duc, et semblait mener la conversation.

Antonia jeta un coup d'œil aux mains de son fils, posées sur la balustrade. Il serrait les poings. Elle savait que son fils détestait être au centre de l'attention, qu'il était timide et mal à l'aise quand il était le seul objet de l'examen de la foule. Il s'exposait pourtant à la vue de tous les occupants de la galerie qui, il le savait, observaient avec attention, bien que furtivement, sa dispute courtoise mais houleuse avec son invité le marchand.

Il n'existait qu'une seule explication : Roxton voulait que cet échange soit vu, que ses convives assistent à ce qui n'était rien d'autre qu'une remontrance très publique de Jonathon Strang. Il châtiait ouvertement le gentleman, s'assurant que la société sache ce qu'il pensait de lui, qu'il faisait l'objet de sa défaveur. Tout cela sans avoir à prononcer un seul mot contre lui.

L'instinct d'Antonia lui disait de sortir sur la terrasse pour les confronter. Après tout, leur discussion incandescente devait la concerner d'une façon ou d'une autre ; son intuition le lui disait. Ses soupçons furent confirmés quand elle lança un coup d'œil à sa belle-fille et que Deborah répondit à son regard interrogateur par un petit sourire gêné, son attention détournée de sa conversation avec Kitty Cavendish. Cependant, elle ne put soutenir son regard.

— J'ai besoin de prendre l'air, annonça Antonia en se levant.

— Bien sûr, duchesse mère. Attendez que Willis soit allée vous chercher l'un de mes châles. Il souffle une légère brise.

— Merci, ma belle-fille, mais je n'ai pas besoin de châle.

— Bien sûr que si, duchesse mère, assura Deborah d'un ton ferme accompagné d'un doux sourire. Peut-être pourrions-nous toutes aller faire un tour sur la terrasse quand on aura apporté un châle à madame la duchesse ? suggéra-t-elle en anglais en balayant le groupe de femmes du regard, avant d'adresser un signe de tête presque imperceptible aux dames d'honneur d'Antonia.

Willis fit une révérence et partit à la recherche d'un châle.

Antonia hésita. Sa belle-fille lui dictait-elle sa conduite ? Elle avait du mal à y croire. Elle n'allait certainement pas rester les bras ballants et se laisser humilier sous son propre toit par une jeune femme qui avait atteint le rang de duchesse cinq minutes plus tôt. Elle attrapa ses jupons à pleines mains pour partir quand Deborah se releva brusquement.

Les dames installées sur les canapés qui formaient un cercle se levèrent comme une seule femme et retinrent leur souffle. De même, les hommes qui étaient appuyés sur les dossiers des bergères se redressèrent et tirèrent sur le bas de leur gilet pour meubler ce moment d'embarras.

— Au retour de Willis, duchesse mère, déclara Deborah.

— Willis pourra m'apporter le châle sur la terrasse, répondit Antonia, le menton relevé.

— Non. Nous attendrons.

— Non ? s'enquit Antonia en clignant des yeux, la gorge échauffée. Deborah, je n'ai pas besoin d'un châle, je vous l'assure.

— Je ne veux pas que vous attrapiez froid, duchesse mère.

Vous ne voulez pas que j'aille parler à mon fils sur la terrasse, voilà la vérité, grommela Antonia intérieurement. Elle ajouta à voix haute :

— Il ne fait pas froid et je ne suis pas infirme, n'est-ce pas ?

— Je suis d'accord avec vous, duchesse mère, mais je faillirais à mon devoir si je n'insistais pas pour que vous attendiez le châle.

La sobre déclaration de la duchesse, dite d'une voix douce et franche, était accompagnée d'un regard inflexible qui mettait Antonia au défi de remettre son autorité en question.

La chaleur dans la gorge d'Antonia s'intensifia et remonta sur ses joues. Elle était sur le point de rappeler à sa belle-fille que, bien qu'elle soit l'actuelle duchesse de Roxton, ce n'était pas son rôle de dire à la cinquième duchesse où elle pouvait ou ne pouvait pas aller dans cette maison qui avait été son foyer, dont elle avait été la maîtresse pendant presque trente ans. Mais quand elle rencontra le doux regard brun de sa belle-fille, l'indignation d'Antonia s'évapora aussi rapidement qu'elle était apparue. La jeune fille se mordillait la lèvre, un signe incontestable de sa nervosité.

Il lui a fallu tout son courage pour me défier, pensa Antonia avec un sourire attristé. *Elle doit trembler intérieurement.*

Pauvre Deborah. Elle se retrouvait dans une position des plus embarrassantes, qui ne servait qu'à renforcer l'inutilité du statut de duchesse douairière d'Antonia. Treat était maintenant la maison de Deborah, elle en était la maîtresse. Elle avait tout à fait le droit d'insister. Aucun autre invité n'aurait hésité à faire ce qu'on leur demandait. Ils n'auraient certainement pas remis en question la légitimité de leur hôtesse à faire une telle demande.

Elle n'aurait pas dû venir pour le dîner. Sa présence ne servait qu'à mettre son fils et sa femme mal à l'aise. Ils ne savaient pas quoi faire d'elle, ni comment agir avec elle, ce dont elle ne les blâmait pas. Après tout, elle non plus n'aurait pas su trouver une réponse.

C'était bien sûr son fils qui avait chargé Deborah de s'assurer qu'elle reste à l'intérieur pendant qu'il s'entretenait avec Jonathon Strang. Pour quelle autre raison n'aurait-elle pas pu se rendre sur la terrasse ? Elle était maintenant encore plus persuadée que la conversation au-delà des portes-fenêtres la concernait bel et bien.

Lentement, Antonia reprit sa place sur le canapé en crin et recommença à s'éventer.

— Nous attendrons le châle, déclara-t-elle à voix basse en jetant un coup d'œil au duc et à Jonathon Strang derrière les portes-fenêtres, se disant qu'elle aurait aimé être un bourdon sur l'imposant chèvrefeuille en fleur qui longeait la balustrade.

AUX YEUX DE N'IMPORTE QUEL OBSERVATEUR, LE DUC DE ROXTON et Jonathon Strang profitaient d'une promenade décontractée sur l'immense terrasse au carrelage en damier noir et blanc et discutaient de sujets impersonnels propres aux hommes, en particulier à un hôte et son invité, après un long repas satisfaisant : chevaux, chasse, chiens, agriculture, rien de trop politique, surtout aucun sujet en rapport avec la religion, et encore moins avec l'argent. Ils souriaient et bavardaient, le duc prisait du tabac pendant que Jonathon fumait un cheroot. Tous deux admiraient la vue majestueuse sur l'immense terrain aménagé, le lac artificiel sinueux et, plus loin, la terre fertile réservée à l'agriculture – chaque brin d'herbe, motte de terre, animal, plante, arbre, édifice, route et habitant appartenait au duc, à perte de vue.

Cependant, quand ils se replacèrent en face des portes-fenêtres près du chèvrefeuille qui tombait en cascade, la conversation prit une tournure résolument sérieuse et se poursuivit sur un sujet de la plus haute importance pour les deux hommes. Roxton garda son dos tourné à la galerie pour observer son domaine, les mains posées à plat sur la balustrade en marbre.

— Mon intendant m'a dit qu'après une fouille approfondie des archives, quatre plans du domaine avaient été retrouvés. Le premier plan a été fait quand la reine Élisabeth a accordé cette terre au premier duc. Deux plans ont été réalisés sous le quatrième duc – l'un juste avant son mariage à Lady Elisabeth Strang Leven, votre ancêtre, et l'autre cinq ans avant sa mort. Le quatrième plan a été commandé par mon père autour de ma naissance, et ne vous concerne donc pas. Un examen préliminaire des limites du terrain sur les plans de l'époque de mon arrière-grand-père indique qu'il y a une erreur à rectifier, continua

Roxton en regardant Jonathon. Bien sûr, je ne suis ni arpenteur ni avocat, et il me faudra l'expertise des deux avant ma déclaration officielle.

— Quel genre de déclaration avez-vous en tête, Votre Grâce ?

— Lors de son mariage à Elisabeth Strang Leven, le quatrième duc de Roxton a intégré à la dot l'héritage du frère cadet de Lady Elisabeth qui était aussi le pupille du duc, Edmund Strang Leven.

— Intégré illégalement, Votre Grâce.

— Négligemment.

— Injustement. Je n'accepterai rien de moins.

Roxton se retourna, s'appuya contre la balustrade et prit du tabac à priser, haussant un sourcil en regardant son invité.

— Je vous demande pardon, déclara-t-il avec une politesse glaciale, mais vous n'avez aucun moyen de savoir si le duc a intentionnellement subtilisé le domaine d'Edmund Strang Leven. Selon toute vraisemblance, c'est à cause d'une erreur d'arpentage que les terres des Strang Leven ont été inondées pour créer le lac du duc. Ce qui, sur le papier, n'était qu'une frontière de quelques millimètres s'est avéré faire partie d'un domaine voisin. Une fois que ces terres avaient été inondées, il était impossible de revenir en arrière. Rien d'illégal, ce n'est qu'une simple erreur de calcul.

Jonathon souffla de la fumée dans l'air et laissa échapper un éclat de rire.

— Une simple erreur de calcul ? Il n'y a rien de simple ! Je vous accorde que vous auriez pu me faire avaler ces couleuvres si cela constituait la seule partie de l'héritage qu'Edmund a perdu au profit de votre illustre ancêtre. Je suppose qu'il est plus simple pour vous, un homme d'honneur, de croire une version qui affirme que l'apprenti d'un arpenteur négligent a, d'un simple coup de plume tracé au mauvais endroit, placé la frontière trop à l'ouest par rapport aux coordonnées indiquées dans le carnet en cuir de son maître ; que le duc est revenu de la ville un jour sans être au courant de l'erreur et a découvert que le bassin qu'il avait commandé faisait deux fois la taille prévue. Et…

Le duc cligna des yeux, stupéfait que l'on s'adresse à lui de façon aussi directe. Quand Jonathon Strang le coupa en pleine phrase, il fut tellement offensé qu'il en perdit momentanément l'usage de la parole, avant de l'interrompre à son tour :

— Mr. Strang, si vous me permettez de…

— Un instant, Votre Grâce, exigea Jonathon. Vous devez me laisser faire honneur à la fable de votre ancêtre. Ainsi, le duc revient sur son domaine et se retrouve, stupéfait et horrifié, face à son arpenteur principal qui, chapeau à la main, se lance dans une tirade d'excuses ; à cause d'une erreur de mesure, les terres délimitées ont été creusées et inondées, ainsi que les trois quarts des terres cultivables du domaine voisin. À cause de cette *erreur de calcul*, le manoir élisabéthain du voisin se retrouve parfaitement situé sur la rive du nouveau lac, dans un coin qui lui offre isolement et intimité par rapport à cet immense empilement de pierres et une vue charmante sur l'île boisée. Enfin, elle est charmante *maintenant*. Ses bassins réservés à la baignade et ses temples sont absolument exquis. Quant aux tapisseries bachiques qui décorent ce temple, elles feraient bander un eunuque. *Une erreur de calcul ?* Le jour de la Saint-Glinglin, sans doute !

— Osez-vous me traiter de menteur, monsieur ?

— Menteur ? Si je pensais que vous étiez en train de me mentir, Votre Grâce, je vous le dirais en face, dit Jonathon d'un ton posé, souriant pour lui-même quand la mâchoire de l'aristocrate se détendit. Ce que je pense en revanche, c'est que vous vous êtes persuadé que le quatrième duc était un homme meilleur que ce qu'il était réellement, un vœu pieux raisonnable. Chaque homme, hormis un professionnel du crime, veut croire que le sang qui coule dans ses veines vient d'une source respectable.

Il observa le noble de bas en haut et se concentra sur ses yeux verts, qui ressemblaient tellement à ceux de sa mère qu'il dut réprimer un sourire.

— Selon mes sources, vous êtes un homme respectable. Légèrement flegmatique, mais j'ai tendance à croire que vous ne tolérez pas les imbéciles et que vous vous montrez légitimement réservé en présence de toute personne qui ne fait pas partie de votre cercle fermé d'amis, ce qui est normal pour un homme qui porte la couronne ducale. Je ne supporte pas les individus serviles et les lèche-bottes – des hommes indignes du contenu d'un *pikdan*. Et tout comme vous, je ne supporte pas les imbéciles et les racontars. N'essayez donc pas de m'embobiner avec un récit qui vous a été raconté par un laquais flagorneur, selon lequel votre ancêtre aurait inondé les terres d'Edmund Strang Leven par accident, car il ne s'agit que d'un tas de balivernes !

— Est-ce que vous parlez toujours autant ?

Jonathon fut pris de court, puis laissa échapper un éclat de rire tellement tonitruant qu'il fit reculer le duc de surprise et attira l'attention de ceux qui étaient assis avec la duchesse près du chariot à thé.

— C'est exactement ce que votre mère m'a dit ! Et ses yeux avaient le même éclat colérique !

— Laissez la duchesse douairière en dehors de cela ! siffla Roxton, des touches de couleur apparaissant sur ses joues rasées de près, se sentant immédiatement agacé d'avoir baissé sa garde.

L'hilarité disparut des yeux foncés de Jonathon. Il tapota son cheroot sur la balustrade pour en faire tomber les cendres.

— Je ne désire rien de plus que de la laisser en dehors de cela, mais vous et moi savons très bien que c'est impossible.

Roxton releva la tête, un geste qui rappelait aussi Antonia à Jonathon, et inspira avant de dire franchement :

— Vous ne pouvez pas récupérer sa maison. Je me fiche de la pertinence de vos revendications, du nombre d'avocats que vous payez ou de savoir si vous avez raison ou non. Mon père lui a légué cette maison et elle lui appartient, que ce soit juste ou non, conclut-il en renvoyant à Jonathon son regard implacable.

— Elle peut la garder… pour le reste de sa vie. Mais je veux que les actes de propriété me soient cédés dès maintenant. Vous savez que c'est la bonne ligne de conduite.

Le duc serra les poings sur la balustrade, un geste qui ne passa pas inaperçu aux yeux de son invité.

— Ce n'est pas envisageable.

— Mon offre est très généreuse. Votre famille profite du domaine de la mienne depuis presque cent ans et je n'en récupère qu'un tiers. Il est vrai que votre père a rénové la ruine qu'était Crecy Hall et que le pavillon d'été est un ajout charmant ; je considère la restauration comme une compensation et ne demanderai aucun remboursement monétaire supplémentaire. Je ne reviendrai pas sur mon offre. Voulez-vous qu'on se serre la main tels des gentlemen ou préférez-vous conclure cet accord avec des avocats, de l'encre et une agréable gorgée de Bordeaux ?

— Ce que je *préférerais*, c'est que vous *compreniez* que Crecy Hall est *non négociable*.

Jonathon fuma son cheroot nonchalamment tout en examinant le duc. Après vingt ans de commerce sur le sous-continent, il en avait beaucoup appris sur la nature humaine et la lecture de ses pairs. Il savait que pour conclure des affaires importantes, il fallait un cœur tranquille et un esprit rationnel, que si un homme laissait les émotions s'en mêler, aucun raisonnement, posé ou non, ne menait jamais à une transaction réussie. De tels accords demandaient de la patience et du temps ; Jonathon possédait les deux en abondance. Par ailleurs, en ce qui concernait Crecy Hall, il n'avait nullement besoin d'impliquer le duc. La cession des actes de propriété requérait la signature de la mère, pas du fils. Il laissa donc tomber le manoir élisabéthain et reprit en haussant un sourcil :

— Qu'en est-il d'Hanover Square, Votre Grâce ? Vous ne pouvez pas expliquer la vente d'un bien immobilier londonien de premier choix par votre ancêtre – un terrain qui appartenait à Edmund Strang Leven – en prétextant une *erreur de calcul* d'un arpenteur.

— Je ne comptais rien faire de la sorte, souffla le duc, gêné. Et je ne défendrai pas non plus l'indéfendable. Ce que mon arrière-grand-père a fait à cet égard est impardonnable.

Un aveu aussi sincère surprit Jonathon. Il admirait l'honnêteté de l'aristocrate, malgré son obstination. Il était bien conscient de la raison commune à ces deux attitudes : la duchesse douairière de Roxton. Le changement était rafraîchissant par rapport à ses contacts habituels avec les membres de l'aristocratie ; la plupart d'entre eux étaient telle-ment enflés de suffisance et d'auto-illusion quant à leur position accordée par Dieu parmi la masse grouillante des hommes que Jona-thon était persuadé qu'il suffirait de les tapoter du doigt pour les faire exploser.

— Que faites-vous ici, Strang ? demanda le duc en refermant le couvercle émaillé de sa tabatière en or d'un coup sec. Et n'insultez pas mon intelligence en me disant que vous êtes revenu à toute vitesse du sous-continent pour récupérer un héritage perdu. Mes avocats m'ont dit qu'ils avaient trouvé une pile de correspondance entre votre grand-père et mon arrière-grand-père qui remonte à la première décennie de ce siècle, et pourtant aucun membre de votre famille, jusqu'à votre arri-vée, n'a pris la peine de réclamer le legs d'Edmund Strang Leven. Vous n'avez aucun besoin financier. Vous êtes revenu avec une richesse assez colossale pour vous construire votre propre palais en marbre si vous le désirez, sans compter les revenus des plantations de sucre et de biens immobiliers considérables dans les États de New York et de Caroline du Sud. Laissons aussi de côté le besoin qu'a votre fille de se trouver un partenaire titré. Il ne s'agit que d'une ruse à laquelle seuls les matrones crédules et les jeunes fils pleins d'espoir croient.

— Malgré tout, vous souhaitez insulter mon intelligence en préten-dant ne pas savoir ? Allons, Votre Grâce ! Soyez beau joueur ! répliqua Jonathon en secouant ses cheveux sur ses épaules. Si vous savez combien je vaux, alors vos sources ont sûrement débusqué la raison pour laquelle j'ai quitté mon pays de naissance, où j'espérais passer le restant de mes jours dans la plus grande satisfaction. Je profite de l'attente du dernier souffle d'un parent presque inconnu qui doit me léguer tout ce dont je ne veux absolument pas pour revendiquer l'héritage des Strang Leven et ainsi régler de vieilles histoires de famille. Je ne demande pas plus que ce qu'on me doit, mais je suis prêt à accepter moins si l'accord me convient, ajouta-t-il en s'autorisant un sourire. C'est dans cet esprit, et non parce que c'est un accord rationnel, que je vous propose de me céder la maison de maître d'Hanover Square. J'ai besoin d'une résidence en ville et celle-ci est parfaitement située pour mes futurs besoins. Quant au reste, continua-t-il avec un geste de la main, comme s'il chassait un bourdon, je me passerai des migraines que me provoquent les avocats qui m'importunent pour le moindre détail. Et quel serait le montant final, de toute façon ? Dix, vingt, peut-être trente mille ? Gardez-les, déclara-t-il en haussant les épaules, avant d'ajouter avec un éclat de rire : Vous en aurez besoin pour votre nursery toujours grandissante, qui comptera bientôt autant de membres qu'une équipe de cricket !

L'humour assuré de Jonathon n'amusa pas du tout le duc. Il s'écarta de la balustrade de la terrasse, ne prêta pas attention à la généreuse offre du marchand et dit d'un ton dédaigneux :

— La duchesse douairière a reçu la résidence d'Hanover pour le reste de sa vie. Je ne peux pas vous la céder.

Jonathon, à son tour, se redressa et fit face au noble bouillonnant. Il fit la grimace.

— Vraiment ? Et moi qui vous faisais une offre parfaitement raisonnable – beaucoup diraient d'ailleurs qu'elle est très généreuse – pour régler cette transaction le plus rapidement possible.

— Transaction ? Il ne s'agit pas d'une *transaction*. Il s'agit d'une *expulsion*. Expulser une veuve de sa propre maison vous semble-t-il généreux et raisonnable ?

— Cela vous semble-t-il raisonnable, à vous ?

— Je vous demande pardon ? renâcla Roxton.

— Contrairement à Crecy Hall, qui requiert qu'elle signe l'acte de propriété, vous n'avez besoin ni de sa signature ni de sa permission pour me transférer l'acte de propriété de la maison de maître d'Hanover Square. Nul besoin de l'impliquer. Qu'est-ce qui vous empêche de le faire ?

— Je refuse d'agir dans son dos pour vendre la résidence qu'elle a partagée avec mon père durant leur mariage. Si elle l'apprenait, ce serait... ce serait... hésita Roxton en levant les bras au ciel. Je ne sais même pas quelles conséquences cela aurait sur elle !

— Mais vous avez déjà fait une telle chose auparavant, rétorqua Jonathon sans ménagement en tournant la tête pour souffler sa fumée. En quoi est-ce différent cette fois-ci ? demanda-t-il. Paris ou Londres.

Française ou anglaise. Les deux maisons étaient son foyer. Elle doit avoir autant de souvenirs dans l'hôtel de la rue Saint-Honoré que dans la résidence d'Hanover Square. J'irais même jusqu'à parier que l'hôtel a une importance encore plus particulière à ses yeux parce qu'elle est française jusqu'au bout de ses jolis ongles *et* qu'il s'agit de l'endroit où monseigneur et sa sœur ont grandi. Et pourtant, vous n'avez pas hésité à le vendre dans son dos, à des gens qu'elle jugerait probablement indignes du sang noble français de monseigneur, continua-t-il avant de hausser les épaules. Votre excuse pour garder la maison d'Hanover Square est donc assez piètre, n'est-ce pas, Votre Grâce ? Je me suis peut-être mépris à votre sujet. Vous êtes sans doute obstiné sans raison particulière et vous avez vendu le domaine parisien sans tenir compte des sentiments de votre mère.

— Espèce de misérable sans cœur, siffla le duc entre ses dents.

Jonathon lâcha un rire.

— Je mérite difficilement une telle appellation alors que je me plie en quatre pour que la rectification de cette injustice soit la moins douloureuse possible pour vous, et pour elle.

— Je ne sais pas quels sordides moyens vous avez employés pour mettre le nez dans mes affaires familiales, mais je vous affronterai avant que vous n'ayez eu le temps de la contrarier !

Les sourcils de Jonathon se haussèrent d'un coup.

— Un duel, Votre Grâce ? s'enquit-il avec un sourire en coin en secouant la tête. Ce n'est pas de cette manière que je conduis mes affaires. Les faits, les papiers et les avocats sont mon fort, pas l'aube, les seconds et les épées. Le marchand que je suis est trop réfléchi pour se livrer à des actes aussi passionnés et absurdes. Je pense que le gentleman en vous approuve.

Il éteignit son cheroot sur la semelle en cuir de sa chaussure et rangea la moitié restante du cigarillo roulé à la main dans la fine boîte en argent qu'il gardait dans la poche de sa redingote.

— À propos, si c'est du sordide que vous recherchez, jetez donc un coup d'œil à votre famille. Il a suffi d'une seule tasse de café après dîner pour qu'on me donne les informations sans avoir eu besoin de les demander. Je ne sais pas comment elle a fait pour découvrir ce que vous tenez tant à cacher à votre mère, mais Charlotte Strathsay est impatiente de lui révéler la nouvelle. Cette femme mérite son surnom – *la vipère en velours*.

Face à cette révélation, le duc rougit et sembla réellement contrit.

— Ah. Dans ce cas, veuillez m'excuser pour cette accusation précipitée.

— Cela ne doit pas être facile d'être à la tête d'une maison ducale, déclara Jonathon avec une vraie sympathie. Tous ces parents, employés et parasites à gérer au sein de la famille. Au moins, dans le commerce, on peut congédier un employé qui se révèle traître sans y réfléchir à deux fois et sans avoir peur des répercussions si un autre employé se trouvait contrarié par ce qu'on a fait.

— Je ne le souhaiterais à personne, déclara honnêtement Roxton avec un sourire plein d'autodérision qui surprit Jonathon et lui donna une meilleure image de l'aristocrate, comme l'avait fait l'authentique chaleur qui teintait sa voix quand il parlait de ses enfants. Frederick est impatient que vous soyez son rameur à la course de demain.

— Vraiment ? J'espère être à la hauteur de ses attentes ! Cela vous dérange-t-il ?

— Que vous ramiez pour lui ? Pas du tout. C'était très gentil de votre part de le proposer.

— J'y ai plutôt été forcé. Je ne peux pas m'en attribuer le mérite.

— Frederick m'a dit que sa grand-mère vous avait persuadé de le faire. Voilà ce qui me dérange.

— Pourquoi donc ? C'était une idée épatante.

— Je n'apprécie pas que vous vous soyez rendu à Crecy Hall sans en avoir reçu la permission et que vous vous soyez imposé, sans invitation et sans chaperon, à la duchesse douairière.

— Imposé ? La dégustation d'une tasse de café dans son beau petit pavillon ne m'a pas semblé représenter un fardeau. J'ai l'impression qu'elle a apprécié ma compagnie.

— Ou alors elle était trop polie pour vous faire partir.

— Oh non, elle a essayé. Mais j'ai ramé une telle distance pour venir la voir qu'au final, ses bonnes manières l'ont emporté et nous nous sommes installés pour prendre une bonne tasse de café et partager du gâteau aux graines avec Fred… avec les cygnes, termina Jonathon, essayant de camoufler son lapsus.

— Ne vous inquiétez pas, répliqua le duc avec un sourire flottant. Vous n'avez pas trahi le secret de l'escapade de mon fils. Rien, et j'insiste, *rien* ne se passe sur ce domaine sans que je l'apprenne, que je le veuille ou non. Une autre gratification indésirable qui accompagne le rôle de chef d'une maison ducale. Écoutez, Strang, dit-il d'une voix très différente, fronçant les sourcils en regardant la tabatière dans sa main. C'est difficile pour moi de vous dire ceci, et je vous mets dans la confidence seulement parce que je vois que vous êtes un homme que l'on ne dissuade pas facilement d'agir une fois que vous avez pris une décision, et que vous n'accepterez pas un simple « non » sans explication… La duchesse douairière n'est pas en bonne santé, continua le duc d'un ton monotone après un moment de lutte intérieure. Cela vous surprendra peut-être, puisque vous êtes un étranger et que vous ne l'avez vue qu'avec ses petits-enfants ou en train de bavarder avec ses voisins de table. D'ailleurs, elle vous a même accordé une danse hier soir. Mais ceux qui la connaissent bien – et je vous dis cela dans la plus stricte confidence – craignent terriblement pour-pour sa... *sécurité*. Je veux que vous compreniez la situation. Et c'est pour cette raison que je veux... non, que je vous *ordonne* de ne pas vous approcher d'elle.

Les sourcils de Jonathon se froncèrent au-dessus de son nez long et mince. Il regarda par les portes-fenêtres et s'aperçut que l'objet de leur discussion les observait. À la façon dont elle détourna rapidement la tête, il comprit qu'elle les regardait depuis longtemps.

— Elle a tenté de mettre fin à ses jours ? Je n'y crois pas !

— Mes parents étaient excessivement attachés et dévoués l'un à l'autre, malgré le fossé qui les séparait au niveau de l'âge. Je pense que ma mère n'a jamais vraiment compris la gravité de la maladie de mon père, ni qu'il était en fait mourant. Ainsi, quand c'est arrivé... Son deuil est excessif, morbide, et l'a rendue... *fragile*. Lors du deuxième anniversaire de sa mort, son état mental était tel que, si Sir Titus n'avait pas été présent, il pense qu'elle y serait arrivée. Pourquoi dites-vous ne pas y croire ? demanda le duc en fronçant les sourcils.

— Ne vous méprenez pas, Votre Grâce. Je vous crois. Je n'arrive simplement pas à croire qu'elle pourrait se livrer à un acte aussi drastique et égoïste. Il y a trop d'énergie en elle, trop de *lumière* pour qu'elle puisse tenter ainsi d'en finir avec la vie.

Il n'ajouta pas que, selon lui, elle honorerait la promesse faite à monseigneur d'offrir la bague ducale ornée d'une émeraude à Frederick pour son vingt-et-unième anniversaire quoi qu'il arrive, même s'il devait s'agir de la dernière chose qu'elle ferait.

La conviction de Jonathon surprit Roxton. Le marchand avait rencontré sa mère la veille seulement, mais il parlait d'elle comme s'il l'avait connue toute sa vie et avait le droit de commenter la situation. Cela mettait le duc inexplicablement mal à l'aise. Cependant, il devait bien reconnaître, à contrecœur, que le marchand avait raison. Il espérait de tout son cœur que ce qu'il disait était vrai.

— Je compte sur vous pour ne pas divulguer cette confidence.

— Inutile de le demander, Votre Grâce.

Le duc acquiesça, rangea sa tabatière dans sa poche et indiqua aux valets de pied qu'ils pouvaient ouvrir les portes-fenêtres.

— Vous ne vous approcherez pas de la duchesse douairière ?

— Qu'en est-il d'Hanover Square ?

— Nous commencerons par un bail symbolique. Voyez cela comme un geste courtois témoignant de mon intention. Il faudra du temps pour faire le tri dans les obligations légales, et le reste de la semaine doit être voué à des affaires d'État plus pressantes. Encore une gratification dont je pourrais me passer.

Quand Jonathon tendit la main, le duc la serra et l'accord fut conclu.

— Et la duchesse douairière ? Garderez-vous vos distances ?

Jonathon entra dans la galerie devant le duc et déclara par-dessus son épaule :

— À ce sujet, Votre Grâce, comme je vous le disais hier, votre mère pourra me le dire elle-même.

NEUF

Le jour de la régate annuelle de Treat, les températures étaient particulièrement chaudes pour un mois d'avril et le soleil brillait dans un ciel dégagé. La surface transparente du lac ondoyait sous une brise légère, les saules se balançaient paresseusement et trempaient leurs longs doigts dans l'eau glacée, et de jeunes feuilles s'ouvraient au soleil sur les chênes et les hêtres séculaires répartis dans le parc de plusieurs hectares entretenu avec soin.

La foule avait commencé à envahir la vaste pelouse vallonnée qui descendait en terrasses jusqu'au lac devant l'imposante façade à colonnes du palais. Les métayers et les ouvriers, accompagnés de leurs familles, avaient commencé leur voyage des heures plus tôt, à bord de charrettes habituellement réservées au transport du foin qui leur avaient permis d'emmener les habitants de deux villages qui habitaient trop loin pour venir à pied. L'armée de domestiques, de garçons d'écurie et de jardiniers du duc – ceux dont le travail n'était pas absolument nécessaire – étaient là avec leurs familles et s'étaient endimanchés ; ils se mélangeaient à la foule, libres de se joindre aux festivités.

Les jeunes enfants s'agrippaient aux mains de leurs frères et sœurs plus âgés et se dépêchaient de rejoindre le petit théâtre où ils pouvaient rire et admirer les merveilleuses marionnettes françaises qui imitaient le roi de France et ses courtisans. Ils pouvaient aussi essayer de jongler ou de marcher sur des échasses avec l'aide d'artistes de cirque édentés. Mais surtout, ils faisaient la queue pour pouvoir faire un tour du parc à bord du carrosse français tiré par quatre poneys blancs, dont l'extérieur doré était décoré de scènes bucoliques et fantaisistes peintes par l'artiste français Jean-Baptiste Oudry. L'intérieur en velours bleu foncé et feuilles d'or était équipé d'épais coussins à pampilles et de fenêtres en verre qui pouvaient s'abaisser. On disait qu'il s'agissait de la réplique du carrosse qu'utilisait la duchesse douairière de l'autre côté de la Manche, à Paris.

Une surabondance de mets dont le duc avait fait largesse était à la disposition des estomacs, petits et grands, qui gargouillaient de faim : plusieurs stands proposaient toutes sortes de viandes, du chevreuil au rôti de bœuf, des plateaux de fromages, des fruits et du pain, des fruits confits, des sucreries, des gâteaux et pâtisseries, ainsi que du sirop aromatisé et du lait frais pour les enfants, et, pour les adultes, du cidre et du punch.

Ils pouvaient tous, des aristocrates aux ramoneurs, festoyer côte à côte aux stands, ce qu'ils faisaient dans l'ensemble avec la plus grande aisance et bienveillance. Cependant, certains nobles invités du duc refusaient purement et simplement de partager leur nourriture avec le commun des mortels. Ceux-là restaient sur la terrasse, assis à l'abri du soleil sous plusieurs chapiteaux installés pour l'occasion et qui constituaient leur poste d'observation éloigné sur les activités de la fête et sur la course de bateaux. Éparpillées sur des tapis opulents qui les protégeaient de l'herbe humide, plusieurs chaises de style Chippendale et autres repose-pieds en velours rembourrés offraient le confort nécessaire aux matrones indolentes et aux hommes replets qui souffraient de la goutte ; des valets de pied en livrée veillaient à ce que leurs moindres besoins soient satisfaits et observaient, envieux, leurs collègues qui n'avaient pas tiré la paille la plus courte dans la main du majordome et profitaient d'une journée pendant laquelle ils n'avaient pas à satisfaire les caprices des autres.

Au bord de l'eau, l'événement le plus important de la journée se préparait. Les six esquifs qui participaient à la course flottaient à quai, leurs rames peintes avaient été relevées et reposaient sur les barrots, et les cornettes en soie colorées avaient été accrochées au milieu de chaque rame, indiquant les tendances politiques du rameur et du passager de chaque bateau – les Hanovre pour la monarchie actuelle, les Stuart pour la précédente, les colonies américaines, car l'Angleterre était en guerre contre les rebelles, les Français puisque le duché de Roxton descendait de la maison de Bourbon, l'Espagne en tant que royaume catholique que les Anglais avaient vaincu par le passé, et l'État italien de Florence, car madame la duchesse parlait l'italien presque aussi bien que son français maternel.

L'ambassadeur de Florence ne se contentait pas de parrainer une embarcation en son honneur tous les ans, il envoyait aussi un Florentin de l'ambassade participer à la régate. L'ambassadeur d'Espagne, en apprenant la nouvelle, avait refusé qu'un petit État italien le surpasse et avait lui aussi envoyé un membre de son ambassade pour ramer sur le bateau espagnol. Il avait même été plus loin que son homologue florentin en envoyant un petit sac d'or espagnol à ajouter à la coupe d'argent des Roxton que le vainqueur de la course remportait chaque année.

Les domestiques se pressaient sur les planches en bois de la jetée et sur les bateaux pour effectuer quelques vérifications de dernière minute sur les esquifs de leurs maîtres respectifs, tandis que les rameurs circulaient sur la pelouse, où des valets attentifs les aidaient à se débarrasser des vêtements dont ils n'avaient pas besoin et à enfiler, sur leurs chemises à manches bouffantes, les gilets sans manches assortis à leur cornette qui aideraient à les reconnaître quand ils navigueraient sur le lac.

Les compétiteurs discutaient du tracé de la course : ils devaient passer sous le pont, faire une fois le tour de Bird Nest Island, traverser jusqu'à la chaussée, puis revenir à la jetée via un coude du lac qui passait entre le manoir élisabéthain de Crecy Hall et Swan Island, avec ses bassins de baignade et ses temples cachés. Des postes d'observation avaient été placés le long du parcours de presque deux kilomètres, sur des barques et sur les îles, afin que le circuit soit respecté et pour pouvoir intervenir si jamais l'un des rameurs rencontrait une difficulté. Cette éventualité renforça l'atmosphère de rivalité bon enfant ; chacun y alla de sa remarque désobligeante sur les attributs masculins et les capacités de ses adversaires tout en exagérant sa propre forme physique dans l'espoir de renverser l'assurance de ses rivaux et d'impressionner les quelques beautés venues souhaiter bonne chance aux participants.

Vêtues de leurs plus belles robes anglaises en soie rayée retroussées à la polonaise et de bonnets de paille décorés de plumes et de rubans qui couvraient leurs cheveux crêpés et bouclés, toutes équipées d'une délicate ombrelle qui protégeait leur peau laiteuse des rayons du soleil, les femmes se joignirent à la joute amicale des hommes – maintenant que les dames étaient présentes, ils veillaient à éviter les commentaires trop grivois. Celles qui avaient l'honneur d'être représentées par un participant – Sarah-Jane Strang et Martha Aubrey faisant partie de ces quelques privilégiées – portaient des rubans assortis à la cornette de leur rameur dans leurs cheveux et autour de leurs poignets charnus.

En tant que préposé aux comptes de la régate, Tommy Cavendish déambulait entre les rameurs, les dames et les spectateurs, enregistrant les paris de dernière minute. Un domestique le suivait avec l'indispensable registre, et lui-même était suivi par un autre domestique avec la plume et l'encrier. Le duc était le grand favori de la course ; on prédisait sa victoire pour la deuxième année consécutive. Dair Fitzstuart, avec sa belle carrure, avait une cote de trois contre un, et Jonathon Strang, le marchand au teint hâlé, avait une cote raisonnable de cinq contre un.

Les jumeaux de cinq ans du duc couraient sur la jetée avec des enfants du village tout aussi turbulents ; ils dérangeaient tout le monde parce qu'il n'y avait personne pour les arrêter. Leurs tuteurs profitaient d'un rare jour de congé, pendant lequel ils n'avaient pas à s'occuper de leurs nobles protégés et pouvaient se mêler librement à la foule. S'ils le souhaitaient, ils pouvaient s'éloigner un maximum des jeunes esprits dont ils s'occupaient habituellement. Les garçons comme les filles s'en accommodaient très bien, mais quelques nobles invités étaient déconcertés par la présence d'enfants, car ils n'en voyaient que rarement et ne les entendaient assurément jamais. Lord Augustus et Lord Louis, eux, faisaient en sorte que tout le monde les voie et les entende !

Lord Alston, l'héritier du duc, se tenait cependant calmement entre son père et Jonathon Strang, vêtu de son gilet en soie verte et de son chapeau naval décoré d'une cocarde en ruban vert. Le menton relevé, il écoutait intensément les reparties que s'échangeaient les rameurs. Son attitude sérieuse digne d'un adulte lui valait l'assentiment aussi bien des nobles que des métayers et des villageois, mais sa mère, qui l'observait attentivement depuis quelques minutes, estimait qu'il ne s'agissait pas d'un comportement habituellement associé aux garçons d'à peine sept ans. Il aurait dû faire des bêtises avec ses frères surexcités et les enfants du village. D'ailleurs, en tant qu'aîné, on considérait souvent qu'il était en droit de prendre la tête de la joyeuse bande de canailles.

La duchesse s'inquiétait pour Frederick ; pas pour Gus et Louis qui, à cinq ans, avaient beaucoup d'énergie et s'attiraient toutes sortes d'ennuis. Ils se faisaient des bleus aux genoux, cassaient leurs jouets et abîmaient souvent leurs hauts-de-chausses et leurs bas à coups de taches d'herbe et de boue dans les cinq minutes qui suivaient leur sortie. Deborah avait dû élever son neveu Jack depuis ses cinq ans – il en avait maintenant presque seize – et avait donc l'habitude des petits garçons turbulents et bagarreurs. Ce que Frederick n'avait jamais été. Il était sérieux, tiré à quatre épingles et très intelligent pour son âge, ce que les tuteurs leur avaient assuré, à elle et au duc. Elle était satisfaite qu'il ne soit pas sot – il lui faudrait un cerveau efficace pour faire bon usage de l'immense héritage qui lui reviendrait entièrement avec le duché de son père –, mais son intelligence supérieure comportait au moins un inconvénient pour un jeune garçon comme lui : il s'intéressait aux conversations des adultes alors qu'il n'était pas tout à fait prêt à en comprendre les subtilités. Même s'il ne relevait pas les nuances d'un dialogue adulte, Frederick en comprenait le sujet et était assez brillant pour relever la différence entre dérision et respect.

Une personne en particulier, chère au cœur de Frederick, était constamment sujette aux spéculations et ragots de la part des membres de la famille, du reste de la bonne société et des domestiques ; Deborah savait que cela causait du souci à son fils. Il était d'ailleurs en train de s'inquiéter. Elle remarquait l'angoisse qui assombrissait son petit visage sous son élégant chapeau naval. Ses boucles noires, semblables à celles de son père, retombaient sur son front, et ses grands yeux bruns, comme ceux de sa mère, étaient parfois rivés sur les chapiteaux alignés plus haut sur la pelouse. Son père ne remarqua pas son inquiétude – il était trop occupé à plaisanter avec les autres rameurs, chacun se demandant qui atteindrait Swan Island sans chavirer –, mais elle si.

La duchesse, suivie de près par sa dame d'honneur qui portait Lady Juliana, se joignit aux rameurs pour leur souhaiter bonne chance et vérifier que ses fils étaient bien installés dans leurs bateaux respectifs avant d'aller prendre sa place. Elle était attendue au milieu de la troisième arche du pont en pierre qui enjambait le lac, d'où elle donnerait le coup d'envoi de la course en agitant un mouchoir lesté en soie rouge vif avant de le laisser tomber dans l'eau.

— Il reste encore beaucoup de temps, mon chéri, murmura Deborah Roxton à l'oreille de Frederick, feignant de redresser son chapeau pour ne pas attirer l'attention sur sa remarque. La course ne commence pas tout de suite, le rassura-t-elle avec un sourire en le regardant dans les yeux. Mema va venir.

Frederick soutint le regard chaleureux de sa mère, dont le sourire compréhensif l'aida à se sentir moins angoissé. Il acquiesça et esquissa un sourire.

— Elle va porter du vert aujourd'hui, mère. Pour moi.

— Bien sûr. C'est merveilleux, répondit la duchesse d'un ton neutre, sans laisser paraître sa stupéfaction.

Elle dégagea délicatement les boucles noires du visage de Frederick, espérant de tout son cœur qu'il avait raison. Elle lui sourit et se releva, mais pas avant de l'avoir embrassé sur la joue.

— Pour te porter chance. Mais tu n'auras peut-être pas besoin de chance, Frederick, continua-t-elle en haussant la voix pour que les hommes l'entendent. Après tout, Mr. Strang, votre fille m'a assuré que vous étiez un très bon rameur et que vous alliez battre le duc à plate couture...

Sourcils levés, elle se tourna vers Sarah-Jane qui se tenait à proximité, avec un groupe de dames qui s'étaient approchées pour observer la préparation des rameurs avant la course.

— Ce sont bien les termes que vous avez employés, n'est-ce pas, Sarah-Jane ? *Le battre à plate couture ?*

Avant que Sarah-Jane, empourprée, ne puisse répondre, Deborah se tourna vers le duc en faisant bruisser ses jupons en gaze de soie, lui lança un sourire insolent et plaça une main sur son avant-bras nu avant de reprendre :

— Vous avez de la compétition cette année, Roxton. Il va vous falloir ramer comme un beau diable. Je présente mes excuses à Dair et Charles, qui sont d'excellents rameurs, mais puisque Roxton les a battus *à plate couture* l'année dernière, je connais leur valeur. Quant à vous, Mr. Strang, on ne sait pas à quoi s'attendre... J'ai quand même pris le risque, maintenant vous n'avez plus qu'à prouver ce que vous valez, continua-t-elle avant de déposer un rapide baiser sur la joue de son mari. Je suis désolée, Votre Grâce, mais j'ai un aveu à faire. J'ai parié sur la victoire de Mr. Strang.

Les rameurs partirent d'un rire bruyant au détriment du duc, et certains lui donnèrent même une tape dans le dos, signe de compassion face au manque de loyauté de sa femme. Jonathon prit part au badinage amical : il s'inclina d'un geste théâtral devant la duchesse pour la remercier, lui fit un baisemain et se tourna vers le groupe de dames pour qu'elles lui montrent leur soutien. Elles l'acclamèrent toutes à grand renfort d'applaudissements et de révérences impromptues.

Le duc feignit d'être vexé, lança un regard solennel aux moqueurs et leva un sourcil réprobateur vers les femmes qui osaient lui préférer un autre homme. Mais ses yeux étaient rieurs et il ne put réprimer son sourire, ce qui déclencha encore plus de rires. Il attira sa femme contre lui.

— Que le diable vous emporte, misérable traîtresse ! murmura-t-il avant de lui voler un baiser. Je vais devoir redoubler d'efforts pour ramer encore plus vite et ainsi regagner votre dévouement.

— N'en faites rien, demanda-t-elle à voix basse, le regardant droit dans les yeux avec un sourire tremblant avant de désigner leur fils du regard ; il tenait la main de sa mère, mais son attention était toujours focalisée sur la rangée de chapiteaux. C'est pour elle qu'il porte du vert. Elle lui a fait une promesse.

Le duc suivit son regard vers le bas et son sourire s'effaça.

— Mince.

Il lâcha sa femme et se concentra sur ses manches qu'il déroula avant de les retrousser de nouveau en marmonnant :

— Il vaut mieux l'occuper. Il pensera à autre chose une fois que la course aura commencé.

Il chercha Tommy Cavendish autour de lui et annonça d'une voix puissante :

— Allons-y, messieurs. Il doit être l'heure.

Pendant que les concurrents faisaient leurs derniers adieux à leur groupe d'admiratrices et se serraient les mains, Roxton s'accroupit pour parler à son fils.

— Frederick ? Il est temps que tes diablotins de frères prennent place dans mon bateau et que tu embarques dans le tien. Tu veux bien aller les chercher ? Gus et Louis t'écouteront. Je dois dire un dernier mot à ta mère et ensuite je viendrai directement. Emmène Mr. Strang avec toi.

Frederick acquiesça ; son père lui adressa un sourire et lui donna une chiquenaude affectueuse sur la joue.

Il se redressa et observa son fils rejoindre Jonathon Strang et, d'un geste qui fit presque monter les larmes aux yeux du duc, prendre la main de l'homme bien bâti à la peau bronzée et lever la tête pour lui sourire. Le marchand, qui échangeait un dernier mot avec Charles Fitzstuart, baissa la tête, vit de qui il s'agissait et accorda immédiatement toute son attention au petit garçon. Après quelques secondes, rameur et passager prirent la direction de la jetée main dans la main, accompagnés de Charles Fitzstuart, Frederick absorbé par sa conversation incessante avec son partenaire.

— Vous devez reconnaître qu'il sait s'y prendre avec les enfants, commenta la duchesse par-dessus l'épaule de son mari. En particulier avec Frederick. Cela suffit pour que je l'apprécie, et j'ai donc parié dix livres sur sa victoire contre vous.

Le duc fit demi-tour, sourit et récupéra sa fille des bras d'une dame d'honneur reconnaissante qui rencontrait des difficultés avec la petite. Il souleva Juliana dans les airs et l'installa sur ses épaules ; elle poussa un cri de joie aigu. Le couple ducal parcourut la jetée pour rejoindre l'esquif de Roxton, maintenant occupé par deux passagers surexcités qui faisaient tout leur possible pour bien se tenir. Malgré tout, Gus refusait de s'asseoir, préférant se tenir debout au milieu du bateau, jambes écartées ; il jouait le pirate sanguinaire et la cornette en soie rouge qu'une nurse avait soigneusement attachée autour de son bras était maintenant chiffonnée en un bandeau dans ses boucles rousses et recouvrait son œil gauche.

— Père ! Père ! Gus est un pirate ! Regardez, père ! s'écria Louis pour soutenir son frère jumeau. Il a perdu un œil en se battant contre les immondes crapauds !

— Je vais en faire de la chair à pâté s'il ne s'assoit pas ! le réprimanda son père avec un éclat de rire qui ne fit qu'encourager Gus à gonfler la poitrine de fierté en saluant sa sœur qui agitait les bras vers lui avec enthousiasme du haut des épaules de son père.

On commençait à éloigner les esquifs de la jetée pour les mettre en position de départ. Seul le bateau du duc était encore amarré.

Roxton fit descendre Juliana en lui plantant un baiser sur la joue, et la dame d'honneur éprouvée s'éloigna rapidement avec son précieux paquet, car les gloussements de la petite lady avaient été remplacés par des larmes d'indignation quand elle avait compris qu'elle ne pouvait pas se joindre à ses frères sur l'esquif, alors qu'elle avait mis une jolie robe pour l'occasion.

Deborah se hissa sur la pointe des pieds et chuchota d'un ton séducteur à l'oreille de son mari :

— Bonne chance, mon amour. Je vous récompenserai ce soir même si vous perdez face à ce beau marchand robuste.

Il l'attira vers lui.

— Beau ? Lui, vous le trouvez beau ?

Deborah rit de son expression mécontente et l'embrassa sur la bouche. Elle se tortilla dans ses bras et il la lâcha, conscient qu'elle était attendue sur le pont pour lancer la course.

— À se pâmer, selon l'opinion générale des dames.

— Je me fiche de leur avis. Quel est le vôtre ?

La duchesse lui adressa un sourire malicieux, ses yeux bruns brillant d'espièglerie. Elle fit un signe de la main à ses jumeaux qui appelaient leur père, envoya un baiser à Frederick qui la saluait aussi depuis son embarcation, manœuvrée d'un geste expert par son rameur pour rejoindre les autres concurrents, et se retourna vers son mari, qui la fixait toujours bien qu'il ait rapidement tourné la tête pour suivre la direction du baiser qu'elle envoyait, ce qu'elle avait remarqué.

— Alors ? demanda-t-il.

Elle revint vers lui et leva les yeux vers son visage renfrogné, une main posée sur son large torse.

— Une épouse apprécie de savoir qu'elle peut encore provoquer la jalousie de son mari, et donc qu'elle est encore désirable, surtout quand elle en est à sa cinquième grossesse.

— Désirable ? C'est à cause de mon *désir*, envoûteuse ingrate, que vous tombez constamment enceinte. Laissez-moi y aller avant que nos fils ne passent par-dessus bord. Beau et robuste, oui ! Bah ! Je serai récompensé ce soir – que je gagne ou non.

— À ce propos, si c'est ainsi que sont mesurées les récompenses, alors vous êtes largement gratifié chaque soir. Et vous osez me traiter d'ingrate !

Deborah lui lança un baiser et s'éloigna rapidement. Elle adressa un dernier signe de la main à ses fils avant de se diriger à grandes enjambées vers le pont où une foule s'était formée pour assister au départ de la course.

Il lui fallut dix longues minutes pour parcourir la distance entre la jetée et le pont en pierre. Elle longea d'abord le lac, puis traversa la pelouse parsemée de pâquerettes qui se courbaient dans la brise et rejoignit la longue allée de gravier qui remontait vers le palais sur la gauche et menait au pont en pierre bleue sur la droite. Quand elle arriva au milieu de l'arche la plus haute du pont, endroit qui offrait la meilleure vue, elle fut accueillie par Tommy Cavendish. Quelques nobles invités entourés de métayers, de domestiques et d'enfants s'étaient rassemblés pour crier leurs encouragements aux rameurs quand ils passeraient sous l'arche.

Deborah tenait le poids enroulé dans un mouchoir en soie rouge, vérifia que les bateaux étaient placés sur la ligne de départ et s'apprêtait à lâcher le mouchoir quand Tommy Cavendish murmura un mot à son oreille et posa délicatement la main sur le haut de son bras, ce qui l'im-mobilisa. Il y avait un problème avec l'une des embarcations. Elle le voyait aussi.

L'esquif dirigé par Jonathon Strang et qui transportait son aîné était sorti de la formation et retournait vers la jetée, direction dans laquelle Frederick agitait vigoureusement les bras. Les embarcations des autres concurrents tanguaient sur place. Le duc ne bougea pas son bateau, mais agitait aussi le bras, tout comme les jumeaux, ce qui assura à Deborah que son fils, son rameur et leur bateau n'avaient pas de problème urgent ; elle put respirer plus facilement. Elle suivit leur regard, le regard de chaque homme, chaque femme et chaque enfant présent sur le pont, et aperçut immédiatement la raison de cette agita-tion et de l'enthousiasme excessif de son fils.

— Elle est là ! Elle est là ! Mema est là ! s'écria Frederick.

Ses cris enthousiastes étaient tels que les passagers des autres bateaux se tournèrent d'un seul mouvement pour voir ce qui avait poussé le fils héritier du duc à se lever dans son esquif en désignant frénétiquement la terre ferme. Il se tourna vers Jonathon, les yeux pleins d'espoir. Il n'eut pas à prononcer un seul mot. Jonathon lui sourit et se mit immédiatement à ramer pour couvrir la courte distance qui les séparait de la jetée. Frederick se rassit rapidement à la barre.

La duchesse douairière de Roxton s'avançait sur la pelouse, vers le lac. Ceux qui observaient depuis le pont ou les bateaux eurent l'impression qu'elle était suivie par la moitié de la foule présente à Treat pour la régate.

Plusieurs enfants sautillaient devant elle, ouvrant la voie. Le pasteur du village avançait près d'elle, parlant à son oreille, tandis que la femme d'un métayer lui présentait sa septième et dernière progéniture, un bambin aux joues rouges qui avait à peine deux ans. Spencer et Willis n'étaient pas loin derrière ; elles essayaient en vain de tenir les villageois à distance. Un vieillard courbé, qui restait néanmoins aussi agile qu'un homme de dix ans de moins que lui, apparut de nulle part dans la foule et, tout en tirant son chapeau imaginaire, offrit à Antonia un bouquet de marguerites qui, à en juger par la terre encore attachée à leurs racines, venaient d'être arrachées.

Antonia accepta volontiers ce cadeau impromptu, renifla consciencieusement le bouquet, lui tendit la main pour le remercier et accepta de lui parler. La foule fit un bond en avant, assiégeant les dames d'honneur, curieuse d'entendre ce que la duchesse douairière pouvait bien dire au vieil Ernest dans son anglais au fort accent français. Quand le vieil Ernest exécuta sa plus belle révérence sur sa main tendue et se redressa avec un grand sourire édenté, la foule applaudit ses efforts. Leur approbation se transforma en cris d'encouragement quand Antonia, joueuse, répondit avec une révérence. Les acclamations perdirent en intensité et devinrent des murmures de satisfaction quand le petit Lord Alston crapahuta hors de son bateau et remonta la jetée en courant pour sauter dans les bras accueillants de la duchesse douairière.

— J'avais bien dit à mère que vous viendriez. Je lui avais bien dit que vous porteriez du vert ! Ce sont de vraies émeraudes ? J'aime beaucoup votre coiffure ! Regardez ! J'ai les mêmes rubans verts sur mon gilet, et sur mon chapeau, mais il est resté sur le bateau. Est-ce qu'il y a des émeraudes sur les boucles de vos chaussures ? Monsieur Strang aussi porte du vert. J'ai jamais vu un vert aussi vert que celui de son gilet ! Vous ressemblez à une princesse féerique, Mema !

Frederick continuait de blablater, sa petite main dans celle de sa grand-mère, tandis qu'il sautillait auprès d'elle pour rejoindre le bout de la jetée où Jonathon les attendait.

— Regardez le gilet de monsieur Strang ! Il a de loin le meilleur gilet. Il est encore mieux que celui de père, qui est rouge, et il brille au soleil ! Mema, mère a parié que monsieur Strang allait gagner contre père ! Et maintenant que vous portez du vert, on est sûrs de gagner. Hein qu'on va gagner, monsieur Strang ? ajouta-t-il avec passion, sa main libre attrapant celle de Jonathon comme s'il s'agissait du geste le plus naturel qui soit et l'approchant d'eux. On va gagner, hein, maintenant que Mema est là ?

— Je ne crois pas que monsieur Strang pense que ma robe va vous faire gagner, Frederick, répondit Antonia en riant. Il va devoir se démener pour toi s'il veut avoir la moindre chance de passer la ligne d'arrivée avant ton père.

Elle tendit sa main vers Jonathon et se rendit seulement compte qu'elle tenait encore le bouquet de marguerites que le vieil Ernest lui avait offert. Elle se tourna légèrement, à la recherche de Willis et Spencer. Quand elle se rendit compte qu'elles n'étaient pas dans son dos, elle ne sut pas trop quoi faire des fleurs jusqu'à ce qu'une petite fille se détache nerveusement de la foule, qui s'était arrêtée sur la pelouse pour ne pas empiéter sur la jetée, et lui propose silencieusement de l'en débarrasser en tendant la main avec une petite révérence mal assurée.

— Merci, ma chérie, la remercia gentiment Antonia. Fais-en bon usage, fabrique une couronne de fleurs pour tes jolis cheveux.

Elle esquissa un sourire quand le regard de la petite fille passa brusquement des planches de la jetée à son visage, et son sourire s'élargit quand la petite fille sourit à son tour pour la remercier de son compliment, toute nervosité oubliée – à tel point qu'elle fit demi-tour sans avoir été congédiée et retourna en courant vers la foule pour montrer à sa sœur les fleurs que la duchesse lui avait offertes. Antonia se retourna vers Jonathon, lui tendit la main et lui lança d'un ton taquin :

— Pensez-vous devoir vous démener, monsieur ?

— Pour vous, madame la duchesse, Frederick et moi participerions à la course d'aviron de la Tamise ! déclara Jonathon en s'inclinant avant de l'attirer légèrement vers lui. Pour vous, je me démènerais dans bien des activités physiques. Mais j'ai les jambes en coton à cause de ces ravissants jupons et j'ai du mal à tenir debout, la taquina-t-il.

Il lui adressa un sourire, admirant le fait qu'elle soit habillée comme quand monseigneur était vivant, respectant les codes vestimentaires liés à son rang ; elle portait une robe à la française aux épais jupons de soie brodés de motifs complexes et des rubans verts avaient

été tressés dans ses cheveux blonds maintenus par un nombre incalculable d'épingles et quelques fermoirs endiamantés. Un ras-de-cou
éblouissant, orné d'émeraudes et de diamants, encerclait sa gorge
gracile, et une demi-douzaine de bracelets en or et diamants tintaient
autour de ses deux poignets. Elle avait même foncé ses cils, poudré ses
joues et teinté ses lèvres pulpeuses. Beaucoup de réflexion et d'efforts
avaient été consacrés à sa toilette, mais il était conscient qu'il s'agissait
d'un vernis étincelant qui masquait ce qu'elle devait ressentir en ce jour
si particulier – le troisième anniversaire de la mort de monseigneur.

— Heureusement que mes bras fonctionnent parfaitement, hein,
Frederick ? ajouta-t-il avec un éclat de rire en ébouriffant les boucles
noires du garçon. Nous devrions regagner notre bateau si nous voulons
éviter que la course ne commence sans nous, ce qui donnerait un avantage injuste à votre père.

— Vous allez nous regarder gagner, Mema, hein ? s'enquit Frederick d'une voix un peu anxieuse.

Elle acquiesça avec un sourire et embrassa sa joue pâle ; il se jeta à
son cou avant de partir en courant vers l'esquif, en criant à Jonathon de
se dépêcher !

Mais Jonathon tenait encore fermement la main d'Antonia. Il la
regarda dans les yeux, satisfait de constater qu'elle ne l'avait pas retirée.

— Je sais pourquoi vous êtes en retard. Il faut marcher une bonne
distance pour atteindre le haut de la colline. Il a parfaitement compris
pourquoi vous avez cessé de porter du noir malgré ce jour particulier –
que vous l'avez fait pour Frederick.

Antonia écarquilla les yeux de surprise ; il avait su instinctivement
qu'elle avait passé la matinée avec ses êtres chers dans le mausolée. Elle
hocha la tête et baissa les yeux pour les poser sur son gilet sans
manches. Il ressemblait à ceux qu'il avait déjà portés ; délicatement
brodé de fils de soie lumineux, celui-ci était tissé dans des tons verts et
bleus comme elle n'en avait jamais vu. Les coutures étaient si serrées et
bien exécutées que le tout formait un ensemble parfaitement lisse,
semblable à du verre. Elle eut une soudaine envie de passer la paume
de sa main sur la soie pour apprécier la douceur soyeuse d'une aussi
belle confection et pour sentir la fermeté de son torse à travers le tissu.

Elle se risqua à lever les yeux. Il ne portait pas de cravate et sa
chemise blanche était ouverte sur sa gorge, révélant sa peau nue et
bronzée. Elle le vit déglutir et se demanda si son cœur battait aussi vite
que le sien. Elle savait que si elle posait la main sur sa poitrine, elle
sentirait les battements de son cœur contre sa paume, puissants, réguliers et pleins de vie. La dernière fois qu'elle avait posé sa main sur le

cœur d'un homme, l'amour de sa vie de surcroît, tout avait été tellement différent. Elle déglutit à son tour, inspira profondément et se força à revenir au moment présent. Ce n'était ni le bon endroit ni le bon moment pour s'effondrer, peu importe que ce soit un jour particulier et qu'il le sache. Elle devait rester forte, pour Frederick.

— Votre... votre gilet est ravissant lui aussi. Frederick l'aime beaucoup. Une autre broderie indienne ?

— Oui, il vient d'Inde. J'en ai toute une malle. Celui-ci est particulièrement somptueux et délicat. Il reprend les couleurs des plumes du paon, et j'ai l'impression d'en être un quand je le porte ! dit-il en riant.

— Il n'y a rien de plus triste qu'un paon qui fait la roue sans raison apparente. Vous devez donc gagner pour faire honneur à votre parure, et vous pourrez alors vous pavaner comme cet oiseau !

Ils éclatèrent tous les deux de rire et retombèrent dans le silence.

— Vous devez y aller, dit-elle à voix basse. Frederick vous appelle et les autres... Ils vous attendent pour commencer la course.

— Ne rentrez pas après la régate sans m'avoir dit au revoir. Promettez-le.

— Au revoir ? s'enquit Antonia en plantant son regard dans celui de Jonathon. Vous partez ? Pour quelle raison ?

— Des obligations à Londres.

— Londres ? Quand ?

— Juste après la course.

— *Juste après* ? Pourquoi ? Veuillez m'excuser ! Je n'aurais pas dû...

— Cela ne me dérange pas que vous posiez la question. Les affaires. J'ai signé un bail pour une nouvelle maison et je dois...

— Mais vous devez bien avoir un majordome qui peut s'occuper de ce genre de choses, et vous venez d'arriver avec votre fille... Elle sera déçue de partir si tôt.

Il sourit pour lui-même en la voyant aussi sincèrement désappointée. Il haussa les épaules et passa une main dans ses cheveux.

— S'il ne s'agissait que de la maison... Mais une autre affaire plus urgente nécessite ma présence. Je devrais déjà être parti, mais je ne voulais pas décevoir Frederick... ou rater l'opportunité de vous voir dans toute cette splendeur émeraude.

Antonia s'empourpra face à ce compliment et répondit d'une petite voix :

— Votre fille part-elle avec vous ?

— Non. Elle reste ici avec Kitty et Tommy Cavendish.

— Ils l'emmèneront dans votre nouvelle maison londonienne à la fin de leur séjour ?

— Non ! Ah ! Non, non ! Je ne pars pas pour de bon, lui assura-t-il avec un grand sourire. Non. Je compte revenir le plus rapidement possible. Peut-être même encore plus rapidement que prévu, s'il s'agit encore d'une fausse alerte.

— Oh !

Elle laissa échapper un petit soupir de soulagement qu'elle masqua rapidement en se raclant délicatement la gorge et évita de le regarder, car il arborait un large sourire.

— Après seulement deux jours, nous nous ennuyons déjà l'un de l'autre.

— Vous dites de nouveau des absurdités !

— Je suis obligé de revenir, dit-il doucement. Vous nous devrez un dîner, à Frederick et moi, quand nous aurons remporté cette course.

Il effleura sa joue empourprée et releva son menton du doigt avant de reprendre :

— J'ai très envie de vous embrasser. Ici. Maintenant. Je me moque de savoir qui nous regarde et je n'en ai rien à faire si vous décidez de me gifler.

D'un geste impétueux, il releva la main d'Antonia, la retourna et se pencha pour planter ses lèvres au centre de sa paume délicate, puis sur son poignet.

Instantanément, un frisson de désir enflamma le sang d'Antonia, remonta son bras en une infinité de picotements, envahit sa gorge et submergea sa poitrine, recouvrant sa peau porcelaine d'une teinte rosée. Son corset, qui lui sembla soudain bien trop serré, emprisonnait sa cage thoracique et l'empêchait de respirer aisément. Elle crut défaillir. *Mon Dieu, que m'arrive-t-il ?* Elle éloigna rapidement sa main de ses lèvres qui s'y attardaient et la plaqua dans son dos. Là où s'étaient posées ses lèvres, sa peau la brûlait comme si elle avait été en contact avec une flamme.

— Que… Comment osez-vous me faire cela ! souffla-t-elle.

Pour masquer ce moment d'embarras, elle ouvrit d'un coup sec son éventail décoré de feuilles d'or et de scènes délicatement peintes représentant des dieux et déesses grecs. Elle s'éventa la poitrine, mais l'air frais manqua d'efficacité pour la calmer.

— Vous êtes adorable quand vous rougissez, dit-il d'une voix grave, les yeux rivés sur sa généreuse poitrine haletante. Et vous sentez divinement bon. Je vous demanderais bien le nom de votre parfum, mais je suis persuadé que vous n'en portez pas. Faire quoi ? demanda-t-il en battant des cils, après avoir reporté son regard sur son visage. Qu'est-ce que je vous fais ?

— Arrêtez ! Vous savez très bien ce que vous me faites ! Et ne parlez pas de rougir et de sentir bon. Je ne rougis *jamais*. J'ai chaud parce que je suis en plein soleil sans ombrelle, ce qui ne convient qu'aux fous qui ont abusé du soleil ! Et j'ai oublié de mettre du parfum aujourd'hui parce que je devais déjà me souvenir de tout ce que je devais enfiler – je me suis habituée à sortir sans bijoux et à porter du noir. Et même sans cela, je n'en ai pas porté depuis tellement longtemps qu'il ne doit plus rien sentir. Il m'en faut une nouvelle bouteille. Je vous demande maintenant d'aller rejoindre Frederick, de ramer pour lui et de gagner, sinon je vous pousserai dans le lac pour vous y forcer !

Il éclata de rire et s'inclina rapidement devant elle.

— Et vous dites que je parle trop ! Je pense qu'un plongeon dans l'eau fraîche nous ferait du bien à tous les deux ! Je devrais vous demander pardon, mais je ne le ferai pas, car tout est votre faute. Avec vous, je ne sais pas me tenir. Au revoir !

Il tourna les talons, rejoignit le bout de la jetée à grands pas et descendit dans l'esquif pendant que les autres concurrents, qui étaient tous prêts à commencer la course sans lui, hurlaient des « Hourras ! » et des « Il était temps, Strang ! ».

DIX

Antonia observa le départ de la course du bout de la jetée. Le duc et les jumeaux lui adressaient de grands gestes enthousiastes auxquels elle répondit en souriant. Elle leur envoya même un baiser quand Gus se leva pour exhiber son bandeau de pirate. Il était encore debout quand la duchesse laissa enfin tomber le mouchoir en soie rouge du pont. Les spectateurs, qu'ils soient adultes ou enfants, commençaient à perdre patience ; une clameur encore plus retentissante que d'habitude s'éleva quand, au soulagement général, la compétition débuta.

Les derniers esquifs disparurent de la vue d'Antonia après être passés sous le pont, encouragés par ceux qui se trouvaient dessus. Le duc et ses jumeaux menaient la course, suivis de près par Dair Fitzstuart. Jonathon était troisième, avec Frederick installé à la proue, et Charles Fitzstuart rattrapait rapidement les trois premiers. Antonia savait qu'elle ne reverrait les bateaux que quand ils reviendraient de la chaussée et auraient passé Swan Island. Elle quitta la jetée pour rejoindre sa belle-fille et un groupe de femmes qui portaient des rubans de couleurs différentes dans leurs cheveux, indiquant leur allégeance à l'un des rameurs qui se disputaient la victoire sur le lac. Le pont offrait la meilleure vue, et c'est de là qu'ils pourraient assister au sprint final. Le gagnant serait celui qui passerait en premier sous l'arche centrale du pont en pierre.

Une nouvelle clameur s'éleva quand trois bateaux apparurent dans un virage et s'élancèrent dans la dernière ligne droite, tellement proches qu'il était impossible de déterminer qui avait pris la tête.

Coup de rame après coup de rame, ils descendirent le détroit vers le pont.

Les applaudissements des spectateurs s'intensifièrent quand, sachant qu'ils approchaient de la ligne d'arrivée, les rameurs accélérèrent. Quelques enfants et adolescents qui trempaient leurs pieds dans l'eau glacée se mirent à courir sur la berge envahie par les roseaux en agitant les bras et en bondissant, comme si leurs efforts pouvaient aider les rameurs fatigués à trouver la force nécessaire pour accélérer. Les familles qui s'étaient installées sur la pelouse pour profiter de la vue splendide sur le parc et sur le lac descendaient vers le bord de l'eau pour assister à la fin de la course. Une foule commençait à se former sur la berge, près du ponton décoré qui avait été installé côté sud du pont, là où les bateaux seraient amarrés à la fin de la course.

Quand on put enfin distinguer les rameurs et leurs cornettes en soie, Antonia fut surprise de découvrir que Dair Fitzstuart était en tête, ce qui déclencha les cris perçants des jumelles Aubrey, ravies. L'esquif espagnol avait un tout petit peu d'avance sur le florentin ; ils se disputaient la seconde place, mais les rameurs espagnol et italien étaient à l'évidence épuisés. Ils ralentirent seulement quand ils furent à quelques coups de rame du pont, et le bateau des Stuart glissa sous l'arche à toute vitesse, franchissant la ligne d'arrivée en premier. Dair Fitzstuart lâcha les rames et se laissa retomber en arrière dans son embarcation où il s'étira, bras et jambes écartés, ses poumons se remplissant d'air, son corps à bout de forces. Sa chevelure noire retombait sur son grand front et sa chemise était trempée de sueur. Il était complètement exténué.

Elles étaient plus d'une à défaillir devant ce corps au repos, viril, ténébreux et puissant. Les jumelles entraînèrent Sarah-Jane avec elles jusqu'au ponton en faisant bruisser leurs jupons, affichant leurs plus beaux sourires pour féliciter Dair. Il avait gagné pour les Stuart et la petite Lady Juliana ; c'était Charles Fitzstuart qui représentait Sarah-Jane, en plus des colonies américaines. Quelques invités à cheval sur les conventions considérèrent que ce manque de loyauté jetait une ombre sur la personnalité autrement irréprochable de la jeune femme. Sarah-Jane, tout comme les autres spectateurs, se demanda où étaient passés son champion et son père.

Elle ne s'inquiétait pas outre mesure pour son père. Elle savait très bien qu'il pouvait prendre soin de lui-même. Après tout, pendant une grande partie de sa vie, il avait survécu à la jungle sauvage, aux moussons, aux inondations et à la chaleur torride du sous-continent. Une petite course autour d'un lac anglais ne faisait pas peur à Sarah-Jane et ne représentait rien pour lui, surtout après avoir vécu à Hyderabad et traversé des océans pour rejoindre cette île humide. Dair Fitzstuart saurait sûrement leur dire où il était passé quand l'air serait revenu dans ses poumons, et la force dans ses magnifiques muscles.

Antonia et Deborah s'interrogeaient aussi sur les trois embarcations manquantes. Beaucoup de spectateurs étaient absorbés par la victoire de Dair et faisaient la fête sur le ponton où l'Espagnol et l'Italien attachèrent leurs bateaux près de celui des Stuart. Lorsqu'elles comprirent que le duc n'avait pas remporté la course pour la deuxième année d'affilée, l'air ahuri qu'arboraient la duchesse douairière et la duchesse se transforma en un froncement de sourcils inquiet. Son esquif et les deux autres n'étaient pas encore arrivés.

La duchesse venait d'attraper ses jupons à pleines mains pour quitter le pont et aller interroger Dair Fitzstuart quand Tommy Cavendish lui agrippa le coude et désigna le lac du doigt. Deux bateaux sortaient du dernier virage et s'avançaient vers le pont, à une allure plus modérée que les trois premiers qui s'étaient précipités pour atteindre la ligne d'arrivée. Ils étaient au coude à coude, comme si les rameurs accordaient délibérément leur vitesse.

L'embarcation de Charles Fitzstuart avait maintenant des passagers. Frederick n'était plus avec Jonathon Strang, mais assis à la proue du bateau de Charles, son frère Louis blotti contre lui. Ils étaient tous les trois débraillés. Frederick n'avait plus de chapeau, Louis avait perdu sa cocarde en ruban rouge, et Charles ne portait plus son gilet sans manches et sa chemise en lin était froissée comme s'il s'était battu. Comme si cela ne suffisait pas à affoler Antonia et Deborah, elles comprirent pourquoi le sixième et dernier bateau manquait à l'appel quand les deux esquifs passèrent enfin sous le pont.

Un Jonathon Strang torse nu avait pris la place du rameur sur le bateau du duc. Le benjamin du couple ducal, Lord Augustus – Gus le Pirate – était enveloppé dans le gilet vert de Jonathon et blotti dans les bras de son père. Le visage pâle du petit était entouré d'une tignasse de boucles rousses trempées et ses pieds nus dépassaient de la couverture de fortune.

La duchesse souleva ses jupons et courut aussi vite que ses jambes le lui permettaient. Elle se débarrassa de ses mules dans l'herbe pour parcourir la distance qui la séparait du ponton en moitié moins de temps.

Sur la berge, Dair Fitzstuart était entouré par la foule et recevait les félicitations des rameurs florentin et espagnol. Il était vivement applaudi par plusieurs de ses joyeux compères qui avaient misé beaucoup d'argent sur lui et par quelques femmes, dont Sarah-Jane, ainsi que les jumelles Aubrey et Kitty Cavendish, qui voulaient entendre son récit de la course dans les moindres détails. Cette scène contrastait beaucoup avec la frénésie sur le ponton, où l'on aidait les passagers des deux bateaux qui avaient fini la course côte à côte à rejoindre la terre ferme le plus rapidement possible.

La duchesse dépassa précipitamment le groupe en pleine célébration pour rejoindre le ponton. On aboya des ordres à la poignée de domestiques qui couraient dans tous les sens pour donner l'alerte. Il fallait préparer des bains chauds dans la nursery de la grande maison, et prévoir de l'eau chaude pour les rameurs. Prévenir Frew, le valet de Sa Grâce, et le valet de pied qui s'occupait de Mr. Strang. Préparer quelque chose de chaud à boire et à manger pour les petits lords. Où était passée la nourrice de Lady Juliana ? Quelqu'un devait aller chercher Troppe, le médecin de famille, qui avait été vu pour la dernière fois dans le troisième chapiteau sur la colline. Non ! Pas besoin de brancard ni de porteurs. Le duc porterait son jeune fils jusqu'à la maison en coupant par la pelouse. Qu'on avance le carrosse des petits pour transporter la duchesse et les enfants.

— Il est tombé dans le lac. Il a avalé de l'eau. Mais il va s'en remettre, expliqua rapidement le duc en tenant Gus contre son torse quand la duchesse se précipita vers lui. On lui a enlevé ses vêtements mouillés et maintenant on doit le garder au chaud. On va lui donner un bain bien chaud, le mettre au lit avec une bouillotte et il se remettra en un rien de temps. N'est-ce pas, Gus ?

— Tombé ? *Tombé ? Dans le lac ?* Julian ? Il a *avalé de l'eau* ? Est-ce qu'il va vraiment bien ? Est-ce qu'il respire ? demanda Deborah avec agitation, la main posée sur le front de son fils immobile.

Elle dégagea délicatement les cheveux mouillés de son visage et observa ses yeux s'agiter et s'ouvrir. Il était tellement pâle. Il était tellement froid. Ses lèvres avaient pris une teinte bleutée. Gus était toujours espiègle et plein de vie – son petit fripon. Elle était aussi choquée de le voir si immobile que de savoir qu'il s'était presque noyé. Elle se mit à frémir puis à trembler et regarda autour d'elle comme si elle avait perdu quelque chose, avant de lever les yeux vers le duc.

— Où sont passés Frederick et Louis ? Est-ce qu'ils vont bien ? Où sont-ils ? Où sont mes *fils*, Julian ?

— Deborah…

— Roxton, passez-moi le garçon et emmenez votre femme, chuchota Jonathon à l'oreille du duc. Elle est en état de choc, ajouta-t-il quand le duc hésita à quitter son fils.

— Il doit rester au chaud, répéta inutilement le duc à Jonathon en déposant son fils, emmailloté comme dans un cocon, dans ses bras. Marchez tout droit jusqu'à la maison en traversant la pelouse, vers l'est. C'est le chemin le plus court. Je vous rattraperai.

Il attira ensuite Deborah dans son étreinte. Elle éclata en sanglots, mais s'essuya rapidement les yeux du revers de la main.

— Deborah ! Chérie ! la consola-t-il. Gus ira mieux après un bain chaud et une bonne nuit de sommeil. *Vraiment.* Vos fils arrivent, sains et saufs après leur aventure.

Frederick remonta le ponton en courant. Derrière, Louis était sur les épaules de son cousin Charles. Ils leur faisaient tous les trois des signes de la main. De sa main libre, Charles tenait la chemise en lin trempée de Jonathon.

Deborah laissa échapper un rire larmoyant, soulagée de voir que ses fils allaient bien et étaient heureux.

— Demain matin, je me trouverai ridicule d'avoir pleuré comme une madeleine quand je verrai Gus et Louis courir sous ma fenêtre à la recherche d'un insecte ou d'un scarabée, sans se soucier de rien. C'est votre faute, dit-elle au duc en levant les yeux vers lui. La grossesse me rend sentimentale.

— Vous êtes toujours sentimentale, murmura le duc à son oreille, ce qui lui valut un petit coup taquin dans les côtes.

— Frederick ! Tu es trempé ! s'exclama-t-elle quand son fils se jeta dans ses bras.

Elle leva les yeux vers Charles et s'aperçut qu'il ne portait ni ses chaussures ni ses bas, tout comme Louis.

— Vous êtes tous trempés !

— Raison de plus pour les emmener rapidement à la maison, déclara le duc en adressant un hochement de tête à Charles pour qu'il les suive. Le carrosse va vous y emmener. Il arrive, indiqua-t-il, un bras autour de la duchesse qui tenait la main de Frederick.

— Gus a coulé comme un gros caillou ! annonça fièrement Louis en agitant ses orteils devant le visage de Charles.

— Il a disparu sous l'eau, mère ! ajouta Frederick en sautillant, pas plus inquiet que son frère pour la santé de Gus. Mr. Strang a plongé et l'a ramené à la surface. Si vous l'aviez vu, mère ! Il nage comme un poisson ! Et on gagnait, en plus ! Gus a tout recraché dans le bateau. Y'en avait *partout* !

— Partout ! approuva fièrement Louis.

— Pauvre Gus ! s'exclama la duchesse.

Elle lança un regard furtif au duc qui leva les yeux au ciel avant de se tourner vers Charles qui gardait une expression calme et impassible, les lèvres pincées.

— C'est Mr. Strang qui a sauvé la vie de Gus ? demanda-t-elle à son mari.

— Strang ! Attendez ! s'écria le duc en voyant Jonathon s'engager sur la pelouse. Oui, il l'a sauvé, ajouta-t-il pour la duchesse en déposant un baiser sur son front. Il a plongé, l'a remonté, l'a hissé sur le bateau et l'a roulé sur le côté pour faire sortir l'eau de ses poumons. Il a fait tousser, cracher et respirer le pauvre Gus avant même que je n'aie eu le temps de cligner des yeux ! Stupéfiant.

La duchesse voyait le marchand d'un nouvel œil.

— Nous avons une grande dette envers lui, Julian.

— Oui, une immense dette, soupira-t-il. Et je ne sais pas du tout comment la payer. Voilà le carrosse. Partez avec les enfants. Ce sera plus rapide si je passe par le parc avec Gus.

— Je veux venir avec vous.

Le duc reprit Gus des bras de Jonathon.

— Ne dites pas de bêtises. Le bébé…

— Je suis revenue de la jetée en courant et je vais très bien ! lui assura la duchesse.

Mais elle n'avait pas la force de se battre et elle se pencha en avant pour regarder Gus une dernière fois. Malgré ses lèvres bleues et la pâleur de son visage, il ouvrit les yeux vers elle, entre les plis du gilet en soie verte, et lui adressa un petit sourire espiègle qui la rassura ; la vie de son fils n'était pas menacée.

— Mon pauvre petit pirate, lui dit-elle avec un sourire plein d'amour. Père va t'emmener à la maison et je te rejoindrai très rapidement.

— Embrassez votre pirate, la prochaine fois que vous le verrez, il prendra un bain chaud dans la nursery.

La duchesse regardait le duc traverser la pelouse à grandes enjambées quand le carrosse vide apparut sur le chemin de gravier, conduit à une vitesse que les jeunes participants à la régate réclamaient sans arrêt au cocher éprouvé.

— Louis ! Sois gentil, arrête de te tortiller pour que Charles puisse te reposer. Merci, Charles.

— Je vous en prie, Votre Grâce, vous devriez plutôt remercier Mr. Strang. Un nageur incroyable. S'il n'avait pas réagi aussi rapidement…

Charles Fitzstuart s'interrompit, se tourna vers le sujet de leur conversation et lui tendit sa chemise humide au moment où le carrosse s'arrêtait devant eux.

— Je l'ai bien essorée, monsieur, elle est humide mais pas trempée.

Jonathon accepta sa chemise en hochant la tête pour le remercier. Après s'être assuré que les enfants Roxton étaient en sécurité et qu'on s'occupait d'eux, Charles s'excusa et, suivant l'exemple du duc, se dirigea vers la maison à vive allure, impatient de se débarrasser de ses vêtements mouillés et de plonger dans un bain chaud et savonneux. Il voulait aussi s'éloigner de la vue déprimante qu'offrait son grand frère vantard à la beauté espiègle. Toutes les femmes à marier se jetaient à ses pieds, et notamment Sarah-Jane Strang, dont il était, contre toute logique, tombé amoureux de façon irrémédiable. Il espérait que son frère volage ne faisait que jouer avec les sentiments de la jeune femme. Il priait de tout cœur pour qu'elle ne soit pas amoureuse de Dair. Il doutait pouvoir s'en remettre si elle épousait son frère et devenait sa belle-sœur.

— Mema ! Mema ! On est tous mouillés ! annonça Louis à Antonia quand elle les rejoignit à la jonction entre la pelouse et le ponton, les joues empourprées, une de ses épaisses boucles s'étant échappée de ses épingles et retombant sur son épaule dénudée.

— Gus a vomi *partout*, Mema ! lui confia Frederick, ajoutant rapidement quand elle fronça les sourcils : Il n'est pas mort.

— Gus n'a plus de tripes ! confirma Louis avec un grand sourire. Il les a laissées dans le bateau !

— Deborah ? Est-ce qu'il va bien ? Deborah ? Augustus va bien ? Hein ?

— Oui. Oui. Julian dit qu'il va s'en remettre, répondit la duchesse, distraite.

Maintenant que le carrosse était arrivé, elle voulait seulement y monter le plus rapidement possible avec ses fils pour retourner à la maison avant qu'ils n'attrapent froid.

— Où est Juliana ? s'enquit-elle en regardant autour d'elle comme si elle avait totalement oublié l'existence de sa fille tant elle s'était inquiétée pour ses fils. Oh ! Merci mon Dieu ! soupira-t-elle en apercevant sa dame d'honneur stoïque à moins d'un mètre d'elle, attendant patiemment avec la petite fille endormie dans les bras. Montez dans le carrosse, Meg. On se presse ! Les garçons sont trempés. Frederick ! Louis ! Tout de suite, s'il vous plaît.

Louis grimpa sur les coussins en velours près de sa mère. Frederick hésita. Il tenait la main d'Antonia et se tenait devant elle, le dos tourné au carrosse.

— Je suis désolé de ne pas vous avoir offert la victoire, Mema.

— Oh ! N'y pense plus, mon chou. La course n'a aucune importance. Ce qui importe, c'est ton frère. Gus va bien, c'est le principal, non ?

Frederick acquiesça et lui sourit à son tour, mais il avait toujours l'air inquiet.

— Mais vous avez porté du vert pour rien.

Antonia lui caressa la joue.

— Pour rien ? Pas du tout ! J'ai porté du vert pour *toi*, Frederick. Ne l'oublie pas. Pas pour la course. Pour *toi*. Vas-y maintenant, ta maman t'a déjà appelé deux fois.

Frederick tira sur sa main.

— Venez avec nous !

Avant qu'elle ne puisse répondre, il se tourna et s'écria pour sa mère :

— Mema peut venir avec nous, hein, mère ?

— Il n'y a pas de place, Frederick ! répliqua impatiemment la duchesse de l'intérieur du carrosse.

Juliana s'était réveillée et se hissa à la fenêtre pour voir sa « Mema ». Louis tira sur les cheveux de sa sœur, faisant goutter de l'eau partout sur le sol du carrosse. Deborah apparut à la fenêtre.

— Frederick, monte ! Louis commence à trembler de froid maintenant qu'il n'est plus au soleil. Oh ! ajouta-t-elle en remarquant soudain que sa belle-mère était devant les marches du carrosse. Je ne voulais pas... (Elle afficha un sourire maladroit en se mordillant la lèvre.) Il n'y a vraiment pas de place et vos jupons seraient ruinés. Louis met de l'eau partout et...

— Deborah, vous n'avez pas besoin de vous justifier auprès de moi, lui assura gentiment Antonia.

Elle répondit au sourire timide de sa belle-fille et se recula pour que les valets de pied puissent retirer les marches et fermer la porte.

Elle fit un signe de la main à Frederick, Louis et Juliana, qui s'était glissée entre ses frères à la fenêtre, et attendit que le carrosse disparaisse dans le virage avant de se retourner. Elle se retrouva face à une vision saisissante : Jonathon Strang, mouillé et torse nu, se séchait les cheveux à l'aide d'une serviette.

La petite fête qui entourait Dair Fitzstuart s'était interrompue dès que Jonathon Strang s'était approché pour leur signaler que leur comportement excessif était totalement déplacé, étant donné que le fils du duc avait failli se noyer, et que c'était la raison pour laquelle les autres bateaux avaient franchi la ligne d'arrivée en retard.

Après avoir murmuré ses excuses, le groupe prit la direction des chapiteaux alignés derrière la foule de spectateurs qui avaient observé la course du pont ou des berges et se dispersaient maintenant sur l'étendue d'herbe, vers les stands et les activités proposées plus haut sur la colline. Les jumelles Aubrey partirent bras dessus bras dessous avec le représentant de l'ambassade florentine et Dair Fitzstuart, laissant Jonathon Strang s'adresser presque exclusivement à sa fille. Les Cavendish n'étaient pas loin ; Kitty feignait de s'intéresser aux entrées dans le registre de la régate que son mari parcourait attentivement. Si l'on se fiait à ses sourcils froncés, il était sûrement en train d'effectuer des calculs mentaux.

Antonia fut surprise de se trouver aussi près de ce petit groupe. Après le départ du carrosse et de la foule, le silence était revenu et on pouvait tout à fait distinguer la conversation entre le père et sa fille. Ils ne discutaient ni en anglais ni en français, mais dans une langue tellement étrangère à l'oreille d'Antonia, pourtant très douée pour les langues, qu'elle n'en comprit pas un seul mot. Elle avait beau lire et parler trois langues couramment, et en comprendre deux autres aisément, celle-ci ne ressemblait en rien à ce qu'elle avait déjà entendu. Elle n'était pas du genre à écouter aux portes, mais elle ne put s'en empêcher tant elle voulait déchiffrer les syllabes, le rythme et les sonorités de cette langue exotique et incompréhensible.

Elle se rendit alors compte que ses dames d'honneur avaient elles aussi les yeux rivés sur le petit groupe dont Jonathon Strang faisait partie, mais ce n'était pas pour essayer de déchiffrer son langage incompréhensible. Comme pour souligner leur inattention, elle se surprit elle aussi à contempler le marchand sans retenue.

La langue qu'il parlait devint secondaire quand elle prit toute la mesure de cet homme, de ses grands pieds nus à ses cheveux humides qui retombaient sur ses épaules. Son apparence resterait gravée dans son esprit. Elle détacha enfin son regard de lui, fit demi-tour et s'élança sur la pelouse d'un pas lourd en se murmurant que le soleil avait dû abîmer son cerveau ; pour quelle autre raison serait-elle déstabilisée à la vue d'un homme à moitié nu ?

Aucun homme sain d'esprit ne se sècherait les cheveux en public, trempé et torse nu. Il aurait dû se couvrir dès que Charles lui avait tendu sa chemise, même si elle était humide, ce qui aurait été plus convenable, surtout en présence de dames, l'une d'elles étant sa fille !

Cela dit, Sarah-Jane ne semblait pas du tout décontenancée par son apparence et discutait avec lui comme si elle avait l'habitude que son père se pavane simplement vêtu de son haut-de-chausses. Il ne portait même pas de chaussures ! C'était peut-être ainsi que les hommes s'habillaient – ou plutôt évitaient de s'habiller – sur le sous-continent, à cause de la chaleur. Qu'il ait l'habitude de se promener torse nu expliquerait que son torse et son large dos soient aussi bronzés que son visage et ses bras. Elle avait admiré de magnifiques peintures qui représentaient des hommes et des femmes d'origine indienne à la peau couleur caramel, plus ou moins dévêtus, souvent entièrement nus, certes, et dans plusieurs positions sexuelles différentes, dans un grand ouvrage à la couverture en cuir rouge appartenant à monseigneur. Ce livre faisait partie de leur bibliothèque privée à l'hôtel de Paris, et elle n'avait même pas rougi quand elle était tombée dessus ; elle avait trouvé son contenu très intéressant et instructif.

Mais la situation était différente. Jonathon Strang n'était pas une image statique dans un texte ancien. Il était fait de chair et de sang, il bougeait. Il était tout en tendons et en muscles. Elle n'avait jamais remarqué que ses épaules étaient aussi larges, tout comme son dos, qui devenait plus étroit au niveau de ses hanches... Était-ce un-un *tatouage* ? Impossible. Seuls les pirates et les sauvages se tatouaient le corps. Elle se souvenait d'une estampe très intéressante qui représentait un Maori – ou bien ce guerrier était-il tahitien ? – recouvert de dessins complexes réalisés à l'encre, qui recouvraient son visage et descendaient sur ses bras. Cette gravure se trouvait dans un livre – le journal d'un certain capitaine James Cook – qui faisait aussi partie de leur bibliothèque parisienne. Le symbole réalisé à l'encre indélébile sur le bassin de Jonathon Strang présentait la même complexité. Antonia se dit que son tatouage ne devait pas être visible en temps normal, même sans sa chemise, mais l'élastique de son haut-de-chausses avait glissé. Alourdi par l'eau, le tissu trempé moulait ses fesses et ses cuisses, et son haut-de-chausses ainsi que le caleçon qu'il portait en dessous étaient descendus tellement bas qu'on distinguait très bien la nette démarcation entre la peau bronzée par le soleil brûlant et la chair pâle et lisse qui ne voyait pas la lumière du jour. Ainsi, tout son corps n'avait pas la couleur du caramel. En tout cas, pas sous son caleçon, pas-pas... *là*.

Cette démarcation dégageait quelque chose d'étonnamment tentant et érotique, et elle s'invita sans prévenir dans l'esprit d'Antonia après le dîner, alors qu'elle était assise dans son fauteuil bergère préféré de la galerie, en train de siroter son café. La conversation s'était abaissée à des commérages ineptes et malveillants auxquels elle ne voulait pas prendre part. Puis la comtesse de Strathsay chanta les louanges de son fils aîné pour la troisième fois, se délectant de sa victoire insignifiante lors de la régate. Cette partie de la conversation s'immisça dans le subconscient d'Antonia, et elle put à peine s'empêcher de se couper volontairement sur les branches en ivoire recouvertes de feuilles d'or de son éventail, ne serait-ce que pour avoir une excuse légitime pour sortir de l'orbite venimeuse de sa tante.

— J'étais assise sur la colline, j'avais donc une vue imprenable sur le lac entier, et il était évident que Dair avait tellement d'avance que, même si Lord Augustus n'était pas tombé dans l'eau, Roxton ne l'aurait jamais rattrapé, déclara Lady Strathsay avec un sourire satisfait. D'ailleurs, ma chère Lady Cavendish, j'aimerais souligner que c'était Charles qui, à cette étape de la course, était deuxième après Dair. Il aurait pu rester à cette place jusqu'à la fin si l'accident ne s'était pas produit. Ainsi, *mes* fils seraient arrivés premier *et* deuxième.

— Mais, ma chère… commença Kitty Cavendish avant d'être interrompue.

— Ce sont des balivernes, Charlotte, déclara Antonia en tendant sa tasse et sa soucoupe en porcelaine de Sèvres à sa dame d'honneur. Vous ne pouvez pas être certaine du résultat, puisque la course aurait dû être abandonnée dès l'instant où Augustus est tombé dans l'eau.

Toutes les têtes apprêtées se tournèrent vers la duchesse douairière, surprises qu'elle ait décidé d'interrompre la conversation, avant de se retourner vers la comtesse pour entendre sa réponse.

— Je ne suis pas de cet avis, madame la duchesse, répondit Lady Strathsay avec une extrême politesse. Si vous aviez été assise à ma place, vous auriez forcément tiré la même conclusion. Je suis seulement déçue que Charles ait laissé tomber sa chance de finir deuxième derrière son frère.

Les yeux verts d'Antonia s'écarquillèrent ; elle put à peine cacher sa stupéfaction.

— Vous auriez préféré que Charles continue à ramer et n'aille pas aider monsieur le duc à secourir son fils qui se noyait ? Incroyable.

La comtesse haussa les épaules. Les quelques dames qui comprenaient le français même quand il était parlé à vive allure étaient tenues en haleine. Elles finirent bouche bée en entendant la réponse de la comtesse :

— Quel intérêt y a-t-il à spéculer, madame la duchesse, alors que le héros du jour s'est avéré être ce marchand grossier, et non Charles. C'est très décevant pour une mère de voir son fils voler à la rescousse de quelqu'un mais arriver trop tard, quand un *valet* s'en est déjà occupé. Il a même gardé la chemise de cet homme comme si c'était lui le roturier, alors qu'il est l'arrière-petit-fils de Charles II ! Et ensuite cet effronté a eu l'insolence de ne pas se couvrir et a exposé sa nudité aux yeux du monde tel un étalon de premier choix qui, après une course, a besoin d'un bon pansage ! Un comportement scandaleux et-et... *vulgaire* !

— Ma chère Lady Strathsay, je ne savais pas que vous étiez une connaisseuse en matière d'étalons, intervint Henrietta Hibbert-Baker en anglais avant qu'Antonia ne puisse répondre.

Elle répéta quelques commentaires de la comtesse sur Jonathon Strang en anglais pour le public féminin et ajouta en agitant son éventail de couleur pâle :

— Je tiens à préciser qu'il n'y a rien de vulgaire chez un étalon de premier choix, en particulier Strang, qui ne fait pas étalage de ses atouts tel un crieur public. Même vous, madame, devez bien reconnaître qu'il était à son avantage dans son haut-de-chausses humide et sans chemise.

Quelques murmures d'assentiment s'élevèrent, mais la comtesse resta plutôt impassible. Elle ne savait pas de quoi parlait cette cruche, ce qu'elle fit savoir. Mais, à l'évidence, toutes les autres avaient compris : elles adoptèrent une attitude enfantine et se mirent à glousser derrière leurs éventails qui battaient l'air. Elle préféra ne pas faire attention à elles. Par ailleurs, cette créature avait eu l'audace d'intervenir en anglais, excluant ainsi la duchesse douairière, ce qui était d'une impolitesse impardonnable. Elle ne manqua pas d'expliquer son faux pas social à Henrietta Hibbert-Baker de manière affreusement détaillée et avec une immense condescendance, avant de se tourner vers Antonia comme si leur conversation n'avait jamais été interrompue :

— J'ai peur que Charles ne séduise jamais une femme digne de sa lignée à force de se plier à la volonté d'autrui, soupira-t-elle, agacée. Parfois je me demande même s'il est intéressé par les femmes *de cette façon*. En tout cas, il ne le montre jamais. Dair, au contraire, a toujours au moins trois femmes dans son sillage, *et* une maîtresse à Chelsea, qui a déjà donné naissance à un bâtard, si l'on en croit les rumeurs. Je ne suis pas vraiment satisfaite que tout le monde soit au courant, mais je suis soulagée qu'il puisse enfanter. Si seulement il pouvait maintenant se ranger avec une héritière digne de son nom et me donner un petit-enfant correct.

— Vous êtes très injuste envers Charles, Charlotte, et vous le savez, répliqua Antonia à voix basse. Il n'y a aucune honte à posséder un tempérament attentionné. Comment savez-vous qu'il n'a pas d'admiratrices ? Je suis persuadée qu'il s'intéresse aux femmes, il entretient une correspondance régulière avec l'une d'elles à Paris. C'est peut-être la bonne. Charles me donne des lettres que j'envoie à notre hôtel, où la bonne de cette femme les récupère. Elle envoie ses réponses chez moi, et je les transmets à Charles.

— *Charles ?* Mon fils Charles correspond avec une femme à *Paris ?* demanda la comtesse, incrédule, avec une grimace de dégoût. Si c'est le cas, alors il ne s'agit pas d'une femme que vous ou moi aimerions connaître. J'espère au moins que ce n'est pas quelqu'un qui fréquente l'hôtel, ce serait alors une personne tout à fait inappropriée. On y trouve, au mieux, de misérables petits princes du commerce qui cherchent à grimper l'échelle sociale. Si l'on en croit Dair, c'est encore pire que cela. L'hôtel est maintenant habité par des *locataires*. Un fermier général l'a transformé en appartements *de location*, et il a eu le culot d'en louer un à des représentants des rebelles qui nous affrontent dans les colonies américaines. C'est insupportable. Enfin, cela ne me surprend pas de la part d'un Français. Le duc et sa sœur doivent se retourner dans leur tombe.

Antonia cligna des yeux et se redressa. Elle ne comprenait rien à ce que Charlotte racontait et se demanda si son thé avait été arrosé d'alcool dans une tentative délibérée de l'enivrer pour qu'elle se conduise maladroitement en public. Non pas que Charlotte ait besoin d'alcool pour se tourner en ridicule. Elle venait de calomnier les Français devant une aristocrate française et n'avait même pas conscience de son impolitesse.

— Je vous demande pardon, Charlotte, mais je ne comprends pas ce que vous racontez. Quels appartements ? Quel fermier général ? Qui sont ces rebelles ? Quel rapport y a-t-il entre les colonies américaines, l'hôtel et Charles ? Qu'entendez-vous par « l'hôtel est habité par des locataires » ?

La comtesse se redressa à son tour. Elle dévisageait Antonia avec une expression à la fois incrédule et pleine d'une pitié abjecte. Elle savourait également son délicieux triomphe ; il était temps de débarrasser la duchesse douairière de Roxton du délicat bandeau qui recouvrait ses yeux, afin qu'elle voie le monde tel qu'il était — décevant et cruel. Antonia avait mené une existence enchantée, protégée des désagréments de la vie par un mari dévoué, un vieux roué sinistre qui avait dorloté sa duchesse comme s'il s'agissait d'un magnifique papillon d'une grande fragilité. Son fils, le duc actuel, avait pris le relais et continuait à la couver de façon grotesque comme l'avait fait son père. C'était justement parce qu'elle avait été trop couvée qu'Antonia restait insouciante face au caractère prééminent de son titre. Il aurait au moins fallu qu'elle se montre hautaine et dédaigneuse envers ceux qui avaient un rang inférieur au sien, plutôt que de faire la révérence à un vieux fermier crasseux pour le remercier de lui avoir offert une poignée de marguerites, avant d'autoriser ce marchand au teint olivâtre à embrasser sa main au vu et au su de tous. Ce genre de comportement ne convenait pas à la vision très ordonnée que Charlotte avait du monde ; sans ordre, sans hiérarchie, quelle était sa place, en tant que comtesse ? Si la noblesse ne recevait pas le respect qui lui était dû, Charlotte Strathsay n'était plus qu'une femme vieillissante, abandonnée par son mari, de peu de beauté, de peu de charme, et sans talent particulier pour les discussions spirituelles.

— Oh, allons, madame la duchesse ! se moqua Charlotte. Ne prétendez pas ne pas savoir !

— Je ne suis au courant de rien. Sinon pourquoi poserais-je la question, Charlotte ? Ne faites pas semblant d'être sotte.

La comtesse donna une petite tape sans conviction sur la main d'Antonia.

— J'ai toujours dit que l'ancien duc vous avait trop surprotégée pour votre propre bien, soupira-t-elle en regardant autour d'elle pour récolter l'assentiment des occupantes des autres bergères et méridiennes ; elle ne tomba que sur des expressions figées, mais fut tout de même satisfaite de constater qu'elle était au centre de l'attention. À présent, ce pauvre Roxton doit se charger de perpétuer l'héritage peu judicieux de son père. Votre fils...

— Je me fiche de savoir ce que vous pensez de moi, l'interrompit Antonia à voix basse. Votre opinion n'a aucune importance, et je vous interdis d'évoquer encore monseigneur ou mon fils. Je vous ai demandé de me parler de l'hôtel. C'est tout ce que je veux savoir.

— Savoir ? Je ne sais que ce que tout le monde sait, madame la duchesse.

Antonia balaya le groupe du regard et remarqua que les autres femmes détournaient la tête ou baissaient les yeux vers le tapis d'Aubusson. À cet instant, la double porte au bout de la galerie s'ouvrit pour laisser entrer quelques gentlemen qui revenaient de la salle à manger où ils avaient bu leur porto. Leur arrivée soulagea les autres femmes, gênées par le tourment que la comtesse infligeait délibérément à la duchesse douairière de Roxton. Antonia aperçut Charles Fitzstuart et Tommy Cavendish, mais son fils n'était pas avec eux. Elle repéra cependant sa belle-fille. La duchesse s'était excusée après le dîner et s'était rendue dans la nursery pour prendre des nouvelles de Lord Augustus et souhaiter bonne nuit à ses enfants.

Deborah se tenait maintenant à l'autre bout de la galerie, en pleine conversation avec quelqu'un qui était dans l'antichambre et qu'Antonia ne voyait pas. Elle se demanda s'il s'agissait du médecin de famille et espéra que Gus allait aussi bien que l'avait établi le premier diagnostic. Elle referma son éventail d'un geste rapide, déterminée à prendre congé du chariot à thé et de sa tante venimeuse, mais sa curiosité l'emporta et elle posa sa question :

— Alors, qu'est-ce que vous savez de plus que moi et mourez d'envie de me dire, Charlotte ?

La comtesse osa un sourire triomphant. C'était plus fort qu'elle. Elle était prise de vertige tant elle était impatiente de voir la réaction d'Antonia à son annonce.

— Roxton a vendu votre hôtel parisien il y a neuf mois de cela.

ONZE

CHARLOTTE, QUI S'ATTENDAIT À UNE RÉACTION DRAMATIQUE, FUT amèrement déçue.

Antonia se leva et secoua ses jupons en soie brodés avec une lenteur délibérée. On entendait seulement le tintement de ses bracelets en or et diamants qui s'entrechoquaient autour de ses poignets. Un seul signe trahissait son trouble : elle faillit lâcher son éventail, mais parvint à le rattraper par son cordon doré avant qu'il ne tombe au sol avec fracas.

Quelques femmes qui retenaient leur souffle en observant furtivement la duchesse laissèrent échapper un soupir de soulagement quand les hommes se rapprochèrent du chariot à thé, sans prendre conscience de la tension dans l'air. Ils réclamèrent du thé et des sucreries, et Tommy Cavendish détendit l'atmosphère en annonçant :

— Alors, mes succulents petits fours, j'imagine que vous discutiez de cette belle entrecôte qu'est Jonathon Strang pendant que vos tranches de lard de maris n'étaient pas à portée de vos voix mielleuses. Je me trompe ? Kitty ?

Mais Kitty, comme les autres femmes, s'était relevée de son fauteuil en même temps que la duchesse douairière de Roxton et attendait de voir ce qu'elle allait faire. Antonia se détourna pour partir et adressa un hochement de tête à ses dames d'honneur pour qu'elles la suivent ; chacune des femmes présentes lui adressa une révérence respectueuse avant de reprendre sa place, et elles l'observèrent quitter la galerie à une allure qu'Antonia espérait décontractée.

Ainsi, tout le monde était au courant, pensa Antonia. Ou pensait être au courant. Elle refusait de croire Charlotte. Elle refusait de croire ce que tout le monde semblait accepter ; que son fils avait vendu l'Hôtel Roxton de la rue Saint-Honoré, qui appartenait à sa famille depuis plus de cent cinquante ans, à un marchand parisien. Elle refusait de croire que son fils ait été capable de vendre cet héritage familial, ce qui revenait à vendre une partie du cœur de ses parents. Pour elle, cet hôtel était fait de chair et d'os. Il faisait partie d'elle-même. Abandonner son foyer parisien lui semblait aussi impensable que d'arrêter de respirer. Monseigneur y était né, tout comme sa sœur Estée, mais aussi le fils d'Estée et Vallentine, Evelyn, et son propre fils, Julian. C'était le premier endroit où elle s'était sentie chez elle, la maison où monseigneur l'avait emmenée quand il l'avait libérée de Versailles. C'était l'endroit où elle et monseigneur avaient fait l'amour pour la première fois. Il devait y avoir une autre explication. Une autre raison pour laquelle Charlotte et les autres pensaient que l'hôtel avait été vendu. Quand elle poserait la question à son fils, il lui répondrait que ce n'était qu'une mauvaise plaisanterie.

Antonia était déterminée à trouver le duc pour qu'il la rassure. Son cœur pourrait ensuite s'apaiser et elle retournerait à Crecy Hall. Deborah saurait où le trouver. Il était peut-être monté voir ses enfants avant de rejoindre ses invités ? Alors qu'Antonia arrivait au milieu de la galerie, Deborah tourna les talons et disparut dans l'antichambre. Un homme corpulent entra dans la galerie ; son gilet à fleurs et son haut-de-chausses en soie clamaient son statut de gentleman, mais ses doigts boudinés et ses bajoues gonflées révélaient son côté glouton.

Il s'agissait de Sir Titus Foley, médecin, guérisseur extraordinaire et confident de la noblesse. La haute société le célébrait et se prosternait devant lui, ses pairs le considéraient comme un faiseur de miracles. Ce médecin prééminent avait un don pour guérir les esprits fragiles, et en particulier ceux des jolies jeunes épouses récalcitrantes des aristocrates.

Antonia l'exécrait. Elle avait aussi très peur de lui.

CE QUE SIR TITUS FOLEY LUI AVAIT INFLIGÉ AU NOM D'UN *traitement scientifique et médical* était digne d'un cauchemar. Antonia n'en avait jamais parlé à âme qui vive. L'humiliation était trop grande. Elle avait toujours du mal à distinguer ce qui lui était vraiment arrivé et ce qu'elle avait imaginé lors des quelques semaines qu'elle avait passées à subir les soins de ce médecin aux airs de dandy. Il lui avait administré du laudanum, parfois en si grande quantité que son esprit s'était retrouvé confus et désorienté, au point de ne pas savoir si quelques minutes ou plusieurs heures s'étaient écoulées. C'était probablement mieux ainsi.

Un an avait passé depuis que Sir Titus l'avait traitée pour sa *mélancolie*, mais elle tremblait encore d'anticipation et d'effroi à la seule vue de cet homme. Elle espérait ne jamais se rappeler en détails les traitements qu'il lui avait infligés pour soi-disant la guérir. Et voilà que ce médecin était de retour avec sa grosse bouche souriante et ses yeux de blaireau brillants, s'inclinant de manière obséquieuse devant elle comme un vieil ami de la famille.

Elle ne savait pas ce qu'il y avait de plus risible et pathétique : que ce bouffon du charlatanisme médical se croie guérisseur malgré ses méthodes perverses, un concentré de tout ce que la médecine avait fait de plus répugnant et vil, ou que son fils ait réussi à se convaincre qu'il agissait de façon légitime en essayant de la guérir de son deuil morbide, comme si le chagrin pouvait être soigné par les soins abracadabrants et aberrants d'un médecin débauché.

Ce face à face avec son bourreau provoqua un électrochoc effrayant en elle. Elle se sentit également attristée de constater que son fils avait tenu sa promesse de convoquer Sir Titus. À présent, elle n'avait plus qu'à espérer que le duc, voyant qu'elle avait quitté sa tenue de deuil, déciderait que la présence du médecin n'était plus nécessaire. Mais, en attendant, il faisait bel et bien des courbettes devant elle. Malgré son envie de ne pas lui prêter attention, ce n'était pas dans sa nature d'être cruelle ou impolie ; son visage resta impassible, elle inclina la tête pour le saluer et reprit son chemin. Elle refusait de lui tendre la main ou d'engager la conversation. Sa proximité la répugnait. L'idée qu'il la touche de ses mains boursouflées, même pendant un très court instant, lui donnait la nausée. Elle le contourna et remonta la galerie à la recherche de sa belle-fille, abandonnant Sir Titus qui avait encore les fesses en l'air et le nez au sol.

Le médecin avait quitté le confort de la salle à manger et son abondance de porto et d'invités agréables pour s'entretenir longuement avec la bonne duchesse. Elle lui avait présenté ses excuses ; son noble mari ne pouvait pas discuter avec lui tant qu'il n'avait pas terminé sa réunion dans la bibliothèque. Convaincu qu'il était à sa place dans ce monde de noblesse et de privilèges, il se retrouva seul dans une longue pièce éclairée par le flamboiement des bougies, où il était tourné en ridicule par les ancêtres hautains affichés aux murs et par les convives nobles et privilégiés qui s'étaient réunis autour du chariot à thé.

Tout cela parce qu'*elle* ne lui témoignait pas le respect qu'il méritait en tant qu'homme de sciences érudit, contrairement aux hommes qui avaient mendié son avis lors de la dégustation de porto. Il venait de conclure un contrat très lucratif avec Lord Barrow, pour apporter son expertise médicale dans le traitement de la mélancolie de sa deuxième femme – qui était bien plus jeune que lui –, une jolie brunette aux yeux bleu clair, qui rejetait les propensions inhabituelles de son mari dans la chambre à coucher et refusait donc de partager le lit conjugal. Lord Barrow était persuadé que sa femme souffrait d'une sorte de maladie nerveuse et, puisqu'il ne rajeunissait pas et avait besoin d'un héritier – il était hors de question que son cousin Henry mette la main sur son rang de baronnet et sur son château –, il avait fait appel aux connaissances pointues de Sir Titus dans ce domaine délicat pour qu'il débarrasse sa femme de sa réticence.

Sir Titus avait assuré d'un ton convaincu à Sa Seigneurie que grâce à ses soins, sa femme serait guérie de sa désobéissance et serait impatiente de recevoir ses égards dans le lit conjugal d'ici la fin du mois. Il ne serait d'ailleurs pas surpris que Sa Seigneurie lui annonce que Lady Barrow était enceinte peu de temps après. Il avait quitté un Lord Barrow rayonnant pour être ignoré et abandonné sous le flamboiement d'un chandelier par la duchesse douairière de Roxton. Il grinça des dents ; il bouillonnait d'avoir été rejeté aussi grossièrement par cette femme illustre, qui était définitivement la créature la plus divine qu'il avait jamais eu la chance de compter parmi ses patientes.

Quand il avait reçu la demande du duc, il avait abandonné son sanatorium privé du Northumberland et avait effectué le laborieux trajet de douze heures dans le seul but d'avoir de nouveau la duchesse sous ses soins.

Sous ses soins… Il mourait d'impatience. L'idée de passer du temps seul avec elle… Il serait aux commandes, et elle devrait suivre ses ordres ou en payer les conséquences… C'était la seule solution… La soumission totale. La méthode avait très bien fonctionné sur de nombreuses patientes de composition délicate qui souffraient de maladies nerveuses. Mais il n'avait pas encore réussi à soumettre la duchesse douairière à sa volonté. Il était déterminé à la faire plier cette fois-ci. Il utiliserait sa chaise de correction brevetée : chevilles et poignets attachés, la patiente n'avait pas d'autre choix que de subir le traitement. Il avait ajouté une nouvelle arme à son armurerie médicale : l'hydrothérapie de Blair. Il la verrait dans sa chemise humide… Il sentit qu'il s'agitait et refoula rapidement son désir pour se précipiter derrière elle.

— Quelle bonne surprise que vous ne portiez plus votre tenue de deuil, Votre Grâce ! Je vous avais à peine reconnue dans ces magnifiques jupons ; cette couleur vous va parfaitement au teint !

Antonia ne fit aucun commentaire. Ses dames d'honneur la suivaient et le médecin, qui se pressait pour les rattraper, dut décrire un large arc de cercle pour les contourner et se retrouver à côté d'Antonia plutôt que derrière elle.

— Ce changement vestimentaire est le bienvenu, Votre Grâce, continua Sir Titus en regardant où il allait d'un œil prudent afin de ne pas entrer en collision avec les chaises Chippendale qui avaient été placées à intervalle régulier contre le mur, entre chaque porte-fenêtre. Je suis étonné que Sa Grâce de Roxton n'ait pas mentionné une nouvelle aussi retentissante dans notre dernier échange de lettres.

— Monsieur le duc a mieux à faire que de rendre compte de la garde-robe de sa mère ! Mais comme vous pouvez le constater, je ne porte plus le deuil. Votre présence ici n'est donc pas nécessaire.

Sir Titus se sentit tout excité en entendant la duchesse parler anglais avec son fort accent. Il prit une profonde inspiration, se racla la gorge pour réprimer un râle lascif et dit avec un petit rire :

— Oh, Votre Grâce, vous êtes tellement amusante que je pourrais presque croire que vous avez complètement recouvré la santé ! Mais je faillirais à mon devoir auprès du duc et, plus important encore, auprès de *vous*, si je ne faisais pas tout ce qui est en mon pouvoir. Je dois examiner minutieusement Votre Grâce avant de présenter mon diagnostic au duc et pouvoir lui assurer, ainsi qu'à moi-même, que vous êtes de nouveau en parfaite santé mentale et physique.

Antonia s'arrêta et se tourna vers le médecin de façon tellement abrupte que Willis et Spencer faillirent la percuter et durent reculer en titubant, se tenant l'une à l'autre pour rester droites. Elle regarda le médecin de haut en bas avant de poser son regard sur son visage bouffi et rougeaud. Ses yeux verts brillaient d'un éclat qui l'excitait autant qu'il l'alarmait.

— Monsieur, si vous osez me toucher de nouveau, je me chargerai de vous priver de vos attributs masculins, le prévint-elle en lui donnant un coup sec dans l'entrejambe avec son éventail fermé. Bon, ajouta-t-elle avec un sourire quand il poussa un glapissement involontaire. Nous nous comprenons.

✦ ✦ ✦

Deux valets de pied en livrée montaient la garde devant la lourde double porte de la bibliothèque.

Antonia attendit qu'on lui ouvre, mais les valets de pied, le regard fixé derrière elle, n'esquissèrent pas un geste. Elle fut tellement interloquée que, l'espace d'un instant, elle resta immobile, sans voix. Que les valets de pied ouvrent les portes pour elle était aussi naturel que de respirer.

Quand elle fit un pas vers l'avant, les deux domestiques se rapprochèrent pour se placer devant les poignées de porte. Elle hésita derechef. Elle avait du mal à croire qu'ils lui refusaient l'accès à sa pièce préférée. Elle avait passé plus d'heures dans la bibliothèque que dans n'importe quelle pièce de cette maison. Même quand monseigneur s'installait à son bureau pour étudier des papiers importants ou assistait à des réunions, elle se pelotonnait sur un fauteuil bergère près de la cheminée, où elle pouvait lire tout en profitant de la vue sur les jardins odorants. Elle ne passait pas souvent par cette grande porte pour entrer dans la pièce. Elle préférait utiliser l'escalier secret entre la bibliothèque et les appartements privés qu'elle avait partagés avec monseigneur à l'étage du dessus. La porte secrète était cachée derrière des étagères près de l'escalier en colimaçon qui menait aux passerelles s'étirant sur trois murs de la pièce et permettant d'accéder à deux étages d'ouvrages qui montaient jusqu'au plafond voûté.

Toutefois, même quand elle passait par la porte principale, elle ne s'attendait jamais à ce qu'on lui interdise d'entrer. Elle examina les visages impassibles des deux domestiques. Aucun d'eux ne baissa les yeux vers elle ; ils regardaient toujours droit devant eux, par-delà sa chevelure blonde et ses deux dames d'honneur. Ils fixaient le mur en face d'eux, où était accroché l'immense et sombre portrait du quatrième duc et de sa duchesse, affichant tous deux une mine sévère, avec leurs couronnes ducales parées de pierres précieuses et leurs robes en hermine.

— Lawrence. Je vous prie de bien vouloir m'ouvrir la porte.

Le valet de pied à la droite d'Antonia lança un regard surpris à son congénère. Il ne comprenait pas le français, mais avait clairement distingué le prénom de son ami. Lawrence chancela, tout aussi stupéfait que la duchesse douairière de Roxton lui adresse la parole. Il répondit sans réfléchir :

— Vous connaissez mon prénom ! Comment ?

Puis il sembla se rappeler à qui il s'adressait, déglutit avec difficulté, baissa la tête et ajouta en français :

— Je suis désolé de m'être emporté, madame la duchesse.

— Oui, je connais votre prénom. Et vous connaissez le mien, répondit Antonia avec un sourire. Je sais aussi que monseigneur appréciait beaucoup votre grand-père, le majordome Duvalier, que votre père est notre chef jardinier et que, jusqu'à ce que vous vous cassiez le bras, vous comptiez devenir premier valet d'écurie. Maintenant, je vous demande de bien vouloir m'ouvrir la porte ou de me laisser le faire afin que je puisse entrer dans la bibliothèque pour parler à monsieur le duc.

Lawrence, le valet de pied, semblait déboussolé.

— Je ne peux pas, répondit-il dans un murmure, réellement confus. Je ne peux pas, madame la duchesse. *J-J'aimerais* pouvoir le faire *pour vous*, mais je-je ne peux pas.

Antonia n'était pas énervée par le refus du domestique, mais elle s'interrogeait sur son désarroi. Elle se retrouvait face à un dilemme : comment entrer dans la bibliothèque sans causer d'ennui à ces deux domestiques ? Il fallait absolument qu'elle parle de l'hôtel à Julian ce soir même, pour sa tranquillité d'esprit.

Willis ne put supporter le refus du valet de pied de se soumettre et de s'incliner face à une personne de rang supérieur.

— Écartez-vous immédiatement ! laissa-t-elle échapper. Il s'agit de Sa Grâce la duchesse de Roxton, espèce de nigauds !

— Willis, ils savent qui je suis, déclara Antonia par-dessus son épaule. C'est justement ce qui semble les mettre face à un dilemme. Oh ! Deborah ! ajouta-t-elle quand elle vit sa belle-fille arriver avec le majordome. Deborah, quand est-ce que Julian compte envoyer le courrier pour Paris ? demanda-t-elle après l'avoir rejointe au milieu de l'antichambre.

— Le courrier pour Paris, duchesse mère ? répéta Deborah.

Le majordome était allé la chercher dès qu'une femme de chambre qui passait par là l'avait prévenu qu'elle avait croisé la duchesse douairière qui se dirigeait vers la bibliothèque. Deborah s'était attendue à recevoir une demande impérieuse, cette question la dérouta donc complètement.

— Je-Je... Où à Paris, duchesse mère ?

— Notre hôtel, répondit Antonia, comme s'il allait de soi qu'elle parlait de leur maison rue Saint-Honoré. J'ai envoyé des lettres à tante Adelaïde hier, mais j'aimerais qu'on me fasse parvenir quelque chose avec le prochain courrier.

— Vous faire parvenir quelque chose, duchesse mère ?

— Oui. Un carnet de voyage qui se trouve dans nos appartements privés. Je pense qu'il plaira beaucoup aux garçons, et surtout à Gus qui veut à tout prix devenir pirate.

— Un-Un carnet de voyage ? Sur-Sur des *pirates* ?

La duchesse se demandait où cette conversation allait les mener. Elle était prête à parler pirates, ou tout autre sujet qui plairait à sa belle-mère, mais le fait qu'elle mentionne l'hôtel comme s'il était resté identique à ce qu'il était quand l'ancien duc était vivant alerta Deb sur le fait que cette conversation avait sûrement un objectif tout autre. Elle avait conseillé à son mari d'évoquer la vente de leur hôtel parisien à sa mère des mois plus tôt, mais il avait refusé de l'écouter, persuadé qu'elle n'était pas assez solide émotionnellement, qu'elle n'était pas prête à entendre une nouvelle pareille. À présent, Deborah se demandait s'il n'avait pas trop attendu. Elle jeta un coup d'œil à la double porte de la bibliothèque et se demanda combien de temps le duc allait encore s'entretenir avec les membres du Comité de la Révolution américaine.

— Oui. Oui, duchesse mère, je suis certaine que Gus apprécierait un livre sur les pirates.

Antonia aperçut le regard anxieux de sa belle-fille en direction des portes et remarqua que ses mains jointes semblaient très serrées. Elle se sentait un peu honteuse de manquer de transparence auprès de Deborah, mais il fallait qu'elle découvre s'il y avait ne serait-ce qu'une once de vérité dans les propos de Charlotte, et le comportement de Deborah le lui révèlerait bien plus efficacement que n'importe quelle déclaration catégorique. Elle ne voulait pas que sa belle-fille se sente coupable de lui avoir annoncé que l'hôtel avait bel et bien été vendu, brisant ainsi le cœur de sa belle-mère – seul son fils devrait porter ce fardeau.

Antonia s'effondrait un peu plus à chaque réponse hésitante de Deborah.

— Oh, ce livre ne parle pas de pirates, mais je suis sûre que Gus voudra en devenir un, ou au moins navigateur, continua Antonia d'un ton léger, son tourment intérieur seulement révélé par sa main gauche, qui agrippait fermement son poignet droit au-dessus de ses bracelets dorés, au point que ses articulations blanchirent. Si mes souvenirs sont bons, il s'agit du carnet d'un certain capitaine James Cook, qui était commandant du HMS *Endeavour*. Monseigneur en avait reçu une copie dédicacée de la part de Mr. Banks, le naturaliste qui a accompagné ce capitaine Cook dans les mers du Pacifique.

— Capitaine Cook et Mr. Banks ? Tout cela semble fascinant.

— En effet. Le carnet contient des gravures d'une délicatesse exceptionnelle, qui représentent la flore inhabituelle de ces îles et leurs indigènes, avec des tatouages et des coiffes à plumes… continua Antonia en répondant au regard inquiet de Deborah avec un sourire attristé. Je me souviens tout particulièrement de cet ouvrage parce qu'il s'agissait de l'un des derniers livres que monseigneur voulait faire envoyer ici, mais malheureusement le temps a manqué…

— Duchesse mère, je…

— Vous comprenez donc pourquoi ce livre est si spécial, pourquoi je tiens à ce qu'il revienne aux garçons… Je serais très attristée d'apprendre qu'il n'est plus posé sur la table au pied du lit de notre chambre, avec les autres ouvrages que monseigneur aimait particulièrement…

Les yeux de Deborah se remplirent de larmes.

— Duchesse mère…

— … car je suis certaine qu'il apprécierait que son fils lise les nombreuses aventures du capitaine Cook à ses petits-fils et qu'il leur montre les gravures.

— Je sais que les garçons seront contents que Julian leur lise ce carnet, et qu'ils le chériront encore plus en sachant qu'il a appartenu à leur grand-père. Je suis certaine que nous pourrons le trouver, duchesse mère, lui assura Deborah en jetant un nouveau coup d'œil aux portes. Il faudra juste patienter un peu…

— Patienter ? Pourquoi donc, puisque je vous ai dit où le trouver ? Oh ! Vous voulez dire qu'il faudra du temps pour qu'il arrive de Paris. Bien sûr ! Que je suis sotte. Mais… cela ne prendra pas plus de temps que quand j'envoie des lettres à l'hôtel, si ?

— Non. Non. Il faudra à peu près autant de temps, mentit Deborah en se mordillant la lèvre.

Les larmes montèrent aux yeux d'Antonia ; elle s'en voulait amèrement d'avoir poussé sa belle-fille à mentir. Mais elle ne s'en souciait presque plus. Les images des pièces intimes qu'elle avait partagées avec monseigneur dans leur hôtel parisien du dix-septième siècle étaient tellement vives dans son esprit, tellement éternelles, qu'elle n'arrivait pas à concevoir qu'il ne s'agisse plus que de cela – des images dans sa tête.

— Mais je me demande… et vous pourrez peut-être me renseigner… combien de temps faudra-t-il pour retrouver le carnet du capitaine Cook s'il a été rangé dans une boîte quelconque, elle-même stockée avec des centaines d'autres boîtes quelconques qui prennent la poussière sous des couvertures dans un entrepôt quelconque de Paris ?

— Duchesse mère ! *Je vous en prie.* Vous devez comprendre… Il a… il a fait ce qu'il pensait… ce qu'il pensait être le…

Antonia tourna le dos à Deborah dès qu'elle commença à justifier les agissements du duc. Dans un bruissement de jupons, elle glissa vers les portes de la bibliothèque, forçant ses dames d'honneur à s'écarter pour la laisser passer. Elle lança un regard noir aux deux valets de pied, la tête haute.

— Écartez-vous ! Immédiatement.

Aucun des domestiques n'hésita. Ils s'éloignèrent instantanément ; Antonia passa entre eux et abaissa les poignées ornées avec une telle force que les portes s'ouvrirent violemment et heurtèrent les étagères en bois. Elle s'avança dans la pièce en regardant droit devant elle, jusqu'à ce qu'elle se retrouve devant l'imposant bureau en acajou du duc.

Elle ne remarqua pas les deux gentilshommes installés confortablement dans les fauteuils bergères capitonnés, ou leur collègue âgé qui levait une lettre à la lumière de la fenêtre afin de mieux voir ce qui était écrit sur le papier grâce à ses verres correcteurs. La table basse était jonchée de papiers et d'un parchemin roulé. Un valet de pied discret se chargeait de ramasser les verres vides et de proposer d'autres rafraîchissements, pendant qu'un deuxième remplissait les tabatières en or émaillé.

Antonia ne voyait que son fils, appuyé contre le rebord arrondi de son bureau, ses longues jambes croisées sur ses chevilles. Son beau visage était de profil, car il s'adressait au gentleman près de la fenêtre.

En entendant le claquement des portes, les gentilshommes avaient rapidement parcouru des yeux la longue pièce tapissée de livres. Quand ils aperçurent la petite silhouette majestueuse qui se dirigeait vers eux, vêtue de jupons à panier en soie verte et dorée, ils se débarrassèrent rapidement de leurs papiers et de leurs verres, se relevèrent précipitamment comme un seul homme et firent la révérence. Ils cachèrent leur stupéfaction face à une intrusion aussi furieuse sous une courtoisie muette et la déférence due à cette personne de haut rang. Deborah, l'air bouleversée, suivait la duchesse douairière. Tous les regards se tournèrent instantanément vers le duc.

— Est-ce vrai ? s'enquit Antonia. Julian ! Avez-vous réellement vendu l'hôtel ?

Environ une heure plus tôt, quand les dames s'étaient retirées dans la galerie et que les gentlemen étaient restés autour de la table du dîner, libres de déboutonner leurs gilets en soie brodés après un long repas et de parler chevaux et politique en buvant du porto, trois d'entre eux avaient pris congé avec leur noble hôte afin de rejoindre la somptueuse bibliothèque du duc, où devait se tenir une réunion du Comité de liaison coloniale. Le seul sujet à l'ordre du jour : savoir quand – car ce n'était plus qu'une question de temps – les Français déclareraient leur position et joindraient leurs forces aux rebelles des colonies américaines dans leur guerre contre Sa Majesté le roi de Grande-Bretagne George III.

— Votre Grâce, nous savons depuis maintenant quelque temps que les Français financent secrètement la cause rebelle des colonies par le biais d'une fausse société portugaise, Roderigue Hortalez et Cie, annonça Sir Kenneth Hibbert-Baker au duc de Roxton en jetant un coup d'œil aux deux autres nobles qui formaient le comité. Selon nos sources, Roderigue Hortalez reçoit le soutien total de Sa Majesté française, et c'est grâce à un agent de Louis XVI, un certain Pierre-Augustin Caron de Beaumarchais, qu'une grande quantité de matériel est envoyée aux rebelles pour les aider dans leur combat contre nous.

— Quel genre de matériel ? s'enquit le duc en indiquant aux gentlemen de s'asseoir.

D'un signe de tête, il indiqua au valet de pied qu'il pouvait poser le plateau en argent, sur lequel étaient posés la carafe de porto et les verres, sur la table basse au centre de l'espace où avaient été disposées une méridienne au tissu rayé soyeux et plusieurs bergères.

— Poudre à canon, boulets de canon, mortiers, tentes, coutelas, armes à feu, ce genre de choses, répondit Lord Shrewsbury en agitant sa main recouverte de dentelle alors qu'il se perchait sur l'un des fauteuils.

— Mais aussi assez de vêtements pour habiller un millier de sales traîtres, ajouta Lord Carstairs d'un ton réprobateur. Le tissu français a permis à l'armée rebelle de Washington de traverser un hiver sacrément rigoureux, ce qui est bien dommage pour nous ! Satanés Français ! cracha-t-il en s'emparant d'un verre de porto sur le plateau.

— Comment ces largesses françaises atteignent-elles les côtes américaines ? demanda calmement Roxton.

— Le siège de Roderigue Hortalez se trouve sur l'île de Saint-Eustache, lui répondit Sir Kenneth.

— Où est-elle située ?

— Si Sa Grâce me permet… ? s'enquit Sir Kenneth en attrapant un parchemin roulé posé sur la table basse.

Quand le duc acquiesça, Shrewsbury entreprit de décaler le plateau et de poser une pile de papiers qu'il avait apportés dans la bibliothèque sur le tapis, afin de libérer de la place pour dérouler entièrement le parchemin sur la table basse.

Roxton quitta son bureau et vint observer la carte détaillée.

— Il s'agit… commença Sir Kenneth.

— … d'une carte des Indes occidentales, termina le duc en hochant la tête. La mer des Caraïbes se trouve ici au sud-ouest et l'Atlantique à l'est. Des milliers d'îles ont été colonisées par une puissance européenne ou une autre ces quelque trois cents dernières années, depuis que Colomb a tout revendiqué au nom d'Isabelle et de Ferdinand. C'est l'esclavage qui a permis de développer le commerce du sucre et des épices. Une vraie mine d'or.

Shrewsbury arbora un mince sourire face à l'échange de regards surpris entre Sir Kenneth et Sir Carstairs.

— Je vous avais bien dit que Roxton avait hérité de l'intelligence de son père en plus de la beauté divine de sa mère, dit-il d'un ton satisfait.

Ce compliment provoqua un éclat de rire gêné chez Roxton, qui s'empourpra malgré lui.

— J'espérais plutôt avoir hérité de la fierté de mon père et de la vivacité d'esprit de ma mère, monsieur. Mais je me contenterai volontiers du génie de l'un ou l'autre de mes parents.

Shrewsbury inclina sa tête poudrée et savoura son porto.

— Parfait, mon garçon. Cependant, j'ai tendance à penser que vous avez beaucoup de la sensibilité de votre mère, ce qui n'est pas une mauvaise chose, tandis qu'Henri-Antoine a hérité de toute l'arrogance grandiose de monsieur le duc, affirma-t-il en parlant du frère bien plus jeune de Roxton. Lui et sa conversation animée me manquent, soupira-t-il, les yeux baissés sur le liquide foncé dans son verre. Repose en paix, mon cher ami, déclara-t-il en levant son verre et ses yeux vers le ciel.

Un silence respectueux régna pendant un instant pour marquer l'effusion sincère de Lord Shrewsbury et le troisième anniversaire de la mort de monseigneur. Shrewsbury avait fréquenté Eton avec l'ancien duc de Roxton, dont il était devenu un proche confident. Ils étaient nés la même année et sa propre mortalité occupait un coin de ses pensées.

Le duc but une gorgée de porto afin de détendre sa gorge nouée et relança la discussion. Il voulait passer à la nursery pour s'assurer que Gus se remettait de son épreuve et que ses enfants s'étaient calmés pour la nuit après la tournure dramatique qu'avait prise la régate. Il était aussi parfaitement conscient qu'il avait laissé Deborah toute seule pour s'occuper des invités et de sa mère en ce jour si particulier. Par ailleurs, un récital devait avoir lieu dans la galerie avant qu'il ne puisse se retirer pour la soirée. Quant à ce Comité de liaison coloniale – un nom absurde qui, selon lui, n'était qu'une excuse à peine dissimulée pour donner une légitimité à ces trois aristocrates et leur groupe fermé d'administrateurs du gouvernement, et leur permettre de lire des lettres sans la permission de leurs auteurs et d'en rendre compte –, il ne comprenait pas ce qu'il attendait de lui.

— Le quartier général de notre flotte dans les Indes occidentales est installé ici, sur l'île d'Antigua, non ? demanda-t-il en posant un long doigt sur une île située au milieu d'un regroupement appelé les îles du Vent.

— Oui, Votre Grâce, c'est bien cela, approuva Sir Kenneth, impressionné que le duc se repère d'un simple coup d'œil sur la carte, ce qui confirmait l'avis de Shrewsbury selon lequel c'était un aristocrate de premier choix qui en avait dans la tête en plus d'en avoir dans les bras.

Le duc se fendit d'un grand sourire face à l'étonnement de Sir Kenneth.

— Ma mère ne m'a pas transmis que son amour des langues ; c'est aussi une amatrice de cartographie. J'avais toujours droit à une leçon de géographie et de grammaire avant de dormir. En revanche, je suis incapable de localiser cette île de Saint-Eustache et son intérêt dans la conversation, dont j'ai du mal à saisir l'intention.

— Saint-Eustache se trouve juste ici, entre notre flotte d'Antigua et Saint-Barthélemy, qui fait partie de la Guadeloupe, ici, une possession de nos chers amis les Français, expliqua Sir Kenneth en désignant plusieurs îles très proches les unes des autres. Saint-Eustache est un territoire néerlandais qui...

— ... prétend être neutre ! Ah ! l'interrompit Carstairs. Neutre mon œil ! Les Hollandais ont toujours été de lâches informateurs. Ils vendraient leur propre grand-mère pour un florin. Le profit fait loi pour ces corniauds trouillards.

— Comme l'a si bien dit Sa Seigneurie, Saint-Eustache est neutre, et voit donc passer tous les corsaires, pirates et voleurs qui naviguent sur l'Atlantique, déclara calmement Sir Kenneth. Puisqu'il s'agit d'un territoire neutre, notre flotte ne peut pas intervenir quand les Français, sous couvert de l'entreprise portugaise Roderigue Hortalez, chargent des navires rebelles avec tout le ravitaillement français indispensable à la cause des Américains.

— Pendant que cette entreprise entretient la poursuite d'indépendance des rebelles, les Français peuvent continuer à affirmer en toute impunité qu'ils ne participent pas à cette guerre à un niveau diplomatique. Comme c'est ingénieux, commenta le duc en balayant les trois nobles d'un regard perplexe. Tout cela est très intéressant, mais je suis persuadé que le bureau des Affaires étrangères fait tout son possible pour mettre la lumière sur la sournoiserie de nos amis français d'un côté, tout en envoyant des propositions diplomatiques à Versailles pour s'assurer que Sa Majesté française ne déclare pas ouvertement son soutien aux rebelles. Nous n'avons aucune envie d'être en guerre contre la France, et ils ne peuvent définitivement pas se permettre une guerre contre nous... Quel est donc le rapport avec ma personne ?

— Bien dit, Votre Grâce, approuva sobrement Sir Kenneth après avoir échangé un regard anxieux avec Lord Shrewsbury. Comme vous le savez, nous formons à nous trois le Comité de liaison coloniale, intégré au plus grand Comité de la Révolution américaine, qui s'occupe de tout ce qui concerne la guerre en Amérique. Shrewsbury, Carstairs et moi-même avons été chargés d'enquêter sur les lignes de communication entre les rebelles, les Français, et plusieurs personnes suspectes à Londres et à Paris, ainsi que sur les éléments échangés. Cela nous permet d'avoir un avis éclairé et de recueillir des informations nécessaires à l'effort de guerre.

— Vous lisez des lettres sans l'autorisation de leurs auteurs, commenta le duc, loin d'être impressionné.

— Nous faisons ce qui doit être fait, mon garçon, dans le but de faire avancer notre cause et de sauver des vies anglaises, déclara Lord Shrewsbury.

— Nous avons constaté que les rebelles sont très bien renseignés sur le déploiement de nos troupes et sur la position de notre flotte le long de la côte est des colonies, continua Sir Kenneth.

Il laissa la carte des Indes occidentales s'enrouler sur elle-même et se rassit dans son fauteuil tandis que le duc se reculait pour s'appuyer contre son bureau en acajou.

— Cela suffit à nous alarmer, reprit Sir Kenneth, mais ce qu'il y a de plus inquiétant pour l'avenir de l'effort de guerre anglais, c'est l'entrée en guerre de la France. Nous pensons que ce n'est plus qu'une question de temps. Il est donc impératif que nous supprimions toute ligne de communication rebelle à la source. Vous comprenez ce que je dis, Votre Grâce.

— Oui. Et je comprends qu'une déclaration de guerre publique de la France vous préoccupe. Mais je ne comprends toujours pas pourquoi je suis sollicité par ce comité en particulier. J'ai toujours encouragé un dialogue ouvert avec nos voisins de l'autre côté de la Manche. Cependant, il ne s'agit que de mon humble avis, et puisque le bureau des Affaires étrangères préfère les espions et les agents doubles à la franche diplomatie, je n'ai d'autre choix que de me plier à son jugement, qu'il soit pertinent ou non.

Lord Carstairs ramassa la pile de lettres qu'il avait posée sur le tapis et la jeta sur la table basse. Il n'était pas aussi soumis que ses collègues et soupira d'agacement face à ce qu'il considérait comme une attitude lèche-bottes de la part de Sir Kenneth et une haute estime de la maison ducale de Roxton par Shrewsbury.

— Crachez donc le morceau, Kenny ! s'exclama un Carstairs exaspéré en tirant sur le ruban qui retenait les lettres en une pile ordonnée. Roxton, vous êtes un homme honnête, je vais donc vous dire ce que mes collègues ne veulent ou n'osent pas vous dire en face, continua-t-il sans ciller après avoir levé les yeux vers le duc. Nous avons de bonnes raisons de penser que votre mère, la duchesse douairière, œuvre pour les Français, et nous voulons que vous y mettiez fin.

Après un instant de silence absolu qui envahit la bibliothèque, le duc explosa d'un rire incrédule. Personne d'autre ne riait.

— Ma... *mère* ? Ma mère... une-une *espionne* pour les *Français* ? Mon Dieu, avez-vous *perdu la tête* ?

Le large sourire de Roxton s'effaça quand il parcourut des yeux chaque visage grave.

— Est-ce que vous avez *tous* perdu la tête ? reprit-il après avoir retrouvé son sérieux.

— S'agit-il de l'écriture de la duchesse ? l'interrogea Carstairs en levant plusieurs lettres.

— Vous avez ouvert et *lu* les lettres de ma mère ? demanda le duc, stupéfait.

— Nous n'avions pas le choix, s'excusa Shrewsbury. Si nous avions eu une autre solution…

Roxton fixait la pile de papiers sur la table basse, sceptique.

— Toutes ces lettres sont-elles de ma mère ? Combien y en a-t-il ? À qui sont-elles adressées ?

— S'agit-il de son écriture ou non, Votre Grâce ? insista Carstairs, les lettres toujours levées.

La stupéfaction du duc laissa place à la colère. Il s'empara brusquement de plusieurs feuillets, ses yeux verts reflétant son humeur.

— Je n'arrive pas à croire que vous ayez décidé de lire la correspondance personnelle de la duchesse douairière, qui est d'une nature irréprochable et qui ne ferait pas de mal à une mouche. Elle serait encore moins capable de s'adonner à des actes malveillants qui pourraient ternir la réputation de sa famille et déshonorer le duché de Roxton.

Il plaqua les lettres retournées sur son bureau sans les regarder et les couvrit de la paume de sa main.

— Je ne lirai pas sa correspondance personnelle. *Jamais.*

Lord Shrewsbury se releva lentement de la bergère et ramassa plusieurs des feuillets empilés sur la table basse. Il parcourut rapidement l'écriture élégante et penchée puis laissa retomber son bras et observa le bel aristocrate qui évitait son regard. Ses joues empourprées et sa mâchoire serrée témoignaient de sa fureur tonitruante.

— Roxton… Julian… *Mon garçon…* En dehors de nous quatre, personne n'est au courant de rien. Nous préférerions que cela ne change pas. Nous sommes venus vous voir parce que nous ne comptons pas approfondir cette affaire. Nous voulons juste votre garantie que vous allez mettre un terme à la correspondance entre votre mère et des traîtres notoires, que ce soit dans les colonies ou en France. Au minimum, assurez-vous que ces lettres n'aillent pas plus loin que le plateau du hall d'entrée et ne quittent jamais le domaine.

Roxton planta son regard dans les yeux bleus du vieil ami de son père.

— Elle a déjà presque tout perdu et vous voulez que je lui arrache l'un de ses derniers plaisirs ? Non. Je refuse. Elle peut écrire à qui elle veut, qu'il s'agisse de traîtres ou non.

Par-dessus l'épaulette en velours du vieil homme, il regarda Carstairs et Hibbert-Baker. Sa voix avait perdu toute sa chaleur.

— Vous avez lu ses lettres. À vous de me dire quelles déclarations traîtresses elle a faites et à qui.

— Elle correspond régulièrement avec Mr. Benjamin Franklin, proposa Sir Kenneth.

— L'inventeur et éditeur ? s'enquit le duc d'un air dédaigneux.

— Un traître américain qui est à Paris en ce moment même, où il recherche des soutiens français pour la cause rebelle, déclara Lord Carstairs.

— Elle connaît Benjamin Franklin depuis des années ! Mes parents l'avaient invité à séjourner ici quand j'étais enfant. Et elle lui a rendu visite dans sa propriété de Craven Street une ou deux fois, après y avoir été invitée. Leur correspondance doit être bourrée de propos académiques, simplement parce qu'ils aiment cela, continua Roxton en haussant les épaules. Je suis persuadé qu'aucun des deux ne mentionne la guerre dans les colonies. Il est trop poli, et elle trop respectueuse de la position délicate dans laquelle il se trouve maintenant. Qui d'autre ? demanda-t-il quand aucun des trois hommes ne contesta ses propos.

— Le ministre français des Affaires étrangères, le comte de Vergennes, dit Sir Kenneth.

— *Quoi ?* Vergennes est un cousin éloigné de ma mère. Sa grand-mère paternelle est née Gravier. Pour l'amour du ciel, suis-je obligé d'expliquer ce qui est évident ? Ma mère est française ! Elle est tellement française que, malgré les années qu'elle a passées en Angleterre, elle ne parvient à parler anglais qu'avec un fort accent. Que faites-vous de cela ? Mon père avait une épouse française, parlait toujours français avec elle et préférait Paris à Londres, cela ne le rendait pas coupable de trahison envers son roi et son pays ! Il était totalement anglais et loyal à la maison de Hanovre ! Ma mère le savait et respectait ses souhaits.

Le silence s'installa de nouveau ; le duc passa ses doigts dans ses boucles noires et laissa lourdement retomber sa main.

— Pour l'amour de Dieu ! Elle n'est pas la seule Française à vivre en Angleterre ! Pourquoi elle ?

— C'est la seule *aristocrate* française, mère d'un duc anglais, qui a côtoyé les plus hauts cercles de la cour française – puisqu'elle est liée à plus d'une famille de la noblesse française, comme vous l'avez si bien souligné –, qui est en contact avec des figures politiques, est même amie avec plusieurs hommes politiques et ministres des deux côtés de l'Atlantique et de la Manche, et qui peut parler et écrire couramment trois langues, voire quatre. Peut-être qu'elle ne commet pas des actes de trahison délibérément. Peut-être que Sa Grâce est, malgré elle, le pion de quelqu'un d'autre. Mais nous le savons, et vous le dites vous-même, elle est loin d'être sotte. Ce serait une insulte à son intelligence que de croire qu'elle échange involontairement des informations avec ses cousins français et ses amis américains.

— Vous forcez beaucoup le trait, Carstairs, cela ne me plaît pas du tout ! gronda Roxton. Où sont vos preuves ?

— Elles sont sur votre bureau, Votre Grâce, indiqua Sir Kenneth à voix basse. Au premier coup d'œil, ce qui est écrit sur la page semble tout à fait anodin, continua-t-il tout aussi calmement quand le duc s'empara des papiers. Mais si vous examinez la recette de soupe en détail, vous vous rendrez compte que les quantités sont bien trop importantes pour n'importe quel chaudron.

Le duc dévisageait Sir Kenneth comme s'il venait de lui pousser une deuxième tête.

— Qu'est-ce que vous racontez, Kenny ? Les quantités de *quoi ?*

— Ce n'est pas une recette de soupe. Il s'agit d'une méthode plutôt ingénieuse pour transmettre des chiffres. Si vous enlevez le nom des ingrédients, il ne reste que les quantités, qui sont en fait des chiffres qui correspondent parfaitement aux effectifs de nos troupes déployées à Trenton, où nos mercenaires allemands ont été vaincus. Seuls quelques membres du cabinet de guerre connaissaient ces chiffres.

— Où diable ma mère aurait-elle pu les obtenir ? répliqua le duc, toujours aussi décontenancé.

— C'est ce que nous cherchons à découvrir, Votre Grâce.

— À qui cette lettre a-t-elle été envoyée ?

— À une certaine Mlle Anais d'Lese.

— Qui est donc cette femme ?

— Il s'agit en fait d'un homme, Votre Grâce, s'excusa Sir Kenneth. Anais d'Lese est une anagramme de Silas Deane.

— Et lui, c'est… ?

— Un marchand et agent secret américain, qui a été envoyé à Paris par les rebelles pour négocier directement avec le gouvernement français, continua Sir Kenneth quand ses collègues restèrent silencieux. C'est un proche associé de Mr. Franklin, et il loge en ce moment dans un appartement de l'hôtel situé rue Saint-Honoré qui, jusqu'à l'année dernière, appartenait à votre famille. Les lettres ont été envoyées à Mr. Deane sous le pseudonyme Mlle Anais d'Lese. Si vous retournez la deuxième page que vous tenez, vous verrez que l'adresse a bel et bien été écrite de la main de la duchesse.

Roxton retourna les pages, parcourut rapidement le verso de la deuxième et secoua la tête d'incrédulité.

— Seigneur, murmura-t-il plus pour lui-même que pour ses interlocuteurs. Quelle chance avons-nous de sauver les colonies si le bureau des Affaires étrangères gaspille son temps et son énergie sur cette vaine entreprise ?

Il fourra la page dans les mains de Lord Shrewsbury, soudain épuisé après cette longue journée qui avait commencé à l'aube avec son éprouvante visite au mausolée, où il avait salué la mémoire de son père pour le troisième anniversaire de sa mort, et s'était poursuivie par la régate, une expérience qui s'était révélée encore plus traumatisante quand il avait fallu sauver son benjamin de la noyade. Et pour couronner le tout, ce Comité de liaison coloniale accusait sa mère d'être une espionne pour le compte des Français – ou bien était-ce les rebelles américains ? Ou peut-être les deux ? Il n'en était pas sûr. Sa patience avait atteint ses limites, et il se demanda si les quelques heures restantes de cette journée pouvaient encore apporter leur lot de surprises qui le feraient craquer et succomber à l'emportement.

Il posa son regard sur Shrewsbury, qui s'était faufilé jusqu'à la fenêtre au rideau ouvert, lunettes sur le nez, afin de lire la lettre à la lumière faiblissante de l'après-midi, puis sur Carstairs et Sir Kenneth, perchés au bord de leurs bergères comme s'ils s'apprêtaient à s'enfuir en courant si jamais leur noble hôte décidait de déverser une diatribe d'injures sur leurs têtes poudrées. Le duc n'en avait ni l'envie, ni la force. Il posa ses mains à plat sur le bord de son secrétaire et fit appel à la faible réserve d'énergie qu'il lui restait pour dire d'un ton railleur :

— Bien, gentlemen, il y a deux choses que je peux affirmer : ce n'est pas la main élégante de ma mère qui a rédigé cette recette, bien que ce soit le cas pour l'adresse au verso de la deuxième page. Et alors ? De son vivant, mon père écrivait l'adresse sur toutes les lettres de ma mère et les affranchissait, ce qui est d'usage. Au lieu de lire les lettres des gens sans leur permission, il vous suffisait de lui demander à qui elles appartiennent, et je suis sûr qu'elle se serait fait une joie de vous répondre. Deuxièmement, bien que ma mère soit très à l'aise quand elle lit un texte en latin de son historien romain préféré, qu'elle soit capable de situer Tahiti sur une carte de l'océan Pacifique ou de s'extasier sur les expériences de Mr. Franklin avec l'électricité, elle est complètement dénuée des compétences féminines que l'on considère généralement comme indispensables pour une épouse. Elle ne sait ni broder, ni peindre, ni jouer d'un instrument, et ne connaît rien à la cuisine. Sans même parler des quantités, elle serait incapable de reconnaître les ingrédients d'une tourte au chevreuil ou d'un dessert à la crème et aux fruits rouges si on les étalait sur une table devant elle ou qu'on les écrivait sur un bout de papier dans l'une des langues que vous la pensez capable de lire. Vous feriez mieux de dépenser votre énergie à traquer les vrais espions et traîtres, plutôt que d'égarer vos efforts sur les gribouillages privés d'une veuve qui a une obsession malsaine pour les morts. Shrewsbury, je pensais que vous feriez preuve de plus de sensibilité pour l'état de ma mère.

Le vieil homme esquissa un sourire triste.

— C'est justement à cause de cette obsession que j'ai supposé…

Incapable de finir sa phrase, il se détourna vers la fenêtre. Il n'avait pas besoin de la finir, le duc savait exactement ce qu'il voulait dire et s'apprêtait à commenter quand il fut interrompu.

— Est-ce vrai ? Julian ! Avez-vous réellement vendu l'hôtel ?

TREIZE

Le duc s'avança, baissa les yeux vers sa mère puis regarda sa femme qui la suivait. Il n'avait pas fait attention à ce qu'avait dit Antonia, mais l'expression qu'arborait Deborah suffisait à faire accélérer son cœur.

— Mère ? Deborah ? Que se passe-t-il ? C'est-C'est Gus ?

La duchesse secoua la tête, mais se mordilla la lèvre en lançant un regard alarmant vers Antonia avant d'écarquiller ses yeux marron. Le duc se détendit quand il comprit que son fils allait bien, mais ce sentiment fut très éphémère ; le geste silencieux de sa femme le prévenait que quelque chose ou quelqu'un avait considérablement bouleversé sa mère.

— Je vous demande pardon, mère ?

— Est-ce vrai ? Avez-vous vendu l'hôtel ?

— L'hôtel ? Nous pouvons certainement en discuter plus tard, non ? Je suis en pleine réunion et…

— Vous l'avez donc bel et bien vendu.

— Ce n'est pas le moment d'en parler. Si vous voulez bien…

— Non ! Non, je ne *veux pas*, Julian ! Dites-moi tout de suite si notre maison de la rue Saint-Honoré a été vendue !

Antonia joignit fermement ses mains, les yeux toujours levés vers son fils. En attendant sa réponse, elle s'efforçait de rester maîtresse d'elle-même ; elle était toujours persuadée que ce n'était pas vrai, elle refusait de croire qu'elle ne pourrait plus jamais remettre les pieds dans l'Hôtel Roxton. Quand son fils hésita, elle se lança dans une tirade, comme si en lui disant ce qu'elle ressentait, elle pourrait altérer l'inal-térable.

— Monseigneur, votre père, est né dans cette maison. Tout comme votre tante et son fils, votre cousin Evelyn. Votre grand-père paternel vivait là-bas avec votre grand-mère, qui était papiste et qu'il ne pouvait donc pas emmener en Angleterre. L'hôtel représentait son sanctuaire, car elle avait été bannie de la Cour par la famille Salvan et Sa Majesté française pour avoir épousé un protestant.

— Je sais, mère, répondit doucement le duc. Je connais très bien l'histoire de notre famille dans cette maison.

— Frederick, votre fils héritier, est né dans cette maison lui aussi. Cela n'a-t-il donc aucune importance à vos yeux ?

— Cela a une grande importance. Mère, où voulez-vous en venir ?

— C'est là-bas que vous avez grandi. Vous et Evelyn y jouiez à cache-cache, et nous faisions semblant de ne pas vous voir.

— Oui.

— Et votre petit frère... Avez-vous oublié toutes les heureuses années qu'Henri-Antoine a passées dans cette maison ? Lui et Jack... Lui et Jack jouaient aussi à cache-cache... Et nous avons organisé tant de fêtes pour vous, Evelyn, Henri-Antoine et vos amis. Lucian et Estée vivaient à l'hôtel avec nous. Nous formions une grande famille... Il y avait un terrain de boulingrin entre les châtaigniers...

— Je me souviens de tout cela, mère. Comment pourrais-je oublier ?

Antonia scruta le beau visage de son fils, ses mains à présent telle-ment serrées qu'elle ne sentait plus le bout de ses doigts.

— La maison parisienne est très, *très* importante pour monseigneur.

— Oui. Elle était très importante pour père.

— C'est le premier endroit où je me suis sentie chez moi...

— Oui. Je le sais aussi.

— Elle est donc très importante pour moi aussi.

Sa voix s'était réduite à un murmure et ses yeux avaient commencé à s'emplir de larmes. Le duc détourna le regard, déglutit et s'efforça de se rappeler le sage conseil que lui avait donné son père, quelques jours seulement avant sa mort, de se rappeler qu'il avait pris la bonne déci-sion en vendant la maison familiale de Paris.

Vendez-le, Julian. Vendez l'hôtel, pour son bien et pour le vôtre. Votre mère n'y habitera plus jamais, pas sans moi. Trop de souvenirs y sont enfer-més... Une ombre plane sur la France ces derniers temps. La tempête, quand elle éclatera, signera la fin de l'ordre ancien, de la France de ma génération. Le sang va couler dans les rues parisiennes, et ce, de votre vivant, j'en suis persuadé… Vous devez protéger vos fils. N'utilisez plus la version francisée de votre titre. Laissez votre propre empreinte sur le duché, comme il se doit…. Vous ne pouvez pas protéger votre mère…

Il avait essayé de convaincre son père qu'il était tout à fait capable de protéger sa mère. Mais son père n'avait pas été du même avis et lui avait assuré, presque comme s'il s'en excusait : *Julian, ce n'est pas à vous de la rendre heureuse, et elle mérite d'être heureuse.*

Ces mots, les derniers que son père lui avait adressés, restaient douloureux. En baissant la tête vers sa mère qui avait les yeux emplis de chagrin, il se demanda si son père avait raison. Peu importe ce qu'il faisait ou disait, peu importe à quel point il essayait de se montrer compréhensif, elle restait inconsolable et, dans des moments comme celui-ci, d'une insondabilité exaspérante.

— Vous avez vendu notre maison parisienne, hein ? déclara Antonia.

Il n'essaya pas de s'expliquer, ni de justifier ses agissements. À quoi bon ? Cela ne changerait rien à sa réaction.

— Oui.

Charlotte avait donc dit vrai. Sa maison parisienne, qui renfermait tant de merveilleux souvenirs, lui avait été arrachée, n'était plus. Elle aurait voulu s'allonger par terre, se recroqueviller sur elle-même et sangloter. Au lieu de cela, elle resta résolument droite et demanda, hébétée :

— Qu'est-il advenu de nos affaires ? Où sont-elles passées ? Nos livres ? Les collections d'éventails, de tabatières et de bijoux que monseigneur exposait dans ses vitrines ? Notre plateau de backgammon, où est-il ? Les-Les portraits des membres de la famille qui étaient accrochés aux murs, où sont-ils passés maintenant ?

— Un inventaire a été réalisé. Les livres, tableaux et curiosités ont été mis dans des caisses et seront envoyés ici. Si vous voulez récupérer un meuble en particulier, je suis convaincu que les nouveaux propriétaires seraient heureux de nous l'envoyer.

— Notre maison, à qui appartient-elle maintenant ?

— Est-ce nécessaire de le savoir ?

— Oui. Oui, c'est nécessaire ! Bien sûr que c'est nécessaire ! Charlotte m'a dit que vous l'aviez vendue à un fermier général. Est-ce bien le cas ? Julian ? Répondez-moi ! Est-ce vrai ?

— Monsieur Lavoisier fait partie de la Ferme générale, en effet. Mon agent parisien lui a vendu la maison.

— Vous avez vendu votre noble héritage français et tout ce qu'il représente à un marchand ? s'enquit-elle avec une lenteur délibérée, sa torpeur et son chagrin laissant la place à la colère et à l'incrédulité. Et bien sûr, pour vous prouver à quel point vos ancêtres français sont importants à ses yeux, monsieur le fermier général a transformé trois-cent-cinquante ans de noblesse en appartements à louer ! Vous n'accordez donc aucune importance à votre droit d'aînesse, au sang français de vos parents ? demanda-t-elle. Vous avez sali notre nom en autorisant des collecteurs d'impôts, qui ne s'intéressent qu'au profit, à bafouer votre ascendance !

— Il s'agit d'une accusation ridicule. Je n'ai rien fait de la sorte.

— Votre frère est-il au courant ? L'avez-vous dit à Henri-Antoine ? s'enquit Antonia, priant pour que ses larmes ne débordent pas. Avez-vous parlé à Henri-Antoine de vos terribles agissements ? Sait-il que vous avez vendu la maison de son enfance sans le consulter et sans penser à lui ? Que la maison que son père et ses ancêtres ont occupée est maintenant infestée de locataires insouciants redevables à un marchand cupide et qui ont autant d'honneur et de grâce que votre père en avait dans son auriculaire ? Alors, monsieur le duc ?

La voix de Roxton, révolté qu'elle emploie un tel ton et utilise son titre, perdit sa douceur.

— Je n'ai de comptes à rendre à personne, madame. C'était à moi de prendre cette décision et je l'ai prise. C'est tout. Fin.

Antonia laissa échapper un bruit entre le sanglot et le rire.

— Vous avez raison, mon fils. Vous n'avez de comptes à rendre à personne, qui peut donc vous dire qu'il était malveillant et criminel de votre part de vendre mes souvenirs et ceux de votre frère d'une façon aussi cruelle ?

Elle regarda derrière elle, par-dessus son épaule : Deborah était aussi immobile qu'une statue. Ses dames d'honneur se tenaient derrière la duchesse. Elle reporta son regard sur son fils et reprit avec un geste de la tête en direction de la duchesse :

— Je suis prête à parier que même votre épouse anglaise ne vous a pas offert son soutien inconditionnel lorsque vous avez pris cette horrible décision. Que...

— Laissez Deborah en dehors de cela !

— ... vous avez obstinément conclu la vente malgré son opposition.

— Assez ! s'écria Roxton en faisant un pas vers l'avant.

— Je ne suis pas l'un de vos laquais, Julian, répliqua Antonia en levant le menton. Cet ordre sévère ne suffira pas à me faire taire !

Roxton leva une main vers le ciel dans un geste de désespoir frustré et la laissa retomber avec un soupir exaspéré.

— Je refuse de me quereller avec vous. Ce qui est fait est fait, et ce n'est ni le moment ni l'endroit pour votre indignation mélodramatique.

— *Mélodramatique ? Ni le moment ni l'endroit* ? bafouilla-t-elle, ses larmes roulant maintenant sur ses joues. Votre mère doit-elle prendre rendez-vous avec votre secrétaire pour cela ? Mon Dieu. C'est *votre faute* si j'en suis réduite à cela ! Si je dois interrompre vos réunions avec des fonctionnaires afin de découvrir par moi-même ce que tout le monde sait déjà – ce que mon propre fils n'a pas pu se résoudre à me dire lui-même !

— Je n'évoquerai pas davantage ce sujet devant autrui. Cette conversation est close pour aujourd'hui, dit-il à voix basse, rassemblant tout son sang-froid.

Il n'osait pas baisser de nouveau les yeux vers elle. Il avait presque craqué en entendant la désolation et l'incompréhension dans sa voix. Il la dépassa donc, échangea un regard entendu avec sa femme, qui n'avait jamais détourné les yeux du visage de son mari, puis se tourna vers les deux gentilshommes qui se tenaient toujours près de leurs bergères, mal à l'aise. Il était soulagé que leur français soit, au mieux, rudimentaire. Ils répondirent à son signe de tête de la même manière avant de prendre congé en silence. Julian se tourna ensuite vers les deux dames d'honneur :

— Sa Grâce est fatiguée, elle retourne immédiatement à Crecy Hall.

— Non ! Sa Grâce ne retourne pas immédiatement à Crecy Hall ! répéta Antonia en anglais.

Elle fit volte-face, les doigts crispés sur les plis de sa robe en soie, et reprit dans son français maternel :

— Julian ! Nous allons en discuter ici et maintenant, il s'agit de *mon droit* en tant que mère ! Vous osez réduire mes souvenirs en poussière, puis vous me rejetez comme si vous vous attendiez à ce que je considère la perte de notre maison parisienne, avec toute l'importance qu'elle a pour moi, comme vous la considérez : une simple transaction financière ? Ce n'est pas le cas et ce ne sera jamais le cas ! Comment pensiez-vous que j'allais réagir face à une telle nouvelle ?

— Avec la bienséance appropriée à votre rang ! lâcha le duc, qui se mordit la langue pour s'empêcher d'en dire plus.

Antonia était parfaitement immobile. Personne n'avait jamais douté de sa capacité à se comporter en duchesse, et encore moins un membre de sa famille. Elle fut soudain très triste de constater que son aîné jugeait bon de la critiquer. Elle n'était pas sûre de ce qu'il voulait dire par cette remarque, mais elle en comprenait le sous-entendu.

— Peu importe mon rang, peu importe la personne que vous et les autres estimez que je devrais être, je me suis toujours contentée d'être moi-même...

Elle parcourut la pièce du regard. Sa belle-fille et ses dames d'honneur baissaient les yeux. Elle fronça ses sourcils arqués quand elle reconnut le vieil aristocrate qui avait quitté l'embrasure de la fenêtre pour venir se placer devant un fauteuil bergère, près du duc.

— Edward ? s'enquit-elle, confuse.

— Madame la duchesse, répondit Lord Shrewsbury en s'inclinant devant elle avec une grande courtoisie.

Antonia fut momentanément distraite ; elle se demandait ce que le chef des services secrets anglais faisait ici, confortablement installé dans la bibliothèque de son fils. Elle savait tout de ses activités secrètes pour le gouvernement anglais, car monseigneur ne lui avait jamais rien caché ; il lui avait même révélé qu'il avait lui-même fait partie des premiers membres du réseau d'espions personnel du roi Louis XV, le Secret du Roi, ce qui représentait probablement une infraction traîtresse de la part d'un duc anglais, mais monseigneur n'avait jamais rendu de comptes à personne, que ce soit son souverain, le roi George, ou le monarque de sa mère, Louis XV. Shrewsbury était un contemporain de monseigneur et non de son fils, Antonia s'interrogeait donc sur la raison de sa présence ici. C'est alors qu'elle aperçut une pile de lettres ouvertes posées sur la table basse. Comme toujours, elle se montra perspicace et directe :

— Vous pensez qu'il y a un espion à Treat, Lord Shrewsbury ? Pourquoi donc ?

— Je ne suis pas libre de vous répondre, madame la duchesse.

— Mais vous êtes libre de confisquer et lire la correspondance privée de mon cousin ? Vous me stupéfiez. Charles Fitzstuart est un jeune homme très sérieux et idéaliste.

— Les jeunes hommes sérieux et idéalistes font les meilleurs traîtres, madame la duchesse, répondit Lord Shrewsbury avec une extrême politesse.

— Un traître ? Charles ? Pour qui espionne-t-il ? s'enquit-elle en jetant un coup d'œil à son fils avant de reporter son regard sur Shrewsbury, les deux gardant les lèvres pincées. Les Français ? Vous pensez que Charles est un espion de Louis ? Mon Dieu. Un tel toupet est inconcevable, commenta-t-elle en levant une main vers le ciel, faisant tinter la demi-douzaine de bracelets autour de son poignet. Je n'y crois pas ! Je refuse de croire que vous soyez impliqué dans ces absurdités, Julian !

— Ce que vous croyez importe peu, madame. Et je n'en discuterai pas avec vous.

— Je vois. Il ne s'agit pas d'une discussion entre une mère et son fils qui parlent de leur cousin. Je ne suis qu'une veuve qui dépend de l'héritier de la maison Roxton. Devrais-je faire la révérence devant vous, ou bien pouvons-nous nous dispenser de cette formalité puisque nous sommes en pleine querelle, monsieur le duc ?

— Ne soyez pas absurde, mère !

— Oh, suis-je redevenue votre mère ? Quand cela vous arrange, c'est cela ? Décidez-vous, Julian, tout comme vous avez apparemment décidé de vous dissocier de votre héritage français, rétorqua-t-elle en lançant un regard significatif à Shrewsbury. Vous pensez peut-être que je suis une espionne du roi Louis ? Après tout, je suis française. Vous avez lu mon courrier à moi aussi ?

— C'est une idée ridicule ! Et c'est d'ailleurs ce que j'ai dit à Shrewsbury.

Antonia eut un mouvement de recul. Elle avait dit cela pour plaisanter, mais la réponse de son fils empourpré la prit au dépourvu. Elle partit d'un rire incrédule.

— J'aurais été offensée si cela n'avait pas été aussi invraisemblable ! Je ne suis pas étonnée que vous ayez vendu l'hôtel, finalement. Mais ne vous attendez pas à ce qu'Henri-Antoine marche sur vos pas ! En revanche, je ne sais pas où nous pourrons résider à Paris maintenant. En tant que veuve, j'imagine que je devrais déjà me contenter d'avoir seulement un toit au-dessus de la tête, et je pourrais toujours aller quémander auprès de ma famille française.

Roxton soupira d'exaspération.

— Vous n'êtes pas allée à Paris depuis six ans, et Harry non plus.

— Et il semblerait que ce soit impossible, à présent, puisque nous n'y avons plus de maison. Nous ne pourrons plus garder la tête haute au sein de la société française.

— Seigneur, ne comprenez-vous pas ? Je n'ai aucune envie de fréquenter la société *française* ! lui lança Roxton, ajoutant en anglais : Je suis un Anglais avec une épouse anglaise et un duché anglais qui descend d'une lignée anglaise depuis cinq siècles ! Je pourrais vendre des centaines de maisons pour mettre plus de distance entre moi et une société qui sera bientôt réduite à néant ! La noblesse française maintient la féodalité malgré les paysans qui meurent de faim dans leurs fermes, non pas parce que la terre est stérile, mais à cause de seigneurs indifférents et absents, qui passent leurs journées à forniquer derrière des écrans de cheminée dans des palais dorés, impatients de pouvoir faire des courbettes devant le bouffon qui leur sert de roi ! Un roi qui passe plus de temps à se passionner pour la serrurerie qu'à gouverner correctement, et qui a épousé une vraie sotte qui fait grimper la dette nationale de la France à un niveau astronomique pendant que son peuple meurt littéralement de faim sous sa fenêtre ! Il n'y a aucune liberté d'expression. Aucune liberté de la presse. C'est une monarchie *absolue*. Ils se pensent diplomates en agissant dans notre dos comme de vilains écoliers pour offrir leur soutien aux rebelles américains dans leur guerre contre leurs cousins anglais, et ce qui est absurde, c'est que ces rebelles américains se battent pour la *liberté* alors que les Français n'en ont aucune ! Est-ce vraiment étonnant que je souhaite rompre mes liens avec les Français ?

Une fois encore, Antonia resta complètement immobile ; une fois encore, elle était choquée de l'attaque virulente de son fils. Elle avait l'impression de ne plus le connaître du tout.

— Dans ce cas, ce doit être très difficile d'avoir une mère française, murmura-t-elle. Je commence à tout comprendre. Pourquoi vos enfants ne parlent pas français aussi naturellement qu'ils parlent anglais. Pourquoi vous leur avez interdit de me rendre visite. Pourquoi je n'ai pas été informée de votre décision. Je suis une honte pour vous et le reste de la fam…

— Ce n'est pas ce que je voulais dire et vous le savez !

— Alors dites ce que vous pensez !

— Si seulement vous voyiez un peu plus loin que…

— Julian, *non*, s'emporta Deborah en tirant sur la manche en soie du duc pour le mettre en garde.

Mais son emportement était tel qu'il ne put s'empêcher de finir sa phrase.

— … *votre souffrance nombriliste*, vous verriez que cela n'a rien à voir avec vous !

— Ma souffrance nombriliste ? répéta Antonia dans un murmure.

— N'ai-je pas raison ? répliqua Roxton. Pourquoi accorder tant d'importance à des briques et du mortier alors que ce qui importe le plus dans la vie ce sont les *gens* et pas les *objets* ? Seigneur, mère, vous utilisez Henri-Antoine pour me faire des reproches alors que vous accordez à peine votre attention à mon petit frère depuis la mort de père ! Et Augustus – Gus – *mon fils*, a failli se noyer cet après-midi, mais vous êtes en train de vous tourmenter pour un plateau de back-gammon usé et quelques colifichets sans intérêt, de vous lamenter sur la vente d'une maison dont vous n'avez pas franchi le seuil depuis six ans ? Quelle est l'importance d'une maison, de *n'importe quoi*, comparé à la vie d'un enfant ?

Antonia chancela dans ses chaussures à talons. Ses joues, rougies par l'humiliation, n'auraient pas pris une couleur plus vive s'il l'avait violemment frappée au visage. Il avait raison, bien entendu. Son fils avait raison. Que valait la vente d'une maison contre la vie de ses enfants et petits-enfants ? Il disait la vérité. Elle s'était abstraite de tout, au point de négliger son benjamin, Henri-Antoine. Quel genre de mère était-elle ? Elle aurait dû penser à son bien-être. Elle aurait dû penser au petit Augustus qui avait presque frôlé la mort, à l'effet que l'incident avait eu sur ses parents, ses frères et sa sœur. Pauvre Deborah, elle avait l'air tellement fatiguée et bouleversée. Quant à Julian, il devait déjà se préoccuper de tant de choses, mais elle se montrait incommodante pour des broutilles. Elle était extrêmement égocentrique. Elle s'en rendait maintenant compte. Elle ne pensait qu'à elle-même. Elle avait oublié ce qui importait réellement. Que pensaient-ils d'elle ? Que pensaient-ils tous de son égoïsme ? Elle faisait probablement honte à toute sa famille. Était-elle aussi égoïste et égocentrique du vivant de monseigneur ? Certainement pas... Mais peut-être que quand il avait rendu son dernier souffle...

— Vous vous en seriez mieux tiré avec deux parents âgés, mon fils, déclara-t-elle avec un soupir triste et tremblant, tout en essuyant ses larmes de la paume de sa main. Ainsi, vous n'auriez pas à vous occuper de celui qui reste et qui erre tel un mort. Si j'étais morte en même temps que votre père...

— Oui ! Cela aurait peut-être mieux valu ! Au moins il serait parti avec dignité ! lâcha Roxton avant de pouvoir s'en empêcher.

Elle seule avait le pouvoir de le rendre complètement impuissant. Il détestait la voir aussi bouleversée, si loin de la personne qu'elle avait été. Il se détestait d'avoir seulement pensé ce qu'elle venait de dire à voix haute, plus d'une fois, dans ce genre d'occasions, quand il ne savait ni quoi faire ni quoi dire pour la rendre heureuse.

Une fois qu'il avait ouvert les vannes de ces pensées douloureuses, il ne pouvait plus les contenir. C'était comme s'il avait besoin de dire ces mots à voix haute pour se sentir mieux, pour faire enfin disparaître ces pensées. Antonia ne fut pas la seule consternée ; toute la pièce l'était.

— Il s'est attardé dans cette vie pendant *trois années* de trop, par *votre* faute. Il savait quel effet sa mort aurait sur vous et il s'est donc accroché, malgré sa douleur et son désarroi, *pour vous*. Il ne s'est jamais plaint, n'a jamais montré à quel point c'était atrocement difficile pour lui de simplement respirer – à quel point le cancer s'était étendu. Et vous avez été assez égoïste pour le laisser tenir bon parce que vous ne supportiez pas l'idée d'être séparée de lui. Vous pouvez être fière de vous, madame, vous avez *contribué* à sa-sa *souffrance*. Il aurait dû pouvoir partir avec dignité. Il ne voulait pas qu'on le voie aussi décharné, que ce soit moi, vous ou les autres. Il avait tant de fierté, ce prince parmi ses pairs qui n'avait jamais été malade de sa vie. Et il a dû se montrer ainsi diminué, l'ombre d'un homme, squelettique, incapable de se déplacer dans sa propre chambre sans l'aide d'une canne et, dans ses dernières semaines, rarement capable de quitter son lit ! Quelle triste condamnation – dont *vous* êtes responsable. Il aurait dû pouvoir quitter ce monde comme il y avait paradé, avec son assurance orgueilleuse, avec majesté. Vous avez fait de ses dernières années un-un cirque ! Il ne pensait qu'à vous, *toujours* à vous. Il se tenait pour responsable d'avoir épousé une femme bien plus jeune que lui. Il a réussi à se convaincre que c'était sa faute à lui si vous faisiez toujours plus jeune que votre âge – si votre beauté ne déclinait pas avec le temps. Il vous aimait à-à la *folie*, et c'est pour cela qu'il s'est autorisé à vivre une fin aussi ignoble. Et comment honorez-vous sa mémoire ? Comment vous comportez-vous ? Vous faites votre petit numéro d'apitoiement dramatique ! Il me pensait incapable de prendre soin de vous et il avait totalement raison ! Je suis incapable de prendre soin de vous parce que je ne sais plus qui vous êtes !

Un silence assourdissant s'installa dans la bibliothèque. Personne ne bougeait, personne ne savait quoi dire. Sans s'en rendre compte, le duc s'était mis à hurler sur sa mère avec une telle rage émotionnelle jusquelà réprimée que tout le monde fut stupéfait, en particulier Antonia qui était en état de choc. Mais son premier instinct fut de prendre son fils dans ses bras pour le bercer et lui dire d'une voix apaisante que la situation n'était pas aussi terrible que ce qu'il imaginait, car ses yeux verts étaient baignés de larmes et ses lèvres tremblotaient. Dès qu'il était contrarié, il privilégiait le français, la première langue qu'il avait parlée, à l'anglais. Il lui rappelait tant le petit garçon qu'il avait un jour été. Elle resta plantée là malgré tout, incapable de bouger ou de parler.

Enfin, Roxton essuya ses larmes et se détourna, distrait par la duchesse ; elle avait soulevé ses jupons et s'était élancée, comme si sa vie en dépendait, vers l'escalier en colimaçon en métal noir pour rejoindre l'étroite passerelle qui faisait le tour des rayonnages recouvrant les murs du sol au plafond. Elle avait suivi le hurlement effrayé d'un enfant qui avait éclaté dans le silence.

Instantanément, tous les regards se tournèrent dans cette direction et tous observèrent le duc rejoindre sa femme précipitamment. Elle faisait tout son possible pour apaiser son aîné qui sanglotait et se débattait pour se dégager de l'étreinte réconfortante de sa mère.

Frederick s'était glissé dans la bibliothèque par la porte secrète, comme l'avaient fait son père et son oncle tant de fois avant lui, quand ils étaient petits. Il s'était assis sur la dernière marche de l'escalier en colimaçon vêtu de sa chemise de nuit, sa robe de chambre en soie, son bonnet de nuit et ses chaussons assortis, penché sur ses genoux, tremblant d'excitation à l'idée d'espionner une conversation entre adultes alors qu'il aurait dû être au lit. Il était venu souhaiter bonne nuit à sa Mema, qu'il n'avait pas revue depuis qu'il était parti à bord du carrosse décoré par Oudry avec sa mère, ses frères et sa sœur. Il était impatient de lui raconter la course de bateaux, que Mr. Strang et lui étaient en tête jusqu'à ce que Gus se mette debout sur le bateau de son père pour saluer des camarades de jeu du village, qui criaient leurs encouragements en courant sur la berge du lac. Puis Gus était tombé par-dessus bord et avait disparu sous l'eau avec un gros *plouf.* L'instant d'après, Mr. Strang avait plongé dans le lac. Il avait tant de choses à dire à Mema, et il ne pouvait pas attendre le lendemain – il était persuadé qu'il ne se souviendrait pas de tout au réveil.

Mais quelque chose clochait dans la bibliothèque. Bien qu'il ne comprenne pas ce qu'il se passait entre les adultes, il ressentait la tension, et voyait bien que son père était en colère contre sa Mema bien-aimée. Puis son père s'était mis à lui hurler dessus. Il ne l'avait jamais, jamais vu dans un tel état. Il était encore plus en colère que quand Gus et Louis s'étaient faufilés dans un coin des écuries pour inspecter le fusil chargé du garde-chasse, posé contre un ballot de foin, pendant que leur père et les autres avaient le dos tourné et examinaient le boulet d'un étalon blessé. Père les avait surpris deux secondes plus tard, quand Gus avait attrapé le fusil et, pour jouer, l'avait braqué sur son jumeau.

Mema pleurait et sa mère, très triste, avait aussi les larmes aux yeux.

Frederick ne pouvait pas le supporter ; il avait fini par hurler à son père d'arrêter – qu'il arrête de crier sur Mema ! Sa mère l'avait soulevé dans son étreinte pour lui dire des mots rassurants avant qu'il ne puisse courir vers Mema et passer ses bras autour d'elle pour la protéger de la fureur de son père.

Antonia ne vit et n'entendit rien de tout cela, même quand le petit garçon hurla de peur et de détresse et l'appela pour qu'elle revienne. Elle n'entendait que les accusations houleuses de son fils qui résonnaient dans sa tête, encore et encore. Son apitoiement laissa place à une haine d'elle-même. Bien sûr que tout était sa faute. Il avait le droit de lui en vouloir. Comment avait-elle pu se montrer aussi négligente et insensible ? Comment avait-elle pu laisser tout cela arriver ? Comment avait-elle pu ne rien *voir* ? Mais elle connaissait la réponse : elle était bel et bien égocentrique. Elle était bel et bien responsable.

Pas de la mort de monseigneur – son cancer du poumon l'avait emporté –, mais de la façon dont il avait quitté ce monde pour rejoindre le prochain. Oui, c'était entièrement sa faute. Elle l'avait forcé à vivre dans la douleur et dans l'indignité, parce qu'elle ne supportait pas l'idée de vivre sans lui. Elle avait été tellement égoïste ; trop égoïste pour le laisser mourir de façon majestueuse. Elle s'était détachée de tout le reste, avait tout oublié, en particulier l'effet que l'agonie persistante de monseigneur aurait sur sa famille et ses amis, et surtout sur leurs fils, Julian et Henri-Antoine. Elle n'aurait pas été surprise d'apprendre que la maladie prolongée de monseigneur avait accéléré le décès de sa sœur et du mari de celle-ci, qui étaient morts dans l'année qui avait suivi la disparition de monsieur le duc.

Elle quitta la bibliothèque sans rien voir, frottant inconsciemment ses bras comme si elle avait soudain très froid. Sentant la douzaine de bracelets en or qui entouraient ses poignets sous les paumes de ses mains, elle s'en débarrassa, les laissant rebondir un à un sur le tapis avant d'aller rouler sur le parquet dans toutes les directions en cliquetant, jusqu'à ce qu'ils disparaissent sous un fauteuil ou dans un coin sombre. Willis et Spencer partirent à leur poursuite tandis qu'Antonia traversait l'antichambre pour rejoindre la galerie. Quand elle s'y trouva, elle enleva ses boucles d'oreilles ornées de diamants et d'émeraudes et les laissa tomber sans s'en rendre compte. Ses mains remontèrent de nouveau et se posèrent cette fois-ci sur les trois pinces en diamants disposés dans ses cheveux relevés. Elle les ouvrit et, elles aussi, les relégua à l'épais brouillard qui l'entourait. Elle retira une par une la douzaine d'épingles à tête perlée qui maintenaient ses cheveux en place et qui rejoignirent le reste de ses bijoux. Ses lourdes boucles blondes, en bataille, rebondirent sur ses épaules et tombèrent en cascade dans son dos.

Elle avait parcouru la moitié de la galerie, non pas qu'elle sache où elle se trouvait, quand les joueurs de whist installés autour de quatre tables s'arrêtèrent en pleine défausse et tournèrent leurs têtes poudrées pour la regarder passer dans un silence stupéfait. Les gentlemen en pleine discussion près de la deuxième cheminée se relevèrent à moitié de leurs fauteuils confortables pour la saluer et la dévisagèrent bouche bée quand elle les dépassa, dans un état second. Quand elle arriva devant une porte-fenêtre ouverte, près d'un petit groupe de personnes qui se tenait sous le portrait d'un ancêtre mort depuis longtemps, elle se débarrassa de ses chaussures damassées et sortit dans la fraîcheur de la nuit. Deux valets de pied en livrée au visage impassible s'inclinèrent devant elle comme si tout était normal chez la duchesse douairière de Roxton, absente et débraillée.

Elle ne sentit même pas le marbre froid de la terrasse à travers ses bas. Elle hésita, indécise, son regard balayant la pelouse ondoyante baignée dans la lumière du crépuscule, le pont arqué qui traversait le lac ayant retrouvé son calme et, plus loin, la route de gravier bordée de chênes et de hêtres qui menait chez elle. Elle posa une main sur sa gorge et sentit son ras-de-cou de diamants et d'émeraudes, le premier cadeau que lui avait fait monseigneur. Elle ferma brièvement ses yeux baignés de larmes, envahie par le souvenir du moment où il avait délicatement placé le lourd collier autour de son cou pour son dix-huitième anniversaire : *Pour mettre vos yeux en valeur, ma belle.* Sans lui, ce n'était plus qu'un énième bijou ; un colifichet sans aucune valeur. Décidée, elle ouvrit le fermoir de ses doigts tremblants, fit glisser le lourd ras-de-cou de sa gorge et le laissa tomber dans le chèvrefeuille.

Antonia quitta la terrasse pour rejoindre la pelouse et se dirigea vers le lac.

QUATORZE

Après avoir passé une semaine à Londres, Jonathon était de retour à Treat. Une invitation l'y attendait. La comtesse de Strathsay l'invitait cordialement à venir passer deux semaines dans son domaine du Buckinghamshire pour fêter les vingt-huit ans de son fils aîné. Il avait aussi reçu une lettre de Sarah-Jane – son état de surexcitation se voyait dans les taches d'encre qui parsemaient la page –, qui lui révélait ce qu'il savait déjà puisque qu'il avait décacheté l'invitation de la comtesse : Sarah-Jane était déjà là-bas avec Lord et Lady Cavendish. Elle avait pris la liberté de partir avec les bagages qu'il avait laissés à Treat et il devait la rejoindre *le plus rapidement possible* parce qu'elle était persuadée qu'une nouvelle *de la plus haute importance* serait annoncée pendant la semaine, et il fallait *absolument* qu'il soit là, ou elle ne le pardonnerait *jamais* à son *très cher* père.

Jonathon sourit pour lui-même. Bien sûr qu'elle le pardonnerait. Sarah-Jane le pardonnait toujours. Après tout, elle avait hérité de la douce nature de sa mère, Emily.

Il y avait aussi une lettre de Tommy Cavendish, mais il ne l'ouvrit pas ; l'enveloppe très épaisse promettait une longue lecture qu'il lui faudrait prendre le temps de digérer. Il la glissa dans la poche de sa redingote pour la lire plus tard et reporta son attention sur le major-dome qui patientait dans le vestibule caverneux avec un valet de pied qui portait un plateau en argent sur lequel étaient posées les lettres dont Jonathon avait déjà pris connaissance. Il ne lui restait plus qu'une lettre à traiter, une courte missive dans laquelle le duc l'informait que ses avocats londoniens prendraient contact avec Jonathon par rapport au bail de la maison d'Hanover Square et qu'il lui rendrait visite la prochaine fois qu'il serait en ville. C'était tout. Rien n'expliquait pourquoi on le congédiait.

Sous le plafond voûté du vestibule sur lequel étaient peints des dieux et déesses grecs assis sur des nuages et entourés de petits chérubins dodus, le majordome à l'air pincé prit un grand plaisir à expliquer à Jonathon que le duc avait dû partir soudainement à Bath et que, en son absence, les jeunes membres de sa famille qui étaient restés dans le monolithe qui lui servait de maison ne devaient être dérangés sous aucun prétexte. On fournirait à Mr. Strang un cheval prêt pour le voyage et de quoi se rafraîchir, s'il le souhaitait, avant de repartir.

Le majordome était certain que Mr. Strang comprendrait.

Jonathon ne comprenait pas et il était hors de question qu'il tourne les talons et reparte sur un nouveau cheval sans avoir pris congé de la duchesse douairière de Roxton. Pas après avoir passé chaque nuit loin d'elle à ne penser à rien et personne d'autre. Il descendit la bière qu'un deuxième valet de pied au visage de marbre lui présentait sur un autre plateau en argent, ramassa sa petite valise en cuir marron, et un troisième valet de pied le mena dans un enchaînement de pièces secondaires et d'étroits passages, jusqu'à ce qu'il se retrouve à l'extérieur, dans une grande cour pavée. À droite l'attendait le cheval sellé qu'on lui avait promis, près de l'immense écurie.

Jonathon ne prit pas cette direction comme prévu ; après avoir adressé un signe de la main aux garçons d'écurie qui l'attendaient, il partit vers la gauche. Il passa son sac de voyage sur son épaule et s'élança sur la pelouse à grands pas, vers le chemin de gravier qui assurait une promenade pittoresque dans les jardins d'agrément dont une équipe de jardiniers prenait soin pour préparer la floraison estivale. Il saluait tous ceux qu'il croisait d'un signe de tête, mais ne faisait pas attention aux parterres de fleurs qu'on labourait ou aux fontaines scintillantes, ni aux haies parfaitement taillées ou aux allées fraîchement ratissées. Quand il arriva au mur de pierre au sud du jardin, il poussa la petite porte en bois encastrée dans l'enceinte et s'avança dans la grande prairie, où des moutons, certains accompagnés de leurs agneaux, broutaient l'herbe derrière un ha-ha.

Un chemin menait vers un bosquet de saules près duquel apparaissait un hangar à bateaux élaboré que n'importe quel métayer aurait été fier d'habiter et une longue jetée où plusieurs barques s'agitaient au rythme des légères ondulations à la surface de l'eau. La brise avait forci ; Jonathon jeta un coup d'œil au ciel bleu et à l'horizon, où des nuages noirs et menaçants s'étaient amassés, ce qui lui confirma qu'une tempête s'annonçait. Il faudrait qu'il rame assez vite s'il voulait éviter de se retrouver sous une pluie diluvienne et de finir trempé avant de pouvoir atteindre le joli pavillon à l'autre bout du lac.

Il était déterminé à passer une dernière nuit à Treat avant de se rendre dans le Buckinghamshire, où il se livrerait à des interactions sociales d'un ennui atroce pour soutenir sa fille dans sa tentative de séduire un baronnet, au minimum. Il n'y avait pas meilleur endroit où dormir que le pavillon, et pas meilleure compagnie que la duchesse douairière de Roxton.

Il put s'abriter sous le haut plafond voûté du pavillon avant que les premières grosses gouttes ne s'écrasent sur l'escalier en marbre. Il lâcha sa valise, enfila sa redingote par-dessus sa chemise blanche et son gilet, et se retrouva devant la maison douairière d'Antonia, à la recherche d'un moyen d'y entrer, sa cape de voyage jetée sur une épaule, quand le ciel s'ouvrit pour libérer une pluie torrentielle.

La maison était plongée dans l'obscurité. Il ne distinguait aucune lueur vacillante de bougie ou de feu de cheminée derrière les fenêtres du rez-de-chaussée, toutes obscurcies par de lourds rideaux. Toutes les portes et fenêtres étaient verrouillées, ainsi que les dépendances. On aurait dit que la maison était fermée et que ses occupants s'étaient absentés. Jonathon se demanda si la duchesse était en résidence ou s'il s'était déplacé pour rien quand il trouva enfin un signe de vie à l'avant de la maison.

Il fit le tour pour rejoindre l'entrée principale, avec son allée de gravier circulaire et son portique décoratif, et rejoignit en courant les parterres qui entouraient la fontaine centrale afin d'avoir une meilleure vue sur la façade élisabéthaine et sa multitude de fenêtres à meneaux. Accompagné d'un coup de tonnerre, un éclair illumina toute la maison, offrant à Jonathon une vue spectaculaire sur le bâtiment à l'étrange beauté et ses nombreuses cheminées décoratives en briques. C'est alors qu'il aperçut de la fumée s'élever en volutes de deux des cheminées ; l'une sur l'aile est, et l'autre plus à l'arrière de la maison, ce qui devait correspondre à la cuisine. Elle donnait sur un jardin clos où poussaient herbes et légumes et où se trouvait aussi une glacière sphérique construite à l'époque des Stuart.

Il courut d'abord jusqu'à l'aile est ; la cheminée en briques rouges d'où s'élevait la fumée surplombait une cour intérieure où une rangée de fenêtres basses étaient frappées par la pluie. Une lumière vacillante apparaissait entre les rideaux tirés.

Abrité sous le petit portique d'une lourde porte utilisée par les domestiques, il tenait à présent sa cape de voyage au-dessus de sa tête afin de se protéger de la pluie diluvienne. Il se demandait comment s'y prendre pour attirer l'attention des occupants de la seule pièce qui semblait renfermer de la vie. Comme pour répondre à sa réflexion, la porte dans son dos s'ouvrit en grinçant. Un visage morne surgit de l'obscurité, éclairé par une chandelle. Des yeux méfiants s'écarquillèrent en le reconnaissant. Jonathon répondit d'un signe de tête et la porte s'ouvrit un peu plus.

Il s'agissait de Michelle, la femme de chambre de la duchesse douairière.

— Monsieur ! Vous êtes celui du pavillon, non ? demanda-t-elle dans un anglais hésitant, en haussant la voix pour qu'il l'entende par-dessus le bruit de la pluie, tout en jetant un coup d'œil prudent par-dessus sa propre épaule. Vous êtes un ami de madame la duchesse, n'est-ce pas ?

— Oui. Et je parle très bien français.

Elle hocha la tête et ouvrit un peu plus la porte pour le laisser entrer, mais ne sembla pas vouloir ajouter quoi que ce soit, peu importe la langue. Elle se contenta d'indiquer à Jonathon de la suivre dans le passage sombre réservé aux domestiques, puis dans un deuxième et un troisième, évitant toute pièce publique ou privée que les domestiques ne fréquentaient que s'ils y avaient été appelés. Michelle l'avait conduit jusqu'à la cuisine, bien éclairée et en pleine effervescence. Diverses casseroles chauffaient dans l'immense et profonde cheminée, où plusieurs volailles cuisaient à la broche. La chaleur rayonnante suffisait à réchauffer toute la pièce et les mains de Jonathon.

Le chef et deux cuisiniers préparaient un festin, ce qui était étrange vu l'obscurité qui enveloppait toute la maison. Ils firent une pause dans leur préparation quand Jonathon entra dans la pièce derrière Michelle. Jonathon adressa un signe de tête au chef qui se contenta, avec un unique juron français bien choisi, de rappeler à l'ordre ses cuisiniers occupés à dévisager le bel étranger bien bâti, avant de reprendre son travail sans dire un mot de plus, laissant Michelle servir un gobelet de bière tiède à Jonathon. Elle le débarrassa de sa cape de voyage qu'elle mit à sécher devant la cheminée, sur le dossier d'une chaise. Elle manipula le manteau dans tous les sens comme si cette tâche du quotidien l'aidait à garder son calme ; c'était l'impression qu'elle donnait à Jonathon, qui l'observait attentivement. Il jeta un coup d'œil perplexe au chef, qui maniait une pâte à tarte de la même manière que Michelle manipulait son manteau ; Jonathon en déduisit que quelque chose n'allait pas. Avant qu'il ne puisse les interroger, Michelle se tourna vers lui en se tordant les mains.

— Monsieur ! Ce monstre est ici, il attend son dîner, et j'ai dit à Pierre de mettre du poison dans la tourte ou dans son vin ! Il le faut, peu importe si je finis pendue tant qu'il est mort !

— Michelle ! grogna le chef. Ne soyez pas sotte. Il faut que ce gros médecin reste en vie. Et vous oubliez qu'il s'entoure toujours de ses deux brutes.

— Empoisonnez-les tous ! Ça ne me dérange pas, et ça ne devrait pas vous déranger non plus.

Le chef grogna derechef avant de se tourner vers Jonathon en levant un doigt plein de farine :

— J'empoisonnerais volontiers ce gros médecin et ses assistants, monsieur, mais ce n'est pas le bon moment. Michelle doit d'abord localiser madame la duchesse – elle doit découvrir ce que ce monstre a fait d'elle.

— Madame la duchesse ? s'enquit Jonathon dans un sursaut, son cœur s'emballant. Un médecin, dites-vous ? Est-elle… Est-elle malade ? Je ne comprends pas.

Le chef se mit à répéter ce qu'il venait de dire en anglais, avec son fort accent français, mais Michelle reprit vie et agita ses mains dans sa direction pour qu'il se taise.

— Ce gentleman a très bien compris ce que vous avez dit, Pierre ! Il ne vous demande pas de répéter. Monsieur, dit-elle à Jonathon en récupérant son gobelet vide qu'elle posa sur la table. Madame la duchesse était malade, en effet. Le soir de la régate… Ils l'ont trouvée… Ils l'ont trouvée… hésita-t-elle avant de prendre une grande inspiration mal assurée. Je ne pense pas pouvoir vous le dire…

— Alors parlez-moi de ce médecin, répondit Jonathon d'une voix mesurée, ce qui apaisa la bonne.

— Il est rentré de la régate avec madame la duchesse, accompagné de ces deux brutes qu'il appelle « ses assistants », et maintenant il se comporte comme si la maison lui appartenait !

— C'est parce que monsieur le duc lui en a donné l'autorisation, Michelle, déclara le chef Pierre en lançant un regard éloquent à Jonathon. C'est pour cette raison que je le nourris.

— Il s'occupe encore de madame la duchesse ? demanda Jonathon, surpris.

La bonne acquiesça vigoureusement, les lèvres pincées, et Jonathon ajouta :

— Votre maîtresse est-elle si malade que cela ?

— Madame la duchesse n'est jamais malade physiquement... répondit Michelle avec un air circonspect.

— Monsieur, reprit Pierre tandis qu'il garnissait la pâte à tarte d'un mélange de légumes, d'ail et de crème avant d'y saupoudrer une généreuse pincée de noix de muscade. Avec tout le respect que je dois au duc de Roxton, si le monsieur dodu qui attend son dîner dans la salle à manger est médecin, alors moi je suis roi de France !

— C'est un monstre ! s'écria Michelle avant de poser une main tremblante sur sa bouche.

Pierre versa le contenu d'une bouteille verte sur la garniture de la tourte. Entre l'élixir de Daffy et la noix de muscade, les intestins du médecin devraient se mettre en route qu'il le veuille ou non ; il avait aussi incorporé une bonne dose du liquide foncé dans la soupe aux pommes de terre et au fromage. Le chef se fendit d'un grand sourire.

— Il se dit médecin, mais ce n'est qu'un charlatan.

— Pierre ! Comment pouvez-vous rire alors que...

— Un charlatan ? Comment s'appelle ce type ? l'interrompit Jonathon.

— Sir Titus Foley, monsieur.

— À quoi pensait Roxton ? murmura Jonathon pour lui-même, avant de demander : Où est-elle ? Où est madame la duchesse ?

— Nous ne savons pas...

— Vous ne savez pas ?

— ... parce que le... le médecin... il n'autorise personne à la voir. Vous imaginez ? Il prive madame la duchesse de sa femme de chambre !

— Michelle, c'est le cadet des soucis de madame la duchesse, commenta Pierre à voix basse tout en découpant l'excès de pâte sur le dessus de la tourte avant d'écraser le rebord entre son pouce et son index.

— Les gargouilles – Willis et Spencer – doivent bien être avec elle ?

La bonne secoua vivement la tête.

— Où sont-elles ?

— Les dames d'honneur de madame la duchesse sont parties avec la comtesse de Strathsay.

— Si elles ne sont pas avec elle, et que vous avez l'interdiction de l'approcher, qui s'occupe de madame la duchesse ?

— Le médecin a envoyé tous les domestiques dans le pavillon d'entrée, expliqua Michelle. Seuls Pierre, Guy et Philip ont le droit de rester à la maison, parce que...

— ... parce qu'on remplit son estomac, termina Pierre.

— Elle reste donc entièrement seule avec Sir Titus et ses assistants ?

La bonne acquiesça d'un air sombre ; Jonathon jura de manière si copieuse que même le chef sursauta.

— Quand avez-vous vu votre maîtresse pour la dernière fois ?

Michelle échangea un regard inquiet avec Pierre qui, tout comme ses deux cuisiniers, avait interrompu ses préparations culinaires, ses mains pleines de farine planant au-dessus d'une deuxième tourte à moitié terminée. Le cœur de Jonathon trébucha et il s'impatienta.

— Alors ? L'avez-vous vue cette dernière semaine, oui ou non ?

— Nous l'avons entendue, monsieur... Nous l'avons entendue une fois, elle insultait le médecin en hurlant, répondit Pierre, incapable de réprimer un sourire admiratif. Ses jurons étaient parfaits, ils sortaient tout droit des caniveaux parisiens, mais c'était du gâchis de les déverser sur ce gros charlatan. Il ne parle pas un mot de français.

Avant que Jonathon ne puisse poser la question, Michelle ajouta à voix basse :

— Je l'ai vue, monsieur. Ce matin. J'ai suivi l'un des assistants...

La bonne s'interrompit, prit une profonde inspiration sanglotante et reprit sous le regard insistant de Jonathon :

— J'ai suivi l'assistant jusqu'au sous-sol.

— Au *sous-sol* ?

— Oui, monsieur, la glacière a une autre entrée, celle que les domestiques utilisent, et c'est là que le médecin et ses assistants ont emmené madame la duchesse pour-pour son traitement.

L'incrédulité de Jonathon donna un ton sévère à sa voix habituellement traînante et agréable.

— La *glacière* ? On *l'emmène* dans la *glacière* pour... pour son *traitement* ? Seigneur, de quel genre de traitement parlez-vous ?

Michelle sursauta, non pas à cause de la voix de Jonathon, teintée par la colère et la stupéfaction, mais à cause d'un impressionnant coup de tonnerre qui retentit au-dessus de leur tête.

— Michelle. Montrez-lui. Emmenez-le, ordonna le chef en indiquant d'un geste de sa tête chauve une porte qui s'ouvrait sur l'obscurité. Monsieur le médecin et ses brutes seront dans la salle à manger. Moi, je vais servir la soupe immédiatement pour les occuper. D'accord ?

Jonathon était horrifié.

— Il la laisse là-bas toute seule ?

Le chef secoua la tête après avoir échangé un nouveau regard inquiet avec la bonne.

— Non, monsieur. C'est ce qui nous préoccupe encore plus. Nous ne savons pas où il la détient en ce moment. C'est à vous de le découvrir, et vous devez vous dépêcher. Il vous suffira d'un coup d'œil dans cette pièce pour comprendre pourquoi le temps presse.

La glacière se trouvait au bout d'un long couloir, dans les profondeurs souterraines du manoir élisabéthain, dans le coin le plus froid, le plus sombre et le plus humide du bâtiment, idéal pour entreposer des réserves de glace. Il s'agissait aussi de la pièce la plus éloignée des habitations et, avec ses murs de soixante centimètres d'épaisseur et sa lourde porte en chêne, elle était insonorisée.

Jonathon suivit Michelle dans le labyrinthe que formaient les couloirs souterrains. Elle levait une chandelle qui projetait de la lumière sur les murs froids et humides et sur le sol pavé. Quand ils arrivèrent devant la porte de la glacière, la bonne se décala pour laisser Jonathon entrer en premier.

La porte n'était pas fermée à clé.

La pièce était plongée dans le noir et l'air y était glacial et humide, ce qui n'était pas surprenant vu son utilité. À l'approche de la bougie, les chandeliers accrochés au mur près de la porte sortirent de l'ombre. Une fois allumés, leur lumière révéla la largeur et la profondeur de la pièce. Malgré sa grandeur, elle contenait seulement quelques blocs de glace, empilés contre un seul mur. Des couvertures en lin avaient été placées entre les blocs pour faciliter leur séparation. Il suffisait de prendre un bloc et de le porter jusqu'à l'enclume en pierre bleue qui occupait le centre de la pièce et où, à l'aide d'un marteau et d'un burin placé à certains endroits précis, on pouvait découper des morceaux de glace, les mettre dans des seaux et les remonter aux cuisines où ils seraient utilisés. Si on avait besoin d'un bloc entier à l'étage, on l'enveloppait dans le lin et deux hommes le transportaient, munis de gants en coton rembourrés pour éviter les brûlures.

Une passerelle qui servait de plateforme d'observation s'étirait le long d'un mur ; on pouvait y accéder par un escalier en colimaçon. Une porte avait été découpée dans la maçonnerie ; Jonathon se dit qu'elle devait donner sur le jardin et qu'il s'agissait de la porte utilisée par les nobles résidents et leurs invités lorsqu'ils voulaient échapper à la chaleur estivale et remettre des glaçons dans leur eau citronnée ou leur ratafia, ce qui était une nouveauté.

La chaleur estivale ! Jonathon secoua la tête en repensant au soleil de plomb d'Hyderabad. Les Anglais ne connaissaient pas la chaleur ! Quand son regard redescendit, son sourire disparut.

Le sol était en briques, comme les murs, et s'inclinait légèrement vers une grille centrale où la glace fondue s'écoulait dans un puits ouvert. La grille qui recouvrait le puits avait disparu pour permettre un accès à l'eau grâce à une corde, un seau et une poulie. Plusieurs seaux vides s'empilaient à côté du puits.

Ce qui détonnait dans cette glacière, c'était ce grand escabeau en bois près de l'enclume et la chaise en chêne massif positionnée devant, son dossier appuyé contre le cadre en A de l'échelle afin que celle-ci soit stable si quelqu'un devait en grimper les barreaux.

Jonathon prit la chandelle des mains de Michelle afin d'inspecter l'escabeau et la chaise de plus près. Il n'avait pas besoin que la bonne lui décrive ce qu'elle avait vu dans cette pièce, mais elle s'exécuta quand même, ce qui rendit d'autant plus terrifiante la découverte des lanières en cuir équipées de boucles fixées au pieds avant de la chaise en forme de patte griffue et sur chaque accoudoir à tête de lion.

— Madame la duchesse avait ses chevilles et ses poignets attachés à cette chaise par les lanières de cuir pour qu'elle ne puisse pas bouger. Un homme est monté sur l'échelle et l'autre lui a passé un seau rempli d'eau du puits. Le gros médecin s'est éloigné de la chaise où madame la duchesse était attachée et a fait un geste de la tête ; l'homme qui était sur l'échelle a renversé tout le seau d'eau sur la tête de madame la duchesse. On lui a donné un autre seau d'eau, et encore un autre, jusqu'à ce que le médecin lève la main pour leur signaler d'arrêter. Les hommes ont échangé leurs places et ont attendu que le médecin leur dise de recommencer le traitement du début. Madame la duchesse n'a pas dit un seul mot… Comment aurait-elle pu, alors qu'elle suffo-quait ? Il fait un froid glacial ici et l'eau est très froide…

Jonathon passa un bras réconfortant autour des épaules de la bonne secouée de sanglots et la guida hors de la pièce glaciale. Il referma la porte, la verrouilla et retrouva l'usage de la parole seulement quand ils rejoignirent le passage près des cuisines.

— À quelle… À quelle fréquence reçoit-elle ce *traitement* ?

— Je ne sais pas précisément, monsieur, mais Pierre dit que le médecin et ses assistants sont descendus au sous-sol avec madame la duchesse deux fois par jour.

— Deux fois par jour pendant une semaine ? Mon Dieu, souffla Jonathon avant de passer une main sur sa bouche et de baisser les yeux vers Michelle. Quand est-ce qu'elle a été vue pour la dernière fois ?

— Ce matin.

Jonathon serra la mâchoire, et son regard devint terne.

— Bien ! Il est temps d'avoir une petite discussion avec monsieur le gros médecin !

Michelle l'arrêta en posant une main sur son avant-bras. Les yeux rivés sur le visage sévère de Jonathon, elle déglutit et chuchota :

— Je dois vous dire quelque chose, monsieur… Quelque chose que Pierre et les autres ne savent pas, et je ne veux pas qu'ils l'apprennent, ils ne doivent *jamais* l'apprendre, mais je préfère vous le dire parce que je veux vraiment que vous punissiez ce monstre.

— Je peux vous assurer qu'il va recevoir une correction digne de ce nom.

— Je vous en prie, monsieur, il faut que vous m'écoutiez et que vous me promettiez de ne pas dire à madame la duchesse que je suis au courant, ou que vous savez ce que je vais vous dire.

Jonathon lui accorda toute son attention.

— Vous avez ma parole, Michelle.

Michelle se sentait plus en confiance, d'autant plus que ce bel étranger bronzé avait retenu son prénom, ce qui, pour une raison inexplicable, la rassurait sur le fait qu'il tiendrait sa promesse. Elle prit une grande inspiration et planta son regard dans le sien avec bravoure.

— Monsieur, le médecin, il ne regarde pas madame la duchesse comme un docteur regarde une patiente. Il la regarde comme un homme regarde une femme. Vous comprenez ce que je veux dire, hein ? Ce seul comportement est méprisable, continua-t-elle après que Jonathon eut acquiescé, ses doigts se resserrant sur sa manche. C'est censé être un médecin respecté, un homme qui applique à la lettre les règles de sa profession. Mais ce n'est pas le cas, monsieur. Il est loin d'être ce qu'il devrait être, ce qu'il prétend être. C'est pire que ça, monsieur, *il* est pire que ça. Si seulement ça se limitait à la façon dont il la regarde… Mais il… Il l'a… Il l'a *touchée* d'une façon inappropriée ; seul un mari est autorisé à toucher une femme de cette façon. C'est difficile à croire, non ? J'étais tout aussi stupéfaite que vous, monsieur, et je ne l'aurais pas cru capable de prendre de telles libertés avec madame la duchesse si je ne l'avais pas vu de mes propres yeux. Quand on l'a ramenée de la régate et que nous, les domestiques, n'avions pas encore été envoyés à Gatehouse, je suis montée dans sa chambre pour l'aider à se déshabiller comme je le fais toujours, et il était là ! Le médecin était dans sa *chambre*. Et les deux assistants aussi ! Pouvez-vous croire à une intrusion aussi scandaleuse ? Et il y a pire, monsieur. Les deux assistants tenaient chacun un bras de madame la duchesse pour l'empêcher de se débattre. Ils la tenaient comme ça, expliqua-t-elle en passant son bras autour de celui de Jonathon de sorte qu'il se tourne d'un côté et elle de l'autre. Vous voyez, reprit-elle après l'avoir relâché et s'être replacée devant lui, les assistants tournaient le dos au médecin, ils n'ont donc pas pu voir ce que j'ai vu. Je suis persuadée que c'était intentionnel de la part du médecin, pour leur cacher ses vraies intentions.

— Oui, je pense que vous avez raison, approuva Jonathon qui ne voulait pas entendre le reste, mais y fut forcé.

— Madame la duchesse a essayé de se libérer, mais c'était impossible, continua Michelle en agrippant l'avant-bras de Jonathon avec force. Les assistants, ils se moquaient de savoir que c'est une duchesse et qu'il ne faut surtout pas la toucher ! Ils n'écoutaient que leur maître. Et elle s'est beaucoup débattue, monsieur, avec beaucoup de force, parce que le-le médecin a pris des *libertés*. Il l'a déshabillée de ses propres mains ! Imaginez ! Il disait qu'il devait prendre son pouls pour vérifier que son cœur battait correctement. Il a dégrafé et lui a enlevé sa pièce d'estomac, mais il n'est pas nécessaire d'enlever une pièce d'estomac pour prendre le pouls, n'est-ce pas, monsieur ?

Jonathon déglutit.

— Ce n'est pas nécessaire, non.

Elle leva son poignet.

— C'est ici qu'on prend le pouls, c'est ça ? Ou ici, ajouta-t-elle en posant deux doigts sur sa gorge.

— Oui.

— Mais il n'a pas fait ça. Il a défait les nœuds de son corselet et, en s'exécutant, il lui disait de ne pas se débattre, de le laisser faire son travail. Mais je vous demande, quel genre de travail consiste à déshabiller une grande dame ? Ce n'est pas le rôle d'un médecin, n'est-ce pas, monsieur ? C'est le rôle d'une femme de chambre. C'est *mon* rôle, n'est-ce pas, monsieur ?

— Vous avez tout à fait raison, Michelle.

La bonne acquiesça, les yeux écarquillés.

— Il disait qu'il faisait ça pour son bien et que c'était pour cette raison que monsieur le duc l'avait convoqué : pour prendre soin d'elle. *Peuh !* Balivernes ! Je ne crois pas une seule seconde que l'idée que monsieur le duc se fait de ses soins se rapproche des libertés que ce médecin a prises, et je suis persuadée que s'il savait, il refuserait que cet homme – ce *monstre* – s'approche d'elle !

— Je suis d'accord avec vous, Michelle. Maintenant, si vous voulez bien…

— Mais, monsieur, je dois vous raconter la suite ! insista Michelle sans avoir conscience du supplice émotionnel que Jonathon endurait en silence. J'ai vu l'expression sur son visage, j'ai vu comment il la dévisageait, c'était vraiment *répugnant*. Madame la duchesse préfère porter des corselets, et donc la rangée de petits nœuds se trouve à l'avant...

— Oui, oui, je le sais ! Inutile de...

— ... juste ici, poursuivit-elle comme s'il n'avait pas parlé, traçant une ligne imaginaire entre ses seins, inconsciente de l'embarras qui submergea Jonathon, colorant ses joues, mais aussi sa voix. Il a pris son temps pour défaire chaque petit nœud et, je vous l'assure, monsieur, j'avais envie de me précipiter dans la pièce, de lui sauter dessus et de le faire reculer en lui donnant des coups ! Une fois que tous les nœuds étaient défaits et que le corselet était grand ouvert, il...

— Je n'ai pas besoin d'entendre le reste !

— ... il a joué la comédie en relevant sa montre à gousset avant de compter les pulsations à voix haute comme s'il mesurait les battements de son cœur, et en même temps il avait glissé sa main dans son corselet et caressait ses s...

— *Assez*, gronda Jonathon entre ses dents serrées.

Quand la bonne se recroquevilla, il retrouva rapidement son sang-froid et ajouta d'une voix contrôlée qui dissimulait la colère et l'angoisse qui tourbillonnaient en lui :

— Merci. Il est temps que je m'occupe de ce-ce *charlatan*.

La bonne battit des cils, les yeux levés vers lui.

— Tout cela est vrai, monsieur. Je vous l'assure.

— Je vous crois.

— Merci, monsieur. Maintenant vous savez pourquoi je pense que ce médecin est un monstre. Pourquoi vous devez lui faire du mal pour la façon dont il a traité madame la duchesse. Et Pierre, il lui prépare des tourtes aux légumes ! Ce n'est pas croyable.

Jonathon avait la nausée à la seule idée de manger à la table d'un homme comme Sir Titus Foley, un représentant répugnant de l'humanité. Mais pour rassurer la bonne, qui avait l'air aussi nauséeuse que lui, quant aux bonnes intentions du chef, il lui adressa un sourire en coin et lui rappela que Pierre avait versé le liquide foncé d'une bouteille verte sur la garniture de la tourte.

— Ne vous inquiétez pas pour l'estimé Pierre. Il prépare sa propre revanche pour ce qu'il a fait à sa maîtresse et, si je ne me trompe pas, il s'est armé de son élixir de Daffy.

L A PLUIE BATTAIT LES VITRES ET LE VENT FAISAIT CLAQUER LES meneaux des grandes fenêtres de la salle à manger. Les épais rideaux en velours avaient été tirés sur toute la longueur du mur entièrement composé de fenêtres, occultant la vue sur la grande cour intérieure et le bruit de la violente tempête qui faisait rage à l'extérieur. On apercevait seulement, là où les rideaux se rejoignaient, une vive lumière blanche quand, de temps en temps, un éclair déchirait le ciel. Le vent, qui émettait un sifflement aigu en passant entre les fines fissures des cadres de fenêtre, et le grondement intermittent du tonnerre faisaient sursauter les trois hommes réunis au bout de la table en chêne massif, au plus près de la cheminée. Mais la tempête ne leur avait pas coupé l'appétit.

Quand Jonathon entra dans la pièce sans avoir été annoncé, Sir Titus et ses assistants étaient penchés sur des bols en porcelaine aux motifs bleus et blancs qui contenaient une soupe crémeuse et fumante, dont ils avalaient bruyamment les dernières gorgées, équipés de lourdes cuillères en argent. Ils se léchèrent les lèvres avec satisfaction et se firent passer une miche de pain croustillant dont ils arrachèrent des morceaux afin d'éponger et de savourer les dernières gouttes. Ils complimentèrent le chef et levèrent leurs verres de vin de qualité pour saluer ses talents culinaires.

Il jaugea les deux hommes assis face à face – les hommes de main du médecin – et se demanda comment il pourrait se débarrasser d'eux s'ils refusaient de quitter la pièce de leur plein gré. Ces deux types baraqués, aux larges torses et aux poings puissants, devaient être très doués pour maîtriser les patientes récalcitrantes. Il se sentait capable d'affronter n'importe lequel des deux individuellement, mais il n'était pas orgueilleux au point d'être irréaliste. S'ils décidaient de l'attaquer à deux, il finirait en sang. Il voulait garder sa force pour punir le médecin. Mais d'abord, il devait découvrir ce qu'il avait fait d'Antonia.

— Restez assis, enfin ! s'exclama Jonathon d'un ton détaché avec un geste indolent de la main quand les deux assistants se levèrent immédiatement, contrairement à Sir Titus qui resta assis et le salua d'un bref signe de tête. Ah ! Voilà la tourte ! Je vous en prie, servez-vous ! Je ne compte pas interrompre votre somptueux dîner.

Il tira une chaise, s'assit sur la table, posa son pied sur l'assise capitonnée et sortit la boîte argentée où étaient rangés ses cheroots, tout en observant les deux cuisiniers qui plaçaient la tourte aux légumes, la volaille dans sa sauce à l'ail et divers accompagnements devant les trois convives.

— Sa Grâce m'a chargé de prendre des nouvelles de la duchesse douairière, déclara-t-il en parcourant la table du regard comme s'il s'attendait à la voir. Elle ne se joint pas à vous… ?

Sir Titus écarta ses mains dodues et examina les plats proposés avec gourmandise.

— Ce n'est pas dans mes habitudes d'autoriser une patiente à dîner avec son médecin. Il faut garder une certaine distance professionnelle, monsieur… ?

— Distance ? répéta Jonathon avec une grimace avant de se fendre d'un grand sourire. Je suis Lord Leven, mais c'est un titre de courtoisie que je n'ai jamais utilisé. J'attends de toucher le gros lot quand mon grand-oncle Harold rendra enfin son dernier souffle. Mais ce cher vieillard tient bon, encore et encore.

Il fronça les sourcils, se perdit un instant dans ses réflexions, coinça le cheroot au coin de sa bouche et, après avoir rangé la boîte argentée, reprit :

— Je ne sais pas pourquoi je vous ai dit cela. Peut-être que je souffre d'un état de choc à retardement, après avoir vu et entendu tout ce que j'ai vu et entendu. Peut-être que mon cerveau passe par des bavardages sans importance pour mieux surmonter l'horreur.

Il se pencha vers une branche du chandelier posé sur la table et alluma son cigare, tirant dessus jusqu'à ce que le bout devienne incandescent. Il se redressa alors.

— Dites-le-moi, vous. C'est vous, le médecin. C'est votre domaine d'expertise, non ? Les esprits fragiles. Ou bien vous occupez-vous seulement des esprits fragiles des *femmes* ? Dites-moi tout.

Bien qu'il soit capable de s'exprimer, le médecin ne savait vraiment pas quelle réponse donner aux confessions aussi franches et désinvoltes de ce géant assis sur la table, en train de fumer son cheroot comme s'il était au club. Mais il n'était pas dupe, et malgré l'attitude et le discours nonchalants de cet étranger, l'étincelle sévère qui brillait dans ses yeux bruns et la tension visible sur son visage mince faisaient se dresser les poils de sa large nuque. Avant qu'il ne puisse formuler une phrase, l'étranger agita sa main et reprit :

— Mangez, enfin ! Mangez ! La tourte va refroidir, et vous ne voudriez pas que vos associés mangent tout. Ils se sont déjà resservis alors que vous n'y avez pas encore touché, continua-t-il en lançant un sourire aux deux hommes avant de souffler sa fumée en l'air et d'ajouter avec un éclat de rire : Vous devez sacrément mouiller la chemise quand vous maîtrisez cette belle petite tornade qui pèse à peine plus qu'un chat mouillé, hein, les gars ? Qu'est-ce que vous répondez à cela, guérisseur ? demanda-t-il à Sir Titus en le fixant du regard, ses yeux et son sourire complètement dénués de chaleur.

Les assistants, qui avaient fini leur assiette et s'apprêtaient à prendre une deuxième part, furent arrêtés net par le commentaire énigmatique de Jonathon. Ils se tournèrent vers Sir Titus pour qu'il les conseille, car ils étaient incapables de déterminer l'intention de l'étranger ou la signification de ses paroles et se demandaient ce qui le faisait rire. Sir Titus était plus perspicace et malgré son sourire, qui suffit à indiquer à ses assistants qu'ils pouvaient continuer leur repas, une sensation désagréable apparut au creux de son estomac, et elle n'avait aucun rapport avec la nourriture. Toujours vaniteux quant à son expertise médicale, il était persuadé qu'il suffisait de rappeler sa prééminence dans sa spécialité et la confiance que le duc de Roxton avait placée en lui pour clore le questionnement insolent de cet étranger.

— Mon cher monsieur, vous pouvez croire qu'en tant que médecin érudit, je sais ce qui convient le mieux à mes patientes. Sa Grâce me fait confiance, et ce n'est pas la première fois, pour soigner la duchesse douairière en utilisant les méthodes que je juge appropriées en tant que médecin.

— Ce sont ces *méthodes* qui me dérangent, mais j'y reviendrai dans un instant. D'abord, dites-moi comment fonctionne votre *traitement* par l'eau.

— Je ne peux m'attribuer le mérite de cette invention, monsieur, confia Sir Titus d'un ton dédaigneux. Il revient à mon collègue et bon ami, le Dr Patrick Blair, qui en a constaté les effets bénéfiques à plusieurs reprises dans le traitement des troubles nerveux chez les femmes qui sont incapables de satisfaire leurs devoirs d'épouse et de mère, ou réticentes à s'exécuter. Cependant, j'ai…

— Seigneur, un deuxième misogyne sadique, chuchota Jonathon.

— Je vous demande pardon ? s'enquit Sir Titus avec un mouvement de recul.

Jonathon perdait rapidement le peu de patience qu'il avait en entrant dans la pièce, et il agita la main en direction du médecin. Dans quelques minutes, l'élixir de Daffy prendrait sûrement sa revanche sur les deux brutes qui avaient englouti presque toute la tourte, sauf une part qu'ils avaient charitablement laissée pour leur maître. Jonathon était infiniment ravi que Sir Titus ne se soit pas encore servi ; ainsi, le médecin aurait le contrôle sur ses intestins assez longtemps pour révéler l'endroit où se trouvait la duchesse et recevoir une bonne correction.

— Cependant, j'ai adapté la procédure à ma clientèle particulière, qui reçoit des soins bien plus délicats que les patientes de Blair. Pour ma part, je n'insiste pas pour leur bander les yeux et je ne me sers pas d'un tuyau pour un écoulement continu de l'eau ; je préfère utiliser des seaux, qui sont vidés sur la patiente par intervalle, ce qui constitue donc une approche bien plus douce. Ainsi, ma procédure relève de la *thérapie* plutôt que du *traitement*, conclut Sir Titus avec satisfaction en versant une cuillère de sauce au beurre sur le blanc de poulet dans son assiette.

Jonathon sauta de la table et s'approcha de la fenêtre. Il souleva le coin d'un rideau en velours. La pluie battait encore la fenêtre, mais avec peut-être un peu moins de force qu'avant. Il s'adressa à la vitre, ce qui l'aidait à garder son calme :

— Traitement ? Thérapie ? Je cherche sûrement la petite bête.

Sir Titus dut se tourner sur sa chaise pour répondre à Jonathon, qui s'était placé presque directement derrière lui. Ce mouvement le fit grimacer. Bien qu'il n'ait pas vu la grimace, Jonathon entendit sa brusque inspiration, comme s'il souffrait. Il regarda par-dessus son épaule juste à temps pour voir les deux brutes rirent silencieusement aux dépens de leur maître.

— Un traitement implique une guérison, répondit le médecin, momentanément distrait par quelque chose sur ses genoux. La thérapie sert à contrôler la maladie sans forcément la soigner.

— Je vois, déclara Jonathon, qui ne voyait pas du tout, sa main agrippant le haut dossier de la chaise du médecin. Un traitement ne vous donne pas l'opportunité de revenir, tandis que la thérapie vous permet de rendre visite à votre patiente à de multiples reprises, puisque la guérison n'est pas envisagée. Malin.

Sir Titus eut un petit sursaut nerveux, gêné de découvrir que Jonathon était si proche de lui. Une goutte de sueur ruissela de sa perruque poudrée à son oreille. Soudain, la nourriture alléchante placée devant lui sembla peu ragoûtante, et la douleur lancinante entre ses jambes devint plus vive. Il devait remettre de la glace sur le gonflement. Il était persuadé que ses organes génitaux étaient couverts de bleus, mais ce n'était pas le moment de congédier ses hommes, pas tant que ce dangereux inconnu, titré ou non, était dans les parages. Finalement, cette décision ne lui revint pas.

Sans prévenir, l'un des assistants lâcha sa cuillère et agrippa son ventre. Une douleur soudaine et aiguë lui fit ouvrir les yeux en grand avant de les refermer. Le visage crispé, il recula sa chaise dans un raclement et se plia en deux, submergé par des crampes insoutenables. La peur brilla dans les yeux de son collègue et, quelques secondes plus tard, lui aussi subit la même douleur atroce. À grand renfort de gémissements et dans le fracas des chaises renversées, les deux hommes se précipitèrent hors de la pièce, penchés, les bras serrés autour de leur estomac, ayant totalement perdu le contrôle de leurs intestins.

— Pierre, je vous salue ! déclara Jonathon en riant et en frappant dans ses mains au-dessus de sa tête. Maintenant, guérisseur, mettons-nous au travail, dit-il d'une voix complètement différente en jetant son cheroot fumant dans la cheminée.

Il recula la chaise du médecin, la retourna pour qu'ils se retrouvent face à face et, d'une poigne de fer, écrasa chacune de ses mains entre les siennes et les accoudoirs. Il approcha son visage de celui, stupéfait, de Sir Titus Foley, le médecin se retrouvant coincé avant même que la porte ne se referme derrière les deux assistants souffrants.

— Où est-elle ? Qu'avez-vous fait d'elle ?

— Fait d'elle ? Je ne comprends pas ce que…

Crac.

Le médecin convulsa et hurla.

— Qu'avez-vous fait d'elle ?

— Je n'ai rien fait…

Clac.

Une fois encore, le médecin convulsa et hurla.

— Je répète : où est la duchesse de Roxton, espèce de crasse rectale ?

— *Arrêtez. Arrêtez*, supplia le médecin, haletant de douleur, le visage couvert de sueur. De grâce. Avez-vous perdu la tête ?

— Ça, vous le savez mieux que moi, gronda Jonathon. Vous auriez dû vous contenter de soigner de vrais fous. Vous n'auriez *jamais* dû la toucher.

— Je ne l'ai pas…

— *Menteur.*

Crac.

Le médecin poussa un hurlement pitoyable.

Le visage furieux de Jonathon était tellement proche de celui de Foley, frappé de panique, que ses épais cheveux bruns balayaient le front transpirant et contorsionné du médecin et frôlaient le bout de son nez retroussé. Sa voix était à peine plus audible qu'un murmure, mais Sir Titus entendit tout ce qu'il dit, malgré la douleur insoutenable.

— Vous vous êtes emparé de quelque chose de précieux et de révérencieux, qui relève de la plus grande intimité entre époux, et en avez fait un acte complètement répugnant et pervers, dans le seul but d'assouvir votre désir dépravé. Aucun homme n'a le droit de la toucher. Aucun homme, pas même son noble mari, un duc, qui vénérait chacun de ses cheveux brillants, n'a jamais posé un doigt sur sa peau nue sans sa permission. Roxton vous a fait confiance pour que vous preniez soin d'elle. Vous avez abusé de cette confiance et vous avez abusé d'elle, et cela suffit à ce qu'il vous fasse condamner à la potence. Vous l'avez séquestrée, torturée, corrompue et ternie. Je pourrais vous tuer ici et maintenant, cela ne dérangerait personne, car votre vie vaut *moins que rien*.

— Non ! Non ! Je n'ai jamais voulu… Je… J'ai perdu la tête ! implora le médecin qui avait les yeux écarquillés par la terreur, le nez qui coulait, des larmes de douleur et de peur roulant sur ses joues rougies. Je-Je n'ai pas pu m'en empêcher ! Ce n'est pas ma faute. Elle… Elle… Je-Je-Je suis un médecin, mais je suis aussi un-un *homme*. Pour l'amour du ciel, vous êtes un homme, vous aussi. Vous l'avez bien vue. Vous ne pouvez pas être immunisé. J'ai fait mon possible pour résister… mais cette poitrine magnifique… Même un eunuque aveugle serait…

— Fermez votre sale bouche ! Où est-elle ?

— Vous devez me croire ! J'ai seulement caressé sa poitrine. Je le jure sur la tombe de ma mère ! Pitié ! Vous devez me croi…

— Où est-elle ?

— Comment pourrais-je le sa…

Clac.

— Il ne reste plus que le pouce et ensuite je passe à la main gauche, siffla Jonathon. Dites-moi ce que vous avez fait d'elle.

Le médecin n'avait plus la force de crier. L'air hagard, les yeux humides, il observa le visage de Jonathon, tordu par la fureur. Il avait l'impression que sa main droite était entièrement dévorée par les flammes. Quand Jonathon relâcha son poignet et s'éloigna, Sir Titus se risqua à baisser les yeux le long de son bras et vit les blessures qu'il lui avait causées. Sa main avait quelque chose d'étrange. Elle n'avait pas son aspect habituel. Le médecin qu'il était se demanda pourquoi. Les doigts. C'étaient ses doigts. Ils formaient des angles étranges et semblaient tellement tordus qu'il ne les avait jamais vus dans cet état auparavant. Comme c'était étrange. Puis soudain, la prise de conscience le frappa avec une telle violence qu'une douleur insupportable explosa dans son cerveau et se répandit dans chaque nerf de son corps.

Il perdit connaissance.

— Alors ça, non ! gronda Jonathon en lançant un verre de vin à la figure du médecin avant de le gifler avec force. Foley ! Réveillez-vous ! Où est-elle ? Où est la duchesse ?

Le médecin sursauta.

— Ma main ! Mes doigts ! Dieu du ciel, je ne sens plus mes doigts. Vous les avez tous brisés ! Vous les avez brisés !

— C'était le but, espèce d'ordure ! Je vais passer à votre main gauche puis à votre paquet. Où est-elle ?

Sir Titus laissa échapper un petit cri aigu, mélange d'incrédulité et de panique absolue. Il laissa retomber sa main inerte entre ses jambes. Grave erreur. Puisqu'il ne sentait plus ses doigts, sa main retomba lourdement et, malgré la poche de glace blottie contre son entrejambe, ses organes génitaux étaient tellement sensibles qu'il poussa un cri perçant. Jonathon poussa la poche de glace et appuya son genou contre l'entrejambe sensible du médecin.

Ce dernier hurla et se mit à pleurnicher.

— Je ne… Je ne sais pas… C'est la pure vérité… Elle a disparu ce matin… La dernière chose dont je me souviens… c'est qu'elle agrippait fermement mes testicules. J'ai cru qu'elle allait les arracher. Je me suis évanoui. Dieu du ciel, ma main…

Jonathon ricana. De sa botte de jockey, il repoussa la chaise du médecin qui pleurnichait ; il ne voulait plus le toucher ni être près de lui.

— Vous aurez beau vous enfuir, l'autre bout de la terre ne sera pas assez éloigné. Le duc vous trouvera. Et si ce n'est pas lui, ce sera moi. *Disparaissez.*

Dans les cuisines, les domestiques de la duchesse attendaient Jonathon, les yeux brillants d'espoir. Ils avaient vu les deux assistants quitter la pièce en courant, à la recherche des latrines les plus proches, et avaient entendu les cris et les supplications du médecin prétentieux. Agglutinés dans le couloir des domestiques, ils avaient savouré chaque instant de sa souffrance. Michelle posa la question :

— Il est mort, hein ?

— Vous êtes sanguinaire, vous, répondit Jonathon en soufflant d'embarras.

Il accepta le gobelet de bière qu'un cuisinier lui tendait et le but d'une traite.

Maintenant que sa fureur s'était calmée, l'intensité de l'émotion que le comportement répréhensible du médecin envers la duchesse avait suscitée en lui le gênait. Cette réaction violente ne lui ressemblait pas, était surprenante de la part de quelqu'un qui avait rejeté la violence dès son plus jeune âge, préférant les pratiques des hindous aux prophéties apocalyptiques de la religion au nom de laquelle on l'avait baptisé. Il n'avait pas le temps de réfléchir aux émotions qui l'avaient submergé, car il avait eu une inspiration soudaine quand le médecin s'était plaint de ne pas savoir où se trouvait la duchesse. Plus il y pensait, plus il était persuadé d'avoir raison.

Plutôt que de répondre à la question, il formula quelques demandes à voix basse :

— Allez chercher quelques vêtements de madame la duchesse ; rien d'encombrant. Pas de jupons, dit-il à Michelle. Des bas, une chemise de nuit et un châle en laine devraient suffire. Je vais avoir besoin d'une sacoche qui résiste à l'eau, ajouta-t-il avant de se tourner vers Pierre. Mettez-y quelques chandelles et de la nourriture. Elle n'a pas mangé depuis ce matin ; du pain, une bouteille de vin, du fromage et des fruits si vous en avez. Et je vais avoir besoin d'un chapeau.

— Voulez-vous que Guy selle un cheval, monsieur ?

Jonathon secoua la tête.

— Pour en être éjecté au prochain éclair ou coup de tonnerre ? Non. Je vais marcher. Ce n'est pas si loin, je ne devrais pas être complètement trempé avant de pouvoir m'abriter.

Michelle s'apprêtait à passer la porte, mais elle se retourna et demanda, avant de monter dans la chambre :

— Vous savez où se trouve madame la duchesse, n'est-ce pas ?

— Oui. Avec ses proches.

QUINZE

Il la retrouva recroquevillée contre le portail en fer forgé, où elle essayait de s'abriter de la pluie battante. Le portail était fermé par une épaisse chaîne qui avait été passée entre les barreaux peints en noir et en doré, et un cadenas empêchait les intrus d'entrer. Une clé ornementée reposait dans le verrou. Antonia n'avait pas assez de force dans son poignet pour la tourner et libérer la chaîne.

Jonathon retira ses gants en cuir pour le faire à sa place. Il ouvrit le portail en grand, ainsi que l'une des deux lourdes portes incrustées de cuivre. Avec sa sacoche cirée passée sur son épaule gauche, il souleva Antonia et la porta à l'intérieur du mausolée. Il referma la porte en chêne sur le mauvais temps d'un coup de talon.

À l'exception du vestibule, le mausolée était plongé dans l'obscurité la plus totale. Jonathon sentait que l'endroit était très vaste et s'avança prudemment, espérant que le sarcophage familial se trouvait contre les murs ou plus loin dans le monument.

Une série d'éclairs déchira le ciel juste au-dessus de leur tête, projetant une vive lumière par l'oculus en verre qui occupait le sommet du toit en dôme, ce qui illumina le centre du vaste intérieur pendant quelques secondes qui suffirent à Jonathon pour se repérer et retrouver son équilibre. Au milieu du carrelage en marbre noir et blanc, un banc en pierre faisait face à un sarcophage de marbre aux nombreuses gravures décoratives, orné de l'effigie en marbre plutôt grandiose d'un noble assis sur une chaise.

Jonathon s'avança vers le banc et s'y assit avec Antonia sur ses genoux.

De l'eau gouttait du bord de son chapeau ainsi que de son pardessus ciré, formant une flaque autour de ses bottes. La sacoche, mal positionnée sur son épaule, dégoulinait aussi. Cependant, il n'esquissa pas un geste. Immobile et silencieux, il resta assis à écouter la pluie tomber en continu sur l'oculus au-dessus d'eux et le grondement lointain du tonnerre, fixant aveuglément l'obscurité. Il avait seulement besoin de la serrer dans ses bras, de sentir sa présence, de savoir qu'elle était vivante et hors de danger.

Il n'aurait pas su dire depuis combien de temps il l'étreignait. Ils étaient parfaitement immobiles. Il n'aurait pas été surpris qu'elle se soit endormie, épuisée. Mais quand elle se tourna lentement et se pelotonna contre lui, comme si elle recherchait sa chaleur, il reprit vie. Elle tremblait dans ses fins vêtements trempés. Il n'osait pas baisser les yeux, car il était persuadé qu'elle ne portait rien de plus que ses bas et une chemise plaquée sur chacune de ses courbes féminines comme une seconde peau.

Il devait retirer son pardessus mouillé et son chapeau et aller chercher, dans la sacoche, les vêtements que Michelle lui avait donnés. S'y trouvaient aussi des chandelles, une petite boîte à amadou et le panier de nourriture assemblé rapidement par l'estimé Pierre. Mais il ne savait pas comment l'habiller sans attirer l'attention sur sa nudité et ses cheveux ébouriffés, ce qui ne manquerait pas de lui rappeler la terrible épreuve qu'elle avait subie toute la semaine précédente. Elle devait être d'autant plus angoissée de se savoir seule avec lui, un homme, qui était presque un parfait étranger – car après tout elle ne le connaissait ni d'Ève ni d'Adam. Il était cependant impossible de lui épargner cette situation embarrassante s'il voulait lui éviter d'attraper la grippe, si ce n'était pas déjà fait, et l'installer plus confortablement.

Il aborda donc le problème comme s'il s'agissait de sa fille Sarah-Jane, ce qui l'aidait aussi à se rappeler qu'il ne sortait pas exactement du même moule que ce pervers de Sir Titus. Pendant son séjour à Londres, où il avait été entouré d'avocats, d'hommes d'affaires serviles et de parents écossais revendicateurs qui attendaient tous qu'un membre éloigné de sa famille rende l'âme, il avait eu le temps de penser à son avenir, qui ne ressemblait plus à celui qu'il avait envisagé. Ses projets avaient été complètement bouleversés par l'infortune de la naissance. Les autres, dont Tommy, considéraient qu'il n'aurait pas pu être plus chanceux ; tous les autres parents qui auraient pu revendiquer le titre et le domaine étaient morts sans héritier. Pour Jonathon, il s'agissait d'un fardeau dont il se serait bien passé. Le problème ne venait même pas des dettes de cet ancêtre vieillissant ou de la mauvaise gestion des terres ; il règlerait les dettes et reprendrait le domaine en main sans problème. Mais il ne s'habituerait jamais à la responsabilité d'autrui, ni aux impondérables tels que le statut social, les traditions, et les courbettes parce que noblesse oblige. Il n'en avait pas envie.

Il y avait une chose dont il était certain de vouloir dans son avenir : cette femme, dans ses bras. Chaque fibre de son être désirait Antonia, duchesse de Roxton. Il n'essayait même pas de se demander pourquoi, il savait simplement que c'était un fait. Il avait ressenti la même chose pour Emily, des années plus tôt. En revanche, il était surpris et troublé de constater qu'il semblait avoir régressé, être redevenu comme ce jeune homme novice et nerveux qu'il était à Oxford quand il avait rencontré Emily. Cela le terrifiait de constater que, pour son avenir, aucune femme à part Antonia Roxton ne pourrait lui convenir.

Un éclair et un coup de tonnerre le sortirent de sa rêverie. Il libéra délicatement Antonia de son étreinte, l'assit sur le banc et lui dit tendrement :

— Allez, ma belle, il est temps d'enlever ces vêtements humides et d'enfiler quelque chose de sec.

Il se détourna aussitôt pour vider la sacoche par terre et se débarrasser de son chapeau. Il retira son pardessus avec difficulté, le mit de côté avec le chapeau et se mit à chercher les chandelles et la petite boîte à amadou. Il alluma une bougie qu'il laissa sur le carrelage en marbre pour n'éclairer que son environnement immédiat ; il se disait qu'Antonia serait plus à l'aise pour se changer dans l'intimité relative d'une faible lueur orangée. Il illuminerait ensuite le reste de ce palais de marbre réservé aux morts pour préparer à manger. Puis il faudrait régler le problème du couchage ; la tempête sévirait sûrement jusqu'à ce que le soleil se lève dans un ciel dégagé.

Il trouva les vêtements enroulés dans une serviette avec une brosse en argent et un peigne en écailles polies – *Michelle, vous valez votre pesant d'or* – et retourna s'asseoir auprès d'Antonia. Les yeux perdus dans l'obscurité, elle avait remonté ses genoux sous son menton et enroulé ses bras autour de ses jambes nues – *Seigneur. Le médecin l'a même privée de ses bas.* Sa lourde chevelure blonde, qui formait une masse de boucles emmêlées et humides, retombait sur ses épaules tremblantes tel un filet de pêche. Il mit de côté la chemise de nuit, les bas à rubans, la brosse et le peigne, et lui montra la serviette.

— Pourquoi est-ce que nous ne commencerions pas par vous sécher les cheveux ? Une fois que vous aurez enfilé des vêtements secs, vous pourrez les démêler avec la brosse et le peigne, suggéra-t-il d'un ton familier.

Mais quand il s'avança, elle se recula et lui lança un regard noir d'avertissement, ses yeux verts empreints de méfiance. Il lui tendit la serviette sans bouger davantage.

— Très bien, vous pouvez les sécher. Je voulais simplement vous aider. Sarah-Jane était pareil. Ce doit être une fixation féminine ; vous tenez à vos cheveux. Quand elle était petite et que je l'emmenais nager, elle ne me laissait jamais toucher à ses cheveux. Elle les attachait elle-même avant d'aller dans l'eau et les séchait elle-même après. « Père, vous mettez toujours une vraie pagaie dans mes cheveux », dit-il en imitant sa fille quand elle avait environ sept ans, un sourire se dessinant sur ses lèvres. J'imagine qu'elle voulait dire « pagaille », mais peu importe, il était hors de question que je touche à ses cheveux. Je ne sais pas pourquoi elle me pensait incapable de les brosser correctement, puisque je tressais les miens qui, de surcroît, m'arrivaient au milieu du dos, comme les siens. Oh, vous pouvez avoir l'air surprise, madame la duchesse, dit-il avec un éclat de rire, son cœur battant la chamade, quand Antonia se redressa de quelques centimètres avec un air inter-loqué et interrogateur. Mais c'est la vérité.

Il tira sur une mèche de ses cheveux ondulés qui lui arrivaient aux épaules.

— Cette longueur est bien plus convenable pour la haute société, d'après Sarah-Jane. Et puis, avec ma peau hâlée, Tommy maintenait qu'on risquait de me prendre pour un chef sioux si je gardais mes cheveux longs ! On peut compter sur la famille pour faire preuve d'une franchise brutale !

Il lui tendit de nouveau la serviette, mais Antonia la repoussa déli-catement en secouant la tête. Il patienta, ne quittant jamais son visage des yeux. Dans la lueur orangée, il la vit déglutir avec difficulté ; il comprit tout quand elle leva la main vers sa gorge. Il était impossible de ne pas voir les marques causées par les sangles autour de son poignet. Il se mordit rapidement la langue pour s'empêcher d'afficher sa stupeur et espéra que son expression reste impassible. Il se détendit enfin quand elle lui tourna le dos pour l'autoriser à lui sécher les cheveux. En revanche, il était tout sauf calme quand vint le moment de retirer sa chemise pour qu'elle enfile sa chemise de nuit.

— Occupons-nous de ces nœuds une fois que vous serez réchauf-fée, et ensuite vous pourrez évaluer ma capacité à faire des tresses. Je suis désolé, je n'ai qu'une chemise de nuit à vous proposer, vos jupons ne seraient pas rentrés dans la sacoche. Et vu le temps, il était hors de question que je vienne jusqu'ici en portant des cerceaux au-dessus de ma tête. J'aurais pu être frappé par la foudre et finir calciné – une

masse noircie impossible à identifier, perchée sur Treat Hill, une curiosité que les habitants des villages environnants auraient observée,
bouche bée. Cela aurait ressemblé à une expérience scientifique qui
aurait mal tourné et que Mr. Franklin se serait fait un plaisir de
détailler dans son journal scientifique pour expliquer comment ne *pas*
s'y prendre pour conduire l'électricité. De plus, j'aurais servi de
remplissage divertissant pour les journaux locaux : « On a retrouvé un
gentleman fumant, vêtu de jupons à panier ». Sans parler de mes
cheroots ! Vous pouvez vous moquer de moi, madame la duchesse,
mais pensez à la honte qu'aurait ressentie la pauvre Sarah-Jane. Non
seulement son père porte ses cheveux longs et détachés comme une
femme, mais elle découvre en plus, quand il meurt de façon pitoyable,
qu'il a l'air de sortir tout droit d'une *Molly house*. J'imagine qu'au
moins, cela expliquerait mes cheveux longs…

Le court silence qui suivit fut ponctué d'une nouvelle série
d'éclairs, une étrange lumière blanche s'infiltrant par l'oculus en verre.
Jonathon eut un aperçu de l'opulence ducale : les murs peints de scènes
dramatiques tirées des classiques, les sculptures en marbre allongées sur
les socles en granite poli qui cachaient les cercueils – il y avait même
une statue en marbre représentant deux lévriers, à moins qu'il ne
s'agisse de whippets, sans doute les fidèles chiens de chasse d'un noble
maître.

Il se demandait où se trouvait monseigneur, au milieu de cette célébration ostentatoire d'une noble lignée qui s'étalait sur plusieurs siècles,
et supposa que son mémorial devait être le plus grandiose de tous ; son
arrogance l'exigeait. Un coup de tonnerre, tellement puissant qu'ils
sursautèrent tous les deux, le tira de sa rêverie secrète. L'éclair semblait
très proche, et Jonathon se sentit soulagé de se trouver dans un robuste
édifice en pierre, même s'ils étaient entourés d'aristocrates morts depuis
bien longtemps.

Dans le calme qui suivit, seulement troublé par la pluie régulière
qui tombait sur l'oculus, Antonia déclara par-dessus son épaule :

— Je suis désolée, mes bras refusent de se lever au-dessus de ma
tête, et j'ai très froid. Je vous en prie, j'ai besoin de votre aide…

— Certainement, madame la duchesse, répondit Jonathon d'un
ton neutre.

Au fond de lui, il sautait de joie à l'idée qu'elle avait assez baissé sa
garde pour demander de l'aide.

— Inutile de bouger ou de vous retourner. D'abord, il faut vous
sortir de ce tissu humide avant que vous n'attrapiez la mort. Pardon ! Je
n'aurais pas dû choisir ces mots. On va mettre cela sur le compte de

l'étourdissement. Je n'ai rien mangé depuis que j'ai quitté la ville aux premières lueurs du jour, et mon repas était simplement composé d'un café, d'un petit pain et d'un bout de fromage. Si vous pouvez croiser les bras et faire remonter la chemise, je vous aiderai à la faire passer par-dessus votre tête. Le problème, c'est qu'il y a très peu d'auberges qui proposent à manger pour les imbéciles dans mon genre qui ne consomment pas de chair animale, continua-t-il de la même voix légère, attrapant l'arrière de la chemise tandis qu'elle prenait l'avant, pour la faire glisser délicatement sur ses bras.

— Comment ? Vous ne mangez pas de viande ? Mais *tout le monde* mange de la viande.

Il se mit à rire de la voir autant indignée.

— Pas tout le monde, madame la duchesse. Pas sur le sous-continent, surtout quand on y a passé autant d'années que moi, avec un père qui a rejeté ses racines anglaises pour vivre comme un nabab, avec son narguilé et son harem. Je tiens la chemise, madame la duchesse. Vous pouvez la lâcher. Voilà, dit-il avec satisfaction en retirant la chemise trempée qu'il jeta à peu près au même endroit que son pardessus et son chapeau, où elle atterrit avec un *ploc*.

— Mais vous avez étudié à Harrow et Oxford, répliqua-t-elle, les bras croisés sur sa poitrine nue, sa chevelure emmêlée qui descendait jusqu'à ses cuisses couvrant à elle seule son dos mince et ses fesses rondes. Ne mangiez-vous pas de viande à l'école ? Est-ce la raison pour laquelle les autres garçons se moquaient de vous ?

— Ah, vous vous rappelez donc ce que je vous ai raconté sur mes années d'études, commenta-t-il.

Il plissa rapidement la chemise de nuit blanche afin de placer l'ouverture du col autour de sa tête sans problème. Il fronça soudain les sourcils en remarquant la légèreté du tissu sous ses doigts. Le tissage du coton était tellement fin qu'on aurait dit du tulle et les manches trois-quarts ainsi que le col large étaient bordés d'une dentelle délicate. S'il s'agissait de ce qu'elle portait habituellement pour dormir, elle aurait besoin d'une épaisse couverture ou d'un homme pour la réchauffer et éviter de frissonner. Il réprimanda son esprit pour avoir pris cette direction et espéra que Michelle avait bel et bien mis un châle en laine dans la sacoche ; sinon, il faudrait qu'il donne sa redingote à Antonia et qu'elle la boutonne jusqu'au menton pour couvrir la chemise de nuit et garder une apparence décente.

— Non, ce n'est pas pour cette raison que les garçons se moquaient de moi. Pour être exact, j'aurais dû dire que je ne mange pas de *bœuf*. Les vaches sont sacrées pour les hindous. Je mangeais du poisson et de la volaille quand j'étais à l'école, c'était le moins que je pouvais faire pour essayer de m'intégrer. Je mange encore du poisson, mais jamais la chair d'un animal à sang chaud. Levez la tête pour que je puisse passer cette piètre tenue de nuit par-dessus. Vous n'aurez plus qu'à trouver les manches.

— Vous êtes hindou aussi ? s'enquit Antonia quand sa tête sortit des profondeurs de la chemise de nuit.

Il ne répondit pas immédiatement ; elle se tourna, rassembla ses cheveux sur son épaule gauche et découvrit qu'il était par terre près du banc, en train de fouiller dans la sacoche.

— Il faut naître hindou, répondit-il en se relevant après avoir trouvé le châle en laine. Mais j'essaye de respecter leur code éthique : ne pas blesser son prochain ; être honnête ; ne jamais s'emparer de ce qui ne nous appartient pas ; être satisfait de sa vie.

Il haussa les épaules en pensant à la douleur qu'il avait infligée au médecin ; il n'avait aucun regret.

— Malheureusement, reprit-il, ce n'est pas toujours possible d'être exemplaire. Tenez, pour vous tenir chaud, dit-il en ajustant le châle sur ses épaules. Vous devriez le serrer un peu plus, ou…

— Je ne suis pas souffrante, monsieur ! Je peux prendre soin de moi-même ! déclara-t-elle d'un ton sec.

Antonia se déroba à son toucher et croisa rapidement le châle sur sa poitrine. Puis elle se rétracta immédiatement :

— Non. Ce n'est pas vrai. Veuillez m'excuser. Je ne… Je ne suis pas… *moi-même.*

Elle couvrit son visage de ses mains et, après un court instant, se redressa, regarda droit devant elle et chassa rapidement les larmes dont ses yeux étaient emplis. Elle prit une grande inspiration tremblotante avant de reprendre :

— Je vous ai dit que je pouvais prendre soin de moi-même, et voilà le résultat ! Julian pense que je m'apitoie sur mon sort et que je suis égoïste. Ma négligence envers Henri-Antoine est épouvantable. Deborah… Deborah doit se demander si je suis un minimum capable d'être une bonne grand-mère pour ses enfants. Et Frederick… Mon petit garçon adoré est totalement troublé par le comportement de sa Mema. Et maintenant, j'ai peur qu'on m'empêche de voir mes chéris parce que Julian m'a confiée aux bons soins d'un fou sadique. Renard, je vous assure qu'il est réellement aliéné, et il ne faut pas rejeter la faute sur Julian. Il pensait que c'était la meilleure solution, car je n'ai pas eu un comportement approprié pour une duchesse et que j'agis comme si j'étais déjà morte depuis tellement longtemps… Mais ce fou a deux visages… l'un qu'il montre à notre fils, et l'autre qu'il cache très bien et ne dévoile que quand… quand il… quand je… C'est trop affreux. Je ne peux pas vous le dire !

Elle se détourna de l'obscurité à laquelle elle s'était adressée et tomba dans l'étreinte réconfortante de Jonathon.

— Tout va bien, ma belle, monseigneur comprend parfaitement, chuchota-t-il, son regard circonspect posé sur le sarcophage auquel s'était adressée Antonia.

Il savait maintenant à qui appartenait cet immense monument sculpté, qu'il parcourut des yeux sur toute la longueur. Il portait toutes les marques de fabrique de James Stuart et de ses maîtres sculpteurs, les Scheemakers ; colonnes doriques, fronton antique et silhouettes sculptées de dieux et déesses grecs endeuillés, en cortège funèbre le long du socle inférieur en marbre rouge. Dans la pénombre, il pouvait à peine distinguer son cher monseigneur, Sa Grâce le très noble cinquième duc de Roxton, sculpté à taille réelle, assis, vêtu de sa tenue ducale, son étoile et sa jarretière disposées en diagonale sur son gilet. L'une de ses mains reposait, alanguie, sur l'accoudoir de la chaise. L'un de ses pieds, dans sa chaussure à boucle et à talon, était légèrement avancé. L'autre était tourné pour montrer le muscle dessiné de son mollet. Son nez ressemblait à un bec et son regard pénétrant dominait le monde. Son assurance se voyait à son sourire pincé. Il restait dédaigneux même dans le marbre froid et blanc.

Jonathon se dit avec un sourire en coin qu'un homme comme lui aurait tué Foley sans même lui accorder un second regard. Il était bien chanceux de s'être retrouvé face à un partisan de l'hindouisme qui cherchait à atteindre le Svarga – le paradis. Monseigneur devait sûrement être furieux envers le nouvel ami de sa veuve, et encore plus de le voir la réconforter sous son nez. *Il va falloir vous y habituer, Votre Grâce,* le prévint-il en redressant les épaules. *Je suis ici pour rester !* Il battit des paupières quand il se surprit en train de s'adresser à une statue en marbre à son tour, même si ce n'était que dans sa tête. Il ne connaissait même pas cet homme ! Antonia se redressa quand elle le vit bouger.

— Je suis désolée. Mon comportement n'est pas convenable, déclara Antonia en resserrant le châle autour de ses épaules, les yeux baissés sur ses genoux où ses doigts jouaient avec la frange de l'étoffe. Ce doit être parce que je suis très fatiguée.

Selon Jonathon, toute la famille de monseigneur avait sa part de responsabilité dans la *fatigue* d'Antonia, si c'était ainsi qu'elle voulait désigner son état suite aux critiques de son fils, qui lui reprochait de ne pas être à la hauteur de son statut glorifié de duchesse. Il voulait lui assurer que seules deux choses importaient à ses yeux : qu'elle soit heureuse et qu'elle redevienne la femme insouciante dont il avait eu un aperçu dans le pavillon. Au lieu de cela, il ramassa la serviette et épongea l'eau de pluie près du banc.

— Nous allons manger, et ensuite nous pourrons nous installer confortablement pour la nuit. Il faut d'abord que vous enfiliez vos bas, dit-il d'un ton décontracté en s'accroupissant devant elle, la serviette trempée à la main. Mais avant, il faut vous débarrasser de la saleté que vous avez ramassée en montant la colline. Donnez-moi votre pied.

Il releva la tête quand il la sentit hésitante. Elle avait posé une main sur sa bouche et secouait la tête.

— Vous n'êtes peut-être pas au courant, mais je sais moi-même très bien qu'il n'y a rien de plus désagréable que d'enfiler des bas tout propres sur des pieds sales. Michelle ne sera pas contente de vous, ajouta-t-il.

Elle partit d'un rire larmoyant après cette dernière remarque ; il prit la liberté de placer son pied nu sur son genou. Quand elle essaya de se libérer, il la tint fermement ; il ne toucha pas à sa cheville, elle aussi blessée par les sangles, mais recouvrit le dessus de son pied de sa grande main.

— Vos pieds sont de vrais petits blocs de glace et vous ne pouvez pas le faire vous-même, laissez-moi vous aider, dit-il d'une voix mesurée.

Il déglutit avec difficulté en voyant sa chair à vif, rougie par sa captivité. Elle avait dû opposer une sacrée résistance. Pourquoi n'avait-il pas brisé chaque doigt, chaque orteil de ce misérable ? Dès qu'ils retourneraient à la maison, il faudrait laver ses poignets et ses chevilles, et y appliquer de la pommade et des bandages.

— Vous... Parlez-vous leur langue, la langue des habitants du sous-continent ? demanda-t-elle en l'observant nettoyer ses orteils avec délicatesse. Vous parliez leur langue avec votre fille, pendant la régate ?

— Oui. Sarah-Jane parle couramment l'hindi. Je lui ai fait prendre des cours, car il me semblait plus pratique qu'elle apprenne la langue des gens au milieu desquels elle vivait plutôt que, par exemple, le français ou le portugais – les autres conquérants du sous-continent. Et nous voilà de retour en Angleterre. C'est quelque chose que je n'avais prévu ni pour elle, ni pour moi... Voulez-vous savoir ce que je disais à Sarah-Jane ce jour-là, que je ne voulais pas que les autres comprennent ? demanda-t-il de façon rhétorique après avoir relevé la tête vers elle en souriant, tout en frottant délicatement son talon pour en enlever la saleté. Je lui ai dit qu'il fallait bien qu'elle comprenne que si elle accepte d'épouser Dair Fitzstuart, elle épousera l'homme, et non pas sa couronne de comte. Qu'en définitive, poursuivit-il en la regardant de nouveau, les sourcils froncés cette fois-ci, c'est le lit de l'homme qu'elle partagera, pas celui de son titre. Je lui ai dit de l'imaginer nu, ne portant que sa couronne de comte…

Antonia poussa une exclamation de surprise et se pencha vers l'avant.

— Je n'y crois pas ! Vous n'avez pas dit cela ! Vous êtes son *père* !

— Raison de plus pour le dire ! Elle n'a pas de mère pour lui dire ce genre de choses, c'est donc à moi de la guider, assura-t-il en reposant le pied gauche d'Antonia pour le remplacer par le droit sur son genou. Je lui ai dit de déterminer si elle trouvait cette image – un homme nu qui ne porte que sa couronne – attrayante ou totalement grotesque. J'espérais qu'une image aussi ridicule l'aide à retrouver la raison.

Antonia gloussa assez pour faire souffrir sa gorge irritée. Il lui fallut un moment pour se reprendre.

— Parbleu ! Que vous êtes sot. Retrouver la raison ? Ce n'est pas une question de raison. Bien sûr que cette image est attrayante. Dair Fitzstuart a beau être mon cousin, je ne suis pas aveugle, je vois bien que c'est un jeune homme bien bâti. Je serais même prête à parier qu'il est bien bâti de partout. Cette couronne sur sa tête vous semble ridicule, mais c'est le dernier endroit où ses yeux à elle seraient posés.

En d'autres circonstances, il aurait souri de la voir ainsi rire, mais sa réponse lui fit froncer les sourcils en grimaçant. Il jeta la serviette sale et tendit une main pour qu'elle lui donne l'un de ses bas blancs brodés, ce qu'elle fit sans hésiter. Il plissa agilement le coton finement tissé pour qu'elle puisse facilement glisser ses orteils dedans.

— Si vous voulez bien pointer vos orteils, je serai aussi délicat que possible… Mon argument reste valide, grommela-t-il en rougissant, sa description de Dair Fitzstuart ne lui plaisant pas et l'agaçant pour toutes les mauvaises raisons. J'essayais de faire comprendre à ma fille qu'il est important de voir au-delà du superficiel. Ce qui importe, c'est son cœur, pas sa couronne ou-ou autre chose !

— Tout à fait, répondit Antonia à voix basse en effleurant le poignet de Jonathon quand il remonta le bas sur son genou, avant de nouer le ruban bleu afin qu'il reste en place. Je me suis montrée cavalière. Je suis désolée. Vous avez raison de la mettre en garde. Trop de filles se marient et se rendent compte, quand il est déjà trop tard, qu'elles l'ont fait pour les mauvaises raisons. La personne qu'elle épousera sera fondamentale à son futur bonheur…

Il acquiesça et recommença l'opération avec le second bas, silencieux. Il ramassa ensuite les chandelles posées près de la sacoche.

— Après réflexion, j'aimerais revenir sur ma déclaration précédente, dit-il en positionnant les chandelles à intervalle régulier le long du socle en marbre de l'immense tombe du duc avant de les allumer. Même si la future couronne de Fitzstuart ne m'est d'aucune importance et ne devrait aucunement influencer la décision de ma fille de l'épouser, je me sens très concerné par la façon dont il utilise ce qu'il a entre les jambes.

Antonia, pas le moins du monde choquée par ses paroles, tirait doucement sur les nœuds dans ses cheveux à l'aide du peigne en écaille brillant pendant qu'il allumait la dernière bougie. Elle le suivit des yeux quand il ramassa le pardessus dont il s'était débarrassé et le secoua pour déloger les dernières gouttes d'eau, avant de se retourner pour l'étendre entre le banc et le monument, côté ciré vers le sol.

— Vous ne l'appréciez pas.

Jonathon laissa tomber la sacoche près de la couverture de piquenique improvisée et commença à la vider. Il soutint son regard.

— Je préfère largement son frère.

Antonia l'observa disposer deux gobelets en argent, une bouteille de vin, une miche de pain croustillant, une petite meule de fromage, de la terrine aux champignons, un potage aux pâtes, deux pommes et un couteau sur le pardessus retourné, et elle se rendit compte qu'elle était affamée. Elle ne savait pas quand elle avait mangé pour la dernière fois. Elle sauta du banc et le rejoignit à la lueur des chandelles. Elle attendit qu'il la serve. Il déchira un morceau de pain, découpa des tranches de terrine et de fromage, puis utilisa le pain comme une assiette pour lui servir.

— Je préfère Charles aussi, mais c'est Dair que les femmes veulent.

— La morale et les idéaux ne correspondent pas aux attentes des jeunes sottes, répliqua Jonathon, agacé. Ce sont les titres et la richesse qui les attirent en nombre.

Il lui tendit un gobelet de vin.

— Je ne pense pas qu'elles soient seulement intéressées par votre argent. Elles vous voient comme elles voient Dair.

Elle attrapa le gobelet qu'il ne lâcha pas immédiatement.

— Je ne parlais pas de moi. Mais si vous me trouvez bien bâti, ajouta-t-il avec un grand sourire avant de lâcher le gobelet et de se reculer, alors j'accepte le compliment.

— Souligner une évidence, ce n'est pas faire un compliment, déclara Antonia d'un air dédaigneux. Vous quémandez, monsieur !

— Je quémande des compliments ? répondit-il avec un rire avant de lever son gobelet. De votre part ? Toujours. Dair Fitzstuart a une maîtresse et un enfant à Chelsea, et il n'a aucune intention de les abandonner après le mariage, ajouta-t-il sérieusement. Il devrait prendre la décision la plus respectable et épouser cette fille, qui attend d'ailleurs un autre enfant.

— Vous aviez un harem sur le sous-continent. Y a-t-il une différence ?

— Non. Pas un harem, dit-il à voix basse en se demandant où elle avait bien pu dénicher une information aussi erronée. Une maîtresse, oui – plusieurs années après le décès d'Emily. Puis elle est morte, elle aussi. Après cela ? (Il haussa les épaules.) Je me suis adonné au genre d'assouvissement temporaire mais nécessaire qui est propre aux hommes : rien d'important ; rien que je souhaitais répéter. Aucune femme n'a fait naître en moi des sentiments plus délicats. Je n'ai jamais ressenti l'envie de dévouer mon désir à une seule d'entre elles, conclut-il en soutenant son regard.

Antonia détourna les yeux et dit avec une légèreté étudiée :

— La plupart des femmes se moquent de tout cela. Ce qui compte, c'est la couronne. Ce que leur mari fait de ce qu'il a entre les jambes – comme vous dites – ne représente qu'un détail sans importance en comparaison avec le titre et le statut social.

— Mais pas pour vous…

— Pas pour moi… approuva-t-elle avec un sourire, sa fossette faisant son apparition sur sa joue gauche, avant d'ajouter malicieusement par-dessus le bord de son gobelet : Ce que monseigneur avait entre les jambes était d'une très grande importance pour moi.

— Cela va sans dire, mais je vais le dire quand même : ce qu'il faisait avec également ! ajouta Jonathon en soufflant d'embarras tandis qu'il coupait une pomme en quartiers grossiers.

— Mais bien sûr. Bien sûr. Donnez-moi des quartiers de pomme, et ensuite, vous devez manger aussi.

— Dans ce cas, heureusement que j'aime relever un défi plus que toute autre chose, murmura-t-il en se préparant une collation.

Il ne mangea pas immédiatement ; il se contenta de boire une gorgée de vin avant d'enlever sa redingote de voyage en velours foncé. Il voyait bien qu'Antonia tremblait de froid malgré le châle et les bas, même si elle faisait de son mieux pour réprimer ses frissons involontaires. Il déboutonna son gilet en soie bleu paon, le retira et remit sa redingote sur sa chemise en lin blanc.

— Les femmes de l'âge tendre de ma fille ont l'air de penser qu'il est romantique d'épouser un débauché arrogant qui se réformera comme par magie après le mariage. De vraies sornettes. Ce cas de figure est rare. Et avant que vous ne le disiez, ajouta-t-il quand Antonia se redressa, vous m'avez déjà corrigé quant à monseigneur. Il est l'exception qui confirme la règle et vous ne l'auriez pas épousé s'il n'avait pas changé *avant* le mariage. Tenez, laissez-moi vous aider à enfiler cela, dit-il en tenant son gilet ouvert. Vous aurez bien plus chaud et pourrez mettre le châle sur vos genoux. Maintenant, tournez-vous pour que je puisse fermer les boutons et retrousser les manches.

Elle s'exécuta sans protester. Il sourit et la tapota sous le menton en commentant :

— Sur vous, on dirait presque une robe de chambre.

Il reprit sa place en face d'elle sur la couverture de pique-nique improvisée, le dos appuyé contre le marbre froid, une longue jambe étendue devant lui, l'autre repliée, une main posée sur son genou. Antonia remarqua qu'il avait l'air parfaitement à son aise et ne semblait pas du tout perturbé à l'idée de passer la nuit dans la crypte familiale, au milieu du vent, de la pluie et des éclairs. Le temps était désagréable, c'était indéniable, mais elle avait passé tellement d'heures dans cet endroit, entourée de ses proches, qu'il s'agissait du lieu le plus réconfortant du monde à ses yeux. Il s'agissait du premier et seul endroit auquel elle avait pensé quand elle avait fui sa maison douairière et ce médecin détraqué. Personne, pas même les psychopathes, ne devrait être forcé à subir ce qu'elle avait subi dans la glacière au nom d'un *traitement médical*. Quand elle repensait aux moments où elle s'était retrouvée seule avec cette fouine perverse… Elle attrapa son gobelet et but son vin à grandes gorgées, comme s'il pouvait nettoyer son corps et son âme.

Jonathon, qui l'observait attentivement, remarqua le moment où son visage devint rouge, où sa gorge se contracta et où ses mains se mirent à trembler. Il sut que son esprit vagabondait là où il n'aurait pas dû aller. Il avala le reste de son vin et fit toute une histoire de ce qu'elle n'avait pas mangé :

— Est-ce ainsi que vous mangez quand vous êtes affamée ? Délicatement, miette par miette ? Vous ne touchez presque pas au fromage ? Mon Dieu, madame, nous ne pourrons jamais aller dormir à ce train-là ! Alors même que le tonnerre s'est éloigné et que nous pourrions profiter de quelques heures de répit, si seulement vous vouliez bien finir votre repas.

Antonia revint au présent avec un sourire et continua à manger sa collation à petites bouchées.

— Mon fils, Julian, pense que Charles pourrait être un espion pour les rebelles américains.

Jonathon haussa soudain les sourcils.

— Vraiment ? Il doit avoir ses raisons.

Il fouilla dans la poche de sa redingote et en sortit la lettre de Tommy ainsi que le pamphlet intitulé *Le sens commun* qu'il avait emprunté à Charles Fitzstuart. Il jeta le pamphlet sur la couverture et remit la lettre dans sa poche en disant :

— Ce pamphlet est intéressant. J'imagine que Roxton le qualifierait de diatribe traîtresse, puisqu'il s'en prend à tout ce qui lui tient à cœur dans ce monde : son roi, son pays, la justice – ou, selon l'auteur de ce pamphlet, l'*injustice* – anglaise pour ses sujets et surtout le statut exalté et inconditionnel du duc dans la société. Selon moi – et je ne pense pas vous choquer, car je suis persuadé que vous avez un esprit logique et affûté sous cette belle carapace –, ce texte n'a pas tort et l'Angleterre doit rendre des comptes. Je veux dire, bien sûr que tout contribuable veut être représenté au Parlement.

Il parcourut du regard le monument contre lequel il était appuyé et se pencha vers Antonia pour murmurer :

— Monseigneur ne serait pas très content de m'entendre remettre en question son monde bien ordonné, si ?

— Oh, ne vous inquiétez pas, monsieur, répondit gentiment Antonia, sa fossette faisant de nouveau son apparition. Monseigneur ne prenait jamais partie dans une querelle ; il restait dans son propre camp. Il évitait ainsi tout désaccord, traître ou non. Plutôt efficace, non ?

Jonathon éclata d'un rire qui résonna dans tout le mausolée caverneux.

— Efficace ? Il devait être impossible ! Parbleu ! Lui et moi aurions eu des discussions très intéressantes !

— Et ç'aurait été à vous, monsieur, de capituler, le taquina Antonia.

Jonathon but son vin. Il sourit devant ses yeux verts, tellement lumineux et séduisants dès qu'elle évoquait monseigneur. Il acquiesça lentement et répondit, philosophe :

— Oui, je pense que c'est ce que j'aurais fait.

Ils finirent leur repas froid dans un silence agréable, puis Jonathon rangea les restes dans la sacoche qu'il mit de côté afin d'avoir plus de place pour s'installer pour la nuit, au pied du socle où la faible lueur de la bougie illuminait en partie les dieux grecs endeuillés de la frise. Pendant qu'il s'activait, Antonia se rassit sur le banc et démêla ses cheveux. Elle commença à les tresser, mais ses poignets étaient trop faibles et elle abandonna sa tentative au moment où Jonathon s'asseyait auprès d'elle.

Il la fit tourner pour qu'elle soit dos à lui et, après lui avoir demandé la permission, fit passer ses lourdes boucles par-dessus ses épaules. Il entreprit de coiffer soigneusement et rapidement ses cheveux épais en une longue tresse complexe. Puisqu'il n'avait pas de ruban, il sépara quelques mèches du reste et en fit une tresse très fine qu'il utilisa comme attache. Antonia inspecta son œuvre, dont elle était tellement satisfaite qu'elle lui adressa un sourire affectueux et le remercia d'une pression sur la main. Il n'avait pas besoin de plus d'encouragement pour porter la main d'Antonia à ses lèvres et embrasser ses doigts. Il sut immédiatement qu'il avait dépassé la limite quand elle devint écarlate, se détourna et se mit à tripoter son châle. Il se maudit d'avoir baissé sa garde.

Comme pour souligner lourdement sa fougue, le tonnerre gronda, la pluie redoubla et une rafale de vent glaciale secoua le portail en fer et ouvrit violemment l'une des portes d'entrée. Jonathon alla refermer le portail et la porte, se disant avec un sourire en coin que, s'il croyait aux fantômes, il imaginerait que cette soudaine violence, le fracas du portail et la porte qui s'était brusquement ouverte ne relevaient pas de l'imprévisibilité de la météo, mais de l'intervention de monsieur le duc qui, furieux, le prévenait de ne pas prendre de libertés avec sa duchesse. Il ne croyait pas aux fantômes, mais il était disposé à respecter les souhaits de monsieur le duc tant qu'ils étaient dans sa dernière demeure. À l'extérieur du mausolée, cependant, il ne tiendrait pas compte des souhaits de monseigneur, qu'ils soient surnaturels ou non, car il croyait au destin, et le sien était inexplicablement lié à cette belle et délicate créature qu'il devait maintenant convaincre de se blottir contre lui si elle ne voulait pas attraper une pneumonie.

— Venez sous le manteau, dit-il calmement, le dos appuyé contre le socle en marbre, le pan gauche de sa redingote grand ouvert en signe d'invitation. Nous nous rendrons service l'un à l'autre si nous nous assurons de ne pas geler pendant la nuit.

Elle hésita. Il attendit patiemment, le visage neutre.

— Je suis une vraie bouillotte. Sarah-Jane vous le confirmera.

Ce dernier commentaire la fit sourire et elle accepta son invitation. Elle s'assit près de lui, hésitante. Il n'exagérait pas. Son corps rayonnait de chaleur et elle se blottit rapidement contre lui, la tête posée sur son torse, ses courbes pressées contre sa longue silhouette robuste. Elle agrippa l'avant de sa chemise d'une main, comme si elle avait besoin d'un ancrage. Il referma la redingote sur elle, étendit le châle sur eux deux et passa son bras autour d'elle comme s'il s'agissait du geste le plus naturel et le plus banal au monde. Il priait seulement pour que les battements accélérés de son cœur ne trahissent pas ces réalités évidentes : il était extrêmement conscient de la douceur d'Antonia, l'odeur naturelle de sa peau le dévorait, et il avait en tête la seconde activité qu'il était absolument déterminé à partager avec elle : s'endormir avec elle, nue dans ses bras.

— Parlez-moi de l'Inde, dit-elle d'une voix ensommeillée. Parlez-moi de votre vie là-bas.

— Une histoire avant de dormir ?

— Oui. Une histoire… Qui parle de vous avec votre longue tresse, en train de nager avec Sarah-Jane sous un soleil de plomb…

— Avec grand plaisir, madame la duchesse.

SEIZE

— Que diriez-vous de déjeuner dans le pavillon d'été aujourd'hui ?

Antonia ne releva pas la tête de la liasse de papiers posée sur ses genoux.

Jonathon la laissa poursuivre sa lecture, satisfait de l'observer. Il se dit qu'il aurait pu la regarder toute la journée. Quand elle gloussait, elle mettait une main devant sa bouche. Quand une mèche de ses cheveux blonds, échappée de l'épais chignon sur sa nuque, venait parfois la chatouiller, elle la faisait glisser de sa joue ou l'entortillait distraitement autour de son doigt. Quand elle était très amusée, ses épaules étaient secouées d'une hilarité muette.

En sa compagnie, il se sentait merveilleusement paisible.

Elle releva ses yeux verts amusés, comme si elle l'avait enfin entendu, sans avoir pour autant saisi sa question. Il détourna rapidement le regard, gêné de l'avoir observée aussi attentivement. Mais elle était tellement absorbée par sa lecture qu'elle ne remarqua pas sa préoccupation et elle reprit son activité tandis qu'il se contentait de sourire bêtement et de croquer dans sa pomme.

Ils étaient assis aux deux extrémités d'une barque. Antonia était protégée du soleil par une ombrelle chinoise en soie peinte et au manche en bambou, attachée à la proue. Elle avait légèrement remonté ses genoux qui constituaient un pupitre improvisé, rendant sa lecture plus agréable. Ses jupons en coton indien léger étaient étalés autour d'elle, couvrant ses pieds posés sur un coussin tissé ; elle s'était débarrassée de ses mules depuis longtemps. Appuyé sur plusieurs coussins,

Jonathon était dans une position similaire au niveau de la poupe ; son bras gauche posé sur un coussin derrière sa tête, ses longues jambes étendues devant lui, les manches de sa chemise retroussées sur ses coudes. Il avait choisi de s'habiller de façon décontractée : pas de cravate, chemise blanche au col déboutonné. Il avait retiré son gilet avant même que les rames ne touchent l'eau et avait laissé sa redingote au pavillon.

Il appréciait cette paresse. Il aimait encore plus observer Antonia dans ce décor : le ciel bleu pâle était parsemé de nuages blancs cotonneux, les rayons de soleil passaient entre les branches ballantes d'un saule et scintillaient sur les vaguelettes causées par une famille de canards qui pataugeaient entre la berge et le bateau, les huit canetons nageant en une ligne désordonnée, aussi rapidement que le leur permettaient leurs minuscules pattes pour suivre la cadence de leurs parents. Cette journée printanière parfaite contrastait avec le temps terrifiant de la semaine précédente.

Jonathon n'avait rien d'autre à faire que d'admirer la vue, allongé. Personne n'était là pour lui dire ce qu'il devrait faire ou ce qui serait attendu ou exigé de lui lorsque ce vieil oncle rendrait enfin l'âme. En ce lieu, en présence de cette femme, il était Jonathon Strang, marchand des Indes orientales revenu du sous-continent. Un homme qui s'était fait tout seul et qui n'accordait pas la moindre importance aux préceptes sociétaux de la classe dans laquelle on le propulsait. Sa fortune avait atteint une somme tellement écœurante que, malgré son statut évident de marchand, sa fille Sarah-Jane était accueillie dans tous les salons distingués et, conséquence indésirable, les douairières trébuchaient sur leurs cabots choyés dans leur hâte de lui faire inspecter leurs filles à marier. Plus étonnant encore, ces jeunes femmes se jetaient volontiers sur lui dans l'espoir qu'il choisisse l'une d'entre elles pour l'épouser.

Mais avec elle, avec Antonia, il pouvait être lui-même et, malheureusement, il semblait y avoir peu de chances pour qu'elle se jette sur lui.

Si tu es toi-même, le prince du commerce revenu au pays, qu'en est-il de la maison ? lui rappela brutalement son cerveau professionnel. *Qu'en est-il de tes projets pour récupérer la maison élisabéthaine qu'elle habite ?*

Il apercevait les fenêtres à meneaux du deuxième étage et les cheminées tournées de façon désuète entre les branches du saule tandis qu'ils dérivaient sur le lac. Il arrêta de mâcher et fronça les sourcils.

Que fais-tu de ton arrière-grand-père, Edmund Strang Leven, à qui cette famille a volé son héritage ? insista son cerveau professionnel. *N'est-*

ce pas pour cette raison que tu es ici et non dans le Buckinghamshire ? N'est-ce pas pour cette raison que tu lui as consacré autant de temps ? Tu as réussi à récupérer une partie de ton héritage volé : la maison d'Hanover Square. Tu y es presque. Ne perds pas de vue ce qui est important, ce que ton père rêvait de retrouver. Souviens-toi de ton objectif principal !

Ne l'écoute pas, qu'est-ce qu'il en sait ? riposta son cœur. *Il t'a aidé à amasser une fortune, à tirer profit d'une multitude d'opportunités professionnelles, t'a fait visiter un tas d'endroits fascinants du sous-continent et rencontrer des personnes intéressantes, mais ce n'est pas lui qui t'a ramené sur cette île humide et froide. Tu ne serais pas venu si tu l'avais écouté. Tu serais resté chez toi, en Inde. C'est la famille, et non les affaires, qui t'a poussé à abandonner ta vie là-bas. C'est moi qui t'ai ramené ici. Ce sont les obligations, ce qu'il est bon et juste de faire, et non ce qui est rentable, qui sont à l'origine de ta présence en Angleterre. Et si tu es vraiment honnête avec toi-même, tu ne m'as pas écouté depuis la mort d'Emily. Tu m'as ignoré et négligé pendant tellement longtemps que tu ne saurais pas reconnaître l'amour s'il te regardait droit dans les yeux. Et je ne parle pas de ton amour pour ta fille. C'est différent. Mais tu m'écoutes maintenant, n'est-ce pas ? Il a suffi de deux minutes en compagnie d'Antonia Roxton pour dire au revoir à Cerveau Professionnel !*

Mais je suis le premier à l'avoir vue, soutint son organe le plus vital. *Ces deux minutes m'appartenaient, et depuis, chaque nuit a été très agitée pour nous deux. Je le réveille, droit comme un i, brûlant d'envie de faire l'amour avec elle, l'imaginant prendre du plaisir grâce à moi, mais il a fallu que tu interviennes, Cœur. Tu m'as arraché mon assurance, tu m'as poussé à douter de moi, à me demander si une telle femme pourrait être intéressée à l'idée de m'avoir comme amant alors qu'elle a été mariée à un Mr. Untel arrogant qui pouvait bander même dans des conditions subarctiques si c'était ce qu'il fallait pour la satisfaire ! Et maintenant je ne peux plus honorer la promesse faite à Cerveau Professionnel de la séduire, récupérer la maison et passer à autre chose. Je suis celui qui souffre le plus ! Quand est-ce qu'on m'a prêté attention pour la dernière fois ? En Inde ! Voilà quand.*

Comme si tu étais à plaindre, répliqua Cœur. *Ma traversée du désert dure depuis quinze ans !*

Que de bla-bla sentimental, Cœur ! intervint Cerveau Professionnel avec dédain. *Quant à toi, Organe Vital, tu fais seulement une crise d'angoisse parce que tu n'as pas connu de femme depuis longtemps. Les organes vitaux perdent parfois en assurance, ce qui est parfaitement normal. Cela n'a rien à voir avec elle. Il y a plus qu'assez de belles femmes disposées à te prêter attention, à te chevaucher, à te laisser entrer. Tu as seulement besoin d'une visite à ce bordel raffiné dont Tommy t'a parlé ; offre-toi une bonne séance de sport entre deux cuisses pulpeuses et tu auras retrouvé toute ton assurance.*

Tu ne comprends vraiment pas la situation, hein, Cerveau Professionnel ? répondirent Cœur et Organe Vital à l'unisson. *Écoute. C'est différent cette fois-ci. Elle est différente. Nous sommes différents. Tout est différent. Aucun de nous ne sera plus jamais comme avant.*

Bon, je sais pas pour vous, mais moi j'ai faim, gronda Estomac. *On pourrait croire qu'il sait, depuis le temps, qu'une pomme ne suffit pas à me rassasier ! Et si on ne mange pas bientôt, je peux vous garantir qu'on va tous souffrir.*

— Oh, Seigneur, articula Jonathon, soudain nauséeux, une main protégeant ses yeux du soleil.

Il lança le trognon de sa pomme dans le lac à la surface tranquille et transparente, l'observant y tomber avec un bruit sourd et disparaître. Il était agacé d'avoir laissé ses pensées, ou s'agissait-il de ses organes, prendre une tournure étonnamment mélancolique et totalement introspective par cette belle journée, et en cette compagnie absolument délicieuse. Il s'avachit dans le bateau, se disant qu'un somme de dix minutes pourrait calmer ses organes et le remettre d'aplomb, mais sa chaussure se coinça dans les jupons d'Antonia, ce qui l'interrompit dans sa lecture.

— Pardonnez-moi, madame la duchesse, murmura-t-il en se redressant.

Elle l'immobilisa en posant une main sur son pied, enchevêtré dans ses jupons.

— J'aimerais continuer à lire, mais vous devez avoir faim, nous déjeunerons donc d'abord. Dans le pavillon d'été, c'est bien cela ? demanda-t-elle, son regard toujours aussi amusé, ce qui poussa Jonathon à se demander si elle avait aussi entendu le grondement de son estomac et ses pensées. J'ai très envie de parler de cette pièce avec vous, mais il vaut peut-être mieux que j'attende de l'avoir lue en entier.

— Quelle scène venez-vous de terminer ?

— Scène deux de l'acte quatre, quand Sir Oliver discute des dépenses excessives de Charles avec Moses.

— « Il a refusé de vendre mon portrait ! » cita Jonathon, imitant de façon dramatique, mais crédible selon lui, Sir Oliver Surface. « Notre jeune débauché traite ses ancêtres comme une vieille tapisserie, mais il a refusé de vendre mon portrait ! »

Sa paraphrase fit rire Antonia.

— Sir Oliver était tellement impressionné qu'il compte rembourser toutes les dettes de Charles !

Elle tendit les jambes, remua les orteils et s'appuya elle aussi contre ses coussins, les bras étendus sur toute la largeur du bateau. Elle ajouta avec un sourire :

— Comment avez-vous convaincu Mr. Sheridan de se séparer de son script ?

— Je n'en ai rien fait. C'est une copie que j'ai fait transcrire quand j'étais à Londres. Dick Sheridan n'était pas très favorable à l'idée, et je comprends sa réticence. La pièce n'a pas encore été jouée et il pourrait y apporter des modifications. Mais quand je lui ai dit pour qui je voulais une copie, il s'est empressé de transmettre sa pièce à mon scribe !

— Vous lui avez dit que c'était pour *moi* ? demanda Antonia, surprise et déconcertée.

Face à sa perplexité, Jonathon secoua la tête, incrédule.

— Enfin, madame la duchesse, ne feignez pas tant d'étonnement. Il doit y avoir des centaines, voire des milliers d'aspirants dramaturges, poètes et petits écrivains qui convoitent le parrainage de la duchesse de Roxton. Il vous suffirait d'un mot pour faire vendre toutes les copies d'un livre, remplir un théâtre et faire la fortune d'un homme en une seule nuit !

— Certes. Mais je pourrais anéantir un écrivaillon optimiste tout aussi rapidement, voyez-vous ? Non pas que je sois encline à faire quelque chose d'aussi malveillant.

Jonathon chatouilla les orteils d'Antonia.

— Vous seriez bien incapable d'être malveillante… lui dit-il avec un petit sourire. Enfin, vous ne le seriez pas d'une mauvaise façon… Je suis content que vous appréciiez *L'École de la médisance*, continua-t-il d'un ton neutre quand elle détourna son regard vers la surface du lac, lui offrant un aperçu de son beau profil, avant de baisser les yeux sur ses genoux, où était posé le script. Richard a du talent, ce que cette pièce va prouver aux sceptiques une bonne fois pour toutes. Je n'avais pas autant ri depuis longtemps. Je n'ai jamais vu de représentation des *Rivaux*, mais les facéties de Sir Lucius O'Trigger et Sir Anthony Absolute dans le script ont suffi à me faire investir une somme considérable pour qu'il se retrouve au théâtre de Drury Lane. J'ai réservé une loge pour la première de *L'École de la médisance*…

Il chatouilla de nouveau les orteils d'Antonia et agrippa son pied, ajoutant quand elle leva les yeux vers lui :

— Il pense que ce sera une représentation unique. Selon moi, ce ne sont que des foutaises. Il se montre trop modeste et, pour lui prouver qu'il a tort, je lui ai promis de couvrir les recettes de la soirée, au cas où il revivrait une première aussi désastreuse que pour *Les Rivaux*. Mais cela n'arrivera pas, pour deux bonnes raisons...

— Oui ? Je vois que vous mourez d'impatience de tout me dire, se moqua Antonia d'un ton joueur quand elle le vit hésiter et prendre soudain un air sérieux. Quelles sont ces deux bonnes raisons ?

Loin de mourir d'impatience de lui dire, il se sentait soudain nerveux parce qu'il avait peur qu'elle le repousse en apprenant ce qu'il avait promis au dramaturge. Il avait agi par vantardise dans un moment d'orgueil, mais maintenant qu'elle était assise en face de lui dans cette petite barque, son pied confortablement placé dans sa main, un sourire interrogateur aux lèvres, il se sentait très sot. Seigneur, comment pouvait-elle le rendre aussi inepte ? Il décida de se lancer dans son explication avec autant d'assurance que possible pour qu'elle ne puisse pas refuser.

— Premièrement, et c'est la raison principale, c'est une très bonne pièce. Elle est même mieux écrite que *Les Rivaux*, selon mon humble opinion.

— C'est une très bonne raison, approuva Antonia. Et la seconde ? l'encouragea-t-elle en le voyant hésiter.

— Deuxièmement, j'ai promis à Dick Sheridan que j'aurai une duchesse à mon côté quand le rideau se lèvera pour la première...

Antonia attendait une explication avec une expression polie et interrogatrice, comme s'il avait besoin de lui préciser le nom de cette duchesse qui devait s'asseoir auprès de lui. Elle ne comprenait pas qu'il parlait d'elle, ce qui le stupéfiait. Abasourdi, il ne savait plus quoi dire. Ses organes chavirèrent et il eut l'estomac barbouillé. Quand elle vit le faible sourire qu'il esquissa, elle se redressa. Son pied glissa de la main de Jonathon. Elle le fixa du regard, une main posée sur sa gorge. Il ne se sentait pas seulement sot, il savait qu'il l'était.

— Vous avez promis à Mr. Sheridan que *moi* j'assisterai à la première de cette pièce avec-avec *vous* ?

Il décida de faire bonne figure et se redressa à son tour dans le bateau.

— Eh bien, madame la duchesse ! Je ne sais pas ce qui m'attriste le plus, que vous déceviez Dick Sheridan, qui est très impatient que vous honoriez l'une de ses représentations de votre divine présence – après tout vous n'étiez pas venue à la première des *Rivaux*, malgré son invitation très attentionnée – ou que vous soyez interloquée à l'idée d'aller au théâtre avec votre humble serviteur.

— Non ! Non ! Il ne faut surtout pas que vous vous sentiez offensé ! lui assura Antonia. C'est juste que je ne suis pas allée au théâtre depuis… Nous – monseigneur et moi – allions bien sûr régulièrement au théâtre pendant la Saison. J'adore le théâtre. Mais depuis qu'il m'a quittée, je n'ai pas du tout pensé à y aller. C'est pour cette raison que je n'étais pas présente pour la soirée d'ouverture des *Rivaux*. Je ne pouvais pas m'y rendre sans monseigneur. Devoir y retourner sans lui… expliqua-t-elle avec un sourire d'excuse. Cela me paraît impossible… Je ne peux pas y aller, monsieur.

Jonathon acquiesça, l'air triste, comme s'il approuvait, et poussa un soupir. Antonia se pencha vers l'avant, soucieuse, et tendit la main comme pour le consoler de cette déception, quand soudain il se releva d'un bond, ce qui fit violemment tanguer le bateau.

Instantanément, Antonia agrippa les bords de l'embarcation et le dévisagea, étonnée.

— Si c'est votre réponse, alors je ne vois qu'une seule solution. Je n'ai plus qu'à me noyer ! annonça-t-il, jambes écartées pour garder l'équilibre et immobiliser la barque.

— Vous êtes ridicule ! Asseyez-vous !

Il croisa les bras.

— Seulement si vous acceptez de venir au théâtre avec moi.

— Non !

— Vous voulez donc que je me noie ?

— Bien sûr que non ! Pourquoi voudrais-je que vous fassiez une telle chose ? Asseyez-vous !

Il enleva ses chaussures.

— Vous refusez d'aller au théâtre avec moi. Ma seule solution est donc de me noyer.

— Vous êtes dérangé !

— Dérangé ou pas, je me noierai si vous n'acceptez pas de venir voir la pièce de Dick Sheridan avec moi.

— Je ne vous crois pas et je refuse qu'on me force la main de façon aussi honteuse ! Asseyez-vous !

D'un geste agile, il fit glisser sa chemise en coton blanc de ses larges épaules et la jeta dans un coin du bateau. Il repoussa ses cheveux emmêlés de ses yeux pour observer son visage levé vers lui.

— Viendrez-vous à la soirée d'ouverture de la nouvelle pièce de Sheridan avec moi, oui ou non ?

Antonia ne savait plus où regarder, maintenant que ce Goliath à moitié nu se tenait au-dessus d'elle telle une réplique bronzée du colosse de Rhodes. Il n'était que large torse, ventre ferme et hanches

minces, bien trop viril pour son propre bien. Comment osait-il se
déshabiller devant elle, encore et encore ? Elle refusait de le regarder.
Elle tourna son regard vers le lac, les roseaux sur la rive et, sur sa droite,
la jetée qui n'était pas si loin, mais dans sa situation actuelle, bien trop
éloignée ; elle évitait à tout prix de le regarder. Elle s'attendait à ce
qu'un domestique, ne serait-ce qu'une dame d'honneur, apparaisse près
d'elle, ce qui n'était pas déraisonnable ; après tout, elle avait passé une
grande partie de sa vie à portée de voix de ses domestiques discrets et
silencieux, ou au moins dans leur ligne de mire. Elle ne savait pas ce
qu'un domestique aurait pu faire de plus, puisqu'ils avaient encore
moins d'influence qu'elle sur lui. Mais bien sûr, elle était seulement
entourée d'eau, seule avec cet homme qui se tenait debout dans une
barque sans sa chemise et s'attendait à ce qu'elle accepte sa demande.
Et à ce moment-là, elle se demandait seulement à quoi il pouvait bien
ressembler quand il était complètement nu, ce qui la surprit et la
troubla tellement qu'elle regretta amèrement de ne pas savoir nager.
Elle aurait alors pu plonger dans le lac et partir à la nage, le plus vite et
le plus loin possible.

Elle dissimula son désir sous la colère.

— Je refuse que vous me forciez la main, monsieur ! Non ! Je ne
viendrai *pas* au théâtre avec vous ! Je vous ordonne de vous asseoir et de
me ramener sur la terre ferme. Je vous ai assez vu pour aujourd'hui !

Jonathon continuait de la fixer avec une obstination muette. Intérieurement, il était ravi de la voir animée et inflexible, après une
semaine d'introspection léthargique. Il avait gardé ses distances depuis
qu'ils étaient revenus du mausolée ; il s'était installé dans le pavillon
d'été, où il écrivait des lettres pour Sarah-Jane, Tommy, son homme
d'affaires à Londres, et les garde-malades de son vieil oncle mourant. Il
passait aussi du temps dans la cuisine, où il s'installait autour de la
table pour discuter avec Pierre et les autres domestiques qu'il avait
libérés de leur exil à Gatehouse et qui attendaient maintenant qu'il leur
donne des instructions. Il avait aussi réquisitionné plusieurs domestiques extérieurs pour qu'ils l'aident à élaborer un projet de construc-
tion dans le bosquet de vieux chênes ; il espérait que le résultat
enchanterait non seulement Antonia, mais aussi ses petits-enfants la
prochaine fois qu'ils lui rendraient visite.

Seule Michelle avait continué à voir la duchesse, qui était restée
alitée en attendant que son rhume et ses plaies guérissent. Michelle
était d'avis qu'il ne fallait pas la laisser trop longtemps seule avec ses
pensées, au risque de la voir retomber dans le gouffre de désespoir
qu'elle avait connu à la mort du duc, trois ans plus tôt.

C'était pour cette raison que Jonathon avait proposé un tour de barque plaisant et calme pendant qu'on préparait le pavillon où ils pourraient ensuite déjeuner. Il s'était servi de sa copie de *L'École de la médisance* de Sheridan comme d'un appât auquel, il le savait, elle ne pourrait pas résister. Elle avait semblé surprise et presque agacée de découvrir qu'il était encore chez elle quand elle était sortie de ses appartements, ce qui l'avait vexé plus qu'il n'aurait osé l'admettre. Cela signifiait qu'elle n'avait pas du tout pensé à lui depuis leur nuit dans le mausolée. Lui, de son côté, avait eu un sommeil agité chaque nuit, n'avait pensé qu'à elle, à rien et personne d'autre.

Elle lui accordait maintenant toute son attention en tant qu'auditoire captif, et ce, malgré sa colère. Il ne pouvait pas gâcher cette opportunité, même si cela impliquait de sacrifier ses vêtements fraîchement blanchis aux dieux du lac.

— Vous êtes entièrement résolue à ne pas venir au théâtre à mon bras ? répéta-t-il, les yeux toujours baissés sur elle, les sourcils froncés de façon exagérée. Impossible de vous faire changer d'avis ? Impossible de vous convaincre de m'accompagner au théâtre pour la première de la pièce de Dick Sheridan, dans le seul but de consolider la réputation de mon ami et associé ? Alors, madame la duchesse ?

— Vous êtes incroyablement dramatique et je ne comprends pas pourquoi vous menacez de faire quelque chose d'aussi ridicule pour une histoire aussi insignifiante ! répliqua-t-elle en lui lançant un regard furieux avant de détourner les yeux. C'est absurde. C'est idiot. Vous vous montrez très puéril !

Et terriblement arrogant ! Ce que je veux vraiment, c'est que vous me serriez contre vous comme vous l'avez fait dans le mausolée, pour que je puisse entendre les battements puissants et réguliers de votre cœur, me blottir contre votre torse et vos membres fermes et puissants, et sentir l'odeur musquée chaleureuse et masculine de votre peau hâlée. Tout pour retrouver un sommeil paisible, ce que j'ai perdu depuis une semaine ! Tout est votre faute, et je suis restée dans mes appartements en espérant que vous partiriez sans vraiment le vouloir, tout en ayant peur de ce qui pourrait se passer si vous restiez ici avec moi.

Évidemment, elle n'exprima aucune de ces réflexions à voix haute. Elle préféra fixer Jonathon en affichant une fureur mutine, plus en colère contre elle-même que contre ce bel homme à moitié nu, car elle l'avait laissé avoir un impact sur elle.

— Je *refuse* que l'on me contraigne ainsi ! Noyez-vous si cela vous fait plaisir.

— Très bien. Je rejoins de ce pas le fond du lac !

Il disparut en un clin d'œil.

Il était debout devant elle et, l'instant d'après, elle se retrouva seule dans la barque. À tribord, des ondulations partaient de son point d'entrée dans le lac et s'estompaient graduellement à la surface paisible de l'eau. La barque tangua. Puis l'eau retrouva son calme. On aurait pu croire qu'il n'avait jamais été sur le bateau, qu'Antonia s'était réveillée d'un rêve et s'était retrouvée toute seule. Mais la pièce de Richard Brinsley Sheridan, *L'École de la médisance*, était sur ses genoux, et Jonathon avait jeté ses chaussures et sa chemise au niveau de la poupe.

Elle rassembla les pages du texte, le mit rapidement de côté et se précipita sur les coussins pour rejoindre le bord de la barque. Elle baissa les yeux vers le lac. L'eau calme semblait sans fond. Où était-il passé ? Il n'avait pas pu disparaître complètement ! Il ne pouvait pas se noyer tout seul, il était trop bon nageur. Les bons nageurs ne se noyaient pas... À moins que... Et si, à force de faire des bêtises, il s'était cogné la tête contre la barque en passant par-dessus bord, s'était assommé et, à cet instant, avalait de l'eau dans les profondeurs glacées sous le bateau ? Et s'il était coincé sous la coque ? *Imbécile. Idiot. Quel homme insupportable !* Elle écarta ses jupons, rejoignit la proue et regarda dans l'eau. Elle espérait ne pas y voir un Jonathon inerte, sur le ventre, bras et jambes écartés, en train de dériver sur le lac. Il lui suffisait peut-être de se pencher un peu plus pour apercevoir sous le bateau, vérifier qu'il n'y était pas coincé...

Un grand jet d'eau jaillit dans l'air, comme si on avait réglé une fontaine à pleine puissance. L'eau arrosa le bateau. Antonia rejeta sa tête en arrière avec une exclamation de surprise, son visage et l'avant de son corsage ayant immédiatement été trempés. Hébétée par l'eau froide, elle se mit à haleter. La force du jet d'eau était telle que la petite barque oscilla violemment. Elle n'avait pas assez de force dans ses poignets pour se tenir fermement au bord du bateau ; elle ferma les yeux au cas où elle recevrait encore de l'eau, ce qui la désorienta. Elle bascula vers l'avant et tomba dans le lac avec un *ploc*.

Terrifiée, elle agita les bras et les jambes dans tous les sens, éclaboussant frénétiquement les alentours. Ses jupons s'entortillèrent et devinrent lourds en s'imbibant d'eau. Elle se sentit sombrer dans les profondeurs obscures. Elle tentait désespérément de garder la tête hors de l'eau et n'avait pas conscience que le jet d'eau qui avait soudain surgi du lac avant de mourir tout aussi rapidement était en fait Jonathon. Il était resté en apnée sous l'eau aussi longtemps qu'il l'avait cru nécessaire pour que, l'espace d'une milliseconde, elle pense qu'il avait mis sa menace à exécution en se noyant. Il comprit que sa ruse avait lamentablement échoué quand il vit qu'Antonia était tombée par-dessus bord et, ne sachant pas nager, se débattait pour rester à la surface, de la pire façon possible – elle pataugeait, affolée.

Il essaya de l'apaiser, mais elle ne l'écoutait pas, et quand il se précipita à son secours, tentant de la prendre dans ses bras pour la calmer, elle ne le vit pas. Elle voyait seulement la possibilité de s'échapper de l'eau ; elle lui grimpa dessus et essaya de s'asseoir sur sa tête. On aurait dit un chat tombé dans une cuve de crème qui, terrifié, ne faisait plus attention à ce qui l'entourait tant il cherchait à sortir de là le plus rapidement possible et par n'importe quel moyen, surtout si ce moyen était solide et permettait de se retrouver au sec, sur la terre ferme.

Il abandonna l'idée de la raisonner, attrapa ses bras et l'immobilisa contre lui, tout en lui disant d'une voix grave et mesurée qu'elle devait le regarder, qu'elle n'allait pas se noyer, que rien ne lui arriverait si elle se calmait et le regardait. Il répéta ses instructions et, la cinquième fois, quand sa voix pénétra le subconscient d'Antonia et qu'elle se calma, il lui indiqua qu'il allait relâcher ses bras et qu'elle n'allait pas se noyer. Elle posa finalement les yeux sur lui. Pendant ce bref échange de regards, il comprit qu'elle était enfin consciente de sa présence. Immensément soulagée, elle se cramponna à lui et fit entrer de l'air dans ses poumons en prenant de grandes inspirations. Ses bras se resserrèrent autour des épaules de Jonathon et ses jambes s'enroulèrent autour de sa taille. Il la tenait d'un bras puissant posé dans son dos et nageait de l'autre bras pour qu'ils restent à la surface de l'eau, avec l'aide de ses battements de jambes.

Dans toute cette agitation, ils s'étaient éloignés du bateau. Ils se trouvaient à mi-chemin entre les roseaux du bord, le bateau et, de l'autre côté, la jetée où les deux whippets d'Antonia étaient soudainement apparus ; ils bondissaient sur les planches en bois et aboyaient pour indiquer leur présence. L'eau était encore trop profonde pour que Jonathon se tienne debout ou sente le fond du lac, malgré sa taille. Il se laissa porter avec Antonia toujours cramponnée à lui. Il resta silencieux, ne prononça pas un seul mot ; il voulait qu'elle reprenne son souffle et attendait que sa peur retombe. Il savait que s'ils continuaient à flotter, la sensation d'apesanteur qu'apportait l'eau ralentirait les battements de son cœur. Tant qu'elle était dans ses bras, elle ne se noierait pas – elle était en sécurité.

Il sentit enfin le sol malléable et les galets sous ses pieds, et il put se tenir debout. L'eau montait juste au-dessus de son nombril. Il fléchit les genoux pour redescendre ses épaules dans l'eau, ce qui permit à Antonia de s'asseoir sur ses genoux et à Jonathon de passer ses deux bras autour d'elle. Ils étaient maintenant face à face. Elle restait fermement accrochée à lui, craignant de disparaître à jamais dans les profondeurs du lac si elle le lâchait pendant ne serait-ce qu'une seconde.

Elle desserra l'étau de ses bras autour de son robuste cou seulement
quand il se recula légèrement ; elle se rendit alors compte qu'ils ne dérivaient plus dans l'eau, qu'il avait arrêté de nager et avait retrouvé une
certaine stabilité. Ses doigts restèrent entrelacés dans la nuque de Jonathon, mais maintenant qu'elle était sûre qu'il la tenait fermement, elle
put respirer plus facilement et sa peur se dissipa. Ils n'avaient pas été
aussi proches physiquement depuis la nuit qu'ils avaient passée dans le
mausolée, quand elle avait dormi profondément dans ses bras. Depuis,
ils s'étaient démenés pour rester à une distance convenable et respectable l'un de l'autre, et aucun d'eux n'avait évoqué cette nuit-là ou les
événements qui l'avaient précédée.

Mais dans cette eau froide et paisible, ils étaient tellement proches
qu'elle pouvait compter chaque ride profonde qui partait du coin de
ses doux yeux marron, et lui chaque long cil foncé qui encadrait ses
yeux verts légèrement obliques. Elle le découvrait sous un nouveau jour
et examina son visage, espérant y trouver un défaut, quelque chose,
n'importe quoi dans ces traits à la beauté brute qui pourrait lui donner
une bonne raison de détourner les yeux, une bonne raison de ne plus
s'approcher, de ne plus vouloir l'embrasser.

Jonathon esquissa un léger sourire en la regardant dans les yeux,
comme s'il lisait dans ses pensées, et elle sentit la chaleur lui monter
aux joues, malgré l'eau froide. Il repoussa les cheveux de ses yeux puis
passa une main sur la joue d'Antonia pour faire glisser une mèche de
cheveux qui y était collée. Elle ne s'éloigna pas, mais répondit à son
sourire.

Ils se fixèrent pendant quelques courts instants qui semblèrent
s'étirer en une éternité de minutes. Il voulait désespérément l'embrasser, qu'elle l'embrasse. Mais il n'engagerait pas ce premier baiser. Il ne
pouvait pas. C'était à elle de le faire. Il était paralysé à l'idée d'être
rejeté. Entre le traumatisme qu'elle avait subi aux mains de ce monstre
de médecin et le spectre de monseigneur qui les guettait en permanence, il craignait qu'une initiative de sa part soit mal reçue. Il espérait
seulement que tous ses organes resteraient bien sages et se sentait
reconnaissant d'être plongé dans l'eau froide.

Elle n'était évidemment pas consciente de la situation, ce qui était
une bonne chose, mais de son côté, il était extrêmement conscient que
ses jupons flottaient autour de sa poitrine, ce qui impliquait qu'elle
était nue sous la taille, et qu'elle était enroulée autour de lui, portant

seulement ses bas blancs qui s'arrêtaient juste au-dessus de ses genoux. Ses cuisses nues étaient grandes ouvertes, ses chevilles croisées dans le bas de son dos ; elle se pressait fermement contre son entrejambe. Si le lac ne leur avait pas offert une couverture de convenance, le monde aurait découvert une scène très érotique tirée tout droit du Kamasutra.

Il se dit qu'il était plus sage de concentrer ses pensées et ses désirs vers le déjeuner, et se demanda quels succulents plats le vénérable Pierre avait préparés pour satisfaire ses papilles et assouvir sa faim douloureuse. Depuis qu'il s'était débarrassé de Sir Titus et des mufles qui lui servaient d'assistants, Jonathon était devenu le chouchou de la maison. Le chef était son plus grand partisan et exauçait tous ses souhaits culinaires. Si Mr. Strang voulait, pour le petit-déjeuner, de la brioche et son étrange thé au lait infusé aux clous de girofle, à la cannelle, au poivre et à l'anis et qu'il appelait *chai*, personne ne pouvait s'y opposer ou remettre cette demande en question – il pouvait l'avoir. Si Mr. Strang voulait que Pierre lui serve des plats uniquement composés de légumes et de poisson, sans bœuf, alors c'était ce qu'il lui préparait. Jonathon espérait que le déjeuner comporterait de l'ail, du gingembre et du poivre, ainsi qu'une soupe épaisse et l'une des alléchantes pâtisseries feuilletées de Pierre…

C'est alors que cela arriva.

Elle l'embrassa.

Le baiser timide et léger comme une plume ne dura qu'une seconde – il avait les lèvres engourdies par le froid, ce qui rendit sa réponse maladroite. Cela n'était pas surprenant, ils étaient immergés jusqu'au cou dans le lac et leurs lèvres prenaient une teinte bleutée. Mais elle l'avait embrassé, et il n'aurait pas été plus heureux si elle s'était jetée sur lui, nue, pour abuser de lui. Elle l'avait embrassé. Il en avait le vertige. Il n'avait pas connu de baiser aussi exceptionnel depuis son dixième anniversaire, quand il avait maladroitement embrassé la sœur de Digby Spencer, Charlotte, sous le bureau de son oncle. Il s'était senti très fier de lui et avait eu l'impression de marcher sur un nuage pendant une semaine. Il avait tellement désiré ce baiser, y avait tellement pensé, l'avait tellement attendu qu'il resta ahuri pendant un instant, tout comme il l'avait été quand il avait dix ans, de voir son souhait exaucé.

Il n'hésita pas à lui rendre son baiser et, quand il s'exécuta, effleura les lèvres d'Antonia tout aussi délicatement et avec autant de timidité qu'elle. Mais, contrairement à lui, Antonia ne se recula pas et sa réponse ne fut pas aussi réservée. C'était tout l'encouragement dont il avait besoin ; il appuya sa bouche sur la sienne, sentit ses lèvres pulpeuses céder sous la pression des siennes, et ils s'abandonnèrent enfin à un baiser extrêmement sensuel qui leur procura un plaisir immense et représentait tout ce qu'ils avaient espéré et désiré.

Ils étaient tellement accaparés l'un par l'autre et par le moment que le lac autour d'eux disparut. Jonathon se releva hors de l'eau et pataugea entre les roseaux pour rejoindre la berge, Antonia appuyée contre lui, ses bras autour de son cou. Il avait placé ses larges mains sur ses fesses nues pour qu'elle reste fermement pressée contre son entrejambe, ses jambes à elle entourant son torse. Ses jupons trempés étaient remontés sur les bras de Jonathon et l'eau qui en dégoulinait retournait dans le lac. Ils s'exposaient aux regards du monde entier. Et le monde, tel qu'il était dans ce petit coin tranquille du Hampshire, les regardait.

DIX-SEPT

Quelque part dans un coin reculé de sa tête, son cerveau l'avertissait qu'ils n'étaient pas seuls ; ils étaient observés, non par une seule personne, mais plusieurs, et des chiens faisaient aussi curieusement partie des spectateurs. Mais son organe vital, qui avait survécu à la rigueur de l'eau glacée et décongelait correctement, merci beaucoup, ordonna à sa conscience de se taire. Son cerveau était-il fou ? Il tenait dans ses bras la femme la plus exquise et envoûtante qu'il avait jamais rencontrée, ils s'exploraient par un merveilleux baiser passionné, il tenait son beau derrière rond à pleines mains et elle le réchauffait, serrée contre lui. Et son cerveau voulait mettre un terme à tout cela seulement parce que, plus loin, se trouvaient des gens et des chiens ? Pour rien au monde il n'écourterait ce moment, pas même pour la vie du roi George. Les gens et les chiens pouvaient aller se faire voir.

Ils ne prêtèrent pas attention aux cris et aux aboiements qui s'élevaient de la jetée.

L'organe vital de Jonathon l'encouragea, gagnant en force et en assurance à mesure qu'ils approchaient de la berge. Savoir qu'elle était nue et que ses jambes écartées étaient prêtes à l'accueillir lui faisait perdre la tête. Tout ce qui comptait, c'était de sortir de l'eau le plus rapidement possible pour qu'il puisse la posséder sur la terre ferme. Il avait connu, pendant trop de nuits, une rigidité insupportable, un élancement impossible à soulager. Il avait enfin la possibilité de satisfaire son désir le plus secret ; rien ni personne ne pourrait l'arrêter. Pas si elle voulait atteindre le Nirvana autant que lui, et c'était le cas. La douce réponse de sa bouche sous la sienne, la façon dont elle l'embrassait, dont sa langue jouait avec la sienne, et la manière dont elle se serrait fermement contre lui suffisaient à lui assurer qu'il pouvait prendre possession de son entrejambe à la chaude moiteur, si seulement il parvenait à défaire le dernier maudit bouton de son haut-de-chausses et à dénouer le cordon de son caleçon…

Les cris étaient de plus en plus bruyants, les aboiements de plus en plus insistants.

Les whippets d'Antonia s'étaient éloignés de la jetée en sautillant et arpentaient la berge derrière le rideau formé par les branches du saule près duquel on avait déposé leur maîtresse sur la terre ferme. Le whippet noir s'élança entre les branches et se mit à aboyer sur Jonathon avant de trébucher et de glisser dans l'eau. Il battit en retraite avec un jappement, la queue entre les jambes, et secoua son pelage pour se débarrasser de l'eau froide. Son compagnon blanc et marron n'était pas aussi intrépide ; il resta derrière le rideau de branches, mais ses aboiements se firent plus bruyants et insistants. Il était déterminé à attirer l'attention de sa maîtresse ou, mieux encore, celle de sa femme de chambre, qui avait relevé ses jupons et remontait précipitamment la jetée. L'un des deux hommes présents voulut la suivre, mais son collègue resta au bout de la jetée et lui dit de revenir.

Finalement, le cœur de Jonathon, qui battait la chamade, ainsi que la partie raisonnable et professionnelle de son cerveau joignirent leurs forces pour l'emporter sur son organe vital, malgré sa supplication pour satisfaire un besoin insoutenable.

Je refuse que ma première fois avec elle se passe dans ces conditions, sermonna Cœur, effaré. *Je refuse qu'elle se résume à une sordide partie de jambes en l'air sur une berge boueuse alors que nous sommes trempés. Elle mérite les meilleurs soins et attentions. Elle mérite des draps frais et soyeux, des oreillers en plumes et un magnifique lit à baldaquin. Je veux faire l'amour avec elle calmement, en prenant mon temps. Je veux qu'elle sache ce que je ressens.*

Et ce que je veux, c'est que vous me laissiez me charger de la réflexion, vous deux, sermonna Cerveau Professionnel à l'attention d'Organe Vital et de Cœur. *C'est une duchesse, pour l'amour du ciel, et son fils est un duc qui transformera tes testicules en chevrotines s'il te soupçonne seulement d'avoir essayé de la posséder. Sans parler de ce qu'elle penserait de toi après ! Tu n'auras jamais de deuxième chance et, Cœur, n'imagine pas qu'elle te croira quand tu lui diras être tombé amoureux d'elle ! Organe Vital aura tout gâché. Reprends-toi avant qu'il ne soit trop tard pour ton amour-propre et le sien. Et n'oublie pas la maison et…*

Oh, ferme-la avec cette maudite maison, Cerveau Professionnel ! supplièrent Cœur et Organe Vital avec lassitude.

Jonathon arrêta d'embrasser le cou d'Antonia, redressa la tête et se releva à moitié. Le visage empourpré, à bout de souffle, il retira sa main d'entre ses cuisses. Ses joues minces prirent une teinte encore plus foncée quand il réalisa qu'il avait failli la posséder sous ce saule et quand il s'aperçut qu'elle le regardait avec incompréhension, ses beaux yeux verts emplis de confusion. Il démêla rapidement ses jupons froissés alourdis par l'eau et les descendit sur ses cuisses nues pour recouvrir ses jambes vêtues de bas.

Antonia le regarda en clignant des yeux, abasourdie, désorientée et haletante. Elle ne voulait pas qu'il arrête de l'embrasser, de la toucher. Il la laissait totalement frustrée. Elle ne comprenait pas pourquoi il s'était soudain éloigné sans raison apparente, pourquoi il avait arrêté de la caresser, alors qu'il était évident qu'elle voulait qu'il lui fasse l'amour autant que lui semblait déterminé à la posséder sur-le-champ, au bord du lac. Elle avait enfin baissé sa garde et l'avait embrassé – ce qui suffisait à traduire son désir – et la réaction de Jonathon avait été à la hauteur de ses espérances, voire au-delà. Puis il l'avait inexplicablement repoussée… Pourquoi ?

Une centaine de raisons possibles lui traversèrent l'esprit et elle déglutit, gênée. La confusion disparut de ses yeux verts, remplacée par la méfiance. Elle se dépêcha de se redresser, ajusta son corsage qui avait glissé dans une position scandaleuse et commença à essorer ses jupons trempés. Elle n'osait pas le regarder. Alors qu'elle s'apprêtait à se relever, il lui tendit la main pour l'aider et ne la relâcha pas quand elle fut debout. Elle voulut détourner la tête, mais il l'en empêcha en plaçant un doigt sous son menton, puis il posa délicatement son front contre celui d'Antonia avec un petit sourire compréhensif, ses yeux marron navrés.

— Ma douce… Ce n'est pas que je n'ai pas envie de… J'en ai vraiment *très* envie. Mais…

— Ne cherchez pas à vous justifier… Ce n'est pas la peine de…

Il enserra son visage de ses mains et l'interrompit par un long baiser langoureux. Quand elle y céda, quand elle se pressa contre lui et passa une main autour de son cou, il attrapa son autre main et la plaça entre ses propres jambes, déclarant après avoir repris sa respiration :

— Vous ne comprenez *rien*. Je vous désire à en perdre la raison. *Il* vous désire. Je lui ai demandé de bien se tenir, mais ses manières sont déplorables dès qu'il est question de vous et il refuse de m'écouter.

Antonia releva la tête vers lui et ses yeux s'écarquillèrent quand elle explora sous toutes ses coutures sa rigidité confinée sous la fine couche de lin, retenue prisonnière par le cordon de son sous-vêtement. Elle ne put s'empêcher de baisser les yeux sur son entrejambe avant de retrouver ses yeux marron, les siens maintenant pétillants.

— Son arrogance est justifiée, répondit-elle doucement, sur la pointe des pieds, embrassant sa lèvre inférieure tout en tirant sur le cordon d'un geste joueur. Il est magnifique... J'ai envie d'ouvrir mon cadeau immédiatement.

— Mon Dieu, vous me torturez, répondit-il d'une voix rauque, son esprit vidé de toute détermination, son rythme cardiaque s'accélérant, son organe vital plus triomphant que jamais.

Néanmoins, il lui restait assez de bon sens – même s'il aurait pu tenir dans son auriculaire – pour pouvoir immobiliser la main d'Antonia et ajouter d'une voix éraillée :

— Nous avons de la compagnie... Votre femme de chambre... Et d'autres...

Antonia s'écarta immédiatement de lui. Le froid et l'embarras qu'elle aurait dû ressentir après sa chute accidentelle dans le lac, qui l'avait trempée jusqu'aux os – de son lourd chignon défait à ses orteils dans leurs bas –, l'envahirent soudain et elle entoura sa poitrine de ses bras. Elle avait les jambes en coton et ses mains se mirent à trembler, non seulement à cause du froid, mais aussi à cause de la honte qu'elle ressentit suite à cette promiscuité inconsidérée. *Seigneur, avait-elle perdu la tête, elle qui était duchesse, et à son âge ?* Elle frissonna. *Que dirait Julian ? Et monsieur le duc...* Elle s'empêcha de sombrer dans le passé, balayant le large dos nu de Jonathon du regard quand il se retourna pour rajuster ses vêtements. Il était tellement robuste et viril, chaud, palpitant de vie, et il embrassait tellement bien, sa langue et ses doigts avaient une merveilleuse capacité à savoir instinctivement où... *Assez.*

Elle se détourna à temps pour voir sa femme de chambre lui tourner le dos elle aussi.

— Michelle ! Pourquoi restez-vous plantée là alors que j'ai besoin d'un châle, au minimum ? demanda-t-elle en écartant les branches du saule, la colère qu'elle ressentait envers elle-même lui donnant une intonation anormalement sévère. Scipio ! Cornelia ! Au pied ! s'écria-t-elle quand ses deux whippets hésitants passèrent leur truffe humide entre le rideau de branches avant de trottiner jusqu'à elle, réclamant son attention.

Elle leur donna une caresse sans conviction, ce qui les contenta assez pour qu'ils franchissent l'enchevêtrement de branches tombantes et s'approchent de leur nouvel ami, Jonathon, qui se tenait au bord de l'eau et regardait la jetée de l'autre côté du lac.

— Oui, madame la duchesse. Tout de suite, madame la duchesse, répondit Michelle avec une révérence, les yeux rivés sur ses pieds, ses joues écarlates indiquant qu'elle en avait trop vu. Je vais immédiatement vous chercher un...

— Non. Non. J'ai besoin d'un bain chaud, je vais donc venir avec vous, répondit Antonia d'une voix mesurée. Le bateau... Il a chaviré.

— Bien, madame la duchesse, répondit docilement Michelle.

Elle se risqua à jeter un coup d'œil au lac ; la barque s'agitait doucement à la surface de l'eau, intacte. Elle sursauta, ce qui poussa Antonia à regarder par-dessus son épaule, vers le lac.

Jonathon était retourné dans l'eau et nageait à présent vers la barque.

— Il est complètement fou et moi je suis une imbécile, grommela-t-elle avant de se diriger vers la maison à vive allure devant sa femme de chambre, sans se retourner.

⁂

— SIR TITUS ?

Un gentleman sobrement vêtu portant une courte perruque brune se tenait au bout de la jetée, les yeux baissés vers le lac où Jonathon, à qui il s'était adressé, était debout dans la barque et avait lancé une corde sur les planches en bois de la jetée.

— Soyez brave et passez-la autour du bollard, lui ordonna Jonathon.

Le gentleman à la tenue sobre cligna des yeux en direction de Jonathon, sans comprendre, et ce fut donc l'homme plus âgé qui se tenait juste derrière lui qui lui vint en aide. C'était un homme petit et élégant, qui portait un gilet en soie écarlate sous sa simple redingote noire, et un ruban en même soie rouge retenait ses cheveux gris, rassemblés en une queue de cheval. Bien qu'il tienne contre sa poitrine plusieurs petits livres à la reliure en cuir estampillée d'or, il se dépêcha d'avancer pour attacher la corde à la demande de Jonathon.

— Sir Titus ? répéta le gentleman sobrement vêtu, de sa voix la plus patiente. Sir Titus Foley ?

Jonathon leva une liasse de papiers qu'il agita en direction du gentleman.

— Prenez ceci. Baissez-vous ! Baissez-vous ! Je suis grand, mais je ne suis pas un géant, enfin ! Prenez-les à deux mains, ajouta-t-il quand le gentleman s'exécuta. Je ne peux pas me permettre de les mouiller. Dick serait extrêmement déçu et elle ne me le pardonnerait jamais. Vous les tenez bien à deux mains ? Bien. Passez-les à votre ami papivore avant de vous relever.

Le gentleman sobrement vêtu s'exécuta et transmit les feuilles de papier à son ami papivore au ruban écarlate, qui jongla avec le manuscrit et ses livres jusqu'à ce qu'ils soient bien calés contre son gilet écarlate, sans plus redouter qu'ils tombent dans le lac ou ailleurs. Le gentleman sobrement vêtu se releva rapidement et frotta son haut-de-chausses pour en enlever la saleté. Son compagnon papivore esquissa un sourire narquois face à tant de minutie ; il le trouvait pompeux et prude.

Jonathon se hissa hors de la barque et grimpa sur la jetée avec l'aisance d'un homme habitué à l'exercice physique. Il lança un regard méfiant aux deux visiteurs qui furent surpris de le voir aussi grand et large, ce qui n'était pas évident quand il était dans le bateau ; ils devaient maintenant tendre le cou pour le regarder tandis qu'il enfilait ses chaussures à talons plats, ornés de simples boucles argentées. Il s'adressa au gentleman plus âgé qui serrait *L'École de la médisance* de Sheridan contre sa poitrine.

— Seriez-vous d'accord pour le garder un peu plus longtemps ? Je suis trop mouillé pour le papier et je m'en voudrais d'abîmer d'aussi jolis mots.

Le prude sobrement vêtu toussa dans sa main et dit avec une politesse extrême :

— Sir Titus, je suis venu à…

— C'est de la part de qui ?

— Je vous demande pardon, milord ?

— Qui êtes-vous ? demanda doucement Jonathon en tournant les talons, forçant les deux hommes à le suivre. Mes excuses. Il faut que je me débarrasse de ces vêtements humides avant d'attraper la mort et de pousser Dick Sheridan à écrire mon éloge funèbre.

— Mr. Philip Audley et Mr. Gidley Ffolkes, vos humbles serviteurs, Sir Titus. Nous sommes au service de Sa Grâce de Roxton. Je suis le secrétaire du duc et Mr. Ffolkes est bibliothécaire ici à Treat et responsable de la collection d'ouvrages des Roxton.

Jonathon jeta un coup d'œil par-dessus son épaule, remarqua que les deux hommes se laissaient distancer et les attendit. Gidley Ffolkes avait des yeux bleu clair qui lui rappelaient vaguement quelqu'un. Il observa les livres coincés sous son bras.

— Sont-ils pour la duchesse douairière ?

— Oui, milord.

— Dans ce cas, elle sera contente de vous voir, Ffolkes. Et vous, Audley ? s'enquit Jonathon en reprenant son ascension de la pelouse vers le pavillon. Que nous vaut l'honneur de votre visite en cette journée particulièrement chaude d'avril ?

— Votre rapport, Sir Titus, s'écria Philip Audley, quelques mètres derrière Jonathon, incapable de suivre la cadence.

— Mon rapport ?

— Votre rapport à Sa Grâce.

Jonathon monta deux par deux les marches qui menaient au pavillon.

— Dites-m'en plus, Audley.

— D'après les conditions selon lesquelles vous avez été engagé par Sa Grâce, milord, vous devez rédiger un rapport…

— À quel sujet ?

Philip Audley soupira bruyamment et serra les poings, les bras ballants. Il se demanda si le médecin n'était pas aussi fou que ses patients. Gidley Ffolkes arborait un large sourire ; il avait immédiatement apprécié l'approche directe et franche de Jonathon. Le secrétaire du duc toussa et se racla la gorge.

— C'est un sujet délicat… sur lequel je ne peux pas m'étendre.

— Vous êtes le secrétaire du duc, non ?

— En effet, milord, mais cela n'a…

— Vous lisez toutes ses correspondances, rédigez le brouillon de ses réponses, recopiez à la main des documents qui évoquent ceci ou cela. Vous portez les éléments les plus importants de ces papiers à l'attention délicate de Sa Grâce et vous occupez vous-même du reste… N'est-ce pas ce qu'un secrétaire digne de ce nom fait pour son maître ?

— Eh bien, oui, milord, tout cela fait partie des tâches que j'exécute pour Sa Grâce, fanfaronna Philip Audley, complètement dépassé. Mais je ne comprends pas…

— Dans ce cas, vous savez très bien de quoi il est question, alors pourquoi ne pas cracher le morceau ?

Le secrétaire, qui avait pourtant encore l'usage de la parole, resta pantois. Il était habitué à un discours direct de la part de son employeur, mais c'était un noble, un duc. Ce Goliath fringant, en revanche, n'était rien de plus qu'un pourvoyeur de simples. Il jeta un coup d'œil au bibliothécaire, s'attendant à ce que le petit homme soit aussi horrifié que lui, mais il découvrit qu'il tenait les livres contre lui de façon presque affectueuse, les lèvres pincées comme s'il se retenait de sourire.

Jonathon s'en était aperçu aussi. Il indiqua la table basse sur laquelle il remarqua pour la première fois des plats clochés, de la vaisselle, des couverts, un pichet de bière et plusieurs gobelets. Son estomac se mit à gronder face à la munificence culinaire de Pierre.

— Posez vos affaires, Ffolkes, et soyez gentil, servez-nous chacun un gobelet de bière. Il nous faut au moins cela.

Il reporta son attention sur le secrétaire du duc. Cet homme paraissait d'une efficacité si obséquieuse qu'il ressentit immédiatement une certaine antipathie pour lui.

— Alors ?

— Puisque vous êtes le médecin de la duchesse douairière, milord, il me semble inutile d'exprimer à voix haute la raison pour laquelle vous avez été employé par Sa Grâce, répondit Philip Audley avec dédain, l'antipathie à présent mutuelle. Vous le savez, et moi aussi.

— Ah, vous devenez intéressant, Audley, commenta Jonathon avec un sourire trompeur.

Il s'empara d'une serviette qui séchait au soleil, sur un muret. Il s'en était servi plus tôt ce matin-là, à l'aube, après s'être baigné et rasé dans le lac, près du bosquet de vieux chênes. Il s'épongea le visage, se sécha les cheveux et observa le secrétaire avec une neutralité étudiée avant de reprendre :

— Vous affirmez que je suis au courant, mais pourquoi le seriez-vous ? Et que savez-vous, exactement ?

— Je vous demande pardon, milord, mais vous disiez vous-même qu'en tant que secrétaire de Sa Grâce, j'ai accès à son courrier et à certains documents, il est donc parfaitement raisonnable que je sois au courant de la… hum… *détérioration* de… du… hum… de *l'état mental* de la duchesse douairière, qui a mené à une situation des plus regrettables, déclara le secrétaire en refusant d'un geste de la main le gobelet de bière que lui proposait le bibliothécaire, bien que la frustration ait asséché sa gorge. C'est moi qui ai rédigé le document que vous avez signé et qui exige que vous…

Il s'interrompit abruptement quand il comprit que son interlocuteur ne l'écoutait pas ; Jonathon jeta la serviette sur la balustrade et leur indiqua de se retourner d'un geste de l'index.

Il retira rapidement ses bas, son haut-de-chausses et son caleçon mouillés, se sécha et enroula la serviette autour de ses hanches avant d'enfiler une chemise fraîchement lavée par les blanchisseuses très obligeantes de la duchesse. Michelle la lui avait apportée tôt ce matin-là avec le reste de sa tenue de rechange : haut-de-chausses, caleçon, jabot en lin et bas. Il lui faudrait encore déranger les domestiques de la duchesse pour qu'ils lavent cette tenue, en attendant que sa garde-robe arrive de Londres.

— Ffolkes ! Qu'en pensez-vous ? La duchesse douairière de Roxton a-t-elle une capacité mentale diminuée ?

Le bibliothécaire manqua de s'étouffer sur sa bière, mais il s'essuya la bouche et se tourna bravement pour croiser le regard de Jonathon.

— Non, non, milord. Elle a une nature mélancolique, mais qui pourrait le lui reprocher ?

Le secrétaire se tourna à son tour pour faire face à Jonathon, soupira bruyamment et leva les bras au ciel, abandonnant tout semblant de déférence.

— Enfin, milord ! À quoi cela rime-t-il ? se plaignit Philip Audley. C'est vous le médecin. Ffolkes est simplement le bibliothécaire de la famille. Comment pourrait-il le savoir ?

— Simplement ? répéta Jonathon avec une grimace. Vous n'êtes pas friand de lecture, Audley, n'est-ce pas ? Tant pis pour vous. Il n'y a rien de « simple » dans la gestion de la collection des Roxton. Je suis prêt à parier que l'ensemble des ouvrages situés dans leurs diverses résidences nobles pourrait rivaliser avec la collection de n'importe quelle université, en Angleterre ou sur le continent. Et puisque madame la duchesse aime par-dessus tout fourrer son joli petit nez entre les pages d'un bon livre, je peux également estimer que Ffolkes voit plus souvent la duchesse que vous, votre noble employeur et moi-même réunis ! N'est-ce pas, monsieur ?

— Tout à fait, milord, approuva le bibliothécaire en souriant. La bibliothèque est toujours la pièce préférée de madame la duchesse, peu importe la maison. Madame la duchesse et monsieur le duc, qu'il repose en paix, ajouta-t-il avec nostalgie, ont partagé beaucoup d'heureux moments dans la bibliothèque de Treat. Elle adorait s'installer dans son fauteuil préféré pour lire. C'était aussi le cas à Hanover Square et, bien sûr, dans leur bibliothèque parisienne... continua-t-il, les larmes aux yeux. La perte de cette maison... Cette magnifique bibliothèque... Quel immense choc...

— Oui, j'imagine, compatit Jonathon, comprenant que le petit homme soigné parlait autant de son profond regret que des sentiments de la duchesse.

Il proposa au bibliothécaire de s'asseoir sur le canapé devant la table basse et lui remplit son gobelet. Puis il s'installa à son tour devant l'éventail de plats proposés, ses longues jambes repliées jusqu'aux oreilles dans une tentative de s'installer confortablement à une table prévue pour les enfants Roxton. Une note l'attendait, posée sur un couvercle. Elle lui indiquait de déjeuner sans la duchesse.

— Vous pouvez vous joindre à moi, messieurs. Je ne peux plus attendre.

Il passa une assiette propre au bibliothécaire avant de soulever les cloches argentées. Il releva la tête alors qu'il était en train de se servir en champignons qui baignaient dans une sauce au beurre et à l'ail quand le secrétaire toussa, une habitude agaçante qui donnait envie à Jonathon de lui envoyer une assiette à la figure.

— Alors ? Vous avez entendu l'opinion de Ffolkes. La duchesse est triste, elle n'est pas folle, conclut-il en lançant un clin d'œil à Gidley Ffolkes. Qui pourrait le lui reprocher ? Goûtez donc à la tourte au ragoût de poisson de Pierre, elle est excellente, conseilla-t-il au bibliothécaire qui avait courageusement accepté la proposition de Jonathon de manger avec lui.

Le secrétaire laissa échapper un bruit semblable à un cri étouffé. Jonathon détacha derechef son regard des plats succulents de Pierre et reprit avec franchise :

— Que voulez-vous de plus, Audley ?

Le secrétaire l'observa, bouche bée. Il était maintenant persuadé que le médecin était aussi dérangé que les femmes lugubres qu'il traitait.

— Qu'est-ce que je *veux* ? répéta-t-il d'une voix perchée. Je ne *veux* rien, monsieur ! Le duc *exige* d'avoir son rapport hebdomadaire, je suis donc venu le récupérer pour lui !

Jonathon avala une bouchée de tourte au poisson et grignota la pâte feuilletée qu'il avait dans la main.

— Un rapport hebdomadaire ?

— Oui ! Oui ! Un rapport hebdomadaire ! Le rapport que vous êtes tenu de rédiger d'après votre contrat.

— Avec un peu plus de poivre et une goutte de citron, la truite serait encore meilleure. Qu'en pensez-vous, Ffolkes ?

Avant que le bibliothécaire ne puisse répondre, Jonathon tendit la main pour attraper une tartelette aux asperges, tout en levant les yeux vers le secrétaire au visage d'âne. Il reprit avec une nonchalance étudiée :

— Sa Grâce voulait que le contrat s'étende sur combien de semaines ?

Le secrétaire se mordit la langue et esquissa un mince sourire. Il était au bord de la crise de nerfs.

— Souvenez-vous, Sir Titus, que vous avez signé un contrat pour quelque quatre semaines de vos services.

— *Quatre* semaines ?

Sa bouchée de la délicieuse tartelette aux asperges recouvertes de fromage perdit toute sa saveur. Il laissa retomber ce qu'il en restait dans son assiette vide, déglutit à contrecœur et reprit :

— Elle devait subir les soins de ce bousier pendant *un mois ?* (Il but une grande gorgée de bière et s'essuya la bouche, figée en une moue, avec une serviette qu'il jeta ensuite sur le côté.) Mon Dieu ! Roxton aurait besoin d'un examen cérébral ! Et pourquoi n'est-il pas venu la voir lui-même, en bon fils dévoué ? Hein, Audley, pouvez-vous répondre à cela ?

— Cela ne vous regarde vraiment…

La phrase du secrétaire resta en suspens, car la fourchette en argent du bibliothécaire tomba avec fracas dans son assiette tandis que son couteau atterrissait sur le carrelage alors qu'il essayait de maintenir son assiette et ce qu'elle contenait en équilibre sur ses genoux. Un drôle de petit sourire aux lèvres, il croisa le regard de Jonathon qui lui sourit à son tour avec un clin d'œil, ce qui confirma les doutes du bibliothé-caire. Il n'aurait pas pu être plus heureux et soulagé de découvrir que ce beau géant n'était pas Sir Titus Foley. Il aimait l'attitude cavalière de Jonathon et il suspectait que, sous son comportement décontracté et distrait, il cachait une détermination inébranlable à obtenir ce qu'il voulait. Il s'amusait beaucoup à le voir se jouer du secrétaire hautain.

— Vous auriez déjà dû nous remettre ce rapport, insista Mr. Aud-ley, brisant le silence, inconscient de la nouvelle entente entre Jonathon et le bibliothécaire des Roxton. Si vous avez le document, monsieur, je vous prie de me le transmettre afin que je puisse vous laisser, vous et votre patiente, en paix.

Il était grand temps que ce moment arrive.

— J'ai trouvé ! annonça Jonathon qui se pencha vers l'avant en agitant un doigt vers le bibliothécaire.

— Si vous l'avez trouvé, alors de grâce, monsieur, donnez-le-moi ! exigea le secrétaire.

— Ces yeux bleu clair ! Je savais qu'ils me disaient quelque chose, continua Jonathon, fier d'avoir enfin fait le lien. On les retrouve sur le mur de la salle à manger d'Hanover Square !

Philip Audley se rapprocha de la table, son regard passant de Jona-thon, qui arborait un grand sourire, au bibliothécaire, qui souriait également de toutes ses dents et acquiesçait. Le secrétaire gratta sa tête perruquée, ayant l'impression d'être un idiot bon pour un internement à Bedlam, et patienta.

— Le rapport est à Hanover Square ? Pourquoi l'auriez-vous envoyé là-bas ?

Le secrétaire ne reçut aucune réponse.

— Les yeux font partie de ces traits familiaux qu'il est impossible de cacher, même si l'on parvient à dissimuler avec succès d'autres points communs plus discrets, dit Gidley Ffolkes, les yeux pétillants. J'ai passé la plus grande partie de ma vie à refuser de reconnaître mes liens familiaux. Je suis resté à la bibliothèque Bodléienne, la tête enfouie dans un livre, ou plutôt *des livres*, jusqu'au décès de ma chère femme… Puis, sur l'invitation de madame la duchesse, je suis venu m'occuper de la collection des Roxton… et vivre ici. Sans les bibliothèques des Roxton… ajouta-t-il avec un sourire après avoir bu une gorgée de bière. Sans l'immense bonté de madame la duchesse… J'ai trouvé une deuxième maison ici.

— Alors qui est ce parent élégant qui occupe le mur de la salle à manger avec sa femme ?

— Mon cousin germain Lucian Ffolkes, vicomte Vallentine et, dans les quatre dernières années de sa vie, comte de Stretham Ely. Mais sa famille et ses amis ont continué à l'appeler Vallentine. Sa femme était la sœur de monsieur le duc. Leur fils Evelyn serait l'actuel Lord Stretham Ely si l'on savait où il se trouve, mais il a disparu depuis presque cinq ans.

Le bibliothécaire mit son assiette de côté et releva ses yeux bleus vers Jonathon, qui l'observait attentivement. Il reprit :

— Nous supposons que le garçon n'a aucune idée que ses parents sont morts à quelques semaines d'intervalle, et moins d'un an après la mort de monsieur le duc, laissant madame la duchesse dans une solitude tragique. Ils étaient inséparables tous les quatre : monsieur le duc, madame la duchesse et les Vallentine… Je suppose que je suis maintenant le dernier Ffolkes et que le titre disparaîtra avec moi si on ne retrouve jamais le garçon. Je dis « garçon », mais Evelyn n'a que quelques années de moins que Roxton.

— Vous n'utilisez pas le titre.

— Non. Je considère qu'il ne me revient pas. Il appartient à Evelyn. Je reste persuadé qu'on le retrouvera un jour, expliqua le bibliothécaire avec un sourire chagriné. Quand il voudra bien être retrouvé, j'entends.

Le secrétaire, qui ne savait rien de tout cela, fixait Gidley Ffolkes comme s'il s'était transformé en ogre avec non pas une mais deux affreuses têtes.

— Vous êtes l'héritier du comté de Stretham Ely ? *Vous ?* Un *bibliothécaire ?* Vous, vous êtes un membre de-de la *famille ?* s'enquit-il, offensé. Milord, il est tout à fait déconcertant que vous m'ayez laissé penser, ainsi qu'à tous les autres, que vous n'êtes qu'un simple bibliothécaire sans distinction sociale, alors que vous êtes un pair du royaume. Vous devriez révéler votre titre pour le bénéfice de ceux qui ont un rang inférieur, afin que nous puissions adopter un comportement approprié.

— Que diable racontez-vous, Audley ? demanda Jonathon en faisant glisser ses cheroots en bas de leur boîtier en argent avant d'en offrir un au bibliothécaire, qui déclina. Ffolkes ici présent pourrait être chasseur de rats, je me fiche bien de connaître la couleur du sang qui coule dans ses veines, continua-t-il après avoir allumé son cheroot. Faites en sorte que cela ne vous dérange pas ; je suis sûr que la famille s'en moque. Et Ffolkes ne vous en tiendra pas rigueur. Il ne l'a jamais fait jusqu'à présent.

Il inspira la fumée de son cigare en s'allongeant sur les coussins, une main à l'arrière de la méridienne en soie rayée, ses longues jambes étendues, chevilles croisées. La méridienne était bien plus confortable pour dormir que pour manger, ce qu'il avait découvert après y avoir passé six nuits. Cela dit, il avait dormi à la belle étoile un nombre incalculable de fois sur le sous-continent, dans des conditions éprouvantes ; une méridienne matelassée avec plusieurs coussins, c'était un luxe.

— J'espère que le café va arriver *jaldi.* Ou préféreriez-vous du thé, Ffolkes ?

— Un café serait parfait, merci.

Jonathon releva la tête vers le secrétaire qui, aussi immobile qu'une statue, les dévisageait toujours avec une fureur silencieuse.

— Vous êtes toujours là, Audley ? Préféreriez-vous du thé ?

— Du thé ? Non ! Je ne préférerais pas du thé, monsieur. Ce que je préférerais, c'est votre rapport. Tout de suite, je vous prie.

Jonathon se redressa à contrecœur en entendant quelqu'un approcher. Deux valets de pied apparurent ; l'un d'eux portait le nécessaire pour le café, et l'autre, quand Jonathon lui indiqua de s'exécuter, débarrassa les restes du déjeuner.

— Ffolkes, je vous laisse faire le service. Audley ? Ne devriez-vous pas aller aiguiser les plumes de Sa Grâce ou décanter son encre – peu importe ce que vous faites pour vous occuper ? Un sucre, Ffolkes. Oh, pendant que j'y pense… Tenez, vous pourrez y jeter un œil en attendant que madame la duchesse soit prête à vous recevoir, dit-il en posant une main à plat sur le manuscrit de *L'École de la médisance*. Je suis sûr que cette pièce vous amusera beaucoup.

Son cheroot coincé entre deux doigts, il leva sa tasse de café et but nonchalamment une gorgée de la boisson à la fois amère et sucrée. Il adressa un sourire au secrétaire qui, comme il l'avait espéré, était sur le point de devenir fou de rage. Il était temps d'abréger les souffrances de ce petit crapaud zélé.

— Le rapport se trouve là-dedans, Audley, déclara-t-il en tapotant un doigt sur sa tempe. Allez, du balai, allez vous rendre utile. Non ! Non, ne dites rien. Inutile de me remercier. Je vais directement traverser le pont pour soumettre mon rapport, mais je dois d'abord prendre une deuxième tasse de café avec mon ami bibliophile.

Il se tourna vers le bibliothécaire sans accorder un autre regard au secrétaire qui, après avoir repris ses esprits et s'être empêché de se lancer dans une tirade pour lui reprocher de faire perdre son temps au secrétaire de Sa Grâce de Roxton, descendit l'escalier d'un pas lourd et disparut en traversant la pelouse en direction des écuries.

— J'aimerais avoir votre avis sur la bibliothèque d'Hanover Square…

Jonathon passa ensuite une heure paisible à discuter en l'agréable compagnie du bibliothécaire avant d'emprunter le même chemin que le secrétaire pour rejoindre les écuries, laissant Gidley Ffolkes profiter du génie comique de Richard Sheridan.

Quand elle entra dans le pavillon, Antonia tomba sur le bibliothécaire âgé, le manuscrit de Sheridan posé sur les genoux, des larmes de rire roulant sur ses joues. Seuls la serviette et les vêtements humides abandonnés par terre près d'une malle de voyage indiquaient que Jonathon était passé par là.

DIX-HUIT

On mena Jonathon dans un petit salon ensoleillé aux portes-fenêtres ouvertes sur un jardin élisabéthain clos. Les murs étaient décorés d'un papier peint à fleurs de style français, orné de gerbes de roses blanches et roses et de petits oiseaux en plein envol sur un fond bleu ciel. Les rideaux assortis, ouverts pour révéler la vue sur les jardins, étaient retenus par de lourdes cordes à pampilles en soie rose et cuivre. Des coussins en chintz tissé, bordés du même genre de cordelette en soie que les rideaux, parsemaient les canapés et les quelques fauteuils poussés contre trois murs.

Un feu brûlait dans l'âtre d'une cheminée en marbre blanc, au-dessus de laquelle était accroché un portrait au large cadre doré, représentant la cinquième duchesse de Roxton dans sa jeunesse. C'était en tout cas l'impression qu'avait Jonathon ; elle était bien trop jeune pour porter, sur ses genoux recouverts de soie, un petit garçon vêtu d'une robe courte, avec une tignasse de bouclettes noires en pagaille et un hochet argenté dans son petit poing potelé. L'artiste avait représenté la mère et son fils dans un jardin qui était peut-être celui qu'il voyait par les fenêtres ouvertes, avec des roses blanches en fleur derrière eux et deux fidèles chiens de chasse aux pieds de la duchesse. Une petite pile de livres – un ruban bleu servant de marque-page dépassait de l'un d'eux – se trouvait près du pied de la chaise, en forme de serres agrippant une boule.

— C'est ici qu'elle écrivait ses lettres, dit la duchesse à Jonathon quand elle le vit sourire de toutes ses dents et secouer la tête en se rapprochant pour lire le dos des livres, voyant que l'un d'eux était de

Tacite. Elle avait une vue parfaite sur les rosiers et elle pouvait regarder Julian jouer sur le tapis ou dans le jardin clos. Des années plus tard, Henri-Antoine, le petit frère de Julian, a lui aussi joué ici. Le tableau derrière vous est un portrait de famille qui a été réalisé quand la duchesse mère et le duc ont emmené Henri-Antoine à Constantinople pour voir Julian, qui y était pendant son Grand Tour.

Deborah Roxton abandonna le bonheur-du-jour français situé près de la fenêtre la plus ensoleillée, devant lequel elle s'était installée pour lire une lettre, et rejoignit Jonathon devant le grand portrait de famille en face de la cheminée. Elle attendit qu'il fasse la remarque habituelle que ceux qui admiraient ce noble regroupement familial ne pouvaient s'empêcher de formuler tant ils étaient surpris par la différence d'âge entre son mari qui, sur ce portrait, était un jeune homme d'à peine vingt ans, et son frère qui avait quatre ans tout au plus. Il ne fit aucune remarque de la sorte.

Jonathon observa l'illustre famille peinte devant une somptueuse mosaïque ottomane. La cinquième duchesse, qui avait encore l'air incroyablement jeune, était la figure centrale du tableau. Assise, elle portait ce que Jonathon supposa être une tenue ottomane – un pantalon en soie ample qui lui arrivait aux chevilles, une chemise à manches longues en seersucker qui descendait jusqu'à ses mules parées de bijoux et ouvertes à l'arrière et, par-dessus l'ensemble, une robe ouverte à manches longues en tissu doré brillant, ourlée d'hermine. Elle portait un petit turban en soie sur la tête et ses cheveux blonds, rassemblés par-dessus l'une de ses épaules, retombaient librement en cascade jusqu'à sa taille. Son plus jeune fils, Henri-Antoine, à sa gauche, se penchait sur les genoux de sa mère avec une main tendue vers son grand frère qu'il regardait avec adoration. Julian, à droite d'Antonia, un coude recouvert de velours posé sur le haut dossier de sa chaise, tendait une balle en cuir bigarrée à son petit frère pour qu'il joue avec. Près de lui, de profil, un vieil homme élégant aux cheveux gris et vêtu d'une simple redingote en laine avait une main posée sur une carte qui représentait possiblement la ville de Constantinople. Le duc se tenait derrière son benjamin et avait passé sa fine main blanche par-dessus le dossier de la chaise où était installée sa femme, affichant sa bague ornée d'une émeraude imposante. Son autre main reposait nonchalamment sur la garde de son épée parée de pierres précieuses. Sa tête, recouverte d'une épaisse chevelure blanche, était penchée vers l'avant ; il avait les yeux rivés sur la duchesse.

Seule Antonia avait le regard tourné vers le monde, un sourire énigmatique aux lèvres et un éclat dans ses yeux émeraude. Jonathon soupçonnait le peintre d'avoir secrètement espéré qu'elle ne regarde que lui.

— Elle était vraiment au centre de leur monde, non ? commenta-t-il sans détacher son regard du tableau. La composition du peintre et le placement de la famille rendent très bien compte de cela. Et ils ne l'admettraient jamais, mais malgré leur différence d'âge, ses fils se ressemblent beaucoup. Cependant, ajouta-t-il en se tournant vers Deborah Roxton pour la première fois depuis qu'il était entré dans la pièce, leur ressemblance est peut-être seulement physique. Lord Henri-Antoine me semble être un jeune homme bien plus nonchalant que ne l'a jamais été son frère, ou du moins c'est ce qu'il essaye de faire croire. Votre neveu, en revanche, ne peut pas rester tranquille plus de deux minutes.

— Oh, vous avez rencontré Harry et Jack ? s'enquit la duchesse, visiblement surprise.

— J'ai profité de leur compagnie à Hanover Square, pendant la semaine que j'ai passée à Londres, répondit Jonathon en s'inclinant. Mais je ne vous ai rien dit, et vous ne savez pas non plus que je les héberge. Je leur ai fait la promesse solennelle de ne pas le dire au duc et je compte bien m'y tenir.

Quand Deborah fronça les sourcils, il ajouta :

— Il vaut mieux qu'ils soient dans un environnement familier et sous un œil paternel, Votre Grâce, plutôt que de les laisser explorer la myriade de divertissements offerts par la ville dans un logement inconnu. Par ailleurs, ajouta-t-il avec un sourire en coin, à leur décharge, ils ne savaient pas que la maison avait été louée. Ils ont bondi au plafond quand je me suis présenté à eux.

— Si vous tolérez la présence de deux garçons de quinze ans sous votre toit, Mr. Strang, alors je ne pourrai jamais assez vous remercier. Ce sont de gentils garçons qui ont bon cœur, et ils sont déterminés à faire les bêtises habituelles des garçons de leur âge. Ils ont été un peu négligés ces derniers temps…

Jonathon ne précisa pas qu'il était tombé sur Henri-Antoine et Jack ivres morts sur les chaises Chippendale de la salle à manger d'Hanover Square, qui empestait le tabac et le porto, pendant que deux de leurs joyeux compères, appuyés contre la table en acajou poli, avaient descendu leur haut-de-chausses sur leurs chevilles et profitaient des talents de deux prostituées bien en chair.

— Mais pas par vous, Votre Grâce, dit-il avec un sourire compréhensif avant de se retourner vers le tableau d'un air interrogateur. Le gentleman en noir... Il est inclus dans le portrait de famille sans faire partie de la famille... ?

— Oh, non, Mr. Strang. Martin Ellicott fait partie intégrante de la famille. C'est le parrain de Roxton et il a été valet de monsieur le duc pendant presque trente ans. C'est l'âme courageuse qui a accompagné mon mari sur son Grand Tour. Mais vous n'êtes pas venu me parler des portraits, n'est-ce pas, Mr. Strang ? demanda-t-elle en tendant une main pour le saluer.

— Comme je suis négligent, Votre Grâce, répondit Jonathon en se penchant sur sa main, comme s'il la voyait pour la première fois.

Il parcourut du regard ses jupons rayés en mousseline verte, son épaisse chevelure auburn et brillante simplement coiffée, ses épaisses boucles définies qui retombaient sur ses épaules drapées d'un léger châle en laine malgré le soleil qui pénétrait par les fenêtres et retombait sur les épais tapis. Remarquablement belle et majestueuse, elle avait une assurance innée qui convenait à son rang élevé. Cependant, elle ne semblait pas être à sa place dans cet environnement typiquement féminin, qui correspondait plus à un papillon qu'à une lionne.

— Non, pas des portraits, mais assurément de ceux qui y sont représentés.

Il entendit des enfants qui jouaient derrière les portes-fenêtres, ce qui le fit sourire.

— Ces cris de joie ne viennent pas des jardiniers, je présume ?

— Les jumeaux sont déterminés à attraper autant de papillons que le leur permettront leurs petits filets avant de prendre leur goûter, et leurs efforts amusent beaucoup Julie, leur petite sœur ; ce qui explique les cris.

— Comment se porte notre pirate, Votre Grâce ? demanda-t-il en se réprimandant silencieusement – pourquoi ses pensées se tournaient-elles toujours vers l'autre duchesse ?

— Il s'est complètement remis de son épreuve et est déterminé à vivre d'autres aventures, Mr. Strang, répondit-elle.

Elle ne lui proposa pas de s'asseoir malgré les chaises présentes dans la pièce et continua en regardant autour d'elle :

— Je suis d'accord avec vous. Cet environnement convient mieux à la cinquième duchesse qu'à moi. J'y remédierai un jour, mais pour l'instant... les enfants aiment les choses ainsi. Et si nous allions marcher dans le jardin ? proposa-t-elle doucement en se tournant vers son bureau où elle joua avec la plume dans son écritoire, car la seule mention de sa belle-mère avait fait monter le rouge aux joues de son invité.

Elle se retourna avec le même sourire énigmatique, comme si de rien n'était, et tout en récupérant son chapeau de paille à large bord posé sur une chaise près des portes-fenêtres ouvertes, le plaçant sur sa tête avant de nouer lâchement les rubans en soie blanche sous son menton, elle ajouta :

— Je suis restée assise à ce bureau pendant deux heures, je voulais terminer ma correspondance, car j'ai promis d'emmener les enfants à l'extérieur pour pique-niquer près des jacinthes des bois, qui fleurissent en abondance cette année.

— Ah oui ? s'enquit poliment Jonathon.

Il la suivit sous le soleil, le long d'un chemin bordé de rosiers. Plus loin, Louis apparut en courant de derrière une fontaine, son filet levé le plus haut possible, et disparut de nouveau. En entendant un « Hourra ! », Jonathon se dit qu'un pauvre papillon, ou un autre insecte volant, avait été capturé.

— J'ai rarement eu l'occasion de voir des jacinthes des bois en fleur, reprit-il.

— Il fait particulièrement chaud pour une fin avril.

— Chaud ? Vous trouvez ?

— Très. D'ailleurs, vous voyez que les roses aussi sont en fleur.

— Oui. Les roses sont magnifiques.

— Je compte en envoyer à la duchesse mère. Les roses blanches sont ses préférées.

— Elle appréciera beaucoup…

Une petite tête aux boucles rousses et au sourire malicieux apparut de derrière une statue d'Aphrodite et Cupidon ; le filet de Gus était devenu une épée et il l'agitait en l'air de façon menaçante tandis que sa petite sœur s'enfuyait en courant et en hurlant, une nurse sur ses petits talons de soie. Gus la poursuivit, son épée improvisée pointée vers le ciel.

Deborah Roxton arborait un sourire indulgent face à leurs facéties. Elle s'arrêta à un croisement entre deux chemins, où une équipe de jardiniers s'affairaient à réparer les jets en laiton d'une fontaine asséchée et à nettoyer une statue d'Apollon perchée sur un socle. Ils inclinèrent leurs chapeaux et se remirent au travail ; elle leur répondit avec un sourire avant de s'avancer pour ne pas les gêner. Elle se tourna vers Jonathon et souleva le bord de son chapeau pour qu'il puisse clairement voir son visage.

— Mr. Strang, je ne suis pas adepte des banalités et vous n'êtes pas venu ici pour parler de la météo ou des fleurs. Je pense que vous préférez aussi la franchise à l'hypocrisie, je vous demanderai donc de ne pas m'épargner. Pourquoi êtes-vous ici plutôt que dans le Buckingham-shire avec votre fille ?

— Ah ! Bien dit. J'avais l'intention de vous épargner, Votre Grâce. C'est le duc que je suis venu voir, mais on m'a envoyé dans votre joli salon à la place. Je comptais bien rejoindre Sarah-Jane à la petite fête de Lady Strathsay, mais les circonstances m'ont retenu ici. Enfin, pas ici, mais à Crecy Hall.

— Je me demande quelles circonstances pourraient bien vous empêcher de rejoindre votre fille. Qui, je dois dire, vous fait honneur. C'est une jeune femme maîtresse d'elle-même, très mature et qui sait ce qu'elle veut.

— Tout comme vous, Votre Grâce.

Ce compliment fit rire Deborah Roxton qui continua à marcher et tourna à gauche pour s'engager dans une large allée de gravier bordée d'orangers et de citronniers dans des bacs décoratifs. Jonathon se laissa distancer, les mains jointes dans son dos.

— Oui ! C'est vrai, Mr. Strang, approuva Deborah. Je dirais bien qu'il s'agit d'un trait de caractère des Cavendish, mais je pense qu'elle tient plus de vous que de ma cousine Emily. Cela dit, elle ressemble physiquement à sa mère et sa belle couleur blonde lui vient des Caven-dish. Elle pourrait se trouver un bon parti si elle le souhaitait, mais… continua-t-elle en penchant la tête pour l'observer. J'ai comme l'im-pression que vos ambitions pour elle ne sont pas de ce ressort… ?

— Ce que je voudrais, Votre Grâce, c'est que Sarah-Jane épouse un homme digne d'elle. Un mariage basé sur l'âme et l'esprit, pas sur le titre et l'ascendance. À quoi bon devenir Lady Dédain si c'est pour finir malheureuse comme les pierres ? Je refuse qu'elle se mette la corde au cou avec un ivrogne veule, une brute qui la frapperait dès qu'il aurait bu ou pour toute autre raison, simplement parce qu'il en aurait la possibilité, et qui pourrait s'autoproclamer Lord Seigneur Tout Puis-sant pour la seule raison que ses ancêtres ont fait des ronds de jambe à leur roi et sont partis en croisade pour lui. C'est le genre de mariage que sa mère a dû subir avant que son bon à rien de mari ne nous fasse une faveur à elle et à moi en mourant d'une crise cardiaque dans les bras d'une putain.

Face au silence de la duchesse, il haussa les épaules et dit d'un air penaud :

— Vous m'avez demandé d'être franc, Votre Grâce.

— En effet, et je ne suis pas en désaccord avec vous. Mais… Sarah-Jane, malgré sa sagesse, n'est pas immunisée contre l'attrait du titre, surtout s'il appartient à un homme diablement beau, Mr. Strang.

— Vous parlez d'Alisdair Fitzstuart.

Le regard de Jonathon remonta la longue avenue déserte qui s'étendait devant lui – les enfants, nurses et jardiniers avaient disparu – avant de venir se poser sur le vieux mur en pierre de bonne hauteur et la porte qu'il avait utilisée une semaine plus tôt pour accéder au hangar à bateaux. Une vie entière semblait s'être écoulée depuis.

— Je sais de source sûre qu'il est excessivement beau. Il fait palpiter le cœur de toutes les femmes, qu'elles soient veuves, mariées ou célibataires, belles ou non. Cet homme, semblerait-il, est un Adonis vivant.

Deborah perçut l'agacement dans sa voix et comprit qu'il n'en voulait pas à Dair Fitzstuart seulement parce que sa fille s'intéressait à lui. Elle avait peut-être été débordée par son rôle d'hôtesse quand leurs invités étaient à Treat, mais comme tous les autres, elle avait bien remarqué les attentions particulières de Jonathon envers sa belle-mère. Elle avait aussi entendu, petit à petit, les commérages inévitables nés de sa visite à Crecy Hall, alors qu'il n'y avait pas été invité.

Mais contrairement au duc, qui considérait que ce marchand des Indes orientales avait un comportement prédateur et intéressé envers sa mère, Deborah savait se montrer plus calme et, son pragmatisme ne l'empêchant pas d'être une grande romantique, elle n'était pas opposée à l'idée que les attentions assidues de Jonathon puissent avoir une autre motivation – motivation qu'elle n'avait pas osé mentionner au duc, par peur qu'il pense que sa grossesse lui avait causé une fièvre cérébrale. En tant que fils, il refusait toute possibilité concernant sa mère. Malgré la beauté de la cinquième duchesse, coupant le souffle à quiconque y voyait clair, le duc restait son fils ; quel enfant voyait sa mère autrement que comme une mère ? S'il lui arrivait de concevoir que la cinquième duchesse était une femme attirante qui pouvait être l'objet du désir de beaucoup d'hommes, il rejetait naturellement cette idée qu'il trouvait répugnante et n'y pensait plus.

Deborah décida de mettre son intuition à l'épreuve.

— Vous considérez que Dair Fitzstuart ne ferait pas un mari adéquat pour Sarah-Jane ? demanda-t-elle d'un ton léger.

— Non.

— Dans ce cas, pardonnez ma présomption, mais en tant que père inquiet, ne devriez-vous pas être dans le Buckinghamshire avec Sarah-Jane en ce moment même, pour vous assurer qu'elle n'accepte pas de demande en mariage d'un homme avec lequel vous ne voulez pas la voir – comme vous dites – se mettre la corde au cou, se retrouvant ainsi titrée, mais malheureuse pour le restant de sa vie ?

Cette fois-ci, ce fut Jonathon qui s'arrêta. Il se tourna vers la duchesse, qui la regardait avec son habituel sourire énigmatique, et soutint franchement son regard, sans sourire.

— Sarah-Jane a quitté le Buckinghamshire hier, elle est en route pour Londres avec Kitty et Tommy. La lettre dans laquelle elle m'informait de son voyage a été redirigée ici. Il semblerait qu'elle me connaisse mieux que ce que je pensais ! Tout ce que je peux espérer, c'est que la décision qu'elle a prise pour son avenir a été mûrement réfléchie et délibérée, et que les dix-neuf années qu'elle a passées avec moi ont eu une influence sur son choix.

— J'imagine que vous ne pouvez pas vous attendre à ce qu'elle vous informe de sa décision dans une lettre, déclara Deborah. Elle voudrait le dire à son père de vive voix.

Jonathon pouffa de rire.

— En effet. Elle m'a dit qu'une bonne surprise m'attendait quand je reviendrai à Hanover Square. J'avoue que chaque kilomètre me rapprochant de Londres mettra à rude épreuve la confiance absolue que j'ai placée en la perspicacité de Sarah-Jane.

Deborah se mordit la lèvre inférieure, en pleine réflexion.

— Je suis sûre que, peu importe sa décision, elle n'a pas été trop influencée par Kitty et Tommy.

— Merci de faire preuve de sincérité quant à vos cousins, Votre Grâce, répondit Jonathon avec un sourire en coin. Vous et moi savons très bien que ces deux-là lui feraient épouser un débauché de deux fois son âge et qui aurait déjà un pied dans la tombe si cela faisait d'elle une duchesse ! Et comme si cela n'était pas assez affligeant, la société ne trouverait rien à redire à un tel évènement. Beaucoup la féliciteraient d'ailleurs de sa chance.

— Mais si elle était amoureuse... vous ne l'empêcheriez pas d'épouser un tel homme, si ?

— Non. Pas s'il se réformait pour elle, répondit doucement Jonathon. Ce qui ne veut pas dire que je me réjouirais d'un tel mariage ; ce ne serait pas le cas. Je n'arrive pas à comprendre pourquoi un homme de mon âge voudrait épouser une gamine tout droit sortie de la salle de classe. Pour être tout à fait honnête, ajouta-t-il, l'idée même me répugne.

— Je ne m'attendais à rien de moins, puisque nous avons décidé d'être tout à fait honnêtes l'un envers l'autre, Mr. Strang. Je salue votre opinion. J'avoue qu'avant de rencontrer mes beaux-parents, j'étais sceptique à l'idée qu'un mariage avec un tel écart d'âge puisse être heureux. Et quand j'ai rencontré mon beau-père... ajouta-t-elle, frissonnant involontairement. Vous pouvez me croire quand je vous dis

qu'il pouvait me donner la chair de poule d'un simple regard. Personne
– j'insiste, personne – ne le contredisait jamais, et ce jusqu'à la toute
fin. Même mon mari, qui pendant les deux dernières années de
monsieur le duc avait déjà repris le flambeau sans avoir officiellement le
titre, s'inquiétait inutilement de savoir si monsieur le duc approuverait
les décisions qu'il prenait en son nom.

D'un geste impulsif, Deborah plaça une main sur le bras de
Jonathon.

— Cela reste entre vous et moi, Mr. Strang, personne d'autre.

Il recouvrit brièvement sa main de la sienne et s'inclina légèrement.

— Naturellement, Votre Grâce.

Elle acquiesça et s'apprêtait à reprendre la promenade vers la porte
qui menait à l'extérieur du jardin quand elle s'immobilisa et tressaillit
involontairement, un souvenir faisant soudain irruption dans son
esprit.

— Mr. Strang, nous avons tous vécu dans l'ombre de monsieur le
duc jusqu'à son dernier souffle.

— Sauf elle.

Deborah le regarda avec un air surpris.

— Oui. Vous avez raison. Sauf elle. Monsieur le duc était entièrement dévoué à la duchesse mère.

Elle battit des paupières et ses yeux s'écarquillèrent quand elle eut
une révélation.

— Vous savez, je pense que la duchesse mère était inconsciente de
cette ombre menaçante. Elle n'avait aucune idée de son existence.

— Comment aurait-elle pu s'en rendre compte alors qu'elle était le
rayon de soleil de sa vie ? Mais qui voilà ? s'écria-t-il d'une voix chaleureuse en dépassant la duchesse avant de s'accroupir pour saluer les
jumeaux qui couraient vers lui pour lui dire bonjour. Gus, le Pirate
intrépide, et son compère pirate Louis, l'aventurier des flots ! Oh ! Et
serait-ce une demoiselle en détresse ?

Deborah, surprise par sa remarque perspicace, resta pantoise. Ce
n'était pas seulement ce qu'il avait dit, mais aussi la façon dont il l'avait
dit, comme s'il s'agissait d'une vérité évidente et incontestable.
Seigneur, se dit-elle en se tournant vers ses enfants avec un sourire éclatant, *la situation est bien plus problématique que ce que je pensais. Il est
tombé amoureux d'elle.*

À LA TRAÎNE DERRIÈRE LES JUMEAUX, LEUR PETITE SŒUR ESSAYAIT
désespérément de suivre le rythme, échouant misérablement, car elle ne

voulait pas tomber sur les graviers et salir ses jolis jupons en soie jaune citron et sa culotte assortie, et alors qu'elle avait seulement trois ans ; ses petites jambes étaient trop courtes pour rattraper les enjambées assurées de ses frères de cinq ans. Elle était sur le point d'éclater en sanglots frustrés quand Jonathon repoussa gentiment les garçons qui gambadaient autour de lui, le saluant avec exubérance, fit deux pas vers l'avant et souleva Lady Juliana dans les airs, ce qu'elle trouva tout autant effrayant qu'exaltant. Quand il l'installa sur ses épaules, d'où elle pouvait regarder ses frères de haut, elle gloussa de joie et leur adressa des signes triomphants de la main.

Avec Lady Juliana sur ses épaules et les jumeaux qui se tenaient la main et bavardaient sans arrêt, Jonathon et la duchesse sortirent de la roseraie élisabéthaine par la porte intégrée au mur en pierre pour déboucher dans une prairie couverte de fleurs des champs. Ils furent suivis par un petit groupe de nurses et de valets de pied chargés de divers articles nécessaires à un pique-nique réussi. Les moutons broutaient l'herbe de l'autre côté du ha-ha et le long du chemin qui menait au grand hangar à bateaux sur la berge du lac. Sur leur gauche s'élevait un bosquet où la litière de feuilles mortes et de fougères était recouverte d'un tapis bleu-vert-violet de jacinthes des bois, qui n'était pas là au passage de Jonathon la semaine précédente.

Les jumeaux se lâchèrent la main et partirent devant ; ils coururent au milieu des fleurs en faisant traîner leurs filets derrière eux et rejoignirent une petite clairière où les quelques valets de pied étendaient des couvertures et posaient des paniers en osier remplis de tout ce qu'il fallait pour le goûter : gâteaux, biscuits, fruits, sirop pour les enfants, assiettes et verres en porcelaine, ainsi qu'une théière en argent munie de son propre support élaboré en argent, équipé d'un brûleur pour que le thé reste chaud.

Les nurses commencèrent à nourrir les enfants, affamés après avoir joué, tandis que les valets de pied servaient la duchesse et Jonathon qui prenaient le thé assis côte à côte sur un rondin transformé en banc de fortune. Une épaisse couverture en laine posée sur le rondin sauva les jupons brodés de Sa Grâce. Ils observèrent les enfants dévorer joyeusement du gâteau à l'orange et des biscuits aux amandes.

— Où se trouve mon partenaire de navigation en cette belle journée, Votre Grâce ? s'enquit Jonathon en buvant poliment son thé, bien qu'il trouve la façon qu'avaient les Anglais de préparer cette boisson très insipide après le *chai* épicé du sous-continent. Vous ne l'avez quand même pas forcé à étudier son latin pendant que ses frères profitent de l'air frais et du soleil ?

— Frederick est parti à Bath avec son père, pour un court séjour chez le parrain de Roxton.

— Sont-ils partis depuis longtemps ? demanda Jonathon, d'un ton qu'il espérait léger.

— Je les ai envoyés là-bas le lendemain de la régate. Ils devraient rentrer d'un jour à l'autre.

Jonathon remarqua que Deborah avait dit « je les ai envoyés » et formula prudemment sa phrase suivante. Il avait maintenant lu la lettre qu'il avait reçue de Tommy pendant qu'il était à Londres, et dans laquelle il lui faisait un compte rendu – arrosé de métaphores culinaires, sans surprise – des événements traumatisants de la soirée qui avait suivi la régate. Bien que Tommy n'ait pas assisté à l'échange entre la mère et le fils dans la bibliothèque, il avait affirmé à Jonathon que la duchesse avait assisté à une conversation très houleuse, entendue par Frederick.

Selon Tommy, tout le monde avait assisté à la crise de nerfs en public de la duchesse douairière dans la galerie et il avait fallu plus de dix minutes pour que quelqu'un se rende compte qu'elle n'était pas revenue à l'intérieur, mais qu'elle s'était aventurée dans la nuit. Plusieurs hommes menés par Charles Fitzstuart s'étaient précipités dans l'obscurité, munis de chandelles, l'avaient retrouvée en train de se diriger vers le lac et l'avaient arrêtée avant qu'elle ne se noie. Tommy avait utilisé des mots tels que « prévisible », « inévitable » et « suicidaire », que Jonathon avait rejeté en bloc. Antonia avait promis à monseigneur qu'elle donnerait la bague ducale ornée d'une émeraude à Frederick pour son vingt-et-unième anniversaire, et elle tiendrait cette promesse envers et contre tout, peu importe à quel point elle était déprimée ou troublée ; il en était convaincu.

Il fut quelque peu apaisé d'apprendre que le duc n'était pas en train de se prélasser dans son palais pendant que, de l'autre côté du lac, un médecin dérangé s'en prenait à sa mère. Cependant, cela ne suffisait pas à excuser la négligence du duc, ni son comportement. Jonathon comptait bien le lui faire savoir lors de leur prochaine rencontre.

— C'était très sage de votre part de les faire partir, Votre Grâce, commenta Jonathon en reposant sa tasse en porcelaine à motifs sur sa soucoupe. Ces quelques jours passés seulement tous les deux vont permettre au duc de prendre du recul et à Frederick de se remettre après ce qui a dû être une épreuve excessivement traumatisante pour un petit garçon d'à peine sept ans.

— Puisque vous êtes au courant de ce qu'il s'est passé dans la bibliothèque…

— Veuillez m'excuser, Votre Grâce, l'interrompit Jonathon en percevant son ton désapprobateur, je sais qu'il y a eu un incident dans la bibliothèque, mais je ne sais pas ce qu'il s'est passé, ni ce qui a été dit. Je ne connais que les répercussions, non parce que madame la duchesse s'est confiée à moi, mais parce que tout le monde est au courant. Je peux remercier Tommy pour le compte rendu de la scène dramatique qui s'est déroulée après son départ de la bibliothèque. C'est tout.

Un silence prolongé s'installa. S'il y avait eu des grillons, Jonathon aurait pu les entendre. Puis Deborah Roxton reprit la parole d'une voix mesurée, bien que Jonathon en perçoive le léger tremblement. Il appréciait sa lutte intérieure pour se confier à lui sur un événement qui provoquait encore clairement du désarroi chez elle.

— J'aime énormément mon mari, Mr. Strang. Mais cela ne m'empêche pas de voir ses quelques travers, l'un d'eux étant son incapacité à avoir les idées claires et à agir rationnellement dès qu'il est question de sa mère. Il a vécu dans l'ombre de son père, cela est sûr, mais c'est le cas pour la plupart des fils aînés des grands hommes puissants, il l'a donc accepté avec philosophie. Mais sa mère... (Elle haussa les épaules.) C'est difficile à expliquer. C'est peut-être parce qu'ils n'ont pas une grande différence d'âge, une situation que vous pouvez sûrement comprendre. Vous étiez jeune quand vous êtes devenu père, Mr. Strang... Roxton est plus proche de l'âge de sa mère qu'elle ne l'était de celui de son mari...

— Je ne comprends que trop bien, Votre Grâce. Parfois, plus fréquemment depuis que c'est une jeune femme, Sarah-Jane agit comme si j'étais son grand frère et elle ma petite sœur, et elle ne me prend donc pas autant au sérieux qu'elle le devrait.

— Exactement ! Vous comprenez, répondit Deborah en poussant un petit soupir. Par ailleurs, madame la duchesse et Roxton ont un tempérament similaire. Il ne l'admettrait jamais, car la sentimentalité et la sensibilité ne sont pas perçues comme des caractères masculins, mais il possède ces traits de personnalité envers sa famille et ceux à qui il tient. Cela me plaît. À vrai dire, précisa-t-elle d'un ton défensif, je considère qu'il s'agit de l'une de ses qualités les plus attachantes.

— Naturellement, Votre Grâce, répondit Jonathon avec un petit sourire.

— Ce serait un abus de confiance de ma part que de vous livrer les détails d'un épisode très douloureux de la jeunesse de mon mari impliquant sa mère et qui a causé beaucoup de désarroi à ses deux parents, mais je me contenterai de dire que, dans la bibliothèque l'autre jour, quand il l'a accablée d'accusations épouvantables, il a eu l'impression de répéter, en quelque sorte, son erreur de jeunesse… Et que Frederick soit témoin d'une scène aussi désagréable, qu'il voit son père agir de façon aussi inhabituelle… Roxton a fini par se demander si ce ne serait pas lui qui aurait besoin des soins d'un médecin spécialisé dans les esprits fragiles, plutôt que la duchesse mère.

Deborah posa sa tasse en porcelaine vide sur sa soucoupe, la tendit à un valet de pied qui était à proximité et se redressa.

— Bien évidemment, je lui ai dit qu'il racontait n'importe quoi, qu'il était surmené et s'inquiétait trop pour la moindre petite chose, même cet enfant que je porte et l'éventualité que je sois alitée alors que le bébé ne doit arriver qu'en automne, alors que j'ai eu quatre enfants en bonne santé sans aucun problème.

Souriante, elle adressa un signe de la main à Juliana quand celle-ci lui montra son bouquet de jacinthes des bois.

— Les enfants sont très résistants et cléments, et mon aîné s'en remettra, car son père l'aime beaucoup, comme il aime tous ses enfants. Roxton est un père exceptionnel, Mr. Strang, et un mari aimant, ajouta-t-elle en regardant Jonathon. Nous nous sortirons de cet épisode éprouvant en famille. J'en suis absolument persuadée.

Jonathon lui rendit son sourire.

— Je n'en doute pas, Votre Grâce. Le duc a de la chance de vous avoir, mais je suis certain qu'il le sait très bien et qu'il vous le dit très souvent.

Il donna sa tasse sur sa soucoupe à un valet de pied et refusa les gâteaux qu'il lui tendait sur une assiette d'un geste de la main, les yeux toujours rivés sur la duchesse qui s'était empourprée après son compliment. Elle baissa la tête très brièvement et retrouva le regard de Jonathon quand il dit, d'un ton sérieux :

— J'apprécie que vous vous confiiez à moi. Après ce que vous venez de me dire, mon meilleur choix est de vous retourner la pareille en me confiant à vous à mon tour, plutôt que de solliciter le duc. Cela vous conviendrait-il ?

Deborah hocha la tête et retint sa respiration pendant un court instant. Quand elle vit son sourire en coin presque gêné, son cœur s'emballa, mais elle parvint à rester impassible, les mains posées sur ses genoux, et à demander d'une voix mesurée :

— Je suppose que ce que vous avez à me dire concerne madame la duchesse ?

Après qu'il eut acquiescé, elle ajouta :

— Peu importe ce que vous me direz, Mr. Strang, cela restera entre nous, sauf si vous me demandez le contraire.

— Le duc ne me remerciera pas de m'être confié à vous, surtout dans votre condition, remarqua Jonathon d'un ton sérieux. Mais je suis sûr que vous êtes plus solide que ce qu'il veut bien reconnaître et que vous pourrez y faire face avec votre caractère indomptable, comme c'était le cas quand les événements de la bibliothèque sont survenus.

— Pouvons-nous marcher ? J'ai promis une promenade dans les bois à Gus et Louis… Mais si vous préférez rester ici, sur ce rondin…

Jonathon jeta un coup d'œil aux jumeaux qui avaient délaissé les couvertures pour courir au milieu des jacinthes, puis au valet de pied qui se tenait près du rondin, immobile, à droite de la duchesse. Il regardait droit devant lui, mais était sûrement tout ouïe.

— Envoyez-le se promener dans les bois avec les garçons. Les autres peuvent rentrer. Une nurse peut occuper votre fille un peu plus loin jusqu'à ce que j'aie terminé.

Deborah exécuta ses ordres – car il s'agissait bien d'ordres, et non de suggestions. Le changement qui s'était opéré en lui était tellement apparent qu'elle sentit son cœur battre de nouveau la chamade ; elle se demandait ce qu'il pouvait bien vouloir lui dire. Il se releva, arrachant distraitement une poignée de fleurs sauvages qui poussaient près du rondin en s'exécutant. Elle releva les yeux vers lui, patienta, l'observa rassembler ses esprits, apparemment concentré sur les pétales qu'il arrachait aux minuscules fleurs. À l'évidence, il ne serait pas facile pour lui de se confier à elle ; ou alors était-ce l'objet de sa confidence qui le faisait hésiter ?

Elle n'eut pas à se le demander très longtemps ; quand Jonathon prit enfin la parole, quand il trouva enfin le courage et les bons mots pour lui révéler la vraie nature des soins qu'avait subis Antonia aux mains de Sir Titus Foley, ce médecin dérangé et lubrique, il le fit avec sa simplicité inimitable, sans fioritures, sans émettre d'hypothèses. Sa voix grave, habituellement amicale, était sérieuse et impassible, ce qui était bien plus efficace pour faire part de l'horreur du traitement atroce infligé à sa belle-mère que si Deborah l'avait appris par des phrases verbeuses et chargées d'émotions.

— Et les… les blessures liées aux… aux ligatures… vont-elles… vont-elles guérir ?

— Oui. Avec le temps. Mais ce ne sont pas les blessures physiques qui m'inquiètent, Votre Grâce. Elle ne m'a pas révélé tout ce qu'elle avait subi, et je ne lui demanderai jamais, ajouta-t-il à voix basse.

Il n'était pas surpris de constater que la duchesse avait pâli, faisant tout son possible pour maîtriser ses émotions. En revanche, elle ne pouvait empêcher les larmes de rouler sur ses joues. Jonathon lui tendit un mouchoir en lin avant de continuer :

— Ce que je sais, c'est que même si elle garde une sérénité apparente, elle ne dort pas la nuit et mange très peu. Sa femme de chambre est naturellement très inquiète pour elle. N'ayant personne d'autre à qui se confier, elle m'en a parlé. Ce que je peux vous assurer, c'est que Foley ne pratiquera plus jamais la médecine, pas même sur un chien mort. Ce que je lui ai fait, sans avoir mis un terme à sa misérable vie, l'a laissé infirme de façon permanente. Personne ne lui portera secours en Angleterre ou sur le continent. J'ai envoyé des agents à sa poursuite, pour le harceler et faire de sa vie un enfer. S'il décidait de s'enfuir dans une colonie, vous pouvez être assurée, Votre Grâce, qu'on le retrouvera et que tous ceux qui croiseront son chemin sauront quel genre de créature vit parmi eux.

Deborah resserra son châle en laine autour de ses épaules et serra fermement ses bras autour d'elle. Elle n'arrivait pas à y croire. Elle ne prenait pas Jonathon pour un menteur, elle savait qu'il disait la vérité, mais elle avait du mal à croire qu'Antonia ait subi une épreuve aussi épouvantable, que Sir Titus Foley, un médecin respecté par ses confrères, qui avait soigné des dizaines de femmes appartenant à la bonne société et s'était présenté avec des références élogieuses, pouvait être le monstre sadique qu'il décrivait. Nauséeuse, le mouchoir humide écrasé dans son poing, elle avait la bouche sèche et se sentait frigorifiée. Elle fut reconnaissante que Jonathon place une tasse de thé noir sucré dans sa main et l'encourage à boire. Elle avait les yeux rivés sur le tapis de jacinthes qui se balançaient doucement dans la brise de l'après-midi et écoutait les gloussements de sa fille qui courait en agitant les bras, jouant au papillon tandis que, plus loin, s'élevaient les cris de ses fils qui jouaient à cache-cache dans les bois, mettant William, le valet de pied, au défi de les trouver s'il le pouvait. Ce tableau était rassurant, porteur d'un message d'espoir – il y avait tant de positif dans ce monde. Il fallait qu'elle se raccroche à cela, qu'elle soit forte, pour ses enfants et son mari, pour la duchesse mère que Frederick appelait sa « Mema ».

Plus que tout, elle serait éternellement reconnaissante qu'une force supérieure ait envoyé ce beau géant à la peau bronzée, qui la regardait d'un air inquiet, dans leurs vies. Il n'avait pas seulement empêché la noyade de son fils, il venait maintenant de sauver la duchesse douairière d'horreurs indicibles. Elle ne saurait jamais comment le remercier convenablement de s'être confié à elle plutôt qu'à son mari qui, elle en était persuadée, ne se le pardonnerait jamais d'avoir laissé sa mère entre les mains d'un sadique.

Jonathon récupéra la tasse des mains de Deborah, qui se leva. Elle avait besoin de marcher. Marcher lui permettait d'avoir les idées claires. Elle accepta le bras que Jonathon lui tendit et ils s'avancèrent dans la forêt. Tandis que Lady Juliana se dépêchait d'attraper les doigts tendus de sa mère, Deborah dit à voix basse :

— Merci de ne pas vous être adressé au duc, Mr. Strang. Il faudra bien sûr lui donner une explication pour le renvoi soudain de ce monstre...

— Une brève description de l'hydrothérapie utilisée par Foley devrait suffire...

— Oui. En effet, approuva Deborah en frissonnant.

— Je me permets de vous suggérer de conseiller à Roxton de ne jamais aborder ce sujet avec madame la duchesse... Jamais.

— Une excellente idée. Cependant, il lui doit des excuses pour ce qu'il lui a dit dans la bibliothèque, et je lui ai déjà fait savoir.

La bouche de Jonathon tressaillit.

— Je n'en doute absolument pas, Votre Grâce.

Deborah laissa échapper un éclat de rire et se sentit un peu mieux, mais son sourire s'effaça rapidement. Elle ajouta, ayant retrouvé son sérieux :

— Je sais que je ne pourrai jamais me racheter auprès d'elle, mais si je peux faire quoi que ce soit... pour elle... et pour vous...

Jonathon se mit à rire à son tour et hissa de nouveau Lady Juliana, qui demandait à venir dans les bras de sa mère en gémissant, sur ses épaules.

— Vous pouvez faire plusieurs choses, Votre Grâce. J'ai toute une liste ! Et je vais tout vous demander, pour elle.

Deborah pivota pour le regarder en penchant légèrement la tête et avec un sourire complice.

— Je vais vous demander pourquoi, Mr. Strang. Je pense connaître la réponse. Cependant, vous entendre le dire réconforterait curieusement la romantique incorrigible que je suis.

Jonathon arbora un large sourire et s'empourpra malgré lui, mais il ne détourna pas les yeux et ne broncha pas quand il lui donna la réponse qu'elle connaissait déjà :

— Parce que je l'aime.

DIX-NEUF

— Michelle, monsieur Strang est-il revenu de la maison principale ?

La femme de chambre d'Antonia s'arrêta dans l'embrasure de la porte qui menait de la chambre à la garde-robe, où la duchesse se brossait les cheveux devant le miroir de sa coiffeuse. Elle croisa le regard de sa maîtresse dans son reflet.

— Je ne sais pas, madame la duchesse, répondit-elle d'un ton mesuré.

Elle se retourna pour se dépêcher d'aller ouvrir le lit mais fut arrêtée.

— Vous ne savez pas parce que tout le monde est au courant en bas, ou vous ne savez vraiment pas. Quelle version est la bonne ?

— Je... Nous ne savons pas, madame la duchesse. On ne nous a rien transmis de la maison principale et aucun de nous ne l'a vu depuis cet après-midi.

— Son valet doit bien savoir où il se trouve, non ?

— Monsieur Strang n'a pas de valet, madame la duchesse.

La brosse d'Antonia s'immobilisa au milieu d'une mèche et elle fronça les sourcils.

— Qu'entendez-vous par « il n'a pas de valet » ? Il doit bien avoir un valet. Tous les gentilshommes ont un valet.

— Pardon, madame la duchesse, mais ce n'est pas le cas de monsieur Strang.

— Vous voulez dire qu'il est venu sans lui.

— Non, madame la duchesse. Il n'a pas de valet. Il en avait un quand il habitait en Inde, mais plus depuis qu'il est revenu en Angleterre.

— Il a quitté le sous-continent il y a presque deux ans et vous me dites qu'il n'a pas de valet ? Incroyable. Qui donc s'occupe de lui dans ce cas ? demanda-t-elle après s'être retournée sur le tabouret de sa coiffeuse pour faire face à sa femme de chambre.

— Il s'occupe de lui-même, déclara Michelle, précisant quand Antonia haussa les sourcils pour réclamer une explication : Quand il séjournait à la maison principale, aucun valet ne s'occupait de monsieur Strang, il a refusé qu'on lui en attribue un. C'est ce qu'Oliver m'a dit. Il l'a appris par Lawrence Duvalier, un valet de pied de la maison principale. Lawrence est chargé de s'occuper des gentils-hommes qui sont venus sans leur valet pour une raison ou une autre chez monsieur le duc et madame la duchesse pour des weekends festifs.

— Il s'occupe de lui-même ? répéta Antonia, visiblement stupéfaite. Il a refusé qu'on lui en attribue un ? Je me demande quelle objection ridicule il a bien pu soulever. J'ai vu sa malle de voyage dans le pavillon et je me demandais…

Elle s'interrompit quand une pensée soudaine lui traversa l'esprit et s'enquit :

— Quelle chambre lui a-t-on attribuée ?

— Quelle chambre, madame la duchesse ?

Antonia laissa tomber sa brosse sur sa coiffeuse encombrée et se releva en soupirant.

— Michelle, faites-vous semblant d'être sotte ou êtes-vous épuisée parce que vous refusez d'aller vous coucher quand je vous dis de le faire, préférant me tenir compagnie alors que de toute façon je ne peux pas dormir ? Ce soir vous resterez sous la couette au lieu de me préparer des boissons chaudes absurdes qui ne m'aident absolument pas à m'endormir.

— Bien, madame la duchesse, répondit docilement Michelle.

Cependant, elles savaient toutes les deux très bien qu'elle ne ferait pas ce qu'on lui avait demandé et qu'elle se lèverait dès qu'elle entendrait sa maîtresse faire les cent pas dans sa chambre. Elle aida Antonia à enfiler une robe de chambre en soie jaune champagne sur sa chemise de nuit en coton, déposa des chaussons assortis devant elle et dit avec un petit sourire alors qu'elle faisait la révérence :

— Si c'est tout ce qu'il vous faut, madame la duchesse, je vais quand même ouvrir le lit et entretenir le feu de la chambre, en espérant que, cette fois-ci, nous puissions toutes les deux dormir toute la nuit.

— Merci, Michelle.

Michelle fit une nouvelle pause dans l'embrasure de la porte et Antonia, qui avait choisi un livre parmi ceux que Gidley Ffolkes lui avait apportés et, comme à son habitude, s'apprêtait à se blottir dans une bergère près de la cheminée, attendit qu'elle prenne la parole.

— Pour répondre à votre question, madame la duchesse, monsieur Strang ne dort dans aucune des chambres.

— Cette maison comporte quinze chambres qui ne me servent absolument à rien, et vous me dites que monsieur Strang n'occupe aucune d'entre elles ?

Pour la deuxième fois en autant de minutes, Antonia fut stupéfaite. Elle commençait à se demander si elles jouaient une scène tirée d'une comédie de Sheridan.

— Il n'a pas de valet et ne dort pas dans une chambre, reprit-elle. Que fait-il, alors ? Il dort à la belle étoile tel un indigène ?

— Oui, madame la duchesse, c'est exactement ce qu'il a fait ces six dernières nuits.

— Je n'arrive pas à croire que vous l'ayez laissé dormir dans le pavillon d'été ! s'écria Antonia à voix basse en suivant son majordome.

Il suivait lui-même un valet de pied qui levait une lanterne pour illuminer le chemin en pierre serpentant jusqu'au pavillon. Michelle était sur les talons d'Antonia, et un autre valet de pied fermait la marche avec une autre lanterne.

— Madame la duchesse, avec tout le respect que je vous dois, monsieur Strang s'est vu proposer une chambre, mais il a refusé de dormir à l'intérieur de la maison, répondit le majordome sur le même ton.

— Je ne comprends vraiment pas ce qui l'empêche de dormir dans ma maison.

— Il a dit que ce ne serait pas convenable de sa part, expliqua Michelle à voix basse.

— *Shhh*, vous allez le réveiller, siffla le valet de pied dans le dos de Michelle.

— C'est une idée ridicule, chuchota Antonia, désapprouvant l'explication de Michelle. Ce qui n'est pas convenable, c'est que l'un de mes invités ne soit pas confortablement installé, qu'il dorme dans le froid ! Il se montre entêté pour une raison que lui seul connaît.

Ils approuvèrent tous en silence le commentaire sur son obstination, mais ils étaient persuadés de connaître son raisonnement, contrairement à leur maîtresse.

Le petit groupe continua sa descente du chemin sans dire un mot. Ils marchaient avec précaution comme s'ils s'approchaient doucement d'un animal sauvage qu'ils ne voulaient pas réveiller, une bête qui aurait échappé au piège d'un garde-chasse et profiterait d'un sommeil paisible dans sa tanière, sans se douter qu'on la poursuivait encore et qu'elle était sur le point de tomber dans une embuscade. Leur avancée fut facilitée par une pleine lune qui illuminait la surface tranquille du lac, donnant à l'eau un aspect argenté, réduisant les arbres, la jetée et les îles à de simples silhouettes contre le ciel gris de la nuit. Le clair de lune illuminait les marches qui menaient au pavillon ainsi que l'intérieur sombre de façon inégale, entre les colonnes.

Quand Antonia releva sa robe de chambre flottante et sa chemise de nuit pour monter les marches, le majordome l'arrêta et lui dit avec appréhension :

— Il vaudrait peut-être mieux que je passe devant, madame la duchesse ?

Antonia s'apprêtait à faire entièrement fi de l'inquiétude de son majordome, mais elle aperçut les visages soucieux de ses domestiques dévoués qui s'étaient rassemblés autour d'elle, à la lueur orangée des deux lanternes, et sourit gentiment.

— Je pense que Mr. Strang n'apprécierait pas qu'une délégation le réveille au beau milieu de la nuit. Puisqu'aucun de vous n'a pu le convaincre de dormir à l'intérieur, c'est à moi de lui en donner l'ordre. Il vaut mieux que ce soit fait sans public, continua-t-elle avant de tendre une main vers l'une des lanternes. Vous pouvez rentrer et aller dormir. Notre invité pourra me raccompagner à la maison.

— Madame la duchesse, je vais rester avec vous, déclara Michelle en posant un pied sur la première marche. Vous ne devriez pas rester seule avec…

— Il est trop tard pour que l'on s'inquiète des convenances, surtout au vu des événements de ces deux dernières semaines, l'interrompit Antonia à voix basse. Bonne nuit.

— Bonne nuit, madame la duchesse, murmurèrent les quatre domestiques avec une révérence, les yeux baissés, soulagés que la nuit dissimule la rougeur de leurs joues.

C'était la première fois que la duchesse évoquait son épreuve aux mains du médecin sadique, ce qui les rendit tous extrêmement conscients de leur échec à lui venir en aide. Pas une fois n'avait-elle rejeté la faute sur eux, ce qui accentuait leur honte. Ils partirent sans autre commentaire, mais ils prirent leur temps et firent une pause quand ils arrivèrent au premier virage du chemin. Ils tendirent l'oreille, guettant tout bruit qui pourrait sortir de l'ordinaire dans la nuit paisible, comme les protestations d'un géant que l'on viendrait de réveiller. Ils entendirent seulement le hululement d'une chouette et rentrèrent à contrecœur. Ils rejoignirent leurs lits respectifs et mirent tous plusieurs heures à s'endormir.

JONATHON RÊVAIT. IL ÉTAIT DE RETOUR SUR LE SOUS-CONTINENT. Mais dans un coin de sa tête, il savait très bien que son retour en Inde n'était qu'un rêve. En Inde, il faisait chaud et sec. En Angleterre, il faisait froid et humide. Juste avant qu'il ne s'endorme sur la méridienne du pavillon, sa nudité cachée sous une couverture que Michelle lui avait donnée, il y avait eu une légère averse, sans assez de nuages cependant pour faire disparaître la clarté de la pleine lune. Il était définitivement en Angleterre. Et pourtant, il s'était retrouvé transporté par-delà les vastes océans, jusqu'au sous-continent, dans la poussière et la fournaise estivale, au moment où la mousson venait les soulager de la chaleur insupportable ; le ciel s'ouvrait, déversant des torrents de pluie qui faisaient déborder les rivières.

C'était une nuit étouffante, après une averse particulièrement violente, et il faisait trop chaud pour dormir à l'intérieur. Il se trouvait à Hyderabad, sous la grande véranda de la cour intérieure de sa magnifique demeure en marbre blanc, étendu sur le lit à baldaquin avec ses draps en soie de couleur vive et son amas de coussins moelleux, derrière des rideaux en gaze soyeuse et diaphane qui ondoyaient doucement dans la brise humide transportant une forte odeur de jasmin.

Ce jour-là, il venait de rentrer d'un séjour prolongé dans les provinces du nord, et alors qu'il consacrait ses journées à Sarah-Jane, ses nuits appartenaient entièrement à sa bien-aimée *bibi* Asmita, qui vivait dans une maison située dans l'enceinte de sa propriété, comme le voulait la coutume pour les femmes d'un foyer. En revanche, elle partageait son lit de bon gré.

Mais ce n'était pas Asmita qui était allongée près de lui sur le lit à baldaquin, c'était une duchesse anglaise, française jusqu'au bout de ses jolis ongles, une beauté envoûtante qui serait bientôt sienne, et il savait donc qu'il n'était pas à Hyderabad. Il s'agissait assurément d'un rêve, mais quel rêve grisant, enivrant. Il n'avait pas envie de se réveiller.

Elle lui faisait l'amour. Lentement. Paisiblement. Son souffle chaud dans son cou lança un frisson de désir le long de ses membres alourdis. Quand elle effleura, du bout des lèvres, sa forte mâchoire à la barbe naissante, une main posée sur son cœur qui battait la chamade dans sa cage thoracique, il tourna la tête pour goûter à sa bouche. Mais ses baisers descendirent dans son cou, légers comme une plume, à peine perceptibles, jusqu'à ce qu'elle appuie fermement sa bouche contre sa clavicule avant de poser sa joue contre son torse, pour écouter les battements de son cœur.

Du bout des doigts, elle caressa les muscles tendus de ses bras, effleurant sa peau bronzée comme si elle lissait un tissu délicat, avant de passer à son ventre ferme. D'un doigt, elle se risqua à tracer la ligne de poils foncés qui descendait sous son nombril. Il retint son souffle en anticipant la suite de son exploration, mais sa main ne s'aventura pas là où il l'aurait voulu et il reprit sa respiration par à-coups. Elle poursuivit ses caresses le long de ses fesses fermes puis sur sa cuisse musclée avant de se diriger vers l'intérieur de sa jambe. Sa main remonta légèrement, lentement, doucement, presque avec hésitation, mais inexorablement, pour venir d'abord enserrer son membre avant de le tâter, de l'effleurer, et de le caresser jusqu'à ce qu'il perde la raison.

Il se redressa sur les coussins en s'appuyant sur son coude, désorienté et encore à moitié endormi, la chaleur déferlant dans chacune de ses veines pour embraser son entrejambe. Et quand elle recouvrit enfin sa bouche de la sienne, quand elle l'autorisa à l'embrasser comme il l'avait embrassée dans les eaux glacées du lac, il se laissa retomber sur les coussins et elle se mit à califourchon sur lui. Il emmêla ses doigts dans ses cheveux qui descendaient jusqu'à sa taille, et son autre main vint enserrer l'un de ses seins généreux à travers sa fine chemise de nuit.

Plus tôt, Antonia se tenait sur la dernière marche du large escalier qui menait au pavillon, baignée d'une lumière orangée. Elle fixait l'obscurité devant elle en plissant les yeux, sans voir Jonathon au début. Elle était dupée par la lumière de la pleine lune, qui passait entre les colonnes pour illuminer l'intérieur du pavillon. La méridienne était directement éclairée par le clair de lune brillant, qui conférait à la peau bronzée de Jonathon une lueur argentée étrange et lui donnait l'apparence d'une statue en marbre poli. Elle avait l'impression que Laocoon, sans ses fils, dormait sur sa méridienne.

Elle avait admiré la monumentale sculpture grecque de Laocoon et de ses fils dans la cour du palais du Belvédère, au Vatican. Elle avait eu un tel coup de cœur pour la statue et pour l'histoire de ce prêtre troyen de Poséidon qui, avec ses deux fils, fut tué par des serpents géants après la tentative de Laocoon de révéler la ruse du cheval de Troie, que monseigneur en avait commandé une réplique pour les jardins d'agrément de leur hôtel parisien. Elle avait avoué au duc qu'elle n'était pas tant fascinée par la détresse capturée dans le visage de Laocoon que par l'habileté avec laquelle l'artiste avait sculpté le physique masculin dans toute sa musculature dynamique.

Cela dit, à un égard crucial, la statue était très décevante. Elle avait taquiné monseigneur en lui conseillant, quand il avait commandé la réplique, d'offrir en sacrifice son propre membre pour en faire une reproduction qui remplacerait le modèle rachitique de Laocoon. Après tout, avait-elle murmuré en le caressant, un corps aussi magnifique méritait un organe tout aussi impressionnant. En réponse, le duc avait attrapé sa main et l'avait portée jusqu'à leur lit, disant en riant qu'il valait mieux que les sculptures se montrent décevantes, sinon il deviendrait jaloux du marbre froid.

Et là, dans son pavillon, se trouvait un Laocoon qui était à la hauteur à tout point de vue. Il n'avait pas la barbe fournie du prêtre troyen et il n'était pas en train de lutter contre un serpent, mais il possédait la crinière indomptable de Laocoon, ainsi que son corps musclé. La couverture, qui plus tôt dans la nuit avait dû recouvrir tout son corps, dissimulait à peine sa nudité à présent ; le tissu était entortillé entre ses cuisses et remontait sur l'une de ses épaules musclées, à l'image du serpent contre lequel se battait Laocoon. Son visage était tourné contre l'un de ses bras, posé sur la soie rayée de la méridienne, il avait une jambe légèrement relevée et son torse était légèrement tourné, révélant une petite fesse ferme et très blanche. Sur sa hanche, au niveau de la démarcation qu'elle avait trouvée si alléchante et qui séparait la peau bronzée de la chair qui ne voyait pas le soleil, son tatouage apparaissait, représentant un cercle composé de trois éléphants qui s'attrapaient la queue par la trompe.

Antonia sourit. L'étrange position dans laquelle il se trouvait était la preuve flagrante que sa méridienne représentait un substitut très peu confortable à un vrai lit, surtout pour un homme aux épaules larges qui mesurait un mètre quatre-vingt-treize. Alors qu'elle posait la lanterne, son sourire se transforma en une moue inquiète, et elle se demanda pour la énième fois pourquoi il préférait dormir ici, dans le froid et l'inconfort, alors que sa maison comptait de nombreuses chambres vides.

Elle trouva un petit coin où s'asseoir sur la méridienne, aux creux de ses reins, et approcha une main de son épaule avec l'intention de le secouer délicatement pour le réveiller le plus doucement possible. Mais elle fut surprise par la chaleur de sa peau sous sa main et s'immobilisa. Pendant ce court instant d'hésitation, comme s'il réagissait à son contact, il laissa retomber son épaule et se tourna légèrement vers elle, de sorte qu'elle voyait maintenant son visage. Elle fut surprise de découvrir qu'au repos, son visage avait une beauté captivante ; elle n'y avait jamais pensé auparavant, ou ne l'avait jamais remarqué.

Toujours honnête, elle admit qu'elle avait remarqué sa virilité, mais que c'était son sourire désinvolte permanent et l'étincelle espiègle – ou rebelle – dans son regard d'un marron foncé qui avaient masqué toute l'étendue de sa beauté et lui rappelaient beaucoup son très cher ami et beau-frère, Vallentine. Par ailleurs, il se fichait royalement de savoir ce que les autres pensaient de lui et il suivait son propre chemin ; elle n'avait pas besoin de chercher bien loin pour trouver à quelle autre personne on pouvait attribuer ces qualités.

Ce petit mouvement – quand il laissa retomber son épaule et tourna la tête – eut le pouvoir d'attirer Antonia vers lui ; elle s'approcha tellement qu'elle put sentir son essence salée, épicée et entièrement masculine. Elle oublia totalement son idée de le réveiller en le secouant et se pencha en avant pour embrasser sa mâchoire mal rasée, voulant découvrir par elle-même s'il était possible d'exciter une statue grecque.

— Non. P-Pas *ici*. *Non*.

Elle ne l'écouta pas.

Il prononça cet ordre d'une voix endormie mais catégorique, bien qu'étouffée par la bouche d'Antonia, dont il se détacha à contrecœur. Il voulait à tout prix continuer à l'embrasser, profiter de cette douce humidité, de l'excitation douloureuse des promesses qu'offrait sa bouche, de ce que sa langue mourait d'envie de découvrir entre ses jambes. Des images d'eux en plein *auparishtaka* se précipitèrent dans son esprit et il gémit bruyamment, traduisant la déception de son organe vital palpitant, quand il repoussa la main d'Antonia. Mais il était déterminé. Ce n'était pas le bon endroit. Il savait ce qu'il voulait et comment il l'obtiendrait. La frustration à court terme liée à ce refus était un petit prix à payer si cela lui permettait de partager son avenir avec elle.

Il se redressa donc sur les coussins de la méridienne, maintenant entièrement réveillé, remonta la couverture entre ses cuisses pour dissimuler son excitation et passa une main dans ses cheveux ébouriffés, tout en reprenant ses esprits pour essayer de formuler une explication qu'elle comprendrait. Antonia était face à lui sur la méridienne, belle à pleurer dans sa chemise de nuit qui retombait sur son épaule de façon scandaleuse, ses boucles blondes formant une cascade désordonnée sur ses épaules. Elle avait l'air totalement chagrinée et insatisfaite, ce qui était tout à fait compréhensible.

— Je ne comprends pas pourquoi vous répétez des « non » et « pas ici » alors que *lui* a très envie de faire l'amour. Ne voulez-vous pas faire l'amour avec moi ? s'enquit-elle d'un ton inquisiteur.

— J'en ai envie, plus qu'il me semblait possible d'avoir envie de quelque chose dans cette vie.

— Dans ce cas, je vous prie de bien vouloir m'expliquer le problème, parce que je ne comprends vraiment pas, continua-t-elle d'un ton neutre.

Jonathon rit de son irritation.

— Je sais bien, répondit-il avec un sourire. Le seul problème, c'est de le pousser à bien se tenir. Il me suffit de penser à vous pour qu'il pense qu'il est aux commandes, mais ce n'est pas le cas. Je suis aux commandes.

Antonia fronça les sourcils, remontant inconsciemment sa chemise de nuit et sa robe de chambre sur son épaule dénudée.

— Bien se tenir ? Vous parlez de bien se tenir et de contrôle, où voulez-vous en venir ?

Une idée soudaine lui fit écarquiller les yeux et elle le fixa avec incrédulité.

— Mon Dieu, vous ne faites quand même pas partie de ces hommes, comme Sa Majesté et mon fils, qui sont de vraies prudes sur tout ce qui concerne la chambre à coucher, qui sont incapables d'être performants tant que la porte n'est pas fermée à clé et que les rideaux ne sont pas tirés autour du lit ? (Elle leva une main vers le ciel.) Et pourtant, ce sont ces hommes-là qui se reproduisent comme des lapins ! C'est incompréhensible.

Il se laissa retomber sur les coussins, hilare.

— Ce n'est pas drôle du tout ! Ce doit être débilitant, répondit-elle avec indignation avant de percevoir, à son tour, l'absurdité de ses paroles ; elle s'évertua à retenir son fou rire. Et si l-l'envie les prend et que la-la chambre est loin de là ? Être autant dans le contrôle... ce doit être mauvais pour la santé, non ?

— Oui, mais cela n'affecte pas la capacité à se reproduire. Il vaut mieux baiser comme des lapins que se multiplier comme eux.

Il se redressa, la regarda droit dans les yeux, tout humour ayant disparu de son regard, tendit une main et reprit :

— Je vous ferais volontiers l'amour ici, sur cette méridienne, où là-bas, au clair de lune, à la vue de toutes les étoiles. Et nous pourrons le faire, mais… pas la première fois.

Antonia s'avança sur la méridienne, se glissa sous la couverture, prit la main qu'il lui tendait et l'interrogea, curieuse :

— La première fois ?

Il l'attira doucement vers lui, déposa un baiser sur son poignet et sur le dos de sa main, appuyant ses lèvres sur la cicatrice rouge laissée par les liens que le médecin diabolique avait utilisés pour la retenir à la chaise dans la glacière. Il releva la tête pour planter son regard dans celui d'Antonia.

— Vous souvenez-vous de la première fois où vous avez fait l'amour ?

Pour une raison inconnue, Antonia sentit la chaleur lui monter aux joues. Comment pourrait-elle l'oublier ? Elle s'émerveillait de l'assurance naïve dont elle avait fait preuve dans sa jeunesse. C'était elle qui avait fait des avances à monseigneur. Elle s'était introduite dans sa chambre et l'avait découvert nu, à la sortie du bain. C'était le lendemain de son dix-huitième anniversaire.

— Bien sûr. Tout le monde se souvient de sa première fois, s'entendit-elle déclarer platement.

Il sourit et répondit, serrant les doigts d'Antonia en se rallongeant sur les coussins :

— Et je veux que vous vous souveniez de notre première fois.

Antonia cligna des yeux et revint au moment présent.

— Mais ce ne sera pas notre première fois, donc…

— Avec vous, et vous avec moi. Ce sera notre première fois à *nous*.

Elle soutint son regard. Sa sincérité la mettait mal à l'aise. Ce qui n'était, au début, qu'un simple exercice qui ne devait servir qu'à satisfaire leur désir mutuel prenait la forme de quelque chose d'entièrement différent. C'était tellement inattendu qu'elle ne savait pas vraiment comment réagir, ou si elle était capable de partager les mêmes sentiments. Elle atténua donc le sérieux de la conversation, répondant avec un haussement d'épaules :

— Pourquoi serait-ce important ? C'est peut-être parce que c'est la première fois que vous couchez avec une duchesse ? Antonia Roxton n'a jamais été avec un autre homme que son mari, et c'est à vous que revient ce privilège.

Elle libéra sa main de celle de Jonathon et joua inutilement avec ses

cheveux, les rassemblant par-dessus l'une de ses épaules avant de tirer
sur ses longues boucles. Elle continua :

— Coucher avec la duchesse de Roxton, ce n'est pas rien, c'est
même un joli coup d'après ce qu'on dit. Une page entière m'est dédiée
dans le registre des paris au White's Club, au grand dégoût de mon fils.
Il a essayé de faire déchirer cette page. Moi, je m'en moque, mais il est
très sérieux sur ce genre de sujet, c'est dans sa nature. D'après Tommy
Cavendish, même Julian n'a pas pu faire disparaître cette page. Elle est
trop excitante. Trop de guinées ont déjà été pariées. Oh, les hommes
entretiennent tout un tas de pensées absurdes à mon propos.

— Arrêtez.

— Avec qui Antonia Roxton va-t-elle coucher maintenant qu'elle
est veuve ? Quand est-ce que ce grand événement aura lieu ? Mon fils le
duc m'a-t-il interdit d'avoir un amant ?

— Arrêtez.

— Saviez-vous qu'il a tout à fait le droit de faire cela ? Imaginez un
peu ! À mon âge, être contrôlée par mon fils.

— Arrêtez.

— Mais rira bien qui rira le dernier ! Après tout, ils sont tous, et
surtout Julian, loin d'imaginer qu'Antonia Roxton éprouve du désir
pour un homme à peine plus vieux que son fils…

— *Assez !* gronda Jonathon avec tant de véhémence qu'Antonia
sembla instantanément contrite. Vous avez des réflexions autodestruc-
trices et je ne vous permettrai pas d'écraser mes intentions honorables
d'un coup de talon !

— Vraiment, monsieur ?

— Inutile d'évoquer la question de l'âge, elle n'a aucune pertinence. Ce n'était pas pertinent quand vous êtes tombée amoureuse de
monseigneur, ce n'est pas plus pertinent maintenant. Vous n'avez pas
besoin de moi pour satisfaire votre orgueil. Vous, moi, et tous les
hommes qui fréquentent le White's Club, nous savons que vous êtes
bien plus belle et enchanteresse que la plupart des femmes qui ont la
moitié de votre âge. C'est votre fils qui a un problème, et qui peut lui
reprocher son appréhension ? À l'instant où son père a rendu son
dernier souffle, votre vertu est devenue la proie rêvée de tout homme
possédant un cœur qui bat ! Mais je ne suis pas comme eux, et je refuse
qu'on me perçoive ainsi.

Il se détourna et regarda entre les colonnes le lac tranquille qui
scintillait à la lumière de la lune, puis déglutit ; elle sut que sa désinvolture l'avait blessé.

— Quant à moi et Roxton, ajouta-t-il à voix basse en reportant son attention sur elle, nous n'avons peut-être qu'une demi-douzaine d'années d'écart, mais pour ce qui est de l'expérience de la vie et des femmes, un vaste océan nous sépare, ce qui me rapproche plutôt de son père. Quand je vous dis que je veux que nous nous rappelions notre première fois, il s'agit de mon souhait le plus sincère : *notre* première fois. Deux personnes, Antonia et Jonathon, et personne d'autre. D'accord ?

Un silence tendu s'installa entre eux. Aucun d'eux ne détourna son regard de l'autre. Si elle voulait se retirer d'un éventuel avenir avec lui, c'était le bon moment de l'exprimer, se dit Jonathon en attendant qu'elle prenne une décision, le sang battant dans ses oreilles malgré son apparente impassibilité. Elle prit enfin la parole, d'une voix si basse qu'il dut tendre l'oreille pour ne rien rater.

— Il semblerait que vous ayez beaucoup pensé à notre première fois.

— En effet.

Elle soutint son regard, tout en remarquant la tension dans sa mâchoire et son cou. Enfin, une étincelle s'alluma dans ses yeux verts et elle esquissa un sourire espiègle qui fit apparaître sa fossette.

— Dans ce cas, parlez-moi de cette première fois, le taquina-t-elle en touchant son bras, posé sur le dossier en bois doré de la méridienne. À moins que ce soit censé être une surprise ?

Il retrouva une respiration plus aisée, lui adressa un grand sourire et l'attira dans son étreinte. Ils s'installèrent sur la méridienne, la couverture les recouvrant tous les deux, et elle posa la tête sur son torse.

— C'est une surprise.

Elle se blottit contre lui.

— Bien. J'aime les surprises.

Il crut qu'elle s'était endormie. Elle resta silencieuse un long moment et il se contenta d'observer la pleine lune entre deux colonnes, ses doigts jouant distraitement avec une longue mèche de ses cheveux blonds. Il était satisfait qu'un premier obstacle ait été franchi, mais il envisageait tous ceux qui se dressaient encore entre lui et un avenir défini avec elle. Il devait notamment lui révéler qui il était réellement, ou plutôt qui il allait bientôt devenir à la mort imminente de ce vieux parent éloigné. Sa mort marquerait le premier jour du reste de sa vie, qu'il passerait au bord d'un lac semblable à celui-ci, mais de l'autre côté du mur d'Hadrien, dans un coin reculé de l'Écosse. Cela revenait à lui annoncer qu'il retournait sur le sous-continent !

— Où se trouve votre valet ? demanda-t-elle d'une voix endormie.

— Je l'ai laissé en Inde. Il ne pouvait pas quitter sa femme et ses enfants.

— Qui prend soin de vous, alors ?

— Je prends soin de moi-même.

— Un gentleman ne prend pas soin de lui-même… Il doit avoir un valet.

— Si vous le dites.

— Oui. Je vous en trouverai un demain.

— Vraiment ? Ai-je l'air si négligé ?

— Oui. J'aime bien. Mais vous avez assez souffert. Il vous faut un valet.

Il laissa échapper un petit rire et la serra contre lui.

Elle laissa sa main vagabonder légèrement sur son torse, sur les muscles de son ventre ferme, et vers son entrejambe. Il l'attrapa avant qu'elle ne continue son exploration et la remonta sur le haut de son torse, où il la tint dans sa grande main chaude.

— Tenez-vous bien.

Elle gloussa, son visage pressé contre lui.

— Avec vous, je ne suis pas sûre d'en être capable. Vous êtes trop tentant.

— Un proverbe dit que tout vient à point à qui sait attendre.

— Ce sont des balivernes ! Tout vient à point à qui saisit l'opportunité !

Il éclata de rire et déposa un baiser furtif sur sa main.

— Vous pensez comme un marchand.

— Et c'est vous qui faites obstinément preuve de noblesse.

Il ferma les yeux, un sourire aux lèvres.

— Dormez, coquine.

Un long silence s'installa de nouveau entre eux.

— C'est *lui*, la raison pour laquelle on se moquait de vous à l'école ?

— Oui.

— Parce qu'il est circoncis. Pourquoi ?

— Pourquoi se moquait-on de moi ou pourquoi est-il circoncis ?

— Idiot. Cela tombe sous le sens qu'on se soit moqué de vous, seuls les juifs sont circoncis et ils ne peuvent pas étudier à Harrow.

— Les juifs et les musulmans.

— Mais vous n'êtes ni l'un ni l'autre.

— Je ne suis ni l'un ni l'autre, mais je n'ai pas eu mon mot à dire. Mon père s'est converti à l'Islam, qui exige de faire circoncire tous les garçons. Et donc, par croyance, il nous a fait circoncire, mon frère

James et moi, car il y avait peu de chances que nous revenions en Angleterre. Il s'attendait à ce que l'on vive sur le sous-continent, qu'on y épouse des femmes, qu'on y fonde nos familles et que l'on y meure.

— Qu'est-ce qui a modifié ce projet ?

— Mon frère est mort ; puis un cousin ici, en Angleterre. Je suis devenu l'héritier de mon oncle et mon père, le plus jeune frère de mon oncle, qui avait renoncé à tout droit à l'héritage en se convertissant à l'Islam, a accepté de m'envoyer en Angleterre pour que je reçoive l'éducation appropriée d'un gentleman anglais, ce qui convenait à ma nouvelle situation. Je n'étais pas beaucoup plus vieux que Frederick quand on m'a arraché à la chaleur du sous-continent pour me jeter dans les profondeurs d'un hiver anglais, dans la morosité d'Harrow.

Il sentit Antonia frissonner et la serra contre lui avant de reprendre :

— Votre belle-fille est très sage d'attendre que Frederick soit assez vieux pour affronter la brutalité d'un pensionnat anglais avant de l'envoyer à Eton. Son statut d'héritier d'un duché ne le protègera pas quand il sera à l'école. C'est le genre de choses qui ne fait qu'accentuer la cruauté des garçons qui n'auront plus jamais l'occasion de côtoyer un membre de la noblesse d'égal à égal. Pour ma part, le tatouage ne m'a pas aidé, ajouta-t-il avec un rire dédaigneux.

— On vous l'a fait quand vous étiez petit ?

— Juste avant d'embarquer pour l'Angleterre. J'avais huit ans, et déjà des avis bien tranchés. Trois éléphants qui forment un cercle éternel : James, mon père et moi. Ça m'a fait un mal de chien.

Un long silence s'étira entre eux, tellement long qu'il crut qu'elle s'était enfin endormie dans ses bras. Elle reprit néanmoins la parole, résistant au sommeil, mais y succombant un peu plus à chaque phrase qu'elle prononçait.

— Pourquoi dormez-vous ici ? demanda-t-elle d'une voix ensommeillée.

— Vous ne m'avez pas invité à entrer.

— Je ne vous ai pas invité à entrer ?

— Un gentleman attend qu'on le lui propose.

Elle plongeait dans le sommeil, tout en demeurant incrédule.

— Vous... Vous êtes l-l'homme le plus... *frustrant* et... peut-être le plus *romantique* que j'ai eu la malchance de rencontrer...

Il arbora un grand sourire dans l'obscurité et tomba dans un sommeil béat.

VINGT

ANTONIA FUT RÉVEILLÉE PAR DES BRUITS DE MARTEAU ET DE SCIE, et par des rires d'enfants. Si le vacarme des travaux manuels la poussa à se demander si elle souffrait de sa première migraine, le bruit d'enfants qui jouaient la poussa à sortir de sous la couverture et à appeler Michelle. Elle se souvint alors qu'elle se trouvait dans le pavillon d'été — mais était-ce réellement le cas ? La moitié des éléments de sa chambre étaient apparus dans son joli salon d'extérieur. Il y avait un paravent de style chinois, un meuble de toilette en noyer, plusieurs vêtements, et les peignes, les brosses et le petit miroir en argent de sa coiffeuse étaient posés sur les chaises derrière la méridienne où elle avait passé une bonne nuit de sommeil dans les bras de son invité le marchand.

Invité ? Elle fronça les sourcils quand elle pensa à ce mot, tout en enfilant rapidement sa robe de chambre en soie sur sa chemise de nuit diaphane avant d'en nouer les rubans. Il était son invité, mais il était devenu tellement plus que cela. Cependant, ils n'étaient pas amants, pas au sens strict du terme — ou du moins, pas encore. Elle trouva une paire de mules en soie brodées près de la méridienne, se nettoya le visage avec l'eau parfumée à la lavande, se servit de son dentifrice en poudre et de son bain de bouche à la menthe poivrée, puis rendit silencieusement sa serviette à Michelle, qui était figée comme une statue près du paravent, les yeux rivés sur le carrelage en marbre.

Antonia avait envie de rétorquer qu'il ne s'était rien passé la veille et qu'il était donc inutile que Michelle ait l'air d'être entrée par erreur dans un bordel, mais comme elle était persuadée qu'il allait se passer quelque chose dans un futur proche, quel intérêt y avait-il à nier ce qui était maintenant inévitable ? Elle sourit pour elle-même en tressant un ruban rose pâle dans ses épais cheveux décoiffés et s'apprêtait à demander pourquoi, depuis deux semaines, elle se réveillait tous les jours aux bruits discordants de travaux de menuiserie, quand un objet attira son attention, au milieu de ses accessoires de toilette.

Elle attrapa la simple bouteille en verre fermée par un bouchon rond, en verre également, et autour de laquelle était noué un ruban en velours qui portait un message. Elle savait de quoi il s'agissait et d'où il venait. Le parfumeur, Mr. Floris – ou, comme elle l'avait malicieusement surnommé, Le Grand Nez –, préparait ses parfums uniques dans son local de Jermyn Street, et il avait nommé celui-là *Antonia* en son honneur. Elle n'avait pas porté son parfum depuis l'enterrement de monseigneur dans le mausolée familial. Elle savait très bien qui l'avait laissé là, mais le mot l'intrigua.

Monsieur Floris m'assure que ce parfum est délicat, joyeux, unique et divin. Un concentré de tout ce que vous êtes, finalement. Il est donc sûrement superflu d'en porter ?

— Voulez-vous que je l'ouvre, madame la duchesse ? demanda Michelle, observant de près sa maîtresse qui avait toujours les yeux rivés sur le mot, sachant très bien qui avait mis cette bouteille de parfum ici.

Antonia secoua la tête et, déglutissant avec difficulté, tendit la bouteille à sa femme de chambre.

— Je... Était-ce un rêve ou ai-je bien entendu les enfants ?

— Ce n'était pas un rêve, madame la duchesse. Ils sont sous le grand chêne avec monsieur Strang. Ils sont arrivés il y a une heure, mais on m'a dit de ne pas vous déranger, expliqua Michelle.

Elle ramassa un pantalon ample en soie, une chemise à manches longues et un corselet, et se dirigea vers le paravent, s'attendant à ce que sa maîtresse la suive. Quand Antonia resta immobile, elle revint se placer devant elle. La duchesse souleva une jambe du pantalon ottoman avec une moue interrogatrice, ce qui poussa Michelle à expliquer :

— Monsieur Strang m'a dit qu'il était absolument nécessaire que vous portiez cette tenue fantaisiste...

— Ces vêtements conviennent à la femme d'un sultan et je ne les ai pas portés depuis le bal masqué que nous avions organisé en l'honneur de la naissance de Frederick. Je ne comprends même pas comment il a pu savoir que je possède ces vêtements, marmonna-t-elle pour elle-même tandis qu'elle allait derrière le paravent, suivie par Michelle. Je ne comprends pas non plus pourquoi il pense que le corselet fait partie de l'ensemble. Les femmes turques ne portent rien de ce genre.

— Le corselet, c'était mon idée ! annonça Michelle, se dépêchant d'ajouter face au regard désapprobateur de la duchesse : C-C'est *scandaleux* qu'il vous fasse porter une telle tenue publiquement, devant vos enfants. Je suis désolée, madame la duchesse, mais c'est la vérité, ajouta-t-elle avec une révérence.

Antonia pinça les lèvres pour s'empêcher de rétorquer et répondit à voix basse :

— Ce n'est pas encore l'heure du scandale. Ne parlons plus. J'ai très envie de voir les enfants.

Elle s'habilla en silence et Michelle l'abandonna derrière le paravent pour aller demander à un valet de pied qui montait la garde près des marches du pavillon où en était le petit-déjeuner de la duchesse. Quand elle se retourna, elle découvrit qu'Antonia s'élançait sur la pelouse humide, son pantalon en soie et ses cheveux détachés tournoyant dans le vent.

— Mema ! Mema ! Par ici ! Levez la tête ! *Levez la tête.* Par ici !

Antonia, qui arrivait au niveau du petit groupe de nurses et de domestiques réunis près de l'énorme tronc du vieux chêne, plaça une main au-dessus de ses yeux pour les protéger du soleil matinal qui passait entre ses branches enchevêtrées. Ils se tournèrent tous vers elle et lui firent la révérence pour la saluer, mais puisqu'elle regardait encore au-dessus d'elle, les mentons se levèrent tous derechef vers les épaisses branches recouvertes de feuilles d'un vert vif, qui s'enroulaient vers le haut et l'extérieur, embrassant la terre, l'eau et le ciel. Spécimen majestueux, le vieux chêne poussait, intact, depuis trois cents ans, témoin silencieux des règnes des Plantagenêt, Tudor, Stuart et Hanovre. Ses branches étaient maintenant envahies de gens et de constructions ; c'était du moins l'impression qu'avait Antonia, qui essayait de comprendre ce qu'elle voyait et entendait.

Partant des racines noueuses qui sortaient de terre, près de la base de l'énorme tronc, une échelle permettait d'accéder à la branche épaisse la plus basse, sur laquelle se trouvait maintenant une plateforme qui supportait la plage arrière d'un navire à voiles – on aurait dit qu'il s'était retrouvé là à cause d'une inondation, que l'eau avait maintenant disparu et que le bateau s'était brisé, ne laissant que cette partie coincée, à jamais prisonnière des branches du vieux chêne. Sur la plage arrière, une autre échelle clouée au tronc central menait, plus haut dans les branches, vers un nid-de-pie. Deux hommes étaient occupés à peindre le nid-de-pie et deux autres, assis sur une branche plus basse, les jambes dans le vide, faisaient descendre une corde du nid-de-pie à la plage arrière, où un autre homme la fixait autour d'un cabillot en cuivre.

Le vieux chêne, qui s'était mêlé de ses affaires pendant trois siècles, était donc envahi, transformé en un merveilleux bateau pirate pour les enfants.

Les jumeaux, qui appelèrent Antonia jusqu'à ce qu'elle les salue d'un geste de la main, la regardaient depuis la plage arrière, un immense sourire aux lèvres. Ils portaient leurs tricornes ainsi que leurs cache-œils de rigueur et brandissaient leurs épées en bois. À côté d'eux se trouvait l'architecte de leur bonheur, qui portait Juliana dans ses bras et salua également Antonia.

Elle répondit à leurs signes de la main de la même manière, souriante, et leur envoya des baisers, soudain étourdie de bonheur. Avant qu'elle n'ait pu prononcer un seul mot pour leur souhaiter la bienvenue, les jumeaux se précipitèrent vers l'échelle qu'ils descendirent dans une grande agitation, leur épée glissée dans l'élastique de leur haut-de-chausses ; en bas, les domestiques étaient prêts à les attraper, au cas où un petit lord trop enthousiaste glisserait. Mais ils retrouvèrent facilement la terre ferme et allèrent chercher les câlins et les baisers d'Antonia entre ses bras tendus. Dans un accès d'enthousiasme, ils lui parlèrent de leur nouveau bateau pirate dans le ciel, affirmant que Mema devait absolument partir en voyage avec eux quand ils iraient affronter les vilains Espagnols. Antonia avait à peine eu le temps de dire deux mots à Louis et Gus quand Juliana agrippa son pantalon turc en soie bouffante à pleines mains, réclamant l'attention de sa Mema, lui demandant qu'elle affirme à ses frères qu'une fille aussi pouvait être pirate si elle le voulait, même si elle, elle aurait préféré être une sirène.

— C'est donc à cela que vous ressemblez au réveil, commenta Jonathon en lui souriant et avec un clin d'œil. Vous êtes ravissante.

Antonia s'empourpra et ne put soutenir son regard fixe, ce qui la laissa incrédule et agacée. Elle observa, autour d'elle, le petit groupe de domestiques puis les hommes qui accomplissaient encore une multitude de tâches nécessaires pour finaliser le bateau pirate – de la peinture, des textiles, des toiles et des cordes allaient et venaient le long des différentes échelles.

— Maintenant, je comprends d'où venait tout ce bruit depuis deux semaines, dit-elle en souriant à ses petits-enfants. Mais je n'aurais jamais pensé trouver un bateau pirate dans un arbre ! C'est une merveilleuse surprise pour vous, non ? Monsieur Strang est un homme plein de surprises, n'est-ce pas ? ajouta-t-elle en levant les yeux vers Jonathon.

Les enfants acquiescèrent et gloussèrent, et les jumeaux se bousculèrent en lançant un regard complice à Jonathon. Antonia n'eut pas l'occasion de les interroger, car d'un seul hochement de tête, Jonathon les fit repartir vers l'échelle qu'ils grimpèrent de nouveau. Juliana courut après ses frères, mais une nurse l'empêcha de les suivre. La petite fille appela immédiatement Jonathon qui se dépêcha de la prendre dans ses bras.

— Je vois que Julie vous a mis dans sa poche, plaisanta Antonia en riant.

— Seulement parce que j'ai bien voulu y entrer, répondit-il. Je vous laisse monter, on vous suit.

— Monter ? Monter l'échelle ?

— Quoi d'autre ?

Quand Antonia hésita, il ajouta :

— Vous n'avez aucune excuse. J'ai veillé à couvrir vos – hum – arrières, dirons-nous. Vous portez bien un pantalon turc, non ? Et un cadeau vous attend à bord.

— Vous avez un bon sens de la formule, monsieur, maugréa Antonia, sentant la chaleur lui monter aux joues quand elle vit son sourire s'élargir. J'aurais peut-être dû me garder de dire que j'aime les surprises, ajouta-t-elle, escaladant l'échelle avec aisance et sans se plaindre, suivie de près par Jonathon qui portait la petite fille sur son dos, à l'image d'un singe portant son petit. Surtout si la surprise implique de porter un pantalon turc !

— Mema !

En entendant cette voix familière et adorée, Antonia se hissa sur le pont du bateau et se releva. Elle découvrit ses trois petits-fils alignés devant elle, effectuant un salut avec leurs épées.

— Mon Dieu ! Frederick ! Oh ! Mon garçon chéri !

— Surprise ! Surprise, Mema ! Surprise ! s'écrièrent les jumeaux et Juliana à l'unisson tandis que leur grand frère courait dans les bras d'Antonia, qui le serra fort contre elle.

— Maintenant que Mema a eu sa surprise, est-ce qu'on peut manger ? demanda Gus, sans s'adresser à personne en particulier. Mon estomac, il est fâché contre moi !

Tout le monde s'esclaffa.

De retour sur la terre ferme, assis sur plusieurs tapis orientaux déroulés sur la pelouse entre le chêne et le lac et recouverts de coussins, Jonathon indiqua aux valets de pied qu'ils pouvaient servir le déjeuner. Les paniers en osier qu'ils portaient étaient remplis de toutes sortes de pâtisseries délicieuses et le majordome leur apporta un service à café en argent et une missive cachetée qui provenait de la maison principale.

Elle était de la part du duc, pour la duchesse douairière. Antonia prit la note, la glissa dans une poche de son pantalon turc et n'y pensa plus jusqu'à environ une heure après qu'ils se furent rassasiés. Elle dégustait encore une tasse de café tout en observant les garçons, que l'on surveillait pendant qu'ils montaient et descendaient l'échelle menant à la cabane dans l'arbre en forme de bateau pirate, où ils s'entraînaient à se battre à l'épée. Juliana cueillait des fleurs des champs pour ses cheveux, avec l'aide de sa nurse.

Elle sortit la note de sa poche, mais ne la décacheta pas immédiatement. Elle observa Jonathon qui était confortablement étendu sur le tapis, appuyé sur un coude, et qui regardait aussi les enfants. Ses mains étaient occupées à tresser avec dextérité plusieurs fils de coton rouge, formant ce qui ressemblait à un petit bijou circulaire.

— J'ai passé une journée merveilleuse. Merci.

— Tout le plaisir était pour moi, répondit-il gentiment en lui retournant son sourire.

Elle se demanda si, quand elle lui souriait, lui aussi sentait son cœur battre la chamade, comme c'était le cas pour elle quand il lui souriait. Elle baissa les yeux vers la dernière goutte de café dans sa tasse en porcelaine, de peur qu'il lise dans ses pensées et voie le rouge lui monter aux joues. Il avait une aptitude inexplicable à la rendre incertaine et désorientée, mais aussi extrêmement heureuse, ce qui la laissait perplexe. Il y avait un mot pour décrire ceci… Confuse ? Troublée ? Oui, voilà ! Il la *troublait*. Pendant toutes les années qu'elle avait passées avec monseigneur, elle ne s'était jamais sentie troublée, ce qui était également très déroutant.

Elle retourna la lettre de son fils avec un soupir et en brisa le sceau.

Jonathon continuait à tresser, mais il gardait un œil sur la tête baissée d'Antonia, et quand elle replia rapidement l'unique feuille de papier avant de la remettre dans sa poche, il demanda du ton le plus décontracté possible :

— Une bonne nouvelle, j'espère ?

— Il me convoque pour le dîner de ce soir. Il ne m'invite pas, il me *convoque*.

— Comptez-vous y aller ?

Elle secoua la tête.

— Non. Non, je ne pense pas être capable de lui faire face... pas encore.

Jonathon se redressa.

— Dans ce cas, n'y allez pas. Roxton peut attendre. Venez à Londres avec moi.

— Londres ?

— Oui.

— Vous allez à Londres ? Quand ?

Jonathon réprima un sourire en entendant l'inquiétude qui teintait sa voix et répondit d'un ton solennel :

— Demain. Il le faut.

Antonia était incapable de croiser son regard. Elle hocha la tête.

— Bien sûr. Sarah-Jane doit vous attendre, vous ne pouvez pas vous attarder ici. Elle a peut-être une nouvelle très importante à annoncer à son père et vous devriez...

— Venez avec moi.

Antonia esquissa un sourire en coin.

— Pour aller voir la pièce de monsieur Sheridan avec vous ?

Jonathon haussa les épaules.

— Si vous voulez. Mais surtout pour voir votre fils, Henri-Antoine.

Cette fois-ci, Antonia leva les yeux vers lui.

— Henri-Antoine ? Il est à Londres ? N'est-il pas à Oxford ?

— Il est à Londres. Dans la maison d'Hanover Square.

Antonia déglutit et regarda vers le lac.

— J'ai très envie de voir mon fils, mais je-je...

— Vous l'évitez parce qu'il ressemble beaucoup à monseigneur et que cela vous fait souffrir.

Antonia ne le nia pas. Elle cligna des yeux pour faire disparaître des larmes soudaines.

— Vous l'avez rencontré.

— Oui. Il ressemble beaucoup à son père, plus que Roxton. Et d'après ce que votre belle-fille m'a dit, il a aussi hérité de son attitude arrogante. Non pas qu'il s'en soit servi avec moi, mais cela doit rendre la situation encore plus compliquée pour vous. Mais vous ne pouvez pas l'éviter toute votre vie, et plus il vieillit, plus il deviendra le fils de son père.

— Je n'ai pas envie de vous écouter, parce que ce que vous dites est tout à fait logique ! maugréa-t-elle, ce qui le fit rire.

— Il fallait bien que quelqu'un vous le dise, ma douce. Ce n'est pas la faute du garçon s'il est le portrait craché de son paternel.

Elle le regarda entre ses cils.

— Non. Ce n'est pas sa faute. J'ai été une mère très négligente.

— Roxton a plus de comptes à rendre que vous, niveau négligence. C'est lui le tuteur de son frère. Non pas que le garçon ait été oublié, ajouta-t-il rapidement en voyant Antonia se redresser. Roxton a été débordé, ces trois dernières années. Mais pour être parfaitement honnête, après avoir été couvé pendant des années, je pense qu'il a apprécié ce répit.

— *Couvé ?* Henri-Antoine vous a-t-il dit cela ?

— Bien sûr que non. Pourquoi l'aurait-il fait ?

Après un silence, Antonia laissa échapper un soupir tremblotant et haussa les épaules.

— Je ne sais pas comment vous avez fait pour savoir tout cela, mais vous avez raison. Par ailleurs, j'ai vraiment envie de voir mon petit garçon.

Jonathon souffla.

— Petit ? Si c'est ce que vous pensez, préparez-vous à être stupéfaite.

Il mit le petit cercle tressé de côté, se releva et lui tendit une main en déclarant :

— Votre visite le surprendrait et lui ferait très plaisir. Venez à Londres.

Elle sourit, acquiesça et le laissa l'aider à se relever. Il ne lâcha pas sa main. Elle leva les yeux vers lui avec un air effronté, une main posée sur son torse.

— Mais cela ne veut pas dire que j'ai décidé d'aller au théâtre avec vous !

— Vous ne voulez pas ? dit-il d'un ton menaçant avant de la soulever avec facilité pour la jeter par-dessus son épaule, ce qui surprit et horrifia les valets de pied autant que le majordome et les nurses. Il est temps de remettre ce pantalon turc à profit !

— Mon Dieu ! Vous êtes fou ! Reposez-moi immédiatement !

Le majordome et un valet de pied firent un pas vers l'avant. Jonathon leur lança un regard noir et ils reculèrent un peu.

— Tenez-vous tranquille, madame, et nous serons arrivés en un rien de temps ! J'ai une dernière surprise pour vous.

Il s'élança d'un pas vif vers le chêne, tandis qu'Antonia, offensée, se tortillait dans tous les sens pour essayer de lui échapper. Il gloussa face à sa piètre tentative et, pour la provoquer, la laissa glisser un peu plus dans son dos. Elle laissa échapper un petit cri perçant et, de peur, agrippa les basques de sa redingote. Et pour compléter son humiliation, il appela Frederick et lui indiqua de rassembler ses frères et sa sœur et de les rejoindre sous le chêne.

— Aliéné mental ! Reposez-moi tout de suite !

— Si je suis fou, c'est que vous m'avez poussé à la folie !

— Monsieur ! Reposez-moi ! Vous allez contrarier les enfants.

— Appelez-moi Jonathon !

— Non !

— Vu leurs sourires, vos petits chéris ont l'air de trouver toute cette situation très amusante. Je parie cinquante guinées que d'ici ce soir minuit, vous m'appellerez Jonathon.

— Je vous *paierais* cinquante guinées pour que vous me reposiez immédiatement !

— Ah, Frederick ! C'est bien, mon garçon. Reculez, vous quatre, je vais reposer Mema et il y a des chances qu'elle ait un peu le tournis.

C'était le cas, et elle retomba contre le torse de Jonathon, les yeux fermés, déséquilibrée. Il dégagea délicatement les cheveux de son visage en la tenant et adressa un clin d'œil avec un sourire à Frederick ; contrairement à ses frères et sa sœur, qui riaient de voir leur Mema sur l'épaule de Jonathon, il n'était pas persuadé qu'Antonia était complètement indemne après cette épreuve.

— Voulez-vous voir votre surprise ? murmura-t-il en relevant le menton d'Antonia. Voulez-vous découvrir la raison pour laquelle je vous ai fait enfiler cette fascinante tenue ottomane ?

Antonia ouvrit les yeux et il la fit tourner dans ses bras pour qu'elle se retrouve face au chêne.

Ils se tenaient de l'autre côté de l'immense tronc par rapport à l'échelle qui menait au bateau pirate. Une lourde branche, très haute, s'entortillait en direction de la rive du lac. Des feuilles avaient été ratissées et rassemblées en un épais coussin juste en dessous de cette branche, car une balançoire y était suspendue. Le siège, fait de damas bleu rembourré sur une base en bois doré, qui ressemblait étrangement à l'assise d'une chaise de la galerie de la maison principale, les pieds et le dossier capitonné en moins, était suspendu et attaché entre deux cordes, chacune étant entourée d'un ruban en velours à l'endroit où elle devait être tenue fermement.

Antonia, incapable de contenir son enthousiasme, poussa un cri de surprise, les mains sur ses joues, et courut jusqu'à la balançoire. Elle toucha le siège damassé comme pour s'assurer qu'il était bien réel.

— Oh, c'est la plus merveilleuse des surprises ! s'exclama-t-elle en se tournant vers Jonathon pour lui adresser un sourire éclatant. N'est-ce pas, mes petits-enfants ? Qui veut y aller en premier ? leur demanda-t-elle.

— Julie ! s'écria Juliana en courant vers sa grand-mère, s'attendant à ce qu'on la soulève immédiatement pour la placer sur le siège flottant magique.

Les trois garçons regardèrent Jonathon, et Frederick rappela l'accord qu'ils avaient passé plus tôt avec lui :

— Le premier tour est réservé à Mema, Julie. Tu te souviens ?

La petite fille jeta un coup d'œil interrogateur à sa grand-mère, un doigt dans la bouche, et secoua ses boucles blondes.

— Non. Julie d'abord.

— Mema d'abord, Julie, sinon on envoie le loup te chasser ! l'embêta Louis.

— Oui ! Le loup ! Est-ce que tu veux être dévorée par le loup ? intervint Gus avec délectation, bien qu'il semble un peu apeuré que son jumeau évoque une bête aussi féroce.

— Le loup ! Le loup ! Le loup va t'avaler toute crue ! chanta Louis en dansant sur place.

Julie éclata en sanglots et Antonia la souleva et fit tout son possible pour calmer ses peurs, lui assurant qu'il n'y avait aucun loup, que ses frères la taquinaient, qu'elle pouvait tout à fait monter sur la belle balançoire en premier. La nurse de la petite fille s'avança pour récupérer sa protégée en pleurs des bras de la duchesse, mais cette dernière secoua la tête avec un sourire et la nurse recula pour rejoindre le petit groupe de domestiques qui avaient suivi Jonathon à l'ombre du chêne.

Jonathon leva les yeux au ciel en constatant que la surprise qu'il avait préparée pour Antonia, qui était censée lui procurer bonheur et insouciance, avait été chamboulée par une petite fille et sa peur qu'un loup rôde sur le domaine. Il n'en voulait pas aux jumeaux – c'étaient des garçons, après tout –, mais il était curieux de savoir d'où sortait une plaisanterie aussi absurde. Il n'eut pas à chercher bien loin, ni même à poser la question. Gus lui offrit l'information avec des yeux ronds indiquant qu'il croyait réellement qu'un loup guettait.

— Gus et Louis, je vous prie de dire à votre sœur qu'il n'y a aucun loup, demanda Antonia d'un ton ferme.

La petite fille, le visage trempé de larmes, se détourna de l'épaule de sa grand-mère pour observer ses frères en fronçant ses sourcils clairs. Les jumeaux se regardèrent avant de se tourner vers Frederick, qui fit d'abord comme s'il n'était au courant de rien en haussant ses minces épaules et en faisant la moue. Cela agaça Gus, qui pointa son grand frère d'un doigt potelé.

— Tu as dit qu'il y avait un loup ! Tu l'as dit !

Tous les yeux étaient rivés sur Frederick.

— Il l'a dit, Mema ! Vraiment ! ajouta Louis pour appuyer l'accusation de son frère jumeau, avant de se tourner vers Jonathon qui, les mains dans les poches de sa redingote, attendait patiemment de voir si Frederick admettrait sa culpabilité ou non.

Le silence persista. Enfin, Frederick ne le supporta plus et capitula, sa lèvre inférieure maintenant tremblotante.

— J'ai rien dit ! riposta-t-il ! J'ai rien dit !

— Frederick ? s'enquit gentiment Antonia. Pourquoi Gus et Louis affirment-ils le contraire, mon chou ?

La douceur de sa voix était pire que si elle s'était énervée ; les larmes montèrent aux yeux de Frederick, mais il les essuya rapidement du revers de sa manche et répondit d'une voix chevrotante :

— C'est pas moi, Mema. Père… J'ai entendu père le dire à grand-père Martin. Père disait qu'il y avait un loup à votre porte et qu'il ne savait pas quoi faire.

— Il y a un loup ! Il y a bien un loup ! s'exclama Louis, triomphant.

— Chut, Louis, intervint Antonia à voix basse, sans regarder Jona-thon, car l'insinuation du duc était claire pour eux deux, et elle était énervée que son fils ait évoqué Jonathon en de tels termes, accablant inutilement son parrain vieillissant d'absurdités grivoises, et qu'il ait laissé son fils entendre ses inquiétudes injustifiables, ce qui était impar-donnable.

Elle ruminait encore l'insolence du duc plus tard ce soir-là, alors qu'elle trempait dans sa baignoire sabot remplie de bulles de savon. Les enfants étaient rentrés, heureux et épuisés – le dilemme de la balançoire avait été résolu quand Jonathon avait proposé que Juliana s'assoie sur les genoux d'Antonia et qu'elles se balancent toutes les deux. Elles avaient ri, exaltées d'être poussées dans les airs, leurs orteils tendus vers les nuages blancs vaporeux qui zébraient le ciel, ce qui avait suffi à distraire Juliana et à lui faire oublier le loup. Les garçons, après avoir chacun fait un tour de balançoire, avaient déterminé qu'ils s'amuse-raient plus en grimpant à bord de leur bateau pirate, où ils pouvaient prétendre être en haute mer, et que c'était mieux que de s'inquiéter à propos d'un loup qui, Jonathon leur avait assuré, était aussi inoffensif qu'un chaton, et tout aussi câlin.

Pas même les bruits perturbateurs de Michelle et des trois femmes de chambre qui étaient en pleine conversation à voix basse alors qu'elles s'affairaient dans sa garde-robe, ouvrant des tiroirs, rassemblant des vêtements et fermant des malles de voyage, ne pouvaient troubler la sérénité de son bain. Après tout, elle ne pouvait pas leur en vouloir d'être troublées. Elle avait mis la maison entière en effervescence. Elles s'étaient décroché la mâchoire de stupéfaction quand elle leur avait annoncé, juste avant le dîner, qu'elle comptait se rendre à Londres le lendemain. Avec quelques autres domestiques de haut rang, elles l'accompagneraient dans un deuxième carrosse ; la maison d'Hanover Square manquait cruellement de personnel.

Par ailleurs, elle souhaitait que ses projets de voyage ne quittent pas Crecy Hall. Le duc ne l'apprendrait pas de ses domestiques mais d'Antonia, quand elle le jugerait approprié. Elle sourit, enfouie dans la mousse. Son fils apprendrait la nouvelle précisément deux heures après son départ de Crecy Hall et pas avant, quand il recevrait une lettre l'informant de ce fait.

— Madame la duchesse, je suis vraiment désolée, mais nous avons un problème, s'excusa Michelle avec une petite révérence, tenant la serviette grande ouverte quand la duchesse sortit du bain. À vrai dire, nous avons deux problèmes, avoua-t-elle en enroulant rapidement la serviette autour de sa maîtresse, avant de se retourner pour récupérer la chemise de nuit d'Antonia.

— Deux problèmes ? Liés au voyage ?

Antonia se débarrassa de la serviette et Michelle l'aida à enfiler la chemise de nuit légère.

— Non, madame la duchesse, expliqua Michelle, offrant un bas puis l'autre à la duchesse avant de passer aux indispensables jarretelles. Un domestique est arrivé de la maison principale avec sa malle, affirmant être le valet de monsieur Strang, mais je sais très bien que…

— Oui ! Oui ! Lawrence Duvalier, l'interrompit Antonia en se glissant dans la robe de chambre en soie brodée que Michelle tenait grande ouverte. Est-il ici ? demanda-t-elle en s'asseyant devant sa coiffeuse pour retirer les nombreuses épingles qui maintenaient ses boucles. Il devait arriver ce matin… Peu importe. L'avez-vous envoyé dans les appartements de monsieur Strang ?

— Oui.

— Ont-ils fait connaissance ? S'entendent-ils bien ?

Michelle pinça les lèvres d'un air désapprobateur.

— Très bien.

Antonia jeta un coup d'œil au reflet de sa femme de chambre dans le miroir en se brossant les cheveux.

— Bien. Et c'est un problème ? Pourquoi ? Le valet représente-t-il deux difficultés ? Je vous prie de bien vouloir m'expliquer, Michelle.

Michelle prit la brosse des mains de la duchesse et lui démêla les cheveux.

— Si Lawrence Duvalier est bien le valet de monsieur Strang alors pourquoi, après avoir fait sa connaissance, l'a-t-il congédié ?

— Congédié ? N'avez-vous pas dit qu'il était satisfait de lui ?

— Si, madame la duchesse. Mais monsieur Strang a envoyé Lawrence Duvalier passer la nuit là-haut, avec les valets de pied, plutôt que dans la petite pièce adjacente à la chambre Bleue, réservée au valet du gentleman qui l'occupe.

Elle était sur le point de lui dire qu'un nombre incalculable de raisons pouvaient expliquer pourquoi Jonathon avait envoyé son valet passer la nuit dans le dortoir des valets de pied, notamment que c'était d'usage sur le sous-continent, mais elle garda ses réflexions pour elle-même et demanda d'un ton détaché :

— Quel est l'autre problème ?

— Deux valets de pied aident monsieur Strang à déplacer les meubles de sa chambre.

— Et c'est un problème ?

À son tour, Michelle observa le reflet d'Antonia.

— Selon Matthews, tous les meubles de la petite chambre réservée au valet de monsieur Strang ont été déplacés dans la chambre Bleue, et le matelas et les couvertures ont été enlevés du lit à baldaquin et déplacés dans la petite pièce.

Antonia cligna des yeux, incrédule.

— Je ne comprends pas. Il a vidé la chambre du valet où il a décidé de dormir sur un simple matelas posé par terre, plutôt que de dormir dans la chambre Bleue ?

— Oui, madame la duchesse.

— Incroyable.

— Oui, madame la duchesse, ça l'est, et Matthews est dans tous ses états, il ne sait pas quoi faire. C'est tout à fait contraire aux règles qu'un invité dorme dans une pièce réservée aux domestiques, et par terre ! Et puis, monsieur Strang a demandé bien plus de chandelles que nécessaire pour cette pièce.

— Des chandelles ? Combien en a-t-il demandé en plus ? s'enquit-elle en reprenant la brosse argentée, qu'elle jeta au milieu du désordre sur la coiffeuse.

— Il en a demandé vingt…

— *Vingt bougies ?*

— … mais il a dit que dix lui suffiraient parce qu'il pourrait les couper lui-même.

— Mon Dieu. Qu'est-ce que cet homme impossible peut bien préparer ? Utilise-t-il les bougies pour se réchauffer ? marmonna Antonia pour elle-même en se relevant de son tabouret.

Elle enfila des mules en damas brodées sur ses bas, récupéra une chandelle dans son support et quitta la pièce, suivie de Michelle. En haut de l'escalier en chêne, elle trouva, dans une flaque de lumière formée par leurs bougies respectives, son majordome et deux valets de pied en pleine conversation animée ; ils se turent tous les trois à l'approche d'Antonia.

— N'avez-vous pas des préparatifs à finaliser avant le voyage de demain ? s'enquit la duchesse.

Elle attendit que Matthews chasse les deux valets de pied, leur disant de retourner charger les malles dans le chariot qui suivrait les deux carrosses jusqu'à Londres, avant de reprendre :

— Michelle m'a parlé des bougies et… de ses autres inquiétudes.

— Madame la duchesse, j'ai très peur que monsieur Strang mette le feu à la maison, répondit le majordome en suivant la duchesse qui traversa le palier et s'avança dans le couloir qui menait à l'aile réservée aux invités.

Matthews se dit que cette aile avait une fonction étrange, puisque la maison n'avait reçu aucun invité en trois ans, depuis que la duchesse y habitait, et que ce n'était pas près de se reproduire si leur seul et unique invité y mettait le feu en utilisant autant de chandelles dans une seule pièce. Quand sa maîtresse s'arrêta devant la porte de la chambre Bleue, il s'enquit d'un ton mal assuré :

— Madame la duchesse voudrait-elle que je réveille monsieur Strang ?

— Non. Je vais m'en charger. Tenez, dit Antonia en lui tendant son bougeoir. S'il a tant de chandelles allumées que cela, je n'en aurai pas besoin. Vous pouvez partir. Vous aussi, Michelle.

— Je vais vous attendre ici, madame la duchesse, affirma résolument sa femme de chambre en échangeant un regard avec le majordome.

Antonia remarqua cet échange de regard, mais décida de ne pas y prêter attention.

— Partez tous les deux, allez terminer ce qui doit être terminé pour que je puisse partir tôt demain matin. Bonne nuit.

Elle se glissa dans la chambre Bleue avant que l'un des domestiques ne puisse protester, et se retrouva dans l'obscurité la plus totale. De la lumière, cependant, filtrait sous la porte dans le coin le plus éloigné de la pièce ; elle se dit qu'il devait s'agir de la chambre du valet où Jonathon, pour des raisons que lui seul connaissait, avait décidé de passer la nuit.

Ce qu'elle découvrit en ouvrant la porte la prit au dépourvu, et elle sut immédiatement qu'une fois qu'elle aurait passé le seuil de cette pièce, elle ne pourrait pas revenir en arrière.

<h1 style="text-align:center">VINGT-ET-UN</h1>

ON AURAIT DIT QUE LES ÉTOILES ÉTAIENT TOMBÉES DU CIEL POUR recouvrir le sol. Des points de lumière scintillants suivaient les contours du petit espace rectangulaire et les côtés d'un matelas couvert de draps, d'une couverture et d'oreillers en duvet. Le haut du matelas avait été poussé contre le mur, face à la porte. Des petites bougies étaient également alignées sur l'étroit manteau sculpté d'une cheminée, où une seule bûche enflammée irradiait de la chaleur. Dans un coin, une vasque et un broc avaient été placés sur un guéridon en bois, le seul meuble de la pièce. En face, des bougies parsemaient le rebord de la fenêtre à meneaux, où un léger courant d'air faisait vaciller les petites flammes.

Cette chambre de valet était unique parce qu'elle possédait non seulement une fenêtre, mais aussi une banquette sous la fenêtre ; ce privilège accordé au domestique révélait que l'hôte tenait l'invité qui dormait dans la chambre Bleue en haute estime. L'invité en question était perché sur la banquette, ses jambes nues croisées aux chevilles, ses mains plongées dans les poches d'une robe de chambre en soie jaune lâchement nouée autour de sa taille, ouverte sur sa gorge.

Antonia eut une sensation de déjà-vu. Mais elle n'était plus la vierge de dix-huit ans, pleine d'un optimisme naïf et d'une assurance impudente. D'une certaine manière, sa jeunesse et son manque d'expérience avaient rendu plus simple son entrée dans le lit de monseigneur. Elle était loin de se sentir sûre d'elle à l'idée d'entrer dans celui de Jonathon. Son esprit était trop troublé par les nombreuses raisons pour lesquelles elle ne devrait pas le faire, mais elle se demanda quel mal il y avait à faire l'amour avec ce bel homme viril qui voulait lui aussi faire l'amour avec elle. Elle aimait beaucoup faire l'amour. Mais cet homme n'était pas son mari, et elle n'avait jamais fait l'amour sans que ses sentiments soient totalement impliqués. Sa dernière fois remontait à presque six ans – une autre vie. Elle se rappela qu'elle n'avait plus de mari, qu'elle était veuve, et qu'elle pouvait donc faire ce qui lui plaisait sans blesser personne. Pourquoi ne pouvait-elle donc pas simplement profiter de l'expérience pour ce qu'elle était – une satisfaction brève, charnelle et torride ? Les hommes assouvissaient leur désir ainsi ; c'était aussi le cas de beaucoup de femmes. Mais ce n'était pas dans sa nature. Pour elle, les sentiments étaient cruciaux, et c'était ce qui l'effrayait le plus.

JONATHON RESTA ASSIS, OBSERVATEUR, PATIENT. IL SE DÉTENDIT visiblement quand elle ferma enfin la porte, mais il ne bougea pas, se disant qu'elle viendrait vers lui quand elle serait prête. Il la suivit du regard quand elle se déplaça dans la petite pièce, à la lueur orangée de la myriade de petites bougies qu'il avait positionnées avec soin pour rendre la chambre plus intime et chaleureuse. Quand elle s'approcha enfin de lui, il ne se leva pas, ne sortit pas ses mains des poches de sa robe de chambre – il se contenta de lui sourire et patienta encore. Il attendait qu'elle fasse le premier pas, supposant que si lui le faisait, il pourrait gâcher l'expérience pour eux deux. En effet, il avait une envie irrésistible de lui arracher ses vêtements de nuit diaphanes, de l'attirer avec lui sur le matelas, de laisser libre cours à ses mains, sa langue et son organe vital et, par-dessus tout, de lui donner du plaisir.

Antonia sourit en le regardant dans les yeux. Elle y lut ce qu'il pensait, ce qu'il n'avait nul besoin d'exprimer à voix haute. Elle retira ses mules et laissa sa robe de chambre glisser de ses épaules pour tomber à ses pieds. Quand il bougea légèrement et se pencha en avant pour l'embrasser, elle le laissa faire. Ils étaient tous les deux hésitants, doux l'un avec l'autre, puis ils devinrent plus insistants et firent durer leur baiser. Il voulut la prendre dans ses bras, mais elle l'immobilisa en posant une main sur son torse et il laissa retomber ses mains. Il agrippa fermement le bord de la banquette de ses longs doigts quand elle tira sur la ceinture de sa robe de chambre en soie. Le nœud défait, la robe de chambre tomba, révélant qu'il était nu et excité.

Elle croisa son regard avec un sourire complice et il lui sourit en retour, sans se sentir gêné. Elle s'avança pour l'embrasser de nouveau, et elle l'immobilisa une fois de plus en posant une main sur son torse nu. Mais cette fois-ci, elle se rapprocha de lui et il décroisa ses longues jambes, les écarta pour lui permettre de s'approcher encore plus, et les replia autour d'elle pour la tenir fermement contre lui. Elle appuya ses lèvres contre sa mâchoire à la barbe naissante, se délectant de l'odeur masculine de sa peau fraîchement lavée : une senteur de citron vert et d'eau de Cologne au bois de santal. Elle embrassa son cou, ses baisers légers comme une plume descendant vers son torse puis son ventre plat et ferme, tandis qu'elle faisait glisser la robe de chambre en soie de ses larges épaules, le long des contours musclés de ses bras. Le tissu s'amassa autour de ses solides poignets, et elle bloqua fermement la soie de ses doigts. Les mains de Jonathon étaient maintenant prisonnières des plis soyeux.

Quand il se souleva de la banquette, voulant libérer ses mains de l'enchevêtrement de soie et laisser la robe de chambre tomber au sol, elle refusa de relâcher ses poignets entravés. Il s'immobilisa donc et se rassit pour attendre de nouveau. Le souffle chaud d'Antonia sur sa peau nue faisait palpiter son cœur, lui coupait le souffle et rendait son excitation insupportable.

Elle le regarda avec un sourire espiègle.

— Vous devez attendre. J'ai ouvert mon cadeau, je veux maintenant en profiter.

Elle se mit à genoux et il perdit la raison.

※ ※ ※

Trois jours plus tard, la duchesse douairière de Roxton rejoignit la maison de maître des Roxton à Hanover Square, ce qui déclencha une effervescence chez les quelques domestiques présents. Elle était censée arriver la veille, on avait donc découvert les meubles, battu les tapis, retourné les matelas et fait les lits. On avait ramoné les cheminées ornées qui n'avaient pas été utilisées depuis longtemps et on y avait fait du feu. On avait lustré le cristal, le bois et l'argent jusqu'à ce que tout scintille, et empilé assez de nourriture dans le cellier pour nourrir une petite armée.

Malgré toute cette agitation, l'intendante ne savait pas réellement ce qu'il se passait. La maison avait été laissée à l'abandon pendant des années, jusqu'à ce que l'homme qui s'occupait des affaires du duc en ville vienne l'inspecter avec un géant de bronze ; l'intendante avait alors appris que cet étranger en était le nouveau locataire. Cette visite à peine terminée, le petit frère du duc, Lord Henri-Antoine Hesham et son joyeux compère Sir John (Jack) Cavendish étaient venus séjourner dans la maison de maître. Et comme si le tapage de ces deux jeunes nobles ne suffisait pas à mettre à l'épreuve la patience des domestiques les plus loyaux, un chariot rempli de caisses était ensuite arrivé, contenant les biens du nouveau locataire, qu'il avait fallu déballer et ranger. Et enfin, la duchesse douairière leur avait fait parvenir une lettre dans laquelle elle annonçait son arrivée imminente.

Michelle, tout comme les autres domestiques de la maison douairière, connaissait la raison – ou plutôt, le responsable – de ce retard. Par deux fois, on avait attelé les carrosses et le chariot, puis sellé et apprêté les chevaux des éclaireurs en livrée, et par deux fois, les chevaux étaient retournés à l'écurie, les carrosses étaient restés vides, le chariot et son énorme cargaison de malles et de boîtes protégée sous une bâche attachée par des cordes était demeuré en attente, et les chevaux des éclaireurs avaient été dessellés.

Enfin, la duchesse et son amant – car quel autre nom pouvait-on donner à Jonathon Strang, après que lui et la duchesse eurent passé deux nuits et deux jours ensemble dans la petite pièce réservée aux domestiques attenante à la chambre Bleue – avaient réapparu, parce qu'une nouvelle note était arrivée de la part du duc. Le domestique qui l'avait apportée avait déclaré qu'elle exigeait une réponse immédiate. Michelle avait courageusement glissé la note du duc sous la porte de la chambre et, moins d'une heure plus tard, la duchesse l'avait lue et déchirée dans son bain. Deux heures après cela, le convoi constitué des carrosses et du chariot était en route pour Londres et Michelle n'eut pas besoin de spéculer quant au contenu de la note que le duc avait envoyée à sa mère quand Antonia dit à Jonathon, dans le carrosse :

— Je ne comprends pas en quoi le choix de mes invités le regarde !

Jonathon serra le pied d'Antonia, posé sur ses genoux. Elle était adossée contre des coussins sur un banc en velours capitonné, vêtue de légers jupons rayés en coton indien de qualité, et elle s'était débarrassée de ses chaussures. Jonathon était étalé dans le coin et Michelle, que le mouvement du carrosse faisait dormir par intermittence, était assise en face d'eux, les deux whippets roulés en boule à côté d'elle. Conscient de la présence de la femme de chambre, Jonathon répondit en italien :

— C'est un fils inquiet. Les fils inquiets pensent savoir ce qu'il y a de mieux pour leur mère. Quand nous serons mariés, continua-t-il en lui pinçant malicieusement l'orteil avec un sourire, il ne pourra plus exiger mon départ, que ce soit de la maison douairière ou de tout autre lieu où nous aurons choisi d'habiter.

Antonia gloussa, pensant qu'il plaisantait et, suivant son exemple, lui répondit en italien, sachant que Michelle serait ainsi incapable de suivre leur conversation privée, même si elle ne dormait pas.

— Nous faisons l'amour cinq…

— … six.

— … six fois en deux jours et vous pensez que je vais vous épouser ? Vous avez des idées bien romantiques !

— Est-ce une si mauvaise chose ?

— Quoi donc ? Vous épouser ou que vous ayez des idées romantiques ? le taquina Antonia.

Jonathon haussa les épaules.

— L'un ou l'autre, ou les deux.

Antonia réfléchit à la réponse qu'elle allait lui donner, sa fossette apparaissant sur sa joue.

— Je pense qu'il va nous falloir faire l'amour encore de nombreuses fois, et seulement après pourrai-je vous donner une réponse.

— Comment ? Est-ce mon endurance ou ma technique qui vous pose problème ?

Elle haussa les épaules et feignit l'abattement.

— Comment pourrais-je vous répondre, alors que nous n'avons fait l'amour que six fois ?

Jonathon éclata de rire en la voyant faire la moue et, quand il pressa un peu trop fort son pied, elle se redressa pour tapoter gentiment sa manche en velours de son éventail fermé. Il l'attrapa par le poignet et l'attira vers lui.

— Si la femme de chambre n'était pas là, je vous prouverais que ni mon endurance ni ma technique ne sont un problème, divine créature.

Antonia soutint son regard, parcourue par un frisson de désir, prise d'un curieux vertige, s'interrogeant sur cette nouvelle sensation. Mais elle n'avait rien de nouveau, elle n'avait simplement pas ressenti cela depuis tellement longtemps qu'elle avait oublié ce qu'était le bonheur.

— Et je vous laisserai faire, car j'aime beaucoup faire l'amour avec vous, dit-elle à voix basse en se penchant pour l'embrasser.

Mais il se recula, scrutant son beau visage de ses yeux marron avec un sourire moins assuré, et reprit d'une voix ferme et sincère :

— Dans ce cas, épousez-moi, et nous pourrons passer nos vieux jours à faire l'amour.

Antonia hésita et, quand elle comprit qu'il était sérieux, elle se rassit et fixa le beau visage de Jonathon. Elle cligna des yeux.

— Mais, je suis mariée à monseigneur…

— Vous étiez mariée… répondit Jonathon avec un sourire en coin.

Elle détourna le regard.

— Je… Je n'ai jamais envisagé d'épouser quelqu'un d'autre. Jamais.

— Chérie, vous n'aviez jamais envisagé de faire l'amour avec quelqu'un d'autre que monseigneur, et nous voilà amants tous les deux.

— C'est différent.

— En quoi est-ce différent ?

Antonia haussa les épaules et s'empourpra soudain. Elle ouvrit son éventail décoré de feuilles d'or pour rafraîchir son cou et sa poitrine et dit à voix basse :

— Le mariage, c'est compliqué, contrairement à cela.

Il esquissa un petit sourire.

— Oui, le mariage c'est compliqué, et c'est pour cette raison que je veux vous épouser.

Quand Antonia releva les yeux vers lui, la tête penchée sur le côté, il s'expliqua plus amplement :

— Je ne rendrais pas justice à nos relations intimes si je me contentais de dire que je suis ravi que nos appétits corporels s'accordent parfaitement, mais – et vous pouvez me trouver égoïste – avec vous, je veux plus qu'une simple satisfaction physique. Je vous aime. Je veux rejoindre votre lit ouvertement, par la porte de la chambre, en tant que mari, sans avoir à me cacher. Je veux vous faire l'amour en tant que mari ; me réveiller avec mon épouse dans les bras, chaque matin. Est-ce trop demander ?

Il fut surpris et enchanté de la voir secouer la tête, mais il déglutit avec difficulté en entendant sa réponse :

— Vous demandez ce que demanderait tout homme amoureux, mais… de mon côté, je ne sais pas ce que je ressens – ce que ressent mon cœur. Je sais ce que ressent mon corps – beaucoup de désir pour vous.

Elle tendit les orteils, ayant besoin qu'il la touche, et quand il recouvrit son pied de sa grande main, elle sourit et reprit d'une voix tremblante :

— Avant vous, je n'avais jamais eu de désir pour un autre homme que monseigneur…

— Et vous avez épousé monsieur le duc de Roxton.

— Notre union était prédestinée, répondit Antonia en soutenant son regard.

Jonathon ne cilla pas.

— Et si je vous dis que je crois notre union prédestinée, elle aussi ?

— Je serai toujours mariée à monseigneur.

— Chérie, je suis tout à fait conscient qu'il y aura toujours trois personnes dans un mariage avec vous, que je devrai vous partager avec monseigneur pour l'éternité, mais je suis prêt à accepter un tel arrangement, car je vous aime et je veux que vous fassiez partie de ma vie.

À son tour, Antonia déglutit difficilement, et sentit les larmes lui monter aux yeux. Elle oublia de parler italien et lui répondit dans son français maternel, d'une voix à peine plus élevée qu'un murmure :

— Je ne vous mérite pas.

Cette remarque le fit rire et il se pencha pour déposer un rapide baiser sur ses orteils.

— Je ne vous mérite pas non plus ! Ainsi, nous sommes assortis.

Antonia se sentit étrangement réconfortée, et alors que les carrosses s'arrêtaient à l'auberge Bull & Feather à Alston pour changer d'attelage et permettre aux passagers de se dégourdir les jambes et de prendre un rafraîchissement, elle se reprit, se redressa et dit avec désinvolture, en italien, car Michelle s'était réveillée avec un bâillement :

— Je ne comprends pas pourquoi nous ne pouvons pas nous contenter de faire l'amour sans nous inquiéter du reste. Quel est votre problème ? N'importe quel autre homme serait plus que satisfait de faire l'amour avec moi sans avoir besoin de proclamer son amour et son dévouement ! Je pense que le soleil a nui à votre cerveau encore plus que ce que vous pensez !

— Vous avez peut-être raison, répondit Jonathon avec bonhomie en tendant une main pour attraper la laisse des whippets.

Il attendit qu'on ouvre la porte du carrosse et confia les whippets à un domestique pour qu'il les promène, leur donne à boire et les laisse se soulager. Il sortit à son tour et se retourna pour attraper la main gantée d'Antonia, reprenant en l'aidant à descendre :

— Je ne dirai rien de plus. Mais je vous reposerai bientôt la question, car les circonstances se sont liguées contre moi et je devrai donc me plier à mon devoir et à mes obligations en arrivant à Londres.

— Devoirs et obligations ? demanda-t-elle en levant les yeux vers lui, surprise. De quels devoirs et obligations parlez-vous ?

— Je vous expliquerai tout quand nous arriverons à Hanover Square, répondit-il, l'air distrait, tapotant les poches de sa redingote comme s'il avait égaré quelque chose de valeur. Avez-vous de l'argent sur vous, madame la duchesse ?

— De l'argent ? Pourquoi aurais-je besoin d'argent ? demanda-t-elle d'un ton impérieux. Le nom des Roxton suffit dans cette auberge.

— Je n'en doute pas. C'est juste que… Non, cela n'a pas d'importance pour l'instant. Vous pourrez me régler votre dette plus tard.

— Ma dette ? Quelle dette ? s'enquit Antonia, perplexe.

Elle s'arrêta au milieu de la cour pavée et ombragée, sa femme de chambre derrière elle, et resserra sa cape en velours bordée de fourrure autour de ses épaules. Elle ne faisait pas attention au bruit et à l'agitation qui perduraient autour d'elle, trop occupée à essayer de se rappeler quand elle avait pu emprunter ne serait-ce qu'un penny à Jonathon Strang, tandis que les garçons d'écurie couraient vers les chevaux épuisés et que le contingent de domestiques qui était sorti du deuxième carrosse, ainsi que les éclaireurs et les conducteurs des deux carrosses et du chariot, recevaient un rafraîchissement des mains enthousiastes de l'aubergiste qui les avait rejoints dans la cour ; un carrosse qui portait les armoiries ducales de Roxton exigeait une attention immédiate.

Jonathon, qui avait poursuivi son chemin, attendait maintenant qu'elle le rejoigne, penché sous le linteau de l'entrée de cette auberge du dix-septième siècle. Elle le regarda d'un air réellement interrogateur, ses yeux verts marqués par la perplexité ; il dut réprimer un sourire en voyant l'effet de son subterfuge.

— Je suis triste et déçu que vous ne vous en souveniez pas, madame la duchesse, dit-il avec toute la solennité dont il était capable. Je suis mortifié de constater que vous ne gardez aucun souvenir des circonstances dans lesquelles vous avez perdu notre pari.

Dès qu'il prononça le mot « pari », elle sut à quoi il faisait allusion et son visage devint cramoisi.

— Vous êtes un-un *monstre*, murmura-t-elle d'un ton furibond.

— Vous vous en souvenez, finalement ?

— Nous en parlerons plus tard. J'ai soif et faim, et votre grande carcasse m'empêche d'entrer !

Jonathon n'esquissa pas un geste.

— Vous ne vous souvenez donc pas avoir crié m...

Antonia se tourna vivement vers sa femme de chambre, la faisant sursauter, et déclara avant que Jonathon ne puisse finir sa phrase :

— Faites-moi penser à remettre cinquante guinées à Mr. Strang dès que nous arriverons à Hanover Square.

— Cinquante guinées ? Bien, madame la duchesse.

— Vous voulez peut-être faire monter les enchères à cent guinées ? chuchota Jonathon à son oreille avec un grand sourire. Quitte ou double : vous m'appellerez Jonathon sous les draps d'ici la fin de la semaine – *aïe*.

Antonia, muette de colère, avait écrasé le talon de cinq centimètres de sa chaussure en soie brodée sur la botte gauche de Jonathon, mais il n'avait pas vraiment eu mal et avait poussé un cri de douleur plutôt pour la taquiner, ce qui accentua sa fureur. Il la regarda le dépasser pour entrer dans l'auberge avec un amusement non dissimulé ; elle avait tout d'une duchesse du haut de son mètre cinquante-sept, et elle serait sa duchesse avant l'été, s'il avait son mot à dire sur la question.

Cependant, même les projets les mieux préparés, les plus construits et réfléchis, pouvaient échouer à cause de l'intervention d'autrui, et c'était ce que Jonathon était sur le point de découvrir en arrivant à Londres.

— Sa Seigneurie et Sir John sont dans la bibliothèque, monsieur, annonça Mrs. Phelps, l'intendante, à Jonathon.

Distraite par une soudaine agitation venant de la porte d'entrée, elle se tourna vers le vestibule. Sa mâchoire se décrocha quand elle aperçut la duchesse douairière de Roxton. Ce n'était pas sa présence physique, mais son attitude qui surprit et réjouit la domestique âgée. La duchesse était exactement comme dans ses souvenirs, comme du vivant de l'ancien duc, tellement pleine de vie que l'intendante cligna des yeux et se demanda si elle n'était pas revenue dans le passé d'une façon ou d'une autre, tant et si bien qu'elle s'attendait presque à voir l'ancien duc entrer d'un pas nonchalant derrière sa femme.

Antonia s'avança dans le vestibule, dont le carrelage en marbre formait un damier noir et blanc, dans un tourbillon de jupons en coton raffinés sous une cape bordée de fourrure dont elle ne portait pas la capuche, révélant ses boucles blondes relevées et ébouriffées par le voyage. Elle laissa Phelps, le majordome, la débarrasser de ce vêtement de voyage, lui donna son manchon, retira ses gants lavande en cuir de chevreau, se tourna vers un valet de pied en livrée, surpris, à qui elle confia les deux whippets, tapota rapidement ses boucles du bout des doigts et se retourna vers le majordome ; comment se portait son genou arthritique ? Avait-il essayé la décoction de grande camomille prescrite par l'apothicaire, comme elle le lui avait conseillé dans sa lettre à Noël ? Non ? Elle regarda sa dame d'honneur par-dessus son épaule et dit à Michelle de faire appeler l'apothicaire. Elle se tourna derechef vers Phelps et le réprimanda de ne pas prendre assez soin de lui-même.

Elle reprit à peine son souffle avant de s'excuser auprès de Mrs. Phelps, qui était venue se placer auprès de son mari et avait exécuté une révérence marquée, d'avoir prévenu très tard de son arrivée. Elle espérait ne pas avoir trop importuné les domestiques. Si cela n'était pas trop demander, elle aimerait que son couturier, son cordonnier et son chapelier soient informés de son arrivée. Elle les verrait tous le lendemain.

— Qu'en est-il de mon fils, Mrs. Phelps ? s'enquit Antonia en anglais avec son fort accent en s'avançant rapidement dans le vestibule pour rejoindre le hall central, puis la bibliothèque, vers laquelle elle avait vu Jonathon se diriger avant elle. Lord Henri-Antoine et Sir John se comportent-ils bien ? J'espère qu'ils n'ont pas donné trop de travail aux domestiques.

— Pas du tout, Votre Grâce, lui assura l'intendante. Ils se sont comportés tels de vrais gentlemen, surtout depuis la venue de Mr. Strang. Puis-je me permettre de vous dire à quel point je me réjouis de vous voir aussi en forme, Votre Grâce ? s'exclama Mrs. Phelps en arrivant devant la double porte de la bibliothèque. Cela me fait vraiment très plaisir, Votre Grâce. Je vais faire envoyer des rafraîchissements immédiatement, et vous faire couler un bain.

Elle exécuta une nouvelle révérence et s'écarta pour laisser son mari faire son devoir.

— Merci, Mrs. Phelps, répondit Antonia avec un sourire chaleureux, avant de suivre le majordome dans la bibliothèque.

Elle se demanda ce que cachait le commentaire de l'intendante sur le séjour de Jonathon ici, mais elle mit ceci et toute autre considération de côté face à la perspective de revoir son benjamin pour la première fois depuis Noël.

Jonathon s'était rendu dans la bibliothèque avant Antonia, se disant que s'il avait appris la moindre chose sur les habitudes d'Henri-Antoine et Jack Cavendish pendant la semaine qu'il avait passée à aller et venir entre la maison de maître d'Hanover Square et le lit de mort de son oncle sur Upper Brook Street, c'était qu'ils passaient le plus clair de leur temps à traîner dans la bibliothèque où ils fumaient des cheroots et vidaient la cave du duc de son brandy raffiné, deux vices qu'aucune mère d'un garçon de quinze ans n'approuverait, surtout si cette mère considérait que le garçon en question ne pouvait pas vivre sans qu'un médecin le suive comme son ombre. L'avis de Jonathon sur la santé d'Henri-Antoine, qu'il soit malade ou non, n'avait aucune importance ; ne pas contrarier Antonia, voilà qui était très important.

Il fondit donc sur les deux jeunes gens, qui étaient bel et bien avachis sur leurs canapés respectifs. Des livres et des cartes étaient éparpillés sur tous les meubles et sur le tapis oriental, plus ou moins lus ou parcourus, et une carafe de brandy était posée sur un plateau en argent avec des verres sales, sur la table basse placée entre eux. Ils avaient tous les deux le nez plongé dans un livre à la reliure en cuir, de derrière lesquels s'élevaient de fines volutes de fumée – preuve irrévocable qu'ils avaient succombé à l'attrait addictif de la feuille roulée.

En tant que connaisseur qui avait l'intention de renoncer aux plaisirs de la feuille de tabac, Jonathon n'eut aucun mal à arracher vivement le cheroot du coin de la bouche de Jack Cavendish pour le lancer rapidement dans la cheminée. Il en aurait fait de même avec celui d'Henri-Antoine, mais Antonia avait presque entièrement remonté la pièce ; n'ayant pas le temps de se débarrasser du cigarillo, Jonathon le coinça entre ses dents comme si c'était le sien et prit une grande inspiration nonchalante, gardant le cheroot entre deux longs doigts comme s'il avait toujours été là.

Scandalisés qu'on les prive de ce petit plaisir, les jeunes se redressèrent soudain, se révoltant contre l'abus de pouvoir de leur hôte, jusqu'à ce qu'ils voient la raison de son geste. Ils se relevèrent immédiatement ; Henri-Antoine dégagea son front de sa tignasse de cheveux noirs et cligna des yeux en regardant sa mère, comme s'il s'agissait d'une apparition. Puis il jeta le livre qu'il tenait dans la main, se précipita vers elle et la fit tourner dans ses bras.

— Mère ! Vous ne portez plus le deuil ! annonça-t-il en la reposant, sans pour autant la lâcher. Que faites-vous ici ?

— Ai-je besoin d'une raison pour venir voir mon fils ? demanda Antonia, feignant d'être offensée, avant de tendre la main vers Jack Cavendish qui, dans la précipitation, était entré en collision avec une pile de livres qui s'était écroulée sur le tapis, mais était tout sourire, ses boucles cuivrées lui tombant dans les yeux. Vous avez tous les deux l'air très en forme, bien qu'un peu débraillés.

Elle rit en voyant Jack essayer de lisser les plis marqués de son gilet en soie gris perle complètement chiffonné et mal boutonné, attira le jeune vers elle pour embrasser ses deux joues empourprées et écarta une boucle cuivrée de ses yeux.

— Vous m'avez tous les deux beaucoup manqué, reprit-elle à voix basse en s'appuyant sur son fils et en faisant tout son possible pour retenir ses larmes. Et quand je vois l'état de cette pièce et de vos vêtements, je me dis que ma venue à Londres est une bonne chose, ajouta-t-elle.

Elle balaya la pièce en désordre du regard, apercevant notamment les verres et la carafe de brandy, vides, et les deux sous-tasses en porcelaine posées à deux extrémités de la table basse entre les canapés et remplies de cendres et de mégots de cheroots. Elle préféra ne pas y faire attention, mais lança tout de même un regard étonné à Jonathon, qui était appuyé contre le manteau de la cheminée où il fumait un cheroot que, si ses souvenirs étaient bons, il n'avait pas quand ils étaient entrés dans la maison.

Elle s'éloigna de son fils sans lâcher sa main et l'étudia de bas en haut ; elle commença par ses chaussures en cuir cirées, ornées de boucles endiamantées, remonta sur son haut-de-chausses élégant en soie noire, sur son gilet aux courtes basques et manchettes resserrées décorées de galons argentés, sur son sobre jabot en lin blanc, puis s'arrêta enfin sur son beau visage mince. Ses yeux foncés et son nez proéminent lui rappelaient tellement monseigneur qu'elle sentit sa gorge se nouer. Elle déglutit avec difficulté et se força à sourire.

— Vous avez grandi, Henri, dit-elle d'une voix mesurée. Et vous avez l'air en forme. Mais où se trouve Bailey ?

Henri-Antoine déposa un baiser sur sa main et la regarda dans ses yeux verts et humides avec un sourire compréhensif.

— Bailey a retrouvé sa liberté il y a plus d'un an, mère.

— Pourquoi ?

— Nous avons passé un accord avec Roxton. Si je ne faisais pas de crise pendant un an, je n'aurais plus besoin que Bailey me suive comme mon ombre. Après une deuxième année sans crise, mon médecin éprouvé pourrait être libéré de moi et moi de lui.

— Vous n'avez pas eu de crise du mal caduc depuis *trois ans* ?

Antonia, ébahie, lança un coup d'œil à Jack, qui arborait un grand sourire, puis à Jonathon, avant de reporter son attention sur son fils. Pour dissimuler les nombreuses émotions que cette bonne nouvelle provoquait chez elle, une des plus importantes étant le remords d'avoir tant négligé son plus jeune fils, et pour empêcher les larmes de rouler sur ses joues, elle reprit d'une voix inégale :

— Je suis très heureuse d'apprendre que le mal caduc vous laisse tranquille et que Bailey ne vous suit plus comme une ombre, Henri-Antoine, mais cela ne vous donne pas l'autorisation, à vous et Jack, de boire le brandy de monseigneur comme si c'était de l'eau, et d'adopter la sotte habitude de fumer des feuilles de tabac. Peu importe ce que font les autres jeunes hommes imprudents, vous n'avez pas à faire pareil. Maintenant que je suis là, ajouta-t-elle en lançant un regard insistant non seulement à son fils, mais aussi à Jack et à Jonathon, vous allez tous bien vous tenir, sinon cela va me mettre en colère, et aucun de vous ne voudrait que je sois en colère, n'est-ce pas ? Vous comprenez bien ?

— Parfaitement, répondirent docilement Henri-Antoine et Jack.

Cependant, Jack ne put retenir un éclat de rire en voyant Jonathon lever les yeux au ciel et jeter le cheroot dans la cheminée. Avant qu'Antonia ne puisse se retourner pour voir ce qui amusait Jack, Henri-Antoine l'attira dans son étreinte et dit, en contenant ses émotions et en regardant Jonathon par-dessus l'épaule de sa mère :

— Mère, vous êtes de retour parmi nous, et cela nous rend extrêmement heureux.

ILS ÉTAIENT INSTALLÉS POUR DÎNER QUAND LE MESSAGER ARRIVA. Phelps était réticent à les interrompre. Il n'avait pas vu la duchesse aussi animée et pleine de vie depuis des années, et c'était le premier repas de famille qu'elle partageait avec son fils à Hanover Square depuis la mort du duc. La conversation, intarissable, était ponctuée par les éclats de rire des convives.

Mr. Strang était confortablement installé à un bout de la table. Il portait un gilet en soie brodé d'un jaune vif, sa tenue presque aussi resplendissante que celle de la duchesse, assise en face de lui dans une élégante robe à la française avec des jupons en soie rose nacré, brodés de boutons de rose sur leurs tiges, et un corsage décolleté assorti. Ses cheveux étaient relevés et ses lourdes boucles retombaient sur son épaule gauche. Les deux jeunes hommes avaient fait tous les efforts possibles pour s'habiller avec splendeur pour l'occasion, tout comme le petit bibliothécaire soigné qui portait un gilet écarlate, assorti au gros nœud en soie qui retenait ses cheveux gris mi-longs sur sa nuque.

L'arrivée de Mr. Gidley Ffolkes pour le dîner n'était une surprise que pour Antonia, qui avait accueilli le bibliothécaire avec tant d'enthousiasme qu'il s'était empourpré, et quand elle avait reproché aux autres de ne pas l'avoir prévenue qu'il faisait partie des invités, il avait bafouillé en essayant de formuler une réponse convenable. Jonathon dut expliquer que c'était lui qui avait sollicité l'expertise de Mr. Ffolkes pour réaliser un inventaire de la bibliothèque, une tâche commencée quelque trois jours plus tôt. Jonathon oublia commodément de préciser qu'il était en pleine discussion avec le bibliothécaire pour l'envoyer au nord de la frontière, où il se chargerait de la bibliothèque du château de Leven ; il avait deux arguments pour le convaincre, l'un étant que ce vieux parent de Jonathon avait une vaste bibliothèque complètement désorganisée, qui aurait donc bien besoin des services d'un bibliothécaire, et l'autre qu'il s'agissait de l'une des meilleures — peut-être la plus grande — collections de manuscrits enluminés d'Europe.

Enfin, quand on débarrassa les plats et que la duchesse annonça que le café serait servi dans la bibliothèque, le majordome put distribuer la missive cachetée, expliquant à voix basse, confus, que le messager était encore dans le salon où il attendait une réponse immédiate. Jonathon lut la courte note et dit à Phelps qu'il aurait besoin de son pardessus et de ses gants, sur quoi le majordome informa Mr. Strang que le messager était arrivé dans un fiacre qui les attendait tous les deux dans la cour.

Antonia ne lui avait jamais vu une mine aussi sombre, elle envoya donc les garçons et Gidley Ffolkes dans la bibliothèque avant elle. Elle pensa d'abord à la fille de Jonathon, mais il secoua la tête, remit la note dans la poche de son gilet et expliqua avec un soupir :

— Sarah-Jane va rester chez Kitty et Tommy, dans leur maison de ville. Je comptais lui demander de nous rejoindre demain, mais maintenant, avec ces nouvelles…

Il se frotta le front comme s'il était soudain fatigué et essaya de se montrer désinvolte en lui donnant une petite chiquenaude affectueuse sous le menton avant d'ajouter :

— Ne m'attendez pas. Je pourrais y passer deux heures comme dix.

Antonia, les sourcils froncés, l'accompagna jusqu'au vestibule et l'observa enfiler son pardessus.

— Je ne voudrais pas vous accabler encore plus, mais vous me cachez beaucoup de choses, déclara-t-elle. Et donc, j'attendrai. Que ce soit deux ou dix heures. Le temps n'a pas d'importance. Ce qui importe, c'est que vous me disiez la vérité.

Il releva les yeux des gants qu'il était en train d'enfiler et hocha la tête.

— Oui. Il est temps.

Et il disparut dans la nuit. À son retour, trois heures plus tard, il trouva Antonia dans la bibliothèque, blottie dans la bergère la plus proche de la cheminée, où elle lisait. Dans la bergère d'en face, faisant tournoyer du brandy dans un verre, son regard sombre fixé sur le feu, se trouvait Charles Fitzstuart.

En voyant Jonathon, le jeune homme bondit et déclara, sans préambule :

— Monsieur ! Je suis venu vous demander la main de votre fille, et il me faut une réponse dès ce soir !

VINGT-DEUX

La déclaration stupéfiante de Charles Fitzstuart immobilisa Jonathon alors qu'il s'avançait vers la cheminée. Il fixa le jeune homme pendant cinq longues secondes, se demandant s'il l'avait bien entendu, puis il aperçut l'imposant plateau en argent sur lequel étaient posés une carafe de brandy et des verres. Il s'en versa un fond qu'il but sans même en sentir le goût. Il en savoura un deuxième verre et se tourna enfin vers Charles. Il échangea un regard furtif avec Antonia, dont les grands yeux verts lui révélaient que la déclaration de Charles était autant une surprise pour elle que pour lui.

— Je dois dire que j'admire votre approche directe, Charles. La plupart des jeunes hommes assureraient au moins quelques minutes de conversation inepte sur tout un tas de sujets visant à noyer le poisson auprès du père de la fille et le faire passer pour un âne, avant de lui asséner une telle déclaration sur la tête. Ce n'est pas votre cas, commenta-t-il en regardant le jeune homme empourpré avec enthousiasme. J'oserais même dire que vous êtes incapable d'entretenir une conversation inepte.

Il regarda Antonia et lui demanda en désignant Charles du menton :

— Votre cousin est-il trop honnête pour les balivernes, madame la duchesse ?

Antonia posa *Du contrat social* de Rousseau et fit sonner la petite cloche qu'elle avait à portée de main.

— C'est vous qui débitez des balivernes, monsieur. Charles vous a posé une question tout à fait raisonnable, qui mérite une réponse raisonnable.

Jonathon lâcha un éclat de rire et appuya ses épaules contre le manteau de la cheminée.

— Vous avez raison. Je palabre. Ce doit être à cause de la soirée éprouvante que je viens de passer.

Il perdit son sourire quand il se tourna pour inspecter Charles de haut en bas par-dessus son verre de brandy. Ses yeux marron perdirent leur éclat et sa mâchoire se serra de façon inflexible, durcissant ses traits. Il semblait impitoyable, inébranlable et, somme toute, très différent de l'homme qu'Antonia connaissait. Elle se demanda si c'était ainsi qu'il faisait affaire pour la Compagnie sur le sous-continent.

— Vous souhaitez donc épouser ma fille, jeune homme. Pourquoi ?

— Je l'aime, monsieur.

— Vous l'aimez ? Facile à dire. Moins facile à mettre en œuvre. (Jonathon haussa les épaules.) Vous l'aimez, soit. Il faut plus que cela pour entretenir une femme. Qu'avez-vous à lui offrir ?

— À lui offrir ?

— La question est simple. En tant que cadet d'un comte, qui n'a aucune chance d'hériter d'un titre, de terres, ou d'argent, qu'avez-vous à lui offrir ? Vous avez un diplôme peu utile – dans les langues – et vous n'avez aucune intention de vous engager dans l'armée, de rentrer dans les ordres, ou de devenir avocat – des professions privilégiées par les cadets qui fournissent un semblant de revenu pour nourrir femme et enfants. Par ailleurs, vous n'avez certainement aucune compétence ou expérience dans le monde du commerce. Je vous repose donc la question : qu'avez-vous à offrir à ma fille ?

— M-Monsieur, je-je…

— Sarah-Jane a grandi avec tout le confort possible. Elle a des attentes particulières, un niveau de vie à maintenir. Elle est habituée à ce qu'il y a de mieux, dans tous les domaines, et ce qu'il y a de mieux coûte de l'argent, beaucoup d'argent.

— Sarah-Jane n'accorde pas d'importance à l'argent…

— Foutaises ! Seuls les riches peuvent se permettre le luxe de ne pas accorder d'importance à l'argent, se moqua Jonathon. Si elle vous a dit cela, je me demande pourquoi vous voulez épouser une telle nigaude !

— Elle n'est pas…

— Vous allez ensuite me dire qu'elle n'accorde pas d'importance au titre ! Ce serait également une absurdité, puisque depuis un an je l'entends sans arrêt me répéter que son souhait le plus cher serait d'épouser un baronnet *au minimum*.

Jonathon posa son verre vide et lança un regard acéré au jeune homme avant de reprendre :

— Lui avez-vous posé la question ? Avez-vous tâté le terrain avant de venir audacieusement demander la permission à son père ? Nous ne sommes pas en pleine discussion vaine, si ?

— J'en ai parlé à Miss Strang, monsieur, déclara Charles, son menton rond relevé, soutenant le regard intense de Jonathon sans ciller. Elle a accepté de devenir ma femme si vous nous donnez votre bénédiction et votre assentiment.

— L'histoire avec votre frère ne s'est-elle pas bien terminée ?

— Je vous demande pardon ?

— Votre frère ne voulait-il pas d'elle…

— Ne voulait pas d'elle ? C'est elle qui a…

— … la poussant à se contenter d'un pis-aller ? De vraies foutaises ! Sarah-Jane ne s'est jamais contentée d'un pis-aller ! Que lui avez-vous promis, sans pouvoir le lui offrir ? Vous n'avez pas de titre, il doit donc s'agir de quelque chose d'une importance considérable pour enjôler une fille comme Sarah-Jane. Ou alors, avez-vous délibérément mis ma fille dans une situation compromettante pour qu'elle se retrouve sans autre possibilité ? Hein ? Dites-moi !

— *Strang.* Cela *suffit*, dit Antonia dans un murmure énervé en se relevant à moitié de sa bergère.

Cependant, quand Jonathon baissa les yeux vers elle en secouant la tête d'un geste presque imperceptible et avec un clin d'œil, elle comprit immédiatement qu'il taquinait le jeune homme d'une façon tout à fait cruelle. Elle n'appréciait pas du tout son approche et l'en avertit d'un regard noir qui lui fit presque perdre son air sévère, avant de se rasseoir. Puis elle se tourna vers le valet de pied qui était apparu près d'elle pour lui demander du café et s'apprêtait à demander aux deux hommes s'ils voulaient autre chose, mais n'en eut pas l'opportunité.

Charles Fitzstuart, qui n'avait pas remarqué l'échange entre la duchesse et Jonathon, car la présence du valet de pied avait détourné son attention, rendu furibond par les accusations de Jonathon et son attitude cavalière par rapport à ses sentiments pour Sarah-Jane et son souhait sincère de l'épouser, se tourna vers Jonathon, empli d'une rage dont il ne se serait jamais cru capable.

— Vous avez beaucoup, *beaucoup* de chance que j'aie pris la peine de me déplacer ! explosa-t-il. Sarah-Jane voulait qu'on prenne le premier bateau pour la France ! Vous ne connaissez pas votre fille si bien que cela, *monsieur*. Elle était prête à vivre dans le péché avec moi, à être ma maîtresse en France jusqu'à ce que nous puissions nous marier à son vingt-et-unième anniversaire, plutôt que de rester dans ce pays une minute de plus, parce qu'elle sait que chaque jour que je passe en Angleterre, la corde du bourreau se resserre autour de mon cou ! Mais j'ai refusé. J'ai refusé qu'elle soit ma maîtresse. Si nous n'avons pas d'autre choix, je lui ai proposé qu'elle reste avec vous et que nous attendions deux ans. Cette option n'était pas envisageable à ses yeux, elle a donc accepté que nous nous en tenions à notre première décision. Je suis donc là, devant vous, pour faire ce qui est juste et honorable pour elle, votre fille, et vous, son père ; je vous demande la permission de l'épouser. Je veux qu'elle ait – que *nous ayons* – votre bénédiction. Je veux qu'elle garde une bonne relation avec vous, peu importe ce que vous pensez de moi et de ce que j'ai fait ! Je vous pensais un homme respectable et honorable – un homme à l'esprit libéral, prêt à m'accorder une audience équitable. Je pensais que vous comprendriez qu'il vaut mieux que votre fille m'épouse moi – un homme qui l'aimera et la chérira, sera un mari fidèle et un bon père pour nos enfants, traître ou non à vos yeux et aux yeux des autres –, plutôt que mon frère, qui épouserait votre fille pour sa dot sans avoir l'intention de renoncer à sa maîtresse ! Est-ce vraiment le genre d'homme que vous voulez pour votre fille ? Alors, monsieur ?

— Non, Charles, pas du tout, répondit Jonathon à voix basse. C'est Sarah-Jane qui était déterminée à obtenir un titre par le mariage, pas moi. Tout ce que j'ai toujours voulu, c'est le bonheur de ma fille.

Charles Fitzstuart arrêta de faire les cent pas. Il ne s'était d'ailleurs même pas rendu compte qu'il allait et venait devant la cheminée, qu'il avait passé ses mains dans ses cheveux et serrait les poings, ou qu'il était en train de hurler sur son futur beau-père. Il cligna des yeux en regardant ce grand homme et prit une profonde inspiration. Il avait soudain soif et se sentait gêné par cet emportement qui ne lui ressemblait pas. Il s'approcha d'Antonia, assise en silence, les mains sur ses jupons en soie, un petit sourire au coin des lèvres, et se pencha solennellement en avant.

— Veuillez m'excuser, madame la duchesse. Je n'aurais jamais dû hausser la voix. Mes sentiments... Ce que je ressens pour Miss Strang... Pardonnez-moi.

Antonia tendit la main et, quand il la prit avec un sourire nerveux, elle dit à voix basse :

— Ne vous excusez jamais de ce que vous ressentez, Charles.

Elle lança un coup d'œil à Jonathon, appuyé contre le manteau de la cheminée, et serra les doigts de son cousin. Ce dernier baissa les yeux vers elle ; elle soutint son regard et reprit avec un sourire triste :

— Mais il y a peut-être une affaire bien plus grave pour laquelle vous avez des excuses à présenter... ?

Charles acquiesça. Si sa colère envers Jonathon avait donné une teinte rouge diffuse à son visage, il était à présent cramoisi tant il était gêné et mortifié devant la duchesse. Il déglutit et se demanda comment mettre de l'ordre dans ses émotions troublées afin de s'expliquer. Il profita d'un court répit quand le majordome et deux valets de pied entrèrent discrètement dans la bibliothèque avec le café. Il aurait préféré une boisson plus forte, mais une tasse de café serait la bienvenue pour l'aider à calmer ses nerfs et à rassembler ses pensées afin de procéder aux aveux qu'il devait non seulement à Antonia, mais aussi à Jonathon s'il espérait obtenir l'accord du marchand pour épouser Sarah-Jane.

Il choisit de nouveau une approche directe, mais il se sentait plus calme et trouva qu'il était étonnamment plus simple d'expliquer ses agissements en tant que traître à la couronne anglaise plutôt que son amour pour Sarah-Jane.

— Quand vous aurez entendu mes aveux, monsieur, vous refuserez peut-être de donner votre accord pour une union entre votre fille et moi-même, déclara Charles d'un ton mesuré, en reposant sa tasse et sa soucoupe en porcelaine. Et ce ne sera pas parce que je suis un fils cadet qui a peu de perspectives ici en Angleterre, mais parce que, aux yeux de mes compatriotes, je suis un traître à Sa Majesté le roi et à mon pays. Depuis la déclaration de guerre contre mes frères et mes sœurs dans les colonies américaines, je suis un sympathisant de ces colons qui ont pris les armes contre nous. L'idée que l'on puisse payer des taxes sans être représenté au Parlement m'est insupportable. Les injustices perpétrées par ce gouvernement contre nos cousins américains sont trop nombreuses pour que je les mentionne, mais je pense que les colons ont le droit de se gouverner eux-mêmes. Il est absurde que ce gouvernement pense pouvoir diriger une colonie d'aussi loin, et qu'il s'attende à ce que des hommes aussi éloignés déposent une demande au Parlement et patientent un an pour recevoir une réponse ! J'ai toujours eu des doutes sur la façon dont notre société est structurée, sur le fait qu'elle soit dirigée par une minorité de gens titrés qui n'ont rien fait pour mériter leur position glorifiée à part être issus d'un ventre noble — que l'ordre de naissance détermine qui doit gouverner et qui doit se débrouiller par soi-même dans ce monde, peu importe les compétences de ces gens. À vrai dire, monsieur, je trouve la notion de droit divin accordé aux rois incompréhensible, et le privilège aristocratique absurde. Je vous présente mes excuses, madame la duchesse, ajouta

Charles avec sincérité. Non pour mes croyances, mais parce que je ne souhaite pas vous offenser intentionnellement, ni votre fils monsieur le duc de Roxton. Vous représentez ce que notre classe sociale a de meilleur. Vous êtes honnête, juste, et pensez que la valeur d'un homme se mesure à ses actes, et non à sa seule lignée. Il me semble, monsieur, que vos opinions sont assez semblables à celles de madame la duchesse ? dit-il à Jonathon qui le regardait toujours avec une expression qu'il avait du mal à déchiffrer, une expression bien plus troublante que sa précédente attitude glaciale. N'êtes-vous pas d'accord avec moi pour dire que tous les hommes naissent égaux aux yeux de Dieu, et qu'ils devraient donc tous avoir accès aux mêmes opportunités, sans que leur lignée les privilégie ou les défavorise ? C'est ce en quoi la nouvelle nation américaine croit sincèrement, et c'est la société à laquelle je souhaite appartenir, celle dans laquelle j'aimerais élever ma famille, avec votre fille, avec votre permission et, c'est notre souhait le plus cher, votre bénédiction.

Charles eut du mal à se contenir tant le silence de Jonathon s'éternisa. Puis il détacha ses épaules du manteau de cheminée sculpté, se tint droit, tira sur son gilet jaune vif et prit une grande inspiration.

— Je suis d'accord avec une grande partie de ce que vous avez dit, Charles, répondit Jonathon d'une voix mesurée. Vos sentiments sont sincères et il est difficile de plaider contre une société fondée sur les bonnes actions des hommes plutôt que sur la seule supériorité de leur naissance. Mais que proposez-vous de faire dans cette nouvelle nation, si les colonies américaines parvenaient à gagner la guerre contre notre roi et notre pays ?

— Un emploi m'attend à Paris auprès de Mr. Franklin, monsieur. Je dois lui servir de secrétaire et d'interprète à la cour française. Et après ? (Charles haussa les épaules, penaud.) Mon plus grand souhait serait d'intégrer l'arène politique dans la nouvelle nation des États américains. J'ose espérer que les colons m'accepteront comme l'un des leurs, et qu'un jour j'aurai la chance de les représenter, s'ils jugent bon de m'élire au Parlement qui est le leur.

— *Oh ! combien un homme juste, qui vit paisiblement dans la société, est plus agréable aux yeux de Dieu, que tous les scélérats couronnés, qui ont fait gémir la terre*, cita Antonia avec un sourire. Je suis sûre que vous y arriverez, Charles.

Charles acquiesça. Le fait que la duchesse choisisse de citer *Le sens commun* le fit sourire de toutes ses dents, mais la réponse de Jonathon effaça ce sourire :

— Voilà qui est très noble et digne de votre part, Charles, et je suis infiniment ravi que vous ayez de l'ambition. La vie des hommes doit être pleine d'activités et d'objectifs, sans quoi ils se retrouvent dans le pétrin. Je ne supporte pas l'oisiveté et l'inefficacité. Et, tout comme madame la duchesse, je pense que vous avez l'intelligence et la détermination nécessaires pour mener cette aventure à bien. Mais vous ne nous avez pas encore expliqué pourquoi vous pensez que chaque jour passé sur le sol anglais resserre le nœud du bourreau autour de votre délicate gorge. Nous ne sommes pas en guerre contre les Français, vous pouvez donc traverser la Manche en toute impunité.

Charles toussa dans son poing pour s'éclaircir la gorge et dirigea son regard non vers Jonathon, mais vers Antonia. Ses remords étaient palpables.

— J'ai abusé de vous, madame la duchesse, et je ne me le pardonnerai jamais. Je vous ai laissé croire que les lettres que j'écrivais et que je vous faisais envoyer à Paris étaient destinées à une certaine jeune femme.

— Silas Deane, hein ?

— Ah, vous êtes donc au courant. Je pensais que ce serait sans doute le cas à présent, remarqua-t-il avant d'expliquer à Jonathon : J'ai envoyé des messages codés à un représentant des colonies américaines à Paris, lui transmettant des informations que je jugeais utiles, en prétextant une correspondance avec une jeune femme. Madame la duchesse s'occupait de les envoyer à la maison familiale des Roxton à Paris. Je n'ai jamais dit la vérité à madame la duchesse, et je ne lui ai pas non plus dit, même si j'étais parfaitement au courant, que l'hôtel avait été vendu et transformé en appartements. Je ne demanderai pas pardon pour mes agissements traîtres, mais je suis vraiment désolé d'avoir abusé de vous, madame la duchesse, ajouta-t-il en s'inclinant solennellement devant elle.

Antonia leva les yeux vers lui.

— Mon fils est au courant, ainsi que Lord Shrewsbury et le Comité de liaison coloniale.

Charles acquiesça.

— Sa Grâce s'est montrée très généreuse. Roxton m'a écrit pour m'avertir que le comité avait des questions à me poser, et c'est ainsi que j'ai compris qu'on avait découvert mes agissements. Sa Grâce n'avait pas à se donner tant de peine, surtout qu'il doit me considérer comme un sale traître.

— Vous restez un membre de la famille, Charles, l'interrompit Antonia. Et mon fils, en dépit de sa croyance inflexible selon laquelle il faut toujours faire ce qui est juste, accorde beaucoup d'importance à la famille.

Charles acquiesça et se racla la gorge.

— Oui, madame la duchesse. Je lui serai éternellement redevable de m'avoir prévenu. Il m'a donné le temps de mettre de l'ordre dans mes affaires et de préparer notre départ qui est prévu pour demain – si, monsieur, vous acceptez que votre fille m'épouse.

— Quelle est l'urgence ?

Charles esquissa, malgré lui, un sourire en coin.

— Le duc m'a permis de gagner du temps, mais je reste un homme recherché. Je suis convoqué aux bureaux de Lord Shrewsbury pour qu'il m'interroge. Demain. Je suis certain que seule l'estime qu'il porte à Sa Grâce de Roxton l'a poussé à me traiter en gentleman plutôt qu'en criminel ordinaire. Si Shrewsbury pouvait agir à sa guise, on m'aurait déjà traqué et mis aux fers dans la tour de Londres. L'idée que le chef des services secrets se fait d'un interrogatoire implique l'utilisation de la torture. D'après des sources fiables, sa méthode préférée pour obtenir la réponse à une question est souvent utilisée par les médecins pour traiter les patients récalcitrants, les femmes en particulier ; la victime est déshabillée, placée dans une chaise au dossier droit, spécialement équipée de moyens de contentions en cuir, on lui attache les chevilles et les poignets, et puis…

— Je vous en prie, Charles, n'en dites pas plus, murmura la duchesse, soudain étourdie.

— … on lui verse continuellement de l'eau glacée sur la tête, jusqu'à obtenir un aveu ou que la victime…

— Assez ! gronda Jonathon, qui n'eut que deux enjambées à faire avant de poser un genou à terre devant la chaise d'Antonia. Chérie, tout va bien, murmura-t-il d'une voix rassurante, avant d'appuyer ses lèvres contre sa main et son front contre ses cheveux et de reprendre d'une voix douce : Je ne laisserai plus jamais cela vous arriver. Jamais. Que ce soit à vous, ou à Charles. Même si je dois briser une dizaine d'autres doigts et estropier une dizaine de types. Mais nous n'en arriverons pas là.

Antonia acquiesça, prit une profonde inspiration et releva la tête pour lui sourire en le regardant dans ses yeux marron, qui scrutaient son visage pâle avec inquiétude. Elle posa sa main sur sa joue à la barbe naissante.

— Je sais que vous le feriez. Je me montre un peu sotte, mais cela va passer. Merci.

Jonathon sourit, lui adressa un clin d'œil et se releva. Il reprit la parole d'une voix aussi stable que possible, sachant qu'il venait de faire étalage de ses sentiments pour Antonia devant, de surcroît, l'homme qui deviendrait bientôt son beau-fils :

— Je ne peux pas vous laisser vous enfuir avec ma fille sans sa garantie qu'elle veut vous prendre pour époux et qu'elle est bien consciente que la vie que vous lui proposez sera synonyme d'exil – non pas que cette idée lui soit étrangère, puisqu'elle a passé toute sa vie sur le sous-continent. Mais cela implique d'être séparée de moi, peut-être pour toujours.

— Oui, oui, je m'en rends compte, monsieur, répondit Charles de façon hésitante, encore abasourdi par ce qu'il venait d'apprendre en assistant à cet échange intime du couple. Sarah-Jane et moi avons l'intention de vous rendre visite au matin, monsieur, ajouta-t-il après avoir repris ses esprits.

— Vous viendrez avec vos bagages, sans doute.

— En effet, monsieur, dit Charles en riant. Si nous voulons atteindre Douvres à temps, nous devrons partir le plus rapidement possible après le lever du jour.

— Elle doit vraiment vous aimer, si elle est prête à fuir vers un pays dont elle ne parle pas la langue, avec un espion notoire qui est pourchassé pour trahison ! Que Dieu vous garde tous les deux, ajouta-t-il en tendant sa main vers Charles, qui la prit avec gratitude.

Charles arborait un large sourire.

— Merci, monsieur. Vous ne le regretterez pas. Merci, madame la duchesse, dit-il quand Antonia l'étreignit et embrassa ses deux joues. Je vous écrirai de Paris et transmettrai vos amitiés à Mr. Franklin.

— Mes regrets n'ont aucune espèce d'importance, lança malicieusement Jonathon en accompagnant Charles vers la double porte. Assurez-vous simplement que ma fille ne le regrette jamais ! Et je vous le dis maintenant : sa dot est...

— Non, monsieur. Je ne veux pas de votre argent.

Jonathon partit d'un rire si retentissant que le valet de pied qui débarrassait le café renversa presque le plateau en argent qu'il tenait en équilibre sur une main gantée.

— Vous peut-être pas, mon cher garçon, mais Sarah-Jane en voudra certainement ! Voici les conditions à respecter pour que je vous donne les vingt-cinq mille livres : pas un penny de sa dot ne devra être dépensé pour la cause américaine, pas un seul. Je refuse que ma fortune durement acquise serve à financer une guerre, peu importe les belligérants. Utilisez votre cerveau, pas mon argent. Il servira au confort de ma fille. Si les colonies remportent bel et bien cette guerre et deviennent un pays libre avec des élections libres, n'hésitez pas à utiliser son héritage, avec ma bénédiction et la sienne, comme vous le jugerez bon pour améliorer cette nouvelle société dont vous vous êtes tant épris, mais Sarah-Jane doit rester prioritaire dans tous les cas. Toujours.

— Votre soirée était pleine de surprises, n'est-ce pas ? gloussa Antonia quand Jonathon revint dans la bibliothèque, se vautra dans la bergère face à la sienne et couvrit ses yeux d'une main.

— En l'espace d'une soirée, j'ai préparé un enterrement et donné mon accord pour la fugue amoureuse de ma fille avec un traître recherché. J'ai eu assez de surprises.

Puisqu'il ne baissait pas sa main, elle vint se placer devant son fauteuil et se pencha vers lui, les mains posées sur les accoudoirs ronds rembourrés.

— Dans ce cas, je vous souhaite une bonne nuit, chuchota-t-elle. Il est tard, et votre fille sera sur le pas de la porte tôt demain matin.

Il écarta les doigts, découvrant une vue merveilleuse sur son décolleté plongeant, visible à travers son fichu très fin. Il se redressa, plus éveillé qu'il ne l'avait été depuis qu'il était revenu d'Upper Brook Street. Il l'attira délicatement vers lui et elle rassembla ses nombreuses couches de jupons en soie pour s'asseoir sur ses genoux, à califourchon sur ses jambes.

— Vous êtes un père généreux et digne de ce nom. Elle vous manquera beaucoup.

— Chaque jour, approuva-t-il, une main posée dans le creux de ses reins. Mais je devrai me contenter de savoir qu'elle est aimée et qu'elle a choisi sa propre voie. Ses lettres représenteront un petit réconfort, mais peut-être que tout n'est pas perdu ? Je prédis que la guerre va mettre des années à suivre son cours, comme toutes les guerres, et encore plus longtemps si les Français s'impliquent. Sarah-Jane et son Charles seront donc installés à Paris pendant un certain temps. S'ils ne peuvent pas venir à nous, nous irons à eux.

— Nous ?

— Nous emmènerons Harry et Jack. Vous aimeriez revoir Paris, non ?

— Si. Mais je n'y ai plus de maison. Roxton l'a vendue.

— Nous en achèterons une autre.

Antonia lui pinça le menton en riant.

— Une autre ? Pensez-vous que ces maisons poussent dans les arbres et qu'il suffit de les cueillir telles des pommes ?

Jonathon fronça les sourcils en jouant avec le premier nœud en soie rose de son décolleté profond ; une dizaine d'autres nœuds étaient alignés sur l'avant de son corselet.

— Malheureusement, nous ne pourrons pas leur rendre visite avant un moment. J'ai promis de me rendre dans le nord pendant six mois, mais je pense que nous y resterons pendant neuf mois ; il y a tant de choses à faire.

— Promis ? À qui ? Où cela au nord ? Quelles sont ces « choses à faire » dont vous parlez ? demanda Antonia, intriguée mais également méfiante face à son utilisation constante du pronom « nous », comme s'il était couru d'avance qu'elle ferait désormais partie de tous ses projets.

Il cessa de jouer avec le nœud et la regarda dans les yeux.

— Ce soir, ce membre âgé de ma famille est enfin mort. Je dis « enfin », car il est proche de la mort depuis des années. Le vieil imbécile chassait, a voulu sauter par-dessus une clôture et est tombé, chute qui lui a fait perdre l'usage de ses deux jambes. On m'a fait venir de ma véranda sous-continentale et inondée de soleil après l'accident, car personne ne s'attendait à ce qu'il survive. Il a survécu. Il ne pouvait plus se lever de sa chaise puis il s'est retrouvé alité, et enfin il est devenu mourant. Je suis son seul parent vivant. Son fils est mort quand j'avais cinq ans et mon frère est mort à son tour, il ne reste donc plus que moi. C'est la raison pour laquelle on m'a envoyé à Harrow et Oxford. Je ne l'avais vu que quatre fois dans ma vie avant d'être convoqué auprès de son lit de mort. Nul besoin, donc, de ressentir de la compassion à mon égard, surtout qu'il ne m'a légué qu'une pile de dettes, un domaine croulant et un titre dont je ne veux pour rien au monde et auquel j'ai totalement l'intention de renoncer.

— À quel point au nord ?

— J'ai visité le domaine. Il y a un château en pierre bleue, à la française, avec des tourelles circulaires et des toits mansardés en ardoise grise, et un pont-levis fantaisiste au bout d'un pont en pierre à quatre arches. Le château est sur la rive d'un lac, qu'on appelle un *loch* en écossais, Loch Leven pour être précis.

— En écossais ? *L'Écosse ?*

— Ce château – de style plutôt français que britannique – est charmant, mais il a besoin de travaux, dit-il sur le ton de la conversation, sans faire attention à ses yeux écarquillés d'horreur ; on aurait pu croire qu'il venait de lui annoncer que ce domaine se trouvait à Batavia, vu la tête qu'elle faisait. À vrai dire, il faudra dépenser beaucoup de temps et d'argent sur le château et le domaine. Les métayers vivent dans des masures et meurent à moitié de faim. Je compte bien remédier à tout cela, continua-t-il en donnant une chiquenaude sur la joue d'Antonia avec un sourire. Il y a aussi une magnifique maison de ville à Édimbourg, qui aurait bien besoin de nouvelles tapisseries, de nouveaux rideaux et de nouveaux meubles – il faut tout changer. Pour le reste, il s'agit de dettes dont je peux me charger rapidement maintenant que Kinross est mort et qu'il sera bientôt enterré. Mais je vois que ma description est tellement élogieuse qu'elle pourrait vous donner des cauchemars, gardons donc le reste de mon héritage non désiré pour le petit-déjeuner, d'accord ?

— N'avez-vous pas envisagé de refuser cet héritage non désiré et de rester en Inde ?

— Oh, je l'ai envisagé pendant cinq minutes tout au plus. Mais après je me suis souvenu de ma première rencontre avec Kinross. J'avais l'âge d'Henri-Antoine et on m'avait envoyé au nord pour passer Noël avec lui. Il voulait me montrer à quel point j'étais chanceux d'être son héritier, et tout ce que j'allais recevoir, continua Jonathon avant de gonfler ses joues et de secouer la tête. La dégradation des conditions de vie des métayers depuis est ahurissante. Le poids de la responsabilité était presque trop lourd à porter pour mes jeunes épaules. Je suis retourné sur le sous-continent en sachant que je n'avais pas le choix, que mon devoir serait de revenir quand le moment serait venu. (Il sourit.) Le moment est venu. Je pense qu'en neuf mois, Sarah-Jane devrait avoir le temps de se créer un nid douillet à Paris, non ? Qui sait, je pourrais devenir grand-père d'ici la nouvelle année.

— Grand-père ? gloussa Antonia, plutôt divertie, ce qui était le but de Jonathon. Elle et Charles ne sont pas encore mariés et vous vous voyez déjà grand-père ? Vous êtes absurde ! J'espère qu'ils pourront passer du temps tous les deux avant d'avoir des enfants.

— Cela n'a pas été votre cas.

— Non. Je suis immédiatement tombée enceinte, ce qui ne m'a pas plu du tout.

— Je parie que monseigneur était satisfait. Ce serait mon cas.

Antonia ne savait pas où regarder.

— Je ne suis… Je ne sais pas… Je ne sais pas pourquoi nous discutons de choses aussi insensées ! lâcha-t-elle d'un ton sec quand il sourit de la voir aussi gênée. Si on nous entendait parler d'enfants, on nous penserait bons pour l'asile. Mon fils a quatre enfants et un autre en chemin, et vous me parlez bébés – de nos éventuels enfants, à *nous* ? Pourquoi me souriez-vous de façon aussi sotte ?

— Mais vous n'êtes pas stérile, si ? Cette conversation n'a donc rien d'insensé, n'est-ce pas ?

Antonia se redressa, horrifiée.

— C-Comment le savez-vous ?

— Votre indignation est adorable, dit-il avec un grand sourire en tirant malicieusement sur le petit nœud rose. Je n'ai interrogé ni votre femme de chambre ni vos domestiques, si c'est ce qui vous dérange. Et je ne ressens pas le désir intense d'avoir des enfants, d'avoir un héritier. Je ne l'ai jamais ressenti. Mais si cela devait arriver, si nous devions avoir un enfant... continua-t-il, tout sourire. Enfin, nous pouvons au moins passer le reste de notre vie à essayer !

Elle fit la moue.

— Il est très incommodant pour une femme de mon âge d'être encore touchée par cette malédiction ! Ce n'est pas drôle du tout, je vous prie de bien vouloir vous débarrasser de ce sourire ridicule !

— Une malédiction pour vous, peut-être, mais... murmura-t-il avant de s'interrompre, distrait par le nœud en soie qui se défit entre ses doigts.

Ces nœuds n'étaient pas simplement décoratifs, ils avaient une utilité : fermer le corsage, qui était maintenant béant et révélait la fine bordure en dentelle de sa chemise en coton transparente et accentuait son décolleté. Il dégagea la chemise avec son menton et inhala profondément, appréciant l'odeur chaleureuse de sa peau mélangée au parfum qu'il lui avait offert. Il s'émerveilla devant la splendide lourdeur de sa poitrine généreuse et loua silencieusement monseigneur pour avoir préféré que sa femme porte un corselet plutôt qu'un corset noué dans le dos. Elle entourait maintenant le cou de Jonathon de ses bras, et il se servit de sa main libre pour tirer sur le deuxième nœud.

— Mon Dieu, vous êtes tellement *appétissante*.

— Quant à vous, soyez maudit, murmura-t-elle en faisant glisser son fichu en tulle de ses épaules, ses seins débordant du corsage ouvert alors qu'il défaisait avec dextérité les autres nœuds roses avant de faire glisser le corselet de ses épaules et le long de ses bras fins. Vous êtes trop viril pour votre propre bien.

Il gloussa.

— Et si nous allions au lit ?

À son tour, elle arbora un grand sourire.

— Oui, dit-elle en laissant tomber son corselet par terre. Plus tard. Bien, bien plus tard...

<h1 style="text-align: center">VINGT-TROIS</h1>

Charles Fitzstuart tint sa parole et arriva à Hanover Square avec Sarah-Jane alors que la lumière du jour striait le ciel froid du matin.

Les domestiques étaient à peine levés. Un valet de pied vaseux mena le couple dans un salon du rez-de-chaussée, où l'on venait d'allumer un feu qui faisait son possible pour réchauffer la pièce. Un de ses collègues réveilla le valet de Jonathon Strang pour le prévenir que son maître avait de la visite. À la surprise de Lawrence, son nouveau maître avait déjà pris son bain et s'était habillé tout seul ; il ne fut pas surpris, en revanche, de voir qu'il n'avait pas dormi dans son lit.

L'entretien dans le salon dura plus longtemps que prévu, ponctué d'une effusion de larmes, de questions, de réponses et de promesses autour d'innombrables tasses de thé, d'un aveu surprenant de la fille au père et d'une confession moins surprenante du père à la fille, Charles faisant office de témoin heureux. Mrs. Spencer était un témoin plus étonnant de ce départ émouvant, et quand Sarah-Jane demanda à voir la duchesse en tête à tête pendant un instant avant de se mettre en route pour la France, elle demanda à Mrs. Spencer et non à Charles — et encore moins à son père — de l'accompagner dans le boudoir de la duchesse.

Antonia était assise devant sa coiffeuse, dans son déshabillé. Elle avait à peine eu le temps de s'asperger de l'eau sur le visage et de tresser un ruban entre ses boucles quand Michelle fit entrer les deux femmes. Elle ne savait pas quoi attendre de cette rencontre avec la fille de Jonathon, mais elle ne s'attendait certainement pas à voir l'une de ses dames d'honneur. Son appréhension était tellement visible que Sally Spencer lui adressa un sourire rassurant et s'avança la première pour faire la révérence, en disant avec un sourire :

— Je n'ai pas été envoyée par Sa Grâce, madame la duchesse. Et ma sœur n'est pas avec moi. Je suis maintenant la dame de compagnie de mademoiselle Strang, et je pars avec elle et Mr. Fitzstuart à Paris.

Antonia lança un regard quelque peu surpris à Sarah-Jane, mais répondit d'une voix mesurée :

— Qu'en est-il de votre sœur ?

— Susannah a décidé de rester auprès de Lady Strathsay, l'informa Sally Spencer. Surtout, ajouta-t-elle en anglais en jetant un coup d'œil à Sarah-Jane, qu'il s'agit d'une période très éprouvante pour la comtesse. Susannah a été d'un grand réconfort.

— Je n'en doute pas, approuva Antonia en imaginant sa tante prostrée sur sa méridienne, Willis s'empressant de l'éventer et d'émettre de petits gloussements de sympathie après la fuite du cadet de la comtesse avec la fille d'un marchand, ce qui blessait bien plus la suffisance de la comtesse que le fait que son fils soit un fugitif considéré comme un traître.

— Il est plus simple pour père de se résigner à nous laisser fuir à Paris avant notre mariage si Mrs. Spencer nous accompagne, avoua Sarah-Jane en anglais en s'asseyant sur le canapé en face de la coiffeuse d'Antonia quand celle-ci le lui proposa, Sally Spencer à son côté. Cela dit, père n'aurait pas pu m'empêcher de partir avec Charles, même si Mrs. Spencer n'avait pas accepté mon invitation.

Cette dernière remarque fit sourire Antonia, qui se détendit.

— Vous avez la détermination de votre père, ce qui n'est pas une mauvaise chose, ma chère, la complimenta Antonia. Vous devez vous y accrocher, car Charles est un jeune homme très déterminé lui aussi. Je vous prédis des aventures intéressantes à l'avenir. Et bien sûr, je vous souhaite d'être très heureux.

— Merci, Votre Grâce, répondit Sarah-Jane, serrant et desserrant ses mains, seul signe visible que la présence de la duchesse douairière de Roxton la rendait nerveuse. Je suis désolée de ne pas pouvoir converser avec vous dans votre langue, mais père m'a assuré que vous parlez très bien anglais. Et j'espère bien apprendre le français. Enfin, je suis déterminée à le faire, puisque nous habiterons à Paris pendant un certain temps. Mais ce n'est pas de mon avenir dont je souhaite vous parler, mais de celui de mon père.

Elle croisa vaillamment le regard de la duchesse et pensa secrètement qu'elle aurait préféré qu'Antonia soit vieille, ait les cheveux gris et un visage quelconque, qu'elle ne soit pas d'une telle beauté à couper le souffle ; son père ne se serait ainsi jamais retourné sur elle et cette conversation n'aurait pas été nécessaire.

— Je ne sais pas si père vous a confié cela, mais j'imagine que non, puisqu'il ne me l'a pas confié à moi. C'est tante Kitty qui me l'a dit : je ne suis pas sa fille.

Antonia se redressa, stupéfaite, et jeta un coup d'œil à Sally Spencer, qui regardait Sarah-Jane avec un sourire encourageant ; elle connaissait donc l'histoire que la jeune femme s'apprêtait à raconter.

— Pas sa fille ? Pourquoi Lady Cavendish vous dirait-elle une telle chose, même si c'était vrai ?

— Dans l'espoir que je reconsidère l'offre d'Alisdair Fitzstuart et que je l'accepte, plutôt que d'écouter mon cœur.

— Je suis désolée, ma petite, mais je ne comprends pas en quoi une révélation aussi bouleversante pourrait vous pousser à accepter l'un des deux frères alors que vous aimez l'autre. C'est incompréhensible.

Sarah-Jane sourit, commençant à apprécier la duchesse.

— Je suis bien d'accord. Mais comme j'ai toujours affirmé que je voulais épouser un baronnet au minimum, tante Kitty a supposé que si je savais que je suis la fille biologique de mon père, mais pas sa fille aux yeux de la loi, et que je ne peux donc pas utiliser le titre de Lady Sarah-Jane, un droit qui revient aux filles des pairs, je saisirais la chance de devenir la femme d'un noble – que mon désir de dissimuler les circonstances honteuses de ma naissance l'emporterait largement sur mon souhait de me marier par amour.

La duchesse était indignée.

— Kitty Cavendish doit avoir du coton entre les oreilles pour penser une chose pareille ! C'est grotesque ! s'exclama-t-elle avant d'observer Sarah-Jane avec un doux sourire. Vous êtes la fille de votre père, et c'est tout ce qui importe non ? Et maintenant que vous le dites, ce n'est pas si surprenant que cela, car votre père m'a dit que vous étiez née en Afrique du Sud, et pourtant vos parents ne se sont mariés qu'à leur arrivée à Hyderabad, c'est bien cela ?

— C'est exact, Votre Grâce. Quand ma mère s'est enfuie avec mon père, elle était encore l'épouse de son premier mari. Mr. Spencer est mort à peine quelques semaines après ma naissance et pourtant, selon la loi, je suis sa fille. Légalement, je suis une Spencer, et non une Strang Leven.

Antonia fit un geste de la main pour indiquer qu'il ne fallait pas prendre cela en considération.

— Peu importe. Votre père reste votre père et Charles, le connaissant comme je le connais, n'accordera pas la moindre importance à ce détail insignifiant concernant votre naissance. Et bien sûr, tout ce qui importe, c'est que votre père sache que vous l'aimez et que vous êtes heureuse.

— Oui, Votre Grâce, répondit Sarah-Jane.

Sachant que le moment était venu d'exprimer ses préoccupations, elle inspira profondément et reprit, avec toute l'assurance dont elle était capable :

— C'est du bonheur de mon père dont je souhaite vous parler.

En voyant les joues pâles de la duchesse s'empourprer et son sourire se figer, Sarah-Jane ressentit une forte envie d'attraper la main de Sally Spencer pour se sentir soutenue. Au lieu de cela, elle joignit fermement ses mains et reprit, avec un peu moins d'assurance :

— J'aime père très fort et notre séparation m'attriste, même s'il m'assure qu'il nous rendra visite à Paris et qu'il sera heureux tant que je suis heureuse. (Elle baissa les yeux sur ses genoux et les releva pour regarder la duchesse droit dans les yeux.) Pour être franche, Votre Grâce, j'étais très opposée à l'idée que père s'attache à vous. Vous n'êtes pas jeune. Vous étiez mariée à un homme bien plus vieux qui était follement épris de vous et que vous pleurez encore. Père a dix ans de moins que vous et pourtant, à son tour, il s'est épris de vous. Une histoire digne des mélodrames bas de gamme. Et pour être tout à fait honnête, c'était humiliant d'observer père vous poursuivre de ses assiduités à la soirée des Roxton. Je l'ai supplié de vous laisser tranquille. Il a refusé. Je lui ai dit qu'il faisait de lui et de moi la cible des commérages, qu'il nous couvrait de ridicule, et nous nous sommes disputés. Je lui ai dit que s'il ne cessait pas, je ne lui adresserais plus jamais la parole. Il n'a pas pris ma menace en considération et nous nous sommes quittés en des termes acrimonieux. Quand j'ai rejoint le domaine de Lady Strathsay, j'étais bouleversée et-et je vous *détestais*.

— Ma chère, je ne me mettrais jamais volontairement entre un père et sa fille, entre vous et votre père, et je suis attristée d'apprendre que j'ai été à l'origine de cette situation, lui dit gentiment Antonia.

— J-Je le sais maintenant, Votre Grâce, avoua Sarah-Jane en reniflant, avant d'accepter le mouchoir que Sally Spencer plaça entre ses mains et avec lequel elle tapota ses yeux humides.

Quand Sally Spencer lui tendit sa main gantée, Sarah-Jane la prit fermement et lui sourit avant de se retourner vers Antonia et de lui dire en reniflant :

— Votre Grâce, je pensais réellement agir dans l'intérêt de père. Tante Kitty et oncle Tommy ont beaucoup insisté sur le fait que mon

père a besoin d'une jeune épouse qui pourra lui donner beaucoup d'enfants – un héritier. Ils pensent encore – et ils ne sont pas les seuls – que
son attachement à vous n'est pas dans son intérêt et pourrait même
nuire à ses chances de se trouver une partenaire convenable. Mais
depuis, j'ai appris de Mrs. Spencer, ainsi que de mon cher Charles, que
vous n'êtes pas le genre de femme qui prendrait l'affection de mon père
à la légère...

— Miss Strang, je...

— Et je vous demande donc – non, je vous *supplie* –, si vous avez
des sentiments pour mon père, de prendre en considération le fait que
sa situation a changé, et de le forcer à accepter qu'il a maintenant le
devoir, auprès de son oncle et de tous ceux qui ont eu ce titre avant lui,
de se trouver une partenaire convenable, une femme qui pourra lui
donner un fils héritier. J'ai peur que vous soyez la seule à pouvoir lui
faire entendre raison. En tant que duchesse et mère d'un duc, vous
comprenez que l'héritier d'une pairie se doit d'avoir un fils. Par ailleurs,
ajouta-t-elle avec un sourire nerveux et après avoir pris une profonde
inspiration, si père contractait un mariage arrangé, il ne serait pas
obligé... Je ne m'attendrais pas à ce qu'il... renonce à sa maîtresse...

Antonia se releva du tabouret de sa coiffeuse et les deux femmes en
face d'elle se remirent immédiatement debout. Par chance, des voix
s'élevèrent dans le couloir derrière la porte du boudoir, et les trois
femmes se tournèrent dans cette direction, ce qui accorda à Antonia un
moment de répit pendant lequel elle put rassembler ses esprits. Elle
n'était pas en désaccord avec l'avis de la jeune femme, et malgré le
rameau d'olivier que lui présentait Sarah-Jane – elle était prête à
accepter qu'Antonia soit la maîtresse de son père –, elle était mortifiée.
Et pourtant, qu'était-elle à part la maîtresse de Jonathon Strang ? Et
que pourrait-elle devenir d'autre ? Si, comme Sarah-Jane l'avait affirmé,
son père avait bel et bien hérité d'un titre d'une certaine éminence,
alors en effet, il devait se marier et engendrer un héritier, même s'il
affirmait qu'il se fichait d'avoir des enfants.

Monseigneur avait l'âge de Jonathon quand il s'était enfin marié et,
en moins d'un an, elle lui avait donné un héritier. Elle avait dix-huit
ans, on attendait donc d'elle qu'elle ait des enfants. Ses deux fils, sa
demi-douzaine de fausses couches déchirantes et ses menstrues régu-
lières ne lui accordaient pas le droit de croire qu'elle pourrait donner
un enfant à Jonathon Strang, encore moins un héritier. Elle était même
stupéfaite de constater qu'elle s'autorisait à envisager une telle possibilité. Connaître la nature exacte de l'élévation de Jonathon Strang
n'avait aucune importance, il lui suffisait de savoir qu'il était un pair du

royaume, peu importe à quelle échelle, pour être du même avis que sa fille. Elle était d'autant plus contrite que cette jeune femme se sente obligée de venir solliciter son soutien – à elle, la maîtresse de son père – pour s'assurer qu'il assume ses responsabilités dynastiques.

Elle échappa à une humiliation encore plus poussée quand la porte du boudoir s'ouvrit violemment sur Henri-Antoine, Jack Cavendish, Charles Fitzstuart et Jonathon Strang ; vu l'expression qu'ils arboraient, ils avaient l'air d'être poursuivis par un lion qui se serait enfui de la ménagerie de la tour de Londres et de savourer chaque minute de cette expérience effrayante.

— La milice est à la porte, mère, annonça Henri-Antoine avec agacement.

— Ils menacent de forcer la porte si on ne leur livre pas Charles ! ajouta Jack, surexcité à l'idée que la maison soit envahie par les tuniques rouges.

— Mais Strang a un plan, continua Henri-Antoine d'une voix traînante.

— C'est peut-être notre seul moyen de nous enfuir de la maison et d'échapper à la capture, s'excusa Charles auprès de sa promise, le souffle court, haletant après leur montée précipitée du grand escalier.

Ils se tournèrent tous vers Jonathon.

— Deux capes de la duchesse, Michelle. *Jaldi !* ordonna Jonathon avant de s'avancer vers Antonia pour lui prendre les mains. Il faut que vous soyez la plus impérieuse possible, chérie, pour affronter la milice et leur demander de quel droit ils sont entrés chez vous, pendant que Charles, Sarah-Jane et Mrs. Spencer attendront ici. Pendant ce temps, continua-t-il en se tournant vers les autres pour les inclure dans son plan, Henri-Antoine et Jack, vêtus des capes de la duchesse, se feront passer pour ma fille et Mrs. Spencer, tandis que je prendrai la place de Charles...

— Mais, père, Charles est bien trop petit, lui lança Sarah-Jane.

— Merci, mon amour, commenta Charles.

— La milice n'a jamais vu Charles, sa taille n'est donc d'aucune importance, expliqua patiemment Jonathon. Nous sortirons tous les trois de la maison par la porte d'entrée...

— La milice va vous voir !

— Pas si Phelps les rassemble dans le salon Bleu, ajouta Jonathon, agacé d'être interrompu une fois encore par sa fille. Ils ne sont que six, après tout.

— Charles ? *Six* miliciens sont venus vous arrêter ? Ils doivent vraiment penser que vous êtes très dangereux, lança malicieusement Antonia, riant quand Charles redressa sa silhouette trapue de tout son mètre soixante-dix en adressant un sourire suffisant à sa promise.

Michelle revint avec les capes sur un bras et Phelps apparut dans l'embrasure de la porte, déclarant avec beaucoup de flegme :

— Je vous demande pardon, madame la duchesse, mais un groupe *d'individus* en uniforme se trouve dans le salon Bleu et réclame l'autorisation de fouiller la maison. Je leur ai répondu que je ne les autoriserai en aucun cas à déambuler dans la maison sans votre permission.

— Brave type ! s'exclama Jonathon. Dites-leur que madame la duchesse arrive ! (Il sourit à Antonia.) C'est l'heure du spectacle, chérie. (Il se tourna vers Charles.) Attendez ici cinq minutes, puis empruntez le couloir des domestiques pour rejoindre la cuisine, où vos malles de voyage vous attendent. J'ai fait venir un fiacre et Ffolkes viendra avec vous jusqu'au George, où un carrosse vous attendra pour vous conduire à la côte. Ffolkes reviendra ici par un chemin différent, au cas où ses mouvements seraient surveillés.

— Vous avez mêlé Gidley à votre plan fou ? demanda Antonia, impressionnée.

— Lui et mon valet jonchent l'escalier de livres pour ralentir l'avancée de nos invités militaires, si jamais ils décidaient de se précipiter à l'étage. Faites attention où vous marchez en descendant.

— Et bien sûr, vous avez prévenu Gidley et Lawrence qu'en aidant un traître et fugitif, ils étaient maintenant complices ?

— Je n'aurais pas pu les arrêter si j'avais essayé ! répondit Jonathon. S'il y avait eu la place, Lawrence aurait accompagné Ffolkes. Je lui ai dit de rester ici au cas où la milice vous causerait du souci. Mais je suis persuadé que vous jouerez très bien la duchesse indignée. Et vous êtes française, ce qui ne fera qu'accentuer leur gêne. Il est temps d'y aller, madame, sinon mes plans millimétrés seront ruinés !

— Vous vous amusez tous beaucoup ! les accusa Antonia avec légèreté, ajoutant pour Jonathon : Vous plus particulièrement !

— Ne me dites pas que ce n'est pas votre cas, mère ! commenta Henri-Antoine en prenant sa main pour la tirer vers la porte. Allez-y, sinon les plans de Strang seront ruinés !

Antonia rit et leur envoya un baiser, mais elle s'arrêta dans l'embrasure de la porte, fronça les sourcils et se tourna vers Jonathon.

— Soyez prudents. Il s'agit de la milice, après tout, et ils s'attendront à ce que ce soit Charles dans la voiture. Je veux que vous reveniez indemnes, vous et les garçons. Promettez-le.

Jonathon sourit en la regardant dans les yeux.

— Nous serons revenus pour le déjeuner. C'est promis. Mais dans le cas, peu probable, où nous serions placés en détention, utilisez les cent guinées que vous me devez pour déposer une caution et...

— Vous êtes un-un *monstre* et une-une *brute* ! siffla Antonia, partant pour sa joute verbale avec la milice en maudissant le jour où un marchand avait osé s'introduire dans son joli pavillon au bord du lac.

— Je ne peux pas rester assise ici toute la journée à attendre ! annonça Antonia en se relevant de la banquette sous la fenêtre de son salon ensoleillé.

Elle reposa son exemplaire de *L'École de la médisance*, qui ne l'avait pas divertie autant qu'elle l'avait espéré de l'escapade des garçons et de Jonathon pour tromper la milice. Et puis, un autre problème la troublait. Elle se tourmentait à ce sujet depuis qu'elle avait quitté sa maison douairière pour venir à Londres, et elle savait qu'il ne serait pas résolu tant qu'elle n'aurait pas évoqué ses peurs à la seule personne qui la connaissait presque aussi bien que son défunt mari l'avait connue.

Elle fit donc avancer son carrosse, troqua ses chaussons en soie brodés contre une paire de mules en brocart à talons et sélectionna non pas un mais cinq éventails peints à la gouache parmi la bonne douzaine qui se trouvaient dans le tiroir de sa coiffeuse. Elle en glissa quatre, ainsi que plusieurs épingles à cheveux ornées de pierres précieuses dans un réticule qu'elle confia à Michelle, qui la suivit docilement avec le réticule, un châle et une cape bordée de fourrure, au cas où sa maîtresse aurait besoin de ces articles. Elle monta dans le carrosse à côté de la duchesse, sans savoir où elles allaient.

Michelle se demandait pourquoi la duchesse avait besoin de quatre éventails supplémentaires et d'un vrai trésor de parures pour les cheveux. Comme si cela ne suffisait pas à la préoccuper, sa maîtresse était tellement perdue dans ses pensées qu'elle ne regarda pas une seule fois par la fenêtre pour admirer la vue ou s'interroger sur l'allure du carrosse, qui avait tellement ralenti qu'il avançait à peine. Michelle, si. Son inquiétude s'accentua quand elle remarqua que le carrosse progressait lentement au milieu de la circulation qui se dirigeait vers Tower Hill, les rues étroites étant encombrées de chevaux, carrosses et chariots que l'on ne rencontrait pas dans le centre de la ville aux places plus salubres, et dans les rues qui entouraient les élégantes maisons de maître et de ville de Westminster.

Quand les chevaux s'arrêtèrent enfin devant une maison georgienne de Fournier Street, l'appréhension de Michelle s'apaisa en partie. Mais elle restait perplexe quant à la raison pour laquelle elles se rendaient dans ce quartier de Londres, et il lui paraissait impensable qu'une duchesse soit assez proche d'une personne habitant ici pour lui rendre visite personnellement.

Une foule s'était formée – les badauds avaient suivi le carrosse lors de sa lente avancée dans les rues étroites – et se rapprochait à présent ; tous voulaient apercevoir les passagers de cette belle voiture tirée par quatre chevaux, accompagnée de valets de pied en livrée, et dont les portes noires laquées portaient les armoiries d'une famille noble. Un valet de pied sauta de son siège et descendit le repose-pieds, tandis qu'un deuxième monta les deux petites marches en pierre pour frapper à la porte d'entrée à l'aide du heurtoir en cuivre.

Il y eut un court temps d'attente puis la porte s'ouvrit, seulement assez pour qu'une bonne qui portait un bonnet à volants passe la tête à l'extérieur. Elle examina le domestique en livrée, puis son regard se posa, par-dessus sa perruque poudrée, sur le splendide carrosse noir et ses quatre chevaux blancs, où le deuxième valet de pied attendait patiemment près de la porte ouverte de la voiture. Elle écarquilla les yeux avant de refermer la porte de la maison au nez du domestique. Il s'apprêtait à cogner de nouveau au heurtoir quand la porte se rouvrit, assez largement cette fois-ci pour apercevoir le couloir dans lequel chaque adulte, enfant, domestique et autre occupant semblait faire irruption depuis chacune des pièces dans une grande agitation.

Trois occupants de la maison de ville se précipitèrent dans la rue et le valet de pied eut à peine le temps de rejoindre le carrosse où son collègue aidait la duchesse à rejoindre la terre ferme. La foule se rapprocha, contenue par les deux autres valets de pied, et ne fut pas déçue quand une dame à la beauté délicate, vêtue d'une coquette robe à la polonaise en brocart et de chaussures assorties, descendit du carrosse, ses cheveux relevés ornés de petits nœuds et d'épingles endiamantées, un éventail peint dans sa main gantée.

La foule déclara, dans un murmure d'approbation, que cette belle femme était tout à fait assortie à la splendeur du carrosse dans lequel elle se déplaçait. On commença à débattre pour déterminer à quelle famille les armoiries gravées sur les portes appartenaient. Une femme se risqua à suggérer qu'il s'agissait du bouclier de Lord Salt Hendon, mais un gentleman plus vieux et érudit, qui portait des livres à la couverture en cuir sous le bras et revenait d'un cours qu'il avait donné au fils boutonneux d'un brasseur, déclara avec assurance qu'il reconnaîtrait les armoiries du duc de Roxton entre mille – il avait une fois passé un séjour reposant à la campagne, où son cousin éloigné était vicaire de l'église d'un village proche de la commune d'Alston, dans le comté du Hampshire, qui faisait partie du siège ducal. Impressionnés par son lien, bien que très lointain, avec ce haut rang de l'aristocratie, plusieurs membres de la foule se tournèrent vers le gentleman plus âgé pour découvrir ce qu'il pouvait leur dire d'autre sur la famille ducale, tandis qu'un petit groupe de femmes, qui étaient sorties dans la rue en entendant le vacarme, tendirent le cou pour apercevoir de plus près la robe de l'aristocrate et ses accessoires hors de prix.

Michelle regarda rapidement autour d'elle, découvrant l'attention que le carrosse et ses passagers attiraient dans cette partie de la ville, submergée par la foule rassemblée autour d'eux, mais aussi par l'agitation à l'intérieur de la maison. Antonia, de son côté, ne prêtait attention à rien ni personne, à l'exception de la famille de Crespigny, à laquelle elle était venue rendre visite. Les deux filles et leur mère, qui s'étaient précipitées dans la rue pour lui dire bonjour, s'arrêtèrent net en voyant la duchesse. Elles se baissèrent en une révérence marquée, comme si elles venaient de se rappeler leurs bonnes manières et le rang de la personne qui leur rendait visite. La mère eut les larmes aux yeux en voyant que la duchesse ne portait plus le deuil et était autant apprêtée que dans ses souvenirs, avant la mort du duc.

Antonia aida la femme robuste à se redresser et ne lâcha pas son bras quand elle essaya de se reculer ; avec un sourire tremblant, elle l'attira vers elle et déposa un baiser sur chacune de ses joues humides. Ce geste provoqua une rumeur approbatrice dans la foule, et ce fut également le cas quand la duchesse salua les deux filles aînées de la femme, qui exécutèrent une nouvelle révérence et prirent brièvement la main gantée tendue vers elles. Elles avaient toutes les deux perdu l'usage de la parole et étaient trop timides pour lui adresser plus que leurs noms et un sourire accueillant.

Le petit groupe entra, suivi par Michelle. On emmena la duchesse à l'étage, dans la chaleur du salon où un feu brûlait dans la cheminée. On demanda du café et des gâteaux à la cuisine. Le cuisinier et deux filles de cuisine se mirent à hurler dans un français affolé en apprenant qu'une duchesse était venue leur rendre visite. Ils se mirent à courir partout dans la cuisine, attrapant de la farine, des œufs, du sucre et des casseroles pour faire bouillir de l'eau. L'intendante fit secouer ses clés, ses doigts nerveux cherchant celle qui ouvrait le buffet en acajou dans lequel se trouvaient leur plus belle cafetière en argent et la vaisselle en porcelaine.

Michelle se rendit seulement compte que toute la maisonnée,

autant la famille que les domestiques, parlait exclusivement en français quand les différents membres de la famille furent présentés à leur illustre invitée. Elle avait tellement l'habitude de parler français avec sa maîtresse qu'elle oubliait parfois qu'elle vivait maintenant en Angleterre. Elle apprit que leur nom de famille était de Crespigny et que M. Champion de Crespigny était un marchand de soie prospère avec plusieurs magasins et tisserands sous ses ordres dans les rues autour de leur maison de Spitalfields. Il avait eu trois fils d'un premier mariage, Daniel, Gérard et Armand, qui étaient tous mariés, avaient des enfants et travaillaient pour l'entreprise familiale. Sa deuxième épouse, la femme que la duchesse avait embrassée dans la rue et qui était maintenant assise auprès d'elle sur le canapé, avait quatre filles : Minette, qui avait presque quatorze ans ; Henriette, douze ans ; Louise, dix ans ; et enfin la petite dernière de la famille, Toinette, qui avait eu trois ans à peine un mois plus tôt.

Michelle était surprise que les enfants de Mme de Crespigny soient si jeunes ; elle-même semblait bien plus âgée que la duchesse. Mais Michelle se dit que madame avait dû se marier tard, et qu'elle ne pouvait pas être si vieille que cela, puisqu'elle avait une fille de trois ans. C'est à la petite Toinette, avec ses belles boucles blondes définies, que la duchesse accorda le plus d'attention, se disant étonnée que Mme de Crespigny ne l'ait pas informée de cette nouvelle arrivée dans la famille, ce à quoi madame répondit gentiment qu'elle avait bel et bien écrit à madame la duchesse pour lui faire part de sa grande surprise de tomber enceinte à cinquante ans. Elle avait écrit une autre lettre à madame la duchesse pour lui annoncer l'arrivée de Toinette, mais ne s'était pas attendue à une réponse. Après tout, la belle-fille de la duchesse avait donné naissance à son quatrième enfant à peu près à la même période, accouchant d'une fille tant attendue. Mme de Crespigny n'eut pas besoin de mentionner que monsieur le duc de Roxton était mort moins d'une semaine après cette bonne nouvelle.

Un silence gêné s'ensuivit, et Antonia réclama son réticule. Michelle mit un peu de temps à répondre à cette demande, parce qu'elle se demandait pourquoi les quatre filles portaient des robes quelconques ; assurément, si leur père était un marchand de soie prospère, elles pouvaient porter autant de vêtements raffinés et brodés qu'elles le souhaitaient. Mais il s'agissait peut-être des tenues qu'elles portaient quand elles étaient chez elles, gardant sans doute leurs belles robes en soie pour le dimanche ou les promenades dans le parc ; si tant est qu'on puisse trouver un parc dans lequel se promener dans cette partie de la ville.

— Vous n'avez qu'un mot à dire, madame la duchesse, pour que je demande à Bridgette de vous envoyer une de ses filles, déclara Mme de Crespigny d'un air pincé, les yeux rivés sur Michelle qui sortait enfin de sa rêverie. J'espère que vous ne passez pas votre temps à vous prélasser, Michelle Bonnard ?

Michelle s'empourpra et secoua la tête, stupéfaite que madame connaisse non seulement son prénom, mais également son nom de famille. Elle n'eut pas à se demander pourquoi, Mme de Crespigny étant bien trop heureuse de lui fournir l'explication, accompagnée d'une mise en garde.

— Votre mère est ma cousine issue de germain, Michelle Bonnard, tout comme celle qui occupait ce poste avant vous. Vous feriez mieux de ne pas oublier l'honneur qui vous a été accordé, à vous et à votre famille, avec le poste que vous occupez au sein de la famille Roxton. J'ai beaucoup de cousines qui ne demandent qu'à prendre votre place. J'ai entendu des éloges à votre égard, Michelle Bonnard, mais il suffirait d'un seul rapport négatif pour que je vous renvoie à Saint-Germain. Est-ce bien compris, jeune fille ?

Michelle acquiesça et fit la révérence, ce qui apaisa Mme de Crespigny. Elle fut surprise de voir la duchesse serrer le bras de madame d'un geste affectueux.

— Gabrielle, voulez-vous bien cesser de veiller sur moi ? demanda Antonia avec un sourire chaleureux qu'elle dirigea ensuite vers les quatre petites filles docilement installées sur le canapé d'en face, les yeux écarquillés de se retrouver en présence d'une vraie duchesse, habillée comme elles imaginaient qu'une princesse s'habillait pour un bal, tant les broderies de sa robe étaient exquises et tant les parures dans ses cheveux brillaient.

Antonia vida le réticule sur la table basse et dit à Gabrielle :

— Je suis désolée, je ne m'attendais pas à la présence de Toinette, je n'ai donc prévu des éventails et des épingles à cheveux que pour quatre. Choisissez chacune un éventail et une épingle à cheveux, mes chères filles, indiqua-t-elle aux petites filles. J'enverrai quelque chose de spécial à votre mère dès demain.

— Ce n'est pas nécessaire, madame la duchesse, lui assura rapidement Gabrielle de Crespigny, en indiquant d'un hochement de tête à sa fille aînée, Minette, qu'elle pouvait choisir en premier. Vous êtes trop généreuse, comme toujours, madame la duchesse, dit-elle à Antonia. Vous n'oubliez jamais les anniversaires ou Noël, et quand je pense à ce que vous et monsieur le duc avez fait pour moi quand j'ai épousé Bernard, je-je...

Elle s'interrompit et prit une profonde inspiration pour retenir ses larmes, dirigeant son attention vers ses filles, qui contenaient leur surexcitation face à de tels cadeaux, d'autant plus précieux qu'ils avaient été offerts par une duchesse. Elles se rappelèrent leurs bonnes manières, exécutèrent une belle révérence et remercièrent gentiment Antonia avant de se rasseoir pour examiner leurs cadeaux de plus près.

C'est alors qu'on apporta le café et, ayant le sentiment qu'Antonia n'avait pas fait le déplacement jusqu'à Spitalfields pour le seul plaisir de boire une tasse de café et de voir les membres de la famille, Mme de Crespigny fit sortir les enfants avec Michelle, pour qu'elles prennent leur thé du matin dans le salon du rez-de-chaussée, en leur assurant qu'elles pourraient voir la duchesse partir à bord de son carrosse.

Seules, les deux femmes burent leur café en silence. Quand Antonia reposa sa tasse sur sa soucoupe en porcelaine, Gabrielle demanda :

— C-Comment vont monsieur le duc et madame la duchesse, et leurs…

— Gabrielle, vous souvenez-vous du jour où je vous ai dit que, selon moi, monseigneur et moi étions destinés à passer le reste de notre vie ensemble ? demanda Antonia précipitamment.

— Oui, madame la duchesse. Vous avez dit…

— Non. Est-ce que vous vous souvenez de *quand* je vous ai dit cela ?

— Mais bien sûr, répondit Gabrielle, souriant en y repensant. C'était à l'hôtel. Je vous brossais les cheveux avant votre coucher, et vous m'avez simplement dit, comme s'il s'agissait de la chose la plus naturelle au monde, que vous étiez amoureuse de monsieur le duc et que vous vous moquiez de savoir qui l'apprenait. C'était ce que vous ressentiez, et c'était tout. Vous étiez très déterminée.

Antonia haussa une épaule.

— Évidemment. J'en étais sûre et certaine. Qu'est-ce qui aurait pu me faire hésiter ?

— Pour dire vrai, de toute ma vie, rien ne m'a jamais autant choqué que quand vous m'avez dit cela !

Antonia se mit à rire et tapota malicieusement le genou de Mme de Crespigny avec son éventail fermé.

— Vous mentez, Gabrielle, car ce même soir j'ai rejoint les appartements de monseigneur et je me suis offerte à lui, et vous ne m'avez pas vue pendant six jours !

Ce souvenir avait encore le pouvoir de faire rougir la femme plus âgée, mais elle parvint à sourire en hochant la tête.

— Oui, certes, j'avoue avoir été choquée par *cela*, mais à l'époque mon inquiétude pour vous dépassait largement le choc que m'inspiraient vos actes.

Antonia hocha la tête et reprit après avoir poussé un soupir mélancolique :

— Du haut de mes dix-huit ans, j'étais persuadée d'avoir raison. Je n'ai jamais douté de cette croyance, et je ne l'ai jamais remise en question. Je savais que je l'aimais. C'était tout ce qui comptait.

— C'est toujours tout ce qui compte, madame la duchesse, lui assura Gabrielle de Crespigny.

— J'ai toujours été persuadée que nous connaîtrions une fin heureuse, sans jamais m'inquiéter du contraire ; même quand je suis tombée enceinte de Julian avant notre mariage. Je savais, au fond de mon cœur, que tout se résoudrait et que monseigneur et moi serions ensemble pour toujours.

— Vous n'aviez aucune raison de vous en inquiéter, madame la duchesse.

— Je me souviens que dès qu'il entrait dans une pièce, mon cœur battait plus fort, déclara Antonia en souriant à son ancienne femme de chambre. Il a toujours eu cet effet sur moi, jusqu'à la toute fin.

Gabrielle hocha la tête et déglutit, mais ne put se résoudre à répondre.

— J'avais oublié cette sensation jusque très récemment... reprit Antonia en fronçant les sourcils. Mais je ne me rappelle pas m'être jamais sentie mal à l'aise, comme si je me tenais trop près d'une cheminée sans pare-feu, rougissant contre mon gré ! Je ne peux pas m'en empêcher, Gabrielle. Et quand il me sourit de l'autre bout d'une pièce ou qu'il me fait un clin d'œil... cela me procure une sensation des plus étranges. C'est comme si j'étais sur le point de m'évanouir, mais je ne m'évanouis pas. Je ne me souviens pas de ces sensations avec monseigneur. Aurais-je un problème ?

— Êtes-vous souffrante ? s'enquit Gabrielle, hésitante, sans trop savoir quelle direction prenait cette conversation.

Antonia reposa sa tasse, se leva et secoua ses jupons. Elle répondit comme si Gabrielle n'était pas intervenue :

— Je ne me suis jamais sentie incertaine ou inquiète, et maintenant je m'inquiète constamment ! Ce n'est pas normal, si ? Je veux dire, il dit m'aimer dès qu'il en a l'occasion, pourquoi devrais-je donc m'inquiéter ?

Gabrielle observa Antonia aller et venir entre les deux canapés, s'éventant sans même s'en rendre compte. Elle essaya en vain de garder une voix neutre :

— Il vous le *dit*, madame la duchesse ?

— Sans arrêt. C'est trop ! Qui essaye-t-il de convaincre, moi ou lui-même ? Non ! C'est injuste. Je le crois. Mais pourquoi ces paroles me mettent-elles mal à l'aise, alors qu'elles devraient me combler de bonheur ?

— Q-Quand vous a-t-il dit cela, madame la duchesse ? demanda Gabrielle.

Elle se dit qu'il valait mieux se prêter au jeu d'Antonia, qui semblait entretenir l'illusion qu'elle pouvait non seulement parler aux morts, mais qu'ils pouvaient en plus lui répondre. Quand elle avait vu qu'Antonia n'était plus habillée tout en noir, Gabrielle avait espéré que la duchesse avait enfin fait son deuil, mais à en juger par cette conversation, elle semblait souffrir d'une détérioration de l'esprit. Cette constatation effraya réellement Gabrielle, qui se demanda si le duc actuel était au courant du déclin mental de sa mère. Pour l'instant, il était préférable de jouer le jeu, ne serait-ce que pour apaiser les peurs infondées qui semblaient avoir pris possession de la duchesse.

— Quand me l'a-t-il dit ? répéta Antonia en fronçant les sourcils, sentant le rouge lui monter aux joues. Je vous l'ai dit. Il me le répète constamment. Dans la chambre à coucher et en dehors, je ne peux donc pas considérer que ses déclarations ne sont que de simples divagations liées au désir.

Antonia arrêta de faire les cent pas et se pencha vers Gabrielle pour reprendre à voix basse, comme si elle avait peur que quelqu'un puisse l'entendre :

— Au moins, je n'ai plus aucune inquiétude à propos de la chambre à coucher. Cela me préoccupait au début, mais après ce premier baiser, j'ai su. Et ensuite, notre première nuit ensemble… (Elle se redressa et recommença à s'éventer.) Je ne peux rien décrire, mais vous devez me croire quand je vous assure que nous sommes bien assortis, reprit-elle en fermant les yeux, parcourue d'un léger frisson. Il fait magnifiquement bien l'amour. Il est tellement viril…

Elle se sortit de sa rêverie et gloussa, dissimulant rapidement son hilarité derrière son éventail. Elle ajouta tout de même avec un sourire malicieux :

— En le voyant habillé, je le trouvais déjà très beau, mais, Gabrielle, quand il est nu, il est réellement splendide.

Gabrielle bondit du canapé, le visage aussi blanc que la dentelle qui entourait ses coudes.

— Madame la duchesse ! Je ne comprends vraiment rien à ce que vous me racontez !

— Je ne sais pas pourquoi vous êtes aussi scandalisée par mes propos, grommela Antonia. Vous avez été ma femme de chambre pendant vingt ans, ce qui aurait dû vous préparer à toute éventualité. Cependant, reconnut-elle magnanimement, peut-être pas à celle-ci.

Elle se rassit et déploya ses jupons avant de soulever sa tasse vide sur sa soucoupe et de reprendre :

— J'ai peur de m'être moi-même choquée, cette fois-ci. Une autre tasse de café, je vous prie.

Gabrielle attrapa la tasse sur sa soucoupe et resta figée sur place, clignant des yeux en regardant la duchesse.

— Vous ne parlez absolument pas de monsieur le duc, n'est-ce pas, madame la duchesse ?

— Ne soyez pas absurde ! Pourquoi parlerais-je de monseigneur alors qu'il m'a été enlevé il y a trois ans ? Où est passé votre bon sens, Gabrielle ? Après quatre enfants et une vie oisive en tant qu'épouse d'un homme riche, votre esprit s'est assoupi !

— Après m'être assoupie, je suis peut-être tombée dans un sommeil profond, madame la duchesse, car j'ai l'impression de rêver.

— Vous n'êtes pas la seule ! répondit sèchement Antonia en récupérant sa tasse remplie de café, dans laquelle elle remua sa petite cuillère en argent pour dissoudre le carré de sucre.

— Je vous prie de bien vouloir m'excuser si je suis un peu lente d'esprit, madame la duchesse, mais essayez-vous de me dire qu'il y a quelqu'un... Que vous et ce quelqu'un...

— J'ai un amant, Gabrielle. Voilà, c'est dit. Je ne me sens pas mieux pour autant. À vrai dire, je suis malheureuse comme les pierres. C'est lui qui me rend aussi malheureuse !

— Malheureuse ? Mais ne disiez-vous pas qu'il dit vous aimer ? Qu'il lui suffit de vous sourire ou de vous faire un clin d'œil pour que vous ressentiez un sentiment des plus étranges ? Que votre cœur bat plus fort quand vous le voyez ?

— Ah, votre esprit est encore là ! Si, c'est bien ce que j'ai dit, est-il donc surprenant que je sois malheureuse ?

— Et, en plus de ces sentiments malheureux, vous et lui... vous aimez faire l'amour... Veut-il vous épouser ?

Quand Antonia hocha la tête d'un air sombre, Gabrielle de Crespigny sourit et serra la main de la duchesse.

— Oh, madame la duchesse, avez-vous la moindre idée de ce que cela veut dire ?

— Si je le savais, pourquoi serais-je venue vous déranger ?

Gabrielle de Crespigny partit d'un rire tellement insouciant qu'Antonia se redressa sur le canapé, les joues brûlantes.

— Il n'y a pas de quoi rire, Gabrielle ! Il est agaçant et-et *exaspérant* et je vais vous dire à quel point il m'a rendue malheureuse : il a osé me dire qu'il pense que ce ne serait pas une mauvaise chose si nous devions avoir un enfant. Imaginez ! À mon âge ! Et moi, que fais-je ? Plutôt que de penser qu'il s'agit d'une idée ridicule, je commence à me dire que cela pourrait beaucoup me plaire, alors que c'est quelque chose qui n'arrivera jamais. Vous voyez donc ce qu'il m'a fait, il me pousse à avoir ces idées insensées !

— Vous l'avez décrit comme étant viril.

— Oui.

— Êtes-vous toujours fertile ?

— Oui, mais…

— Bernard avait soixante-cinq ans et je venais d'en avoir cinquante quand nous avons eu Toinette. C'est donc encore possible, non ?

— Mais mon plus jeune fils a quinze ans !

— Excusez-moi, madame la duchesse, dit Gabrielle à voix basse, mais votre dernière grossesse a eu lieu il y a seulement six ans ; c'est la pression de la maladie de monseigneur qui a provoqué votre fausse couche, non ?

— Si. C'était très triste. Mais la naissance de Frederick… Il est d'autant plus cher à mes yeux qu'il est arrivé quand notre enfant aurait dû naître…

— L'éventualité d'un enfant n'appartient donc pas au royaume du fantastique, si ?

— Gabrielle ! C'est absurde ! Nous disons des absurdités autour d'un café, uniquement parce qu'un homme me rend malheureuse, un homme qui est marchand un jour, et qui le lendemain m'annonce qu'il a hérité d'un titre écossais et d'un château dans lequel il doit aller habiter parce qu'il a une responsabilité vis-à-vis des métayers. Tout cela est très bien pour lui, mais il ne peut pas s'attendre à ce que je parte en Écosse pour vivre avec lui dans ce château. Voilà qui appartient au royaume du fantastique !

— Mais si vous l'aimiez, c'est exactement ce que vous feriez.

— Si je l'aimais ? Je ne comprends pas pourquoi vous dites « *si vous l'aimiez* ».

— Et pourtant, vous l'aimez.

— C'est totalement absurde ! J'aime monseigneur. J'ai toujours aimé monseigneur et je l'aimerai toujours. Personne ne le remplacera jamais.

— Ce qui ne vous empêche pas d'aimer cet homme.

— Il s'appelle Jonathon – Jonathon Strang.

— Vous dites que ce Jonathon Strang vous rend malheureuse parce qu'il vous fait ressentir les sentiments les plus étranges à son égard. Ces sentiments étranges, c'est l'amour, ma très chère. Ne le voyez-vous pas ? Vous êtes *amoureuse* de cet homme.

Antonia fit la moue.

— Non. Je ne vois pas du tout !

Cependant, elle avait à peine dit cela qu'elle sut qu'il s'agissait d'un mensonge. Quand Gabrielle de Crespigny lui adressa un sourire compréhensif, elle sentit de chaudes larmes lui monter aux yeux. Elle reposa sa tasse de café et accepta volontiers de tomber dans les bras réconfortants de son aînée.

— Gabrielle. Oh, Gabrielle, je suis tellement, tellement malheureuse…

— Bien sûr que vous êtes malheureuse. C'est tout à fait naturel, répondit Gabrielle d'une voix apaisante. Je vais vous parler de mon très cher Bernard. Sa première femme, Elisabeth, était l'amour de sa vie. Il a eu trois fils avec elle, et quand elle est morte, il était inconsolable. Il s'est dit qu'il deviendrait un bon père et un bon grand-père, mais que jamais il ne se remarierait. Il disait qu'il ne pourrait jamais remplacer Elisabeth, ce qui est vrai. Vous ne remplacerez jamais monseigneur, et vous n'en avez pas envie. Et je ne prendrai jamais la place de l'Elisabeth de Bernard. Je me souviens du jour de notre rencontre. Vous vous promeniez dans St James's Park avec Lord et Lady Vallentine, votre bonnet de paille s'est envolé et je lui ai couru après. Bernard l'a attrapé et me l'a rapporté. Il était au bord de l'étang avec ses fils, où ils faisaient naviguer leurs petits navires… Il ne savait pas encore qu'il m'aimait, mais il ne m'a pas oublié après ce jour-là. Moi, je savais. Après une conversation de cinq minutes avec lui, je savais, madame la duchesse, que je l'aimais et que je l'épouserais.

Elle sourit à Antonia, qui avait la tête posée sur son épaule, et reprit avec un sourire encore plus large :

— Je suis persuadée que Bernard ne s'était jamais imaginé qu'il aurait d'autres enfants, quatre filles de surcroît ! Il a sept petits-enfants de ses fils et, à soixante-huit ans, il est le père d'une petite fille de trois ans. Incroyable. Donc, à moins que Jonathon Strang ne puisse pas avoir d'enfants… ?

— Il a une fille de dix-neuf ans.

— Bien ! Il peut se reproduire aussi. Voilà ! Vous me dites qu'il est plus que dégourdi dans la chambre à coucher, qui peut donc affirmer qu'à son âge il ne peut pas avoir d'autres enfants ?

Antonia se redressa en entendant cela et se sécha les yeux avec son mouchoir bordé de dentelle.

— Gabrielle, il y a quelque chose que j'ai omis de vous dire à propos de monsieur Strang…

L'expression éprouvée d'Antonia fit pâlir Gabrielle.

— Oui, madame la duchesse ? dit-elle à voix basse, priant silencieusement pour que l'amant de la duchesse soit plus jeune que monseigneur, qui avait été assez vieux pour être le père de sa chère Antonia ; elle méritait au moins cela d'un deuxième mariage.

— Promettez-moi de ne pas être choquée.

Gabrielle hocha la tête. *Mon Dieu*, pensa-t-elle. *Ce Jonathon doit être aussi vieux que monsieur le duc.*

Antonia essaya de s'exprimer d'une voix neutre, mais elle ne put empêcher sa fossette d'apparaître, en même temps qu'une étincelle dans ses yeux verts.

— Il… Jonathon… il a seulement huit ans de plus que Julian.

Gabrielle cligna des yeux. Elle avait sûrement mal compris. Mais la duchesse restait immobile en la fixant avec une drôle d'expression, un mélange de gêne et de satisfaction qui planait au coin de sa jolie bouche. Enfin, les yeux de Gabrielle s'écarquillèrent et elle s'exclama :

— Mon Dieu ! Oh là là. Je suis si étonnée. Je reste sans voix.

— Oui, je m'attendais à cette réaction. J'espère que mon moralisateur de fils restera sans voix, lui aussi, ce qui m'épargnerait son sermon bien-pensant sur la moralité familiale. Gabrielle, je vous l'assure, il vaut mieux que Julian n'apprenne jamais la moitié des vices de sa mère. Il ne s'en relèverait pas !

Incapable de retenir son hilarité plus longtemps, Antonia gloussa, rejointe par Gabrielle. Quand, quelques minutes plus tard, la porte s'ouvrit sur M. de Crespigny, rentré pour le déjeuner, il découvrit sa femme et la duchesse de Roxton qui s'agrippaient l'une à l'autre, des larmes de rire roulant sur leurs joues rougies. Il referma délicatement la porte pour les laisser partager ce moment.

VINGT-QUATRE

À son retour à la maison, Antonia apprit que les garçons étaient rentrés indemnes et qu'ils avaient échappé à la milice sans trop de difficulté, et que Lady Cavendish l'attendait dans le salon Bleu. Antonia se rendit dans la bibliothèque et demanda qu'on lui amène Kitty Cavendish.

Lady Cavendish parcourut la pièce du regard, aperçut la duchesse qui se réchauffait les mains devant la cheminée et la rejoignit rapidement. La nervosité lui fit oublier ses bonnes manières et elle dit sans préambule, en se relevant de sa révérence :

— Tommy et Strang ont été placés en détention. Les brutes de Shrewsbury sont revenues chercher Tommy après avoir rattrapé Strang. Dair Fitzstuart est aussi en train d'être interrogé, il a été convoqué par Shrewsbury. Il faut faire quelque chose !

Antonia réprima son inquiétude, relevant l'information involontairement divulguée par Kitty. Elle ne l'avait jamais appréciée, et son mari non plus. Cela n'avait rien à voir avec le fait qu'ils faisaient partie de la famille du côté de sa belle-fille ; en effet, Tommy Cavendish était un cousin de Deborah, ce qui rendait leur nature prédatrice encore plus inacceptable. Le couple profitait, pendant toute l'année, de la générosité des domaines ruraux ; ils passaient de l'un à l'autre, séjournaient parfois plusieurs semaines de suite à la même adresse raffinée, mais ne rendaient jamais la pareille. Et en tant qu'invités de leur large réseau amical et familial, ils mangeaient, buvaient, jouaient et s'imposaient de toutes les façons possibles à leurs nobles hôtes comme si tout cela leur était dû.

Antonia n'avait jamais fait part de sa désapprobation à son fils et à sa belle-fille, mais elle avait vu, à trop d'occasions pour les compter, Tommy Cavendish se gaver jusqu'à frôler l'explosion et Kitty Cavendish s'attirer les bonnes grâces des autres invités comme si le prochain repas de son mari et leur prochaine nuit dans un lit propre en dépendaient. Le soutien appuyé du couple aux deux nièces de Kitty Cavendish, les jumelles Aubrey, en tant qu'épouses possibles de Jonathon, trahissait leur désir de se trouver une adresse permanente pour la Saison, si l'une des nièces devenait Mrs. Strang. Antonia était persuadée que les Cavendish savaient que Jonathon avait hérité du titre de ce vieux parent écossais ; un château dans les profondeurs de l'Écosse ne serait jamais assez éloigné pour échapper à l'avarice de Lord et Lady Cavendish.

Kitty Cavendish jeta un coup d'œil aux bergères et au canapé inoccupés rassemblés devant la cheminée, s'attendant à ce qu'on lui propose de s'asseoir. Mais puisqu'Antonia restait debout, elle n'eut d'autre choix que de faire pareil, consciente que ce manque de courtoisie signifiait que la duchesse s'attendait à ce que cette visite soit de courte durée.

— Vous dites que les hommes de Lord Shrewsbury sont *revenus* chercher Lord Cavendish. Qu'entendez-vous par là, madame ?

— Votre Grâce ? Revenus ? Oh ! La milice était à notre porte à l'aube, exigeant qu'on leur dise où se cachait Charles Strathsay. Naturellement, nous leur avons dit que nous n'en savions rien.

— Et pourtant, votre mari les a envoyés ici ; pour quelle autre raison la milice aurait-elle voulu fouiller ma maison ?

Lady Cavendish esquissa un faible sourire et Antonia eut sa réponse.

— Tommy a estimé qu'il valait mieux que Strang s'occupe d'eux. Après tout, Charles Strathsay va épouser Sarah-Jane, et donc…

— Vous devez être très déçus.

— Oui. Oui, c'est décevant. Nous nourrissions tant d'espoirs que Sarah-Jane se trouve un partenaire idéal. Elle aurait pu devenir comtesse de Strathsay un jour. Au lieu de cela, elle…

— … a suivi son cœur ? Une maison de moins à laquelle vous et votre mari pourrez vous imposer. Sarah-Jane, en tant que nièce, aurait difficilement pu vous refuser une invitation à venir séjourner pour toute la Saison si c'est ce que vous aviez souhaité, n'est-ce pas ? Mais comme, avec Charles, ils comptent s'installer à Paris puis dans les Amériques, sa maison, sa fortune et ses bonnes grâces se retrouvent hors de votre portée.

Kitty Cavendish eut un mouvement de recul en clignant des yeux, et elle s'apprêtait à répondre d'une voix faible, presque hésitante, d'une naïveté étudiée, mais la dureté dans les yeux verts qui l'observaient sans une once de sympathie ou de bienveillance suffit à lui faire comprendre que la duchesse voyait clair dans son jeu et ne pouvait pas être dupée. Elle n'aimait pas tomber sur plus maligne qu'elle, surtout quand il s'agissait de quelqu'un qu'elle avait toujours considéré comme ayant à peine plus de valeur qu'un joli bibelot – elle avait d'ailleurs toujours éprouvé de la rancune à son égard, pour cette même raison. Elle avait toujours pensé que la duchesse douairière de Roxton était qui elle était justement parce qu'elle était un joli bibelot. Elle n'aurait jamais pensé trouver un esprit aiguisé derrière cette jolie façade.

— Voulez-vous savoir pourquoi Strang a décidé de vous courir après, Votre Grâce ?

Antonia la toisait toujours, immobile. Kitty Cavendish continua donc d'un ton acerbe :

— Parce que vous habitez la maison qui a autrefois appartenu à son ancêtre Edmund Strang Leven et qui a été dérobée par le quatrième duc de Roxton quand il a épousé la sœur d'Edmund. La propriété de votre maison douairière est contestée depuis, mais aussi celle du terrain sur lequel se trouve cette maison-ci. Saviez-vous que Roxton a donné l'autorisation à Strang de reprendre le bail ? Strang est également déterminé à récupérer votre maison douairière, par n'importe quel moyen.

— Et ce moyen, ce serait moi ? demanda Antonia en haussant une épaule. Il aurait dû mieux se renseigner. J'ai beau habiter dans cette maison, ce n'est pas à moi d'en disposer. Et de celle-ci non plus. Elles ont été léguées, comme tout le reste, à mon fils aîné. Je ne suis que son invitée. Et si ce que vous dites est vrai, je suis maintenant l'invitée de monsieur Strang ici. Vous, plus que n'importe qui, comprenez la position compliquée dans laquelle je me trouve.

— Tommy s'est évertué à prévenir Strang que son stratagème ne fonctionnerait pas, Votre Grâce. Il ne pensait pas que vous ne seriez pas dupée, mais il savait que le duc contrarierait ses plans.

— Comme je suis chanceuse, dans ce cas, d'avoir un fils qui veille constamment sur sa mère, répliqua Antonia avec un sourire pincé, avant d'agiter la petite cloche qui appelait un valet de pied. Et tandis que monsieur Strang se démenait pour me convaincre, il négligeait tristement vos nièces, n'est-ce pas ? Il semblerait que votre plan ait également échoué, madame.

Elle s'empara de son Rousseau et s'installa dans sa bergère préférée sans proposer à Lady Cavendish de s'asseoir, ce qui marquait la fin de leur entretien. Mais quand elle resta immobile, malgré le valet de pied près d'elle, Antonia releva la tête et lui dit avec une réelle sollicitude :

— Ne vous tracassez pas, Lady Cavendish. Je suis persuadée que Lord Shrewsbury relâchera bientôt Lord Cavendish. Le rôle qu'il a joué dans les activités traîtresses de Charles devait être plutôt mineur, non ?

Kitty Cavendish fit la révérence.

— Si seulement cela était vrai, Votre Grâce.

Elle était sur le point de partir, mais Jonathon Strang entra par la double porte de la bibliothèque, accompagné de Tommy Cavendish.

— Mon chausson aux pommes chéri ! Je n'ai été ni fouetté ni cuit ! annonça Tommy Cavendish en prenant sa femme dans ses bras, lui murmurant rapidement quelques mots à l'oreille avant de la relâcher pour faire une grande révérence devant la duchesse. Madame la duchesse, acceptez mes remerciements assaisonnés d'humilité pour avoir accueilli Lady Cavendish pendant que Strang et moi nous faisions doucement rôtir à la broche par Lord Shrewsbury. Nous n'allons pas grignoter votre hospitalité une seconde de plus. Strang me disait que vous comptiez vous rendre au théâtre pour voir la nouvelle pièce de ce type – Sheridan ? Comme c'est charmant. Lady Cavendish et moi sommes déjà en retard pour une soirée cartes avec des invités triés sur le volet, chez ces gigots d'agneau que sont les Connelly.

— Mais, Tommy, je croyais que nous allions à Dub…

— En effet, ma chère, l'interrompit Tommy Cavendish en souriant de toutes ses dents. Pour couper non seulement les cartes, mais aussi nos pertes. Les Connelly se trouvent bel et bien à Dublin. Allons, faites une belle révérence et allons-y, avant que mon robuste beau-frère ne change d'avis et fasse de moi de la chair à pâté.

Kitty Cavendish obéit en lançant un regard suspicieux à Jonathon, puis son mari l'emmena rapidement hors de la bibliothèque. Deux valets de pied impassibles refermèrent la double porte sur eux. Dans le silence, Antonia observa Jonathon qui regardait la porte fermée en fronçant les sourcils.

— Charles et Sarah-Jane ont-ils bien rejoint leur trois-mâts ? s'enquit-elle à voix basse.

— Oui. Oui, répondit-il en revenant au moment présent, avant de lui sourire. Ils doivent déjà avoir mis les voiles. Les garçons sont-ils là ?

Quand elle se contenta de hocher la tête sans croiser son regard, le froncement de sourcils de Jonathon réapparut.

— Qu'a dit Kitty pour vous contrarier ?

— Et Dair ? demanda-t-elle, sans prêter attention à sa question. Shrewsbury l'a-t-il relâché aussi ?

— Non. Le frère de Charles a avoué avoir participé à la correspondance secrète avec l'Américain Silas Deane.

— C'est totalement absurde ! s'écria Antonia avec dédain. Dair est un officier. Il ne trahirait jamais son régiment, et encore moins son pays ! Je n'y crois pas, et si Shrewsbury y croit, c'est qu'il n'est pas le chef des services secrets qu'il prétend être. Charles a trahi son pays pour des raisons philosophiques, parce que c'est un idéaliste ; je peux le concevoir. Mais pour faire de même, Dair devrait trahir d'autres soldats, ses semblables, et pour quelle raison le ferait-il ? Il n'est pas partisan de la cause américaine. Il ne partage pas les idéaux de son frère. Je vais envoyer une note à Julian et il fera retrouver la raison à Shrewsbury, dit-elle en se précipitant vers la petite cloche pour la faire sonner une nouvelle fois.

Jonathon attrapa la cloche en premier et la plaça hors de sa portée, sur le manteau sculpté de la cheminée, avant de prendre sa main et de l'attirer vers le canapé où ils s'assirent tous les deux.

— Chérie, Roxton était présent. Il était là quand Shrewsbury nous interrogeait. C'était pénible et très embarrassant de recevoir une volée de bois vert devant votre fils, mais il valait mieux qu'il soit là. En particulier pour Dair, qui va avoir besoin de tout le soutien familial possible. Voyez-vous... hésita Jonathon, déposant un rapide baiser sur le dos de sa main, j'étais persuadé que Tommy voulait sa part du gâteau américain. Que, d'une manière ou d'une autre, il participait à transmettre les effectifs des troupes et les itinéraires des provisions anglaises aux patriotes américains, car Tommy ferait n'importe quoi pour une guinée, tant qu'il peut avoir le ventre plein, un lit douillet et un salon doré dans lequel poser ses grosses fesses. Mais les activités traîtresses de Tommy se résument à du chantage fait à Charles et, comme je viens de l'apprendre, à son frère également.

— Mais je ne comprends pas pourquoi Dair ferait une chose pareille. Tommy, oui. Kitty aussi. Ces deux-là pilleraient une tombe plutôt que de se démener pour gagner eux-mêmes leur vie. Mais Dair ? C'est incompréhensible.

— Les dettes. Une belle quantité de reconnaissances de dettes à hauteur d'environ quinze mille livres.

— C'est un joueur ? Non ! Je n'y crois pas ! Un coureur de jupons. Une tête brûlée. Mais un panier percé ?

Puisque Jonathon ne faisait aucun commentaire, elle ajouta en reniflant :

— Que va-t-il lui arriver ?

— Shrewsbury et Roxton doivent régler cette question avec le

Comité de la Révolution américaine. Je pense qu'ils voudront éviter de l'ébruiter, puisque Dair est l'un des leurs.

— Et les Cavendish ?

— L'exil, en Irlande. Personne ne les accueillera là-bas. Roxton y veillera.

Antonia posa d'abord son regard sur ses doigts entrelacés avec ceux de Jonathon, puis dans les yeux marron de celui-ci.

— Mon fils a-t-il aussi veillé à ce que vous récupériez la maison dans laquelle nous nous trouvons actuellement, ainsi que ma maison douairière ? Est-ce de cela qu'il est question ?

Il secoua la tête en soutenant son regard.

— Non… enfin, *oui*. Oui, j'ai loué cette maison et, oui, je comptais bien récupérer la maison douairière revendiquée par mon ancêtre, mais…

— … mais à quoi bon essayer de convaincre mon fils alors que vous pouvez tout simplement épouser sa mère et, en tant que mari, revendiquer cette maison qui vous reviendrait par le mariage ?

Quand il hésita à répondre, les joues empourprées, Antonia libéra sa main et se leva. Elle secoua brusquement ses jupons et reprit :

— Si vous vous attendez à ce que je croie autre chose, c'est que vous avez sous-estimé mon intellect, vous aussi !

— Non ! Oui ! Cela aurait été plus simple mais, non, ce n'est pas la raison pour laquelle je veux vous épouser ! se défendit Jonathon en se levant à son tour pour la suivre le long de la pièce tapissée de livres, jusqu'à un escalier en colimaçon en fer forgé identique à celui de la bibliothèque des Roxton à Treat. Seigneur ! Vous avez tous les droits de penser que je suis un bâtard fini, mais je vous l'assure en toute honnêteté, j'ai abandonné l'idée de faire valoir mes revendications sur la maison douairière le jour de la régate, quand vous êtes venue nous voir, Frederick et moi, sur la jetée avant le départ. Vous teniez ce petit bouquet de marguerites offert par le vieil Ernest et c'était la première fois que je vous voyais sans votre tenue de deuil… Mon Dieu ! Je n'avais qu'une envie : vous prendre dans mes bras pour vous faire tourner encore et encore, vous couvrir de baisers et vous dire à quel point je vous aimais déjà.

Il l'observa monter les marches en fer noires et parcourir la moitié du premier balcon, examinant les étagères jusqu'à ce qu'elle trouve ce qu'elle cherchait. Il dut reculer dans la pièce pour la voir fouiller une étagère en particulier, sortant un volume en cuir par-ci, un autre par-là, avant de les ranger. Elle trouva enfin celui qu'elle cherchait. Elle ouvrit un mince journal à la reliure en cuir rouge, feuilleta quelques pages et, ayant trouvé ce qu'elle cherchait, le referma et le serra contre sa poitrine en redescendant l'escalier en fer noir. Elle s'arrêta à trois marches du bas pour être à hauteur d'yeux de Jonathon, qui avait posé une main sur la rampe en filigrane et une botte sur la première marche.

Elle sonda ses yeux bruns, troublés et inquisiteurs, et pinça brièvement les lèvres, ses yeux verts tout aussi inquisiteurs.

— Je ne sais pas si je peux vous croire ou non. Mon cœur est un organe très obstiné et il bat trop fort quand vous êtes dans les parages, il a donc très envie de croire ce que vous me dites. Mais il y a aussi ma tête, qui se souvient de la promesse que vous m'avez faite dans le pavillon.

— Je vous ai donné ma parole que je ne ferai ou ne dirai jamais rien pour vous tromper ou-ou vous *blesser* intentionnellement, dit-il doucement en posant une main sur la joue d'Antonia. Et je maintiens cette promesse, chérie. V-Vous ai-je blessée ?

— Peut-être... Un peu. Vous auriez dû me dire la vérité dès le début, plutôt que de me laisser l'apprendre par Kitty Cavendish. Je ne sais pas pourquoi Julian ne m'a rien dit non plus !

Elle ouvrit le journal à une page précise, en retira un vieux papier plié et le lui tendit.

— Il s'agit du journal de la quatrième duchesse de Roxton, qui date de 1681. Si vous lisez ce qu'elle a écrit pour la nouvelle année, vous verrez qu'elle évoque la mort de son frère Edmund, qui est très triste ; il faisait du patin sur la Tamise quand la glace s'est brisée, et il s'est noyé. L'encre a bavé sous ses larmes. Ce que vous devez lire, c'est ce qui suit cette entrée.

Jonathon parcourut la page recouverte d'une écriture féminine serrée, trouva l'entrée de la quatrième duchesse pour le jour de l'an – écrite le 25 mars 1681 –, lut rapidement ce qu'Antonia venait de lui dire et prit le temps de lire les deux phrases suivantes.

— Edmund a légué Crecy Hall à sa sœur dans son testament parce qu'il devait beaucoup d'argent au duc ? demanda Jonathon, surpris, en refermant le journal.

— Et voici la lettre d'Edmund, coincée dans les pages de son journal.

Jonathon prit les feuillets pliés et jaunis, mais ne les déplia pas, car Antonia avait passé les bras autour de son cou.

— J'ai eu des années entières pour lire les livres de ces étagères. Certains sont plus intéressants que d'autres. Les journaux de la duchesse font partie des ouvrages intéressants. Puisqu'elle est votre ancêtre à vous aussi, je peux vous indiquer les passages où elle parle de ses cousins Strang Leven, dit-elle en penchant la tête sur le côté, observant Jonathon d'un air pensif. Je n'ai pas fait le lien plus tôt, ce qui est étrange. C'est à cause du sous-continent et de votre peau bronzée — bien plus fascinant, non ?

Elle se pencha pour l'embrasser, et il laissa tomber le journal et la lettre sur les marches pour la prendre dans ses bras. Après un moment, il lui dit doucement :

— Venez au théâtre avec moi.

— D'accord.

Il la regarda dans les yeux.

— Vous savez ce que cela implique, n'est-ce pas ?

— Bien sûr. Être vue en public avec vous... Partager une loge au théâtre... C'est une vraie déclaration. Peu importe. C'est la vérité. Nous sommes amants.

— Roxton sera là, c'est la première.

— Y a-t-il un meilleur moyen de lui ouvrir les yeux ?

— Je pense qu'il a déjà les yeux grands ouverts, chérie, répondit Jonathon en riant.

De la poche profonde de sa redingote, il sortit une petite boîte plate, recouverte de velours noir usé.

— Il m'a dit que vous voudriez peut-être porter ceci pour aller à Drury Lane.

Antonia n'avait pas besoin d'ouvrir la boîte pour savoir ce qu'elle contenait, mais elle le fit quand même sans y penser. Sur un lit de velours se trouvait le ras-de-cou en émeraudes et diamants que monseigneur lui avait offert pour son dix-huitième anniversaire. Jonathon lui tendit aussi un petit sac en velours.

— Les bracelets, boucles d'oreille et épingles à cheveux assortis.

Antonia se contenta de hocher la tête, trop bouleversée pour parler ; en lui rendant les bijoux dont elle s'était débarrassée le soir de leur dispute sur la vente de l'hôtel, son fils tentait sûrement d'amorcer une réconciliation. Elle lui rendit la boîte et le sac en velours et dit à voix basse :

— Veuillez me reposer. Je veux vous montrer quelque chose... C'est un portrait de ma grand-mère Augusta, comtesse de Strathsay, expliqua Antonia à Jonathon quand ils se retrouvèrent dans le hall d'entrée, à côté du grand escalier, devant un portrait en pied signé Allan Ramsay. Elle était d'une grande beauté et, quand elle avait quinze ans, elle a épousé mon grand-père, un général écossais, fils bâtard du roi Charles. Ce n'était pas un mariage heureux, et elle est tombée amoureuse du mari de sa sœur, Lord Ely, le grand amour de sa vie.

— Vous avez hérité de ses yeux et de sa poitrine, et Charles de sa couleur de cheveux. Elle était vraiment très belle, approuva Jonathon en souriant à Antonia. Mais vous êtes bien plus belle.

Antonia observa sa grand-mère, sa chevelure de feu, ses yeux verts obliques, vêtue d'un déshabillé provocant en soie gris perle qui dévoilait son décolleté plongeant sous son meilleur jour. Elle hocha la tête en soupirant.

— Oui. Je ne lui plaisais pas du tout. Je n'exagère pas, ajouta-t-elle en serrant le bras de Jonathon quand il éclata de rire. Elle ne m'aimait vraiment pas. J'étais très choquée par son immoralité. Mais maintenant que je suis plus vieille, je comprends mieux à quoi ressemblait sa vie : amoureuse de quelqu'un qu'elle ne pourrait jamais épouser, elle était dans l'impossibilité de vivre ouvertement avec cette personne, car cela aurait provoqué un énorme scandale. Elle avait une multitude d'amants, quand Lord Ely rejoignait son domaine. Il voulait qu'elle vive avec lui, mais elle refusait de quitter la ville. Ils étaient tous les deux très têtus. Mais je n'aurai pas d'autres amants quand vous serez en Écosse, ajouta-t-elle. Je ne suis pas comme elle sur ce point. Et quand vous reviendrez à Londres pour une séance parlementaire, nous pourrons vivre ici tous les deux.

Elle se détourna du portrait pour se placer devant lui, le menton relevé, une main posée sur l'avant lisse et soyeux de son gilet brodé, et reprit d'un ton résolu :

— Je me moque de ce que les autres disent et-et je ne vous poserai aucune question sur votre vie en Écosse, si tel est votre souhait. Mais si vous voulez me parler de votre femme et de vos enfants, alors j'écouterai avec plai…

— Arrêtez ! N'en dites pas plus ! exigea-t-il. Ne m'avez-vous pas écouté ? Ne me croyez-vous pas quand je vous dis que je vous aime ? Avez-vous perdu la tête ?

Il attira Antonia vers le grand escalier, la fit s'asseoir auprès de lui et enserra son visage de ses grandes mains avant de reprendre :

— Écoutez-moi, Antonia. Si vous ne m'épousez pas, je n'épouserai personne d'autre. Si vous voulez vivre avec moi dans le péché, ainsi soit-il. Mais nous vivrons dans le péché ensemble, déclara-t-il avant de l'embrasser délicatement et de lâcher son visage pour lui prendre les mains. Ma pairie écossaise exige que je vive sur mon domaine pendant six mois de l'année. Et pour faire honneur à mon élévation et à mes métayers, je ne pourrai rien faire de moins. Je veux que vous veniez dans le nord avec moi. Je ne peux concevoir d'y vivre sans vous. Les six autres mois, nous vivrons ici, dans cette maison et, oui, je me rendrai au Parlement. Mais sous quelle identité, cela dépendra de vous. Si vous ne m'épousez pas, je renoncerai à ma pairie et j'entrerai au Parlement en tant que député Leven. Si vous m'épousez, je conserverai mon titre et tout l'apparat, toute la grandeur qui va avec, pour vous.

— Mais je veux simplement que vous soyez Jonathon Strang ! contesta Antonia. Pourquoi devriez-vous garder ce titre pour moi ? Si vous le gardez, alors vous devrez vous marier et avoir des enfants, un héritier qui pourra prendre la suite après vous. C'est l'ordre naturel des choses. C'est ce qu'on attendra de vous.

— Chérie, mes choix n'ont jamais été dictés par ce que les autres attendent de moi. Jusqu'à ce que je tombe amoureux de vous, j'étais déterminé à renoncer à mon titre. Garder les domaines, remplir mes obligations et siéger au Parlement, d'accord, mais avec une couronne sur la tête ? Je ne peux imaginer de couvre-chef moins commode pour ma tête de marchand ! Et il est certain que je n'avais aucune intention de me remarier, en dépit de la situation. Mais il m'est inenvisageable de passer ma vie avec n'importe qui d'autre que vous et que vous soyez moins qu'une duchesse, *ma* duchesse, je vais donc revêtir l'hermine à contrecœur et accepter le titre de ce parent âgé.

Antonia le regarda en clignant des yeux, et avant qu'elle ne puisse poser la question, il sortit de la poche de son gilet un fin bracelet rouge en fils de coton tressés, ouvert des deux côtés. Antonia reconnut le petit cercle qu'il avait tressé le jour où le bateau pirate dans les arbres et la balançoire avaient été dévoilés et, instinctivement, elle tendit son poignet gauche. Il rassembla les deux extrémités en les tressant habilement ensemble, afin que le cercle se referme autour de son poignet, y déposa un baiser et dit en souriant :

— Ce ne sont ni des diamants ni des émeraudes, mais je pourrais facilement m'en procurer si vous en voulez. Cependant, ceci a beaucoup plus de valeur à mes yeux, et j'espère que ce sera le cas pour vous aussi. Il s'agit d'un *kavala*, un bracelet hindou sacré qui, une fois achevé, ne peut plus être brisé. Il ne peut pas non plus être retiré. Il faut laisser le coton se détériorer naturellement. Maintenant, vous m'appartenez et je vous appartiens, déclara-t-il avec un sourire en la regardant dans les yeux. Voulez-vous m'épouser ?

Elle effleura le bracelet, bien plus précieux que n'importe quelle pierre précieuse, et déposa un baiser sur le dos de la main de Jonathon.

— Je vous aime.

— Je vous aime aussi. Alors, épousez-moi. Demain.

— Demain ? Pourquoi demain ?

— Demain, je dois partir vers le nord.

— Vous me quittez *demain ?*

L'incrédulité dans sa voix ainsi que son expression lugubre et stupéfaite avaient quelque chose d'étonnamment réconfortant.

— Je dois accompagner le cercueil de mon oncle vers le nord. Il va être enterré dans la chapelle familiale du château de Leven, en grande pompe comme l'exige son titre. Cela dit, je doute qu'il manque à beaucoup de gens, certainement pas à ses domestiques et à ses métayers négligés. Il se trouve que je suis banni sur ordre de Shrewsbury, on m'envoie dans ma résidence ancestrale en Écosse – c'était la condition pour être libéré après avoir aidé Charles à éviter la capture. Tout se termine très bien, tout compte fait, dit-il d'un ton qu'il espérait enjoué, en donnant une petite chiquenaude sur la joue d'Antonia.

— Très bien ? Mais je n'ai pas du tout envie que vous partiez ! C'est trop tôt !

— Il le faut, mais faites de moi un homme heureux avant mon départ. Épousez-moi, demain.

— Mais il faut publier les bans, prendre des dispositions, et... Oh ! il y a une centaine d'autres formalités ridicules sur lesquelles mon fils insistera, au nom de l'honneur familial ! Enfin, s'il voulait bien nous donner sa bénédiction, et nous ne...

Jonathon leva un document qui portait le sceau de l'archevêque de Canterbury.

— Un cadeau de votre fils.

Les yeux verts d'Antonia s'écarquillèrent.

— Parbleu ! Non ? Un-Un certificat spécial ? De la part de *Julian ?*

Les joues minces de Jonathon s'empourprèrent.

— J'imagine que, en accord avec ses sensibilités, il préfère que sa mère soit mariée à un aristocrate écossais, plutôt qu'elle soit la maîtresse d'un marchand. Alors, voulez-vous m'épouser demain ?

— Mais... même si je vous épousais demain, je ne peux pas quitter mes fils, Frederick, mes bébés... C'est trop tôt ! Et il faut... Il faut que je le dise à monseigneur...

Il l'aida à se relever en poussant un soupir compréhensif.

— Oui. Vous avez raison. Je n'y avais pas pensé. Oui, il faut que vous le disiez à monseigneur... Dans ce cas, je partirai vers le nord demain après notre mariage en vous laissant ici, dans l'attente de revenir à l'automne pour venir chercher... ma duchesse d'automne.

Antonia fit la moue.

— Vous me manquerez terriblement.

— Vous me manquerez aussi, chérie.

— Mère ! Strang ! Si nous ne partons pas dans l'heure, nous allons manquer le lever de rideau ! annonça Henri-Antoine depuis le palier du premier étage avant de descendre pour les rejoindre. Roxton a réservé une loge, et lui et Deb ont fait venir grand-père Martin de Bath. J'ai hâte que vous le rencontriez, dit-il en regardant Jonathon. Vous apprécierez Martin. C'est un bon vieux type, n'est-ce pas, mère ?

— Il n'est pas convenable que vous appeliez le parrain de votre frère un-un type, Henri, le réprimanda Antonia sans colère en réprimant un sourire.

— Mais Martin m'appréciera-t-il, Harry ? s'enquit Jonathon, haussant un sourcil en regardant Antonia.

Lord Henri-Antoine fit la moue, en pleine réflexion.

— C'est difficile à dire. Il a été le valet de mon père pendant trente ans, ce qui fait pratiquement de lui un duc.

Jonathon leva les yeux au ciel.

— Exactement ce dont j'avais besoin, que ma soirée soit gâchée par l'incarnation vivante de monseigneur, murmura-t-il pour lui-même en allant enfiler une tenue plus adaptée à une première.

Cependant, il serait agréablement surpris quand Martin Ellicott se présenterait à lui au théâtre de Drury Lane.

— N'est-ce pas ce que vous aviez prédit, Julian ? demanda Deb Roxton à son mari en s'éventant.

Ils étaient dans la loge ducale du théâtre de Drury Lane, et elle adressait un sourire figé aux amateurs de théâtre amassés dans le parterre et dans les loges privées qui épousaient le mur en demi-cercle, et dans lesquelles les têtes poudrées et perruquées étaient tournées vers une loge en particulier, plus proche de la scène, où les occupants venaient juste de s'installer pour le spectacle.

— Un remue-ménage ? Oui. C'est inévitable, répondit le duc en faisant glisser sa tabatière dans la poche de sa redingote en damas bleu constellée de fils argentés, feignant de s'intéresser à un grain de poudre tombé sur son genou – il portait un haut-de-chausses en soie noire. Prions pour que le rideau se lève avant qu'ils ne remarquent tous sa présence.

— Trop tard, remarqua Martin Ellicott. Non seulement ils l'ont remarquée, mais en plus elle leur offre le plaisir de s'approcher de la balustrade. Comme c'est réjouissant de la voir hors de sa tenue de deuil, ajouta le vieil homme en souriant, après avoir poussé un soupir.

Roxton leva les yeux vers une loge en face de la sienne, proche de la scène, où se trouvait sa mère, resplendissante dans une robe brodée en soie dorée, le ras-de-cou en émeraudes et diamants passé autour de sa gorge. Ses cheveux, dénués de poudre, étaient de la même couleur éclatante que ses jupons. Elle avait posé une main, couverte d'un long gant, sur la balustrade en cuivre lustrée, et s'éventait de manière alanguie, tout en parlant par-dessus son épaule dénudée à un colosse bronzé qui portait une redingote émeraude aux broderies magnifiques, un haut-de-chausses assorti et un gilet en soie gris perle, dont les poches et les boutons étaient brodés de vert émeraude et de rouge. Il était penché vers l'avant afin de pouvoir l'entendre par-dessus le vacarme des conversations et des rires qui se répercutaient sur les murs.

Près de Jonathon Strang, l'air plus mince que d'habitude à cause de celui à côté de qui il était placé, Mr. Gidley Ffolkes portait son gilet rouge et son ruban assorti, comme à son habitude. Et à gauche de la duchesse douairière, Henri-Antoine, élégamment vêtu de velours noir, observait la foule à travers son lorgnon. Version incroyablement jeune de leur père, il aurait aussi, avec le temps et la pratique, son élégance et son arrogance. À côté de lui, le neveu de son épouse, Jack, souriait jusqu'aux oreilles et était incapable de garder sa tête immobile face à tant de couleurs et de lumière. Ceci fit sourire le duc et il se détourna pour attraper la main gantée de sa femme.

— Nous allons nous en sortir, Deb. Je suis déterminé.

— Il faut que vous soyez déterminé, Julian, pour son bien à elle, répondit la duchesse en lui retournant son sourire et en exerçant une pression sur ses doigts.

— Pour notre bien à tous, commenta Martin Ellicott.

Quand le duc se tourna vers lui, plutôt surpris, il ajouta :

— Il ne compte pas partir, n'est-ce pas, mon garçon ? Il a l'air d'un type plutôt respectable. Il a un petit quelque chose de Lucian Vallentine, d'après Deborah.

— Oncle Lucian ? s'enquit Roxton, horrifié à l'idée que l'homme que sa mère comptait épouser soit comparé à son oncle excentrique et étourdi. Vous ne parlez certainement pas de l'oncle Lucian, si ? demanda-t-il en fixant la duchesse du regard.

— Oh, bien sûr que si, Julian – tout ce qu'il y avait de meilleur en lui. Il est également beau à se pâmer.

— Beau *à se pâmer* ?

La duchesse et le vieil homme rirent en entendant la voix du duc monter dans les aigus.

— Frederick le considère comme son meilleur ami et les jumeaux l'adorent.

— Tout comme madame la duchesse, ajouta Martin Ellicott, surpris de voir le duc faire la grimace. Enfin, elle doit l'adorer, sinon elle ne serait pas avec lui dans cette loge, aux yeux de tous. Je vais aller les voir à l'entracte, et si vous voulez que votre relation à tous les deux se rétablisse, vous m'accompagnerez.

— J'ai fait de mon mieux pour entamer le processus de guérison, mon parrain. Ils vont se marier demain matin grâce à un certificat spécial, puis il partira dans le nord pour enterrer le duc de Kinross. Mais quand je pense que je l'ai mise entre les mains de ce monstre de Foley… Père doit me maudire de là-haut.

— Vous m'avez dit que Strang lui avait administré une punition adéquate.

— En effet. Mais je ne pouvais pas en rester là. Ma mère n'est pas la seule femme de noble éducation qui a subi les méthodes terrifiantes de ce corniaud. Il a beau être infirme, je devais m'assurer que Foley ne pourrait jamais récidiver.

— Sur quelle touffe d'herbe reculée l'avez-vous envoyé, Julian ? s'enquit son parrain.

Le duc souffla, satisfait.

— Je me souviens que mère lisait le journal d'un certain capitaine Cook à père – journal qui contient de merveilleuses cartes et estampes. J'ai trouvé une carte de l'océan Pacifique, j'ai pointé du doigt un groupement d'îles au hasard, et c'est là que Foley ira moisir. Il ne nous reste plus qu'à espérer que les indigènes préfèrent leurs Anglais excessivement gras.

— Monseigneur approuverait.

— Oui, c'est ce que j'ai pensé aussi, répondit le duc en lançant un coup d'œil à sa duchesse avant de s'en détourner pour faire face à son parrain, ajoutant avec difficulté : Mais je ne peux m'empêcher de me demander s'il approuverait cette issue pour elle… Martin, les derniers mots qu'il m'a adressés parlaient d'elle – il m'a dit que je ne pouvais pas apporter à mère le bonheur qu'elle mérite.

— Il avait raison.

Le duc était aussi stupéfait que si le vieil homme lui avait asséné un coup de poing sur le nez. Il adressa un sourire compréhensif à son filleul, ses yeux clairs rieurs malgré son expression remarquablement impassible.

— Vous ne l'auriez pas remarqué, vous êtes son fils. Mais je suis persuadé que Deborah en est tout à fait consciente. Madame la duchesse n'est pas seulement d'une beauté extraordinaire, c'est aussi une créature très sensuelle. Elle mérite d'être aimée en tant que femme. À sa façon inimitable, monseigneur vous disait qu'elle avait sa bénédiction, et donc votre permission, pour se trouver quelqu'un qui pourrait la satisfaire dans tous les domaines, et avec qui elle pourrait passer le reste de sa longue vie.

Roxton s'agita sur sa chaise, les paroles du vieil homme le mettant terriblement mal à l'aise. Il accepta néanmoins la vérité qu'elles contenaient. Il sortit sa tabatière, les yeux perdus dans la lumière et les couleurs du théâtre, sans pour autant les voir.

— Il m'a demandé la permission pour faire envoyer les effets personnels de ma mère de l'hôtel parisien au château de Leven.

— Naturellement, vous lui avez accordé votre permission.

Le duc marqua une pause avant de répondre à l'affirmation de son parrain, en partie parce qu'une clameur s'éleva du parterre. Roxton pensa d'abord que le rideau commençait à se lever, mais une grande partie du public s'était levée et effectuait de grands gestes de salut — certains se penchaient en avant, d'autres agitaient leurs chapeaux dans les airs – en direction de la rangée de loges, qui se remplissaient des familles les plus importantes d'Angleterre et de leurs connaissances, et d'une loge en particulier.

— Un petit effronté a lancé des fleurs à votre mère ! s'exclama Deb Roxton en riant, avancée sur sa chaise comme tous les autres. Et Strang les a attrapées. Bien joué ! (Elle gloussa derrière son éventail.) C'est bien son genre d'envoyer des baisers à ce type pour le remercier !

Le duc grogna et passa une main sur son visage.

— Mais aura-t-elle envie d'être entourée de souvenirs liés à père ? demanda-t-il pour répondre à la déclaration de son parrain. Je suis étonné que lui en ait envie.

— Ce ne sont pas des souvenirs pour lui, si ? Il veut seulement la rendre heureuse. Et elle sera heureuse de conserver des souvenirs de votre père et de leur vie commune. Vous devez bien admettre qu'il s'agit d'un geste très généreux et louable de sa part.

— Oui. Oui… Martin, j'ai dit à mère que ce n'était que de simples objets… Je lui ai dit qu'ils n'avaient aucune importance. J'avais tort. J'ai eu tort à de nombreuses reprises au sujet de ma mère.

— Oui, vous aviez tort, mais cela ne veut pas dire qu'elle ne vous pardonnera pas. C'est votre mère. Les objets renferment des souvenirs puissants, souvent heureux, et représentent un certain réconfort.

Martin Ellicott fouilla dans une poche profonde de sa redingote en velours et en sortit une petite balle en soie brillante. Il expliqua :

— Je l'emmène partout avec moi, et ce depuis trente ans. Depuis dix ans, elle me sert à soulager la douleur arthritique de mes pouces. Mais ce n'est pas pour cette raison que je me déplace avec. Je me la suis procurée quand votre mère est arrivée à l'hôtel pour la première fois, avant son mariage avec votre père. Elle m'a demandé de jouer à la balle avec elle et les chiens qui appartenaient à monsieur le duc. Pour être honnête, cette perspective m'horrifiait. Mais il est impossible de refuser quoi que ce soit à votre mère quand elle sourit. J'ai joué à la balle avec elle, et il s'agissait d'une expérience tellement, tellement *libératrice* pour quelqu'un comme moi, d'aussi attaché aux rituels et aux formalités. Cette balle me rappelle donc que quand la vie nous offre une surprise, il vaut mieux la voir comme une opportunité que comme un obstacle. Elle me rappelle aussi que j'ai eu une vie merveilleusement épanouissante au sein de votre famille. D'abord auprès de votre père, en grande partie grâce à votre mère, et en tant que votre parrain, incontestablement.

— Mon parrain, sans vous…

La voix du duc lui fit défaut et le jabot minutieusement noué autour de son cou lui parut soudain trop serré.

— À l'entracte, j'aurai besoin de m'appuyer sur votre bras pour aller leur rendre visite, déclara Martin Ellicott en laissant retomber la balle dans sa poche.

— Je resterai ici pour garder le donjon, intervint joyeusement la duchesse en se reculant sur sa chaise, lançant un sourire au vieil homme par-dessus l'épaule du duc. J'indiquerai mon approbation d'un geste de mon éventail, ce qui déliera les langues de toute la rangée et sera très divertissant à regarder. Je prédis également que j'aurai de la visite rapidement après ; je les chasserai avant votre retour.

— Deb ! Il n'y a pas de quoi rire ! grommela Roxton. Vous savez ce que cela veut dire si nous allons là-bas.

Derrière son éventail, la duchesse déposa un baiser sur la joue de Roxton.

— Bien sûr, mon amour. Personne ne le sait mieux que moi. Votre approbation entraînera celle de tous les autres. Mais je me moque des autres. Tout ce qui importe, c'est ce que cela signifiera pour votre mère et pour vous, et que vous soyez tous les deux heureux. Pour ma part, je ne pourrais pas être plus heureuse pour eux. Ils feront un duc et une duchesse de Kinross merveilleux. Cela, au moins, devrait vous satisfaire, non ? demanda-t-elle en se penchant en arrière pour regarder son mari.

— C'est le cas. Vraiment. Elle ne mérite rien de moins.

Deb Roxton et Martin Ellicott tournèrent leur attention vers la scène quand le rideau se leva, et les mots du duc se noyèrent dans le crescendo d'applaudissements assourdissants.

Personne n'apprécia plus le génie comique de John Palmer jouant Joseph Surface et l'incroyable performance de William Smith en Charles Surface que la duchesse douairière de Roxton ; ses lèvres – ceux des loges adjacentes le remarquèrent avec stupéfaction – bougeaient en synchronie silencieuse avec celles des acteurs, comme si elle récitait leurs répliques en même temps qu'eux. *L'École de la médisance* de Sheridan était une comédie de mœurs stupéfiante, tellement bien reçue qu'à la fin du troisième acte, toute l'assemblée ou presque avait les yeux humides à force de rire en continu et d'attendre, ébahie, la prochaine réplique ou action des personnages.

Antonia resta captivée pendant toute la représentation et elle se tourna plus d'une fois pour échanger un sourire avec Jonathon lors d'un passage de la pièce dont ils avaient discuté auparavant, que ce soit sur la barque au milieu du lac ou dans la bibliothèque d'Hanover Square, quand Henri-Antoine, Jack et même Gidley Ffolkes avaient été forcés à jouer une scène ou deux après le dîner. Le public n'eut plus aucun doute quant à la relation qu'ils entretenaient quand le châle indien sur les épaules d'Antonia glissa et que Jonathon s'empressa de le remettre en place. Antonia posa sa main sur celle de Jonathon, sur son épaule, et elle lui adressa un sourire pour le remercier. Jonathon se pencha pour glisser quelque chose à l'oreille d'Antonia, ce qui ressemblait beaucoup à un baiser volé ; les cous se tendirent et les commentaires fusèrent en direction de la loge occupée par le duc de Roxton. Les commères constatèrent, déçues, que le duc et son parrain étaient absents. La duchesse était en pleine conversation avec Lady Hibbert-Baker, qui avait apporté avec elle du vin et un excès de commérages.

— J'ai appris quelque chose de tout à fait stupéfiant, déclara Lady Hibbert-Baker qui ne cessait de parler, agitant frénétiquement son éventail en plumes d'autruche vers son décolleté. Vous allez mourir de rire quand je vais vous le dire ! C'est à propos de votre belle-mère, la duchesse douairière, et de Jonathon Strang...

— Dans ce cas, il y a de très grandes chances pour que ce soit vrai, répondit Deb Roxton avec un sourire chaleureux.

Elle regarda par-dessus l'épaule d'Hettie Hibbert-Baker, vers les loges en face d'elle, et une en particulier. Elle agita son éventail pour répondre à son mari qui s'était incliné dans sa direction, et elle inclina également la tête.

Lady Hibbert-Baker, sidérée, la bouche figée en un demi-sourire, cessa de s'éventer. Comprenant que Deb Roxton avait dirigé son attention ailleurs, et à cause d'autre chose – un silence, oui, un silence généralisé et inhabituel avait envahi le théâtre –, elle se tourna sur sa chaise et suivit le regard de la duchesse vers l'endroit fixé par toutes les têtes poudrées.

La mouche au coin de la bouche d'Hibbert-Baker se mit à tressaillir de son propre chef.

Le duc de Roxton était penché sur la main tendue de sa mère. Le parrain âgé du duc s'avança et inclina sa tête grisonnante vers la duchesse ; sans surprise, elle l'attira vers elle et l'embrassa sur les deux joues. Elle se tourna légèrement pour le présenter à Jonathon Strang, qui était venu se placer auprès d'elle. Lord Henri-Antoine et Jack Cavendish se rapprochèrent pour rejoindre la conversation. Le duc se pencha pour écouter son jeune frère, empêchant Lady Hibbert-Baker de voir Martin Ellicott et Jonathon Strang se serrer la main. Les deux plus jeunes rejoignirent l'arrière de la loge juste à temps pour que la duchesse et le reste du public soient témoins d'une scène tout à fait extraordinaire. Le duc serra la main de Jonathon Strang puis l'agrippa par le bras avant d'embrasser sa mère sur chaque joue. Puis Lady Hibbert-Baker cessa de nouveau de s'éventer lorsqu'elle, la duchesse douairière de Roxton, leva la tête vers Jonathon Strang, qui fit la chose la plus naturelle au monde : il l'embrassa sur la bouche.

— EMBRASSEZ-MOI ENCORE, JONATHON, MURMURA ANTONIA, sur la pointe des pieds. Je veux que tout le monde nous voie.

Les yeux de Jonathon se plissèrent de malice.

— Vous me devez maintenant deux cents guinées, Antonia.

Avant qu'elle ne puisse protester, il la prit dans ses bras et recouvrit sa bouche de la sienne.

Le théâtre fut secoué par trois acclamations tonitruantes et un « Hip hip hip hourra ! ».

NOTE DE L'AUTEURE

LE PERSONNAGE DE SIR TITUS FOLEY est inspiré d'un vrai médecin du xviiie siècle, Patrick Blair. Blair était spécialisé dans le traitement des femmes mariées qui souffraient d'une légère hystérie et ne remplissaient plus leur « devoir conjugal ». Il utilisait l'hydrothérapie avec des intentions sadiques (voir Porter, D. & Porter, R. *Patient's Progress, Doctors and Doctoring in Eighteenth Century England*, 1989, Stanford University Press, California).

RODERIGUE HORTALEZ ET CIE ÉTAIT bel et bien une société qui se disait portugaise, dont le siège se trouvait sur l'île néerlandaise de Saint-Eustache et qui transmettait illégalement du matériel français tels que des armements, des vêtements et autres à l'armée coloniale américaine, afin de soutenir la cause révolutionnaire. Pierre-Augustin Caron de Beaumarchais, Silas Deane, Benjamin Franklin et le comte de Vergennes ont tous participé à la victoire des colonies américaines dans la guerre d'Indépendance. La France est ouvertement entrée dans le conflit au début de l'année 1778.

Explorez les lieux, objets et évènements historiques évoqués
dans *Duchesse d'automne* sur Pinterest.
www.pinterest.com/lucindabrant

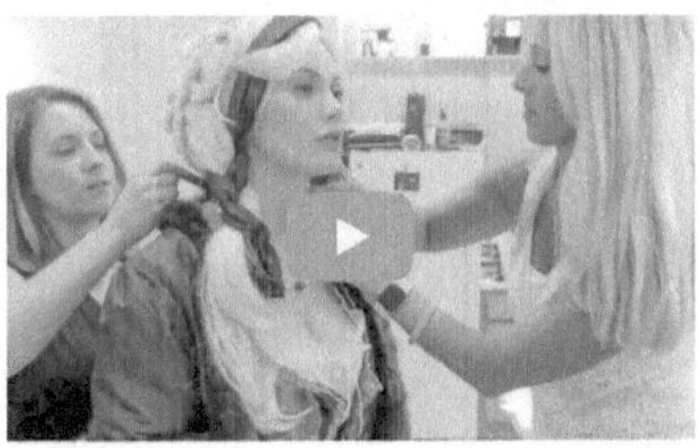

De l'idée à la couverture – costumes, bijoux, modèles et séance
photo. Découvrez la création de la couverture. *Lisez l'histoire
complète de la création de la couverture ici…*
www.youtube.com/lucindabrantauthor
www.lucindabrant.com/blog/autumn-duchess-cover-reveal

L'histoire de la famille Roxton continue…

www.ingramcontent.com/pod-product-compliance
Lightning Source LLC
Chambersburg PA
CBHW060736190726
48285CB00001B/233